U0926207

我的植物人男友

上册

甜即正义 著

青岛出版集团 | 青岛出版社

图书在版编目（CIP）数据

我的植物人男友/甜即正义著.—青岛:青岛出版社,2021.11
ISBN 978-7-5552-8764-3

Ⅰ.①我… Ⅱ.①甜… Ⅲ.①言情小说－中国－当代 Ⅳ.①I247.5

中国版本图书馆CIP数据核字（2020）第097885号

WODE ZHIWUREN NANYOU

书　　名　**我的植物人男友**
作　　者　甜即正义
出版发行　青岛出版社
社　　址　青岛市崂山区海尔路182号（266061）
本社网址　http://www.qdpub.com
邮购电话　18613853563　0532-68068091
责任编辑　龚雅琴
特约编辑　崔　悦
校　　对　耿道川
装帧设计　蒋　晴
照　　排　梁　霞
印　　刷　三河市良远印务有限公司
出版日期　2021年11月第1版　2021年11月第1次印刷
开　　本　16开（710mm×980mm）
印　　张　36
字　　数　820千
书　　号　ISBN 978-7-5552-8764-3
定　　价　69.80元（全2册）
编校印装质量、盗版监督服务电话　4006532017　0532-68068050

目　录[上册]

目 录[下册]

第一章　伊　始

吱——

随着一道刺耳的刹车声响起，宁秋秋感觉自己的身体猛然前倾，额头跟着磕到了前面一个微软的物体上，不痛，却让她头脑混沌了好一会儿，直到有人说话的声音把她从黑暗里拉出来。

“老李，你怎么回事儿？想谋杀我们吗？”这是一个女人尖锐的声音。

“抱歉太太，”一个男人歉疚的声音传来，“前面突然出现了一个小孩儿，我只好踩了急刹车，您和小姐没事吧？”

“这个小孩儿，吓死我了。”女人抚着胸口咒骂了一句，随后看宁秋秋还埋着头，吓了一跳，慌忙伸手摇她的肩膀，“秋秋你没事吧？”

“还好，”宁秋秋抬起头，看了面前雍容华贵的妇人一眼，说，“无大碍。”

“那就好，”妇人示意老李继续开车，又伸手把宁秋秋散落下来的头发拢在耳后，露出她精致的面容，然后笑眯眯地说，“今天我们家秋秋这么漂亮，一定可以把清远迷得神魂颠倒，找不着北的。”

宁秋秋：“……”

她是狐狸精吗？魅力这么大。

不待她说话，妇人又阴阳怪气地说：“气死那些人，看她们还敢不敢往清远身上贴。”

宁秋秋一时间不知道该怎么接话。

因为在刚刚撞击的一瞬间，她的躯壳下已经换人了。

在这之前，她已经经历过一次了，从一个 21 世纪的良好市民，变成了修真世界某个门下碌碌无为的弟子，由于资质平庸，她只能在那里勤勤恳恳地画了七年的符，好不容易在画符方面略有小成，又穿越了。

从刚刚那一瞬间接收到的大量信息来看，她现在穿越进了一本小说里。

遗憾的是，她依旧没有光环附体地成为女主角，而是书里的某个女配角。

这个女配角就是和男主角一起长大，自认为青梅竹马，专门横插男、女主角感情，让人恨得牙痒痒的刁蛮富家小姐角色，也就是宁秋秋本尊。

书里，她为了能和男主角在一起，不择手段，仗着家里有钱，可以为所欲为，几次三番地为难女主角。

等宁秋秋“兢兢业业”地作死，给男女主角送足“经验”，她家就破产了，负债千万。为了还债，她不得不嫁给一个大她十岁、花心且会家暴的多金老男人，凄惨收场。

这种情节放在小说里很爽，但自己穿越成那个角色，感觉就很微妙了。

她们现在要去参加男主角展清远的爷爷的寿宴，这又是女配角的一次“送经验”之旅。

因为在这次寿宴上，男主角带上了女主角，嫉妒心发作的宁秋秋气到吐血，趁着别人不注意把女主角堵住，告诉她自己与男主角早有婚约，而且男主角的家人也不会让她这种和男主角门不当户不对的女人进门的，让她这种长不成天鹅的丑小鸭趁早滚蛋。

由于宁秋秋态度过于嚣张跋扈，还带着人格侮辱，被女主角当场扇了一巴掌。

打完人的女主角带着不知道男主角有婚约的委屈扬长而去，引出了后面一系列男主角和女主角你追我赶，“你听我解释”“我不听、我不听”的“狗血”剧情。

而所谓的婚约，其实是男主角的爷爷和宁秋秋的爷爷在他们都还在妈妈肚子里时，一句玩笑话的娃娃亲而已。

“秋秋，你有没有在听我说话？！”见她不说话，旁边的妇人提高声音说。

宁秋秋被妇人略显尖锐的声音从思绪中拉回来，看着眼前典型“尖酸刻薄相”的妇人，心情复杂。

眼前的妇人，也就是宁秋秋的妈妈——温玲，和众多恶毒女配角的亲妈一样恶毒又没脑子，典型的猪队友。

“我方……”宁秋秋话到嘴边，硬生生地吞了回去，改成现代人的说话模式，“刚才惊吓过度，有点儿不舒服。”

她需要一点儿时间来消化这大量的信息。

温玲见她表情僵硬，心疼地说：“那你休息一会儿，到了我叫你。”

“好。”

宁秋秋看着眼前一脸关心表情的人，心里充满歉意，没办法告诉对方眼前的这个躯壳里已经换人了。

车子很快到了目的地，由于不是整寿，展老爷子年纪又大了，所以此次寿宴举办的地方就在展家的大宅，请的也是一些近亲和世交好友，仅仅摆了几桌，和家宴差不多。

此时男女主角还没出现，宁秋秋跟随着温玲去给展老爷子拜完寿后，借口身体不舒服，想休息一下，展老爷子便让管家给宁秋秋安排了一个房间。

温玲被她的小姐妹叫走了，宁秋秋可以单独待一会儿。

“二楼的客房都满了，宁小姐，我带您去三楼的客房，”管家彬彬有礼地对她说，“不过，在三楼还要麻烦宁小姐稍微注意一点儿，有人在休息。”

“好，有劳。”宁秋秋说。

管家把她带上了三楼的客房，便去忙了。

宁秋秋在床上盘腿坐下来，闭目凝神，却发现几乎感受不到周围的灵气。

也就是说，在这个世界她没办法修炼。

在修真界时，她虽资质平庸，但在那个人人修真的世界里，连路边卖菜的大妈都是有练功的，她好歹也是修真门下的弟子，再怎么差，也能借着门派的各种资源筑个基，不至于出个门就被外面的小灵兽咬死了那么尴尬。

“给我一个恶毒女配角的身份也就算了，好歹给我来个‘金手指’啊。”宁秋秋有点儿丧气地想。

这就很难受了。

在这个世界修炼的可能性是不大了，但愿画的符还能有用，即使威力大减也没关系，在这个凡人的世界，一张可以保人顺遂的真平安符就能卖个好价钱。

眼下，她虽然是富家千金，拥有香车宝马，可是不出半年，她家就会破产还负债。她会从一个“富婆”变成“负婆”。她肯定不可能通过嫁给一个老男人来还债的，又对商业上的东西一窍不通，没有“金手指”可以挽救自家基业，所以她必须谋划好出路。

至于她是女配角这件事……

她连男主角是什么货色都不晓得，当然不可能顺着为了男主角花式作死，阻挠男主角和女主角在一起的剧情走。

而且，她和女主角的关系并不是情敌那么简单。

之前，她们同期成为一家公司的练习生，各方面都很优秀的女主角却被挤下去了。后来女主角多方探听，才知道挤掉她的人叫宁秋秋，对方家里有钱，通过投资替换了她的名额。

女主角非常愤怒，可她身为一介小市民，没有任何办法和宁秋秋正面对决。不过她还打听到，宁秋秋有个非常喜欢的人，那个人叫展清远，是大名鼎鼎的展家家主。

为了报复女配角，女主角结识了男主角……

然后小说的故事就展开了。

在女主角出现之前，男主角对待宁秋秋也不算太差，他一心在事业上，两家门当户对，他对宁秋秋也不讨厌，而且展、宁两家联姻对他的事业更进一步确实帮助很大，在把婚姻作为商品的商人眼中，对这段婚姻，他没有拒绝的理由。

如果不是真爱出现……

女主角和女配角之间的因果实在太符合“狗血”小说的套路和情节了，原主性格顽劣，做法卑鄙，确实活该。

不过，她既然继承了原主的身体，如果眼睁睁地看着女主角抢她喜欢的人、嫁豪门，也好像有点儿说不过去。

那她就……活得比女主角好，站得比女主角高，永远踩着女主角一脚，气死女主角！

粗略地把小说梳理了一遍，结合原主留下的记忆，宁秋秋已经把这个世界了解了个大概，很快冷静了下来。她决定先观望一下形势——有没有不能 OOC（脱离原型的角色）这种设定；不按剧情走，会不会有什么隐性惩罚——再具体地规划未来。

那就从今天自己不去挨女主角一巴掌开始吧。

想及此，宁秋秋下床穿好鞋子，又到房间的镜子前补妆，等看到镜子里的大美人时，她感到有点儿意外：这女配角，是不是有点儿好看呀！

和小说对女主角描写的那种妖媚不同，宁秋秋属于甜美系的姑娘，配上淡淡的妆容和一袭淡粉色的小裙子，看着非常清纯可人，少女感十足。

就是脚下穿的是金石璀璨的手工高跟鞋……穿了七年平底鞋的她，已经快不会穿高跟鞋了。

补好妆，整理了一下被她坐乱的衣裙，宁秋秋准备下楼。

由于她穿着高跟鞋，上楼还好，下楼就……宁秋秋果断选择了电梯。

她走到电梯口，电梯刚好到了。电梯门打开，她正要往里走时，一个男人推着轮椅从电梯里出来。由于没做好电梯里有人的准备，宁秋秋生生被吓了一大跳。

推着轮椅的男人似乎也没料到会有人，他目光微沉地看了宁秋秋一眼，随后冲宁秋秋礼貌地笑了笑："吓到你了，宁小姐。"

"无妨。"宁秋秋说着，一时间没把说话模式切换过来。

她的注意力全在轮椅上。

轮椅上坐着一个双目紧闭的男子。

那男人在宁秋秋见过的人中，属于外貌卓绝的。不过，他似乎身体不太健康，面容消瘦，脸色是不健康的苍白，静静地靠在轮椅上睡着，仿佛一个病弱的"睡美人"。

"宁小姐，麻烦让一下。"

宁秋秋还在对人家流下口水三千尺时，推着轮椅的男人开口表示——她挡在人家的轮椅前了。

"哦。"

一直到对方推着那个男人走进房间，宁秋秋才遗憾地按下电梯的关门键，从原主的记忆里扒拉了一下关于那个男人的记忆。

展清越是男主角展清远的哥哥。

这个人物在小说里是个活在别人口中的背景板，因为自始至终他都是个植物人。

据书里的描述，展清越作为长子，从小被寄予厚望，大学还未毕业就因父亲病重开始接手家族企业，短短几年时间成为叱咤商场的风云人物，加上人长得好看，完全就是小说里男主角的标配。

可惜他并没有男主角的命，作者把他写得这么优秀，只是为了让他出个车祸，变成植物人，然后让二世祖男主角因此发愤图强，成长为霸道总裁。

真惨。

宁秋秋刚到一楼就被温玲给逮住了，温玲脸色不好地说："我听说清远带了个女朋友回来，怎么回事儿？他不是跟你有婚约了吗？"

宁秋秋作为一个爱男主角爱得死去活来的女配角，这会儿听说他带了女朋友回来，肯定应该暴跳如雷，以自己和男主角有婚约为由，大吵大闹一番……

但宁秋秋实在干不出这种事情来，只能说："可能是人家比我更能把他迷得神魂颠倒吧。"

温玲一跺脚，说："不要怕，有妈给你做主。走，我们去找展老爷子说。"

宁夫人哪，到底是什么原因，让你这么中意展清远来做你的女婿呀？

在宁秋秋扶额，正要拒绝时，温玲瞥见男主角和女主角从一边走来，便脚底生风地跑了过去，让宁秋秋想拉都拉不住。

宁秋秋看着自己抓空的手和温玲气势汹汹的背影，真想把她定在原地。

"展清远，你这是什么意思？"温玲三步并作两步地走到展清远和女主角季微凉的面前，厉声质问。

客厅里的宾客均被她这声音震到了，纷纷停下交谈，看向他们这边。

展清远微微皱眉，说："宁伯母，我不知道您指的是什么？"

"你还给我装！你和我女儿有婚约，现在却带了她回来，你什么意思？成心要让我女儿难堪，让我们宁家难堪吗？"

在场的众人同时把目光投向季微凉和宁秋秋。

宁秋秋扶额，本来大家都不知道的，经温玲这样一嚷嚷，所有人都知道了。

季微凉的脸色也不好，她显然不知道展清远有未婚妻这件事情。

展清远现在毕竟是展家的当家人，临危不乱。他伸手抓住季微凉的手，语气冷漠地说："微凉是我的女朋友，宁伯母是长辈，说话注意分寸。"

展清远接着说："而您提到的所谓的婚约，只是爷爷他们的一句玩笑话而已，别说媒妁聘礼这些，连个稍微正式点儿的口头约定都没有，说这是婚约，是不是过于牵强了一点儿？"

温玲被噎了一下，随后不甘示弱地说："你说是玩笑就可以不负责了？你不要忘了，当初你大哥出事，你接手展家时，是宁家帮助你的。要不是把你当成准女婿，我们会帮你？"

当初展清越突然出事，展家企业大受影响，股票差点崩盘。可是展家可以依靠的长辈只剩一个展老爷子，展家叔伯虎视眈眈，展清远临危受命站了出来，顶着巨大的压力稳住了局势，这其中确实受了宁家不少帮助。

可商场上没有免费的午餐，宁家伸手帮助展家是受到背后利益的驱使，而且展家强大，这就和在古代的夺嫡之争里支持太子还是其他皇子一样，选择对了将会得到很大的利益。

等展清远站稳脚跟后，两家的合作更进一步，反过来让宁家受益不少。

如今被温玲这样一说，展清远好像是个利用女人的负心人一样。

这话彻底惹到展清远了，他冷下脸说："宁伯母，有些话，您考虑清楚了再说。"

男主角毕竟是男主角，生气就一定要有慑人的气势，温玲被他这么一说，瞬间有点儿屃了。

正在这时，管家走了过来，说展老爷子请他们进去。

毕竟大庭广众之下说这些事情，不但丢人，而且毁人清誉。于是男女主角、宁秋秋母女被请到了偏厅。

宁秋秋自始至终一声都没吭，她知道这种各执一词的事情是说不赢的，必须有个可以做主的人站出来才能解决事情。

现在这个人来了。展老爷子就像不知道他们发生了冲突一样，脸上没有一丝不悦的表情，甚至乐呵呵地招呼他们过去坐，说："有什么话，心平气和地坐下来说，别伤了两家的和气，让别人笑话。"

他的话给双方都递了个台阶，不至于闹得太难堪。可温玲岂是那种你说算了就算了的人，她冷笑一声，说："不伤两家和气？行啊，那您说说这事儿，怎么给我们一个交代吧。"

展老爷子显然是知道温玲的性子，并没有表现出生气的样子，比了个让温玲坐的手势，说："这件事情，当初我确实和老宁说过，也怪我们两个老头子不负责任，一边胡吹，一边又不把事情处理妥了，弄得小辈们难堪。"

展老爷子这话说得很有技巧，他既没有否认他和宁爷爷确实约定过这所谓的娃娃亲，又把这真的只是个玩笑，没有任何实际意义的意思表达出来了。

宁秋秋看到女主角面色一松，明显是被这话安抚了。

温玲顿时不高兴了，说："所以，您也打算不认了？"

"认，怎么不认。"展老爷子说，"不过，现在我棒打鸳鸯，强迫清远娶了秋秋又能如何？你觉得秋秋这样嫁到我们家会过得幸福吗？你这个做母亲的，乐意见到自己女儿跟一个不喜欢她，甚至恨她的人过一辈子吗？"

姜还是老的辣，展老爷子的一席话堵得温玲哑口无言。她之所以这么积极地撮合宁秋秋和展清远，除了因为宁秋秋爱惨了展清远，还因为展清远作为年青一辈中最出色的人之一，手握强大的展家的当家权。试问谁不想把自己的女儿嫁给这么优秀的人？

可如果展清远不喜欢宁秋秋，甚至恨她，这种婚姻又有什么意义？温玲的脸色青一阵白一阵，随后她不甘心地说："我们家秋秋乐意，我就乐意。"

看这妈当的。

宁秋秋知道该自己出场了。她微垂着眼，语气略显委屈地说："其实我一直知道，这所谓的婚约也就是爷爷和展爷爷之间的一句玩笑话而已，只是这么多年来，两家人都没有否认这件事情，我就傻傻地当了真，不敢谈恋爱，不敢和别的男孩子多说话，不然就觉得对不起清远哥哥。"

展老爷子、展清远："……"

确实，对于两家的婚约，大家一直没承认但也没否认，原因嘛，其实是大家都没放在心上。

以前宁秋秋和展清远虽然是青梅竹马，但小孩子间的感情比较纯粹，没往爱情方面想。之后他们长大了，情窦初开了，展清远去了国外留学。他们之间真正的接触是在这一年多里，展清远接手展家，成长飞快，成了传说中的霸道总裁，宁秋秋对这位哥哥的感情剧增，产生了所谓的爱情。

然后，那个都要被两家遗忘的"婚约"才重新被拿出来说事……

“但是，”意识到展清远有话要说，宁秋秋略微提高了声音，不让他有说话的机会，“强扭的瓜不甜，既然清远哥哥不喜欢我，我也就不勉强了。只是看在我被瞒了这么多年的分儿上，展爷爷，我可以提个要求吗？”

展老爷子被宁秋秋这一席话说得心怀愧疚，既然对方做了让步，要点儿什么也是可以接受的，说：“当然可以。”

“我想嫁给清越哥哥。”

“你疯了！”温玲第一个说出了大家的心声。

展清越确实很优秀，但现在已经是个植物人了，而且医生说他这辈子醒来的机会不大。她一个样貌过人的豪门小姐，嫁给谁不好，偏要嫁给一个植物人。

尽管对方是展家的大少，但是一个植物人能争什么呢？她嫁过去可以得到什么呢？

什么都没有。

“我是认真的。”宁秋秋的脸上悄然爬上一抹红霞，她说，“其实我小时候一直对清越哥哥仰慕有加，只是碍于婚约，只能把他当成大哥看，我对他早就芳心暗许了，还希望展爷爷能成全我。”

宁秋秋话音一落，大家神色各异，展老爷子的神色是充满探究的，展清远的神色略带惊讶，而女主角的脸色就不是那么好了。

如书中所写，季微凉一开始接近男主角，其实是为了报复宁秋秋。

季微凉现在对男主角没有什么感情可言，纯属利用关系，包括这次来展家，就是为了气宁秋秋，让宁秋秋知道，她喜欢的人如今喜欢上季微凉了。

可是宁秋秋居然说自己喜欢的人其实一直是展清越！

那她这一步，走得还有什么意义？她的脸色能好看才怪。

宁秋秋面不改色地胡扯完，看了一圈众人的脸色，很满意：嘿嘿，想不到这个转折吧？

宁秋秋说喜欢展清越是假，看上他的体质是真。

在这个的世界里，自己建养符阵养符几乎是不可能的事情，符纸也吸收不到天地间的灵气，所以只能靠人养，而展清越简直就是为她而生的呀。

展清越虽然是植物人，可展老爷子非常爱惜这个孙子，平时会找人小心看护他。宁秋秋没有翻墙越壁的本事，也没有理由去找展清越，根本找不到别的办法把符送到他身边去养。

除非……她成为他的枕边人。这是最简单、粗暴且直接的方式。

可能是因为已经经历过两次穿越了，宁秋秋对于婚姻大事并不看重，而且修真界的人都喜欢找个利于自己修炼的道侣一起修炼，导致她的婚姻观变得扭曲，让她觉得嫁人和找道侣一样，要找个对自己有益的。

至于什么终身幸福，谁知道她在这个世界里会待多久，万一谈恋爱谈到一半，或者结婚生孩子了，忽然又穿越了，那多惨呀。

所以她倒没觉得这个牺牲了婚姻的要求有什么不妥。

如果到时候试验完得出符没用……展家悔一次婚，他们宁家也悔一次，也不算过分吧。

“这个……”展老爷子被这个要求难住了，直接把皮球踢回去，“就算我成全你们，你的父母也不会同意的呀。”

“对，我不可能同意的。”温玲这会儿倒是和展老爷子同仇敌忾了。

宁秋秋轻轻一笑，说：“反正我的要求就放在这里了，今天的寿宴，我和我的母亲恐怕都不太有胃口了，就先告辞了。”

父母私下里才能被说服，没必要在这里争论，宁秋秋适时告辞，拉着温玲离开。经过这么一闹腾，温玲把什么婚约、展清远都抛之脑后了，只想让自家女儿别傻傻地去嫁给一个植物人，就没再停留了。

母女二人走到门口，宁秋秋忽然停住脚步，说：“展爷爷，您应该还是挺希望给清越哥哥办门婚事冲冲喜的吧？”

展老爷子要拿拐杖的手顿了顿。而宁秋秋，已经走出门去了。

温玲没想到事情会发展成这样，坐上自家的车后，才气呼呼地质问宁秋秋：“你这孩子，你说你……你是不是想气死妈？！”

“妈，我是认真的，我真的喜欢清越哥哥。”宁秋秋搬出一早准备好的说辞，“而且，妈，我偷偷找大师给清越哥哥算过命，大师说只要有人给他冲喜，他醒来的可能性非常大。”

宁秋秋这话不是敷衍温玲的，她把展清越养好的可能性非常大。只是这话她不能说，所以换了个温玲能接受的说法。

“胡闹！算命的话你也信！”温玲气得吐血，完全忘了自己也会找人算命，把迷信这一套玩得挺溜。

“尝试一下嘛，您想想，清越哥哥那么优秀，他要是醒来了，我嫁给他会比嫁给展清远差吗？而且他现在是个植物人，所谓结婚也只是一个仪式而已，他既不能领证也不能把我怎么样，万一到时候他还没醒而我要离婚，我什么都没有损失，照样谈婚论嫁。反而在我们结婚的这段时间里，可以促进展家和宁家生意上的合作，对我们家来说有莫大的好处，您说是不是？”

温玲：“……”她竟无言以对。

宁秋秋这话抓住了她的致命弱点，说白了，她这么支持自家女儿和展清远在一起，不就是看上他优秀、看上展家雄厚的家底吗？

望子成龙，望女成凤，谁不希望自己的女儿是嫁得最好的那一个？

好在温玲这会儿没被宁秋秋绕晕，智商勉强在线，问她：“你就那么喜欢展清越？万一他醒来了，不喜欢你怎么办？”

“嗯，”这点宁秋秋倒没考虑过，她想了想，面带羞涩地说，“其实，清越哥哥也应该是对我有意思的。”

温玲：“怎么说？”

宁秋秋厚着脸皮继续瞎扯：“以前，他送过好几次小东西给我，暗示挺明显的。”

“……”

宁秋秋见温玲被说动了，又趁机撒娇哄骗了一番。温玲虽然没有直接点头答应，但也没再反对了，只是说这事儿她做不了主，要宁父点头才行。

温玲这边比较好忽悠，宁父那边就没这么好说话了。不过，宁父是商人，看到的是这场婚姻给他带来的利益。

破产不是地震，不会突如其来，让人防不胜防，它一定是有过程的。宁家的公司在这方面已经初见端倪了，只不过外人不知道而已，宁父作为老板，心里一清二楚。

他现在迫切需要一位优秀的合作伙伴拉他一把。

这场联姻可以带来诸多好处，让展、宁两家的合作更进一步，宁父肯定会心动的。宁秋秋就是抓住这个点，才敢提出这个表面上宁父、宁母都不会答应的条件。

宁父要晚上下班了才回家，在此之前，宁秋秋也要去一趟公司。

宁秋秋在小说里除了是富家女这个身份，还有一个身份是当红少女天团“谜女团”的成员之一。这也是她挤掉女主角加入的女团，如今已经出道了，风头正盛。

不过既然是女配角嘛，作者肯定不会让她人见人爱的。宁秋秋在该女团一直备受争议，原因是她唱歌不咋地，跳舞不咋地，其粉丝还老爱拉踩其他成员，虽然没人能把她怎么样，但观众缘已经败得差不多了。

“我的啾啾小宝贝，下午好啊，你今天可真漂亮！”

宁秋秋刚走进公司大门，就有一个穿得花里胡哨的男人翘着兰花指迎了上来，给她造成了巨大的视觉冲击。

男人把自己捯饬得很精致，穿着休闲西装，头发梳得整整齐齐，脸上应该还化了淡妆，身上有一股淡淡的香水味。此人不是别人，正是她的经纪人瞿华。

这女配角真是享受了非人的待遇，勤勤恳恳作死送经验也就算了，作者还给她配了这么个奇葩经纪人。

宁秋秋不着痕迹地后退一步，说：“瞿哥更好看。”

“哎呀，死鬼，好端端的干吗 cue（提到）人家，害羞啦。”说着，瞿华还做了个掩嘴的动作。

宁秋秋想死。

“走走走，去办公室说。”

宁秋秋心不甘情不愿地跟着瞿华到了办公室。关上门，瞿华稍微收敛了一点儿，说：“今天叫你来呢，也没什么大事，就是有几份材料，要啾啾宝贝你签一下字。”

瞿华跟拈花仙子似的，用手指点了点桌上的一摞材料。

宁秋秋努力无视他风骚的动作，说：“哦，好。”

公司一些书面的合同材料必须由艺人自己签字，宁秋秋曾经也是混娱乐圈的，所以懂这个。

她坐下来，刚翻开第一份材料，就听到瞿华尖细的声音响起：“对啦，女团成员就要开始训练啦，你明天再休息一天就要回去训练啦！”

她们女团接下来要拍一支又唱又跳的 MV（音乐短片），所以要先去集训。

“嗯？”宁秋秋抬头，“他们不是让我另谋高就？”

瞿华翘着兰花指的手一顿，随后他轻笑道："小啾啾还在生气呢，乖啦，不要跟那种人计较，不值得。"

宁秋秋前阵子和女团所属的公司艺星娱乐发生了点儿矛盾，原因是之前艺星娱乐承诺给她们女团的一些资源未兑现。

艺星娱乐是娱乐圈巨头之一，财力雄厚，资源丰富，因此在对待她们这些小艺人方面，多少有点儿"管你爱待不待，老子没那么多时间伺候你这小公主脾气"的态度。兼之"谜女团"虽然备受瞩目，但艺星娱乐培养她们的最终目的，其实是宣传他们新上架的直播平台，宣传的目的达到了，后继就稍显无力了。

宁秋秋这种没脑子又容易冲动的人就成了出头鸟。她去找对方负责人理论，对方却很嚣张地表示，他们都是按流程来的，不满意可以另谋高就。

大小姐脾气的宁秋秋哪里受得了这种委屈，说："滚就滚，谁稀罕！"

后来艺星娱乐那边虽然道了歉，负责人受了处罚，可宁秋秋的大小姐脾气还没消，她的经纪人只好先周旋了一番。现在经纪人寻思着她的气消了，刚好借训练为由，给她递个台阶。

要是之前的那个宁秋秋，估计就顺着台阶下去了，毕竟自己也舍不得离开女团。

可那个宁秋秋不是她，她虽然也在娱乐圈待过，但一直从事演艺工作，对于唱歌跳舞一窍不通，也没兴趣。

宁秋秋抬了一下眼皮子，漫不经心地说："既然他们都已经让我滚了，那我再厚着脸皮留着，岂不是很丢份？"

"哪里丢份了？他们还允诺了负责人当面道歉，这面子，给得够足啦。"

宁秋秋抓住关键点，说："那就说明他们舍不得我离开。"

"那是当然啦，毕竟我们啾啾可是名副其实的话题女王。"瞿华用夸赞的口吻说，试图以此取悦爱慕虚荣的宁秋秋，最好让她生出女团不能没有她的自豪感来。

至于话题……宁秋秋确实有很多的话题，不过是黑红，但也是红的一种方式。女团里，宁秋秋最能来事，话题也最多，无形中给女团带来了非常多的讨论度。

在娱乐圈，话题就是金钱，而赚钱则是商人一切行为的动机。

"那我就更不能回去了，"宁秋秋一心二用地浏览完一份合约，签字后说，"不但不回去，还要趁机敲诈一笔违约金，是他们让我滚的。"

瞿华以为宁秋秋是因为艺星提解约这件事情让她心里感到不舒服才这样说，于是在她旁边坐下来，哄她说："这事儿我知道你心里委屈，可你现在不适合单飞。等这次训练完了，给你放个小长假，好不好啦？"

宁秋秋："不好。"

瞿华伸手扶额，说："哎哟，我的大小姐，你这是闹什么脾气呢？再说了，单飞你能做什么？出唱片？开演唱会？"

宁秋秋在唱歌跳舞方面都不算太出色，上综艺还缺情商，加上被败得差不多的观众缘，根本没有实力单飞。

艺星娱乐这次虽然不厚道，但确实在培养艺人方面比较厉害，而且在投入、资源方面都不是他们这种小公司能比的，宁秋秋在艺星才有最好的发展。瞿华是想要她在女团多磨炼一下，无可厚非。

宁秋秋把视线转到窗台，看着那边刚冒出绿芽的一盆绿植，笑了一下，说："演戏呀。"

她曾经由于相貌平平，即便演技过人也没什么市场，而现在无论是年龄还是外貌，她都有优势，兼之拥有积累多年的演技，完全可以挑战一下。

瞿华："……"

宁秋秋目前的身份和演戏八竿子打不着，瞿华一开始以为宁秋秋只是开玩笑，后来见她态度坚决，才意识到对方来真的。

他劝了半天，嘴巴都磨起泡了，无果，最后只好往上报宁秋秋的这个决定，让高层出马。

宁秋秋的这个想法让公司一众高层的下巴差点儿掉地上，大家怀疑她是不是脑子进水了。不然怎么会连在女团的大好前程都不要，跑去演戏？她会演戏吗？

可宁秋秋下定了决心要离开"谜女团"，大家拿她毫无办法，因为她所在的经纪公司的大股东是宁家。

"有钱任性"这个定律在哪里都适用，即便公司老板来跟她说，她也坚持己见，一副油盐不进的样子。最后公司的老总让她先回去再好好考虑两天。

宁秋秋很想说再考虑两年结果也是一样的。可看着因操劳过度都已经秃成"地中海"的老总，她点了点头，给了他一个面子。

看她多厚道啊。

等她从公司回到家，宁父已经回来了。一家人一起吃完晚饭后，宁秋秋趁机把想嫁给展清越的事情告诉宁父。宁父一开始暴跳如雷，坚决不同意此事，表示再提就打断她的腿。可他听宁秋秋分析了一番之后，又开始吞吞吐吐。

"你这孩子，你说，你怎么就对展家人有这么深的执念呢？"宁父叹了口气。

宁秋秋说："可能上天注定我要做展家的媳妇吧。"

宁父被噎了一下，说："这事儿关系到你的终身幸福，你好好地考虑考虑吧。"

"我考虑得很清楚了。"宁秋秋垂下眼，带着点儿小忧伤说，"如果我没嫁过去，我会抱憾终身的。"

"你！"

"爸爸！"宁秋秋抱住他的手臂，学着原主的样子撒娇，"三个月，就三个月，他没醒来，我就卷铺盖跑路好不好？"

其实刚刚宁秋秋给他分析这段婚姻带来的好处时，宁父已经心动了，可这毕竟要牺牲自家女儿的终身幸福，宁父在亲情底线上过不去。

现在宁秋秋给了他一个期限——三个月。这和一辈子完全不是一个概念，就像是从一开始的卖女儿成功过渡到了成全她一样。

他在其中找到了一个诡异的平衡点，既让良心过得去，又能从中得到好处。

"成吧，"宁父终于松了口，"就三个月，一天都不能多！"

叮咚。

装潢奢华的客厅里，安静的氛围被一阵门铃声打破。见温玲正插着花，打下手的梦梦放下手中的剪子，利索地起身去开门。

"宁秋秋女士的快递，麻烦签收一下。"来人是某个网上商城的快递员，他在梦梦的面前晃了晃手中的东西，说。

"好的。"梦梦利落地在快递上签下自己的名字，把快递提了进来。

面前的白瓷花瓶里的花插了一半，温玲看到梦梦提了个快递进来，问她："又是秋秋的快递？"

"嗯，是呀，我给小姐送上去。"

"等一下。"

温玲放下手中的花，梦梦会意，把快递递给她，温玲接了过来。这只是一个很寻常的快递盒子，很小，但她拿在手中感觉分量很足，肯定不是衣物、金饰一类的东西。

"这孩子，整的是什么东西？"温玲嘀咕了一句，查看了快递的单子和外形，试图探究里面沉甸甸的东西到底是什么。

无果。

"要不，拆开看看？"梦梦建议说。

最近宁秋秋一连收了好几个快递，都是在某网上商城买的，因为那个商城自家有派送员，不用其他的快递公司寄送。现在网络购物这么发达，上网买点儿东西太正常了，特别是女孩子，一个月不拆几个快递，都手痒得想找把刀来剁剁。

可是，温玲这个人有种奇葩的思想，就是觉得网上买的都是便宜廉价的残次品，网购是没有钱的人才干的事，他们这等身家的人，网购实在太跌份了。

宁秋秋作为女配角，自然从小在她妈的耳濡目染下也养成了这种思想。故而，他们家是鲜少网购的。

可这两天宁秋秋收了三个快递了！这引起了温玲的强烈关注，她觉得自家女儿掉档次了，还掉了不止一个。

"算了，给她送上去吧。"

温玲把快递盒子递给梦梦，心想晚上得盘问一下老宁，是不是给自家女儿克扣零花钱了？

梦梦从温玲的手中接过快递盒子，一路小跑上了二楼，才松了口气。

幸好夫人没怀疑她，也没盘问她。不然她说实话吧，小姐肯定不会放过她的；不说实话吧，以后事发，夫人肯定要打断她的腿的。

梦梦想着这些有的没的，来到了二楼宁秋秋的房门口，伸手敲了敲门。

房间里，坐没坐相的宁秋秋听到敲门声，扔下笔，整理了一下衣服，看起来有点儿小姐样儿了才走过去开门。

梦梦把手中的盒子递给她，说："小姐，你的快递。"

"哦，谢谢啊。"

宁秋秋提了快递回到房间，正要找美工刀拆快递时，放在桌上的手机响了起来，提示有微信信息。宁秋秋瞄了一眼，是备注为"远哥哥"的人给她发来的微信消息。

远哥哥："有空吗？出来喝杯咖啡。"

展清远基本不会主动给宁秋秋发微信，更不用说约她出去喝咖啡这么浪漫了。要是换作原来的那个宁秋秋，看到这条消息估计要激动哭了。

可惜她不是原来的宁秋秋。她简单粗暴地回了两个字："没空。"

大概还没有几个人敢这样对待展二少的盛情邀请，对方被这不客气的二字搞得过了好一会儿才继续发消息过来。

远哥哥："我想和你谈谈。"

宁秋秋："不好意思呀，过阵子我就是你的嫂子了，对于小叔子，我要避嫌。"

远哥哥："……"

对方发了六个点之后，又沉默了良久，最后干脆打电话过来了。

"宁秋秋，你到底想干什么？"宁秋秋刚接起来，电话彼端就传来展清远压抑着怒气的声音。

宁秋秋眨眨眼，无辜地说："什么干什么？"

"别装傻。"展清远不客气地说，"我不觉得我们展家的人身上镶了钻，你到底看中了我们什么？还是安了别的什么心，嗯？"

展清远一开始以为她说要嫁给他哥只是一时的气话，直到对方告诉他爷爷，家里已经同意了这事儿，并且他爷爷在踌躇两日后竟开始张罗起来，他才意识到，这件事情不是宁秋秋闹小孩子脾气那么简单。

宁秋秋是来真的，她真的要嫁给他哥，而老爷子也是真的想接纳这门婚事！这多荒唐啊，电视剧都不敢这么演。

展清远坚决反对这种荒唐事在自家上演，可他虽然是家主，在哥哥的婚姻上却没有老爷子有话语权，而且在这件事情上，展清远要是强烈阻止，反而显得他目的不纯了。

原因就是，展清越出事，最大的受益人可不就是他这个弟弟嘛。他要是一味地阻止，反而有种他不想让他哥醒来的意思。

更可恶的是，年初确实有算命的人跟他爷爷说过，可以给他哥试试冲喜。老爷子一把年纪了，对于鬼神一类的东西总没有他们这些年轻人看得通透。只是给展清越这种完全没有行动和自理能力的人娶媳妇，无疑是在糟蹋别人家的姑娘。他们家虽然有钱，但也不至于做出这种没人性的事情来。

所以此事便不了了之了。

但如果有人表示自愿嫁给展清越就不同了。他爷爷权衡了两天，竟真打算不动声色地把这事儿给办了。

他劝不动老爷子，只能从宁秋秋身上下手。

宁秋秋继续装无辜："我就是喜欢清越哥哥呀。难道我喜欢一个人，在你这里就成了动机不纯、不安好心吗，清远哥哥？"

展清远："……"

宁秋秋这语气听起来很微妙，让展清远生出一种宁秋秋因为求而不得，因爱生恨，然后为了报复他才嫁给他的植物人哥哥的感觉。

沉默片刻，展清远轻声地说："秋秋，别闹了，好不好？"

"不好。"宁秋秋毫不客气地拒绝了对方委婉的提议，说，"还有，我跟你哥的事情也八九不离十了，以后你可以叫我嫂子，我亲爱的……弟弟。"

说完，宁秋秋果断地撂了电话。她用脚指头想都能知道展清远约她出去的目的是什么，既然做了决定，就不想跟他在这个问题上上演拉锯战。

次日，宁秋秋要去展家一趟。

展老爷子虽然对于这段婚姻乐见其成，可还是很谨慎。倒不是怀疑对方有目的，他知道对方肯定有目的，不然谁会无缘无故地嫁给一个植物人，而且父母还同意了？真的是因为喜欢？

"喜欢"二字，其实最不值钱。

展老爷子不怕他们有目的。人嘛，除了名、利，还贪图什么？只要对方把对名利的需求控制在一个合理的范围内，他都不会吝惜。

他谨慎的是，怕宁秋秋突然反悔。所以他让宁秋秋过来一趟，目的是让她"参观"展清越。

"出了车祸后，他就一直没有醒来，在床上躺了一年多了，吃喝拉撒都要人伺候。"展老爷子亲自带宁秋秋去展清越的房间，边走边说，"他不能吞咽，没办法喂饭，只能靠吃流食和打营养针。这一年多来，我就这么眼睁睁地看着他一点点地变瘦，有时候甚至都不敢多看他一眼。"

展老爷子这话，乍一听仿佛是一个上了年纪的长辈的絮语，可宁秋秋听出了这话的言外之意：展清越已经不是当年那个位于高位的掌权者了，现在变成了一个生活不能自理的活死人，甚至在外貌上也发生了变化，再也不是那个她仰慕的清越哥哥了。

展老爷子让她做好心理准备。

宁秋秋当然是知道这些的。她上次和展清越打了个照面，发现其实展清越被照顾得不错，起码没出现正常植物人应该出现的"瘦到脱相"的状态，也可能是因为时间短，但是更多的原因当然是展家有钱，护理十分到位。

"没事的，展爷爷，"宁秋秋装作没听懂言外之意的样子，说，"清越哥哥会醒来的。"

"唉。"展老爷子长长地叹了口气，没有接她的话。

这种安慰的话展老爷子估计听得耳朵都起茧了。不过宁秋秋也没有安慰他的意思，只是顺口说说而已。

二人来到展清越住的房间，也不知道是有意还是无意，恰逢在他的"吃饭时间"。

上次大概是被推出去晒太阳或者兜风，总之展清越穿得挺体面的，仿佛睡着了一样。

不知道的人只会觉得此人是病了，身体不堪重负，所以睡了过去，不会把他和植物人联系起来。

可现在，展清越直挺挺地躺在床上，身上盖着薄被，鼻孔里插着透明的管子。一位年轻的姑娘正熟练地把食物用针筒推入管子，她喂的东西看起来应该是加了肉和菜、炖得很黏糊的粥。

“老先生。”喂饭的人看到展老爷子进来，礼貌地打招呼。

“嗯。”展老爷子点了点头，说，“我们来看看，你继续，不用管我们。”

展老爷子和宁秋秋谁也没说话，一直静静地看着女孩喂完食物，然后把管子抽出来。宁秋秋没有多少医学常识，当那根管子被抽出来的时候，她的身体倏地一紧——那根管子的长度比她想象的长很多。

假设鼻孔是一个一飞冲天不转弯的“直洞”，这根管子从鼻孔插进去再从头顶出来，能把展清越插成天线宝宝。

“这么长的管子从我的鼻孔插进去，我一定会疯掉的。”宁秋秋想。

“这管子，每次吃饭都要用吗？”宁秋秋问。

“可以留置的，今天应该刚好要换。”展老爷子答道。

其实展老爷子是故意的，目的就是让宁秋秋认清当前的形势，不要等到嫁过来才知道害怕和后悔。

“会害怕吗？”

宁秋秋摇了摇头：她什么没见过呀，这些都是小打小闹。

“那你单独和他待一会儿？”

宁秋秋：“好。”

展老爷子和护工一起出去了，房间里只剩下她和展清越。

宁秋秋不用想也知道这房间里有监控。这倒不是为了防她。现在是法治社会，她和展清越无冤无仇，她也不是什么变态杀人狂，不会无缘无故去对展清越做什么。这个监控存在的目的是监视照顾展清越的护工，防止他们照顾不周，甚至虐待展清越。反正展清越现在是活死人一个，没有任何隐私可言。

不过，无论展老爷子会不会通过监控来监视她的举动，宁秋秋都决定把戏做得足一点儿。

宁秋秋拿出十成的演技，慢慢地挪到病床前，“深情款款”地端详了展清越片刻，眼里酝酿着万千情愫，仿佛寻觅多年终于寻得自己的“睡王子”，每一眼都充满浓浓的情意。

上次在电梯口的相遇只是匆匆一瞥，她都来不及细看，现在近距离看展清越才发现，此人虽然美，却不是阴柔美。他的五官棱角分明，很有立体感，多看几眼，会感觉此人美中透露着一股凌厉，让人看了容易起色心……

宁秋秋眨巴了一下被“美人”迷住的眼睛，低头看到展清越露在被子外面的一只手。这只手苍白纤细、骨节分明，看起来跟姑娘家的手一样。

她犹豫了一下，随后慢慢地伸出手，握住那只过于纤细的手。

她以为对方的手指肯定是冷冰冰的，不想指尖触到的竟是一片温暖的皮肤。

“占你点儿便宜，不好意思啦。”宁秋秋心里想着，把那只手握在手里，在旁边的凳子上坐了下来。

虽然宁秋秋在第一次见面时就对人家垂涎三尺，脸皮又厚得堪比城墙的拐角。可真正到了实战的时候，在人家人事不知的情况下产生了这么亲密的肢体接触，宁秋秋那点儿稀薄的羞耻心还是争先恐后地涌了上来，呈现在脸上，把她闹了个大红脸。

“希望你醒来后不会掐死我。”宁秋秋看着展清越安静的睡颜，心里想着。

书里对展清越的介绍不多，他都是活在别人的口中，属于成功的上位者。大家都觉得他很厉害，据说其脾气也挺好，待人温和，不是男主角那种霸道总裁型的。

展清越应该最多只是生气时会把她踹出展家吧？

宁秋秋多了点儿底气，在展清越的手心摩挲片刻，觉得时间差不多了才把展清越的手塞回被窝，又从随身的包包里拿出一个锦囊，里面装了一张她昨天画的平安符，然后她把装在锦囊里的平安符放到他的枕头底下。

从展清越的房间出去后，宁秋秋又和展老爷子聊了一会儿，再次表明了自己嫁入展家的决心。展老爷子感动得都差点儿相信这是爱情了。

和展老爷子告别后，宁秋秋走出展家，她家的车已经停在外边等她了。她其实会开车，原主也有驾驶证，只不过她七年没碰过方向盘了，为避免造成惨案，还是让家里的司机送她过来。

她撑着小阳伞走到车前，一边纳闷儿自家司机怎么不下来给她开车门，一边拉开车门坐进去，抬头却不见老李，坐着的是一个年轻英俊的小伙子。

“你这是打算劫持我吗，展二少？”宁秋秋微笑道，看起来没有一点儿生气的样子，心里却已经给老李这个吃里爬外的家伙狠狠地记了一大笔。

“抱歉，”对方彬彬有礼地道歉，却没有一丝歉意，“约不到宁小姐，只能用这种方式，就耽误宁小姐几分钟，希望宁小姐不会介意。”

“说得好像我介意你就会放我下去一样。”宁秋秋暗想，不过还是做出洗耳恭听的样子。

“之前……对不起，我察觉到你的感情，却没有明确我的态度。”

一向霸道的展清远，忽然来了个这么煽情的开头，让宁秋秋有点儿意外。

其实之前也说不上是展清远的错。宁秋秋于他而言和大多数仰慕他的追求者一样，他日理万机，时间和精力都放在工作上，还有各种交际应酬，根本没有那么多的空闲去把一颗颗的少女心都照顾到。

宁秋秋：“哦，没关系。”

展清远被她这冷淡的态度噎了一下，总觉得宁秋秋变了许多。之前在他面前，宁秋秋从来都是一副乖巧和善的样子，现在就跟撕下了面具一般，把她以前极力隐藏的一面全部展现出来了。

他继续往下说：“这阵子我查了一下，你这么急于嫁入我们家的目的，我大致已经清楚了。”

男主角不愧是男主角，这么快就查出宁家的企业出现问题了。

宁秋秋摊手：“你们家这么急于娶我的目的，不也一目了然吗？”

“成，撇开目的不说，宁小姐，你应该清楚现在展家谁当家，展家的生意合作权在谁手上。”

“所以？”

“所以，”展清远把一份文件放在座位间的储物盒上，说，“你想要的东西这份协议上都有。我虽然无比希望我哥醒来，但我不信迷信那一套。我要是不想和宁家合作，别说你嫁过来，就算你们宁家人全部迁进我们展家的户口，我也不会帮你们一分一毫。”

其实展清越结婚与不结婚没有任何差别，反正他就是一个生活不能自理的植物人。就算结婚了，有展清远和展老爷子在，宁秋秋也不能把展清越怎么样。

可是，展清远不希望以前那个那么威风的男人，在变成没有一点儿尊严和隐私的植物人后还要被人利用。这也让他看透了宁家人的卑劣。宁家这个合作伙伴，令他失望透顶。

“宁小姐好好考虑一下吧。”说完，他不做多留，拉开车门准备下车。

前脚还没踏出去，他就听到宁秋秋幽幽地说：“原来，在你心中我只是一个为了利益牺牲自己的人。”

“你难道不是吗？”

“大概在你们商人的心中根本没有纯粹的爱情吧。”宁秋秋轻轻地说，“那季小姐跟你在一起，也有什么目的吗？贪图你的富贵？你的资源？还是……你能给她以后的星光大道添砖加瓦？”

展清远的脸色一瞬间黑了，他说：“宁小姐，空口无凭，这是诬蔑。”

话一说完，展清远就后悔了——他落入了宁秋秋设好的圈套里。

宁秋秋的话是诬蔑，可他说她对展清越的喜欢是贪图利益，何尝不是诬蔑？

宁秋秋笑了，说：“麻烦展二少把我的司机叫回来，多谢。”

关于退团的事情，宁秋秋在家考虑了整整一周的时间，最后给出的结果还是决定离开女团，转战演艺圈。

因为是艺星娱乐先提出来让她另谋高就，算是艺星娱乐先违约，所以他们这边解约非但不需要承担责任，还可以得到对方的一笔违约赔偿金。

艺星娱乐丢了西瓜也丢了芝麻，几次拐弯抹角地联系宁秋秋本人，想要跟她谈谈，都被她拒绝了。

“这是艺星发来的解约合同。”瞿华把合同推到宁秋秋面前，犹不死心地说，“小啾啾，你确定不再考虑一下吗？”

宁秋秋的回答是利落地在合同上签上了自己的大名。

“好吧。”瞿华叹了口气，幽幽地用画了精致眼线的眼睛看她，说，“你这女人，好无情好残酷啊。”

宁秋秋依旧没法儿适应这个经纪人，说："难道我要一步三回头，又哭又闹地表示我一定会回来的，才显得我很多情且不残酷？"

"那倒也不是啦。"瞿华摸着胸口，可怜兮兮地说，"人家心痛嘛。"

宁秋秋恨不得给他一棒子。要不是公司里没有比他更好的经纪人了，她一定会强烈要求换掉此人的。

"好啦，既然签都签了，也就没有回头的余地了。"瞿华稍微正经了一点儿，把她签好的合同收起来，又对她说，"这阵子你先去公司的表演班学习一下表演的技巧，我再给你重新规划发展路线。"

由于发展方向的变化，宁秋秋未来的发展路线需要重新全盘规划。

"好。"宁秋秋很干脆地答应了他。

她确实七年没接触演戏这东西了，需要训练一下演技。最重要的是，她要是不去，瞿华肯定又要念叨她。她算是怕了瞿华了。

他们公司的规模不大，表演班里也就二十几个学生，都是公司新签的艺人，看起来朝气蓬勃，走进表演班，仿佛走进了大学课堂。

宁秋秋第一天上的刚好是理论课。她跟大家都不熟，就随便找了个位子坐。跟这些连头角都还没崭露的新人不同，宁秋秋在公司已经算是"名人"了，大家看她的眼神都不一样。

不过大概是因为大家都自认和宁秋秋不是一个阶层的人，居然连个搭讪的人都没有，宁秋秋旁边的位子也一直空空如也，没人敢坐。因为宁秋秋的不讲道理在公司里是出了名的，大概他们的经纪人都跟他们耳提面命过，惹谁也不要惹她这位大小姐。

看着以自己为圆心，四周起码隔了三个座位都没有人员分布，宁秋秋感到有点儿寂寞、空虚、冷。

"请问，这边有人坐吗？"

就在宁秋秋可怜兮兮地觉得自己被这些小朋友孤立的时候，终于有人来询问她旁边的座位了。宁秋秋按捺住美滋滋的心情，装着高冷的样子，淡淡地摇了摇头说："没人。"

"那我可以坐吗？"那人又问道，声音里带着几分不自觉的紧张，给人一种胆怯的感觉。

难道此人是想抱她的大腿，但又害怕？宁秋秋心里想着，抬头看了来人一眼，只见那人五官端正却并不算漂亮。起码在美女俊男云集的表演班，此人仿佛是一个普通人。

"坐呗。"

女生见到宁秋秋的脸，愣了一下，随后整个人不知所措起来，一副想走又不敢走的样子——敢情这位刚刚是没认出宁秋秋，所以才敢过来坐。

犹豫了一会儿，女生还是扭扭捏捏地坐下了，其他人都把注意力若有若无地放在她们这边。注意到了别人的目光，女生更紧张了，跟一只鹌鹑一样，恨不得把头埋进桌子里。

宁秋秋："……"

她长得也不像老虎吧，有必要让人家紧张成这样吗？

宁秋秋摇了摇头，感觉原主树立的形象太过恶劣，得挽回一点儿。于是她主动"和蔼"地跟人家姑娘说话。

“我叫宁秋秋，宁静的宁，秋天的秋。”虽然对方肯定知道她的名字，可她还是先主动自我介绍，随后问，“怎么称呼你？”

“叶柯，”女生怯怯地说，“树叶的叶，木可柯。”

叶柯？是她知道的那个叶柯吗？小说里，未来有个挺红的明星就叫叶柯。

叶柯其貌不扬，虽然有演技，但在这个“颜即正义”的时代，她的前经纪公司别说重点培养她，甚至连基础资源都没给她，导致叶柯在二十五岁之前都碌碌无为。

直到二十六岁，叶柯和公司的合约到期，没有续约，机缘巧合之下被女主角的工作室签了去。随后叶柯接了一部情景剧，因为那部剧很搞笑，而且她的演技非常好，便火了起来，成功跻身准一线的行列。

她还出了一本叫《机遇》的书，书中写道，这段经历让她变得非常励志。她的粉丝把女主角奉为发现她的伯乐，她跟女主角的关系也一直非常好，给女主角长了不少脸。

没想到的是，她的前经纪公司居然是宁秋秋所在的公司。

可是，眼前的这个女孩真的是叶柯？宁秋秋记得对方在那部情景剧里演的还是一个挺开朗的角色，她到底经历了什么？

“我知道你，”对方声若蚊蚋，“你就是那个很红的‘谜女团’的成员，是吗？”

宁秋秋：“以前是。”

“哦……”叶柯应该也听说了宁秋秋退出女团的事情，正在尴尬地继续找话题时，见宁秋秋一直在看她，刚刚缓解的紧张情绪又起来了。她情不自禁地摸了摸脸，说，“我脸上有什么东西吗？”

宁秋秋已经盯着人家的脸看半天了，看得人家都不自在了。如果宁秋秋是个男生，估计已经被当作变态抓起来了。

“啊，不好意思，你长得像我的一个故人。”宁秋秋一张嘴就不要钱似的跑火车瞎扯。

其实她是在想，如果她捷足先登，把叶柯纳入自己的阵营中……不过现阶段宁秋秋也只有想法而已，没那么多的精力再去开个工作室挖人。

她在公关上出现了问题，正被负面新闻缠身。关于她退团的消息才官宣不久，就被各种不怀好意的人恶意带节奏。

一开始愤怒的是“谜女团”的团粉和宁秋秋的黑粉，说宁秋秋膨胀了，以为自己红了，可以单飞了，就离开女团独自发展。话里话外都在讽刺宁秋秋不知天高地厚，以为自己在女团待了几天、有点儿话题就是个大明星了。

接着，貌似是宁秋秋这边粉丝的洗白言论，说他们家无辜的秋秋对于自己的去留没有决定权，是她的公司看宁秋秋火了，想拉她回去赚钱，所以才让她退团。

这个洗白言论让很多人都接受了，毕竟艺人的去留权基本都在经纪公司的手上。就在大家把仇恨都转移到宁秋秋所在的经纪公司时，其经纪公司的“内部成员”爆出：宁秋秋是自己想离团的，她家是公司的大股东，公司一直劝她不要离团，是宁秋秋固执己见非要自己发展，公司也没办法。

然后，宁秋秋就成了一朵自我膨胀并且栽赃诬蔑自家公司的“白莲花”。

而且，宁秋秋家是大股东这个消息被曝光之后，关于宁秋秋在做练习生时仗着自家有钱挤对其他选手的新闻也被挖了出来。一时间，宁秋秋成了过街老鼠。

这些言论一波接着一波，明显是有团队在背后操作，不但把她黑了，还趁机离间了一把她和经纪公司的关系。宁秋秋本来就由于离团引起了团粉的不满，再被这么搞了一波，人品、能力都遭到了质疑，如果是普通人，估计就被这样踩在泥土里出不来了。

“这个该死的艺星娱乐，落井下石，一点儿大公司的气度都没有，呸！哼！”瞿华连续用了两个语气词表达了对艺星娱乐的不满。

他用脚指头想都知道这波节奏是艺星娱乐带的。对方对于宁秋秋离团这件事本身就不满，加上之前闹了不愉快，以及之后他们还赔了违约金，自然要狠狠地记一笔。

宁秋秋说：“你不是说黑红也是红吗？有人黑是好事呀，说明我还是有热度的，不是离了女团就一切归零了。”

他什么时候这样说过？瞿华突然发现宁秋秋从头至尾都很冷静，甚至比他还冷静。他疑惑地说：“小啾啾，你最近变了好多呀，我有时候甚至都怀疑你换了一个人。”

以往碰到这种事情，依照宁秋秋的暴脾气，她早就开口骂了。原主性格骄纵，兼之从小被捧在手心里，根本受不了一点儿委屈。

宁秋秋也知道自己和原主的差距比较大，加上也没刻意去模仿原主的性格，所以亲近的人肯定会看出她的不对劲。

“因为我失恋了呀，”宁秋秋又开始满嘴跑火车，说，“你没听说过恋爱中的人智商为零吗？”

所以这就是智商上线了的原因吗？

瞿华自从和宁秋秋认识就知道她有个喜欢的人，而且这个人就是赫赫有名的展氏当家人展清远。宁秋秋喜欢他喜欢得几近魔怔。据说，一次有个小模特企图勾引展清远，恰巧被宁秋秋撞见，之后不但被宁秋秋现场打骂了一顿，事后还被爆出了一系列的丑闻，上了热搜，狠狠地“出名”了一把，彻底在这个圈子混不下去了。

可那位对宁秋秋好像并不上心，而且据瞿华的一手消息，最近那位身边有了人。这阵子瞿华还十分忐忑，唯恐宁秋秋知道了这件事情后又要发疯。

没想到宁秋秋不但知道了这件事情，而且还这么坦然，要不是他是个唯物主义者，真要怀疑宁秋秋像小说里的女主角一样被人附体了。

不过宁秋秋不发疯、不惹事，他求之不得，忙安慰她说：“没事，我们小啾啾会碰到更好的，那些男人配不上你。”

宁秋秋笑了笑，其实已经碰到了。只是这件事情得暂时保密。

宁秋秋在少女时代时，也曾幻想过自己的白马王子会用最浪漫的方式把自己娶回家，就算不是踩着七彩祥云，也是驾着玫瑰香车翩然而至。

然而，现实总是残酷的，残酷到对方只用了一辆车和一个司机，就把她以及她的行李一起接走了，连个稍微正式点儿的仪式都没有，跟接回在外打工的女儿差不多。

当然，这些都是两家说妥的。对于这门所谓的“婚事”，两家人各怀鬼胎。宁家这边当然是既想从中捞好处，又不想自家女儿的名誉受损，所以恨不得除了你知我知，其他人都不知道。

而展家的想法则是，他们这种在外人看来道貌岸然，甚至每年都要捐赠一大笔善款的慈善企业家，怎么可能做出这种利用别人的事情来？

加上宁秋秋这个“公众人物”的身份，两家人都希望此事越少人知道越好，最好没人知道。所以婚礼省略了一系列烦琐的程序，展家只是把宁秋秋先接过去，稍微体现一下老祖宗留下的仪式。

至于别的一切，自然是看以后的发展了。如果展清越醒了，不管什么仪式、礼仪，一切都好说、好补；如果他不醒，就算宁家不说，展老爷子心里也有数，宁秋秋不会长久地待下去的。

如果以后展清越真的醒了，两个人也互相喜欢对方，愿意喜结连理，那两家自然会重新办一场盛大的婚礼。

“我以为这一天起码还要过几年才到来的，没想到它来得这么突然，我……”温玲拉着宁秋秋的手，情不自禁地流下了眼泪。虽然对这所谓的结婚大家都没怎么当真，可温玲毕竟是当妈的，舍不得宁秋秋很正常。

宁秋秋给她擦掉眼泪，安慰她说：“没事啦，妈，反正住得这么近，我会经常回来的。”

“嗯。”温玲摸出一张信用卡，说，“妈也没什么可以给你的，这张信用卡你拿着随便刷，别再去网购了，咱不缺那点儿钱，不要让展家那边的人看低了你。”

宁秋秋：“……”

网购就是缺钱吗？这到底是什么逻辑呀？

而且，她并不缺钱。宁父每个月都会往她的账户里打一笔零花钱，而且宁秋秋在“谜女团”时，身价水涨船高，根本不需要温玲来补贴她。

宁秋秋哭笑不得，本想推辞，可见温玲神色关切，知道这是她的一片心意，便收了下来，说：“谢谢妈。”

“去了那边要强势点儿，不然那些没眼力见儿的下人看到你这个新主子肯定要欺负你的。不要怕他们，受了委屈就告诉妈，妈去帮你理论。”

这是生活在封建社会呢？而且宁夫人，你对你的女儿是不是有什么误解？不是一直都是她在欺负别人吗？

“他们不会欺负我的，妈，你放心吧。”

“哼，谁知道呢？他们看你的男人是个植物人，肯定会狗眼看人低的。”说到这里，温玲又想到了什么，说，“不过要是他们欺负你，你就去找清远撒娇，让他给你做主，如此一来二去，你们就……”

温玲没说下去，给了她一个“你懂的”的眼神。

宁秋秋一时间没反应过来：“啊？”

“你骗得过别人骗不过妈，别以为我不知道，你打着嫁给展清越的幌子，其实是想更方便地追清远。”宁夫人一脸我早看透你的鬼主意的表情，“不过这样也好，近水楼台先得月，我看姓季的那个人拿什么跟你斗。”

宁秋秋：“……”

她真不是这样想的呀！宁秋秋从来没想过这件事情，不过温玲这样一说，她反应过来了，展清远千方百计地阻止她嫁给展清越，是不是也以为她是奔着自己去的？

毕竟原主喜欢他喜欢得那么疯狂。

想到这里，宁秋秋觉得自己简直比窦娥还冤。

宁父见她们嘀咕了半天还没嘀咕完，走过来说：“行了，又不是远嫁边塞，差不多就可以了。秋秋，时间仓促，爸也没准备什么，这是璟湾那套别墅的钥匙，你拿着，先委屈你了。以后等你真嫁人了，爸再给你补丰厚的嫁妆，让你风风光光地出嫁。”

说完，宁父递过来一串钥匙。

如果宁秋秋没记错，璟湾那边是有名的富人区。别墅的价格都快炒到八位数了，而且别墅卖的可不是地皮面积，而是每层的面积，这一套别墅怎么也得几千万吧！

这还不够丰厚吗？

贫穷限制了宁秋秋的想象力，尤其是穷了七年的她想到以后宁家破产，自己负债千万，把这套别墅卖了不就还得起了吗？

这逻辑好像……没毛病。

虽然在小说里，宁父、宁母都不是好角色，特别是贪婪、自私还傲慢的宁夫人，是个被读者吐槽来吐槽去的角色，可他们对待宁秋秋却是极好的。宁秋秋心虚又感动地承了他们的心意，坐上了展家来接她的车。

宁秋秋一路无话。

车到了展家，令宁秋秋意外的是，展清越“亲自”出来迎接她了。

说是“亲自”，其实他是坐在轮椅上被护工推出来的，和两个人第一次相遇的情形有点儿像。

不过今天他们帮展清越拾掇了一下。黑色的衬衫显得展清越的脸色更加苍白，不知道哪个鬼才还给他化了点儿妆，脸上有一点点属于妆容的红晕，无端地给他添了几分魅惑感。展大少爷假如未来醒来看到此时自己的尊容，一定会把那个给他捯饬的人吊起来打一顿。

宁秋秋还要昧着良心夸赞：“今天的清越哥哥真好看。”

推着轮椅的小姐姐立刻邀功：“是先生的底子好。我随便帮着化了一下妆，结果太惊艳了。”

“嗯，很惊艳。”宁秋秋看了那位姑娘一眼，发现就是之前喂饭的那位护工，展老爷子好像叫她晶晶。

宁秋秋笑着说：“清越哥哥一定非常喜欢他现在的样子。”

晶晶有点儿不好意思地低下头，说：“宁小姐真会说话。”

宁秋秋迅速和展清越身边的人建立起友谊的桥梁，又说：“我来推吧。”

“好。”晶晶后退，把推轮椅的位置让给她。

轮椅这玩意儿无论在电视剧里还是在现实里都不是什么稀罕的东西，可这是宁秋秋第一次推，还是在“新婚之日”推自己的“老公”。

这种体验感很微妙啊。

展老爷子也来到门口迎接，但是展清远并没有出现，估计是想眼不见为净了。展老爷子让她和展清越进屋，一起寒暄了几句，便吩咐晶晶先把展清越推出去呼吸新鲜空气，又让管家安排人把宁秋秋的行李搬到她的房间里收拾好，自己则带着宁秋秋去了书房。

宁秋秋见展老爷子从文件夹里拿出一沓 A4 纸，心里想着，这展老爷子莫非要跟她约法三章，签订一个小说里很流行的——结婚契约？

然后她就成了霸道总裁文里的——契约新娘？

她竟觉得这个设定挺有趣的！

不过她好像不是霸道总裁的契约新娘，而是霸道总裁他植物人哥哥的……

“你看看这个。”展老爷子把 A4 纸推到她面前。

宁秋秋接过来。文件的标题……嗯？股份转让协议？这是什么鬼？

“这份是卓森的股份转让协议，不多，只有 1%，聊表心意。”展老爷子语气平淡地说，仿佛给晚辈发了一个 100 元的红包。

卓森是展家的核心企业，也就是现在展清远做董事长的那个。宁秋秋刚刚还觉得宁父给她一套价值千万的别墅已经是大手笔了，如今跟这个股份相比完全是小巫见大巫啊。

宁秋秋再次被有钱人的做事风格惊呆了。

“这么贵重的东西，我不能……”

“没事，你拿着。”宁秋秋推托的话还没完全说出口，展老爷子就打断她说，“这样才能让我这颗自私的心安稳些。委屈你了，以后清越就烦劳你多照顾了。”

这话让宁秋秋都心虚了。其实比起书里嫁给一个中年秃顶的老男人，她一点儿都不委屈。

不过展老爷子之所以这么大方，也是为了慰藉他那颗过意不去的良心，并且告诉宁秋秋：我是把你当成孙媳来看的，希望你也把展清越当成自己的老公来看，不要耍什么花样。这和契约的差别并不大，如果她违背了彼此的约定，展老爷子既然能这么轻易地送 1% 的股权给她，自然也可以轻易地让她付出代价。

想到这里，宁秋秋接过协议，说：“那我就不客气地收下了，谢谢爷爷。”

虽然名义上是“结婚”，展家倒没那么过分，让她和一个植物人同床共枕。展老爷子给她单独安排了一个房间，就在展清越房间的对面。

两个人就这样成了无名无实的“夫妻”。

处理好乱七八糟的事情后，宁秋秋做的第一件事情就是去展清越的房间里看她上次放在他身边的平安符怎么样了。

展清越的活动地点只有床上和轮椅上。出去兜完风，护工又把他安排回了床上，吊着水，不知道在输什么液体。

展清越脸上的妆已经被卸了，露出他本来的面目，看起来顺眼多了，宁秋秋情不自禁地多看了几眼。

其实她也算是个“颜控”。如果展清越长得不好看，就算对方是什么绝世体质，她也不会这么豪爽地嫁给他的。

这个世界就是这么真实。想来展清越在变成植物人之前肯定也是无数少女心中的白马王子，市场绝对不比男主角差。

“这意外一出，肯定让不少少女梦碎。”宁秋秋心里想着。不过如果不是这个意外，也轮不到她嫁给展清越。

欣赏够了自家男人的颜值，宁秋秋在他的枕头底下找平安符——展老爷子跟她说房间里的监控以后都会关掉，也算是尊重他们二人，当然更多的是尊重宁秋秋，所以宁秋秋不用担心自己的一举一动都被监视了。

平安符还藏在枕头底下，并没有被动过，也不知道是他们没发现，还是发现了没动它。

不过令宁秋秋十分失望的是，它成了一张废纸。

这个结果令她难以接受。宁秋秋坐在柔软的床上，看着床上的“睡美人”，难道真的要悔婚？

这代表展清越的体质是管用的，问题还是出在她这个画符师的身上。

或许是数量的原因？有可能！反正她这阵子画了许多符箓，不如都拿来养着试试！

何况她也嫁进展家了，可以慢慢地养。

想到这里，宁秋秋原地满血复活，跑回自己的房间把盒子拿出来，搬到展清越的房间里。她在人家的枕芯和枕套的缝儿里、被套和被子的缝儿里，以及床单底下这些不易被人翻出来的地方都贴了符箓，跟镇邪似的。要是不慎被人发现，展老爷子估计要以为自己的孙子出了什么问题，她才要用这么多的符纸镇住他。

展清越的被套、床单固定一个月换一次。为了迎接她的到来，他的床上用具全部换了一套，虽然没有换成一整套夸张的大红色，但看得出来都是新的，没有一点儿压痕，上面还残留着新被褥晒过阳光后那种清淡的味道。

所以短时间内应该没有危险——只要护工不会没事去翻他的床单、拆他的被套。

她只要在下次换床单和被套之前撤走就行。

宁秋秋打了个响指，完美！

到了晚上，展老爷子摆了小宴席，把展清远也叫回来了，并且嘱咐他把小女友带来。大家一起吃顿饭，也算是“一家人”了。

展家除了展清远兄弟、展老爷子，几乎没有其他人。书中提到，展父在展清越接手家族产业不久后就去世了，展母在后续剧情里有出现，但是并不受展家人待见，所以展家这个豪门世家的家宴，其实坐在一起的也就四个人。

展老爷子算是那种很开明的家长。一般老人家的观念比较守旧，讲究门当户对，加上展家又是商业世家，婚姻很容易被当成商品，联姻事件屡见不鲜。

但是展老爷子完全没有因为女主角的出身而歧视她，对待女主角的态度和对待宁秋秋的一样。他今天心情很好，兴致很高，刚入座就对展清远说：“把酒给你嫂子和微凉满上，我们一家人干一杯。”

展清远明显被“嫂子”这个称呼震了一下，正在给展老爷子斟酒的手一抖，差点儿把酒倒在桌子上。

片刻后，他才消化了这两个字，看了眼宁秋秋，说：“好。”

男主角、女主角都叫她嫂子，宁秋秋内心舒坦了。这种剧情发展明显比女主角、女配角争一个男人有趣嘛。

展清远给老爷子倒完酒后，就换了红酒先给宁秋秋斟上。等他把倒满酒的酒杯放在宁秋秋的面前时，宁秋秋从口袋里摸出事先准备好的红包，递到展清远的面前，说：“一点儿小意思，弟弟不要嫌弃。”

展清远：“……”

昔日追在他身后的小姑娘突然成了嫂子，这是只有在电视剧里才出现的剧情……展清远的嘴角抽了抽，可是在老爷子面前他不敢造次，只能接过红包，说：“多谢嫂子。”

“不用谢。”宁秋秋笑眯眯地说，又把另一个红包递给季微凉，“这个是给未来的弟媳的。季小姐比以前更加漂亮了呢。”

“谢谢。”季微凉不是男主角那种高冷型的，而且在展老爷子面前表现得很好，戏很足，所以接过红包，也夸赞宁秋秋说，“嫂子才更漂亮。”

“是吗？谢谢啦。”

季微凉：“……”

你可真不谦虚。

展老爷子并没有注意到他们之间的暗潮涌动，等展清远把大家的酒倒满，展老爷子和大家喝了一杯，坐下来后乐呵呵地说：“我们家好久没有这么热闹过了。自从……自从他爸过世，就一直都冷冷清清的，后来清越出了事，我跟清远两个人，都快要忘记‘热闹’两个字怎么写了。”

宁秋秋嘴甜，机灵地说：“以后爷爷就要忘记‘冷清’二字怎么写了。”

展老爷子果然被这话哄得眉开眼笑。

展清远也说：“我和微凉会多过来看您。”

“好，好。”展老爷子点了点头，又说，“刚才听你们说话，秋秋和微凉之前认识？”

宁秋秋正在夹菜的筷子一顿，她看向季微凉，发现对方也在看她。宁秋秋想到对方和展清远在一起的目的，微笑着说：“算不上很熟，我们之前在同一个公司。”

季微凉脸色微变。

“是吗？那可就巧了。”展老爷子并没有深入探究二人之前的关系，只说，“以后你们互相还可以照应一下，清远在这方面也要照应一下你嫂子。”

展清远除了答应还能说什么？

大家心思各异地吃完晚饭，展老爷子把展清远叫进书房说事，宁秋秋猜测他们说的应该是给她 1% 股份的事情。

不知道展清远会有什么反应。

可惜他们并没有叫上她，宁秋秋不仅没法儿看热闹，而且由于客厅里只剩下她和季微凉二人大眼瞪小眼，气氛有点儿尴尬。

不过，在展老爷子的眼皮子底下没人敢“作妖”。两个人明明水火不容，还要装出一副好妯娌的样子来。

宁秋秋倒是无所谓。严格来说她跟季微凉并不算认识，当初抢季微凉名额的人也不是她，她没必要因此而感到愧疚，所以十分坦然地对季微凉说：“季小姐，我们去那边坐吧。”

季微凉是很不情愿跟宁秋秋在一起独处的，可是眼下又不好先走，只能跟着宁秋秋去客厅的沙发上坐下来。

下人送来了餐后水果，宁秋秋吃了一块凤梨，看季微凉并没有开口说话的意思，便主动说道：“没想到我们竟然成了妯娌，缘分还是很奇妙的呀，是不是，季小姐？”

女主角并不是那种懦弱的、任人欺凌的“白莲花”。她说：“对啊，宁小姐舍己为人的气度令我敬佩，也颠覆了我以前对宁小姐的认知。”

“舍己为人？”宁秋秋轻轻一笑，“看来季小姐跟清远一样不相信我嫁给清越哥哥是因为爱情，不过也可以理解，毕竟在季小姐的心中没有纯粹的感情。”

宁秋秋故意把“纯粹”二字咬得很重。

季微凉被戳中了心事，脸色一变，登时冷下脸来。

不过毕竟是女主角，很快她又恢复了镇定，说：“就算是这世界上最美好的爱情，也不可能是百分之百纯粹的。不过宁小姐因为爱情嫁给展大哥，不带别的什么比如‘近水楼台先得月’的目的的话，确实令我佩服。宁小姐一定要和展大哥天长地久，才能让我们这些不纯粹的人更加相信爱情。”

这话算是彻底把那层名为“友好”的纸捅破了，季微凉连虚伪的友谊都不想保持了，可见是真的不喜欢宁秋秋。

不过站在季微凉的角度也可以理解，毕竟自己那么努力、那么优秀，结果因为家世拼不过别人而被淘汰，放在谁身上都是挺恶心人的事情。

但宁秋秋是不会自愿背这个不属于她的“锅”的。她的脸上笑意未减，她说：“这话说的，季小姐相不相信爱情，跟我有何干系？”

“不过近水楼台……”宁秋秋咀嚼着这四个字，说，“得不得月暂且不说，近水楼台倒挺容易让人产生危机感的，是不是，季小姐？”

季微凉：“……”

恶毒女配角和女主角第一次正面对决，女主角完败。

晚上，宁秋秋回去休息前先去了展清越的房间，准备看他一眼再睡，顺便看看自己贴在他那里的符有没有被不长眼的护工翻出来。

她进去时，看到她和展清越第一次见面时推展清越的那个护工从洗手间接了一盆热水出来，看来是要给展清越擦脸。她作为新媳妇，一开始的表面功夫当然要做足。于是她殷勤地接过脸盆，说：“陈毅哥，我来吧。”

“好。”陈毅爽快地把脸盆给她，笑着说，“擦身体这种事情还是由宁小姐来做更合适些。”

宁秋秋："……"

擦……擦什么？！

宁秋秋虽然纵横了三个世界，与人、与鬼都打过交道，自认为什么风风雨雨都经历过了，但给男人擦身体这种事情，还真是大姑娘上轿——头一回。

而且，现在两个人的关系还这么……暧昧。

可是话说出口她已经没有后悔的余地了。陈毅适时地退出了房间，把空间让给了这对"新婚燕尔"的小夫妻。

"我到底在想些什么呀？好好的十指不沾阳春水的大小姐不当，偏要装，让你装，让你装！"宁秋秋愤愤地小声嘀咕，恨不得给自己一巴掌。

其实屋里没有别人，也没开监控，她不给展清越擦身体，别人也不会知道。可想想人家展大少即使变成了植物人也一直被人精心照顾着，倒是到了她的手上，被她利用、帮助她摆脱嫁给老男人的命运也就算了，她竟然连卫生都不给人家搞好，宁秋秋的那点儿良心过不去。

算了，擦就擦，她又不会怀孕！

打定主意，宁秋秋弯腰拧了毛巾，先给展清越擦脸，随后是……宁秋秋放下毛巾，动手翻开薄被。展清越穿了一身柔软舒适的棉质睡衣，最上面的一颗扣子没扣，露出他白皙的锁骨。

宁秋秋的手放在人家的扣子上，她的脸皮烧得可以摊鸡蛋了。为了化解尴尬，她边解扣子还边小声嘀咕："抱歉呀，展先生。我不是故意要占你便宜的，形势所迫，包涵一下。"

话说完，宁秋秋自己都笑了。展清越现在是一个对外界一无所知的植物人，别说被看看身体，就是被蹂躏非礼，也不知道。

折腾半晌，宁秋秋解开了他的扣子，露出对方整片的胸膛。看到衣物遮掩下的肌肤时，宁秋秋怔了一下。她完全没想到的是，展清越被衣物包裹的那片胸膛竟如此清瘦，一根根的肋骨都可以数得清楚，兼之对方皮肤白皙，她甚至可以看到皮下正在跳动的动脉。

原来，他这么瘦。

他才躺了一年多就已经这样了，可以想象在书里，展清越躺了几年甚至更久之后会变成什么样子。尽管展家有钱、有条件让他无期限地躺下去，可再好的照顾也不能阻止身体机能的退化，若干年后，展清越估计已经瘦得脱相，再也没有现在这样令人看一眼就挪不开眼的容颜了。

想到这里，宁秋秋无端生出几分心疼的感觉，连带着那些花里胡哨的心思也随之消减。她拧了毛巾，仔细地把展清越的上身擦洗了两遍。

接下来是……下身。

宁秋秋脸上刚消下去的红晕又回来了。她先把展清越外边的睡裤褪下去，红着脸擦完，至于那个不可描述的地方……她的手在人家的内裤边缘停了好一会儿，她感觉心脏都要脱离身体跳出来了，自我麻痹数次，还是没有勇气把人家的内裤褪下去。

反正……一晚上不擦也没事吧……

最后宁秋秋放弃了这个部位，不过把人家其他的地方都擦得干干净净，还给他换了一套睡衣。

做这些活儿不容易，宁秋秋又是羞又是累，出了一身汗。等到把展少爷伺候好，重新盖上被子，她觉得自己跟刚跑完八百米似的，整个人都瘫了。

不过……宁秋秋暗自回想了一下刚才的过程，展清越的身体除了瘦了一点儿，还真是好看到完美呢。

次日，宁秋秋要出席一个洗衣液品牌的活动。

关于她离团的那些乱七八糟的事情还没处理好，瞿华被公关上的事情搞得分身乏术，所以没陪她一起过去。跟她一起去的是她的助理，叫小池。

这个活动在户外举行，来了一些宁秋秋的粉丝，算起来有一百来人，也不知道是真粉丝还是节目组请来的路演人员。不过无论怎样，这个活动还是像模像样地按照流程走下去了，没有太丢份。

节目的最后，主持人笑眯眯地说："秋秋啊，你看今天现场来了这么多喜欢你的粉丝，他们都非常高兴能和自己的偶像近距离接触。那么，节目的最后我们来发一波福利好不好？"

宁秋秋心里咯噔一声。节目给的流程当中并没有这个环节，明显是临时加的。

可是主持人都这样说了，她没法儿拒绝，只能笑了笑说："当然。"

台下的粉丝们欢呼起来。

"秋秋的粉丝们都很热情啊。这样，时间有限，我们选出三位小伙伴作为代表上来跟我们的秋秋合个影，并且可以获得一个小礼物，同时——"主持人拉长了声音，竖起一根手指说，"同时，给这三位小伙伴向我们秋秋提一个小问题的权利，好不好？"

粉丝们当然说好。

果然，宁秋秋就知道节目组要坑她。她现在处于风口浪尖，负面新闻缠身，大家都想从她嘴里挖点儿什么。这个环节明显不怀好意，他们肯定事先安排好了人，准备了一些敏感并且大众都想问的问题。

今天她的经纪人不在，对方更加肆无忌惮。毕竟这是一次免费的宣传，而且是打着给粉丝送福利的旗号。

"这样，刚刚进场的时候，大家都拿到了一个号码牌。我们就按照抽号码牌的方式，分别请今天我们这个活动的举办日期也就是26号，然后秋秋的生日也就是18号，还有我们集团的成立时间也就是5号三个号码的小伙伴。再说一遍，拿到26号、18号、5号的三位粉丝，来，请到我们的台上来。"

宁秋秋："……"

这节目组也太不要脸了点儿，把数字都安排好了，连让她选号……不，这主持人嘴快得连让她说话的机会都没有。

下面的粉丝开始骚动起来。大家都在小声议论，这种选号的方式明显不公平，因为日期对应的数字只有 1 到 31，可下面有一百多人，也就是说，后面的人一点儿机会都没有。

不过宁秋秋也没多说。在已经选好三个人的情况下，她如果替粉丝打抱不平，那可能上来的就是六个人了，等于她要回答六个问题。

三个人很快上了台，都是妹子。主持人笑意盈盈地说："我们先提问吧，来，第一位小姐姐。"

第一个妹子接过了话筒。她看起来很激动，说话的语速也飞快："秋秋你好，我喜欢你很久了，也一直在关注你的各种新闻。前阵子网上一直在传你是富二代，这个是真的吗？我的偶像真的那么有钱吗？"

"我不是富二代。"见大家都一脸不信的样子，宁秋秋微笑地说，"严格地说，我是富三代。"

众人："……"

第二个妹子比较冷静，说："秋秋姐姐你好，我想知道你为什么突然离开'谜女团'？是和公司有关吗？"

"这个呀，是我个人的决定。"

"可以冒昧地问一下接下来你准备往哪方面发展吗？我们粉丝都很关心秋秋你的未来计划呢。"妹子继续问。

"这个呀，"宁秋秋故作神秘地说，"我的经纪人让我保密呀。"

第三个妹子接过话筒，说："秋秋你好，其实今天我是陪我的室友来的，突然被叫上来，一时间都不知道问什么呢。不如我就代表'吃瓜'群众问一下，最近网上传言说，你在做练习生期间抢了其他优秀选手的名额上位，请问有这回事儿吗？"

众人哗然。今天在场的也有一些是宁秋秋的真粉，顿时在下面不满地喧哗起来。

主持人说："这个问题有点儿超纲呢。"

超纲我可以不答吗？宁秋秋内心冷笑。这个节目组真是坏，安排了这么一个表明自己只是陪室友来的、并非她的粉丝的人上来，所以可以问不那么友好的问题，她也没办法挑毛病说节目组故意搞她。

而且，这些问题从让她承认自己有钱开始递进，到了第三个问题，她如果说自己没那个本事，就等于打脸，人家也不信。

她做了个让大家安静的手势，说："这个呀，我觉得公司的评委老师都是很公平公正的。"

她的言外之意是，第三个妹子的问题是在指责这两位老师不公正。

女孩显然没这么容易被忽悠，说："但评委没有决定权吧，很多评委的意见都会因为不符合安排被忽略。"

"这个呀，"宁秋秋依旧微笑着说，"你就得问艺星那边的人了。主持人，三个问题回答完了，可以进行下一个环节了吧？"

等到节目结束，宁秋秋去了后台，小池正在和节目负责人争吵。别看她只是一个姑娘家，毕竟是"恶毒女配角"身边不省油的灯。小池的态度十分强硬，她说他们违反合同精神，要叫律师过来谈。

而节目负责人则表示，这是甲方的要求，而且他们签的合同上活动时间是一小时，在还没到时间的情况下，增加点儿粉丝福利是在给宁秋秋增加好感。

“超了一分钟三十八秒。”宁秋秋拿出自己的手机，看了一眼时间，走到节目负责人的面前说，“多谢贵节目组考虑得那么周到——即使我觉得那三个人并不是我的粉丝。”

“超时的费用记得让甲方按照三倍赔偿的标准打到我的账户。”在节目负责人愣住的瞬间，宁秋秋冲小池说：“走了。”

“哦，好。”小池瞪了那个主持人一眼才跟着宁秋秋离开，还不忘在她的耳边小声夸她，“秋秋，你真棒！”

宁秋秋说：“对这种人，不要跟他们讲道理，他们的道理永远比你多。”

小池愤愤地说：“一个小破品牌也敢这样坑人。”

小品牌自然没那个胆子，主要是它的身后有大靠山。

无论是这阵子一直困扰她的公关问题，还是这次品牌活动的意外，都明显是有人故意想搞她。在她最近得罪的人中，敢跟他们宁家作对的，想来想去也就只有艺星娱乐了。

艺星娱乐是娱乐圈的三大巨头之一，而宁秋秋家虽然有钱，可她家的企业除了投资她所在的经纪公司，并不涉足娱乐圈。艺星娱乐想让宁秋秋身败名裂，还真挺简单的。

这下宁秋秋有麻烦了。

然而，就在宁秋秋的整个团队都因此头疼时，微博上黑她的那群人突然不见了，营销号也统统删了微博，那边更是由他们的副总亲自打电话过来道歉，态度好得令人怀疑。

她的经纪人瞿华多方打探，才知道原来是展家那边有人插手了这件事情。

宁秋秋就纳闷儿了，展家会出面的只有展清远吧，可她才和女主角闹僵，展清远会帮她？

正在宁秋秋疑惑不已的时候，收到了展清远给她发的微信消息。

展小弟：“公关上的事情爷爷让我帮你解决了。爷爷让我转告你，以后碰到了困难直接说，你是展家的媳妇，还轮不到外人来欺负。”

宁秋秋：“……”

这又是什么情况？

宁秋秋：“哦，谢谢啊。”

展小弟：“不用谢我，要不是爷爷授意，我也不可能帮你。”

宁秋秋：“哦，那我换个措辞，委屈你了，弟弟。”

展小弟：“……”

展家为她扫清了那些障碍，宁秋秋的道路瞬间光明起来。虽然她被全网黑了一阵子，不过在网络快餐时代，大家的忘性是很大的，记不得那么多东西。

只要宁秋秋以后有作品了，再营销洗白一下，就又是一个人见人爱的“小仙女”。

深知规则的宁秋秋一点儿也不虚。风波平息后，这阵子一直没动静的宁秋秋适时地发了一条微博：“忘掉身后的黑暗，迎接前面的光明。加油！”

这条微博虽然很“中二”，但是充满了正能量，让别人挑不出什么毛病来。

发完微博，宁秋秋没去管瞬间跳出来的上百条评论，正要退出微博时点到了热搜的页面，当她瞥见热搜第一的词条时，目光倏地一紧！

她直接退出微博界面，拨通了经纪人瞿华的电话。

电话响了两下就被接起来了，话筒里传来她经纪人一如既往的太监音：“哎哟，我亲爱的小啾啾，你想我啦？”

宁秋秋无视了他别具一格的打招呼方式，说：“瞿哥，我想演《飘摇》那部剧的女二，你帮我去搭一下线，导演姓孙。”

“那部剧呀，我知道的。不过演员早确定好了，都要开拍了，咱这样公然抢人家的角色，抢不抢得到是一回事儿，就算抢到了也肯定要被骂的。咱不急呀，乖，你先学表演，过阵子我给你找个演女主角的剧。”

“不，我刚看到热搜，那部剧的女二被曝丑闻了，他们肯定要换角的。瞿哥，你就帮我争取一个试镜的机会，其他的我自己会搞定的。”

“可是……”

“没有可是。”宁秋秋打断他接下来的长篇大论，语气诚恳地说，“瞿哥，我只要一个试镜的机会。”

“成吧。”瞿华叹了口气，既而说，“秋秋想要的，我还能不给吗？真是的。”

“挂了。”说完，不等瞿华说话，宁秋秋果断挂了电话。

《飘摇》，古装剧，同时也是女主角的成名作。

小说对于这次换角事件描写得很详细，宁秋秋记得很清楚，这个女二号，也就是杨媚，暗地里黑女主角季微凉，暗示她靠潜规则上位，想借此把季微凉搞下去，自己上位演女主角。

结果季微凉没事，她反倒因此得罪了护妻狂魔展清远。展清远便让人把她做小三的证据爆出来，免费送了个热搜给她。

这个丑闻让她身败名裂，导演也不敢再用她，女二号的位置就空缺了。

在书里，女二号换成了一个演技很棒的女演员，加上这部让女主角红起来的剧，当然属于“开挂”级别，所以收视率很高。女二号本身很讨喜，借着这部剧的东风，成功跻身一线女星的行列。

这么好的机会宁秋秋当然不能错过。现在杨媚的丑闻刚出，剧组肯定正在焦头烂额地物色女二号的人选。宁秋秋拥有足够多的话题，如果她的演技能让导演满意，被选中的机会就很大。

说到演技，这阵子宁秋秋在演技班复习得也差不多了。

在娱乐圈摸爬滚打了多年的宁秋秋深知，新人在背景不强硬的情况下，多是靠积累以及演个好的配角，被优秀的作品带红，而像女主角这样一路“开挂”，再有个男主角撑腰的人少之又少。反正她成为天选之人的机会不大，所以要把握住这个机会。

而且，和女主角演对手戏，宁秋秋想想就很期待啊。宁秋秋对这个角色充满了兴趣。

瞿华很快得到了孙导的答复，结果令人非常失望：女二号已经有人选了。

“这么快？”这不可能啊。

瞿华说：“好像是投资方推荐的人，现在这个时机爆出女二号的丑闻来，十有八九都是给别人腾位置的。”

关系户？宁秋秋纳闷儿，书里貌似没提到女二号的人选是关系户，便问：“这部剧的出资方是谁？”

“是一家新成立的投资公司，不过我打听了一下背后的股东……你不要激动啊，跟展氏有关。”

又是展清远。

不过，这么看来整件事倒是通了。这部剧的女主角竞争得很激烈，各种知名演员都来争，结果被几乎没什么名气的女主角拿下了，而书里讲的是女主角的演技打动了导演。

可是在别人的演技也不至于上不了台面的情况下，导演舍弃知名女星，选一个没名气的草根，这本身就是一件很不科学的事情。这部剧又不是自带热度的IP剧（改编剧），也不像拍电影需要精益求精，不用知名女星，导演难道不怕没收视率？

如果背后是展清远在偷偷地推波助澜，那就很说得通了。他是投资方，对选角有很大的话语权。

现在，展清远为了他的小女友不被欺负，干脆自己控制了女二号的人选，塞个不“作妖”的进去，才不会有人欺负女主角。

好你个展清远，想得倒挺美。

“小啾啾，小啾啾你还在吗？”见宁秋秋不说话，瞿华呼喊道。

“嗯。”宁秋秋心不在焉地应了他一句，脑袋飞快地想着怎么把这个角色抢过来。

宁秋秋直接告诉展清远她想演女二号，就等于求他，气势就弱了，跟被施舍了一样。可是不从展清远下手，导演那边不换人，宁秋秋也没办法。

“不就是一个女二号嘛，咱不稀罕。我帮你物色一个好剧本，直接让你演女一号，比这个女二号强多了，好不好啦？”

“不好。”宁秋秋果断拒绝了瞿华，想了想又说，“这样，瞿哥，你打电话跟孙导说，我就是投资方的老总推荐过去的女二号。”

瞿华惊了，脱口问道：“什么意思？”

“字面意思，他如果不信，可以打电话问展清远。”

瞿华：“你又要去求展清远？”

求？宁秋秋轻笑道：“我一句话不跟展清远说，他也不会拒绝。”

他也不敢拒绝，毕竟她是他的嫂子，还是展老爷子亲口要他照顾的对象，他就算再不想让她演这个角色，也不敢说不。

宁秋秋觉得自己有点儿坏。

搞定了这件事情，宁秋秋整个人都轻松愉悦了起来。她养在展清越身边的符今天也成熟了，等护工给展清越喂完午餐，宁秋秋就溜进他的房间，把那些符找出来。

她全部找出来后，发现居然有两张没变成废纸，也就是说——成了。

这算是这阵子最好的消息了。她嫁给展清越就是为了这个，在这个世界里，如果符有用，她就相当于带了个粗壮无比的“金手指”。

“生得好不如嫁得好，”宁秋秋打了个响指，“女配角也是有春天的。”

想到这里，宁秋秋看向床上正睡得与世无争的男人，简直越看越顺眼，恨不得扑上去亲两口。

当然这只是想想，宁秋秋在“撩汉”方面向来有贼心没贼胆，不然以她丰富的经历，儿女都可以组成一支足球队了。

她养成的符中有一张固本培元符，这是她专门为展清越量身定制的。她只能通过帮助展清越恢复身体机能来达到治愈他的目的。

她既然是以让展清越醒来为目的嫁给他的，就会尽心尽力地想办法帮他醒来，至于结果如何，就听天由命了。

宁秋秋把固本培元符烧了，溶进水里面。但展清越作为一个植物人，没那么容易被喂进符水。宁秋秋本来想用鼻饲，也查了一下教程，可在实践面前，还是怕一不小心把展清越的脑袋戳出一个洞来。

宁秋秋放弃了这么高端的方式。其实展清越可以做简单的吞咽，护工喂他汤和水时都是直接喂到他的嘴里，然后靠他自己喝下去的。

宁秋秋自从上次被迫为展清越擦了身体后，就再也不去主动照顾展清越了，所以在喂食方面，她只有理论知识，没有实践经验。

她在展清越的身后垫了两个枕头，然后用汤匙舀了水喂进他的嘴里，然而，汤匙刚进嘴就被牙齿挡住了去路。他没有主动张嘴的意识。

宁秋秋想了一下，伸出手捏住展清越的下巴，迫使他张开嘴，另一只手飞快地把水喂进去。结果人家不领情，水全部顺着嘴角流出来了，弄得宁秋秋满手都是。

喂水好难啊！明明她看护工喂的时候超级简单啊！

宁秋秋甚至都怀疑展清越知道她喂的不是好东西，所以才不肯喝！

宁秋秋喂了几次都失败了，反倒弄得她的手上、展清越的脖子上都是水。宁秋秋拿纸巾把水擦干净，还不忘恶狠狠地瞪了床上的人一眼。

床上的人无动于衷。她好气呀。

宁秋秋想了想，拿出手机给护工晶晶发消息。

宁秋秋：“晶晶啊，你平时是怎么给先生喂水的呀？他不吞怎么办？能告诉我一下技巧吗？”

晶晶：“啊，先生要喝水了吗？我上来喂吧。”

宁秋秋：“不用！我就想亲手喂他两口水，你懂的！”

晶晶：“我懂！！！”

晶晶：“这样喂。”随后她发来一张图片。

宁秋秋点开晶晶发的图片，是某部电视剧的剧照，女主角正俯身给受伤后昏迷不醒的男主角……嘴对嘴喂水。

宁秋秋：“……”

第二章　馊主意

宁秋秋："你平时就是这样喂水的？"

晶晶："冤枉！！！我是个正经的护工，宁小姐，你不能无故毁我的清白啊。"

宁秋秋："……"

可能是天天对着一个口不能言的植物人，晶晶在沉默中爆发了？

宁秋秋："晶晶啊，我介绍一个洗发水品牌让你当代言人吧，我觉得你很合适！"

晶晶："真的吗？我也可以吗？什么品牌啊？"

宁秋秋："蒂花之秀。"

晶晶："这个牌子我知道，也用过。宁小姐，你真的要介绍我过去做代言人吗？好激动啊！"

宁秋秋："……"

放弃了和脑回路异于常人的晶晶交流，宁秋秋又回归到喂水的问题上。嘴对嘴肯定是不可能的，她没那个牺牲精神。

不过晶晶的主意倒是给了她灵感。于是她回到自己的房间，从房间的小冰箱里拿出一瓶带吸管的饮料，把吸管拿了，回到展清越的房间。

"展先生啊，虽然有点儿恶心，但我也是为了让你早日醒来。你知道这一张符养成得不容易，再浪费就没有了，你就将就一下呀。"

宁秋秋对床上无知觉的人说完，端起水，含了一口在嘴里，把吸管的一端含进自己的嘴里，另一端则插进展清越的嘴里，小心地把嘴里的水顺着吸管渡过去。

这下展清越终于不吐了。宁秋秋松了一口气，一点儿一点儿地把水喂进去。

虽然隔着一根吸管，可是两个人之间的距离很近。宁秋秋完全可以感受到展清越温热的呼吸扑在她的鼻翼上，让她老脸一红。

宁秋秋好不容易把水都喂完了，脸上已经出了一层薄汗。她不在意地用袖子一擦，心想，自己可真是太有奉献精神了。

“赶紧醒来吧，”宁秋秋威胁似的对床上的人说，“不然我隔几天就亲口喂你一次带着我口水的水，恶不恶心？”

展清越但凡有一点儿意识，估计都要醒过来掐死她。

同一时间，卓森集团的董事长办公室。

董事长助理宋乔说：“刚刚鑫鼎影视投资公司的安总打电话来，说孙导接到了艺人宁秋秋经纪人的电话，说是您这边安排了她出演《飘摇》的女二号，特地让我来跟您确认一下。”

展清远翻文件的手一顿：“宁秋秋？”

“是的。”

又是她。展清远问：“她是怎么说的？”

“孙导说她的原话是：她就是投资方的老总推荐过去的女二号，他如果不信，可以打电话向您确认。”

这脸皮也够厚的，展清远挑眉，她倒是真不把自己当外人。

“那……我这边直接替您拒绝？”宋乔察言观色，问道。

他作为展清远的“大内总管”，也知晓展清远的一些私事。比如宁家千金倒追展清远，爱得要死要活这件事情，他就是知情人，并且经常被拉来做“挡箭牌”，替展清远拒绝宁秋秋。

不过好像自从展清远和季小姐在一起后，宁秋秋就再没来烦他了。宋乔以为宁秋秋死心了，没想到对方只是暂时性地歇火。她现在要来演女二号，明摆着就是和季微凉过不去。

这部电视剧包括鑫鼎影视投资公司的事情，都是宋乔一手负责的，所以他知道这部剧看似不是大制作，但在制作班子、演员阵容方面都花费了诸多心思，可以说是为了捧季微凉下足了本钱。

宁秋秋的目的暂且不论，她有演技吗？确定不是来砸场子的？

“拒绝？”展清远轻笑。她现在自诩是他的嫂子，加上有老爷子撑腰，可把自己当回事儿了，之所以敢让孙导那边打电话来问他，明摆着就是知道他不能拒绝。

展清远一开始以为宁秋秋之所以愿意嫁给他哥，其中就抱着借此接近他的想法，后来他被打脸了。宁秋秋嫁过来半个月有余，连正眼都没看过他几次，反倒听管家说宁秋秋对他哥还挺上心的，也不知道是刚嫁过来做做样子，还是真的喜欢他哥。不过无论是哪种，都好像与他无关。

现在宁秋秋倒是自己巴上来了。展清远说：“不用拒绝，她想要就直接给她吧。”

他倒是要看看，宁秋秋到底想干什么。

“这样不好吧？”宋乔说，“万一宁小姐的演技拖累了整部剧怎么办？”

“这不是挺好的吗？”展清远哂笑，“她和微凉同样不是科班出身，年纪相仿，还曾经是同期的练习生，她的演技越不好，不是越衬托微凉的演技出众吗？”

宋乔会意：“我知道了，您还有别的吩咐吗？”

“嗯，”展清远想了想说，“让孙导在开机前找个时间组个局，把主演叫来聚一聚。”

“好的，我去安排。”

宁秋秋毫无意外地收到了《飘摇》剧组的回复，确定让她演女二号。

由于这部剧很快就要开机了，她得抓紧时间看剧本、琢磨人物的性格，才能保证把剧中的人物刻画出来。

她让瞿华推了最近的全部行程，专心钻研剧本。

一早，她吃完早餐，夹着厚厚的剧本准备继续梳理剧情时，家里来了个不速之客。

“妈，”宁秋秋好一阵子没见到温玲了，看到她顿时一股亲切感油然而生，“你怎么来了？”

温玲从管家手中接过茶杯，说：“当然是来看看你呀，展老先生不在？”

“爷爷今天又出门了。”宁秋秋在温玲旁边坐下来。管家已经有眼色地走开了，把空间留给她们。

温玲放下茶杯，拉着她的手，关切地说：“前阵子我看网上到处都在说你，一个比一个说得难听，可担心死我了。我又不敢乱说，怕给你惹麻烦，现在没事了吧？到底是谁在背后搞你？”

宁秋秋听她机关枪似的说了一通，还是熟悉的味道，笑着说：“妈，小事情，别担心。”

“没事就好。”温玲说到这里，语调又情不自禁地扬了起来，“哼，那些人也不看看你是什么背景就想搞你，也不掂掂自己几斤几两。”

宁秋秋心想：人家还真不怕我的背景。

而且，他们宁家有钱归有钱，也不能横着走吧！

不过她没解释，只是笑了一下，附和温玲说：“就是，一点儿自知之明都没有。”

温玲和自己的女儿站在了同一战线上，内心舒坦了，心疼地摸摸她的脸，说：“看看，你来这里都瘦了，他们对你好不好？有没有欺负你？”

“没有，他们对我挺好的，我在这里跟在我们家一样。”展老爷子确实没有亏待她，甚至觉得愧对她，对她各方面都很照顾，“你和爸怎么样了？最近身体好吗？爸工作得顺不顺利？”

宁秋秋估摸着宁家很快就要破产了，最头疼的是她明知道这个结局，却没办法帮助宁家渡过这个难关。商场上的事情，她一窍不通。

宁家的公司现在就是一座被蚂蚁蛀空的桥梁，她明知道它会塌掉，却对修桥梁这种事情无能为力，只能提醒宁父在工作上多留心。

温玲说：“我们两个能怎么样？就那样过呗。你爸工作上的事情我也不懂，看他最近的心情，应该也是老样子。”

“妈，这张开运符你拿给爸，让他带在身上，可以保佑他事业顺遂的。”

这阵子她的心思都在怎么帮助宁家化解灾难和让展清越醒来这两件事情上，这不能保证效果，但聊胜于无。

“你这孩子怎么突然信这些了？”温玲嘴上这样说，但还是把那张符收进包包里。

宁秋秋没办法跟她解释，只好瞎扯：“心诚则灵嘛，总要有个信仰，比如我相信算命先生说的清越哥哥可以醒来，不然我这一通不就白折腾了吗？”

温玲点了点头，似乎被说服了，又问：“你真的喜欢展清越？”

她之前以为宁秋秋嫁过来是为了展清远，但从目前的情况来看，好像并不是。她偶尔和宁秋秋视频或者打电话，宁秋秋的话题里、镜头里也都只有展清越，仿佛已经不记得展清远这个人了。

“当然啦，不然我嫁给他干吗？”宁秋秋站起身来，说，“走，妈，我带你去看看清越哥哥。”

母女二人上了三楼。温玲本来就和展清越不熟，没怎么见过他，他出了事情之后就再没见过了，只有宁秋秋嫁过来后在视频里见过两次。

如今见到真人，温玲忍不住多瞧了两眼，说：“清越都憔悴成这样了，当初他是展家的当家人时多威风、多强势呀，我当时还想着你以后嫁给展清远会不会被他欺负，唉，没想到命运弄人哪。”

宁秋秋随口说：“那等他醒来了，我们可以欺负一下季微凉。”

“她看着就不是好欺负的，你要小心她。这种人最会吹枕边风魅惑男人，让清远来对付你。”温玲一说到女主角，语气又尖酸起来。

“放心吧，妈，我也不是好欺负的。”宁秋秋其实很想说你是电视剧看多了吧。

温玲点了点头，然后又想到一个问题，担忧地说：“清越要是醒来了，真的会喜欢你吗？”

“会啦，妈，你怎么一天到晚都要操这么多的心？多累啊。”

“我这还不是为了你？”温玲用恨铁不成钢的口气说，随后眼珠子一转，又有了主意，“我听说植物人也是可以的，不如你先下手为强，这样他就要对你负责了。”

宁秋秋：“……”

她不是电视剧看多了，这是中了“狗血”剧的毒了。

宁秋秋觉得尴尬。虽然人家是个植物人，但温玲当着他的面就说这种事情真的好吗？

关键是温玲觉得自己的主意很好，顿时兴奋了起来：“如果不行你就喂点儿药，保管可以。”

宁秋秋看着沉迷于恶毒无脑人设无法自拔的温玲，简直是一个头两个大，为了防止她再说出什么更过分的话来，忙说：“妈，厨房准备了您爱吃的小点心，我们下去吃点心吧。”

说完，不管她愿不愿意，宁秋秋拉着她就下楼了。

温玲一直待到下午才走。看着她的车绝尘而去，宁秋秋终于松了一口气，这真的是亲妈呀。

她怎么不说趁机怀个展清越的孩子，到时候展清越就算不醒来，宁秋秋也可以继承展家的高额财产呢，岂不是更美滋滋？

宁秋秋觉得她需要一个系统，在完成任务后可以选择改变身边人的属性，比如给温玲加点儿智商，再给她的经纪人换一换性格，这样的设定才对得起她身边这么多奇葩的人。

展清远让孙导安排的局定在周五。宁秋秋特地提早出发，奈何天公不作美，在她去的路上发生了车祸，路堵得水泄不通，她不得已选择绕道。

如此一来，她赶到时，包间里男男女女坐满了，在场的都不算生面孔——除了女主角，都是当红的艺人。

特别是男一号方谨然，他演的一部剧刚播不久，由于他很贴合书里男主角的形象，借此大火特火了一把，现在势头正盛，算是男星中知名度非常高的了。

其他男配角、女配角也都是娱乐杂志上常露面的人物。

展清远果然是下了血本的。

而且方谨然的粉丝非常凶猛。作者为了营造一种打脸局面，故意让方谨然的粉丝在该剧播出之前对季微凉不屑一顾，觉得她和方谨然演对手戏简直是浪费他的演技，等到播出的时候都拭目以待，准备黑女主角了，结果全被她的演技惊艳了。

季微凉一点儿都不输给方谨然，因此一炮而红。毕竟是小说嘛，没有“爽点”怎么让读者开心地追文？

孙导事先了解过宁秋秋，见到她出现在包间门口，就知道她是投资方安排过来的另一个角色，热情地招呼她进来，站起身来向大家介绍：“宁秋秋，接替杨媚演云瑶的。”

包间里的人听到孙导的介绍，神色都有点儿微妙。

宁秋秋前段时间因为“退团”事件闹了好一阵子的风波，也算是话题人物之一了。虽然形象不是那么正面，但人气摆在那里，她这会儿能见缝插针地接替杨媚演女二号，是个关系户没跑儿了。

在座的各位除了女主角季微凉人气稍逊外，其他人都是知名艺人，并自认为演技在线。导演找一个颜值高但没名气的季微凉演女主角也就罢了，如今又找了个空有话题度、估计连片场都没进过的“花瓶”来演女二号，就有人不服气了。

大家纷纷客气地跟宁秋秋打了招呼，宁秋秋入座。也不知道是哪个缺德鬼安排的座位，把她安排在季微凉的旁边。

距离上次二人闹不愉快已经过去半个多月了，两个人在这种公共场合见面，都成了笑面虎，面色和煦地朝对方笑着点了一下头，看起来挺和谐的样子。

“秋秋大美女，我可是久仰大名了，真人比屏幕上还要好看哪。”宁秋秋刚坐下，坐在她对面的人就笑着先奉承了她两句，又话锋一转，“不过，美女也逃不过迟到被罚的命运，老规矩，自罚三杯。当然，美女有特权，你也可以让在座的男士帮你喝三杯。”

宁秋秋看向说话的人。她事先看了这部剧的主演，出于基本礼貌连照片也都看了，所以认得眼前的人叫徐娅，饰演本剧的反面女配角，跟她在书里的角色很像。

宁秋秋知道徐娅在为难自己，见席间没有人有出面替她解围的意思，便用开玩笑的口吻说：“如果是啤酒、红酒的话，我选择自己喝；如果是白酒，相信在座的各位男士也吃不消，那我只能选择去死了。”

这身体的原主酒量还可以，而且对于罚女孩子喝酒这种事情他们不敢真上白酒或者用大的杯子，所以宁秋秋一点儿都不虚。

徐娅本来只是想趁机让宁秋秋出个丑。在座的四位男士中，一位是方谨然，宁秋秋肯定不敢叫他喝，娱乐圈里前辈后辈分得很清楚，还有两位，一位喝酒过敏，另一位跟徐娅认识，肯定不会替宁秋秋解围的。

还有一位是孙导。孙导心里对于宁秋秋被塞进来一事也很不爽。他是导演，对于剧的质量虽然不追求完美，但也希望每个角色都演技在线。他知道这部剧肯定能火，但突然冒出个宁秋秋来坏他的一锅好粥，心里能舒坦才怪。

要不是投资方亲自开口，宁秋秋的背景再大，他也不会放她进来的。

但徐娅没想到宁秋秋这么豪爽，怔了一下才说："当然是啤酒，红酒也有，看你想喝哪种。"

"那就啤酒吧。"

有人替宁秋秋斟好了酒，宁秋秋一口气喝下了第一杯，端起第二杯的时候，孙导说："差不多就够啦，意思意思。"

"不行，孙导，刚刚小宇迟到也罚了三杯呢，咱在男女平等的时代不能重男轻女呀，对不对？"徐娅用开玩笑的口吻说。席间气氛轻松愉悦，看不出有任何的不愉快，众人都笑着附和。

宁秋秋毫无压力地喝下了第二杯。

等到她端起第三杯时，跟她隔了一个座位的方谨然忽然站起来，长手一伸拦住她端着酒杯的手，说："第三杯我替你喝。"

不仅是别人，连宁秋秋都感到意外。方谨然跟她一点儿都不熟，居然会站出来替她解围，真的是太令她意外了。

宁秋秋只是愣了一下神，方谨然已经果断地从她手中抢走杯子，一口干了。

那是我用过的杯子呀！我老公知道了会打死你的……好吧，我老公是个植物人。

"谢谢方前辈。"宁秋秋礼貌地冲他笑了笑。她对方谨然的好感度挺高的，书里描写的就是他虽然看起来比较高冷、不爱说话，但其实考虑事情很周到、很贴心，是个不折不扣的暖男。

"不用。"方谨然淡淡地说完，放下杯子重新坐下，抽纸巾擦了擦嘴角，淡然得仿佛刚刚那一幕没发生过。

席间重新热闹了起来，不过大家也不敢去针对宁秋秋了——因为不知道方谨然是什么态度，说不定宁秋秋就是方谨然带进来的。

过了一会儿，包间门再次被打开。导演看了一眼来人，顿时眉开眼笑地出去迎接："安总，您来了。"

来人是鑫鼎影投的老总，也就是此剧的投资方。

虽然展清远才是背后的大投资人，鑫鼎影投也只是他投资的一个公司，可明面上的投资方还是鑫鼎影投的老总，也就是安总。

"金主爸爸"来了，各位演员都起身打招呼。安总一看就是那种身居高位的上位者，身材微胖，举手投足都是领导的范儿。

"大家不用客气，坐。"安总朝众人比了个坐的手势，便在方谨然和导演中间的空位上坐下来。

居然连投资方都来了，宁秋秋有点儿意外。她以为这次聚会只是单纯地坐一坐、吃个饭，大家就算是认识了。毕竟在酒桌上交朋友比较快，等到了剧组大家已经相互认识了，磨合期也过得快。

安总的到来让大家都变得矜持起来，他瞬间成了桌上的主角。宁秋秋作为陪衬中的陪衬，只要微笑地听他们讲话，偶尔搭上几句表示一下参与感就行了，乐得清闲。

“秋秋，”和女主角客气了几句，又碰了一杯的安总忽然叫到她，“宁总近来可好？”

所谓宁总，自然是她的爹无疑了。

原主的记忆里对这位安总没印象，估计跟她爹在哪个应酬的酒桌上见过。安总的这声问候，听起来像长辈普通的问候，其实也没安好心——这不是明摆着告诉大家投资方跟她的父亲认识，宁秋秋是靠关系进来的吗？

虽然不知道安总这样做的目的是什么，不过宁秋秋进来得光明正大，不怕被人知道。有时候一个人情关系顶得上人家几年的努力。

“挺好的。”宁秋秋微笑，语气熟络地说，“多谢安叔的关心和照顾，我爸前阵子还跟我提起过您呢。”

她这就叫上叔了？安总没料到宁秋秋是个这么……自来熟的人，不过话都说到这份儿上了，他笑呵呵地说：“是吗？那改天得约他出来打几杆球。”

“我会转达您的问候的。”宁秋秋端着酒杯站起来说，“安叔，我敬您。”

安总跟她碰了一杯。

宁秋秋这边笑眯眯的，别人的脸色就没那么好看了，特别是刚刚为难宁秋秋的徐娅，脸色十分难看。她哪里知道宁秋秋是投资方的人啊，人家还一口一个“叔”叫得这么亲热，明眼人都看出来他们是世交了。宁秋秋不能把她怎么样，但投资方如果不想让她演了，或者删减她的戏份，完全是动动嘴的事情。

一顿饭，大家吃得心思各异。

席间宁秋秋喝了好几杯酒，先罚了两杯啤酒，之后喝的都是红酒。不过她的酒量是真的好，她除了有一点点头晕，神志清醒得很，打几个小流氓都不是问题……如果她能打得过的话。

不过她喝酒容易上脸，这会儿脸色绯红，双眼迷离，看起来一脸醉态。

散场的时候，宁秋秋谢绝了其他人要送她或者帮她打车的好意，因为她已经提前和展家的司机打好招呼了，这会儿司机差不多也快到了。

大伙儿陆陆续续地散去，宁秋秋预计司机也快到了，便起身下楼去等，顺便吹一吹凉风，散散身上的酒气。

“宁小姐，”宁秋秋才刚到外面没一会儿，一辆卡宴在她的面前停了下来，后座落下的车窗冒出方谨然戴着墨镜的半张帅脸，“上来，我送你回去。”

“不用啦。”宁秋秋没想到方谨然是个这么热心肠的人，冲他摆手笑道，“我家的车很快就到了，不用麻烦啦，谢谢。”

“真的不用？”

“不……”

“宁秋秋。”宁秋秋的“用”字还没说出口，又被另一个声音打断了。宁秋秋转头，看到展清远和戴着口罩的季微凉在一起，刚刚是展清远叫她的。

显然展清远是过来接季微凉的，凑巧看到了她。

宁秋秋：“……”

今天是熟人扎堆的日子吗？

“你还没走？”展清远微皱眉，又看了一眼方谨然，脸上露出一个意味不明的笑容，“忙呢？”

“方前辈，您先回吧，谢谢啦。”宁秋秋没晾着方谨然，方谨然也没多做纠缠，示意他的司机开车了。

宁秋秋转而对展清远展颜一笑，说：“没呢，这不是等你来接微凉的时候，顺道捎我一程吗？”

宁秋秋这猝不及防的一笑让展清远的呼吸顿了一下。灯光闪烁的夜色下，她因喝了酒，白皙的脸颊染着红晕，这一笑仿佛一瞬间绽放的牡丹，眼神有几分迷离，美目流盼，令人挪不开眼。

偏偏眼前的人还微微歪着头说：“介不介意我这个一千瓦的灯泡蹭个车呀，弟弟？”

展清远：“……”

他能拒绝吗？

最后，宁秋秋上了展清远的车，并且给展家的司机发了消息让他返回。

展清远开车，季微凉坐在副驾，宁秋秋则坐在后排。

车里的气氛诡异，谁也没有开口说话的意思。

不过宁秋秋也没安好心，故意装醉，把恶毒女配角演绎得淋漓尽致，说：“哎呀，等下我要是吐在你的车上了，你不会让我赔吧？”

前面的人过了好一会儿才冷冷地开口说：“不会。”

他显然不想跟她交流。

然而展清远越不想跟她交流，她就越像个话痨，说：“那个安叔也真是的，今天在酒席上公然问候我的父亲，现在全剧组都知道，我是靠着安叔和你的关系才进去的。”

展清远脸色一变，他下意识地看了眼季微凉，沉声说：“你喝多了就休息一会儿，不要胡言乱语。”

“我才没有喝多。不过话又说回来，本来这部剧就是你投资给弟妹拍的，带带我这个嫂子又怎么了，对不对？”

展清远：“……”

季微凉：“……”

“这部剧是你投资的？”季微凉冷不丁地问，显然不知道这部剧是展清远在背后做的投资。

“哎，微凉你不知道啊？”宁秋秋说着，见气氛不对，猛然捂住嘴，“我是不是说了什么不该说的？”

显然是的。季微凉自嘲道：“我一直以为导演是被我的演技打动，才会让我这种寂寂无名的小人物演这么好的剧，现在看来，是我想得太多了。”

展清远：“微凉，我……”

“我知道，不怪你，是我太天真了，以为只要有演技、有唱功，就可以在这个残酷的圈子立足。事实证明没有关系，我根本寸步难行。”

宁秋秋在后面微眯着眼听他们“深情剖白”，恨不得嗑着瓜子跷起二郎腿看戏，她真的很有做恶毒女配角的潜质呀！

不过她如果故意挑拨他们二人，估计就会中了剧情的套。为了避免当炮灰，她适可而止，闭嘴不说话了。

展清远本来想先把宁秋秋送回去，再慢慢和季微凉解释。可季微凉的家离聚会的地方很近，加上她表示想一个人先静静，展清远只好先把她送回去再送宁秋秋。

季微凉一走，车内的气氛瞬间冷了下来。

展清远被宁秋秋戳破了一直隐瞒的事情，心情不好，沉着脸。宁秋秋索性装醉，眼睛一闭，啥也不知。

他们就这样一路无话地到了展家门口，刚好碰到照顾完展清越准备下班回家的晶晶。展清远招呼她过来，扶装醉的宁秋秋回房间休息。

晶晶直接扶着宁秋秋到了展清越的房间。宁秋秋虽然内心不爽，可还是顺从晶晶的意思躺上了展清越的床——反正她的房间在对面，她等下回去就行。

展清远那个家伙还在身后跟着呢，恩爱人设不能崩。

这家伙明明和季微凉闹了不愉快，也不去哄他的小女友，反而双手插袋，亦步亦趋地跟着她们到了展清越的房间。估计因为宁秋秋打坏了他的如意算盘，他正暗自记仇，要和她算账呢。

展清越的床很大，但不是很软，大概是防止他躺久了躺坏骨头。一般久病之人的床上多少会有点儿异味，可展清越的没有，被套上有股淡淡的栀子花香，闻着很舒心。

这是宁秋秋嫁过来这么久第一次躺上人家的床。她刚躺下就感受到了来自被窝里的人的体温，透着他薄薄的睡衣，传到她的身上。

同时，似乎有一股电流随着热量一起传过来，宁秋秋浑身一颤，全身细胞都敏感起来。

这种感觉太奇妙了。宁秋秋确定自己对展清越没有男女之间的情愫，却不知道为什么会有这种感觉。

大概是因为她寂寞久了？

不是说单身久了看狗都觉得眉清目秀吗？何况对方还是个实打实的帅哥。

宁秋秋如是安慰自己，瞬间把自己说服了，于是心安理得地钻进了人家的被窝里。

“她一身酒气，你就这样把她弄到我哥的床上？”晶晶在给宁秋秋盖被子的时候，展清远开口说。

“酒气？”晶晶实诚地俯身闻了闻，说，“没有什么酒气呀。”

“一点儿也是有。”展清远吹毛求疵，“你平时就是这样将就着照顾我哥的？”

晶晶大呼：“冤枉啊！我对大少爷的忠心天地可鉴，日月可表。我是个五星好评的正经护工！您若是觉得不妥，我立刻把宁小姐扶回她的房间去。”

“算了。”展清远其实也就是挑挑刺，深呼了一口气，扫了一眼房内，用眼角的余光瞄到床底下有一张黄色的符纸，弯腰捡起来，翻来覆去地看了一下，随后朝晶晶晃了晃，皱眉道，“我哥的房间里怎么会出现这个东西？”

宁秋秋虽然没看见展清远捡到了什么，但有种非常不祥的预感。

“哎？”她听到晶晶说，“这是符，怎么掉到地上去了？”

“符？这又是什么乱七八糟的迷信手法？”

“您别这样说，这是宁小姐送给大少爷的平安符，为了让大少爷早日醒来，宁小姐花了好多心思去庙里求的。据说宁小姐三步一跪、五步一拜、七步一叩首，就算迷信了点儿，但是诚意在那里呀，可见宁小姐对大少爷的情义。”

宁秋秋：“……”

她啥时候三步一跪、五步一拜、七步一叩首地给展清越求符了？晶晶你这“脑补”能力不去当编剧可惜了呀。

展清远自然不会相信什么“三步一跪”的话，不过这符是宁秋秋求来送给展清越的，如果真的是做样子做到这个地步，只能说宁秋秋这个人的心机太深了。

展清远虽然不喜欢宁秋秋，但毕竟两家是世交，对于宁秋秋他还是了解一二的，知道这个姑娘有点儿“傻白甜”，不可能有那么深的心机。

这么说来，她是真的喜欢他哥？

一直都不信宁秋秋是真心喜欢他哥的展清远感觉被打脸了。

展清远和晶晶没多逗留便关灯出去了，房间里瞬间安静下来。

宁秋秋在人家的床上窝了好一会儿，等到外面彻底没动静了才爬起来，打开床头灯，找到刚刚被晶晶叠好塞到展清越枕头底下的那张符。

那并不是平安符，而是一张还没养成的“大力符”，可以短时间内使人力大无穷，空手撂倒五个小混混也不成问题。宁秋秋现在没任何修为傍身，原主的身体又娇软易推倒，所以要用这种符来护身。

宁秋秋检查了一遍，发现都完好无损后才松了口气。这应该只是个意外，也不知道是她没塞好，还是它之前不小心掉在床底下没被发现。

幸好晶晶机智地圆了过去。宁秋秋给这位护工点了个赞，决定给她加工资。

收拾好，宁秋秋把展清越的被子拉好。床上的人依旧以那个姿势安静地躺着，床头暖黄的灯光为他笼上了一层淡淡的面纱，仿佛加了一层滤镜，让他本来就好看的脸更加明媚起来。

想到刚刚和他贴上时那股莫名的电流，宁秋秋叹了口气，说：“展先生啊展先生，你再不醒来，我恐怕真会听从我妈的意见了。”

但是，宁秋秋又有了新的疑惑：植物人真的可以吗？

想到这里，宁秋秋想拿出手机搜一下，可找了一下没找到，才想起来手机在包里。

而包，刚刚她装醉的时候挂在臂弯里一直往下滑，于是晶晶拿给展清远让他帮忙提着，好像……进门时被管家拿走放在一楼了。

手机还是小事，一晚上不用不会死人，毕竟她七年没摸过手机也照样过来了，但是她的房间钥匙在包里呀！

宁秋秋怕家里的下人进她的房间打扫或者干别的事儿，出门都会把门锁上。

要是她的那些东西被翻出来了，肯定会被告到展老爷子那边去的，到时候宁秋秋不好解释。所以她每次出门都有锁门的习惯。

她只好下楼去拿，可走到走廊的时候看到一楼还有灯光。这会儿已经晚上十点多了，老爷子早睡了，用人们下班后回家的回家，没回家的也回房间去了。这会儿待在客厅的估计就是……展清远了。

她装醉了那么久，这会儿下去不是送脸上去给他打吗？

展清远今天刚被她坑了，肯定窝了一肚子火，等着抓她的把柄呢。

小说里宁秋秋经常骂季微凉是“白莲花”，但读者站在女主角的角度并没有这种感觉，反而觉得宁秋秋可恨。可现在她站在宁秋秋的角度，确实觉得季微凉挺像“白莲花”的。

宁秋秋知道季微凉今天知道真相后之所以会有那么大的反应，是因为她自以为靠的是实力，其实靠的还是钱财。兼之宁秋秋之前就是因为有钱才在练习生时期把她挤下去的，造成了季微凉有点儿仇富的心态，今天才会一点就炸。

宁秋秋可没有季微凉那么高尚的品德，最好季微凉心灰意冷不想演女主角了，她不介意因此而上位的。

小说里季微凉一开始跟展清远在一起不就是为了报复她吗？现在她都嫁给展清越了，报复就成了子虚乌有，二人居然还没分手，是展清远太痴情，还是季微凉已经对他产生了所谓的爱意？

算了，男、女主角怎么折腾关她一个女配角什么事情呢？

宁秋秋明智地选择不下楼。反正就是在展清越的床上睡一晚而已，两个人都已经是夫妻了，同床共枕一晚上不算犯罪吧？

于是宁秋秋折回了展清越的房间，锁上门，准备先去洗个澡。可是没有换洗的衣服，宁秋秋只好去翻展清越的衣柜。

展清越的衣柜很有特色。距离床头最近的那个衣柜被堆满了各式布料柔软的睡衣和宽松休闲的服饰，这些应该是他成了植物人之后新添的，方便他睡觉和出去兜风、晒太阳时穿。

第二个衣柜里装的就是展清越以前的衣服了，有熨烫得笔挺的衬衫、或休闲或商务的西装，装满了一个衣柜。

第三个衣柜里摆的则是他以前的休闲服装，也是各种大牌，琳琅满目。

有钱人的腐败啊！这都要追上宁秋秋一个姑娘家的衣柜了，可见展清越以前肯定是个很臭美的男人……

在一衣柜充满了男性阳刚味道的衣服中，宁秋秋矜持地翻出了一身睡衣，去了浴室。

妆是没法儿卸了，宁秋秋用展清越的洗面奶多洗了两遍，幸好这个身体的原主本身年轻，皮肤好，禁得住这种折腾。

洗完澡穿上展清越的睡衣，宁秋秋发现一个令她痛心的事实：睡衣好长。睡裤多出来的长度可以再打个结……

“晚安。”宁秋秋小声说道，关了床头的灯。

她以为自己会睡不着，事实证明她想得太多了，才沾上枕头就睡成了猪，再睁眼已经是第二天的早上了。

刚醒来的宁秋秋脑袋转得慢，根本没意识到自己在展清越的床上，只觉得今天的被窝格外温暖。她忍不住把头往被窝里面埋了埋，却觉得今天的床有点儿硌人。

硌人？！宁秋秋的脑袋里忽然灵光一闪，沉睡的智商苏醒——她发现不知道什么时候她和展清越已经挤作一团了。她的头窝在人家的颈窝里，身体靠在他已经很单薄的身体上，被人家的骨头顶着，不硌人才怪。

宁秋秋猛地坐起来，手忙脚乱地把展清越身上被她弄皱的衣服拉好，又摸着自己发烫的脸，再次庆幸展清越是个没意识的植物人——不然她估计见不到今天的太阳了。

白天，展家又来了客人。

“外公。”来人一见到展老爷子，就扑过去抱住他，大声喊道，“我好想你呀！”

“小丫头。”展老爷子乐呵呵地说，宠溺地伸手拍了拍自家外孙女的背。

展老爷子膝下有一儿一女，小女儿嫁到了豪门世家林家，来人正是他的小外孙女林汐恬。

“我都二十岁啦，哪里小？”林汐恬撒娇道。

“在外公的心里你就是小娃娃。”

刚好下楼的宁秋秋看到了这一幕，注意力却落在了另一个和林汐恬同来的姑娘身上。

那姑娘衣着高档，举止端庄，一看就是名媛小姐。当然这不是重点，重点是这个人的身份——小说里她是一个比宁秋秋无足轻重的女配角。

这个姑娘叫贾晴。特别有意思的是，之前展清越还是展家的当家人时，她一直对展清越爱慕有加，公然追求展清越，其狂热程度跟原本的宁秋秋对展清远相比有过之而无不及，甚至多次公然向展清越表白。

后来展清越出了事情，她也痴情地表示愿意等他醒来。

可等了一两年，这姑娘大概觉得展清越醒来无望了，一片深情无处安放，便想寄托于他人。

而这个寄托对象，竟然是男主角展清远……这剧情有点儿意思。

林汐恬跟展老爷子撒完娇，转头看到宁秋秋，愣了一下，说：“原来家里有客人啊！”

“不算客人。”展老爷子说，“秋秋最近借住在我们家。”

对于宁秋秋和展清越结婚的事情，展老爷子遵守约定，除了展家的人，对谁也没说，即使是林汐恬这个他宠爱的外孙女。

何况现场还有个外人。

“哎？是吗？是不是……”林汐恬朝宁秋秋挤眉弄眼，“要晋升为小嫂子啦？”

我已经是你的大嫂子了好吗？宁秋秋笑了一下，说：“没呢，你二表哥有女朋友啦。”

这句话让林汐恬和贾晴都愣了一下。林汐恬转头看向展老爷子，问道：“真的吗？我二哥真的有女朋友了吗？我居然不知道。”

展老爷子含笑点了点头。

“那秋秋不是……”林汐恬眨了眨眼睛，看向宁秋秋的眼神瞬间充满同情，显然也是知道宁秋秋当初迷恋展清远的那些往事的。

“没有，我现在已经放下了。”宁秋秋看林汐恬的表情，感觉对方已经“脑补”出一段“我爱你，你不爱我，我还是愿意守在你身边”的深情虐恋了，忙举手以证清白，“我现在已经有了别的心上人了。”

“啊？是吗？”林汐恬蒙了，“这么快？”

“别站着，过来坐下说。”展老爷子适时地打断了这个话题，招呼她们过去坐，又对管家说，“打电话给清远，告诉他恬恬过来了，让他回来一起吃午饭。”

林汐恬补充说：“方便的话把未来的二嫂子也带回来看看哪，我都没见过呢。”

管家：“好的。”

大家坐下来聊了一会儿，林汐恬提出要去看看她的大表哥，展老爷子便对宁秋秋说：“那秋秋带她们上去吧。”

宁秋秋说：“好。”

林汐恬虽然有点儿纳闷她外公为什么这么熟练地使唤宁秋秋带她们去，而不叫下人，但想着估计是宁秋秋住在这里熟了，加上她外公本来就很喜欢晚辈，就没想太多。

三个人一起来到展清越的房门口，林汐恬对贾晴说：“你好久没见到我大表哥了吧，现在是不是很激动？”

贾晴点了点头，脸上瞬间染上了红晕：“还好啦。”

宁秋秋莫名觉得她那害羞样有点儿刺眼。其实贾晴的心早变了，她却还在这儿装呢。嘁!

“不用那么矜持，这里又没别人。”林汐恬拍了拍贾晴的肩膀，说，“唉，也不知道我大表哥什么时候能醒，他要是知道你这么痴情地等了他快两年，肯定要感动死了。”

“展先生他吉人自有天相，会醒的。”

宁秋秋按捺住内心的不快，不动声色地听她们谈论完，边打开房门让她们进去边说：“说起来，前阵子家里来了个算命先生，给展先生算了一卦，说什么想要展先生醒来，可以给他试一下冲喜。”

林汐恬眼睛一亮：“真的吗？”

“对啊。”宁秋秋领着她们走到展清越的床前，展清越正挂着水，安静地睡在床上。今天外面阳光很好，整个房间也因此变得明亮，衬得展清越更加肤白貌美、轮廓清晰。宁秋秋又莫名地想到早上醒来时二人亲密的姿势，老脸一热，忙不看他了。

她看了眼贾晴，说："唉，可惜算命先生说的话哪里可以百分百相信呢？也没哪个傻姑娘愿意为了算命先生的一句话就嫁给一个植物人，是不是？"

林汐恬说："也对，关键是不能害了人家姑娘，毕竟这种事情谁也说不准的，传出去展家什么名声都没了。哎？晴晴姐你不会想……"

贾晴苦笑了一下，说："展先生一直不喜欢我，我怎么会乘人之危呢？"

宁秋秋故意搞事情，说："这可不一定，就跟林小姐说的一样，展先生醒来后要是知道你等了他那么多年，肯定会很感动的，特别是你让他醒来，相当于救命之恩了，他当然要以身相许。"

"……"贾晴的脸色变了变，她一时间说不上话来。

她确实喜欢展清越，甚至愿意等他醒来。可是这么久过去了，连医生都说他基本没有醒来的希望了，为了算命先生的一句话嫁给展清越，她是不愿意的。

万一展清越一直都不醒来，那她这辈子岂不是毁了？

她没有这种牺牲精神。何况她喜欢的是那个优秀的、高高在上的展清越，而不是现在这个躺在床上、连基本生活都没法儿自理的男人。

她喜欢那种站在万众瞩目的地方，像一颗耀眼的星星，能让她仰望的男人。

林汐恬忙说："秋秋，你别逗她啦，等下她要是真的当真了就不好了，你又不是不知道她有多喜欢我大表哥。"

林汐恬毕竟年纪小，比较单纯，宁秋秋看贾晴的表情就洞晓了她的想法，心想：你的晴晴姐可没这种牺牲精神。

不过她没拆穿贾晴，毕竟良禽择木而栖，贾晴本身并没有错。她只是内心不喜贾晴明明变心了，还对着展清越摆出一副一往情深的样子，这让她莫名不爽，忍不住就想挤对贾晴。因而她继续面带微笑地说："也是，要是我的心上人也变成植物人需要冲喜，我会二话不说嫁给他的，不然怎么叫爱情呢，对不对？"

贾晴："……"

中午，展清远果然带着季微凉过来吃饭了。两个人仿佛当昨晚发生的不愉快不存在，也不知道是暂时性地和好了，还是季微凉想开了。

今天展清远应该是从公司过来的，穿了一身裁剪合体的西服，如同小说里形容的那样英俊帅气。位于高位的他，举手投足间透着领导者运筹帷幄的气势，往那里一站，醒目得令人挪不开眼，足以迷倒一片少女。

他的这身打扮让宁秋秋想起展清越那一衣柜或商务或休闲的西装。

展清越穿西装肯定比他更有气质、更好看，宁秋秋心里想，哼，等着！

"哇，二表哥，你怎么变得这么帅啊？穿个西装，人模狗样的。"林汐恬笑嘻嘻地说。

展清远一拍她的头："怎么说话呢？"

"真的呀，自从大表哥出了事情，你就变了好多，我都快不认识你了，是不是，晴晴姐？"

贾晴冲展清远笑了笑，打招呼说："展二少。"

"贾小姐也来了。"展清远冲她礼貌地点了点头，又瞥了一眼宁秋秋，说，"来看我哥？"

"好久没来了，我跟恬恬一起过来坐坐。"贾晴间接地否认了展清远的话。

宁秋秋在一边听得想笑，展清远明显是想硌硬一下自己。事实上他现在魅力四射，完全符合贾晴梦中情人的形象，人家对你的情愫正疯狂滋长呢。

展清远倒没想那么多，只当贾晴是不好意思直接承认。他向她们介绍了季微凉，大家坐了一会儿，管家就来说饭菜好了，让他们去吃饭。

展老爷子挺喜欢人多热闹的，特别是和这么多的年轻后辈坐一桌，他老人家笑得眼睛都只剩一条缝儿了，招呼大家不要客气，还让管家把他珍藏多年的红酒拿了出来。

"展老先生，二少他们下午还要上班工作呢，我们喝饮料，意思到了就行啦，不需要那么隆重的。"贾晴忙阻止说。

"也是。"展老爷子一听挺有道理的，赞赏地说，"还是小晴想得周到，会替人家考虑。"

贾晴低头一笑，说："也没有，是我最近在我爸的公司里帮忙做事情，发生过这种状况，所以知道。"

"哦？"展老爷子转头看她，"你爸也开始培养接班人了？"

贾晴是独生女，她家也有个公司，她是未来的继承人。

贾晴不好意思地说："我都有愧于'接班人'三个字。我在大学学的是心理学，对于经商完全不懂，我爸又没什么耐心教我。我最佩服展二少了，短短一年多的时间就能完全接手这么大的公司，要是我，三年也弄不懂这些。"

"形势所逼罢了。"展清远淡淡地说，体贴地把季微凉爱吃的菜转到她的面前说，"这个你爱吃，多吃点儿。"

季微凉点了点头，听话地夹了一筷子。

知道内情的宁秋秋看他们互动，拼命忍住笑，差点儿都把头埋在碗里了。

过了一会儿，贾晴说："管理上我有挺多不懂的地方，展二少作为过来人可以教我一下吗？我实在是怕了那些东西。"

正在吃饭的季微凉手一顿，脸色明显不好看起来。

男朋友被一个差不多年纪的姑娘请教，任谁都会敏感的。

"这个恐怕爱莫能助，我很忙。"展清远作为男主角还是很有分寸的，要是他答应了，读者就要骂死他这个"渣男"了。

贾晴忙说："没关系，我就偶尔问问。二少忙的话，我发邮件，你什么时候有空闲浏览一下，指点一二就行。"

季微凉："……"

宁秋秋憋笑，觉得季微凉快要摔筷子走人了。

贾晴在感情上一直热情大胆，目标明确，丝毫掩饰都没有，傻子都能感觉出来。

季微凉当然已经感受到了。

天下管理者那么多，就贾晴那个公司，除了她爸，肯定还有优秀的 CEO（首席执行官）、

CFO（首席财务官）可以请教，但是贾晴非要巴上来问展清远，可不是此地无银三百两嘛。

林汐恬对于感情的事情没有那么敏感，还帮自己的朋友说话："二表哥，你就帮一下晴晴姐，又不会少块肉，是不是还要交拜师费才肯教啊？"

展清远："吃你的饭！"

"我吃饱了。"季微凉放下筷子，起身礼貌地说，"你们继续。"

说完，她就下桌了。展清远脸色不好看，放下筷子追了过去。

林汐恬还很困惑，看着他们离去的背影说："啊，未来的二表嫂在减肥吗？吃得那么少。"

展老爷子把一切看在眼里，摇头说："年轻人哪。秋秋，别跟他们瞎掺和，多吃点儿啊，恬恬也别看了，吃饭。"

宁秋秋笑道："好。"

几天后，《飘摇》开机了。

《飘摇》有好几个拍摄地点，除了最后一个多月在本市郊区的影视基地拍摄，其他的都在外地。

宁秋秋虽然是女配角，但由于是重要的角色，也没在中途"挂"掉，所以几乎全程都在，也就比男、女主角提前十几天杀青。

进剧组之前，宁秋秋又喂了展清越几次不同类型的符水，差点儿没把人家喂得拉肚子。

可展清越的情况似乎并没有出现好转。他现在在家里休养，医生每天都要过来一次，给他做基础检查，展清越每个月也都会定期去医院检查一次，利用医院先进的扫描技术帮助判断是不是有潜在醒来的可能。

上次检查是她陪着展清越去医院的，检查结果和之前一样，医生只说他们会尽力。不过那时候她没给展清越喂符水，下次检查还要等几天，那时候宁秋秋已经进剧组了，也不知道会怎么样。

至此，她嫁过来已经一个月了，三个月的期限转眼过了三分之一，最头疼的是后面两个月的时间她都在片场。

虽然她去撒撒娇可以让宁父宽限一阵子，可就算再宽限一阵子，她也不敢说展清越一定可以醒来。

唉，宁秋秋看着床上睡得一脸无辜的人，重重地叹了口气。展先生啊展先生，你可快点儿醒来吧。

"宁小姐，你放心去拍戏吧，我会用心照顾展先生的，绝对让他吃好喝好，一点儿岔子都不会有！"晶晶见宁秋秋一脸凝重地盯着展清越，拍胸脯向她保证。

明天宁秋秋就要进剧组了。

宁秋秋和晶晶的脑回路不在一条线上，没法儿交流，随口揶揄："那麻烦你了。"

"没问题。"晶晶又凑过来说，"你什么时候想见展先生，跟我微信视频就行了，24 小时贴心服务，微信在人在！"

宁秋秋："……"

她不知道自己给了晶晶什么错觉，还是晶晶想了些什么，才会觉得自己对展清越情根深种。

明明其他人都觉得她嫁给展清越是为了接近展清远！

"谢谢啊。"自己立的"人设"，跪着也要演下去，她还得面带微笑地说，"回头给你发奖金。"

"谢谢宁小姐！"晶晶露出大大的笑容，"要是你拍戏忙没空视频，我就给你发照片过去，保证拍得帅帅的，可以做桌面的那种，让你360度无死角'舔屏'。"

宁秋秋："……"

她真的不需要好吗？

好不容易把晶晶打发走，宁秋秋松了一大口气，看了眼床上安静躺着的人。说起照片，她嫁过来这么久了，手机里还真没存过展清越的照片。

主要是大家都在逢场作戏，真正到了私底下，她面对一个植物人，哪里有兴致去折腾这些？

现在就当是为了长时间分开留个纪念吧，万一……万一一段时间不见，她都忘记展清越长什么样了怎么办？

宁秋秋为自己找到了充分的借口，拿出手机对着人家的脸拍了几张。她的拍照技术一般，幸好展清越的颜值高，上相，即便她技术差，拍出来的照片依旧很好看，除了瘦一点儿没有别的缺点。

拍都拍了，他们干脆再合照一张！

宁秋秋小心地半躺在展清越的身边，和他头靠着头，把比心、比剪刀手、吐舌头、嘟嘴一类的动作全部试了一遍。果然颜值高的人怎么照都好看，清纯动人的少女和旁边的睡美男靠在一起，无端让人生出一种很般配的感觉。

宁秋秋坐在床边翻看照片，左看右看都觉得好看，终于知道为什么朋友圈里的那些浑蛋那么喜欢秀恩爱了，她现在和展清越不恩爱都想秀一下合照！

想到这里，宁秋秋忍不住打开微信，挑了几张上传到朋友圈。反正现在他们是"夫妻"，她秀一下不犯法吧？

当然她现在和展清越的关系不能见人，所以她只能选择对那么几个人可见。

第二天清早，宁秋秋飞往第一个拍摄地点。

她没让公司的车过来接，而是让展家的司机送她去机场，然后和经纪人瞿华还有她的助理小池碰面。

"秋秋，这里。"

宁秋秋才到约定碰面的地点就听到小池在叫她。她拉着自己的行李箱走过去，看到他们一大群人，愣了一下："怎么这么多人？"

"小啾啾是大明星，第一次去片场当然要声势浩大一点儿啦！"瞿华笑眯眯地说，"排场够不够大？"

宁秋秋："我可以说粗鄙之语吗？"

瞿华跺脚："开玩笑的啦，秋秋你好凶啊。"

她不仅想凶他，还想打他。

"这两位是临时为你请的助理，分别是生活助理和私务助理，这个是司机，然后这位隆重介绍一下，"瞿华正了正声，说，"这是我为你请的表演老师——杨老师。杨老师以后全程跟拍，随时随地指导你的演技。咱虽然技术比不过人家，但态度要好，以后人家黑咱的话，咱也有理说回去。"

这真是神仙才想得出来的馊主意。宁秋秋真是哭笑不得："瞿哥，你好歹对我多点儿信心哪，我演技真没那么差。"

"那是当然，我们家小啾啾的演技是最棒的，不输那些专业院校毕业的，带老师去只是为了精益求精。"瞿华哄她说。

宁秋秋："……"

他俩没法儿交流。

算了，要带就带着吧，现在跟瞿华说什么都是徒劳，只有在真正的"实战"面前才能见真理，到时候什么杨老师、朱老师，自然会被撤回去。

飞机还要一会儿才起飞，宁秋秋在贵宾室等候，无聊地拿出手机来玩。她打开微信，发现昨晚睡前发的朋友圈还有人点赞、评论。

晶晶："哇，先生和宁小姐好有夫妻相啊，天造地设，神仙爱情！！！"

母上："这么快就下手了？"

展老爷子发了一个微笑的表情。

展清远："……"

宁秋秋没想到展清远还会看她的朋友圈。对方一直都不相信她对展清越的感情，甚至觉得自己嫁过来是为了他，现在脸应该很疼吧。

想到这里，宁秋秋内心莫名爽，关掉朋友圈，看到温玲在微信给她留了一串的话。

母上："你会不会啊？要不要妈妈教你？"

母上："记得做好防护措施，别怀上了。"

母上："算了，我不打扰你们了，明天看到信息给我回个电话。"

这都是什么鬼啊？宁秋秋服了温玲的"脑补"能力。她就和展清越一起照了两张照片而已，衣着整齐，举止也不亲密，怎么温玲会想歪呢？

她身边到底都是些什么人啊？

所以有事没事别发朋友圈秀恩爱，特别是这种照片，不然谁知道别人正"脑补"些什么呢！

到了拍摄地点，小池带着两个助理去他们下榻的酒店放行李，宁秋秋则和瞿华、杨老师去了片场。片场的工作人员已经开始忙碌了，由于是第一天，准备得再充分都有点儿鸡飞狗跳的感觉。

宁秋秋和导演打完招呼就被拉进化妆间化妆。今天演员们要参加开机仪式、拍定妆照，再拍几场戏，讨个吉利。

由于角色需要，宁秋秋在里面的装扮分为两种，前期是官家小姐的装扮，雍容典雅，后期由于远嫁边境和亲，则是异域打扮，别样风情。

宁秋秋拥有很好的镜头感，拍定妆照并没有花费很多时间，等她拍好后优哉游哉地溜达时，其他人还在手忙脚乱地化妆、找感觉。

等全部主演的定妆照拍完已经是中午了，大家吃上了进组的第一顿盒饭。下午还有开机仪式，开机仪式结束后就开始拍第一场戏。

第一场是男、女主角的对手戏。宁秋秋围观了一下，季微凉确实很有演戏天分，感情、细节都处理得很到位，除了由于经验不足稍显稚嫩，已经好过很多人了，起码不“尬演”。

果然是女主角，季微凉不需要科班毕业也能驾驭角色。

下一场是宁秋秋和男主角的对手戏。杨老师尽职尽责地给宁秋秋讲解表演的基础技巧、台词、走位，宁秋秋奔波了大半天，中午又没午休，坐下来听杨老师讲课就想打哈欠。

她硬撑了一会儿，实在撑不下去了，打断杨老师说：“杨老师，我去一趟洗手间！”

杨老师早看出了宁秋秋的心不在焉，不过她也是拿人钱财替人办事，能教到什么程度完全靠宁秋秋的悟性，摆了摆手说：“去吧，回来我们对对戏，你就能理解刚刚我给你讲的那些技巧了。”

“嗯。”宁秋秋含混地答应了，起身去洗手间。

片场的条件并没有那么优越，剧组已经尽力给主演们隔了单独的休息室，但洗手间没办法一人一个，大家只能共用。宁秋秋走出休息室，去洗手间小解了一下，刚要洗手的时候，从镜子里看到季微凉提着裙子走了进来。

古装的裙子偏长，没穿习惯的人不提着裙子容易被绊倒，季微凉明显是第一次穿。

哎哟，冤家路窄啊。季微凉看到她后微微皱了一下眉，不喜之意十分明显。

宁秋秋本来没想理她，但是见她这副表情，又忍不住想硌硬一下她，开口说：“季小姐刚刚表演得很惊艳哪，一点儿都不像非科班的。”

正要直接绕过她去卫生间的季微凉听到她的话，内心生出几分得意的心情。季微凉在表演方面确实很有天分，只去表演班学习了一段时间就大受表演老师的赞赏，老师说将来积累了经验，季微凉必能成大器。

“多谢。”季微凉微微一笑说，“下一场就是宁小姐了，也期待你的表现。”

所谓期待，当然是期待她出丑。宁秋秋拢了拢散下来的头发说：“必须超越季小姐的期待，不过那天晚上看季小姐一副觉得靠关系进剧组侮辱了您高超演技的样子，我以为你会弃演呢。”

季微凉那晚回去后就后悔当时太冲动，在宁秋秋面前露了情绪，让她抓到了把柄。这会儿见她来硌硬自己，季微凉反问道：“这个角色本来就是我靠实力试镜得来的，问心无愧，为什么要弃演？”

“哦？难道不是靠你最为厌恶，想拥有却无法拥有的金钱？”宁秋秋贱兮兮地说。

季微脸色微变，说：“宁秋秋，别以为你有几个钱就觉得自己天下无敌。在这个圈子终究靠的还是实力，没有实力，就算你拿最好的资源、演最好的角色，也依旧被人耻笑、嘲讽，永远站不上星光最璀璨的地方！”

说完，季微凉不等她说话就提着裙子进了洗手间。

宁秋秋不以为意地一笑。季微凉现在有多盛气凌人，等一下脸就有多疼！

第二场是宁秋秋和男主角方谨然的对手戏。

剧里，宁秋秋饰演的云瑶是宰相之女，对男主角一见钟情，为了帮助男主角坐上一国之君的宝座，默默地出了不少力。后来云瑶见男、女主角互相爱慕，刚好新君继位，各方未铲除的旧势力蠢蠢欲动，边境蛮夷趁机求娶公主嫁去和亲，以结两国之好，云瑶毅然表示愿意充作公主嫁去边境，为家国和平贡献自己的未来和幸福。

云瑶有儿女私情，却深明大义。后来她的丈夫伙同周边小国攻打她的国家，她又不惜性命地把消息传给男主角，与男主角里应外合，最终帮助男主角成功收复了这些边境小国。

所以宁秋秋才会想演这个女二号，比起普通的儿女情长，这个角色的设定更有深意。

首先拍的是云瑶和男主角容彦初见的戏，对于宁秋秋来讲并没有太大的难度，正常发挥就是超常了。

男一号方谨然的演技自然过关，两个人都接得住对方的戏，整场戏下来孙导都没有叫停。

等到最后孙导喊了“卡”，方谨然才从容彦的状态脱离出来。一向疏离冷淡的他难得对宁秋秋笑了笑，说：“没想到你的演技这么好。”

宁秋秋谦虚又做作地说：“没有啦，前些日子在公司紧急培训了一阵子，勉强拿得出手而已，让方前辈见笑了。”

“不可能是一阵子的培训。”方谨然语气肯定地说，“懂的人都知道，拍戏靠的是积累。”

像季微凉，演技虽然很好，但明显积累不够、经验不足，他一眼就看得出来。

宁秋秋笑了笑说：“方前辈好眼力。”

这么几句话的工夫，孙导已经看完了回放，说：“可以，过了。”

一遍过！

本来纷纷来围观宁秋秋这个大摇大摆、脸上写着“我是关系户”几个字进组的人出丑的艺人，现在都感到脸疼，甚至思考自己演的时候能否达到宁秋秋的水平。

而“期待她表现”的季微凉，这会儿脸都要“肿”了。她自己那场戏都拍了四遍才过，第一次是她没经验，走位不对；第二次她没接住方谨然的戏；第三次导演倒是没喊“卡”，但是不满意，又重拍了一遍。

在宁秋秋的面前，她唯一的遮羞布就是演技，可现在，连演技都被宁秋秋“吊打”了。

季微凉咬住嘴唇，不，她不会输的。

宁秋秋在一片复杂的目光中，云淡风轻地走回了自己的休息室，其实内心爽透了。

她期待这一天已经很久了。

“秋秋，你好厉害啊！刚刚的表演太好了，你都不知道围观的那些人脸色有多精彩，哈哈。”进了休息室关上门，小池第一个说。小池太开心了，瞬间觉得自己的腰杆子都硬起来了。

瞿华也说：“有两下子呀，小啾啾，以前是我小瞧你了，对不住啊。”

“没事，没事。”宁秋秋大手一挥，大方地原谅了他，又问道，“今天的戏份儿拍完了吧？我要累死了。”

从进组到现在，她就没歇过，脚都僵了。

“拍完了，你去卸妆换衣服，等下大家一起吃晚饭，我请！”瞿华豪爽地说。他知道自己捡到宝了。

大家顿时一阵欢呼，又把宁秋秋夸奖了一遍，所谓一人得道，鸡犬升天，这些人的尾巴都要翘到天上去了。

宁秋秋的心情也很好，她笑着坐下来让工作人员给她卸妆，又从小池手中接过自己的手机，看到晶晶给她发了微信消息。宁秋秋随手点开看了一眼，吓得手一抖，立刻关掉了。

晶晶给她发了一张展清越衬衣扣子未扣的露胸照！

幸好化妆师的注意力都在怎么给她拆头上繁复的钗饰上，这要是被别人看到，她的形象都没了。

晶晶还信誓旦旦地说是陈毅拍的，自己连正眼都不敢看，发完就立刻删了，表示自己是个不占半点儿便宜的超正经护工。

宁秋秋：“……”

这张照片应该是晶晶推展清越出去兜风前，给他穿衣服的时候拍的，只露了一片雪白的胸，连 pose（姿势）都没有，根本没有美感可言。

只不过展清越长得好看，所以被拍得和艺术写真一样，让人看了鼻子痒痒的，差点儿流鼻血。

她觉得晶晶和温玲的思维有异曲同工之妙，幸好她们二人不认识，不然她非得被这两个人搞死不可。

她不能再纵容晶晶这么下去了，不然说不定下一张就是限制级的照片了！

宁秋秋：“公然兜售雇主的肉体，这个月的奖金没了！”

发完，宁秋秋不顾晶晶呼天抢地地解释，果断关掉对话框。

笑话，她一嫁过来就把人家的身体看光了，怎么可能还被这种照片所惑？

她保存照片只是为了保留扣晶晶奖金的证据！

《飘摇》的官微很快上传了今天拍的定妆照。由于这部剧是方谨然主演的，在网上的关注度一直很高，之前官微确定了季微凉演女主角，粉丝就已经闹得鸡犬不宁了，还是孙导亲自站出来肯定了季微凉的演技，风波才得以平息。

后来女二杨媚出丑闻被换，有消息传出刚退出“谜女团”的宁秋秋接替了这个角色，方谨然的粉丝差点儿“揭竿而起”，觉得方谨然被剧组坑了，一带二简直不要太欺负人。

但这些只是网传，官微一直没站出来给个正面的说法——其实是不敢说，怕被打死。

不过今天他们有底气了，毕竟季微凉发挥稳定，而宁秋秋则令人大吃一惊。

太惊艳了！

晚上，宁秋秋跟工作人员一起吃了个饭就散了，明天还要拍摄，不能太闹腾。她回到酒店洗了澡，边敷面膜边刷微博。尽管剧组的官微不遗余力地把她夸了一遍，可是毕竟没有视频做证，全凭官微一个劲儿地说，在粉丝看来这些都是剧组在巴结宁秋秋，反而令他们更反感了，所以官微底下依旧骂她骂得很凶。

宁秋秋早料到了会这样，倒也没觉得多刺眼。她穿越了三个世界，很多事情已经比较看得开。

热搜倒是由于事先有准备，所以没被带起多少节奏来，就“《飘摇》开机”“方谨然容彦”两条热搜下有骂宁秋秋的。

瞿华：“啾啾小宝贝，记得发微博，图片和文字我让小猪发给你了，你要是没空我就帮你发啦！”

瞿华给她发微信消息，提醒她记得发微博。宁秋秋打开小猪的对话框，果然见到对方发了几张她的定妆照过来，都是助理私下拍的，不过已经征得剧组的同意，可以发。

照片已经精心修过了，第一眼连宁秋秋自己都被小小地惊艳了一下。看剧本的时候，她在脑海里描绘过云瑶的样子，而照片上她的造型完全契合了她心中对云瑶的描绘。

眉目之间全是云瑶这位聪慧女子应该具备的灵动，仿佛灵魂上的契合，令人眼前一亮。

以前她在娱乐圈里，经常听人家说一个词，就是灵性。

宁秋秋明显就是自带灵性的那种人，属于老天爷赏饭吃。

小猪那边给出的文字就是很官方地表示会努力演好云瑶，预祝拍摄顺利之类的场面话。

宁秋秋把照片存下来，打开微博，指尖在文本框内停留片刻，最后删掉了从小猪那边复制的文字，转而写道：“即便通往最璀璨顶端的道路铺满荆棘，我亦一往无前，你好，云瑶。”

虽然很装，可是真情实感的东西比那些官方的场面话好多了。

最重要的是，她想借此嘲讽季微凉。

谁说她拿最好的资源、演最好的角色，也站不上星光最璀璨的地方来着？

瞿华那边已经联系好了营销号，宁秋秋的这条微博一发就立刻全网推送，写小论文吹捧宁秋秋。现在他有足够的底气，吹起来不留余力。

季微凉和助理一直对戏到了深夜。今天她虽然被宁秋秋比下去了，但明显是她轻敌了，宁秋秋有备而来，才让她措手不及。

她接下来要更努力才行。

等到最后一遍对完，季微凉捶着发酸的脖子，拿过手机，屏幕上出现了两条推送。其中一条：“《飘摇》备受争议的女二宁秋秋发文表示，即便通往最璀璨顶端的道路铺满荆棘，她亦一往无前……”

“最璀璨顶端”五个字十分刺目，像一把无情的刀子，把季微凉最尴尬的一面生生剖了出来。

她捏着手机，忍了半晌，才把涌上来的那股火气压下去，冷笑着嘲讽道：“小人得志。”

季微凉关掉那条推送，打开微博。由于宁秋秋吸引走了大量火力，她的团队赶紧趁机做了一波公关，网上几乎已经看不见骂她的帖子了，甚至还有营销号帮她说话，暗踩宁秋秋。

虽然知道这些都是团队的操作，但季微凉心里舒服了许多。宁秋秋一场戏演得好又怎么样？剧组不可能把视频透露出去，宁秋秋现在在大众眼中还是那个没演技、没实力的关系户。

季微凉稍微刷了一下微博，看到跟她互关的方谨然几分钟前也发了微博，是转发宁秋秋刚发的那条微博并回复道："你已经很棒了，今天的对手戏很过瘾。"

季微凉看到这个，好不容易压下去的那股火气又翻涌上来。她狠狠地举起手机想摔到地上，可一想到这部手机还是前阵子新买的，摔坏了三千多元就打水漂了，于是放下手机，咬牙切齿地说："浑蛋！"

宁秋秋也没想到方谨然会站出来替她说话，不是她自恋，她总感觉方谨然对待她有点儿特别。

可无论是书里，还是原主的记忆里，她和方谨然都没有任何交集。

正当宁秋秋百思不得其解时，她的手机响了起来，是瞿华打来的，宁秋秋接起来说："瞿哥。"

"啾啾小宝贝啊，你还没休息吧？"瞿华的声音里带着抑制不住的兴奋，"方谨然转发你的微博了，看到了没？"

"看到了。"宁秋秋就知道对方为这事儿而来，在他提问之前先解释说，"我也不知道他这是什么意思，我跟他只有上次吃过一顿饭的情谊，连微信都没加过。"

"这样啊，"瞿华沉思片刻，既而又语气飞扬地说，"那只能说明我们啾啾的人缘儿好啦，以前没交情没关系，以后就有啦，记得在人家的微博底下回复一下，不要失了礼貌啊。"

"好。"

其实宁秋秋也很想去看一下方谨然微博底下的评论，肯定很精彩，毕竟撕她撕得最凶的就是方谨然的粉丝了。

"还有件事情，就是那个……"瞿华欲言又止。

宁秋秋："嗯？"

"就是那个啦，我之前想给你争取一个大品牌化妆品的代言，但你前阵子因为退团的事情负面新闻太多，人气也不够，没什么希望我就放弃了。现在刚好可以趁着这次机会，我们给你和方谨然制造一次绯闻造势，这个代言马上就能拿下来了，你看好不好啦？"

"不行！"宁秋秋没想到瞿华打的是这个主意，想也不想就拒绝了。开玩笑，她一来剧组就和方谨然传绯闻，那不是提供把柄给展清远抓吗？展老爷子也会不高兴的吧。

况且……她现在还是展清越的妻子呢，怎么可以乱传绯闻！

"啊？怎么不行？"

"我……"宁秋秋组织了一下语言说，"人家方前辈是出于好心帮我说话，我们就巴上去炒绯闻、做营销，这样以后谁还敢帮我，是不是？"

"那倒也是。"瞿华一时间只想着里面的机遇，没考虑那么多，"好吧，代言的事情我再想想办法，你早点儿休息，明天我就回去了，你照顾好自己，继续加油啊！”

挂了瞿华的电话，宁秋秋躺在床上，对着酒店的天花板，忍不住笑出声来。

真是既充实又开心的一天。

有了一个好的开头，接下来的拍摄都挺顺利的。宁秋秋进剧组后状态一直非常好，她的戏份儿几乎很少 NG（重新拍摄），导演有时候被别人气烦了，都会先拍她的来缓解心情。

展清越的下一个检查日也如期而至，宁秋秋比谁都激动。她给展清越喂的水有没有作用，就看这次检查了。

晶晶上一次被她扣了奖金，不敢再懈怠了，老老实实地表示一定会及时转达检查结果的。

大概是因为有心事，宁秋秋有点儿心不在焉，拍戏的时候还不小心把台词说错了，NG 了两遍。

孙导脸都黑了："秋秋你今天怎么回事儿，状态这么差？"

"抱歉孙导，我……我需要休息半小时。"

"成，你去找找状态。先拍下一场，叫徐娅和谨然准备，十分钟后我给他们讲戏。"导演对剧务说，让大家重新布置道具，准备下一场的拍摄。

宁秋秋朝大伙儿双手合十鞠了一躬以表歉意。这样子切到下一场，等下又切回来拍，对导演而言是一句话的事情，但对其他人，尤其是工作人员，就是全部道具重新摆放的问题了，麻烦得要死。

宁秋秋快步走回自己的休息室，眼皮一直在跳，总觉得有种不祥的预感。

"小池，把我的手机给我。"宁秋秋说完，又吩咐另一个助理，"小吴，我记得附近可以叫到哈根达斯的外卖，你去帮我买了请大伙儿吃，钱我转给你。"

小吴睁大了眼睛："请……请整个剧组的人吃哈根达斯？"

"嗯，有问题吗？"

"没……没有。"小吴感觉有点儿梦幻，有钱果然任性啊，她自己平时都舍不得吃！

宁秋秋没想那么多，拿出手机，刚巧晶晶的消息发过来了。

晶晶："啊！啊！啊！宁小姐，刚刚何医生跟我说，他给展先生做了检查，意外地发现展先生大脑的一些功能居然恢复了，换言之，就是展先生有意识了，出现可以清醒过来的迹象！"

等宁秋秋打飞的赶到医院时，已经是傍晚了。

"爷爷，展……清越哥哥他怎么样了？"

"秋秋回来啦。"一向淡然的展老爷子眼角有点儿湿润，抖了抖嘴唇说，"能醒了，清越他能醒了。"

宁秋秋一路都觉得这个消息有点儿不真实。她以为展清越醒来这件事情要像唐僧取经那样历经磨难，所以已经做好最坏的打算了。

没想到真的就是这么容易！宁秋秋的情绪也被展老爷子感染了，她忍不住伸手抱了抱眼前两鬓雪白的老人，说："恭喜爷爷。"

展老爷子点了点头，说："谢谢你，秋秋。"

宁秋秋知道他是在谢什么，展清越能在这个节骨眼儿上醒来，在外人看来就是她起了作用。

"不用谢的，爷爷，"宁秋秋笑了笑说，"我们是一家人。"

这时展清远也走了过来，看到宁秋秋，眼神顿时变得微妙。

作为一个无神论者，展清远是不相信算命先生的荒唐话的。可是，事实就是这么打脸，宁秋秋才嫁过来一个多月，就真的诞生奇迹了。

刚刚他哥的主治医生何医生跟他说，他哥损伤的大脑近段时间恢复得非常好，简直就是医学上的奇迹。

宁秋秋这个女人……展清远不禁多看了她两眼，目光中充满了探究之意。

"怎么了弟弟，干吗用这种眼神看我？"宁秋秋明知故问。展清远这会儿估计在怀疑人生呢。

"看看你是不是观音菩萨转世，这么神？"展清远说。

宁秋秋十分不要脸地说："那可不是吗？你以后记得多拜拜我，有什么愿望也都能实现了。"

展清远："……"

他们聊完，展清远送展老爷子先回去，老人家又惊又喜了一天，身体有点儿吃不消。宁秋秋则去了展清越的病房。

展清越依旧安静地躺着，和她离开前没有任何区别。

他身上穿着病号服，既然已经在恢复中，就不能住在家里了，而要住院接受治疗。

宁秋秋以为植物人醒来就是突然睁眼醒了，和睡觉醒来一样，没想到这过程还这么复杂，需要经过一系列的治疗、刺激，才能让他醒过来。

"哇，宁小姐，你真的是展先生的命定女神哪。"晶晶开心地在宁秋秋的面前唠叨，"刚刚医生说，这个月展先生的大脑损伤恢复得特别好，甚至已经具有一定的意识了，我们每天跟他说话什么的，他是能感觉到的。"

宁秋秋惊了！

什……什么？！

有意识？！

那她这段时间在展清越的身边搞七搞八、自言自语，以及温玲那些乱七八糟的话，还有……还有上次跟他睡同一张床，对方不会……都知道吧？

不会的，不会的，宁秋秋安慰自己。她睡着的时候都听不到别人在讲什么，何况展清越不但睡着了，还脑损伤了，更不可能听得到了。

宁秋秋问："医生有没有说他什么时候可以醒？"

"何医生说看恢复情况，有长有短，短的话下一刻睁眼也有可能，长的话再过个一年半载的，也不是没可能。"

“哦……”反正他能醒就对了，“我回家去洗个澡，你跟他们打个招呼，说晚上我过来陪床。”

她明天还要赶去剧组，要趁着今天再给展清越喂一次水，之后……之后就慢慢想办法请假回来喂。她的戏份儿由于多在边塞场景，所以外景很多，她现在几乎每天都有戏，请不到什么假。不过到了后面，外景拍摄完，她回本市市郊的影视基地拍内景，就会比较轻松了。

晶晶本想说她可以不用那么劳累，他们护工会安排值班陪护的，但想到宁小姐和展先生许久未见，当然要睡一个房间以解相思之苦，便不多说了。

而且这间 VIP（贵宾）套房式病房陪护条件优越，根本累不着人，因而晶晶满口答应说：“好的宁小姐，我会安排的！”

宁秋秋回展家洗了个澡，又把符纸烧了溶入水里，倒入保温杯里带过去，方便等下过去喂给他。

幸好这阵子她一股脑儿地养了许多符，虽然养残的也堆积成山了，但养好的也不少，不至于断货。

那么问题来了，等以后展清越醒来了，养符这事情怎么办？她要向他和盘托出吗？

展清越不信怎么办……

算了，以后等展清越醒来再根据他的性格行事吧，也不知道这人好不好相处，要是比展清远那个小鬼还讨厌，她就果断抛弃他！

宁秋秋在家吃过晚饭才来到医院。

“那宁小姐，我就先走啦。”晶晶见她来，识趣地收拾东西走人，“有什么事情，你按铃护士姐姐就会过来啦，找我的话就微信联系了。”

宁秋秋：“嗯，你回去吧，路上小心。”

“好的。”晶晶冲她挤眉弄眼，“晚上愉快，宁小姐。”

愉快你个大头鬼啊！宁秋秋瞪着她说：“下个月的奖金也不想要了？”

“啊，你说什么？！风太大我听不见，我的耳朵好像聋了，就这样，拜拜，宁小姐！”

说完，晶晶飞也似的跑了。

宁秋秋摇了摇头，在展清越的床边坐下来，手顶在床沿，撑着下巴望着床上的“睡美人”。

很快，“美人”就要醒了。

想到这个，宁秋秋不禁微微一笑，感到一阵自豪：这人可是她救醒的！

不知道展清越醒来后，知道自己“被”结婚了会是什么反应，是毅然选择离婚让她滚？还是欣然接受这个事实？或者干脆冷处理，反正我不 care（在乎）你，你有本事就在这里死皮赖脸地待下去……

可以说相当期待了。

宁秋秋给他喂了水，又用热毛巾帮他擦了一下脸和手脚，让他睡得舒服点儿。

一晚上的时间眨眼而过，第二天一早，她又要飞回剧组拍戏，之后的情况只能等晶晶现场直播了。

晶晶尽职尽责地向她传达展清越的情况，比如今天手指动了一下，明天脚趾动了一下……虽然都是无意识的动作，甚至是条件反射，可都表明了展清越的情况在一天天地变好。

拍戏的日子忙碌而奔波，宁秋秋为人随和好相处，加上她大方，请剧组的人吃过好几次东西，大家对她的印象都挺好，她在剧组的人缘儿不错。

特别是男主角方谨然，自从上次微博事件后，两个人的友谊飞速发展。

方谨然这个人看着高冷，但其实只是比较慢热，熟了之后会发现他人特好，特别会照顾人，大家都挺喜欢他。

“一对K。”

“一对2。”

“炸弹！哈哈哈，然哥、秋秋，我就剩一张牌了，你们输了，下午茶请客吧！”徐娅得意地把手中的最后一张牌扔掉，笑嘻嘻地说。

拍戏闲暇之余，宁秋秋、方谨然和徐娅三个人玩起了斗地主。徐娅一开始跟宁秋秋水火不容，甚至第一次见面就罚了宁秋秋三杯酒，不过这阵子相处下来，她对宁秋秋的印象急剧好转。加上之前她有一场戏死活找不到状态，怎么拍导演都不满意，还是宁秋秋指点了她一下，让她豁然开朗，她也因此和宁秋秋化干戈为玉帛，成了好朋友。

“还没输，”方谨然淡定地扔出两张牌，说，“王炸，我也只剩一张牌了。”

“哇，你这个人耍赖皮，明明我和秋秋走了两轮牌，你手上的三张都没动，我以为没王炸呢，你太坏了。”

在旁边围观的工作人员说：“徐娅姐，然哥早猜到了你还有炸弹，所以按兵不动等你炸了翻倍呢，你看刚刚走单的时候没大、小王出来，也应该猜到有王炸呀。”

“我哪知道他是个‘忍者神龟’啊！我有王炸都是第一时间炸的，不带这样的，是不是，秋秋？”

秋秋摊手道：“反正我‘躺赢’了。”

徐娅：“你们欺负我。”

徐娅正呼天抢地地控诉方谨然时，不远处忽然传来一阵骚动，大家正张望着想要知道发生了什么事情时，副导演急匆匆地跑过来说：“投资方的老总来探班了，你们都过去接一接，赶紧把牌收起来，不要被看到了。”

原来是投资方来了。宁秋秋对投资方的印象实在不算好，上次那个安总跟她扯什么和宁父认识，后来她问了宁父，宁父说和安总只在一次酒会上见过，交换过一张名片的情谊而已。

不过基本礼貌还是要保持的，宁秋秋跟他们一起过去，却在看到来人时顿了一下。

来探班的不但有安总，还有展清远。

不过大家只认识安总，并不知道这个真正的投资人。安总给大伙儿介绍展清远，成功地把大家的眼睛都亮瞎了：原来这就是大名鼎鼎的展氏当家人，好年轻、好帅气、好有气质呀。

“我过来探我好友微凉的班，打扰到大家了。”展清远被众人围绕着，彬彬有礼地说。他和季微凉的关系没公开，所以对外说是好朋友。

大伙儿顿时羡慕地看向季微凉。暂且不深究二人的关系，光是让展氏集团的董事长亲自来探班这点，就已经够让人艳羡了。

“你过来也不提前说一声，不带这样搞突袭的，弄得我们一点儿准备都没有。”季微凉嗔怪道，让大伙儿对她和展清远的关系又有了一个新的认知。

一般人和展总结交，巴结他都来不及，哪里还敢怪他？

“那我赔罪。”展清远从善如流地说，“今天中午我请客，地方你们挑，怎么样？”

大家当然说好。

“那让展二少破费了。”季微凉笑着说，“外面晒，去里面坐吧。”

宁秋秋在一边看到了全过程，觉得有点儿好笑。展清远一出现在剧组就出手阔绰，给季微凉长足了脸，季微凉这阵子大概都过得不怎么愉快，这会儿终于扬眉吐气了。

季微凉一方面厌恶宁秋秋这种用钱办事、动不动用钱显摆的有钱人，另一方面却还是要依靠展清远这种有钱人的钱来办事，也不知道她的脸会不会疼。

不过在季微凉的心中，宁秋秋这种因为有钱而抢走了她的名次的“坏人”，和展清远有本质上的区别吧。

既然是展清远，宁秋秋就懒得去捧场了，回了自己的休息室，之后又有剧组的工作人员送了一盒个大、饱满的车厘子过来，说展清远带了满满两大箱请剧组的人吃。

“不就车厘子嘛，谁请不起似的。”等到工作人员出去，小池气呼呼地说，又端起那盒车厘子，说，“这个我扔啦？”

宁秋秋被小池的疾恶如仇逗到了，说：“没必要这么夸张，这是展清远请的，不是她请的，尽管吃，不碍事。”

小池突然想起来，自家艺人好像之前喜欢展清远来着，顿时觉得自家艺人好惨。她见宁秋秋的神色好像并没有什么不悦，试探性地问：“秋秋，你……没事吧？”

“我能有什么事儿，我早放下了，你把车厘子拿去洗了，我也想吃。”

“哦，好。”

小池领命去洗，休息室顿时安静下来。看这形势今天上午的戏应该是不能拍了，宁秋秋伸了个懒腰，刚要躺下休息一会儿，休息室的门又被敲响了。

“请进。”

宁秋秋只当是剧组的人，就没去开门，让他自己进来了，却在看到来人时后悔了。

展清远见宁秋秋脸上不快的表情都懒得掩饰了，问道：“这么不欢迎我？”

宁秋秋默默地翻了个白眼，说：“这不是显而易见的事情吗？”

“……”

展清远被她噎了一下。其实这阵子因为他哥的事情，他想了挺多，觉得以前对宁秋秋确实存在很大的偏见，主要是这位的性格太不讨喜了。

可如今他哥要醒来了，他必须重新审视他们之间的相处模式。他其实是有意和宁秋秋和解的，两个人又没深仇大恨，没必要闹到见面就掐的境地，可宁秋秋这个态度……

“这个是冯姨炖的汤，爷爷让我带给你的。”展清远把手上的保温饭盒放在桌上。宁秋秋很喜欢喝冯姨炖的汤，展老爷子知道他要过来探班，非要他给宁秋秋带过来。

“哦。”宁秋秋没想到展老爷子对自己这么好，心下感动，坐飞机不让带液体，这估计得托运吧，宁秋秋的态度稍微好了点儿，“辛苦你了，谢谢啊。”

展清远扯了扯嘴角，在她旁边的椅子上坐下来，问：“宁秋秋，你以后打算怎么办？”

“什么怎么办？”

“我哥恢复得很好，估计很快要醒了。”

宁秋秋摊手：“继续做我的展夫人哪，难道你们展家利用完我，就想一脚踹开我？”

展清远皱眉：“你明知道我不是那个意思。”

“我怎么知道你是哪个意思？我又不是你肚子里的蛔虫。”

展清远：“……”

小池端着一盒车厘子回来，着急地说：“我刚刚看到展清远从我们这边出去，脸色很差，你们……”

宁秋秋实诚地说：“被我气走的。”

展清远那个小崽子实在不禁气，她也没说什么呀。

这次探班只是一个小插曲，并没有掀起什么风浪。一个月后，《飘摇》的外景拍摄全部结束，众人返回A市市郊的影视基地，这边的场景刚好搭建完成，接下来一个多月的拍摄都在这里进行。

宁秋秋结束了两边飞的状态，以后可以有更多的时间去医院了。

距展清越被检查出来开始恢复意识到现在一个多月的时间，情况虽然一直在好转，可他好像并没有醒来的迹象。医生说这种事情急不得，何时醒来还要看病人的恢复状况。

宁秋秋半个多月没回来了，回来后的第一件事情就是给展清越喂水。她现在已经知道怎么给植物人喂水了，不用像第一次那样让展清越喝她的口水。

她用镊子夹着蘸过水的棉球刮擦展清越的牙齿，让棉球上的水顺着他的嘴流进去。等她喂到第三次的时候，展清越微微张开的嘴忽然合住了。宁秋秋听晶晶说现在展清越会有一些反射性的动作，所以没放在心上，伸手捏他的下巴让他张开嘴来。

她一手捏着人家的下巴，一手夹着棉球正要送进人家的嘴里时，床上从来都是毫无动静、任人摆布的人忽然动了一下。

宁秋秋还是第一次见展清越动，愣了一会儿，随后忍不住笑了笑。晶晶跟她说过最近展清越条件反射的动作越来越频繁，没什么好大惊小怪的。

她捏着镊子，正要继续喂水时，床上的人忽然毫无预兆地睁开眼。宁秋秋吓了一大跳，夹着棉球的镊子一下子失了准度，把棉球戳进人家的鼻孔里了。

宁秋秋：“……”

气氛一度十分尴尬。

“你……你醒啦？”宁秋秋愣了半晌，才用带着几分怀疑的声音说。她还偷偷咬了一下自己的舌头，看看自己是不是在做梦。

“咝！”很疼，不是梦！

展清越真的醒了！

床上的人目光有点儿呆滞，眼珠子动了动，然后看向她。

他的鼻孔里还塞着被宁秋秋不小心戳进去的棉球，棉球里吸饱的水因为受了挤压，顺着他的脸流下来，流到后颈，乍一看，跟流某种液体很像……

“睡美人”形象全无。

宁秋秋手忙脚乱地把堵在人家鼻孔里的棉球夹出来，用纸巾把流出来的水擦掉，说：“抱歉，我刚刚看到你睁眼太震惊了，所以手滑了，没戳伤你吧？”

床上的人只是看着她，没说话。

不对，这个时候应该叫医生！

宁秋秋这才反应过来，急忙按了床头的护士铃，还不忘把喂他的水倒回保温杯里盖起来。

展清越醒了的消息像长了翅膀，一下子展老爷子、展清远、林汐恬及其父母全来了，连温玲也闻讯前来看望自家刚刚康复的女婿。

“他怎么样了？真醒了？”在众人都围着展清越时，温玲把宁秋秋拉到一边问道。

“不知道啊，醒是醒来了，但具体怎么样还要等医生那边的检查结果呢。”

“哎，醒来了就好。”温玲双手合十拜了一下，“谢天谢地，我女儿果然是命好的，这波赌对了。”

宁秋秋见她跟白捡了一个优秀女婿一般开心，又好笑又无奈。展清越对自己的态度还不好说呢，也不知道他发现自己无端多出来一个媳妇会是什么反应。

但愿他不会气得再次昏迷。

医生那边的检查结果很快就出来了，展清越确实是苏醒了，不是一些重度昏迷的患者会出现的无意识睁眼一类的情况。

这个消息令大家都振奋了起来，特别是展老爷子和林汐恬忍不住热泪盈眶。

自从展清越被宣布成为植物人之后，他们对他醒来就没抱过什么希望，只想着他活着就行，就算一辈子只能躺在床上，也比不在了好。

他现在醒了，这对他们来说就是最大的惊喜了。

距离展清越出事已经过去整整两年了，从满满的希望到彻底的绝望，这其中的苦痛只有经历过的人才知道。

宁秋秋这个“大功臣”看他们哭成一团的样子，想着要不要也掉两滴“鳄鱼眼泪”应应景，毕竟好像她也应该是最激动的人之一。

可她虽然也挺激动的，但实在哭不出来。

她现在只希望展清越是个不记仇的人。两个人第一次见面的场景好像并不是那么美好，甚至堪称糟糕——展清越现在鼻孔前面的那块肉还留有被她用镊子戳出来的红痕。

这就……很尴尬。

展清越还不会说话，意识好像也比较迷糊，不过当他看到他的亲人们时，目光明显变了，甚至有一点儿闪烁着光芒。他尝试抬起手，可能因为太久没控制过自己的身体，这个简单的动作都很难完成。

展老爷子忙握住他的手，说：“你的身体还没恢复，先别动。”

展清越被展老爷子抓着手，依言不动了。

他浑身上下最灵活的地方就是眼睛，他慢慢地扫视了一圈围着他的病床的人，最后目光停在了宁秋秋的身上。

宁秋秋愣是被他盯得起了一身鸡皮疙瘩：大佬，我们之间是不是存在什么误会？

“这是宁家的丫头，秋秋，你们以前也认识的。”展老爷子顺着展清越的目光，给他介绍说。

展老爷子并没有直接说出宁秋秋是展清越的媳妇这件事情，倒不是对宁秋秋有意见，只是怕刺激到展清越，他现在经不起刺激。

这阵子相处下来，展老爷子对宁秋秋这孩子的印象很不错，他最希望的就是展清越对宁秋秋也是喜欢的，愿意携手共度余生。

不然要是展清越也不喜欢宁秋秋，对宁秋秋来说就太残忍了。

然而，温玲的脑子里没这么多的弯弯绕绕，听展老爷子这样介绍宁秋秋，她以为他们要翻脸不认人了，刚要开口为自家女儿正名，就被宁秋秋手疾眼快地在背后捅了一下，一瞬间没说出话。

宁秋秋则笑得一脸无害地冲展清越挥了挥手，说：“嘿，清越哥哥，好久不见。”

展清越：“……”

展清越移开目光，又看向展清远。

展清远刚从公司赶过来，穿着一身稍显严肃的西装，把他仅剩的那么一点儿公子哥儿气质遮挡得严严实实，俨然一副精英的模样。

两年前展清越出事时，展清远刚好大学毕业。由于家境优越，又有个优秀的兄长负责继承家业，他什么都不用操心，无事可干只能败家，过得十分浪荡，俨然已经成为二世祖中的“战斗机”，和现在的样子比，可谓判若两人。

“哥。”

展清远在病床跟前蹲下来。他不像其他人一样情绪外露，可展清越醒来，他也是由衷地高兴和感动。

展清越的目光动了一下，虽然单从目光判断不出他此时的情绪，不过看到展清远的变化这么大，他内心应该也是欣慰的。

展清越的精神并不是很好，他醒了一会儿就睡过去了。

医生说展清越从醒来到完全康复还需要很长一段时间，所以这会儿大家看到人了，放心了，在医院留了会儿后，除了执意要留在医院陪大孙子的展老爷子，其余人就散了。

宁秋秋明天才去剧组，所以今天也留在医院陪护。她送温玲出去，温玲还对刚刚没为宁秋秋说话的事情耿耿于怀。

“你说你刚刚是不是傻？为什么不直接跟展清越说你是他的妻子？展老爷子那态度，我看八成是想要赖。”宁夫人说到这里，跺了跺脚，“我刚刚要帮你说来着，好气。”

温玲继续说：“当初让你生米做成熟饭，你不依，现在他不认账你都拿他没办法。”

这个话题怎么还没过去？

“反正我不管，”温玲又说，“要是展家敢像对你和清远的婚约一样翻脸不认人，我回头就一棍子把展清越敲晕了，让他再躺两年。”

宁秋秋听到温玲这句话哭笑不得，又无奈又好笑地说：“放心啦，妈，你要相信你女儿的颜值和手段，保证让展清越服服帖帖的，可以吧？”

“这还差不多。”温玲满意了，“那我先回去啦，你趁着他刚醒，每天都守着他，衣不解带地照顾他，他肯定会感动死了。”

“我知道啦，妈。”宁秋秋赶紧帮着自家亲妈拉开车门，说，“快点儿回去吧，等会儿就赶上下班高峰了，堵。”

好不容易送走温玲，宁秋秋摇了摇头。温玲这人虽然没脑子，思维方式也和别人不太一样，可确实是一心一意为了她，希望她嫁得好，不受委屈。

这就足够了。

展清越虽然醒来了，但并不能逃过被宁秋秋喂水的命运。晚点儿等展老爷子去休息了，晶晶也被她打发走了，宁秋秋逮住机会又喂了一次。

明明这水除了加了点儿料，和白开水没有任何区别，可不知道为什么床上的人明显对料这玩意儿有抵触情绪，抿着唇不愿意被她喂，虽然只是身体下意识的抗拒。

只要他不醒来宁秋秋的胆儿就贼肥，她捏着人家的下巴迫使他张开嘴，喂了人家一肚子的水。

宁秋秋觉得展清越能说话后，张嘴第一句就是怒吼：“别再喂老子喝了！”

“脑补”了一下那个场景，宁秋秋忍不住笑出声来，不过只笑了一下就板起脸来，好像无事发生的样子——据说展清越是有意识的，她一个人在这边傻笑，等下人家要把她当成疯子了。

第二天，宁秋秋继续去拍戏。

拍摄的地点就在城郊，她从医院过去基本全程走高架，没有红绿灯，很少堵车，一个多小时就到了。

虽然很多演员的家都在 A 市，可剧组还是安排了下榻的酒店，他们拍夜戏或者拍戏太累的时候都能在这边休息。

今天宁秋秋只有一场夜戏，下午四点多的时候就没事了。她昨晚没睡好，想回酒店休息一下，好准备晚上的拍摄。

刚好方谨然也拍完了，两个人便结伴回酒店。

走到酒店门口的阶梯时，方谨然没注意脚下，绊了一下，差点儿摔倒。幸好旁边的宁秋秋手疾眼快地拉了他一把，才让他没和大地来个亲密接触。

宁秋秋把他扶稳了，笑着调侃他：“美救英雄，然哥你是不是不小心拿了女主角的剧本呢？”

“然然来了！”

“啊！然哥！”

“然哥，看这里！”

方谨然还没说话，从旁边冲出来好几个女孩儿，手里拿着相机和手机，表情激动，一下子把他们围了起来，把二人吓了一跳。

跟在他们身后的助理赶紧上前挡在他们的前面，防止这些女孩儿做出什么过激的行为。

毕竟她们都是粉丝，方谨然冲她们挥了挥手，抿嘴笑了一下，说："你们好。"

“啊！啊！啊！”几个女孩儿更疯狂了，拼命地要挤到方谨然的跟前，却被助理和酒店的安保人员拦着，没办法近身，只能在那边尖叫。

“然然，给我签名吧！”

“我也要签名！”

“我想要合影，然哥，然哥，看这里！”

“然哥，我爱你！”

“然哥，你怎么跟宁秋秋这种人混在一起，还让她摸你的手？”

宁秋秋："……"

她怎么躺着也中枪？而且，什么摸手？！她刚刚是拉了方谨然一把，才没让他摔个狗啃泥！

方谨然被她们围着，没办法，只能给她们签了名，其中一个姑娘趁着他不注意，还伸手摸他的手，极其嚣张。

其他人见状也纷纷效仿，想伸手摸他，场面再次混乱起来。本来想要先走的宁秋秋不知道被谁推了一把，一个没站稳被推倒在地，额头在酒店门口的大柱子上磕了一下。

“嘶。”这一下磕得结结实实，宁秋秋一下子眼冒金星，眼泪不受控制地流下来。

大家显然没想到会发生这种意外，连肆无忌惮的粉丝都有点儿慌了。大家手忙脚乱地把宁秋秋扶进酒店，叫医生的叫医生，拿冰袋的拿冰袋。

“我没事。”宁秋秋见大家紧张得好像她要进急救室了一样，勉强笑了笑说，“就磕了一下而已，问题不大——不过我没毁容吧？”

“没有磕破皮。”小池抹着眼泪说，“那些人太坏了！”

方谨然愧疚地说："今天连累你了，实在抱歉。"

宁秋秋知道这种事怪不得他："没事，没事，我这人最大的特点就是皮糙肉厚，耐摔……嘶，轻点儿揉。"

过了一会儿，他们剧组的随行医生赶过来了，给宁秋秋看了一下伤到的地方，说没有太大关系，把瘀血揉开就行，不过为了保险起见，还是让她去医院检查一下有没有脑震荡什么的。

今天的夜戏是没办法拍了，导演知道消息后给她放了假，让她回去休息两天，不然她头上顶着个包，粉底都掩盖不住，也不好拍戏。

既然要去医院检查，宁秋秋干脆去展清越所在的医院，顺便可以看一下他今天怎么样了。晶晶说他白天醒来了一次，吃了点儿流食，展老爷子陪了他一会儿，他就又睡了。

回去的路上，宁秋秋窝在她的保姆车专座上刷微博，果然看见“宁秋秋受伤”的词条已经上了热搜。

这次的事件闹得有点儿大。方谨然的工作室很快发了声明，痛斥这种行为，希望大家追星有度，不要私自跟拍甚至做出过激行为造成伤害。同时表示他们已经报警，对于造成这次事件的几位极端粉丝，会保留追究法律责任的权利，以借此警示一下那些肆无忌惮的极端粉丝。

宁秋秋的工作室转发了微博，表示坚决抵制这种行为。

方谨然的粉丝自从上次方谨然帮宁秋秋说话后态度就变得很微妙，不过骂宁秋秋的人还是不少，甚至还有不辨是非的人说宁秋秋巴着方谨然蹭热度，搞得两家的粉丝一度势同水火。

现在突然闹出这种事情，他家粉丝瞬间没脸骂了。由于全部人一致对外抵制极端的追星行为，倒让宁秋秋工作室官微下的评论变得和谐，不再像之前那样乌烟瘴气了。

宁秋秋看自己的粉丝都在担心她的状况，就随手拍了两张自拍发了个调侃的微博报平安：“这个‘独角兽’造型好像很有特色。”微博下面还附了两张头被包扎好的照片。

这回底下跳出来的评论都是关心和心疼，有让她好好休息的，甚至还有好几个方谨然的粉丝来她工作室的微博下代表他家的粉丝感谢宁秋秋，看得宁秋秋很想笑。

这些人哪。

等宁秋秋到医院时天已经黑了。她先去检查了一下脑袋，确定没什么大碍后让小池先回去，自己则去了展清越的病房。

展老爷子一直待在医院陪展清越，担心他醒来了没见到亲人心里会难受。宁秋秋到病房时，这位老人正坐在床边拿了一本书在看。

“秋秋来了。”听到动静，展老爷子转头看她，“不是说今天不过来……哟，头上这是怎么了？”

展老爷子不关注娱乐新闻，也没人跟他说，所以还不知道她受伤了。

“就是拍戏的时候不小心摔了一下，刚刚已经去检查过了，没事儿。”宁秋秋没把那些乱七八糟的事情告诉展老爷子，免得让他操心。

“拍戏不像坐办公室，免不了磕磕碰碰，你要自己小心。”

“好。”宁秋秋看展老爷子面露疲惫，知道老爷子一天都窝在这里守着，难免枯燥，说，“爷爷，让晶晶陪您出去走走，活动一下吧，这边我来守着就好啦。”

“也好。”展老爷子把书合起来，摘了老花镜，说，“我一把老骨头了，坐久了不行，站久了也不行。”

宁秋秋走过去扶他站起来，说：“跟年龄无关啦，您还健朗呢，大家坐久了、站久了都会累，我刚看到候诊室那边有按摩椅，等下可以让晶晶带您过去放松一下。”

“行。”展老爷子说，“那这边就麻烦你先看着了。”

宁秋秋把展老爷子扶出去，交给晶晶。晶晶这个马屁精哄人能力一流，小嘴甜得跟抹了蜜似的，展老爷子也很喜欢她，两个人一起有说有笑地走了。

关上门，宁秋秋才垮下脸，脸上微笑的表情瞬间成了龇牙咧嘴——疼死了！

那一下磕得真的疼，而且她细皮嫩肉的，身体还娇生惯养，随便受一下伤都能疼哭了，何况这么结实地撞了一下。

明明那么疼，还要伪装坚强，一瞬间宁秋秋觉得自己的形象都高大了一些。

宁秋秋揉着额头回到房间，又生生地被床上的人吓了一跳——展清越不知道什么时候已经醒了。

兄弟，你醒来能不能有个预兆啊？每次这样不声不响地醒，会吓死人的。

“你醒啦。”面对展清越，宁秋秋总觉得有点儿尴尬，冲人家笑了一下，说，“渴不渴？要不要喝点儿水？”

听到“喝水”二字，展清越明显地皱了一下眉头，就差把“不想喝”三个字写在脸上了。

好嘛，不想喝就不想喝，那么嫌弃干吗？宁秋秋腹诽。

同时她又有点儿心虚。展清越怎么会那么排斥她喂水？不会是他在昏迷的时候被她用各种方式喂过几次符水，也是……有感觉的吧？

虽然宁秋秋这阵子天天对着展清越，对他熟得不能再熟了，可是她于展清越而言只是个世交家的小姑娘而已，展清越估计对她都没多少印象。

她陪在这里好像挺不合理的。

“那个，爷爷在这里陪了一天了，坐久了挺累的，我让护工陪他出去走走，代替他在这边守着。”宁秋秋喃喃地解释说。

展清越当然不会说话，不过他的目光动了一下，移到她受伤的额头上。

由于皮肤白，刚刚又被揉了几下，她的额角黑红一片，很明显，看起来有点儿狰狞。

“今天拍戏的时候受伤弄的，不疼，嘿嘿。”

笑完，宁秋秋就想给自己一巴掌，这是什么猥琐的笑容！

宁秋秋实在是自说自话够了，为了不至于在人家刚醒来的时候就形象全无了，她说：“你应该饿了吧，我去叫人来给你喂饭。”

宁秋秋没把晶晶叫回来，而是先去叫了医生，医生过来看了之后告诉她可以喂他吃稀饭。

另一个护工陈毅把家里厨房炖得香糯软滑的青菜瘦肉粥拿出来。这是傍晚才送过来的，还很热，可以直接吃。

陈毅舀了一碗，理所当然地递到想作壁上观的宁秋秋手中，说：“宁小姐，粥还很烫，要小心点儿喂。”

你知不知道这样让主人家做事情是要被扣工资的？

宁秋秋接过碗，陈毅立刻识趣地退出去了，把地方让给他们二人。

宁秋秋毕竟是穿越过两次的人，这么一会儿的工夫已经淡定了——起码表面看起来是淡定了。

她端着碗，冲床上的人笑了一下，说："晶晶陪爷爷出去了，陈毅手笨，喂饭暂时就由我代劳了，没意见吧？"

展清越："……"

他就算有意见，能说吗？！

宁秋秋扶着展清越半坐起来，在他身后塞了个枕头让他靠坐着，拿起勺子舀了小半勺粥，放在自己嘴边仔细地吹了一下，确定不烫了才送到展清越的面前。

展清越看了她一眼，又垂眼看递到跟前的勺子，最后还是选择了张开嘴，让宁秋秋把粥送进他的嘴里。

她的手法不熟练，还是有米粒和粥汤顺着展清越的嘴角流出来，宁秋秋赶忙抽了纸巾给展清越擦嘴角，擦到一半惊觉自己这姿势太暧昧了，简直像在照顾生病的丈夫。

宁秋秋觉得展清越被一个陌生的女人这样喂饭，内心应该也挺崩溃的。

在这种尴尬的氛围中喂完了一碗粥，宁秋秋感觉展清越只怕要消化不良，任谁在这种氛围下吃饭，都没法儿淡定下咽。

喂完一碗，宁秋秋起身去盛第二碗时，忽然感到衣角被扯住，低头一看，发现居然是展清越的手。

"嗯？你能动啦！"宁秋秋一喜。

昨天展清越连抬手都不行，现在居然可以抓她的衣服了，这是历史性的进步啊！

床上的人当然不会回答她。

"怎么啦？是不是不想吃了？"

床上的人迟疑片刻，缓慢地点了点头。

"哦。"宁秋秋把碗放下，正好她也不想喂了！

不过展清越抓着她衣角的手没有放开，宁秋秋疑惑地问："你还有什么事情吗？"

展清越目光微动，随后看向一个地方。

嗯？宁秋秋顺着他的目光看去——洗手间。

"啊？那里有什么吗？"宁秋秋的脑袋一时间没转过来，她看到展清越还不太能控制的脸部肌肉明显出现了一种难堪的神色，忽然灵光一闪，"懂了，你要上洗手间，对不对？"

展清越的身上插有导尿管，对小解不会有需求，所以他想要的……

呃……

宁秋秋觉得展清越好了以后，应该会第一时间选择杀她灭口，才能掩盖他一点儿都不像霸道总裁的过去。

这种事情宁秋秋真不行。她叫了陈毅来，自己则去病房外面等着。

她拿出手机看了一下微博，看到热搜第一已经变成了"抵制私生饭"。在该词条的内容底下，某个属于官方的蓝色大V（微博认证用户）借着宁秋秋的这个事件，普及了一下近年来发生的极端追星行为造成的危害事件，呼吁大家理智追星。

该条微博一呼百应，被不少知名的明星转发，上了热搜。

宁秋秋作为这次事件的最大受害者，同时也变成了最大的受益者，光从她的微博粉丝上涨量就可以看出她这渔翁之利坐收得很爽。

官方的蓝色大V号亲自出场，排面就很大。

宁秋秋转发了该微博，这次她没有抖机灵，而是很发了官方、正经的一句话："尊重明星隐私，保障人身安全！"

她刚发完不久，瞿华就给她发来了微信消息。

瞿华："看到可爱的小啾啾发微博了，头上的伤好点儿了没？"

瞿华："不过你这个伤没有白受，我有一个超级大的好消息要告诉你！"

宁秋秋："什么消息？"

瞿华："上次我跟你说的大品牌化妆品你还记得不？我已经为你成功拿下来啦！过几天就去签合同，怎么样？开心不？爱我不？"

嗯？这个是真的不错。

品牌代言算是各路明星的必争之地了，越是大的品牌，大家明争暗斗得越激烈。除了大品牌有优渥的代言费，更重要的是，代言代表着明星的地位。

不然就不会有那么多的明星为了品牌代言争得头破血流了。

宁秋秋现在拿下这个品牌的代言，算是一个里程碑式的进步了。

虽然可能这件事儿的风头一过，她还是要被掐。

宁秋秋："看在你这么给力的分儿上，就勉强分点儿爱给你吧。"

瞿华："好害羞的啦！"

宁秋秋："我想说一个字的粗话。"

瞿华："好嘛，你好好休息，人家自己滚。"

"什么喜事笑得这么开心？"宁秋秋刚结束和瞿华的聊天，头顶忽然响起一个声音，把她生生吓了一跳。

来人是展清远。

宁秋秋不客气地瞪了他一眼。她迟早要被这两兄弟吓出心脏病。

"抱歉，吓到你了。"展清远被她眼含秋波地瞪了一眼，竟莫名地觉得这样像被踩了尾巴的猫一样的宁秋秋有点儿可爱，眼角染上几分笑意，说，"你怎么不进去？"

"我出来透透气，不行啊？"

"……"就是不好好说话这点，一点儿都不可爱。

然而，展清远大概在她这边吃瘪吃多了，生出了点儿受虐倾向，要换作以前，以他高傲的性子，哪个女人敢这样对他，他肯定已经生气了。

可现在，展清远自动地把宁秋秋的态度理解为她的性格就是这样，所以大方地无视了宁秋秋的话，同时，还关心地看了眼她额头上的伤，说："头上的伤怎么样了？检查过了吗？"

展清远现在怎么说也是"弟弟"，面对人家的关心，宁秋秋也不好摆脸色，因而说："检查过了，没事。"

“这个是化瘀的药，你让晶晶等下给你揉一揉，效果很明显的，不会留疤。”

“哦……”妥协了第一次，就会有第二次，宁秋秋伸手接了，说，“谢谢啊。”

展清远点了点头，又说：“你一个女孩子去拍戏只带助理太不安全了，回头我让宋乔给你安排两个保镖，出门的时候带着。”

无事献殷勤，非奸即盗！

宁秋秋可不信这人突然转性了。

她警惕地看了展清远一眼，说：“不用了，你哥看我受伤，已经给我安排了。”

“我哥？”展清远一顿，“他能说话了？”

“我们心灵相通，眼神交流，一切尽在不言中。”

展清远：“……”

展清远肯定不会相信这种话的，正要反驳她时，宁秋秋忽然面色凝重地大步往走廊右边走去。展清远正纳闷儿时，看到宁秋秋在拐角处揪住了一个医护人员的衣领。

“拿出来。”宁秋秋语气冷漠地说。

她的个子虽然不矮，可在一个男人面前还是略显娇小。然而，身高、体形上的劣势并没有让她输任何气场，宁秋秋揪着他的样子跟女警抓犯人一样气场全开。

男子目光躲闪，说：“我不知道你在说什么，请放开我，你这样我会认为你在妨碍医护人员工作。”

“哦？医护人员？”宁秋秋扫了他一眼，说，“请问你是哪个科室的？护士证有吗？要不要我让护士长来认领你？”

男子脸色一变。

展清远这才反应过来，这是一个记者。

那个人穿着护士服，乍一看还以为是个罕见的男护士，没想到是个狗仔。他和宁秋秋在门口讲了那么一会儿，都被此人拍下来了，要不是宁秋秋发现，说不定明天的头条就是他和宁秋秋的绯闻现场了。

展清远看宁秋秋眼神冷漠地盯着人家，意外之余又觉得十分新鲜。他一直以为她是那种看到蟑螂就要尖叫半天的小女生，没想到还有这么霸气的一面。

那人迟疑了一秒，看他们有两个人，识时务者为俊杰，随后从口袋里拿出一个微型照相机。

宁秋秋接过照相机，利索地删了里面的照片。

“备份。”宁秋秋把相机还给他，又说。

这种相机肯定都是自动备份到云盘的，就是防止被抓现行，深知规则的宁秋秋可不是那么好糊弄的。

男子犹豫地把手伸进口袋，眼珠子却转了一下。展清远预感大事不妙，嘴里喊着“秋秋小心”，伸手要扶她。

然而，他预想的事情并没有发生。

男子快速地反手推了一把宁秋秋准备逃跑，却发现宁秋秋跟石柱子一样立在原地一动不动，自己反而被人家拎着衣领子，使劲地挣扎了好几下都没挣开。

男子：“……”

宁秋秋反手把他的脸摁在墙上，笑了一声说：“我今天被推了一把，吃了亏，你觉得我还能被推第二把？小样儿。”

展清远：“……”

他感觉自己对宁秋秋的认知像一座轰然倒塌的城堡，现在又全部自动重组起来，成了另一个样子。

刚刚他说谁需要保镖来着？

现在他更应该担心宁秋秋会不会一个不小心把人家打残了，被追究刑事责任吧。

宁秋秋今天会被那些“私生饭”推倒是因为没防备，现在知道自己徒手斗不过这个大男人，当然要把随身带的大力符用了。

像这种外强中干的男人，她能空手打十个。

走廊上来来去去的人都帮忙通知保安，很快医院的安保人员也过来了。展家在这家私人医院属于顶级 VIP 客户，院方当然会对这种假扮医护人员的人严惩不贷。

把人交给保安并告诉他们要逼男子删除的东西后，宁秋秋拍了拍手，转头见展清远目光复杂地看着自己，微微一笑，说：“不要太崇拜嫂子，嫂子是你猜不透的传说，弟弟。”

展清远：“……”

经过这一段插曲的时间，展清越那边也处理好了。展清远和宁秋秋回到病房，展清越还清醒着，展清远见刚刚还和女汉子一个样儿的宁秋秋看到他哥，就以飞快的速度变成了一个……软萌的小女人。

“你这样靠久了脖子会酸，我帮你换个姿势。”看到展清越微歪着头靠着，宁秋秋说道。

展清越默许了，任她和展清远一起帮他换了个舒服的姿势。

换好姿势后，宁秋秋又问：“刚刚我忘记还有鸽子汤了，你要不要再喝点儿？”

展清越迟疑片刻，摇了摇头，表示不想再喝了。

成吧……宁秋秋决定让展清远跟他哥聊几句，她实在找不到话题了！

不知道为什么，面对展清越，她总有说不出的别扭感。

展清越这次清醒的时间稍微长了一点儿，他对身体的控制也进步了许多，手能做简单动作了，头也能动了，嘴除了吃饭还能含糊地说一两个字，不过声音很沙哑，医生说是太久没说话的缘故，慢慢地康复就好了。

晚上展老爷子让伤患宁秋秋回家去休息，自己留下来陪护。

宁秋秋也寻思着展清越醒了，他们孤男寡女待在一起好像不那么合适。最重要的是今天她实在太尴尬了，估计展清越见到她也不自在，她不能在人家刚醒的关头就把牌打烂了。

她和展清越来日方长！

所以她没坚持留下，回家去休息了。

宁秋秋回到家，先去洗了个澡，看到镜子里的人额头上一片黑红，跟精致漂亮的脸对比起来，实在不美观。

幸好没破皮，不然在这么明显的地方留个疤痕，她就破相了。

宁秋秋拿出展清远给她的化瘀药，按照说明书上的方法倒了点儿在手心里。手法熟练地给自己揉额头。

还真别说，这药挺给力的。宁秋秋揉了一会儿，就觉得磕到的地方微微发热，本来还能感觉到的丝丝痛意已经不见了，取而代之的是一种说不出的舒适感，仿佛能感觉到皮下细胞正在飞速恢复。

洗完澡，宁秋秋想到今天医生说展清越就算醒了，要重新能活动自如、能开口说话、能走路，还需经历很长一段时间的复健，才能慢慢地痊愈。

所以，她决定画点儿能让他快点儿好起来的符。

可是现在展清越在医院，她带过去养显然不太现实，那地方没有一点儿隐私，被人察觉的可能性太大了。

估计要等他出院回家住了才能继续。也不知道展清越什么时候能出院，而且展清越醒了，这种事情就没有那么方便了，万一被他抓个现行该怎么解释呢？

别问，问的话，她就理直气壮地回答：我这么做都是为了你。

第二天一早，厨房煨了青豆鲜虾粥和人参鸡汤给展清越送去。宁秋秋想到展清越排斥她喂水这回事儿，灵光一闪，自告奋勇地表示她要去医院，可以顺便带过去，不用家里送。

她没让司机送，而是自己开车去的，路上找了个地方停车，把符纸烧了融进人参鸡汤里。

嘿嘿，没有人想得到吧！

她到了医院，展老爷子已经锻炼完身体回来了，看到宁秋秋，皱了一下眉说："这头上怎么更严重了，还疼不疼？"

宁秋秋用手揉了揉，由于瘀血被揉开了，今天看起来面积更大、更狰狞了，她安慰展老爷子说："不疼了，看着可怕，其实是瘀血化开了，很快就好了。"

"那就好，回头让厨房炖点儿天麻川芎白芷鱼头汤给你喝，防止落下什么病根。"

有钱人比较娇生惯养，宁秋秋应下了，说："爷爷，您先去吃饭吧。"

虽然他们是这边的 VIP，医院有专门为病人和家属准备的饭菜，可老爷子吃不惯外面的东西，所以三餐也是从家里带的。

展清越今天还没有醒来。他现在睡的时间依旧很长，不过在喂他喝汤时会有下意识的吞咽动作了，所以他没醒的时候，护工一般会喂点儿汤给他喝。

鸡汤里黑色的渣子很明显，宁秋秋就支使晶晶去给展老爷子摆饭，展清越则由自己来喂。

晶晶嘿嘿一笑，说："说不定你喂着喂着先生就醒来了。先生醒了三次，两次都是你在的时候。"

你不要乌鸦嘴好吗？

"摆你的饭去！"宁秋秋说，"我跟你说，爷爷很喜欢你，决定给你介绍一个男朋友，据说多金还很帅呢，你要多去表现表现，不然他老人家忘了怎么办？"

“真的吗？”晶晶眼睛一亮，撸起袖子说，“我去了！”

宁秋秋：“……”

你能矜持点儿吗？

好吧，在矜持方面，她好像没资格说别人。

这病房是套房式的，他们在外间吃饭，展清越住在里间，这样子不会相互打扰到，里间的消毒水味和药味也不会影响到外间。

宁秋秋盛了一小碗鸡汤，用汤匙喂给展清越。这是一项很需要耐心的活儿，因为她不熟练，对方有时候还不主动吞咽，汤会流出来，或者干脆留在嘴里，所以要慢慢地来。

事实证明晶晶真的很有乌鸦嘴的天分，宁秋秋就喂了两口，第三口还没送到他的嘴边，展清越动了一下，醒了。

宁秋秋的手僵在半空中。

展清越刚醒来，大脑还有点儿迟钝，不过在看到她手中的汤匙时，眼神以肉眼可见的速度变得犀利起来。

“鸡汤！”宁秋秋超理直气壮地说，“你看！”

宁秋秋把碗凑过去给他看，除了碗底有微不可见的灰烬，这确实是一碗货真价实的人参鸡汤。

展清越瞥了一眼，哑着嗓子说了句话，虽然像尘封许久的破旧二胡拉出来一样沙哑低涩，可宁秋秋奇迹般地理解了。

他说：“我会醒。”

“我知道你会醒啊，你已经醒过好几次啦！”宁秋秋说。

展清越又张嘴发了四个字的音，这让宁秋秋稍微疑惑了一下。她思考了一下，也懂了，对方说：“不要偷喂。”

宁秋秋：“……”

什么叫偷喂？她分明在光明正大地喂！

不过这话着实让宁秋秋心虚了一下。对方这个“偷”字说得很有深意，不但指现在，说不定还代表着过去。

过去……

宁秋秋不敢多想展清越到底是不是在昏迷期间有所感知，多想一下都想撞墙。

不过展清越配合地喝了两碗鸡汤。展老爷子知道自己的孙子醒来了，饭吃到一半过来看展清越。他们一个用心喂，一个乖乖吃，这画面让老爷子异常舒心，笑眯眯地说：“这阵子辛苦秋秋了，一直在照顾清越。”

喝汤的展清越闻言顿了顿，不过没表示什么，继续淡定地喝汤。

宁秋秋非常好奇展清越现在是怎么看待她的，毕竟她一个富家小姐，在这边照顾他一个病患，本身就是很不合理的事情。

不过展清越好像对她的存在并没有表示特别惊讶，甚至就这么淡定地接受了。

哦，不接受也不行，毕竟他现在口不能言。

可展清越的反应真的比她想象中平静很多呀！

难道这就是身处上位者的淡定，敌不动我不动的闲适？

又或者其实是他的脑子没恢复好，所谓的淡定只是脑子反应不过来？

算了，管他是哪种，不就是淡定嘛，谁不会似的！

“不辛苦。”宁秋秋笑着说，“爷爷，您先去吃饭吧，喂好了我叫您。”

“成。”展老爷子看自家孙子并不排斥和宁秋秋独处，笑呵呵地说，“那清越你慢慢吃，等下爷爷再来跟你说话。”

展清越慢慢地点了点头，表示同意。

喝完汤，展清越又喝了几口粥就不喝了。由于长期卧床，他现在胃口很小，吃不了太多东西。

喂完饭后展老爷子还没吃完，宁秋秋又开始无事可做，二人之间的气氛又开始尴尬起来。宁秋秋正想着展老爷子怎么还没吃完时，忽然灵光一闪，想到了什么，说：“你昏迷了那么久，都不知道现在是什么时候、什么情况了吧？我跟你讲讲？”

展清越的目光明显顿了一下，随后他慢慢地抬起眼，看向她额头上受伤的地方。

宁秋秋猜对方的意思大概是：你受伤了，不需要休息吗？

“我这边不碍事，不疼的，只是看着恐怖，估计明天就消下去了。”

展清越闻言点了点头，默许了她这个科普员。

“你昏迷了两年啦。”宁秋秋娓娓道来，“你家里的情况没什么变化，不过清远哥哥继承了你之前的事业，撑起了整个展家，到目前为止看起来挺乐观的。展老爷子这两年身体挺不错的，清远哥哥也成长了许多……”

宁秋秋讲着讲着，感觉讲的都是展清越自己用眼睛都能看得到的废话，好像她也不了解展家呀，根本没什么好讲的。

其他关于展清越的交际圈、事业圈，甚至桃花圈什么的，她就更不清楚了。

时事新闻、国家大事之类的，展清越估计也不感兴趣。

呃……

这就很尴尬。

“那个，你有什么想了解的吗？”最后，宁秋秋泄气地问道，实在掰不出来了。

展清越看了一眼她。

宁秋秋顿时警铃大作。

“你。”她听到他嗓子里发出的这个音节。

宁秋秋：“……”

她就知道！

“我呀……”宁秋秋绞着手指，“我就是宁家的独生女呀。宁士贤你知道的吧，他是我爸……你出事的时候我还在读大学，以前来过你们家的，你对我有印象的吧。后来，我进了娱乐圈，就成了一个小艺人，经常拍拍戏啥的。”

宁秋秋故意避重就轻地瞎扯，主要是不知道该怎么坦白现在他们二人的关系。她总不能说我看中了你的体质，所以决定嫁给你，现在的身份算是你法律上没承认的妻子，跟你睡过一张床，还用吸管喂过你含有我口水的水吧？

展清越还不得被原地气死？

展清越听完她的话，深深地看了她一眼，显然对这个答案不是很满意。不过他也没表示什么，这时候展老爷子也吃完饭进来了。

宁秋秋松了一口大气。

她真的编不下去了！

以后打死她也不和展清越独处了。

不过，由于宁秋秋锲而不舍地给他喂符水，展清越的身体一天比一天好。

等到宁秋秋重新去剧组拍戏的时候，展清越说话已经较为利索了，醒的时间从一天一小时不到，增加到两三小时，身体动的幅度也一天大过一天。医生每天都会给他做一些简单的复健，让他快点儿重新掌握身体的主导权。

医生说他的大脑恢复得很好，眼神一天比一天清明，思维也明显活跃了很多。

可是纸包不住火，宁秋秋感觉他们俩的关系快瞒不住了。

宁秋秋有意无意地躲避了展清越几天，主要还是有点儿心虚，不知道怎么和展清越坦白，两个人独处的时候还是会尴尬。

而且，最重要的是，万一展清越不接纳她，她就尴尬了呀。

但如果展清越因为感激她救了自己，就这样勉强地过下去，好像也挺没意思的。

然而除了这两种可能，就只剩一见钟情的 happy ending（美满结局）了，可能吗？

这明显是不可能的。

可是他们真就这样不在一起了，宁秋秋又有点儿不甘心。

哼，这个可是她救醒的男人，拱手让给别人显然不是她的作风，而且这种体质，她来这里见到了那么多形形色色的人，唯独他有。

于是宁秋秋钻进了一个死胡同里，之前那些完全不需要考虑的东西都得拿出来考虑，想想就很烦人。她干脆眼不见为净，以拍戏忙为理由躲了几天，只从晶晶那边得知展清越的恢复情况。

晶晶："展先生今天醒了四小时。"

晶晶："展先生能和人聊上几句了。"

晶晶："展先生在医生的帮助指导下进行复健，恢复得很好，今天可以抬手了。"

晶晶："展先生今天挑食了，不吃面条。其实他昏迷的时候我给他喂得最多的就是面糊糊。"

…………

晶晶："展先生今天问你怎么没来，对啊，宁小姐你好久没来了，不会是变心了吧？"

晶晶终于想起她了呀。宁秋秋给晶晶回道："你怎么回答的？"

晶晶："老先生说你忙，没空过来，展先生就没问了。"

就这样？！

唉！宁秋秋有点儿失望。明天刚好要回市里签合同，她决定去医院溜达一圈，毕竟现在展清越的脑子没完全恢复，不经常在他面前晃悠容易被遗忘。

上次瞿华跟她说的那个美妆品牌和她的工作室经过几天的协商，已经确定好了合作细节和报酬，明天宁秋秋过去签合同就可以了。

对方的公司并不在本市，特地派了负责人过来与她签合同。由于这并不是什么重要的合同，不需要上新闻，也不讲究排场，所以双方约了个会所见面，顺便一起吃个午饭。

翌日，司机送宁秋秋回到市里。宁秋秋到了约定的地方和瞿华碰了面，之后一起去见美妆品牌的负责人，对方公司派了他们的市场经理和总经理助理过来，态度很客气，末了还送了一套他们公司最热门的护肤品大礼包给宁秋秋，诚意十足。

一顿饭吃得宾主尽欢。

签完合同，对方要赶飞机，便先告辞了，宁秋秋和瞿华也送他们一起下去。等电梯的时候宁秋秋接到司机的电话，说会所对面的商场举办活动，请了明星过来助阵。

本来今天就是周六，逛商场的人多，加上商场有活动，下面的街道堵了一片，车开不过来，司机问宁秋秋他们能不能走过去。

宁秋秋倒没意见，戴了口罩和棒球帽，和瞿华一起走去停车的地方。

“看，那个是不是宁秋秋？”

“哎，真的是秋秋啊！”

“哇，秋秋居然也出现了，是不是代表要合体呀？”

“啊啊啊，绝对是了，我好激动啊！”

宁秋秋和瞿华刚在街上走了没几步，就听到路边一群往商场赶的女孩子突然 cue 她。她还没来得及做什么措施，女孩子们已经激动地围上来了。她虽然做了简单的伪装，可近距离一看就被识破了，大家已经确定她就是宁秋秋了。

“嘘。”瞿华向兴冲冲的女孩子们比了个嘘的手势，说，“拜托大家不要声张，这里人太多啦！”

女孩子们想到这是在大街上，便十分懂事，都没闹出大动静，只是兴奋地围着宁秋秋要签名，顺便七嘴八舌地问她一些问题。

“秋秋，你今天也要参加活动吗？是不是有我期待已久的完整合体？”

宁秋秋签完一个递过去，拿起下一个，闻言问道：“啊？什么活动？”

“前面启泰商场的盛福黄金开业，请了‘谜女团’的成员来表演，你不知道吗？”

“呜呜呜，原来秋秋都不知道，我以为要合体呢，好难受。”

原来是她的前女团在这边商演，难怪声势这么浩大，也难怪她都伪装成这样了还是能被认出来，因为这些女孩子是团粉，对她们很熟悉。

宁秋秋见女孩子们一脸失望，有点儿不好意思，说：“我在附近办点儿事情，不知道她们要在这边表演呢。”

“所以我再也等不到合体了吗？”

“不要啊，秋秋，给我们一个惊喜吧，救救孩子。”

“上去合个影也好哇。”

宁秋秋看这些小姑娘普遍都在二十岁左右，很年轻，应该也不知道她离团了就不可能再回去，她和艺星早闹翻了。

可这种话她不能说。

瞿华赶紧替宁秋秋解围，说：“秋秋也会出席一些品牌活动，你们想要看的话可以关注官微的信息，随时来啊！你们快点儿进场吧，我看这人流，会场应该会爆满，去迟了可能就占不到前排啦！”

女孩子们一听果然急了，让宁秋秋签了名，又合了张影，就和她说了拜拜。宁秋秋望着女孩子们离开的背影，笑着摇了摇头。

“真有钱。”宁秋秋说。

瞿华听得出宁秋秋所说的有钱，是说盛福黄金请“谜女团”来商演这件事情。宁秋秋离团给本来就人气很高的女团带了一波热度，前几天与宁秋秋有关的事件闹得沸沸扬扬，“谜女团”又趁机在这个节骨眼儿上发布了她们的新歌，现在势头正好，商演费用很高的。

“你比她们更有钱。”瞿华微微上挑的眼角掩饰不住笑意，他说，“这个代言签下来，她们来个十场商演才顶得上你的报酬，怎么样？开不开心哪？”

有钱赚谁不开心？不过……“瞿哥，当初谁不支持我离开那个十场商演都顶不上一个代言的女团来着？”

“哎呀，我哪儿知道你演技这么好啊？说起这个，我一直没问，借用网上很流行的一句话：你这么优秀是不是偷偷上补习班了？”

“这个嘛……”宁秋秋故作高深地说，“我是受了高人指点的。”

“高人哪，是哪位戏骨？”

“这个嘛，就不能说了。别问，问就是天机不可泄露。”

瞿华：“……”

“好吧，不说就不说嘛，真是的，反正你有演技我受益，你现在于我而言就是一座移动的金矿，浑身都是金闪闪的。”

二人说说笑笑地到了停车的地方。宁秋秋借口要去医院看一个朋友，让瞿华先回去，自己则去了展清越住的医院。

病房的门虚掩着。宁秋秋刚走到门口就听到里面传来聊天的声音，宁秋秋放在门把上的手一顿——有人来探病了。

展清越醒来这件事情展家保密得比较好，主要是因为像他们这种豪门世家，本来平时来往的人就多，加上展清越醒来这件事情肯定会备受关注，被人知道后肯定门槛都要被踏破了。

而展清越现在需要静养，经不住这种热闹，所以大家心照不宣地没把消息透露出去。

这会儿来的定然是熟人了。

宁秋秋想到这里，推门进去，看到林汐恬坐在外间的沙发上，和展老爷子聊天撒娇。听到开门的动静，林汐恬抬头看到是宁秋秋，展颜一笑，说：“哎，秋秋也来看清越哥哥啦，哇，我们好有默契，居然同一天来。”

宁秋秋对林汐恬的印象挺好的，这孩子虽然有点儿天真，但是心地很好，相处起来也舒服，宁秋秋也冲她笑了笑说：“汐恬，爷爷。”

“我正要给你打电话让你过来，你就来了。”展老爷子说，“清越刚好醒了，你进去看他吧。”

说完，展老爷子朝宁秋秋使了个眼色。

宁秋秋一脸疑惑。

难道里面还有人？

这个人是谁，宁秋秋大概已经猜出来了。

宁秋秋觉得自己来得可真够巧的。

宁秋秋放下包往里间的病房走，刚走到门口，就听到贾晴的声音：“我来喂吧。”

你来喂？喂什么？！

“不用啦，贾小姐，我……”陈毅的话还没说完，贾晴已经伸手接过他手中的碗。他一个男人，还只是个护工，没法儿跟她抢，只好着急地看了眼自始至终没表态的展清越。

“她来。”目光越过他们二人，展清越看向门口说。

经过这几天的康复，他说话虽然依旧有点儿困难，但好歹能比较清晰地表达出自己的意思，不需要别人猜。

贾晴和陈毅都没发现来了人，转头看门口，见到了站在那里的宁秋秋。

本来内心不爽的宁秋秋听到这话，仿佛是一块碰到沸水的寒冰，立刻就融化了。

“宁小姐是贵客，这种事情怎么可以烦劳她呢？”贾晴舀了一勺汤送到他的嘴边，“来，展先生，趁热喝。”

展清越不理她，语气缓慢但条理清晰地说：“吃住在我家……那么久，不能……干点儿活儿？”

宁秋秋：“……”

她……她又没白吃白喝！

而且，展清越怎么知道她吃住在他家的？！

大概是……展老爷子或者晶晶这个多嘴怪说的吧。宁秋秋安慰自己：要淡定，不能慌！

“我来吧，贾小姐。”宁秋秋走过去。贾晴就算脸皮再厚，人家都这样说了，也不好意思非要喂，只能把碗递给宁秋秋。

宁秋秋在床边坐下来，舀了一勺，细心地吹凉了，喂给展清越。

这位大爷不客气地喝了。

宁秋秋喂过几次，手法已经很熟练了，把汤的温度吹得刚好，一点儿汤汁都不会漏出来。

陈毅主动避开，贾晴不动声色地观察片刻，随后开口问道：“我听说宁氏这段时间股价跌了不少，宁小姐这阵子寄住在展家，是跟这个有关系？”

正在吹汤的宁秋秋微不可察地顿了一下。按照进度，宁家确实离破产很近了，现在各种问题也暴露出来，股价跌不奇怪。只是她一点儿都不懂这些，家里也都是报喜不报忧，她掌握的情况还不如贾晴多。

就算知道了也没用，她帮不上忙。

她能做的就是给宁父一张符，并且努力多赚点儿钱，万一以后破产了，可以不用背负这么重的债，还得起。

她做好了最坏的打算。

“贾小姐想多了，我不过问家中的生意，住在展家也有别的原因。”

“是吗？”贾晴叹了一口气，说，“可真羡慕宁小姐，可以自由追逐自己的梦想，不过宁小姐也是独生女吧，宁总都不要求你继承家业吗？”

又是这个话题。

这个贾晴到底是多想表现自己女强人的一面哪？

“我天生愚钝，不是这方面的料。”宁秋秋自嘲道，“我爸指望不上我，只能指望着我未来嫁个商业天才，继承家业呢。”

宁秋秋说着，递了一勺汤到展清越的面前，对上他带着探究的目光。

商业天才老公，眼前这个好像无论是商业天才，还是老公，都挺符合。

想到这个，宁秋秋调皮地冲他眨了眨眼。

展清越低眸把汤喝了。

贾晴并没有注意到他们眉来眼去，继续展现女强人的一面，说：“我觉得女孩子还是要有点儿事业心的，才能和更优秀的男人并肩作战。”

“哎？那像我这种片约、代言、商演不断，未来身价只涨不跌的女人，要多优秀的男人才配与我并肩作战哪？”

贾晴：“……”

不就比谁会赚钱嘛，谁不会啊？

“是不是呀，展先生？”

宁秋秋故意问展清越，抬头便对上了他含笑的眼眸。

这是宁秋秋见他醒来这么久，第一次露出笑的表情。之前由于大脑还不太能控制脸部肌肉，展清越一直都是那种面无表情的状态。

展清越点了点头，开口说：“汤凉，换。”

你听听，这是人话吗？

这人支使她还上瘾了。

宁秋秋心里想着，身体却很诚实地去加了热汤到碗里。

贾晴被宁秋秋戗得无地自容。

“那宁小姐真的很优秀，将来肯定要嫁金龟婿的。”贾晴的脸上又挂上得体的笑容，她说，“今天来主要有件事情，我爷爷以前中风，因此结识了一位挺厉害的康复师，在复健方面很有权威。展先生之后也要复健，我刚好可以推荐一下，等展先生好一点儿，就可以转移到他们的疗养院做复健，展先生觉得怎么样？”

展清越慢慢地咽下了嘴里的汤，不利索地说：“食不……言。”

贾晴顿了一下，接着苦笑说：“我等了你两年，盼你醒来，没想到你依旧对我这么冷淡，是我痴心妄想了，以为等待可以感动你。”

宁秋秋：“……”

这贾晴，在书里被女主角打脸打得那么惨果然不是没有道理的，她这种性格，放在哪里都会被人打脸的吧。

贾晴像一棵随风飘摇的墙头草，并且够外向热情。

宁秋秋暗暗期待展清越的反应，展清越却把食不言贯彻到底，只是等了半天见宁秋秋都是一脸八卦的样子，才开口说：“汤。”

贾晴终于待不住，捂着嘴出去了，也不知道是不是哭了。

宁秋秋松了口气。这个贾晴实在是不好玩，之前见展清越不醒来，就一个劲儿地巴结展清远，现在展清越醒来了，她还想吃回头草。

关键是这个回头草她也不会吃得专心，因为贾晴喜欢的是那种高高在上的优秀男人，但是展清越现在可谓一无所有，家业不是他的，公司也被展清远掌管着，他还病着，复健需要很长一段时间。

贾晴这么现实的人，怎么可能会对这样的展清越一往情深呢？

“专心。”宁秋秋想事情的时候，一不小心忘了吹，就把汤送到人家嘴边，展清越偏头避开，淡淡地说。

“哦。”宁秋秋赶紧把汤拿回来吹了，同时感觉展清越避开脸的样子好可爱啊！

宁秋秋喂完汤又喂了点儿煮得软烂的米线，展清越就吃饱了。

她贯彻了展先生“食不言，寝不语”的政策，安静地喂他吃完饭。见他今天依旧精神十足，宁秋秋忍不住，装作不明状况的样子问人家：“贾小姐这么能干，又这么深情地等你，你一点儿都不感动吗？”

展清越闻言，抬眼看她：“你……很关心？”

宁秋秋有点儿心虚地说：“我就……八卦一下嘛。你看我这么尽心尽力地照顾你，关心一下你的感情问题无可厚非吧？”

宁秋秋面对会说话的展清越，嘴终于利索了，究其原因，大概是终于不用为一个人对着他找话题而感到尴尬了。

“照顾？”展清越很会抓重点，“原因？”

展清越想问的是她照顾他的原因，只是说话不利索，所以简略地说了。可宁秋秋能理解啊！她为什么要照顾他？还不是因为她嫁给了他。

可是她又不敢坦白，眼下还不适合坦白，现在这人说话都还不连贯，受不了刺激的……虽然她感觉展清越其实有一点儿察觉到了。

宁秋秋瞎扯：“就是你说的嘛，我在你们家白吃白喝白住，理所当然要付出点儿劳动力。可我肩不能扛、手不能提的，就只能照顾你了。”

展清越听了，只是似笑非笑地看了她一眼，没有反驳她这话里的逻辑，也不知道是说话不利索反驳不来，还是静静地看着她扯淡。

但无论哪种，宁秋秋心里都有点儿毛毛的。

她觉得这个男人有点儿……可怕呀！

和“睡美人”的温文无害不同，人家毕竟是年纪轻轻就撑起过整个展家的人，哪里会简单地任人搓扁揉圆？

过了一会儿，医生过来帮展清越做简单的复健工作，这是展清越每天醒来的必修课，枯燥又费心。宁秋秋看了一会儿，便去外间找水喝。她今天也奔波了大半天，累死了。

贾晴和林汐恬已经走了，展老爷子在里面看展清越复健。于是宁秋秋趁着没人，很没形象地伸了个大懒腰，舒展开四肢，舒服地轻叹一声，懒腰还没收回来，门又被打开。

宁秋秋赶紧把毫无形象的懒腰收回来，中途由于用力过猛，把腰闪了一下。

“呲。”宁秋秋扶着腰，觉得自己被针对了。

“哎，秋秋你怎么啦？腰疼吗？是不是来‘大姨妈’了？”进来的人是本来已经离开的林汐恬，看到宁秋秋皱着眉扶着腰，问道。

“没，闪了一下，没事。”宁秋秋扶着腰坐下来，这模样被温玲或者晶晶看到，说不定已经“脑补”出她和刚醒的展清越之间乱七八糟的场景了，“我以为你走了。”

“我没那么快走，还没和大表哥说上两句话呢。刚刚我送晴晴姐下去，她太伤心了，我大表哥……唉，不过不喜欢就是不喜欢，没办法的，她等个十年也感动不了我大表哥那人。”

哟，连林汐恬都这样说，确实可见展清越对贾晴是真绝情。

不过，宁秋秋来了兴趣：“哎，恬恬，你大表哥是个什么样的人哪？我这阵子住在他们家，觉得有必要了解一下，万一触到他的逆鳞就不好啦。”

宁秋秋一直想了解展清越来着，可是问展老爷子，展老爷子站在爷爷的视角，看自己的孙子就是长辈常形容晚辈的那种“这孩子很能干，比展清远稳重得多，做事情让人放心，性子沉稳”之类的，没什么参考价值。

晶晶是展清越昏迷后展家雇的护工，更不知道。

展家的管家还有用人都是受过训练的，不妄议主人家的人，问他们就回答“大少爷很好，很善良。”

“我大表哥呀，你别怕，他比我那个臭屁二表哥好相处多了，挺正经的。”

“正经？”

“对，就是一本正经的那种正经。不过，你别看他有时候挺高冷的，其实并不难相处，关键是还‘腹黑’。我跟你说，你要小心他‘套路’你，我以前就被他‘套路’过好几次，这人蔫儿坏蔫儿坏的。”

那还好，宁秋秋不是超正经的那种人，起码没祸害人间的良家妇男。

“那他，记不记仇呀？”宁秋秋问。

“记！有时候他超记仇的，我跟你说，他还会暗地里找机会报复回来！”

宁秋秋感觉脖子一凉。

面对表面正经，其实记仇，还带有“腹黑”属性的展清越，宁秋秋再一次可耻地溜了。

不知道怎么的，她总有预感，某个人的记仇小本本上写满了她宁秋秋的大名。

举着叉的展清越露出獠牙，狞笑道："你选择清蒸还是红烧？哈哈哈。"

宁秋秋觉得自己的"脑补"能力有点儿丰富。

不过她确实有事情，拍戏之余，抽空回了一趟宁家。

贾晴的那句话给了宁秋秋一个警示，让她再次想起宁家最后凄惨的命运。虽然她可以让宁父开运避灾，可是破产这种事情原本就不是突如其来的，必然有一个过程。宁氏的根系一早就开始腐烂了，她也只能减缓这个腐烂的过程而已，没办法力挽狂澜。

她虽然帮不上什么忙，但也要了解一下情况，早做打算，就算要破产还债，也好有个准备。

"小姐，你回来啦！"宁家的用人梦梦打开门，看到是宁秋秋，面上一喜。宁秋秋又拍戏又跑医院的，好长一段时间没回来了。

"嗯，我妈在家吗？"

"在的，夫人定制的礼服到了，正在试呢。"

"是吗？刚巧让我也看看。"宁秋秋笑着说，换好鞋子走进屋子里，果然见温玲刚换好一袭高定礼裙。

裙子是透而不露的精致纱裙，用的是黑色搭深蓝色的雪纺纱，大方优雅又带着几分性感，垂坠感很好，行走间灵动飘逸，看起来非常高贵华美。

"秋秋回来了呀，怎么样？妈妈这身礼服好看吗？"温玲在原地转了个圈，得意地炫耀，"巴黎时装周最热门的高级定制款式呢。"

宁秋秋有种不祥的预感："您穿这身礼服是要参加什么酒会吗？"

"对，秦太太举办的红酒酒会，我正想问你要不要去呢，这次请的人都非富即贵，排场可大了，很有面子的。"

"我不去，我的男伴不会走路。"宁秋秋干脆地拒绝了。她对这种名利场不感兴趣，说白了大家就是去互相攀比的，她才不去凑这个热闹。

但是，这个酒会在小说里也有出现，因为展清远带着季微凉去了这个酒会，于是出现了小说里很常见的霸道总裁男友把灰姑娘女友变成万众瞩目的白天鹅，惊艳全场的桥段。

这不是重点，重点是书里宁秋秋和温玲也去了。

她们去自然是找女主角麻烦，然后送脸给她打的：温玲这身贵气的晚礼服被女主角指出几个细节，证明是高仿品，让温玲丢了大脸，自此好长一段时间都被当作茶余饭后的谈资。

幸好被她撞见了，不然脸就丢大了，宁秋秋说："妈，这条裙子您别穿去酒会，是个仿货。"

"仿货？！"温玲尖叫出声，"不能吧，你怎么知道？"

"您找时装周展出的图片，和现在的这件比对一下，就会发现几处明显不一样的地方，趁着现在，赶紧去找商家索赔。"

"那我看看。这条裙子是我花了大价钱买的，如果是高仿，我非要让他们赔到倾家荡产不可，差点儿害我丢脸！"

温玲找了时装周的杂志出来和裙子仔细比对，果然找出几处不同的地方，虽然很不明显，但还是可以看得出来。

她怒上心头，打电话先劈头盖脸地把人家骂了一顿，随后让他们老板亲自来向她道歉，并商量索赔的事情。

中午，宁父也回来了，见到宁秋秋回来也挺高兴的。他知道展清越真的醒来了后，和温玲一样高兴。展清越有多优秀，他们生意场上的人看得更透，当初展清越也是这些人心目中的金龟婿，现在展清越卷土重来，被他女儿捡了个现成，他想想就很赚。

不得不说，在这点上，宁父、宁母的想法出奇地一致。

不过，当被宁秋秋问到生意上的事情时，宁父就默然了，继续保持他报喜不报忧的习惯，摆手说："公司运营得好好的，能有什么事情？是不是零花钱不够了？回头我给你卡里打点儿。"

"不是。"宁秋秋无奈地说，"宁氏的股票都跌了还说没问题，您别把我当成三岁小孩儿。"

"股市涨涨跌跌很正常，放心，不会让你和你妈饿着的。"

宁秋秋："……"

宁秋秋和宁父、宁母没法儿交流。

宁父的性格出奇地固执，宁秋秋问了半天也没问出个结果来，反而窝了一肚子的火，为避免"父女反目"，只好作罢。

她准备回头雇个这方面的专业人士给自己科普一下。

温玲给展清越买了好些贵重的补品，让宁秋秋带回去。对这个"女婿"，温玲也算是尽心尽力。宁秋秋本来没打算去医院的，可她不送，温玲就会自己送过去，温玲过去又要乱说，宁秋秋衡量了一下，还是决定自己送过去。

梦梦送走了自家小姐，又有了新题材，兴奋地掏出手机打开论坛，找出由于许久没更新已经沉了的那个帖子——"我在豪门做保姆的那些年"，更新写道：今天夫人买了条高仿晚礼服……

宁秋秋到医院时，刚巧碰到晶晶准备推清醒的展清越出去溜达。

"宁小姐来啦。"晶晶看到她，殷勤地过来帮她提东西，"哎，这些都是买给展先生的吗？哇，你好用心、好让人感动啊！"

"我爸妈送的，说没空过来看展先生，让我带点儿小礼物，祝展先生早日康复。"

坐在轮椅上的展清越看了一眼那些东西，说："多……谢。"

"不用谢。"宁秋秋冲他微微一笑，不能虚！

"宁小姐，我要推先生出去走走，你要一起去吗？哎，不对，外面会不会有狗仔？你去了会不会被拍啊？"

"我又不算大明星，哪里有那么多跟拍的？而且我除了八卦绯闻就不能有朋友了吗，对不对？再说了，"宁秋秋看了一眼由于精神变好，整个人看起来更加明媚养眼的展清越，吹捧道，"能和展大少传绯闻，也是我的荣幸啊！"

晶晶："……"

为什么宁小姐比她还夸张？

展清越闻言，脸上只出现了一个不明显的笑意，用别有深意的眼神看了她一眼，说：“走。”

“哎哟，我突然肚子好疼啊，宁小姐你带着展先生先去，我解决一下再来找你们。”说完，晶晶捂着肚子跑了。

宁秋秋：“……”

这种消极怠工的护工要来干吗？

宁秋秋本来还想着有个晶晶在旁边插科打诨，可以缓解一下二人之间的尴尬气氛，现在晶晶跑了，宁秋秋真是无比地想打晶晶一顿。

可她已经跑了，陈毅也不在，展老爷子这两天身体不适，回家休息了。宁秋秋没法子，只好推起轮椅，单独带着展清越出去溜达。

宁秋秋虽然嘴上说着不怕绯闻，可推着一个这么英俊的男人出来散步太招摇了，加上上次那个狗仔事件才过去不久，证明真的有人跟拍她，宁秋秋还是有点儿虚的，推着展清越往人比较少的地方走。

“哇，这里风景不错呀。”宁秋秋假装随意地找了个话题，尽量让人看不出来她是在没话找话。

这家私人医院才建几年，不但医疗条件先进，而且周遭的环境也很优美，医院后面还有一座很矮的小山，大路宽敞，经常有家属带着病人来这里散步。

“嗯。”展清越心情不错，很给面子地附和说，“不错。”

宁秋秋见他说话又比之前更好了一点儿，拍马屁说：“展先生的身体恢复得真好，一天比一天好，感觉根本不需要医生说的那么久，你就能恢复如初了。”

“你……们照顾得……好。”

展清越说话还不算太利索，一句话停顿了两次。可宁秋秋怎么总感觉那个像加了着重号一样的“你”和“们”之间像是故意停顿呢？

不过她就算听懂了也要假装没懂：“应该是他们，我就是个浑水摸鱼的，四体不勤，五谷不分，自己都照顾不好自己，不敢居功。”

“看出来……了。”展清越不客气地说。

宁秋秋：“……”

展清越的强调使她心虚，他说她不会照顾人，她又不爽了！

我就谦虚一下，你怎么这么不客气呢？再说了，我照顾得不好吗？喂的汤不香吗？擦的身体不干净吗？

宁秋秋气呼呼的，连推着轮椅的力度都大了些，车轱辘发出与地面摩擦的声音。

当然，展清越背对着她，她看不到展清越依旧有点儿面瘫的脸上出现一抹微不可察的笑意。

他似乎碰到了个挺有趣的人。

“展先生啊……”宁秋秋觉得展清越这个人挺坚强的，不需要照顾他脆弱的心情，一冲动想着把自己跟他结婚的事情告诉他，让他也跟着爽一下，但话到嘴边她又说不出口了。

修炼不到家，她难以启齿！

“嗯？”展清越听到她叫他，又久久不出声，疑惑地问道。

“哎，没事，就想问问你昏迷这么久，醒来之后看到周围的一切都发生了翻天覆地的变化，是什么感觉呀？”

展清越说：“惊喜。”

惊喜？好吧，也确实挺惊喜的，毕竟他都睡了两年了，醒来发现展家没塌，弟弟撑起了家业，爷爷也健健康康，自己更是大难不死，还能康复，确实挺惊喜的。

宁秋秋用自己的理解方式解读完毕，觉得自己简直是做语文阅读理解的天才，又问：“还有呢？”

“没了。”

就没了？宁秋秋说：“那你的接受能力还挺强的呀。”

“嗯，很强。”

她为什么总感觉展清越话里有话呢？

宁秋秋推着展清越走了一圈，很幸运地没被人认出来，心里松了口气，推着他往回走，走到门口时，展清越忽然抬手指了指不远处，说：“去那儿。”

那边是医院的大门，有个喷泉，做得很壮观，算是医院的一大景观了，所以人也很多。

“那么多人，就不过去了吧，会挤到你的。”宁秋秋“体贴”地说。她虽然戴着口罩披着头发，可过去晃悠一圈，目标太明显了，很有可能被认出来。

展清越说：“要……满足你。”

“啊？什么要满足我？”

展清越：“传绯闻。”

宁秋秋：“……”

传什么绯闻哪？！她只是随口拍马屁的，没想到他这么较真儿！

“被传绯闻是要发照片的。”还好宁秋秋智商在线，飞速找了个理由，“我是不介意传绯闻，可是一旦上了微博，就等于宣告全世界你醒来的消息了，我保证明天这医院的门槛都要被踏破了，那么多人来探望你，想想就很烦，对不对？”

展清越似乎被这个理由说服了，大方地放过了她。

展清越可以在医院悠闲地散心，慢慢养病，宁秋秋却没那么多闲心。她要努力赚钱养家，做好破产的打算，以后说不定还要养着没事业、没收入的展清越。

《飘摇》进入最后的拍摄阶段，拍戏节奏明显加快。由于大家已经完全进入状态了，导演不像前期那样吹毛求疵，一天能拍以前两天的戏份儿，大家每天的拍摄量也增多了。

今天要拍的是剧中的一个高潮——云瑶和亲远嫁。

剧中，先皇突然驾崩，正是新帝继位伊始，朝纲动乱，多股未铲除的势力蠢蠢欲动，大家都想在新皇帝的身上插一刀。新帝身心俱疲，这时番邦一个比较大的国家——西京国趁机来求娶公主，这个节骨眼儿上边境不能乱，必须有人去和亲。

和亲是不可能嫁真公主的，皇帝也没有适婚年纪的姐妹，因此需要认一个公主嫁过去，而且这个嫁过去的人还必须聪慧、情商高，才能担得起“和平大使”的责任。

云瑶毅然请命。

这是一场很悲壮的戏，为了体现仪式感，导演决定把整个过程的礼仪细节都拍摄出来，这样能提升整部剧的格局，显得很大气。

这可苦了宁秋秋了。她戴着繁复沉重的凤冠霞帔，插了一头镀金实心的沉重头饰，顶着这么重的一颗头，不仅要依照各种礼节叩拜，还要为了达到最好的效果反复重拍，差点儿都站不起来了。

宁秋秋感觉头都快要不是自己的了。

“小池，快过来给我揉揉脖子。”趁着休息的时候，宁秋秋僵硬地顶着凤冠，让小池给她揉揉脖子，她的脖子要抽筋了。

“好嘞。”小池放下手机，过来给宁秋秋按脖子。小池以前经常帮练舞练到腰酸背痛腿抽筋的原主按摩，所以手法很熟练，按得宁秋秋舒服得要哭出来了。

宁秋秋感觉舒服了很多，随后问小池：“干吗对着手机一脸深仇大恨的，谁又惹你了？”

“你听了不要被影响情绪呀。之前你去签合同时不是碰到了‘谜女团’的粉丝并且一起拍了照嘛，她们把合照和签名上传到微博炫耀了一下，表示隔空合体也很开心。结果被有心人拿来做文章，说什么你是偷偷去看女团表演的，肯定是看到现在‘谜女团’这么火，十分懊悔当初离开——也不知道当初是谁蹭我们的热度。”

宁秋秋听了感觉有点儿无语，又有点儿好笑。最近她热度高，那些博主大概在她身上做文章尝到了甜头，她有什么事情都会被他们放大。

“别理他们，让瞿哥处理就行了。”

“嗯。”小池握拳，“有人黑才是红的表现，我不气！”

宁秋秋被她逗到了。

这时，徐娅端了两杯热可可过来，一杯递给她，说：“补充一下能量，等下才有力气继续折腾。”

“谢谢。”宁秋秋接过来，啜了一口，甜度刚好，热热的可可喝起来很舒服。

谁也没想到和她在剧组里关系最好的会是徐娅这个一开始为难她的人。她让徐娅坐，又问：“你今天拍摄状态不好，有心事？”

“也不算什么大事，我跟公司的合约今年不是要到期了嘛，续约要签长约，我不想续那么长，可别的公司给出的待遇又没那么好，我就很纠结。”

徐娅现在名气说小不小，说大也比不上那些二线以上的，但她还年轻，发展的空间很大，签长约明显很吃亏。

“要续多久啊？”宁秋秋问。

“十年。”

这么长……那等于把青春都献给这个公司了，确实很坑。

“唉，我要是有钱就好了，自己开个工作室当老板，不用再看这些老板的眼色，被压榨得死死的。”徐娅苦笑说。

宁秋秋忽然想到之前在自己公司表演班碰到的叶柯，其貌不扬但未来会成为大明星。她当时还想着把叶柯纳入自己的阵营的，不过后来因为和展清越结婚，又接了《飘摇》女二的角色，这事儿就给耽误了。

她忽然有了一个大胆的想法。

现在展清越虽然醒来了，但是展氏在展清远的手上，展清越未来会不会把公司的管理大权拿回来还不好说，但近一两年估计是不会的。现在展家公司渗入的都是展清远的势力，展清越睡了两年，哪里有那么容易想管就管。

展家兄弟的感情不错，展清越除非是书里那种争权夺势的恶毒角色，不然不会做出这种兄弟反目的事情来，顶多重新回去和展清远一起携手发展展家的事业。

但这样子对双方来说估计都有点儿憋屈，向外拓展新业务也是必然的。不如她怂恿展清越创建一个娱乐公司，然后利用穿书这个 bug（漏洞），把未来会红的那几位明星挖到他们公司来，岂不是很爽？

展清越在管理决策方面那么出色，加上她挖的都是未来会大红大紫的“潜力股”，这个娱乐公司未来可期呀！

说不定他们公司一不小心就成为娱乐圈巨头了，到时候她就是翻云覆雨的娱乐圈“一姐”，哈哈哈。

宁秋秋光想想就飘了。

她决定等展清越身体好点儿，就跟他商议一下。

“反正今年还有一段时间呢，你先别急，说不定之后就会有更优秀的公司来挖你了。”宁秋秋安慰徐娅说。

比如她未来的公司。

“唉，我是不急，我的那个经纪人天天给我施压，今天早上又跟我说了一堆，气到我吐血！”徐娅气愤地说。

宁秋秋拍了拍她的肩膀，说：“相信我，船到桥头自然直，你的经纪人给你施压就是为了让你急，越是这样你越不能急。”

“你说得对！”徐娅被这么一说，反应过来，“那狗东西就是为了把我逼急的，我一急反而中了她的套路了。那我就不去想了，反正主动权在我的手上，我管她干吗？”

宁秋秋微笑地点点头。

又坐了一会儿，导演那边喊准备，宁秋秋就继续拍摄去了。

最后一场，宁秋秋告别亲人和埋在心底的爱人，毅然踏上去往西京的路途，洒泪离乡。

她在上车前和男主角有一段对手戏，只有一句台词，却要流露出她内心的不舍以及对男主角不能言说的爱意。但这些儿女私情不能直接表现出来，而是要让身后的群臣和西京的王，也就是她的准夫君觉得是兄妹之间的那种不舍。

导演给他们说了戏，让他们准备。

宁秋秋低头酝酿片刻，等导演喊“action（开始）”时，眼里已经蓄满了泪花。

“皇兄。”

云瑶的声音有几分沙哑，这是她第一次这么大胆地直视这个爱慕许久的男人，也是最后一次。眼前的人虽着锦衣龙袍，却由于长时间无法安眠而憔悴了许多，没有了初见时的风流轻狂，却依旧让她抑制不住内心的喜欢。

但是，这份喜欢的心情从此只能被严严实实地封起来压在心底了，以后，她就是公主，是他的妹妹，和他一样身负重担，要承担起保卫这个国家和子民的责任。

云瑶想到这里，目光变得坚定起来，她说：“阿瑶走了，保重。”

说完，她毅然转身，走向那华丽的车舆，弯腰坐进去，放下车帘，没有多看这美丽的山河一眼。

“好，cut（停止）！”导演喊完后，原来严肃的气氛瞬间消散。宁秋秋下车，接过助理递过来的纸巾，擦掉眼泪。

“我居然看你演戏看哭了，我好蠢哪。”小池边给她递纸巾边哭。

宁秋秋伸手抱了抱小池的肩膀，抬头发现现场好些女孩子都被她的这场戏感染了，眼眶里含着泪。

“我以为起码要 NG 一两次的。”方谨然走过来跟宁秋秋说，“你这演技和对角色情绪的理解，我都要嫉妒了。”

“你再这样夸我，我的尾巴就要离家出走翘到宇宙里去了。”宁秋秋笑着说。

她在现实世界做了七年的演员，虽然不算什么大明星，但演技都是实打实地磨炼出来的，本身又是科班毕业，所以只要把角色理解好了，入戏很快的。

最重要的是，她的脖子真的要断了！

“值得翘到宇宙去。”方谨然毫不吝啬地夸赞说，“真的很棒。”

宁秋秋和方谨然搭了几句话，又有好多人过来夸奖她演得好、许多人被感染哭了之类的，宁秋秋都虚心接受了。

季微凉在远处看完了整场戏，也很震惊。不过她肯定是不会过去夸奖宁秋秋的，只是默默地握拳，把震惊和一丝丝不易觉察的嫉妒心都化为动力。

她也可以的！

终于可以进休息室卸去沉重的头饰时，宁秋秋都快要感动哭了。小池把她的手机拿过来，说：“秋秋姐，刚刚你在拍戏的时候，手机响了一次，是晶晶打过来的，是不是有什么急事？”

“哦。”宁秋秋接过来。晶晶这么急着找她，十有八九是有“情敌”出现，让她回去收拾“情敌”呢。

比如那个贾晴。

宁秋秋打开微信一看，果然晶晶给她留了一大堆的话。

她扫了一眼，迅速捕捉到了重点：她爸妈去医院探望展清越了。

宁秋秋震惊了。

等宁秋秋赶到医院时，她爸妈已经走了。

她忐忑地走进病房，展清越没睡，他看到宁秋秋进来，似笑非笑地说：“岳父？岳母？”

宁秋秋：“……”

第三章 背 叛

宁秋秋还没来得及说话，手机就响了起来，她看了眼来电显示，是她妈打过来的。

她出去接了。

“喂，妈。”宁秋秋按了接听键，先说道，“你跟爸来看清越哥哥，怎么也不提前跟我说一声？”

“我本来想跟你说的，但昨天视频的时候你不是说你最近拍戏压力大，今天还有一场大戏要拍吗？我就想着反正我跟你爸都和清越认识，就先不和你说了，免得你心里过意不去，又要请假。”

这可真是亲妈，宁秋秋佩服得五体投地，说：“那……您可以等我有空嘛！”

“我倒是可以，就是你爸忙，好不容易有空闲就来了。”温玲说到这里顿了顿，“秋秋啊，是不是爸妈给你造成什么困扰了？”

“没有，没有，我就是觉得没有招待好你们，心里怪不好意思的。”宁秋秋回答道，其实他们是真的造成了一个大困扰，可现在说也没用了。

“那就好。”温玲语调上扬，说，“我跟你说，我们一点儿都没有透露你和他结婚的事情，你爸还差点儿说漏嘴，被我及时制止了。”

宁秋秋更疑惑了。

这又是什么情况？她父母没说？

难道展清越在“套路”她？

“你们聊了些什么呀？”宁秋秋问道。她要探听清楚是她妈说漏了嘴，还是展清越在“套路”她。

“也没聊什么，就聊聊你呀。我总得探听一下他对你感觉如何吧，万一他不喜欢你怎么办？然后就聊聊未来，聊聊家常，他说他现在脑袋还没恢复，我说的很多事情他都要问得比较详细才能理解过来。”

“你们聊天，爸应该……打断过您吧？”宁秋秋抓住最后一点儿希望问道。温玲蠢一点儿，驰骋商场的宁父比她聪明许多，总不至于被“套路”吧。

“别说了，说起来我就来气，你爸一到就开始接电话说生意上的事情，从头到尾也没闲下来五分钟，一点儿也不给我在女婿面前长脸！”

“生意上有事我总不能不管吧？再说，你们讲话，我插得进话吗？”旁边传来宁父自我辩解的声音。

宁秋秋：“……”

好了，她不用问了，铁定是她妈被“套路”了。

她甚至能想象出来展清越温文无害地套她妈话的样子，她妈这种性格，被捧两下就忘记自己是谁了，什么都叽里呱啦地往外说。展清越这个“腹黑”男吃透了这一点，肯定各种不着痕迹地旁敲侧击，还故意强调自己脑袋不好，让人家说详细点儿。

她看他是心没长好吧，这么坏！

宁秋秋觉得自己的底裤估计都快被扒光了。

幸好温玲所了解的那个她，并不是现在这个她，还好还好，宁秋秋勉强保住了底裤。

“那清越哥哥他……对我是什么感觉啊？”自我安慰结束的宁秋秋的好奇心又滋长了起来。说起来，她还不知道展清越对她的态度呢！

“哼，这个就要妈出马才行了吧。”温玲觉得自己立了大功，尾巴翘得老高，“他就说觉得你是个挺有趣的人。”

挺有趣？！

这是什么评价？

“别的呢？”宁秋秋问。

“没有了呀，他说才重新认识，你太忙，没跟你见过几次，就觉得你很有趣。”

看看人家多会应付你呀，亲妈！

温玲的智商被碾压得太厉害，没办法。

宁秋秋郁闷地挂了电话，想到等下要面对的人，深吸了两口气，告诉自己，不能慌！

她是为了救他才嫁给他的，心虚啥？真是的，怎么说也得展清越感激涕零，以身相许才对，不然他就只能一辈子躺着了。

这样一想，宁秋秋立刻挺直了腰杆子，折回房间。

展清越现在恢复得好了点儿，醒着的时候会看一些时事新闻或者股市动态之类的，以求重新认识这个社会。她拍戏闭关三个月，都感觉脱离社会了，何况展清越睡了两年，早就成为山顶洞人了。

宁秋秋进去的时候，他正在用架在病床上的平板电脑看晚间新闻，看到她进来，点了暂停，抬头问她：“岳母……到家了？”

这句岳母对她造成了一万点的暴击伤害，宁秋秋胸口疼。她稳住心神，一本正经地说：“你别这样，当时我也是迫不得已。”

“嗯？”展清越看着她，等她解释。

宁秋秋压制住自己想绞手指的冲动，说：“那天贾小姐的话你也听到了，我们家的产业其实出现了大危机，濒临破产，只能通过寻找更强的合作伙伴以求帮助。本来有个老男人看上了我，非要跟我们家联姻，我父母和我都不肯，刚好那时候有算命的说可以给你冲喜试试，说不定能让你醒来，爷爷他比较迷信，就信了这种话。”

“然后嘛，”宁秋秋拍马屁说，“一个是肥头大耳的老男人，一个是貌比潘安的大帅哥，我当然是选择帅的啦，所以就……而且事实证明这个喜没白冲，你真的醒来了，对不对？”

宁秋秋知道用“我喜欢你，所以嫁给你”这种鬼话骗不了展清越，甚至还会令他厌恶，而且展清越估计也不喜欢那种贴上去的女人，比如贾晴。所以她真假参半地跟他解释自己嫁过来的原因，为自己营造了一个为了拯救家族事业大义牺牲自己的形象。

而且这确实是实话，展清远嘴上威胁她不会和宁家公司合作，事实上并没有这么做，毕竟人家是男主角，三观摆在那里，做事情不至于这么没人性。

这种人设很饱满。

可她就是不知道展清越吃不吃这一套。

“嗯，感谢你的……奉献精神。”展清越听完后这样说，虽然宁秋秋感受不到什么谢意。

她看了一眼展清越，对方面无表情，也不知道是脑子还不能控制面部肌肉，还是听完之后内心生气愤怒，现在正思考着怎么掐死她。

“所以，”宁秋秋琢磨不透展清越内心的想法，偏偏他说话还不太利索，那只能自己把话都说了，“展先生是福气满满地醒了，我家的事业却还没拯救回来，在这之前，还要委屈展先生继续维持这段婚姻关系。”

哼，你想甩掉我，没门儿！

“好。”出乎宁秋秋意料的是，展清越竟然毫不犹豫地点头答应了，她还没来得及高兴，又听到对方接下去说，“不然，过河拆桥不积德，容易倒霉。”

这是什么鬼理由？

不过展清越的言下之意明显是同意继续维持这段无名无实的婚姻，直到她家度过难关。

要是度不过，说不定他还会帮她还一部分的债务。

但宁秋秋莫名又觉得这个理由让她内心有了个不舒服的小疙瘩，摸不到看不着，但就是让人内心不痛快，俗称硌硬。

“那我谢谢你呀。”宁秋秋龇牙，其实很想皮笑肉不笑，但不知道为什么，在展清越面前就㞞。

展清越一本正经地说：“不用……谢，展夫人。”

宁秋秋心中的小疙瘩立刻被这句调侃的话抚平了，谁让“展夫人”三个字听着这么顺耳呢！

宁秋秋拍完了远嫁的戏后，戏份儿就骤然减少了。她在西京国的戏份儿因为大多数取景于野外，或者是有一部分布景在野外，所以在之前都拍完了，只要等后面再去拍几场结尾部分的戏，她就可以杀青了。

这一小段休息时间，瞿华并没有让宁秋秋得清闲。由于这中间有近半个月的时间没有拍摄工作，她在这期间参加一些活动不算“轧戏”。

在网络快餐时代，连艺人的“黑料”都可以迅速被遗忘，更遑论艺人本身了。宁秋秋本来就只有半吊子的人气，拍了这么长时间的戏，虽然其间因为方谨然粉丝的事件火了一把，可这一段时间没露面又没作品，很快就要被忘记了。

她急需曝光。

“秋秋，脸向右边微侧，眼神再犀利点儿，再撩人点儿，对，就这样，很好！”摄影棚中，摄影师满意地按下快门，把在各种璀璨灯光下的人定格在画面里。

宁秋秋今天要拍的是一家杂志的封面照，这本杂志虽然不算大刊，可他们家请的都是一些知名度超高的人气偶像，拍出来的杂志卖得很火，其请人的标准也在逐渐往上提。

宁秋秋穿着一袭红裙，戴着红色宽檐帽，没有过多的配饰，看起来却气质优雅，身姿曼妙，随便几个简单的姿势，就把摄影师想要的那种霸气中带着几分撩人味道的感觉体现得淋漓尽致。

这个人仿佛天生为镜头而生。

“秋秋的镜头感真好。”杂志社的负责人在旁边观看宁秋秋拍了几个镜头，忍不住对瞿华说。

他做这行这么久，好的、歹的一眼就能分辨出来，宁秋秋今天不但进入状态很快，拍摄状态也保持得很好。

瞿华听到人家这样夸赞自家艺人，内心美滋滋的，含笑地谦虚道：“她最近一直在剧组拍戏，天天对着镜头，所以进入状态快。”

“《飘摇》吗？”负责人是时尚圈的，显然对他们演艺圈也有一定的了解，说，“孙导的片哪，不错，虽然他这人有点儿吹毛求疵，但出的都是精品，秋秋未来可期呀。”

瞿华感觉要起飞了，但嘴上还要谦虚：“她都是在跟着剧组的前辈们学习。”

两个人客套着的时候，那边已经拍完了。宁秋秋过去看了样片，一张张照片没经过修饰，效果已经好得让人惊艳了。摄影师不停地夸奖她，弄得宁秋秋有点儿不好意思了，也客套地夸奖了几句摄影师的技术。

还有一组照片要拍，不过中间可以休息半小时，让宁秋秋调整一下状态。宁秋秋走到休息区，接过小池递过来的水喝了一口，抬头看到她家经纪人摇头晃脑地走过来，眼角笑意浓浓，一副心情好得要起飞的样子。

“小啾啾啊，你今天的拍摄状态真是太好了，我跟你说呀，刚刚杂志社的负责人在我面前使劲地夸你，听得我都有点儿不好意思了呢。”

宁秋秋知道自家经纪人由于原主爱听好听的，所以喜欢夸大事实，对方可能是夸奖了她，但绝对没有到使劲的地步。不过宁秋秋没多说什么，只说：“是瞿哥带得好。”

“哎哟，啾啾的小嘴真比抹了蜜还甜。”瞿华羞涩地说。

宁秋秋不想理他。

“对了，有件事儿忘记和你说了。”瞿华又正经起来，说，“有一档恋爱综艺节目问我你有没有档期——你先听我说。”

瞿华示意要打断他的宁秋秋先别说话，继续说：“这档节目是山竹台出品的，前阵子你和方谨然虽然没炒绯闻，可不是出现了好些 CP（情侣）党嘛，山竹台就想抓住时机，请你和方谨然一起假装恋人。你放心，山竹台出品的综艺节目，又是当前这么热门的恋爱节目，绝对可以火的。”

近年来，真人秀节目像雨后春笋般层出不穷，捧红了不知道多少明星，大家铆足了劲儿把自家艺人往各种综艺里面塞。

而这两年兴起的恋爱节目更是大受欢迎，充满粉红色泡泡的后期制作，让一众小姑娘心动不已。

只是令宁秋秋哭笑不得的是，她的粉丝和方谨然的粉丝虽然暂时由于上次的事件和平共处了，但完全没到相亲相爱的地步，她和方谨然组 CP，估计会让他的那些“女友粉”昏过去吧。

而且，她现在和方谨然是好朋友，去恋爱节目炒 CP，多尴尬呀！

再说，她现在都是“已婚人士”了，怎么可能去录这种恋爱节目？

“不接。”宁秋秋果断地说，“恋爱或者炒 CP 类的节目，我一律不接。”

“为什么呀？”瞿华不理解，“我见你最近的状态也不像在谈恋爱，不过小池说你经常往医院跑，我一般会给艺人足够的私人空间，可你这……是家里人有事情吗？”

“算是吧。”宁秋秋没法儿跟他解释，换了个比较能说服他的理由，“我有喜欢的人了，正在追，要是上这种节目搞得桃色新闻满天飞，岂不是很没诚意？”

“你又……”瞿华看她的眼神顿时充满了同情，这也太虐心了。

宁秋秋在追展清远的时候爱得死去活来，好不容易从坑里爬出来，现在又主动去追人，听起来也还没追成功。

他寻思着自家艺人的长相在圈里也排得上前五名的，其性格自从不追展清远之后变了许多，没有大小姐脾气了，和人相处也越来越舒服，明显是成长了。对方是有多大牌、多难追啊！

宁秋秋看瞿华的眼神就知道他误解了，不过懒得解释，说：“对啊，所以瞿哥你饶了我吧，别给我接这种节目了，追不到这个我要哭了。”

“成吧。”瞿华颇为惋惜地说，“那我看看有没有其他好的综艺节目，可以把你送去曝曝光，为接新剧造造势。”

宁秋秋参演第一部新剧可以凭关系，第二部、第三部就没那么简单了。《飘摇》没那么快播出，所以在这段“真空期”，宁秋秋会很尴尬。他必须用别的方式给她增加热度和人气，以后才能接到好剧。

这个让宁秋秋追不到就要哭的人，此刻躺在躺椅上，正在会客。

由于长期卧床，展清越慢慢有知觉的身体开始感觉到不舒服，医生建议添个符合人体学原理的躺椅，换着躺，他就能舒服很多。

展清越见的人叫周扬，是展清越以前的助理。展清远上位后，这位助理由于和展清远观念不合，加上处事方式不讨展清远的喜欢就辞职了，去了一家上市公司。

展清越用了他好几年，用顺手了，就把他叫回来了解一下他有没有签非竞争协议，有意把他聘过来做私助。

虽然展清越没夺权的打算，整个人也处于全身不遂的状态，可是很多事情还是要有个助理帮忙处理才方便。

周扬没想到自己的前上司还有醒来的一天，又惊又喜，当即表示回去就辞职，处理好了来跟展清越报到，离职期间展清越有什么事情都可以吩咐他。

“确实有……事，”展清越说话不利索，就慢慢说，“你去查一下……宁和的……现状。”

宁和就是宁秋秋的父亲的公司。

“宁和？我听说了那么一点儿，好像出现大问题了——您是想，收购宁和？”

“没有。”他这样做会被掐死。

“好，我知道了。”周扬很懂分寸地不多问，“我现在可能不方便经常过来看您，是电话联系您方便，还是邮件？”

以展清越现在的身体状况，他不一定方便接电话。

“急，电话，其余邮件。”

周扬：“好的。”

周扬又给展清越讲了一些展清越目前可能比较关心的问题。他跟着展清越久了，对于展清越在工作上的习惯、喜好都很了解，基本上对方一个眼神，他就能知道对方要表达什么了，展清越连废话都不用多说。

不过这仅限于公事，私底下……周扬从不探究上司的私生活，这也是展清越喜欢他的原因之一：会做事、不多事。他对职场规则理解得非常透彻，不爱拍马屁，不会窥探老板的隐私。周扬深知，以为了解老板就能对症下药，这是自以为是的聪明。

周扬走后，晶晶走进来。她被宁秋秋耳提面命地警告过，眼前的男人很会骗人，要提防他套话。大概是宁秋秋为了营造可怕的效果形容得有点儿夸张，此刻展清越在晶晶的眼里就跟电影里的大恶魔一样，一嘴獠牙，趁她不注意就要咬死她。

“展先生，”晶晶给他盖好掉下来的毛毯，贴心地问他，“您是要休息一会儿，还是看看新闻，或者推您出去走走？”

“手机。”展清越说。

晶晶手脚利索地给他架好了手机，说：“好了，展先生，您看看高度和远近合适吗？”

展清越抬手试了一下，点头表示可以。展清越现在没办法像常人那样自如地玩手机，但他的基本要求都能被满足——反正他也不翻看那些乱七八糟的东西，不像宁秋秋，刷个微博都能自娱自乐半天。

晶晶：“那展先生还有其他的吩咐吗？”

展清越抬起眼皮子看了她一眼，晶晶心里咯噔了一下。

“你的工资……谁发？”

“啊？”晶晶没想到他会问这个，前前后后地想了一下，貌似没什么套路，说，“我的是管家那边统一打给我的。”

“她呢？”

晶晶想都没想，就明白了这个“她”是宁秋秋。面对展清越的目光，倍感压力的晶晶硬着头皮说：“没有。”

其实宁秋秋给她加过奖金，但……被扣了。

她敢说吗？这么明显的套话！

没想到展清越一直平淡的语气骤然冷了下来，他说：“那你暂时……属于……展家的员工，怎么胳膊肘儿……拐到她那儿去……了？”

晶晶惊呆了！

“我不是，我没有，冤枉！！！”晶晶差点儿就要举双手自证清白了，连忙解释道，“我就告诉宁小姐一些您的日常活动，其他什么都没有做，对您也是尽心尽力，没有半分怠慢，不然我就遭天打雷劈！”

展清越大概没想到她的反应这么大，额头跳了一下。

“展先生，您要相信我，呜呜呜！”

展清越说：“要相信……可以……看你表现。好了……加工资，不然……”

“我一定会好好表现的。”在饭碗和金钱面前，晶晶毫不犹豫地把扣奖金的盟友宁秋秋抛弃了，“您不让我提供给宁小姐您的日常情况，我保证一个字不说！”

“可以说，今天的事儿，不说。”

“好！”晶晶毫不犹豫地答应，“那我要干什么？”

“暂时……不用。”

宁秋秋不知道她去外地拍了个杂志回来，自己的盟友就倒戈了。

她还给展清越带了一个礼物——九连环，让他平时没事的时候解闷儿用，不但能锻炼他受伤的大脑，还能锻炼一下他的手指灵活度，简直是两全其美。

宁秋秋觉得自己贴心极了！

她到医院时，展清越正在练习他的手指灵活度——写字。这个对常人来说很简单的事情，于他而言却很吃力，他的脑损伤确实比较严重，加上躺了两年，所以需要一点点地恢复。

医院的复健设备很先进，用的都是智能设备，比如他现在练习手指的灵活度，就是在他和机械手之间设有传感器，传感器连接一边的机械手，机械手上握着笔，他这边用手指操纵，就会精准地传到机械手上，写出他要手写的字来，这样他不用坐起来举着手，就能写字了。

这样子可以省去举手的疲劳，对于他这种半身不遂的人十分方便——只要动手指和手腕就行。

宁秋秋看到投影幕上投影出一首唐诗《静夜思》，字迹歪歪扭扭不算漂亮，可看得出来这个人的底子很好，笔锋锋利，字无形但骨在，宁秋秋可以想象他平时写的字肯定又好看又霸气。

她进去时，展清越刚好写完最后一个字，写这么一首诗就花费了很大的力气，额头上沁出了细密的汗珠。

正要搁笔时，他看到宁秋秋进来，复又动起手指。

宁秋秋眼睁睁地看着展清越画了一个笑脸，然后在旁边写了一个字：啾。

你这么幼稚，一点儿都不像霸道总裁！

医生只当他闹着玩，笑着又跟他说了几句，护士进来收器材，把他“写”的字从投影台上抽出来，问他：“展先生，这个你要留作纪念吗？”

展清越伸手接过来。

等到医生、护士出去后，病房里只剩他们两个，气氛一瞬间又尴尬起来。宁秋秋干咳一声，把东西放在一边，想起什么又翻找了一下，把给展清越买的九连环翻出来，递给他说：“给你的，解闷儿用。”

展清越有点儿意外地看了眼那玩意儿，显然没料到宁秋秋这么用心。他接过来道了谢，把手上的纸递过去，说：“礼尚往……来。”

这也太没诚意了，宁秋秋敢怒不敢言。

于是她没话找话：“你恢复得真快，应该不用半年就能恢复如初了。”

在脑损伤的患者中，展清越已经算是非常厉害的了，能说话，能拿东西，身体也渐渐能动了。

展清越：“你……功劳大。”

“你不是还嫌弃我不会照顾人吗？”宁秋秋可还记得呢。

“照顾……和功劳，不同。”

宁秋秋：“怎么不同？”

“比如，给我喂一些乱……七八糟的……水。”展清越云淡风轻地投下炸弹。

宁秋秋愣住了！

展清越这话犹如晴天霹雳，宁秋秋觉得如果他们在一部电影的场景里，那么现在她一定被配上了被闪电劈的特效和背景音乐，再添个慢镜头来表达此时她的心情。

“你……都知道？”宁秋秋开始拼命回想在展清越昏迷时自己做的事情。

她给他擦身体，用吸管喂他水，躺在他的身边从各种角度拍照还在朋友圈秀合照，和他同床共枕第二天在人家的怀里醒来，在他的床上塞满符箓……

还有她妈说的乱七八糟的话。

她觉得这时候选择辩解恐怕没用了，可以申请先立个遗嘱吗？

对了，她还要写上墓志铭：女配角死于无知。

展清越说：“知道，不……多。”

他确实知道得不是很多，他的意识很模糊，感知迟钝，又看不到，唯能靠耳朵去听，而且有意识的时候不多，估计两三天一次。

比如宁秋秋跟他结婚这件事情他是不知道的。他有意识的时候，这个女人已经在身边了，而且让他印象不佳，人前对他深情款款，人后“虐待”他，经常自言自语说想要“谋害”他，有点儿聒噪，有点儿可恶。

不过这女人出现的频率太高了，他慢慢地就被“虐待”习惯了，反倒醒来后有一段时间没有她，都有点儿不习惯。

但宁秋秋爱喂他水这件事情，他是知道的。他虽然看不到，不过鼻子能闻得到烧纸的味道，每次她给他喂水时，他都能闻到这种味道。

他不知道对方喂的是什么水，但可以肯定的是，每被喂一次，他的意识就更加清明，有意识的时间也更长，他之所以能从植物人的状态清醒过来，十有八九得益于此。

然而，在眼不能看的情况下，感官更加敏感，所以每当那浓浓的烧纸味传来，他就知道宁秋秋又要花式给他喂水了。虽然这水无色无味，与白开水无异，可他也会对那玩意儿的本体浮想联翩，猜测对方烧了什么溶进水里给他喝。

因此，他会因为过分丰富的想象力产生巨大的排斥感，甚至一想到它就毛骨悚然。

以至只要这个女人给他喂水，他就条件反射地想拒绝。

“不多……是多少？”面对展清越模棱两可的回答，宁秋秋问道。这个问题很重要！

“这个……”展清越故意停顿了一下，等宁秋秋的拳头都握紧时，慢慢地说，“看情况，我能想起来……多少。”

这答案可太狡猾了，展清越的意思是，她懂事点儿，他就少想起来一点儿，少计较一点儿；她要是不懂事，那他可记满了她过去在他植物人状态时的“恶行”。

宁秋秋觉得她的墓志铭还要多添一句话：不要和“腹黑”男结婚。

哦，墓碑上再印个二维码，扫进去展示页面：我这一辈子被“腹黑”男坑得闻者落泪的故事。

“好吧。”宁秋秋眼睛一闭，豁出去了，“你想知道什么就问吧。”

展清越看了一眼旁边的凳子，说：“坐。”

听展清越这么一说，宁秋秋才感觉自己由于几天连轴转地工作，腰酸背疼，双脚跟灌了铅似的，于是不客气地坐下来。

“给我喝的……水里，烧了什……么？”展清越问出了他最关心的问题。

嗯？！

宁秋秋精神一振，他居然不知道她喂的是什么，她以为他是知道的。

那她选择坦白从宽呢，还是继续隐瞒呢？

如果她不说实话，那用什么来圆呢？他好像知道烧了东西，但不知道烧了什么。

也就是说，他听得到、闻得到，但看不到。

宁秋秋迅速分析掌握了敌情，最后决定还是坦白好了——毕竟她接下来还要有求于对方，如果这样一味隐瞒下去，她唯一带的这个“金手指”也就废了。

“符。”宁秋秋说，见展清越好像没太懂的样子，又说，“竹字头，付出的付。”

展清越：“……”

他想了很多种东西，但没想到是这个。

因为这玩意儿的效果显著，展清越猜得最多的是一种烧起来是烧纸味的草药，或者药物，甚至想了是什么烧纸味的化学品，但从没想过，宁秋秋居然给他喂符水！

他的心情瞬间一言难尽。

展清越抬眼看她，这么年轻漂亮的小姑娘，看起来也就二十出头，真不像是个会搞迷信的。他继续问道：“理由？”

短短这么一会儿的工夫，宁秋秋已经迅速组织好了一套措辞，说：“我小时候有幸碰到了一位世外高人，他教了我画符术。我画的符只要在你身边放几天，就可以沾染你身上的灵气，之后再烧了泡水给你喝下去，你的身体就可以迅速地康复并痊愈。你不信的话，我们试试？”

效果展清越自然是信的，但是这话……展清越说：“你师从何……人？改天，拜访一下这位……高人前辈。”

宁秋秋：“……”

不行！展清越的思维太缜密了，宁秋秋得把这个莫须有的师父扔得远远的，才不会露了马脚。

她说：“他教会我后就继续游历去了，他的名号、道观我也不清楚，他只让我叫他师父。现在……我没有他任何的联系方式，都不知道他身在何处、过得好不好，唉，一日为师，终身为父，我太不孝了。”

宁秋秋是演员出身，哭戏信手拈来。她悲从中来，病房里的气氛立刻被她营造得悲情满满，她甚至还流出了两滴眼泪。

不错，她挺聪明的，还知道用哭来蒙混。

人家女孩子都哭了，展清越也不是冷酷无情之人。他甚至伸出手，慢慢地从床头扯了一张纸，递过去：“不哭。”

为了防止他日后再问起，宁秋秋哭得更凶了。

展清越：“……”

然而，展清越发现自己太低估这女人顺着杆子往上爬的能力了。

翌日。

展清越才刚醒来，就看到宁秋秋提了一袋子东西进来，放在床头柜上，而后往外……掏出了一堆黄色的纸。

见展清越微微皱眉，明显对她的行为很不赞同，宁秋秋顿时垮下脸，泫然欲泣地说：“你是不是对我师父传授给我的这门手艺心存芥蒂？”

“没有。”展清越抽了抽眼角，没想到她还哭上瘾了，无声地叹了口气，妥协地说，“你弄吧。”

他也有阴沟里翻船的时候。

宁秋秋快乐地在他的床单下、被套里塞满了纸，其手法熟练得令人怀疑。并且她得寸进尺地嘱咐他要看着，不要让人发现了这些东西的存在。

她还挺不客气！

宁秋秋刚把东西塞好，就看到展清远和季微凉一起过来探望展清越。

宁秋秋猜测这二人在展清远去探完班到现在的这段时间里闹过一次分手。因为展清越醒了那么久了，季微凉都没出现过，而且她们俩在一个剧组，季微凉掩饰得再好，也是可以看出点儿端倪的。

不过这段时间宁秋秋把注意力都放在了展清越的身上，倒没管他们的爱恨情仇。和好也是意料中的事情，他们的爱情在恶毒女配角的捣乱下都能有好的结局，何况没有她捣乱？

“哥，我女朋友，姓季，季微凉。”展清远给展清越介绍。

季微凉礼貌地跟展清越打招呼：“展大哥，你好。”

展清越在外人面前都是很正经的，冲季微凉一点头：“你好。”

“一早听说展大哥醒来了，可之前我一直在剧组拍戏、赶通告，没过来看展大哥，拖到现在才来，失礼了。”季微凉带着歉意说，立刻把自己这么久没过来露面的事儿给圆了。

展清越：“无妨，坐。”

由于展清越的态度并不热情，季微凉有点儿尴尬。她看了展清远一眼，展清远并不怕展清越，他坐在床边，说：“哥，你第一次见准弟媳，都没有红包吗？”

“有。”展清越看了眼在一边玩手机的宁秋秋，说，“秋秋，给红包。”

宁秋秋：“……”

你敢更理直气壮一点儿吗？！

而且她给过红包了好不好？

宁秋秋在心里吐槽着，却听话地跑去封了个红包，递给季微凉，笑眯眯地说：“我的红包给过了，就不给了，这个是清越哥哥给的。”

季微凉：“……”

在来的路上展清远跟她说了，展清越还不知道自己和宁秋秋“结婚”的事情，为了不刺激展清越，这件事情绝对不能说漏嘴。

但目前从他们二人的相处模式和宁秋秋的话来看，季微凉怎么感觉他们已经说开了呢？

不过季微凉也不会刻意搞事情破坏自己的形象。她伸手接过来，说：“谢谢展大哥，谢谢……秋秋。”

“不用谢。”宁秋秋被她这个小媳妇的样子爽到了，“还有，你应该叫我嫂子。”

季微凉、展清远：“……”

“你们……”展清远不可思议地说，“说开了？”

他还觉得他哥肯定不会接受宁秋秋的，毕竟宁秋秋瞎闹就算了，但他哥是个理智冷静的人，断然不会相信什么冲喜，也不会因此跟一个只能算认识的女人双宿双飞的。

别看展清越的性格挺随和正经的，事实上他比谁都不好相处，心思比谁都深，能入他的眼的女人，不说聪慧睿智，起码不是宁秋秋这种类型。

在展清越的面前，宁秋秋忍住想戗展清远的冲动，温和地说：“是呢，弟弟。”

展清远：“……”

被戗习惯的他起了一身鸡皮疙瘩。

“哥，你也……没意见？”

展清越：“有，惧内。”

展清远的三观再次崩塌了。

他突然想起来那天在走廊，宁秋秋空手擒狗仔的样子，确实很有侠女风范，但不至于把这么暴力的手段用在他哥的身上吧？

他哥也不是那种坐以待毙的人，只要是他哥不愿意的事情，没有人能勉强。

他眼神复杂地看了眼宁秋秋，又见自家兄长还挺享受这种“惧内”的样子，瞬间明了，只怕这其实是人家小两口的情趣呢。

不过这个宁秋秋到底有什么魅力，让他哥可以在这么短的时间内接纳她？

虽然这阵子相处下来，他对她的印象确实越来越好——以前是他有偏见，宁秋秋不脑残、不任性的时候，其实挺有趣的。

宁秋秋接受着展清越的目光洗礼，甚至可以猜测到对方的心理活动，默默流泪，到底是谁惧谁的内啊？

“惧内”一词被重新定义，宁秋秋心里苦，但不能说。

展清越在外人面前话少，季微凉坐了半天也没说上两句话，气氛有点儿尴尬。她下午还有戏，所以再坐了一会儿便起身告辞。

“嫂子下午有戏吗？刚好我送微凉去片场，一起过去？”展清远临走时对宁秋秋说。

在兄长面前，他们还是有必要“和睦相处”一下。

宁秋秋不知道展清远突然表现和睦，是有意趁此机会再威胁一下她，还是有什么别的用意。不过既然对方都敢邀请她，她也不带怕的，说：“行啊，多谢了。”

告别了展清越，三人一起走出医院，坐上展清远的车。

依旧是展清远开车，季微凉坐在副驾驶座，宁秋秋坐后座。

“这场景怎么似曾相识？”宁秋秋在展清远说话前先犯了坏心思，故意说，“时光荏苒，上次这样当电灯泡的时候，我们还没进组，现在《飘摇》都快杀青了。”

展清远和季微凉闻言，脸色都难看起来，不约而同地想到了这部剧投资的事情。这件事情给他们造成了一道隔阂，前阵子二人闹分手，这件事情就被拿出来说事，如今和好了，两个人心照不宣地当作没发生过。

但有的人就是这么没眼色，不对，不是没眼色，她就是故意的。

展清远真是后悔动了一下“亲情心”，主动让宁秋秋上车。他沉着脸说：“你不说话，没人把你当哑巴。”

“但我会没有存在感哪。”宁秋秋可坏了，说，“我要多多在展总的面前刷刷存在感，以后有什么好投资、好电影，你才会想起我，我不介意被人说走后门、靠关系的。”

展清远都被这句话气笑了，说：“宁秋秋，我以前没发现，你这人心机挺深的。”

“心机深在我这边属于夸我聪明的褒义词，我不客气地收下了。”宁秋秋臭不要脸地说。

展清远见在自家大哥面前一副小媳妇样儿的宁秋秋，一脱离他大哥的视线就原形毕露，说：“我哥那人最恨人家把心机用在他的身上，你最好小心点儿。”

哟，这就威胁上了。宁秋秋笑道：“自古套路得人心嘛，不纯粹的人才不相信爱情呢，是不是，季小姐？”

季微凉愣了一下，才反应过来，对方是在指宁秋秋刚嫁进展家那会儿的事儿，她说让宁秋秋一定要和展大哥天长地久，才能让他们这些不纯粹的人更加相信爱情。

如今，人家真的等到展清越醒来并且没有分开，而不是为了近水楼台先得月，这一巴掌扇过来，可真令人脸疼。

这会儿她只能装不懂。季微凉淡漠地说："我不懂你在说什么。"

宁秋秋笑了笑，没有再接话。

该懂的季微凉自然都懂。

宁秋秋真觉得自己很有恶毒女配角的潜质，季微凉估计已经气得恨不得手撕了她。

展清远不知道她们之间的事情，冷笑一声说："那祝你用套路套住我大哥的心。"

"哦，谢谢啊，我会努力的。"宁秋秋说，心里却想着，你大哥少"套路"我两次就够了，还我"套路"他，我有那个能耐和智商吗？

车内一时安静下来，刚好宁秋秋的手机响了起来，提示有微信信息。宁秋秋拿出手机看了眼，是她的经纪人瞿华发来的。

瞿华："哎呀，小啾啾，你的微博好久没更新，都要发霉了，快发个自拍什么的和粉丝互动一下，听到请回答！"

宁秋秋："知道了。"

宁秋秋打开微博，上一条微博是她和那个美妆品牌签订合同，对方发了官宣微博，她转发的，都过去好久了。

宁秋秋知道微博也是让粉丝记住她的一大工具，确实很重要。她反省了一下自己最近太沉迷于男色，居然连事业都丢下了，不然更博这种事情，她还是比较勤奋的。

她终于理解古人"从此君王不早朝"的那种心情了。

宁秋秋打开发微博的界面，选择上传图片，看看相册里面哪张自拍可以直接上传。她可不想在展清远的车里自恋地自拍，显得很幼稚、很没气场。

相册刚刷新，映入眼帘的最新照片是展清越写的那首《静夜思》。宁秋秋嘴上嫌弃人家，其实背后美滋滋地拍了照，把展清越醒来后写的第一幅字长久地保存起来。

就发它吧！

宁秋秋上传了图片，配字："静夜·思。"

等到了片场，宁秋秋打开微博看了一眼，着实被跳出来的两万多条评论吓了一跳。什么时候她发微博的影响力这么大了？！

趁着化妆师给她弄头发的时候，宁秋秋刷了一下评论。

离人心上啾："'啾'和颜文字萌得我一脸血，'啾毛'也在静夜里思念你呀！"

你蒸煮糊了："这是宁秋秋的字？丑瞎了，哈哈哈，我能笑一年，我用脚写的都不是这个水平。"

小桔梗呀："这字不是啾啾的呀，啾啾的字可清秀了，这明明是哪个粉丝送给啾啾的吧，有些人真是强行'尬黑'。顺便说一下，热评那位用脚能写出一个比这水平高的来？"

头顶青天：“看笔锋是男生的字呀，盲猜一下是方老师的，在静夜里思念你，呜呜，好甜！”

宁秋秋看到这条评论，眼皮跳了一下，果然这条点赞量排在热评第四的评论底下已经被刷了一万多条回复……

她点进去看了一下回复，都是方谨然的粉丝留的。

请叫我方夫人：“你有病吧？方老师的字没见过？”

小呀小方块：“然然我抱走了。”

至死也会爱然然：“大家别回了，这肯定是人家的炒作手段呢，别中了人家的圈套，‘小方块’都回超话吧，别给人家增加热度了。”

底下都是诸如此类的戾气很重的回复，宁秋秋看得哑然失笑。方谨然是突然爆红的，粉丝多，什么妖魔鬼怪都有，“女友粉”更是成堆，他家的粉丝和好几个明星的粉丝吵过架了，跟蝗虫过境一样，十分可怕。

问题是方谨然这个看着这么高冷，实际上很喜欢交朋友的人，看到自己的粉丝这样，以后碰到那些人都会很尴尬吧？

粉丝行为，偶像买单。

要不是她已经和展清越在一起了，说不定还真会接那个恋爱真人秀节目，帮方谨然狠狠地打醒这些沉浸在想象里的粉丝。

那场面一定很精彩。

不过宁秋秋也只是想想，这种事情她是爱莫能助了。她还有几天就杀青了，和方谨然也只能算过年发个祝福的普通朋友，拍的戏多了，就会认识很多这样的“朋友”。

然而令她没料到的是，她的这条微博又掀起了一场“血雨腥风”。

宁秋秋自己也有一定的粉丝基础，虽然不及方谨然的强大，可是方谨然的粉丝在她的微博底下这样公然说她，她的粉丝肯定是不服的。本来和平共处了一段时间的两家粉丝再次有了摩擦。

展清越平时不关注娱乐八卦，也不用微博、贴吧一类的社交软件，不过这些平台还是会给他的手机推送一些八卦新闻。

比如现在，展清越打开手机，就收到一条推送的新闻：方谨然、宁秋秋粉丝在微博公然开撕。

本来准备直接无视划掉的展清越手指一顿，不由得选了点击进入查看。

这条新闻详细阐述了方谨然的粉丝和宁秋秋的粉丝因为某个 CP 粉的评论，掀起了这场来势汹汹的争论。展清越昏迷多时，加上本来就不关注娱乐圈的那些东西，现在对新闻里写的很多词也是一知半解，不过可以联系上下文猜出个大概。

新闻还贴了双方粉丝骂战的截图，从截图的评论来看，方谨然的粉丝以压倒性的优势取得了这场“战争”的胜利。

文章最后写着：“那么问题来了，小编也非常好奇，导致这场冲突的这幅歪歪扭扭的狗爬字，究竟出于谁的手呢？”

文章最后紧跟了一张图，就是他赠送给宁秋秋的那幅字。

展清越：“……”

歪歪扭扭的狗爬字……很好，宁秋秋。

宁秋秋到医院时，在外间陪展老爷子看书的晶晶趁着展老爷子不注意，向她做了一个抹脖子、翻白眼的动作，表情极其夸张，示意她要遭殃了。

不过晶晶只敢警告不敢明说——胳膊肘儿不能往外拐，不然会死得很惨。

宁秋秋立刻回想了一下自己这两天的“罪行”，由于要杀青了，很忙，并没有什么时间去搞事情。她除了两天没来医院，好像并没有做什么罪恶滔天的事儿。

至于微博上的事情，展清越并不用微博，应该不会发现。而且这件事情也不算她的错，她还秀了一下他的字呢，虽然字丑了一点儿，但也没指名道姓，展清越不至于这么小气。

他应该感到美滋滋才对。

难道她两天没过来，展清越太思念自己了导致心里不爽？

她都不信这个鬼理由。

宁秋秋和展老爷子打了招呼、说了一会儿话，才走进里间的病房里，意外地发现病房里有个陌生男人，西装革履，头发梳得一丝不苟，一副精英范儿。

“宁小姐。”周扬见过一次宁秋秋，知道她。

“嗯。”宁秋秋看了他一眼，不认识。

“那我先走了，展先生，有什么事情，您打电话或者发邮件联系我。”周扬很有分寸地说。他从来不会去关注上司的私生活，除非必须。

展清越点了点头，周扬出去了。

“我助理，周扬。”展清越见宁秋秋一脸迷惑的表情，给她介绍。

“哦，你准备……”宁秋秋还没把话说完，就看到了放在床头柜上的一沓文件，封面上明白地写着“宁和有限公司近况”。

宁秋秋脸色一变：“展先生这是什么意思？”

他无缘无故地去调查宁和，是怀疑她之前的话有假，还是别有用意？

展清越慢慢伸手去拿那沓周扬刚送过来、自己还来不及看的文件，说：“做个理想的……女婿。”

理想的女婿？！

宁秋秋停顿了一下才想起来，对方是在指之前她和贾晴说，自己不被她爸指望，她爸指望她嫁个商业天才帮忙管理家业的话呢。

“你这是……要帮我们家吗？”宁秋秋蓦然抬头看他。

“只要你家……不介意。”展清越云淡风轻地回答。

“不介意的！”宁秋秋立刻说。面对这样贴心、卧病在床还想着要帮她的展清越，宁秋秋心里有说不出的感动之情，觉得浑身都起了鸡皮疙瘩，她在身侧的手紧了紧："谢谢啊，我刚刚……"

"无妨。"展清越大方地表示不计较，"不知者……无罪。"

"那，我回头跟我爸说说，他肯定很高兴你去帮他的！"宁秋秋开心道。

宁和是她爸从她爷爷的手中接过的家业。因为经营不善，随着现在日新月异的社会发展，宁和出现了各种旧制度没法儿适应新形势的问题，才会走到这一步。她希望展清越这种在商业方面有天分的人，有能力让宁和起死回生。

"先别……急，"展清越从那一沓文件中抽出一张纸，"在此之前，先算个……账。"

宁秋秋不明白他说的是什么"账"。

宁秋秋接过他手中的纸，只见上面印着他送给她的那首诗，还写着：那么问题来了，小编也非常好奇，导致这场冲突的这幅歪歪扭扭的狗爬字，究竟出于谁的手呢？

宁秋秋："……"

这是哪家新闻媒体这么缺德？会不会说话啊？

这就是小艺人的悲哀，连媒体都敢瞎说，要是换作什么知名艺人，媒体要敢这样写，早就收到律师函了。

"我可以解释！"宁秋秋十分冤枉，明明展清越不关注这些娱乐新闻的，为什么会看到这个，还打印出来了？

展清越一抬下巴，让她说。

"我的经纪人让我发个微博，我一时间没想好发什么，刚好翻到你送给我的这幅字，就想着这么有纪念意义的事情，必须得发微博庆祝一下，就……发了，我也没想到会引起这么大的反响。"

她也是受害者好吗？她激动地想炫耀一下，结果搞出了这么多事情。

"诗……给我。"展清越说。

面对对方公然索取送给她的东西，宁秋秋敢怒不敢言，从包里翻出那张纸，递过去。

展清越当着她的面慢慢地把纸撕了，就在宁秋秋心痛不已时，又抽出一张纸，说："用这个……发。"

展清越递给她的纸上依旧写着《静夜思》，甚至连那个表情和"啾"都还在，只不过字体已经不是歪歪斜斜、像狗爬一样，而是苍劲挺拔、行云流水。

"这是……你新写的？"宁秋秋感到不可思议。他也太较真儿了吧？要知道以他现在的身体状态，写出这个可不容易，估计写废了不少。

展清越没承认也没否认，算是默认了。

没想到你的偶像包袱这么重啊，展先生！

当天，宁秋秋的微博又更新了。

她转发之前发的那条微博，写道："这幅字是对我很重要的人送的。他出事伤了大脑，这是他复健后写出来的第一幅字，在我眼中，它比巍峨的山河大气，比秀丽的山峦优美。"

她还在转发的微博下附上了展清越重新写的那幅字。

这回微博底下终于不是掐架，而是满满的祝福和夸她附上的那幅新字好看的评论。

看展清越终于满意了，宁秋秋简直要泪流满面了。当一个记仇、偶像包袱有一吨重的人的老婆，她容易吗？

不容易！她不仅要应付他的套路，还要会吹“彩虹屁”。

要不是展清越表示愿意出手援助宁家，她一定要好好考虑为了美色与“金手指”而天天生活在水深火热中值不值得。

当晚，宁秋秋跟她爸说了展清越表示愿意出手帮助宁家的事情。宁父不跟宁秋秋说公司的事情，是因为说了宁秋秋也帮不上忙，反而让她跟着承受压力。可展清越这个女婿愿意帮他，他还是非常高兴的，当即表示没有问题。

于是，展清越以“顾问”的身份远程操纵，强势进驻宁和内部。

宁秋秋只是个传话的，对于做生意的事情一概不懂。不过她本来想等展清越再恢复一些，跟他商量一下开娱乐公司的事情，看看有没有搞头，但现在他插手自家企业的事情，恐怕没有这个精力，宁秋秋就暂时不去烦他了。

历经三个多月的拍摄，宁秋秋在《飘摇》的戏份终于要杀青了。

她的最后一场戏是男主角收复了西京国，擒了他们的王，把她从那个困了她多年的牢笼里拯救出来。

“这场戏和当时云瑶出嫁的那场是遥相呼应的。”孙导正在跟他们说戏，“不过多年在边境蛮夷之地生活，云瑶历经风霜，心境完全变了，不再有少女的阳光、朝气与羞涩，面对自己喜欢的人，要体现出沧桑而平和的心态，懂吧？”

宁秋秋点头，表示懂了。

孙导又说了几句，然后招呼大家开工。

等孙导喊了开始后，云瑶从载着她由边境回来的豪华车舆里出来，与在城门处迎接的男主角相见。这时的她满身风霜，已经完全没有了几年前大家闺秀的端庄模样，而男主角则意气风发，正是人生最风华正茂之时。

云瑶望着自己多年来一直藏在心里的人，内心百感交集，给男主角行了个万福礼。同时，男主角则深深敬佩并且感激云瑶，不顾自己九五之尊的身份，朝云瑶做了个大揖。

两个人几乎在同一时间行礼，好像有多年的默契一般，又相视一笑，千言万语化作男主角的一句“欢迎回家”。宁秋秋杀青。

等导演喊“过了”之后，大家纷纷上前恭喜宁秋秋。她这阵子在剧组的人际关系搞得不错，很多人都准备了小礼物送给她。

连扮演她老公的演员江杰，也满身挂着道具链子过来跟她合影，调皮地说：“恭喜杀青啊王妃，本王会想你的。”

宁秋秋和他的对手戏最多，两个人早已十分熟悉了，她说：“还是别想了，我怕。”

“我更怕呢。”江杰哭丧着脸说，“电视剧播出后我肯定是人人喊打的人渣，求王妃罩我！”

“别，我可罩不住，看在演过夫妻的分儿上，我会少踩你两脚的。”

大家听到这话都笑了起来。

这时，方谨然也走过来。两个人最近因为粉丝掐架的事情闹得有点儿尴尬，方谨然看着她，随意地拍了拍她的肩膀说：“恭喜杀青，祝你以后星途坦荡，一路上有良人为伴。”

宁秋秋被他一本正经的样子逗笑了，说：“谢谢啊，收下祝福，等你们杀青了一起去吃海底捞。”

海底捞是他们剧组的一个“梗”。之前他们在山里拍摄，条件艰苦，导演就鼓励他们说拍完请大家吃海底捞。于是大家就把“吃导演请的海底捞”当成互相调侃的话，谁的拍摄状态有问题，大家就用“为了吃上导演的海底捞”来鼓励他，久而久之海底捞成了他们剧组的“吉祥餐”。

本以为杀青后真的要沦为只有年节问候的朋友的方谨然闻言，眼睛一亮，说：“那一言为定。”

宁秋秋微笑道：“当然一言为定。”

由于其他主演还有几天的戏，宁秋秋杀青时剧组就准备了一个蛋糕，让她切了和大家一起吃。她吃完蛋糕，刚好过来接她的瞿华也到了，瞿华按照她的吩咐，给剧组的人都准备了一份小礼物，心意满满。

“以前我真的不敢想象你在剧组的人缘儿能这么好！”宁秋秋和大家挥别后坐上车，瞿华看到她收的一堆礼物，感慨地说。

当初宁秋秋进剧组，他以为她会像在女团的时候一样，成为最不讨人喜欢的那一个，毕竟女团里的其他七个人，没一个人跟她合得来。

“没办法，谁叫我人见人爱呢。”宁秋秋臭不要脸地说。

“对对，我们家啾啾最惹人喜爱。”瞿华笑眯眯地说，“对了，你想体验一下乡下的生活吗，小啾啾？”

“什么乡下生活？”宁秋秋生出浓浓的不祥的预感，警惕地看着瞿华，“我跟你说，我四体不勤，五谷不分，体验太‘硬核’的乡下生活我肯定要被喷。”

最近瞿华热衷于给她接真人秀节目。宁秋秋严重怀疑瞿华要把她送到《变形计》一类的综艺里，毕竟她可是自己承认的富三代，那些网友可喜欢看她这种十指不沾阳春水的大小姐去那种地方体验生活，看她出丑了。

“想哪儿去了？我是那种人吗？呜呜呜，小啾啾这样看我，我真伤心！”

“说正事。”宁秋秋面无表情地说。

“好吧，你好凶啊！”瞿华说完，见宁秋秋又递了一个眼刀子过来，忙举手投降，正经地说，“今年不是竹鼠大热吗？你懂的吧，然后有个真人秀节目，就是去乡下养竹鼠的，叫《我和漂亮竹鼠的日常》，虽然是小制作，但我看这个主题挺有意思的，肯定会火！”

宁秋秋真是佩服现在人的脑子了，连养竹鼠都想出来了。宁秋秋甚至可以想象到时候“这只竹鼠中暑了”“这只竹鼠真漂亮”“这只竹鼠打架受伤了”之类的“梗”出现在节目里。

在瞿华期待的目光下，宁秋秋硬着头皮说：“可以吧。”

综艺节目毕竟不像拍电视剧需要耗费大量的时间和人力，只要不是口碑太烂，像他们这种小艺人都会秉承能多曝光就多曝光的原则接的。

如今这个真人秀节目，虽然是小制作，据说连个在正经的电视台播出的机会都没有，只能网播，但以她现在的知名度，能在真人秀节目中做常驻嘉宾就不错了，她没的挑。

“那好。”瞿华见她答应了，一拍手，说，“节目行程比较紧，就在下周，地点是G市，我知道这样对你而言比较辛苦，录制期间我不给你安排别的工作，你边拍边休息，好吗？”

这还询问她的意见？他连行程都给她安排好了，分明是通知一下她。

宁秋秋鄙视地看了他一眼。

宁秋秋先和瞿华去了一趟公司，把这阵子积累的一些合同签了，然后交接了接下来的工作行程。

等到忙完工作，宁秋秋拖着腰酸背痛的身体来到医院，展清越已经睡着了。

他最近的作息几乎与常人无异，在精心的治疗和细心的照顾下，他不但能说话、写字，连身体也开始恢复了，把他扶起来，他能在床上坐好一会儿，渐渐地从全身不遂的状态向半身不遂的状态进步。

展老爷子正准备回去，看她一脸疲惫，也让她别在这里守着了，跟他一起回家休息去，顺便还有一件事情要跟她说。

宁秋秋其实也身心俱疲，为了防止敌人在她精神防备降到最低的状态下“套路”她，她愉快地跟着展老爷子跑了，把展清越一个人丢在医院里。

“秋秋最近辛苦了。”展老爷子见宁秋秋面有倦色，心疼地说。

“不辛苦的，爷爷。”宁秋秋冲他笑了笑，“我的戏拍完了，接下来的一周都能休息呢。”

“嗯，你也不用太拼，咱展家别的不说，养你还是没问题的。”展老爷子对这个孙媳妇是越看越满意，加上展清越知道他们之间的关系后并没有反对这件事情，心里更加满意。

宁秋秋挽住他的胳膊说：“谢谢爷爷。”

“清越最近身体恢复得很好，医生说治疗方面的需求已经不大了，我准备把他转到疗养院去做康复。”

“嗯，可以呀。”宁秋秋知道展老爷子的安排肯定是最妥当的，“您安排就好。”

“我打算把他安排到一个老朋友开的疗养院，那家疗养院不在本市，A市这边的环境太差。”展老爷子说到这里，看着她说，“别的都好说，我就担心你因为工作没办法一起。”

A市作为超级大都市，车水马龙，基本已经没有什么山清水秀的地方，确实不适合疗养。而展老爷子老朋友的疗养院，无论是环境还是器材设备，都比A市这边的疗养院好，展清越在那边可以得到最好的康复治疗。

可宁秋秋的公司在这边，她虽然因为工作全国飞，但最终扎根的地方还是A市，骤然换个地方，于她而言有诸多不便。

所以展清越转移阵地，展老爷子第一个考虑的就是宁秋秋。

“嗯？在什么地方啊？”宁秋秋一愣。换地方她是料到了，那家私人医院虽然各方面条件都好，但毕竟是医院，天天都有生老病死的人，长此以往地住下去，身体还没恢复，精神先出问题了。

换城市却是出乎她的意料。

展老爷子："G 市。"

这不是巧了嘛。宁秋秋说："我接下来的工作也刚好在 G 市，会在那边待一段时间。"

宁秋秋这边没意见了，展老爷子就让人紧锣密鼓地准备起来，把该运过去的东西先运过去，那边也要准备好照顾他们的人，雇好照顾他们生活起居的保姆、用人。

毕竟他们要在那边生活一段时间，什么工作都要安排妥当。

宁秋秋刚杀青，瞿华"大方"地给她放了一周的假，什么工作都没给她安排。刚好宁秋秋养在展清越身边的符也该养好了，宁秋秋找了个展老爷子没过来、展清远也肯定不会来的时间，把晶晶、陈毅都支开了，锁上门，把那些符都找出来。

依旧养残了大部分，只有三四张成功了。

"我以为你醒了之后，养坏的这种情况会少一点儿的。"宁秋秋郁闷地把那些失败品揉成团塞进袋子里，内心滴血。

这些符都是她一笔一画画出来的，就算再熟练，一张也要画个好几分钟，这么多张画下来，她手酸、脖子酸，结果说坏就坏了。

展清越看她漂亮的脸都皱成一团了，居然没有丝毫同情心。他淡淡一笑，主动背黑锅："怪我。"

"不不不，不怪你！"宁秋秋哪里敢让他背黑锅，她还想多活几年，"怪我不够努力！"

展清越没跟她争，只是问道："养符，什么道理？"

这个……宁秋秋眼珠子一转，说："这是有讲究的，你的身体属于至阳至刚之体，而普通符纸没有这方面的威力，所以需要放在你这种体质的人身边。人养符，符养人，一段时间后，你身上的阳刚之气就会渗透到符纸上，让它们沾染你身上的气息。当然，不是每张符都能承受这种刚猛之气的，所以就会出现养坏的情况。"

展清越："……"

这人真会瞎编。

不过他没有戳穿对方，而是若有所思地点了点头，说："我的八字……好像不属……于至阳至刚。"

宁秋秋没想到对方这种相信科学不迷信的人还知道自己的八字是什么属性，忙说："体质！体质是这样，与八字无关的！"

说完，为了让展清越不再深究这个问题，宁秋秋从包包里翻出随身携带的打火机，把其中一张符烧了，溶进水里，递到他的嘴边："喝吧，展先生。"

展清越："……"

他对这玩意儿是真的有心理阴影。

尤其是杯子的底部，还沉淀了一层纸灰……

宁秋秋见他微皱着眉，跟不愿意吃药的小孩子一般，顿时觉得他这样终于像一个有了点儿人间烟火气息的普通人，而不是一醒来，都还不能动，就把她吃得死死的那个大魔王。

想了想，她从自己的包里翻出一块巧克力，矜持地递过去，说："喝完吃块巧克力，心情倍儿爽。"

展清越再次："……"

这时，门外传来敲门声。宁秋秋一怔，赶紧手忙脚乱地把符纸收进包里，拉上拉链，又看着展清越飞速地把水喝掉，把两个人之间的小秘密彻底掩盖起来，才深呼了一口气，跑去开门。

来人是她妈。

"妈，你不是说下午才过来吗？"宁秋秋见她大包小包地提了一堆，哭笑不得，"您又买了什么东西？"

"保健品，都是别人用过后觉得超有用我才买的，绝对靠谱！"

"哪个别人哪？"

"就是靠谱的朋友啊，还有从那些大药店问的呀……你这是什么眼神？妈买的都是超贵的，还有托人从国外带回来的，不是那种忽悠人的传销保健品，错不了的。"

宁秋秋哭笑不得，想到温玲其实也是为了展清越好，也就没做评价了，只是说："现在清越哥哥吃的东西、用的器材都是医生那边严格限定的，您买了他现在也用不着。"

"现在用不着以后用，我这不是心意嘛，买给我女婿，我乐意。"温玲无所谓地说。

宁秋秋："……"

唉，算了，宁秋秋也不试图改变温玲的性格了。

她开心就好。

温玲知道展清越醒着，开心地进屋找他聊天去了。

展清越在温玲面前，又摆出正经的一面，不过相较之前对待季微凉的态度，少了点儿客气，多了几分谦和。

"岳母。"展清越面不改色地称呼她，"请坐。"

温玲知道他们说开了，还是第一次听他这样叫自己，顿时笑得眼睛都眯成了一条缝儿，应声道："哎，最近身体好点儿了吗？我听秋秋说你恢复得很好，都能坐着了。"

"嗯。"展清越说，"让您挂……心了。"

"最挂心的还是我们家秋秋。"温玲趁机夸耀自己的女儿，"在你昏迷的时候，她可尽心地照顾你啦，我这女儿从小锦衣玉食、饭来张口，从来没有照顾过别人。她对你，天地可鉴。"

宁秋秋："……"

亲妈，你吹牛都不会脸红的吗？

"是吗？"展清越看了一眼已经淡然得快要立地成佛的宁秋秋，轻笑，"那谢谢……秋秋。"

宁秋秋面无表情地说："不用谢。"

温玲眉飞色舞地跟展清越聊了好一会儿。大概是上次宁秋秋不在的时候，展清越把温玲嘴里的话都套光了，这次聊天居然规规矩矩，一个陷阱都没给温玲挖，就陪她说些杂七杂八的无聊话。

聊了小半天，宁秋秋见展清越面露倦色，知道他坐久了不舒服，便和温玲说：“妈，时候不早了，您早点儿回去吧，清越哥哥要休息啦。”

“哎，好，那你好好休息呀清越，我和她爸过些时候来看你。”

“好。”展清越不着痕迹地捧了一下温玲，说，“和您聊天……很愉快，秋秋有趣……是因为从小……受您的……熏陶？”

温玲被这么一捧十分高兴，说：“对呢，秋秋从小就是我自己带的，深受我的影响。”

宁秋秋已经不想吐槽了，帮温玲拿起包，准备送她出去。

“秋秋很厉害。”展清越说，“小时候……有高人指点……吧？”

宁秋秋愣了一下。

她想阻止温玲已经来不及了。温玲笑着说：“哪里有什么高人？她很小的时候差点儿被人贩子拐走，以致给我留下了心理阴影，都不敢让她和陌生人接触。唉，我说这个干吗？我先走啦，你好好休息，别累着了。”

展清越看了眼宁秋秋，含笑道：“好。”

宁秋秋彻底服了。展家和宁家是世交，关于宁秋秋差点儿被人贩子拐走这么大的事情，展清越肯定也听说过，所以她之前跟展清越说她会画符是小时候受了高人的指点，其实出现了漏洞，他故意没在之前戳穿她，现在让温玲说出来，显得铁证如山，她想圆都圆不过去。

这个男人太可怕了。宁秋秋突然觉得，说不定在她以为蒙混过关，甜甜蜜蜜地让展清越养符、喝符水时，人家已经冷眼旁观她这个撒谎精了。

等下她回去，展清越肯定又是一顿质问，非要把她的老底儿扒出来才甘心。

而且她的老底儿，在展清越看来估计也是谎言。

毕竟一切都不能用科学来解释。

想到这里，宁秋秋心里起了一阵冷意。

展清越这种人心思极深，她根本玩不过。

展清越见宁秋秋送走了温玲，回到病房后就开始动作很重地把自己留在医院的东西往包里扔，微皱眉问：“怎么了？”

“我不跟你玩了！”宁秋秋把背包的拉链一拉，恶狠狠地说，“我要离婚！”

展清越没想到这样就把宁秋秋惹奓毛了。

在他看来，说谎的人，除非有完美的法子保证自己的谎言不会被看穿，不然一开始就要做好被戳穿的准备。她这般恼羞成怒，倒是有点儿出乎他的意料。

他寻思着这会儿如果说我们根本没结婚，对方会是什么反应……

这个反应的威力必定不亚于最厉害的核武器，他现在半身不遂的，还是不要体会为妙，故而从善如流地说：“抱歉，是我不对。”

宁秋秋是真的生气了，一点儿都不吃这套：“道歉也没用，看破不说破你懂吗，展先生？”

看她这理直气壮的样子，展清越一挑眉，说：“宁和……不要我帮……忙了？”

“不要了。”宁秋秋负气地说，“三条腿的蛤蟆不好找，两条腿的男人多的是，凭我的条件，找个能救我们家的男人嫁了还不容易？”

展清越被噎了一下，又听到宁秋秋说：“你这人心机太重、手太黑，玩人跟猫玩小老鼠一样，注定没朋友！”

展清越：“……”

这话说得展清越好好地反省了一下自己。他的父亲身体不好，叔、伯对他们家的企业虎视眈眈，他很年轻时就被当作继承人培养，故而年纪轻轻就在商场里摸爬滚打，自然深谙生存规则，深知摁人就要彻底摁死的生存之道。

如今他一不小心就把这个习惯也用在了宁秋秋的身上，好像确实很不妥。

毕竟对方的身份不同，而且她是个女孩子，对待方式也要有所不同，他这样子对她，她肯定下不来台的。

于是展清越说：“那我……改。”

宁秋秋一脸“我看你怎么改”的表情。

“这事儿……不提了。”展清越抛出一颗大甜枣。

“……”

“以后，随你养……符。”

展清越毕竟智商在线。宁秋秋之前跟他说，她画的符只要在他的身边放几天，就可以沾染他身上的灵气，已经让他产生了怀疑。

之后宁秋秋熟练地把符塞在他的床周围，这种动静在他昏迷但有意识的时候出现过数次，再结合宁秋秋扯的什么阳刚之气，展清越迅速得出一个结论：宁秋秋画的那些符，怕是确实要在他身边放几天才有作用。

虽然这一切都很不可思议，甚至超越了常人的想象，可是他都亲自体验到它的用处了，那自然就有它存在的道理。

所以，即便现在宁秋秋说自己是一个什么妖或者什么女鬼，他大概都不会惊讶了。

宁秋秋之所以愿意嫁给他，是因为家里的事业这种话很扯淡，毕竟如她所说，以她的条件，想嫁个对她家有帮助的人轻而易举，对方再怎么差，也比植物人好。

所以宁秋秋嫁给他，估计也和他拥有这种体质有关系。

他抬眼看到宁秋秋听到这句话时眼睛一亮，已经证明了他的猜测，果然……

既然对方不是为了害他，而且目前看来，他也没有受到不好的影响，那这种不可思议的事情，就随她吧。

展清越打定主意，嘴上更加跟抹了蜜一般，说：“秋秋，不生气……了。”

宁秋秋一脸惊讶地看着他。

他怎么突然说起了人话？

“乖。”敌人的火力再次加强。

宁秋秋顿时被这个字哄开心了，保留最后的一丝小脾气，说：“那你得保证。”

“我保证，一言九……鼎。”

宁秋秋得了大好处，内心美滋滋，表面上心不甘情不愿地把包一放，说：“看在你这么有诚心的分儿上，原谅你一次。”

展清越一笑：“多谢展夫人，大人有大……量。”

宁秋秋：“……”

你就知道我喜欢听什么，拣什么好听的来说吧？

两个人之间的第一次“矛盾”由双方共同做出让步而息战。事后宁秋秋想起来都觉得自己的行为幼稚得过分，跟三岁小孩儿闹矛盾一样，关键是展清越居然也愿意陪她闹。

她以为自己提出离婚之类的要求，展清越会毫不犹豫地同意，甚至轻飘飘地说一句“我们什么时候结过婚了”来结束这段关系。

毕竟看他对贾晴那副绝情的样子，就知道他是不会勉强自己面对一个不喜欢的人的。

然而，他非但没有同意，还让步哄她了，这是不是代表……

可是，她好像真没感受到对方的丝毫爱意。

更大的可能是，展清越还需要她的能力。毕竟他现在还半身不遂呢，医生说完全康复最快都要半年时间，甚至不止半年，既然可以走捷径，展清越当然选择少躺一天是一天。

不过没关系，宁秋秋握拳，迟早让你爱我爱得死去活来，哼，男人。

由于要去外地住一段时间，在此之前，展清越提出想回家住几天。虽然他在家里躺了一年多，可在他的记忆里，已经好久未回去了。

现在他不用插任何管子、仪器了，回去并不麻烦，所以这个愿望很容易被满足。

展清越在医院醒来的事情，除了最亲的亲人，闲杂人等一概不知，主要是怕访客太多影响展清越休息。

这次出院却忽然大张旗鼓起来。当晚，展清越便请了一干亲戚来家里吃饭。

展家的亲戚里，展母那边的已经没有来往了，展清越请的基本就是展家这边的叔、伯、兄弟，以及由展老爷子的兄弟和堂兄弟繁衍出来的后代，林林总总算起来也有不少人。

展家这边的亲戚，除了个别跟他们关系好的，其他个个都不是省油的灯。

无论是当初展父去世，还是之后展清越出事，这些人都给他们家制造了不小的压力。幸好展家无论是稳重的老大还是浪荡的老二，都是争气的，才没让他们家这么大的家业被旁人分杯羹去。

展老爷子兄弟的儿子展明朗和展老爷子堂哥的大孙子展清枫是最早到的，二人在门外碰了个正着。

客套了一番后，展明朗说：“他们家怎么突然请客了？老头子的生日也还没到吧，又搞什么鸿门宴？”

展清枫轻哼一声说：“谁知道，他们家不是向来看不起我们这些‘落魄兄弟’吗？说不定是跟着落魄了找我们讨教一下落魄人士的生存之道呢。”

展明朗说：“瘦死的骆驼比马大，他们家再落魄也还威风。”

“二叔，您这就错了，别看他们现在威风，其实底子已经烂透了，只要展清越一天不醒，展清远那个败家子迟早把他们家败空。”

展清远的二世祖形象深入人心，加上他“登基”才两年，要先解决外患，还没有太多精力去动自家的内忧，只给了他们小教训，让他们不敢对自家伸手。

所以他们就觉得展清远不行。展明朗闻言笑道：“他们家厉害啊，一个病了一个不行，也是天要灭他们，好惨哪。”

两个人把展清越他们家奚落了一番，直到二人内心都快乐且满足了才敲门进去，却在看到客厅里端端正正地坐在轮椅上的展清越时，差点儿吓得活活背过气去。

这是两个人的第一心声：一定是他们进门的方式不对。

“清……清……清……清越？”展明朗甚至揉了揉自己的眼睛，“你怎么醒了？”

展清越抬眸：“二叔的意思是，我不能醒？”

展清越说话已经利索很多了，只要不是说长的句子，都不会出现魔鬼式断句。

所以他尽量说短句，就更显得寡言高冷。

“不是，不是，我不是这个意思！”展明朗为自己辩解，“我这不是看你醒了，激动嘛！”

“对啊，大哥，你醒了也没通知大伙儿一声，刚突然看到你，我真以为自己眼花了呢。”展清枫说。

“哦，忘了。”展清越说。

这是什么鬼理由？

但叔侄二人不敢表示什么。

展清越一抬下巴：“坐。”

二人交换了眼神，都从对方的眼神中读出了“不想坐”的意思，可现在跑已经来不及了。

展明朗、展清枫到达后，其他人也陆续到齐，见到展清越，都是一副见鬼的表情。

展清越虽昏迷了两年，但余威犹在，被他收拾过的人，可都记得这位表面正经、好相处的人心有多黑。

宁秋秋扫视了一圈众人的表情，内心得到了巨大的安慰：原来不止她一个人怕展清越，大家都对他有心理阴影，看来都是被坑过的人。

“有没有觉得大表哥很威风？”林汐恬跟宁秋秋在二楼看了一圈楼下的人，小声问她。

宁秋秋面无表情地回答：“威风死了。”

“你怎么一副对我大表哥很有意见的样子？”林汐恬看宁秋秋的表情问道，“你不会……已经被我大表哥坑过了吧？”

“怎么可能！”宁秋秋打死也不承认自己天天被坑的事实，“他坑我做什么？”

“那倒也是。”林汐恬点点头，“他除了坑我们这些兄弟姐妹，不坑女孩子的，尤其是你这么漂亮的女孩子。”

这话深深地伤了宁秋秋脆弱的心，她泪流满面，是她长得太像姐妹，还是她长得太像女汉子？

展清越不会一直把她当成妹妹看吧……八点档的电视剧也不带这么“狗血”的。

然而，就怕更“狗血”的是，展清越一直把她当成兄弟看。

展清越见到她就一拍肩膀：“咱哥儿俩谁跟谁啊。”

宁秋秋起了一身鸡皮疙瘩。

贾晴跟她的父亲也过来了，林汐恬就被贾晴叫走了。

贾晴知道展清越醒来后，也等于贾家知道了，贾家送了大礼，所以今天这个客不请，下次都得单独请，索性就一起请了。

用展清越的话来说，热闹点儿好，他好久没体验过热闹了。

这话当时还骗了宁秋秋几分真情实感的同情心，从现在这局势看来，恐怕他眼中的热闹不是她理解的那个热闹。

宁秋秋的父母当然也受到了邀请，温玲上车的时候已经跟宁秋秋打过招呼了，宁秋秋估摸着时间去门外等他们。

“宁秋秋。”宁秋秋边低头玩着手机边等宁父、宁母时，听到一个略带几分张扬的声音叫她的名字。

她抬头看了一眼来人，原主认识的，展清越的堂弟之一，展清泽。

展清泽年纪稍小，还在读书，这会儿大概叛逆期还没过，一身衣服不好好穿，很有个性的黑色衬衫非要留三颗扣子不扣，露出一大片胸膛。

对方一只手插在裤兜里，用自以为很跩、很酷的方式走到宁秋秋的面前，说：“好久不见哪，小啾啾，你居然也来了。怎么，还对我四哥念念不忘啊？我可是听说他有女朋友了呢。”

展清远在一众堂兄弟中排行第四，所以比他小的都叫他四哥。

宁秋秋不知道大家都喜欢叫她“小啾啾”是什么毛病。面对这个花孔雀似的男人，她一脸漠然地说：“眼睛不用可以捐出来给有需要的人。”

展清泽愣了一下才反应过来对方在说他眼瞎，轻笑：“成，我看错了，你没有念念不忘，那你现在心无所属，不如考虑跟我，嗯？”

对方微低着头，几乎与她额头相抵，刻意压低的声音显得有点儿沙哑而性感，很有小说里霸道总裁调戏小猎物的感觉。

宁秋秋：“……”

拿着猎物剧本的宁秋秋哑然失笑，忍不住说：“跟了你，有什么好处？”

“你在展清远那边得不到的，我都能给你，包括……”对方伸手要捏她的下巴，被宁秋秋后退一步躲开，捏空的展清泽也不在乎，落空的手做了个抛飞吻的手势，朝她那边吹了口气，又冲她抛了个电眼，说，“肉体。”

宁秋秋快被雷死了。

这人小小年纪不好好读书，哪里来的这么多胡话？难怪他在书里连个炮灰的角色都捞不到。

她正要说话时，晶晶不知道从哪个角落里冒出来：“宁小姐，原来你在这里呀，我找你好久了！”

宁秋秋松了一口气：“怎么了，晶晶？”

“我掐指一算，你今天会遇到烂桃花，所以要杜绝你和别的一切雄性接触，包括管家养的那只公猫！”

被和公猫相提并论的展清泽：“……”

宁秋秋被晶晶逗笑了，不过晶晶是好意，就顺着她的意思跟着她走了。留下的展清泽感到没什么意思，就进屋了。

他当然不知道，屋里有个大惊喜在等着他。

宁秋秋和晶晶离开了展清泽的视线，晶晶用一脸求夸奖的表情问道：“宁小姐，我是不是很机智？”

“特别机智。”宁秋秋嘉奖说，“给你加奖金。”

“别！别！别！”晶晶听到“奖金”两个字就瑟瑟发抖地想起展清越问她是谁的人，这种站队错误就要抹脖子的生命危险，她再也不冒了，“我们不能拿额外工资的！会被开除的！”

“这样啊。”宁秋秋倒没多想，展家用人的管理制度确实比较严格，除了晶晶这个出彩的，其他人的嘴巴都很严，“那我之前……没害你吧？”

“没有，都扣光了。”晶晶一脸委屈地说。

宁秋秋：“……”

好像是呢，奖金是她亲手给的，也是她亲手扣的。

算了，宁秋秋想着下次买套化妆品给晶晶吧，这个总不算是额外工资吧。

宁父、宁母在路上堵车了，还没那么快到，宁秋秋就跟晶晶先进屋里。她不走大厅，从小偏厅的侧门进去，却意外地发现偏厅里有人了。

偏厅里有一个妇女和一个小孩儿，还有管家。管家看着小孩儿手中的一个跟骨头似的摆件，一脸为难地说：“小少爷哟，这个东西真不能玩，很容易摔碎的，管家爷爷给你换个更好玩的，好不好？”

小孩儿一甩头，说：“不好！”

那妇女也帮自家孩子，不高兴地说：“不就是一根破骨头？我们家也有一根，玩坏了就赔给你呗，别摆这小气的嘴脸，给我们展家丢脸。”

管家说：“可这是大少爷专门定制的，不一样。”

那妇女听到“大少爷”明显顿了一下，随后逞强道：“有什么不一样？我去定制一根，难道他还会给我一根轻一点儿、次一点儿的？”

“哪里会？”偏厅正门突然传来展清越的声音，把偏厅里闹矛盾的人和看热闹的宁秋秋、晶晶都吓了一跳，接着，陈毅推着面色稍显疲惫的展清越进来。

他扫了一眼偏厅里的人，视线在宁秋秋身上多停留了一秒，随后看向那妇女，说：“不但不会，店里还承诺，品质保证，坏一赔十，到时，小婶去帮我索赔就行。”

“……”

坏一赔十，你敢更黑心一点儿吗？

店里肯定不会有这种保证的，展清越这话背后的意思是，你给我玩坏了一根，就去店里定做十根还给我。

他小婶赶紧去把小孩儿手中的那个摆件抢来了递给管家，赔一根是纯粹为了争口气，看不惯管家那副样子，跟谁玩不起似的，赔十根……还是算了吧，告辞。

小孩儿估计从小被宠着，骤然被抢走了玩具，不管不顾地哭了起来。他小婶哄了几句不顶用，见展清越揉了揉眉头，似乎不堪其扰的样子，赶紧抱着小孩儿离开了偏厅。

他们出去后，偏厅骤然安静下来，管家、晶晶和陈毅识趣地退出去，留下宁秋秋和展清越。

宁秋秋充满疑问。

你们不要丢下我不管！

“秋秋。”展清越说。

“干……干吗？”宁秋秋突然觉得以前自己在他面前那么放肆好大胆。

展清越看了她一眼，说：“形势所逼，迫不得已。”

“没有，我觉得你的样子好帅！”宁秋秋拍马屁。

“嗯，我知道。”

你怎么就知道了？

“我累了。”展清越说完眼眸微垂，一副“娇美人”的样子，完全没有了在自家叔伯面前那股谈笑自若的风头。

好吧，谁叫你长得好看呢？宁秋秋认命地推他去休息。

宁秋秋的父母到后不久，宴席也开始了。

展老爷子不喜欢用西式的长方桌吃饭，所以展家一直用的是圆桌，这会儿把他们家一张二十人的圆桌搬出来了，大家挤挤，满满当当地坐下了。

座位应该是按照辈分排的，反正宁秋秋不知道怎么回事儿，她左边坐着温玲，右边坐着展清越。

不过吃这顿饭时，好像很多人的胃口都不是很好，尤其是拖家带口来蹭饭的，这会儿都恨不得自己没出现在这张饭桌上。

展老爷子心情最好，乐呵呵地招呼大家：“大家是一家人，就不说什么客套话了，都别客气呀。”

心情第二好的当然要数宁家父母。宁父还好，知道场合，可温玲感觉自己都快要飞起来了。宁秋秋见她一副想要踊跃发言的样子，夹了块鸡肉放在她的碗里，小声说：“少说话，多吃饭，这不是咱们的家宴。”

“秋秋。”宁秋秋刚收服自家亲妈，就听到展清越叫她。

“嗯？”宁秋秋发现展清越一喊她，一桌的目光都集中到了她的身上。

饶是受惯了各种目光的她，此刻也有点儿“压力山大”。

展清越：“虾球。”

宁秋秋愣了一下，才反应过来对方是要她夹虾球。顶着众人的目光，宁秋秋硬着头皮伸手夹了个虾球放进他的碗里。

“谢谢。”展清越说完，慢慢地把虾球吃了。他现在手能动了，自己吃东西不成问题，只是动作很迟缓。

虽然在别人眼里，更多的是……优雅。

一时间，大家神色各异，猜不透展清越和宁秋秋是什么关系、他此举是想告诉他们什么，特别是刚刚调戏了一番宁秋秋的展清泽，此时更是无奈。

倒是反应应该最大的贾晴显得意外平静，好像跟她没有干系一样。

偏偏罪魁祸首还冲大伙儿淡淡一笑，说："吃。"

"吃，吃，吃。"大家赶紧附和，"等下都要凉了。"

宁秋秋忍笑。这些大家族的人在外面个个体面，随便亮个头衔都是什么总、什么少，现在窝在一桌上，也太好笑了。

不过这也从侧面说明，在他们这么多的支系中，展老爷子所属的这支发展得最好，雪球滚得最大，不然就算展清越的手段再厉害，他也不可能有这么大的威慑力。

展清越却还没完，又冲展清泽说："清泽，吃虾球。"

展清泽都恨不得穿越回去给刚刚调戏宁秋秋的自己一巴掌了，哆嗦着说："不，不，不，我不吃虾，不吃，吃多了容易'眼瞎'。"

这注定不是一次愉快的聚餐。吃完饭后大家连饭后茶都没喝就脚底抹油似的跑了，只有两家和他们家关系维持得不错的堂亲留下来陪展老爷子聊天。

展清远带着季微凉回去结结实实地看了一场戏，从头到尾都没发什么言。这些糟老头子坏得很，趁着展清越倒下时没少给他找麻烦，他乐得看展清越吓吓他们。

不过席间喝了几杯酒，他在回去的车上有点儿头晕，便跟季微凉说他眯眼睡一会儿，到了叫他。

季微凉答应着，把抱枕里的小被子拆出来给他盖上，盖到他的胸口时，被展清远捉住手放在嘴边亲了一下。

两个人相视一笑，展清远便闭眼睡了。

过了一会儿，展清远睡熟了，转了个身，口袋里的手机掉了出来。季微凉弯腰将手机捡起，刚好屏幕亮了起来，提示有微信信息。

季微凉无意扫了一眼，却在看到消息时，脸上的血色一瞬间褪得干干净净。

贾叔："清越醒来了，你也要考虑考虑啦，收拾完旁边的，就轮到身边的了。"

贾叔："说真的，叔很欣赏你，我女儿也挺喜欢你的，咱门当户对，强强联手，可比你娶个没什么来头的小明星强多了。"

季微凉很快冷静了下来。

这个时候不能慌，她相信展清远不是那种会用婚姻去交换事业的人，以展清远的性格更应该是爱情、事业都要才对。

只是贾晴这人实在太可恶了。据说她之前喜欢的是展清越，一直大胆热烈地追求他，表示非他不嫁，展清越出事后又表示愿意等他。

可大概是见展清越醒来无望了，她又突然把目标转到展清远的身上，屡屡明示、暗示，甚至因此导致季微凉和展清远之间爆发矛盾。不久前季微凉和展清远分手了一个月的时间，就和贾晴脱不了干系。

之前，季微凉分不清楚自己和展清远在一起到底是出于报复，还是已经喜欢上了他，加上贾晴在他们中间强势插了一脚，导致两个人之间出现了矛盾。展清远本来就有很严重的少爷脾气，他们俩闹着闹着就分手了，一直到前段时间，也就是二人一起去医院看望展清越的前两天，才重归于好。

所以季微凉看到这条微信才会如此惊惧。

跟贾晴比，她除了展清远的爱，什么筹码都没有。

而“爱情”两个字，在利益面前最苍白、最不值钱。

她该……怎么办？

对于展清越，她不了解，但宁秋秋那人，肯定会从各方面煽风点火让展清越“夺权篡位”，以达到报复他们的目的。

“宁秋秋！”季微凉攥紧握着手机的手指。

她明明一开始跟展清远在一起只是单纯地为了报复宁秋秋，可现在宁秋秋倒是捡了个现成的大便宜，和展清越和和美美的，仗着他的威风狐假虎威。

她却在这里斗情敌，还要顾及宁秋秋联合展清越抢她男朋友的事业。

关键是，她对此……无能为力。

她一直觉得金钱不是万能的，努力才是成功的唯一要素，现在看来事实印证了那句话：没有钱是万万不能的。

她好恨。

展家和展清远住的地方离得并不是很远，季微凉还没想出个万全的法子来，车就快要到展清远的家门口了，季微凉只好不动声色地把手机还回去。

展清远要回去休息一下，季微凉下午还有通告，二人便分开了。展清远让司机送她去工作地点。

展清远则自己下了车。他拿出手机想看一下时间，结果看到了贾父给他发的那条消息，讥讽地一笑，把手机揣回口袋里，没有理会。

展清越醒来的消息，也随着这次宴请亲戚传了出去。他作为商界的风云人物，引起的动静还挺大，宁秋秋甚至还在热搜上看到了相关的词条，不过很快就被撤了下来。

这让宁秋秋后知后觉地生出“原来我嫁了个大佬”的想法。

不过看展家的那些人对展清越畏惧的样子，她也可以想象这位曾经是个怎样的威风人物。

当晚，宁秋秋敷面膜的时候，收到了一个叫“顶风道歉”的人添加微信好友的信息，备注是：我真的是来道歉的，求你不要让大哥看到。

宁秋秋：“……”

不用想，此人肯定是展清泽。

这孩子体内真是住了个有趣的灵魂，小小年纪戏这么多，不去考表演系都对不起这个天赋。

宁秋秋点了同意，也不知道他成年没，给他一个坦白从宽的机会，省得他留下心理阴影。

才刚加上好友，消息立刻来了。

顶风道歉：“我大哥不在吧？”

宁秋秋：“不在。”

顶风道歉：“秋秋姐姐，我错了！”

顶风道歉：“我不知道你是我大哥的女人，今天不应该调戏你。”

宁秋秋：“你这小破孩儿，小说看多了吧。”

顶风道歉：“偶尔看看，陶冶一下情操，窥探一下小女生的世界，这样就可以对症下药，嘿嘿！”

宁秋秋：“……”

你还真看！

不过确实，凭展清泽的外貌、家世，如果今天他撩对了对象，说不定对方真的被他撩得两眼泛星光了。

让你瞎撩小女生，活该！想到今天展清越让他吃虾球的样子，她就很想笑。

顶风道歉：“秋秋姐姐，我其实就是逞口舌之快，从来不付诸行动的，你要相信我。”

宁秋秋：“嗯，我信……”

不就是嘴贱嘛，其实她偶尔也会，不过比较有分寸，不会像展清泽这样。

顶风道歉：“呜呜呜，我好感动啊。那秋秋姐姐，你在大哥面前帮我解释一下好不好？他肯定不会善罢甘休的，我好怕呀！”

宁秋秋：“……”

展家风好水好，养出来的兄弟真是一个比一个有意思。

顶风道歉：“好不好啊？秋秋姐，就一次嘛！”

宁秋秋：“不行！我都自身难保了，你还是自求多福吧。”

她自己都被展清越记了一小本本的账了，哪里有闲情去救展清泽。

顶风道歉：“连你也怕他吗？”

论起怕，宁秋秋平时确实由于智商被碾压，加上自己有诸多把柄在展清越的手中，会有一点点怕他，但她觉得这就是两个人的一种相处方式而已，跟她喜欢怼展清远、喜欢日常嫌弃她的经纪人一样。与展清越斗智斗勇，她甚至有点儿乐在其中。

虽然她好像没斗赢过一次。

他们如果是真情侣，这大概就是一种情趣了。

和展清越老喜欢逗她一样，都是相互的，大家看破不说破而已。

其实要真正说起来，她哪里需要怕展清越，跟上次展清越“套路”她把她惹急了一样，她想走，只是收拾一个包裹这么简单。

至于破产什么的，展清越会这么配合她，说明他自己估计也猜到了他在已经被宣告成为植物人的情况下还能醒过来，多半是靠她，所以展清越心里清楚欠着她一个大恩情，这也是他出手帮助宁家的原因。

不然谁会真信他说的做好女婿的话，展清越像是这么矫情的人吗？

同时，这也是宁秋秋那天敢说走就走的原因。展清越选择了插手，就没有半途而废的道理，即便两个人不在一起了，以展清越的性格，也断然会继续帮到底的。

因为只有这样，他才能报得完这个恩，不然就永远是欠着她的。

那么她到底是真怕他，还是假怕他呢？

宁秋秋的手指在屏幕上停留片刻，随后她轻笑一声回他。

宁秋秋："可怕了，他动不动就让我吃虾球，好让脑袋的营养跟得上嘴巴的速度，你也记得多吃点儿虾球啊！"

顶风道歉："……"

他这辈子都不想吃虾球了！

跟展清泽聊完天，宁秋秋去把面膜洗了，护完肤也到了睡美容觉的时间。她想了想起身往展清越的房间走去——以前她在医院陪床的时候，自己睡之前都会看一下展清越睡了没，现在没看到展清越总感觉少了点儿什么。

展清越的房门半掩着，里面灯火通明，暗示着主人还没睡。

跟展清越相处，宁秋秋总是会忍不住想到阴谋论，比如现在他的房门都没关紧，那是不是代表着他在等她造访呢？

说起来，展清越的这个房间里，可是充满了他们许多"美好"的回忆。

宁秋秋顿时后悔了。

还是算了，宁秋秋准备赶紧溜，免得展清越"触景生情"。

"我房间的地板……烫脚？"宁秋秋刚溜两步，就听到门内传来展清越的声音。

宁秋秋："……"

你有招风耳吧，听觉那么灵敏。

溜走失败的宁秋秋推门进去，说："我本来想来看看你睡了没，但走到门口突然想起来深夜造访好像不太合适，所以就打算回去给你发个信息关心关心你了！"

房间里，展清越半靠在床头，面前架着平板电脑。手指慢慢地在平板电脑上滑动，目光也专注地看着平板电脑屏幕。他似乎在忙。

他听到宁秋秋的话，手指顿了顿，说："多谢关心。"

宁秋秋还没来得及松口气，对方又说："没想到展夫人……介意这个？"

她怎么就不介意了？她是个正经的姑娘家好吗？

这种话她在心里想着都心虚。

她以为展清越要跟她清算诸如擦身体、抱着他睡觉等占他便宜的账，可等了半天，对方却什么都没有说，只是目光沉静地看着眼前的平板电脑，嘴角挂着淡淡的……笑意。

嗯？转性了呀，这人突然变善良了是怎么回事儿？

她当然不知道，展清越上次把她惹毛了，她让他要看破不说破，于是展清越就把这句话牢记在心底。

"你还不休息呀？"宁秋秋主动关心地问道。

展清越现在的睡眠时间依旧要比常人长很多，今天他应付了那么多的客人，已经达到他平时的极限了，而且脑力消耗也很大，这都要晚上十点了，还不休息。

“回一封邮件。”

展清越抬头看她，宁秋秋应该已经洗过澡了，长发披散，发梢还有点儿湿漉漉的，应该还没吹干，身上穿着家居服。他平时见多了打扮得精致好看的宁秋秋，骤然一副居家打扮，脸上未施粉黛，区别于那些卸了妆就等于换了张脸的明星，不化妆的她，脸上反而多了几分少女感，显得清纯甚至可爱了。

要不是宁秋秋身份证上的年龄已经二十二岁了，展清越都要怀疑自己是不是干了什么违法的事情。

她还是太小了，展清越想。

“展清泽找过你了？”展清越问道。

宁秋秋觉得自己在展清越的慧眼之下简直毫无隐私。这到底是什么能掐会算的神仙呢？

“就是……他怕你生气了，让我帮他说几句好话。”宁秋秋说完，又试探性地问道，“你怎么知道的？”

“他的性格就是这样。”展清越好歹没用“猜的”来搪塞她，又说，“不用理他，小孩子。”

“哦。”展清越估计都把他们家叔伯的性格摸得清清楚楚了，加上展清泽这小孩儿吧，虽然一副跩跩的样子，其实特别好懂，被人看穿行为太正常了。

这种小孩儿从小被宠着，以至其性格总会有几分任性，甚至喜欢模仿大人的行为，但心地还是好的。

看展清越这个样子，他也没想要跟展清泽计较的意思，宁秋秋就不帮展清泽求情多此一举了。她正准备回去，让展清越早点儿休息时，展清越忽然说：“过来，秋秋。”

“干……干吗？”孤男寡女深夜同处一室，展清越让她过去，这么暧昧、这么让人浮想联翩，宁秋秋可耻地发现她居然没有生出丝毫警惕感。

是她太堕落了，还是她太清楚半身不遂的展清越干不了什么事儿了？

展清越冲她抬起右手，说：“抽筋了，揉揉。”

你听听这是人干的事儿吗？！

宁秋秋看着他的那只手。这阵子规律又健康的调养，让展清越的身上长了点儿肉，总算不像之前那样，骨头上包点儿皮，甚至需要用骨瘦如柴来形容。

幸好展清越长得帅，胖瘦皆宜，不然宁秋秋也不会第一眼就被他的美色所迷了。

宁秋秋拉过他的手揉，用力揉。

“咝。”展清越倒吸一口气，“轻点儿，秋秋。”

“这是我最小的手劲儿了。”宁秋秋睁眼说瞎话。

展清越被她气鼓鼓的样子逗笑了，说：“你可以选择嫁给其他理想的结婚对象，但我只有一个。”

宁秋秋不知道他为什么又突然提起这件事情：“所以？”

“所以，谋杀掉了就没有了。”

宁秋秋："……"

他这是拐弯抹角地说她谋杀亲夫呢。

"没事，刚好少个人呼吸空气。"宁秋秋忍住笑说，不过手上的劲儿明显小了。

在家里住了两日，他们便动身前往 G 市的疗养院。

那家疗养院本来就是给有钱人准备的，建在交通方便、山清水秀的市郊，环境幽雅。

在疗养院的旁边，是一溜儿的别墅区，也是隶属这个疗养院的，用于出租给长期住在这边的病人，让他们在接受先进的疗养设备护理的同时，可以像在家里一样住在自己单独的别墅里，充分考虑了需要私人空间的病人的需求。

展老爷子安排人租了疗养院旁边的一栋别墅，并且已将别墅收拾妥当了，按照主人的喜好把里面布置了一番，宁秋秋他们住进去会感到十分亲切。

有钱人啊，宁秋秋看着连家具都换成了 A 市家里的同款，心下感叹。

这边的气候比 A 市宜人，如今已是深秋，A 市的人早已棉袍加身，准备应对下雪天气了，这里的人还穿着条裤衩到处跑，仿佛跟他们不是在同一个半球。

这也是《我和漂亮竹鼠的日常》节目组选择这里的原因，气候温暖，适合养竹鼠。

不然出现竹鼠养着养着全被他们养死了的尴尬情况，那娱乐综艺就要变成道德谴责综艺了。

瞿华和节目组都没有提前跟她说节目嘉宾有谁，所以宁秋秋到了目的地，都不知道到底有谁参加了。

节目组选的地方很偏僻，等车子停下来时，周围最高的房子就三层，完全不见城市里的高楼大厦，农村气息十分浓郁。

宁秋秋离得近，所以是第一个到的。节目组安排了一处带有大院子的农家院，周围山田环绕。

这真的是《变形计》吧。

宁秋秋把包放下，坐在院子里休息、等人。她刚坐下，院子的大门就被打开了。

第二位嘉宾到了。

等来人探头探脑地进来，宁秋秋看到对方时，双方都愣了一下。

"为什么是你？"宁秋秋眨了眨眼睛。

宋楚无辜地说："这个问题我也很想问你。"

二人："……"

宋楚是原主在圈内为数不多的朋友之一，在屏幕上一直是"小奶狗"人设，软萌、黏人、爱撒娇，其"妈妈粉"可以组成一个加强连。

但他本人跟这三个词沾不上一点儿关系，本性又傲慢、又自恋、又白痴。

要不是节目组的摄像机对着他们拍，宁秋秋很想问他来参加真人秀不怕本性暴露吗？

"小啾啾今天真好看。"宋楚嘴甜地夸宁秋秋。但如果宁秋秋会读心，一定听得到他在内心补一句：可是老子比你好看一百倍！

"谢谢。"宁秋秋知道他的本性，说，"其他人还没到，坐下来先等会儿吧。"

"好的呀。"宋楚乖巧地在她身边坐下来，跟她聊天，"今天嘉宾都有谁呀？"

“我也不知道，我是第一个到的，你是第二个到的，我们正在排排坐等第三个到的。”

宋楚被她逗笑了，二人之间的那一点儿尴尬慢慢地化开。二人随意聊了几句，院子的门再次被打开，这回来的是两个人，一男一女，其中那个男的看到院子里的人，自来熟地朝他们挥手，说：“嘿，你们来得好早啊。”

打招呼的人叫林近，是一档综艺节目的主持人，算是综艺界的后起之秀了，人很幽默。

和他一起的小姑娘倒是挺脸生的，宁秋秋回忆了一下，不认识，应该不是什么知名艺人。

“我叫白莹，不是银子的银，是晶莹的莹。”小姑娘自我介绍说。

林近跟她一块儿进来的，先聊过几句，应该比较熟了。他是综艺节目主持人，脑袋转得很快，所以笑着逗她：“金银的银也是银，和银子的银是一个银，好，我们都知道你叫白银了。”

白莹也是个活泼好相处的，面对玩笑，笑道：“白银就白银，你们别把我拿去换食物就行。”

“这地方估计连个小商店都难找，想换也换不到。”宋楚弱弱地说。

白莹一脸兴冲冲地说：“所以我们终于被坑进《变形计》，开启‘打脸之旅’了吗？”

宁秋秋说：“不怕打脸，就怕连让我们打脸的机会都没有。”

这话提醒了大家，众人打量了一下周围的环境，瑟瑟发抖。

“所以，我们不是来养竹鼠的吗？”白莹问。

林近大声问导演：“导演，竹鼠呢？”

导演站在一群工作人员中，说：“还有一位嘉宾，等人到齐了，大家一起去看。”

最后一位嘉宾……说曹操，曹操到，导演话音刚落，院子的门……这回不是被推开的，而是被礼貌地敲响的。

院子里的四个人对望一眼。

得到了“请进”的应许之后，门才被推开，方谨然那张帅气的脸出现在门口。

宁秋秋震惊了！

他不是去参加那档恋爱真人秀了吗？为什么他还会出现在这个小作坊的节目里？

而且，《飘摇》杀青才没两天吧，他都不用休息的吗？

事情就是这么巧合，两档真人秀都邀请了他们两个人，而且两个人都不约而同地拒绝了恋爱真人秀参加了这个竹鼠真人秀，这概率，宁秋秋觉得她需要去买几张彩票压压惊。

方谨然看到她显然也有点儿意外，不过意外之色一闪而逝，随即冲大家打招呼：“大家好。”

“哇。”林近主动担任起了主持人的角色，说，“最后一位嘉宾闪亮登场，来来来，快过来坐，我们集齐五个嘉宾就可以召唤我们的神秘嘉宾竹鼠了。”

热络的气氛让方谨然少了点儿拘谨，他过来和大家相互做了介绍。

节目组没有多吊着他们，带他们去看即将要养的竹鼠。

大家的表情都有点儿期待。这会儿快要看到活蹦乱跳的竹鼠了，大家的心情都十分激动。

竹鼠被养在屋子最右边的一个单独小房间里。他们刚到门口，就听到咯吱咯吱的声音，和视频里听到竹鼠吃东西的声音一样。

“哇，竹鼠！”白莹第一个跑进去，看到被关在格子间里的小东西，突然变了脸色。

“怎么了？”林近第二个走进去，“天哪，这些竹鼠好可爱啊。”

“我……有点儿叶公好龙了。”白莹面色发白地说。

宁秋秋走进去，低头看了一下挤了一大窝的小东西，应该都是断奶不久的小竹鼠。它们见有人来，全部瑟瑟发抖地挤作一团，而且都是灰色的，看起来很像……一窝灰溜溜的老鼠。

宋楚不知道是为了维持人设装的，还是真怕，也是一副弱小、可怜、害怕的样子。

方谨然没进入状态，还处于高冷期，只站在最后默默地看着。

气氛一时间有点儿尴尬。

宁秋秋这种见多了各种灵兽、怪兽的人，倒不觉得害怕。她走进去看了一眼，突然面上一喜，大声叫道：“这边有白色的！”

大家立刻挤过来。

和灰色的竹鼠一样，白色的竹鼠占了一个格子，同样挤作一团。

明明是同一个物种，有同样的外貌，白色的挤在一起，却如一个个糯米团子一般，特别惹人喜爱。

“它们好漂亮啊！”

“好想摸一下，会不会咬我呀？”

“我也想试试，哇，好凶！”

见到白色的竹鼠，白莹和宋楚立刻不怕了，甚至一脸“姨母笑”地逗它们。

这可悲的看脸的世界。

节目组共准备了八只白色的和八只灰色的竹鼠，他们给十六只竹鼠都取了名字，简单粗暴地从“一”到“十六”。

别看这些小东西个头小，但是脾气超凶的，稍微动它们一下就亮出两颗大门牙以示警告。

在节目组的应允下，大家还拍了照，趁着休息的时候，宁秋秋忍不住把照片发给展清越。

宁秋秋：“看，十六只奶凶奶凶的团子。”

展清越不方便打字，给她发了一条语音：“我数了一下，十七只。”

宁秋秋很想给他发“眼睛不用可以捐给有需要的人”，可她不敢。

宁秋秋：“你数错了，就十六只。”

展清越带着笑意的语音发了过来：“你也算一只。”

宁秋秋看到这句话，脸上有点儿烫烫的，没想到展清越这种人居然也会有撩人的时候。

宁秋秋：“胡说，我哪里有它们那么可爱？”

这回展清越过了一会儿才回消息过来，而且回的是文字。

展腹黑：“性格。”

性格？

展清越的意思是她凶？

她虽然不软萌，但也不凶吧？

她好气！这种人怎么会有人喜欢？

宁秋秋堪比城墙拐角的厚脸皮上好不容易蒸腾出来的一点儿羞涩之意顿时散得干干净净。

宁秋秋：“生气（图片）。”

展腹黑：“凶残的表情。”

宁秋秋：“你这样会失去我的！”

展腹黑：“摸头（图片）。”

瞪着对方发过来的摸头表情包，宁秋秋不想跟他聊了，这就是一个浑蛋。

过了一会儿，手机又响了起来。

展腹黑：“秋秋。”

宁秋秋没好气地给他回了个：“干吗？”

展腹黑：“注意安全。”

宁秋秋瞪着这四个字和一个标点半天，随后哑然失笑。

展清越这个人，真是太会自如地应用“打一巴掌给个甜枣”了，还屡试不爽！

他真坏啊。

节目继续录制，导演发布了他们来这里的第一个任务。

林近接了任务卡，大声念道：“可爱的小竹鼠的最后一点儿存粮吃光了，即将饿肚子，请奶爸、奶妈们上山砍两根竹子给竹鼠宝宝们吃吧。天哪，奶爸、奶妈这称呼怎么听怎么萌。”

“我觉得我们连自己都喂不饱。”宁秋秋对他们的饮食问题十分执着。

“你怎么就知道吃！”宋楚忍不住挤对她。

宁秋秋理直气壮地说：“民以食为天。”

白莹直接问：“导演，我们中午有吃的吗？”

导演很干脆地回答：“要自己做。”

众人：“……”

“果然是这样。”宁秋秋自言自语道。这些节目就喜欢搞这种自食其力的噱头，因为那些网友可喜欢看他们这些四体不勤、五谷不分的艺人炸厨房的样子了。

在一片哀号声中，林近总结说：“所以我们现在不但要给竹鼠宝宝准备午饭，还要给自己准备午饭。那接下来我们肯定要兵分两路，一部分人去砍竹子，一部分人买菜做饭。现在我们先各自报一下自己的做饭技能，再决定谁干什么。我先来，我会吃。”

林近的最后一句话瞬间让他遭到了众人的嫌弃，谁让他把不会做饭说得这么“清新脱俗”。

宋楚：“我会煮泡面！”

白莹：“我会下水饺！”

宁秋秋以前倒是做过饭，不过吃了她做的饭的人，抱着马桶过了一天……所以宁秋秋实话实说：“我能毒死人！”

“好狠。”林近绝望了，转而问导演，“导演，你们没考虑过我们都不会做饭这个问题吗？”

白莹指了指站在她身边的人，说：“还有方老师呢！”

方谨然站在最边上，虽人高马大地站在那里，却因为不怎么说话，存在感极低。林近忙不好意思地说：“抱歉，我忘了还有方老师，方老师你会做饭吗？”

在众人期待的目光中，方谨然迟疑了一下，点了点头，说：“会。”

众人瞬间都要感动得哭出来了，方谨然在大家心目中的形象瞬间变得高大了，成了大家的衣食父母。

于是他们合计了一下，由方谨然和白莹负责买菜做饭，其他三人上山砍竹子。本来宁秋秋也被分去买菜做饭的，可她和方谨然在一起，估计到时候粉丝又要在弹幕里对骂，宁秋秋粉丝少，基本只有被骂的份儿，第一期还是给自己留点儿面子吧。

砍竹子要去离住的地方一里路远的竹林，三个人走路到了目的地，看到一片葱郁的竹林。

“这里的竹子这么粗，这是在逗我们吧！”宋楚看到竹子的一瞬间真想爆粗口。

这里的竹子长得好，一根根挺拔修长，最细的都有碗口粗。

林近问随行的工作人员：“我们必须砍两根吗？”

得到了肯定的答案后，三个人哀号，节目组太狠了呀。

可惜节目组铁石心肠，该砍的还是得砍。他们选了最靠近山脚的两根竹子，开始动手砍。

他们一个个娇生惯养，手无缚鸡之力，砍了半天才砍出一个口子。

“看，我的手都起泡了。”宋楚苦着脸，把自己的手掌对着摄像机卖惨，“好疼啊。”

他在心里则骂：“节目组太变态了。”

宁秋秋在旁边看着他装，凑过去小声说：“你的表情再咬牙切齿点儿就要暴露你的真实想法了。”

宋楚：“……”

林近砍了一会儿，也擦了一把汗说：“我也砍不动了，太硬了。”

“我来试试吧。”宁秋秋说。

“确定吗？”林近以为她想玩，把刀递给她，说，“小心别砍到自己呀。”

宋楚刚被她挤对了，这会儿立刻抓住机会嘲讽她：“刀很重的，你要用两只手拿！”

宁秋秋没理会他的奚落，接过刀，手起刀落，在竹子上留下了一道很深的口子。

宋楚、林近：“……”

两个人的嘴巴不约而同地张成了“O”形，半晌，宋楚才眨眨眼睛，说：“我的眼睛好像出现问题了。”

林近：“秋秋，你深藏不露啊。”

宁秋秋笑了笑，他们当然不知道她以前一犯错就被罚去劈柴伐树，砍树技能熟练度点满，加上她随身携带了大力符，砍个竹子不在话下。

在二人敬佩的目光中，宁秋秋利落地砍下一根竹子，因为好久没这么高强度地运动过，手酸得不行，便停了下来。

她把刀递给宋楚，让他继续砍下一根，可在刀柄离开手的瞬间，手心传来一阵刺痛。

完了，手起泡了！

宁秋秋摊开手，发现中指、无名指和手掌连接的那一块各起了一个水泡，大拇指和食指握着刀柄的地方，也各起了一个。

她从前因为还需要练剑，长了满手的茧子，皮糙肉厚，完全没料到现在这双手才砍了几下，就起了几个水泡。

“起水泡了吗？”宋楚凑过来看。

“没事。”宁秋秋知道现在不是卖惨的时候，“你快砍，不然我们砍到晚上都回不去。”

“哦。”人家女孩子都这么厉害，宋楚反倒不好意思抱怨偷懒了。

林近和宋楚合力砍下了另一根竹子，再合力弄掉叶子和根部，已经过去一个半小时了。

此时已经临近中午，他们快累瘫了。

每个人的手上都起了几个水泡，收获颇丰，惨不忍睹。

“现在剩下最艰巨的任务了。”林近看着地上的两根竹子，说，“我和宋楚一人一根，秋秋拿刀。”

“目测这根竹子比我还重，扛回去估计我也差不多不行了。”宋楚试了一下，发现怎么也拉不动，“我根本拖不动它！”

林近没料到宋楚还有这么暴躁的一面，愣了一下才说：“我们一起来试试。”

说完，林近撸起袖子帮宋楚一起扛，二人合力，终于把那根竹子头扛起来了。宋楚试着走了两步，嗷嗷叫道：“不行，不行，这个竹节硌到我了，好疼，快放下。”

两个人把竹子放回地上，宋楚一脸委屈地揉着被硌到的地方，看起来真的很疼。

林近说：“不行啊，我们要不去村子里借一辆拉货的车，帮我们拉一下吧？”

这个提议得到了宋楚的赞同：“对对对，不然根本扛不回去！”

可是这山脚旁边并没有人家，要走近一里路去借，借来了还要装车，这根竹子太长了，估计要砍成两三段才能装下，都是麻烦。

宁秋秋犹豫了一下，说：“我试试扛不扛得动吧。”

两个人同时看她，宋楚说：“去，去，去，小孩子别捣乱。”

林近也笑道：“秋秋，你把两把刀拿着就行，别……”

林近还没把话说完，只见宁秋秋弯下腰，轻松地把刚刚需要他们两个人合力才搬得起来的竹子扛到肩上。

在场的人包括摄影师和工作人员都惊呆了。

他们的眼睛花了吧？

“你们两个负责那一根，我负责这根，麻烦工作人员帮我们拿一下刀，可以吗？”宁秋秋冲工作组的一个小哥哥送去一个杀伤力极强的微笑。

目瞪口呆的工作人员猝不及防地又被电了一下，机械式地点了点头。

“大……大……大……大力女……”宋楚的眼珠子都要瞪出来了，他又觉得叫人家“大力女”不妥，又加了个字，“神。”

林近也吃惊不已：“我的乖乖。”

宁秋秋扛着一根竹子，健步如飞地走了。

众人：“……”

受到众人目光的洗礼，宁秋秋其实也有点儿暗爽，觉得自己一人把两根扛回家都不是事儿。

只是那样做太彪悍了，宁秋秋可不想从弱柳扶风的小女子变成“大力女”。

虽然好像现在她已经是了。

她现在只祈祷展清越不要看节目，不然太损她软萌甜美的形象了。

宁秋秋轻松地把竹子扛回家，成功震惊了家里的一伙人，特别是宁秋秋回来了数十分钟之后，另外两人才满头是汗、吭哧吭哧地把另一根竹子弄回来，更形成了鲜明的对比。

他们都不叫她宁秋秋了，全体喊她秋姐。

宁秋秋：“……”

还不如叫她秋秋。

方谨然他们也做好饭了，四菜一汤。由于节目组没限制他们的生活费，午饭还挺丰盛的：油焖大虾、糖醋里脊、荷兰豆炒肉和凉拌黄瓜，汤是玉米排骨汤。

白莹说：“怎么样，是不是既好看又丰盛？这都是方老师的杰作！”

林近：“方老师也太贤惠了吧！”

宋楚：“呜呜呜，我实名嫉妒又帅又会做饭的方老师了。”

宁秋秋：“这哪里是方老师？这分明是方爹啊。”

其他人纷纷附和，于是他们不仅有了个姐，还有了个爹……

方谨然被他们逗笑了，说：“家常小菜，你们不嫌弃就好。”

大家调侃了一番后坐下来吃饭。方谨然做的饭不但卖相好，吃着也香，真是色香味俱全，大家又纷纷把方谨然夸了一遍。宁秋秋则被他们在宋楚的“恶意”带领下，用公筷夹了一碗的菜。

宁秋秋看着碗里堆得像小山一样的菜，恨不得把宋楚拖出去揍一顿。

她没有偶像包袱的吗？

吃完饭休息了一下，大家又开始加工喂竹鼠的竹子：先把它们分成二十厘米长的竹筒，再劈成三厘米左右宽度的竹片，方便竹鼠宝宝啃食。

幸好把竹子分段有小电锯，不用再靠人力了，劈开来虽然要手动但相对好劈。

大家在院子里一起干活儿，都不嫌累。宁秋秋注意到，宋楚那个小浑蛋浑水摸鱼的本事最厉害，借着跟镜头“解说”的借口不干活儿，专叨叨！

最令人意外的是方谨然。她看方谨然满身贵公子气息，以为是个饭来张口的，结果人家不但饭做得好吃，干活儿也很勤快不偷懒，最重要的是做得又快又好，一度让人怀疑他是不是有干活儿的天赋。

大家在院子里一起干了一下午，总算劈了一小筐的竹片，兴高采烈地跑去喂竹鼠。

他们知道了竹鼠对声音敏感，只要不大声吵闹，小竹鼠们就不会瑟瑟发抖地挤作一团，所以大家没弄出大动静，给它们每一只分了一块竹片。

小竹鼠们没有声音的干扰，胆子大多了。它们闻到竹片的香味，立刻各用小爪子扒拉了一块，压在自己身下，埋头啃了起来。

别看它们小，吃这么硬的竹片可厉害了，整个房间顿时响起了牙齿咬断竹片的咯吱声。

小家伙们边吃还边竖起耳朵留心周围的动静，警惕性可强了。

有的小竹鼠不啃属于自己的那块，而是专门去抢别的竹鼠的。两只竹鼠跟小孩子抢东西一样抢一块竹片，小眼睛目露凶光，抢得又凶又委屈，发出类似小孩儿啼哭的声音，逗得大家哈哈大笑。

“我的天，我快要被萌死了。”白莹扒拉着关竹鼠的格子看着它们。处熟了之后，她就不会叶公好龙了，看哪只竹鼠都像在看宝宝。

宁秋秋也凑上去，坏心眼儿地用竹片拨了拨一只低头吃得正香的竹鼠，说：“这只最凶，抢得最厉害，难怪长得这么肥！”

被她拨的那只竹鼠无故与自己心爱的竹片分离，叫了几声，闻到了拨它那块竹片的香味，立刻用小前爪抱住往下拉，这个小动作把大家都逗笑了。

太萌了。这是大家的心声。

晚饭是方谨然给大家煮的面条，吃完饭后，大家都累了，节目组终于放过了他们，让大家回房间休息了。

宁秋秋手上的水泡被工作人员帮忙挑破了，可洗澡的时候她还是被热水刺激得嗷嗷叫，可真是太疼了。

洗完澡，宁秋秋虚脱地躺在床上，看了一下时间，才晚上八点多，她就想睡了。

她打着哈欠、眯着眼趴在床上，打开微信，瞿华给她留言问她在节目组的情况，宁秋秋发语音跟他大致汇报了一下今天的情况。

晶晶也给她发了微信消息。

戏晶：“哇，宁小姐，我跟你说，你今天不在，展先生都少吃了一碗饭！”

宁秋秋：“难道不是因为昨晚着凉了，所以他今天有点儿不舒服？”

别以为她不知道！趁机谎报军情，晶晶的翅膀真是硬了！

晶晶也不知道是不是做护工做得太闲了，二十四小时捧着手机，宁秋秋的消息刚发过去，对方几乎只过了几秒就拨了个视频通话过来。

宁秋秋接起来，晶晶的一张脸突兀地出现在屏幕上，占据了整个屏幕。宁秋秋吓了一跳，说：“镜头拉远点儿，脸都变成饼了。”

镜头瞬间拉远了。

“宁小姐，你休息了呀？哇，你走了我们超不习惯，想死你了。”晶晶一秒“戏精”附体。

“你做坏事了？”

“啊？没有哇，你怎么会这样说？”

“那你拍马屁拍得那么勤干吗？”宁秋秋拢了一下掉下来的头发，说，“我以为你做坏事被抓了。”

“我是个有职业操守的护工，怎么可能做坏事！”晶晶赶紧为自己正名，又看到宁秋秋手上的创可贴，问道，“宁小姐，你的手怎么啦？”

宁秋秋的手上贴了好几个创可贴，一抬手就被晶晶看到了。

宁秋秋给她秀了一下手上的创可贴：“这个呀，这些是……喂，怎么不动了？”

这里毕竟是农村，信号并不是很好，节目组弄的无线网络和4G网络信号都不好。

过了一会儿，画面终于动了，宁秋秋说：“这里的信号……”

下面的话卡在了宁秋秋的喉咙里，因为在视频卡顿的这段时间里，对面已经换了人。展清越那张雅致清秀的脸出现在屏幕上，吓得宁秋秋险些把手机扔掉。

晶晶这个人太不行了！

“信号怎么了？”展清越开口问道。

宁秋秋手忙脚乱地从床上爬起来，确定了一下刚刚自己除了跷着个小脚丫，姿态没有很不雅，身上的睡衣也因为担心狗节目组搞突袭而穿得很整齐。

她一秒切换回小女人的状态，回答展清越的话：“农村嘛，比较偏远，所以信号不是很好，老卡。”

说这话的时候，画面很应景地卡了几下。

展清越：“4G有吗？”

“有，信号也不好，痛苦，跟在大山里似的。”宁秋秋说着把手机挪了挪，总感觉这样面对面视频怪怪的，她以前都不怎么跟展清越对视。

展清越脸上的表情却看不出什么，自始至终都淡淡的，不过不是冷淡的那种淡，就是让人看着也很舒服，觉得他整个人都云淡风轻的。

他点了点头，对此没有发表什么看法，又说：“晶晶说你的手受伤了，严重吗？”

“还好。”宁秋秋已经在心里把晶晶这个万恶的告状精翻来覆去抽了一百遍了，可表面上还是笑眯眯的，举起手自豪地在镜头前晃了晃，说，“这都是我今天勤劳的印记，砍竹子磨的，不过都处理过了，应该很快就好了。”

可把你牛坏了，展清越摇了摇头，随意地聊天：“你们还要砍竹子？”

“对啊，这无良的节目组，不给我们饭吃，还要我们上山砍竹子，我严重怀疑明天要我们下田干活儿。”

展清越本来就不关心娱乐圈的东西，又睡了两年，没料到录节目还能这样，在他看来明星录节目都是在吹着空调的摄影棚里唱唱跳跳的。

所以看到宁秋秋满手的创可贴，他沉默一秒，评论说：“挺会玩儿的。”

“可太会玩儿了！”宁秋秋说到节目组就有满肚子的牢骚，“我觉得应该给我的手、脚、脑袋都买上保险，受伤了能得到节目组和保险公司的双重赔偿。”

你还挺会算！

展清越被她逗笑了，一本正经地纠正她："保险公司不会接……这个业务的，纯属碰瓷。"

好巧不巧视频又卡了，宁秋秋手机屏幕上的展清越又不动了，只剩下一张他带着笑意的脸，意外的迷人，该死的好看，屏幕随便一卡就是可以做屏保的脸。

宁秋秋心里酸了。

一个男人长得那么好看干吗？哼！

卡是相互的，她这边刚好卡了张展清越的帅脸，谁知道展清越那边的她卡成了什么熊样？！

宁秋秋用拍马屁的方式试探性地说："刚才又卡了，屏幕上的你一动不动的，居然很帅。"

对方毫不谦虚地嗯了一声，没了下文。

难道你不应该礼尚往来地告诉我，我卡了张什么脸吗？用好听的话骗骗我也行啊。

显然展清越在哄人方面的技能没多少，他见宁秋秋欲言又止的样子，问："怎么？"

"没什么！"为了不损她好看的形象，宁秋秋开始面无表情，皮笑肉不笑，"就是这个信号，我好恨哪，讲两句话卡一下，这贫穷的节目组！"

看她的样子，展清越十分想笑。

他猜到了宁秋秋想知道什么，但他故意不说。其实刚刚卡的时候估计是宁秋秋那边动了一下镜头，他这边是一片虚景。

看着宁秋秋这苦闷得恨不得抓耳挠腮的样子，展清越觉得很好玩。

他发现，逗宁秋秋是他醒来到现在为止所碰到的最有趣的事情了。

因为信号实在太卡，两个人断断续续地讲了两句就挂了视频。

宁秋秋还不忘给晶晶发信息敲打她。

宁秋秋："晶小晶，出卖我出卖得越来越顺手了呀。"

戏晶："我没有！我们聊着不是没网了嘛，我以为是我的信号不好，就去外面，没想到展先生在客厅，他问我，我不敢不说啊，宁小姐你要信我！"

宁秋秋："信你个大头鬼，上次展清泽那事情也是你告的状吧？你是嗑了药的墙头草吗？两边倒得这么欢实。"

戏晶："我错啦，宁小姐你要相信我是真心对待你和展先生，想要你们和和美美的，这份心天地可鉴，日月可表。"

宁秋秋："……"

算了，宁秋秋觉得也不能怪她，主要还是怪展清越。

展清越那人那么聪明，晶晶这种人在他眼皮子底下根本没活路，只能在夹缝里求生。晶晶才是处在最水深火热之中的人。

想到这里，宁秋秋瞬间对晶晶充满了同情心。

一夜无梦。

第二天，宁秋秋很早就醒了，干脆起床去看看清晨的村子。她洗漱完、穿戴好，眯着眼走到外面，发现节目组的人已经上工了，大家围着一个东西在弄什么。

“这是怎么了？”宁秋秋发现宋楚那小子比她还早，蹭过去问他。

“好像在搞什么信号增强。”宋楚说，“具体我也不清楚，刚刚导演跟我说昨晚节目组突然接到一笔私人注资，对方只有一个要求，把网弄好，这不，正在弄呢。”

宁秋秋：“……”

这个注资方，不是展清越吧？

可……可好像是他的可能性最大……

宋楚却骤然来了兴致：“你说会不会是哪位老板的小情人在我们这里，这里的信号耽误了他们那啥，老板一气之下给我们搞了个好网？”

你是道士下山吗？算得真准。

宁秋秋怒拍他的头：“这个节目组就两位女嘉宾，你说话过点儿脑子。”

宋楚自知失言，忙捂住嘴，看了一下周围，见没人听到他的话，才小声说：“老子没那个意思！”

宁秋秋知道他没那个意思，宋楚这个人就是嘴比较坏一点儿，心地还是很纯良的。

她听宋楚这话，问出昨天就很想问的问题：“你怎么会想来这种节目啊？你不怕你的人设崩塌吗？”

想到他的那些“妈妈粉”天天“崽崽好可爱”“崽崽好有礼貌”地叫，宁秋秋就觉得她们要是发现自己崽崽的真面目会崩溃，说不定全员脱粉。

“想红呗，没的挑。”宋楚说出心酸的真相，“谁不知道现在真人秀是走红的捷径。”

就算他没成功走红，反正一期就花那么几天录制，成本很低。

这个理由真是清纯不做作。宁秋秋拍了拍他的肩膀说：“加油，你可以的。”

虽然她觉得这个节目看起来也没什么特色，看着都不像能红的样子……

“嗷，疼！疼！疼！”宋楚被她一拍，鬼叫道。

宁秋秋：“……”

她没那么大的手劲儿吧？

“昨天砍竹子用了劲儿，今天就开始酸痛了。”宋楚解释说，又看向她，“难道你不会？”

“不……不会啊。”宁秋秋有点儿心虚。

宋楚一脸崇拜地说：“秋姐果然是秋姐。”

不只是宋楚，后面起来的林近也叫苦连天，和宋楚一样成了半残废。

节目组好像料到这个结果一样，布置的任务比较简单——给小竹鼠们做窝。

节目组准备了做窝儿的材料，但大家对于这个也不擅长，就一个劲儿地瞎搞，虽然窝搭得东倒西歪，跟野猪随意拱的一样，但整个过程笑点满满，节目效果满分。

上午的录制很快结束，中午吃完饭，有一小时的休整时间。宁秋秋昨晚睡得早，午睡都睡不着了，刚好想到早上她在后院看到绿萝，便决定去弄几根来用水杯养在房间里。

宁秋秋拿了个小剪刀到后院，发现院子里已经有人了。

“秋秋。”看到她，方谨然有点儿不自在地掐掉手中的烟。

宁秋秋惊呆了，没想到方谨然这种人居然会偷偷躲在这里吸烟，这……这也太出人意料了。

“你也在这儿啊？”宁秋秋感觉自己撞破了人家的隐私，有点儿不好意思，可问出来这话就觉得自己像个智障。

这不是明显的事情吗？

“嗯。”好在方谨然没在意她问的这个问题有多低能，说，“心情有点儿不好，没吓到你吧？”

“我又不是三岁小孩儿。”宁秋秋走到他旁边，“需不需要听众？”

“好。”方谨然干脆地说。

二人在后院的石阶上坐了下来，方谨然组织了一下措辞说：“我的经纪人不顾我的反对，给我接了部抄袭的小说改编的剧。”

“啊？！”宁秋秋不可思议地问，“你现在也算是知名度很高了吧，想演什么剧自己没有决定权？”

她想不通方谨然这种明星有什么理由还会被经纪人掌控，方谨然看着也不是那种懦弱的人吧。

“没有，包括这次这个综艺，还有之前那个假装恋人的真人秀，也有找你吧？我认为我们是朋友，不应该炒 CP，会弄得很尴尬，就坚决不接，把她惹毛了，她就没问我，直接给我接了现在这个综艺，想借此警告我，我红不红掌握在她的手中，她想捧我就给我好资源，不想，就给这种……比较次的综艺。”

比较次……方谨然说得很委婉了，他来参加这种网播综艺，而且节目组穷得连根好网线都拉不起，明显很掉档次好吗？

这个经纪人可太狠了，应该是很强势、掌控欲非常强的那种。宁秋秋有点儿气愤地说：“这个经纪人这么强势，你不可以找公司直接给你换经纪人吗？”

“她是公司的董事之一。”方谨然说。

好吧，背景那么硬，难怪他的经纪人敢这么明目张胆地嚣张。宁秋秋又问：“解约呢？”

方谨然：“我跟公司签了二十年的合同，解约不但打官司很麻烦，还要赔很多违约金，我……没钱。”

没钱这句话从他口中说出来可太奇怪了，他去给谁“送温暖”了吗？

“之前我爸做生意失败负债，借了高利贷，欠下很多钱，我妈为此气到一度失忆，医药费用很高。”方谨然解释说。

呲，怎么又是这种情节？

宁秋秋无话可说了。这本书的情节能不能有点儿创造性啊，当破产的人是工厂批量生产的吗？一产产一堆。

“而且，”方谨然又说，“我收入的抽成不算高。”

宁秋秋额头一跳：“多少？”

“五成。”

这个数字让宁秋秋愤怒了："这公司也欺人太甚了。"

这抽成是新人才拿的呀，红了的艺人一般都能拿到八成甚至九成，他的收入五五开后还要纳税，赚一百万到手估计也就四十万。

他的公司应该把他的情况摸得清清楚楚，知道他跑不了，所以一直压着抽成不给提。

宁秋秋一生气，手上情不自禁地用了点儿力气，拿着的小剪刀被捏变形了。

宁秋秋："……"

方谨然："……"

"抱歉，抱歉，我……我就是太气了。"宁秋秋尴尬地解释。

"嗯。"方谨然看着她慌忙把变形的小剪刀拗回原位，目光复杂。

用流行的话说，宁秋秋可真是个"狼人"。

"我没事。"方谨然冲她笑了笑，"说出来好多了。"

"会好的。"面对这种事情，宁秋秋除了做听众没有什么办法，只能安慰他，"人在做天在看，你的经纪人迟早翻车。"

宁秋秋说完，心里却再次对之前被耽搁的想法重新燃起热情。她要是有个公司，就直接把方谨然挖过来了，虽然一开始可能要赔钱，还要吃官司，但小说里方谨然未来一直星途坦荡，很快就会把钱赚回来的。

《我和漂亮竹鼠的日常》第一期的录制只有两天，到了傍晚，这期节目就录制结束了，大家各回各家，各找各妈。

瞿华不远千里打飞的过来接她。上了保姆车，宁秋秋有点儿警惕地看着他说："是不是又有新的工作安排？"

"别把我想得这么没诚信嘛，人家好伤心的！"瞿华委屈巴巴地说，"我们许久没见，过来接一下你怎么了？"

"怕你暗算我。"宁秋秋毫不客气地说。

"哪有的事儿？"瞿华说着，八卦兮兮地凑过来，"我就是听说你没有买返回A市的票，也没让人订酒店，就想看看你是不是春天来了，桃花开了。"

"对啊，说不定哪天就奉子成婚了呢，你开心吗？"

"奉子成婚！"这话成功把瞿华震惊到了，"我的乖乖，小啾啾，你们都同居了吗？"

"这么快都同居了，我养的白菜终于还是被猪拱了，呜呜呜！"瞿华假惺惺地哭了两声。

宁秋秋已经懒得让他闭嘴了，在耳朵里塞了个耳塞，世界都安静了。

"好好好，我不说这个了。"瞿华把她的耳塞拿下来，也没有八卦到底的意思，拿出两张票，"喏，就在G市办的菊展，据说挺好看的，你跟你家那位去吧。"

宁秋秋犹豫了一下，伸手接过来，心想推展清越出去走走也不错。

宁秋秋回到家已经是晚上了。

展清越正在别墅的客厅里……逗狗。那是一只半成年的哈士奇，身上的毛黑白相间，特别帅气。展清越把手中的东西给它闻了闻，故意扔到不远处的一个架子上，小东西追过去够不着，在下面急得嗷嗷大叫，摇着尾巴在底下转来转去，就是够不着。

宁秋秋：“……”

为什么展清越逗个狗都比别人别致？

“回来了。”展清越抬眼看到她，开口说，“叫妙妙，朋友送的。”

妙妙听到主人叫它，立刻忘记了自己的任务，欢快地摇着尾巴跑过来。展清越又拿了个球让它闻了闻，随后轻轻一扔，把球扔进了不远处的沙发底下，球滚进去了……

于是妙妙又被它的主人摆了一道，开始和它根本缩不进去找球的沙发底做斗争。

“你怎么连狗也欺负？！”宁秋秋看不下去了，替妙妙委屈。

“我在锻炼它的……智商。”展清越大言不惭地说。

“你确定？”

“嗯。”展清越说，“这一课叫学会放弃。”

“……”

她觉得展清越这种人如果去当老师，学生一定会集体抗议。

不过展清越现在生活难以自理，每天只能坐在轮椅上，没什么娱乐生活，实在无聊得很，找点儿消遣无可厚非。

不然他非得给自己整出什么毛病来不可。

妙妙听到陌生人的声音，立刻不找球了，摇头摆尾地过来蹭宁秋秋的脚，还咬她的裙子，倒一点儿都不把她当成外人。

宁秋秋被它又是拱又是咬的，有点儿招架不住，拉着自己的裙子，说：“这个不能咬，喂……”

展清越轻声呵斥道：“妙妙！”

妙妙听到展清越叫它，瞬间不缠着宁秋秋了，谄媚地蹿到展清越的面前。它明显很懂形势，知道谁好惹、谁不好惹，在展清越的跟前，只敢摇尾巴嗷嗷地叫唤，不敢去蹭他。

宁秋秋：“……”

看来连狗的求生欲都很强。

展清越让用人把狗牵出去了，又抬眼问宁秋秋：“吃了没？”

他还算有点儿良心嘛，知道关心她一下。宁秋秋绕到旁边的沙发上坐下来，说：“吃了。庆叔，帮我拿杯水，麻烦了。”

庆叔是这边的管家。

展清越见她咕噜咕噜地喝了小半杯水，看来是渴狠了，面露微笑：“新的网络好用吗？”

宁秋秋差点儿把自己呛死，忙扯了张纸巾捂嘴：“原来真的是你，你给他们注资了多少啊？”

“不多。”展清越看她的小脸被呛得通红，淡定地说，“一百万。”

这大概是世界上最贵的一条网线了，帮您申请个吉尼斯世界纪录要不要啊？

宁秋秋觉得展清越也太有钱了，一百万跟闹着玩似的，有这个钱给她投资个娱乐公司呀！宁秋秋瞬间觉得自己的娱乐公司有希望了，说：“展先生，跟你商量件事儿。”

展清越侧耳：“什么？”

“就……”可宁秋秋话到嘴边，又有点儿难以启齿。展清越现在还没恢复好，每天都要做复健。除此之外，她家那个烂摊子，展清越临危受命，要对宁和进行全面的整顿和改革，这里头要花掉大量的精力，“问你过两天有没有空。”

“替别人问没有，你问……没有也要有。”

宁秋秋被坑过两次，已经不相信展清越说的这种听起来很像小说男主角说的话了，其中必定带有陷阱，她面无波澜地说：“我朋友送了我两张菊展的票，想问你去不去。”

“好。”展清越答应得很干脆。

他见宁秋秋得到了肯定的回答心事依旧没有化开，知道这不是她真正想说的，不过他没提，省得宁秋秋又觉得他把她都看透了而发小脾气。

可见宁秋秋犹犹豫豫，想说又不知道怎么说的样子，展清越提议说：“出去走走？”

“嗯，好啊。”

疗养院别墅区的风景极好，出门就有大片的花草树木，被修剪得整整齐齐，像一个花园似的，即便现在已经是深秋，也未见什么凋零之景。晚间在干净的小道上散步，很是惬意。

宁秋秋推着展清越，慢慢地在路上走着。路灯昏黄暧昧，这里远离尘世的喧嚣，宁静安详，有点儿岁月静好的味道。

“冷不冷？”宁秋秋问道，刚刚出门忘记给展清越带条盖脚的毯子了，如果他冷的话，她就打电话让人送过来。

“还好。”展清越说。

宁秋秋没继续接话，二人之间又安静了下来。走了好一会儿，展清越轻叹一口气，主动开口问她：“碰到麻烦了？”

“啊？干吗这样问？”

展清越：“心事重重。”

她有那么……明显吗？宁秋秋忍不住摸了一下自己的脸，长得好看有什么用，总是出卖她！

宁秋秋觉得自己今天不说会憋死的，想了想，问道：“展先生，冒昧地问一下，你以后有什么打算吗？回卓森？”

哟，她都关心起他的未来了。展清越说：“我寻思着做个模范女婿也不错。”

他怎么又拿这个调侃她？

那他到底是回还是不回？

“清远管理得挺好的。”展清越跟听得到她的心声一样给出了答案。

宁秋秋眼睛一亮：“那……您考虑不考虑开个娱乐公司啥的？”

展清越被她这句话逗笑了，说：“有果必有因，说说你的理由。”

“我……”我能说我知道哪些人前途不可限量，趁着现在挖进来，以后随手一抓都是什么影帝、影后吗？“就……我有一些有潜力的朋友落魄无依，刚好你不回卓森，咱就合计合计呗。”

说到这里，宁秋秋有点儿紧张，偷偷前倾看了一下展清越的脸色，发现此人好看的脸上面色如常，根本没办法从脸上判断他内心的想法。

“秋秋。”展清越叫她的名字。

“嗯？”

“如果这个是……我底下的人给出……的提案，就第一句话，已经被我画叉了。”

宁秋秋：“我不是你底下的人！”

我是你的媳妇啊大佬，难道你不应该给我开特殊通道？

“从一定程度上来说，是。”展清越的语气突然暧昧起来。

宁秋秋愣了一下，才反应过来他的意思，顿时老脸一红，恼羞成怒：“呸，流氓！”

被媳妇骂流氓的展清越很冤，正了正神色说：“再给你一次机会。”

你听听这是什么话？！

“要是一时间想不到，可以回去慢慢想，做个简单的提案。”展清越一本正经地说。

宁秋秋没想到展清越这么较真儿，连平时哄她、诓她的样子都不做了，负气说：“不想就不想，那么拐弯抹角干吗？”

展清越见她毛了，无奈地笑了一下，说：“秋秋，创业只是个想法，大家都可以有，所以这个想法必须有……出众的地方才能变成现实。你连个能说服我的理由……都没有，我也跟着盲目地投资人力、财力，你觉得……展家、宁家……够我们败？”

好吧，宁秋秋理解展清越的意思了，知道自己的提议太突然了，可能在展清越看来都没有过脑子。展清越沉稳聪明，怎么可能做出“冲冠一怒为红颜”的事情来？

宁秋秋丧气，亏得她一直都觉得这个想法很不错，甚至还“脑补”了一出夫妻双双称霸娱乐圈的大戏。

是她把事情想得太简单了。

“不过，”展清越又说，“这个想法很好，给你两天时间，做个简单的提案给我。”

还来？！她的积极性都被打击成这样了，哪里还有心思搞这个？她从来没从事过办公室的工作，连个基本的职业人都不如，做出来的东西估计连基本逻辑都不通，肯定会被他嘲笑没特点、瞎搞，她才不自取其辱。

“不气馁、不放弃的人才能看到成功。”在宁秋秋拒绝之前，展清越强势地给她灌了碗“鸡汤”。

“不想成功了。”

“相信自己，未来的老板娘。”敌人的套路再次升级。

“……”

好吧，她做做也没事，顶多被他嘲笑一下嘛，她的脸皮那么厚，怕啥？

晚上，等护工安顿好他，关上门走了之后，展清越躺在床上拿出手机，从通讯录里找出展清远。他正要拨过去时，想到对方是有夜生活的人，转而打开微信，慢慢地给展清远打字。

展清越：“你手上娱乐圈的人脉资源有多少？”

不一会儿，展清远就回了一条语音过来：“还行吧，问这个干吗？哥，你不会真的想捧宁秋秋吧？”

展清远那边的声音有点儿嘈杂，估计是在哪个销金窟里，展清越见他没睡，干脆给他打电话。

“喂，哥。”电话过了一会儿才被接起来，背景音已经不那么嘈杂了，展清远大概找了个安静的地方。

“你把所有资源汇总，只要你能沾上一点儿边的，都弄好了发一份给我。”展清越说。

展清远就纳闷儿了，这个宁秋秋也太有魅力了吧，他哥居然亲自出手帮她，他哥出手，估计就是打造影后级别的了。展清远酸溜溜地说：“哥，你对她也太好了吧。”

“还行。”不好她会奓毛。

“那你对你亲弟也好一点儿啊。”展清远的声音里不自觉地带着几分撒娇，“你要快点儿好起来，我现在数着日子等你回卓森，就可以放下担子了。”

“不回去，你嫂子想要个娱乐公司，我打算试试。”

原本闲散地靠着墙，一条腿支撑着身体、另一条腿屈着与它交叠的展清远听到这句话，差点儿重心不稳摔地上：“哥，你没搞错吧？开……开娱乐公司？！”

难怪问他要资源，原来展清越是为了这个。

展清远这回吃柠檬都不够酸，开始吃青柚了。

“嗯，你别跟人说，也别找她问。”

竟然还不准去问她，展清远又酸又涩，试图叫醒展清越：“哥，亲哥，你想要宠她我理解，可是这个难度系数也太高了吧，你是认真的吗？”

他哥一直冷静自持，没想到被美色所迷后是这样子的，都要跨行业去玩了！开娱乐公司，钱是一回事儿，更重要的是资源和人脉，一个圈外人想要白手起家难上加难，他哥这是被迷得有多深哪？

“暂时只是个不成形的……想法，时候不早了，不耽误你玩，挂了。”展清越不理会他的嗷嗷叫，挂了电话。

展清远：“……”

他好恨哪。

展清远刚收起手机，看到季微凉从包间里出来。季微凉看到他揉眉心，走过来关心道：“喝多了？”

“没，接了个我哥的电话。”

季微凉听到“我哥”二字，眼神不自觉地变了变。

“走吧，进去再坐一会儿就回去。”展清远把心思都放在展清越给他打的那通电话上，没注意到她的情绪，伸手揽她，二人一起回了包间。

这边展清越为自己营造了一个宠妻人设，挂了电话后自己都觉得有点儿幼稚又好笑。

他其实并不是为了宁秋秋的一句话就真冲动地去开一家娱乐公司。娱乐产业属于永不过时的热门行业，能在里面分一杯羹的公司未来绝对是常青树，如果真的有这个机会也未尝不可。

他自己还有点儿这方面的资源和人脉，加上之前投资过一条线下电影院线……

在展清远的面前他之所以打着宁秋秋的旗号，一方面是因为确实是她提起的，让他有了这个心思；另一方面，是因为他了解到了宁秋秋的一些过去……

宁秋秋第二天起了个大早。

她也是个说做就做的人，吃过早饭之后就窝进房间里，开始冥思苦想。

奈何想法很简单，写出来却很难。

宁秋秋打开文档，对着空白文档盯了半天，才知道做提案这种事情有多难。

首先她不知道提案长啥样儿，不过这个可以百度一下，依葫芦画瓢就行。

其次她发现自己毕业太久，把知识都还给老师了，语言实在贫乏，只能用很像小学生的叙事方式写道："我觉得开家娱乐公司挺好的，理由如下……"

宁秋秋照此写了一段，回过去看，差点儿被自己的文笔气哭了。

说这是小学生作文，大概还侮辱了小学生。

于是宁秋秋打了又删，删了又打。一上午过去了，文档上还只有几个字：关于开娱乐公司的提案。

闻者伤心，见者流泪。

她到底为什么要给自己找麻烦哪？明星做得不快乐吗？豪门太太做得不爽吗？手上的钱不够花吗？

宁秋秋决定关了电脑下去走走，或许就有灵感了。

她走到楼下，刚好看到一个人从书房里出来，是一位四十岁左右的女士，穿着休闲西服，头发绾起，看起来利落帅气。

她应该是展清越的客人，说不定是生意上的伙伴，刚跟展清越谈完。

那位女士也看到了从楼上下来的宁秋秋，礼貌地冲她点点头。

宁秋秋也冲她笑了笑。

对方并没有想要交谈的意思，这时刚好管家过来，先和宁秋秋打了招呼表示礼貌，随后又对那位女士说："潘医生，我送您。"

原来是医生。宁秋秋纳闷儿了，展清越见医生为什么要在书房？

不过她也没多想什么，展清越本来就比较特立独行，就跟好端端地养了条愚蠢的哈士奇来消遣一样，她这种凡人是猜不透对方的心思的。

她走下楼，走到茶几旁边打算找杯水喝时，看到茶几上有一张名片。

她好奇地看了一眼，只见上面写着：潘念云，心理医生。

这是什么情况？！

第四章　狗　血

宁秋秋一瞬间想了很多。

展清越这种人看起来皮糙肉厚，内心强大，大概……不需要心理医生吧。

唑，也不好说。

宁家的公司这个烫手山芋是个实打实的烂摊子，现在已经岌岌可危了，按照书里的时间线看，破产“指日可待”。

展清越原本就躺了两年，脑子在这两年里思考能力几乎为零，可能都锈掉了，加上受了伤，脑力估计也不如从前。

她在这种情况下要他帮忙，确实有点儿强人所难，说不定他表面一副云淡风轻的样子，其实承受了巨大的压力。

但是吧，宁秋秋又觉得展清越的心态就是尽我所能帮你，要是帮了你还不行，只能说明你运气不好，我也无能为力。这不足以给他造成压力。

可除此之外，宁秋秋找不出他找心理医生的理由了，难道是为了咨询一些不是他本人的心理问题？！

那可咨询的品类就多了，宁秋秋迅速分析了一下展清越最近可能碰到的人，做了个排查。

展老爷子、展清远是他最亲的人，目前没有家庭矛盾，不可能；展家人都怕他，更不可能；其他的，他也只接触了医生、护工，见过一两个重要的朋友，还有助理周扬……这些好像通通都可以排除掉。

那么只剩一个人——她自己。

她……她好像在展清越的面前已经没有什么秘密了吧？除了穿越这点。可是展清越和之前那个宁秋秋的接触几乎为零，不大可能出现这种怀疑，除此之外，她这个人的智商和常人一样，不逆天，也没有缜密的心思。

她好像挺好懂的吧？

应该……也不可能是她。

“你在做什么？”背后突兀地传来展清越的声音，把宁秋秋吓了一跳。

“吓死我了。”宁秋秋抚胸，控诉道，“展先生，出现时要制造点儿动静是基本礼貌！”

展先生表示很冤枉。他坐着轮椅，轱辘声的存在感已经够强了，只是宁秋秋想得太入迷了，没听到而已。

不过展清越从善如流地说：“谨遵展夫人教诲。”

宁秋秋对“展夫人”三个字已经免疫了，直接问展清越：“你最近……碰到了什么大麻烦吗？”

展清越：“为什么这么问？”

宁秋秋晃了晃手中的名片：“我刚刚看到这位姓潘的心理医生从你的书房出来。”

原来是这样。展清越一笑：“看心理医生不是有钱人必需的消遣方式吗？”

“……”宁秋秋感觉自己的膝盖中了一枪，她不配做有钱人。

不过这好像……也没毛病，什么私人律师、私人助理、私人财务经理，以及这位新出现在她认知里的心理医生，都挺符合有钱人的要求的。

这就好像古人养门客一样，可能没有什么用，但必须有，才能体现身份地位。

“真没问题吗？”宁秋秋再次确定。

“你要做排忧解难的……红颜知己的话，我可以有点儿问题。”展清越轻笑说。

宁秋秋：“滚吧。”

她信了邪才会去关心展清越是不是有心理问题，这种人大概只有把别人搞出心理问题的份儿，说不定是他把哪个倒霉蛋气出心理疾病了，咨询一下医生怎么拯救那个倒霉蛋呢？

宁秋秋气呼呼地想着，同情了那个倒霉蛋一秒，抬头看到展清越衣着整齐，整个人都精神帅气了几分，问道：“你要出门？”

“下午过去做复健。”

展清越现在每天都要做大大小小的各种复健，有的可以在家里完成，有的则要借助疗养院的先进设备和专业人士的指导，所以时不时需要过去。

宁秋秋听说这些复健设备是国内顶尖的，很多东西超出了一般人的想象。

宁秋秋对此充满了好奇心，今天刚好可以借机过去看看，于是果断抛下了刚刚的不愉快说：“我陪你一起去。”

展清越看她：“你的提案写完了？”

“没有，但不耽误吧？”宁秋秋振振有词，“反正我在房间憋着也写不出来，出去走走或许能有灵感呢。”

既然她都这样说了，展清越也就随她了。

吃过午饭，她和展清越还有晶晶、陈毅一起去了疗养中心。

这个疗养中心无论设施还是服务都是一流的，他们又是大客户，一路走便捷通道，都不需要自己操心，有人专门为他们服务，一口一个“贵宾”地叫着，态度尊敬，十分爽利。

有钱真的可以为所欲为，宁秋秋已经深刻地体会到这句话的含义了。

今天展清越做的是四肢康复训练，虽然他的手能动了，但还不是太灵活，脚也是，到目前为止仅能抬起来，距离站起来还有非常远的一段康复旅程要走。

宁秋秋以前在医院也见过几次展清越做复健，过程虽然无聊，但尚且可以接受，这次却没那么简单了。

只见展清越被放在他们专有的康复仪器上，被机器引导着慢慢完成所要做的动作，有点儿复杂，很考验人的毅力。不一会儿，展清越的额头上已经出现了细密的汗珠，呼吸也开始变得急促起来。

他微皱着眉，似乎整个人都很难受，不过没有出声，默默地忍受着这令他极度不舒适的康复治疗。

“这个强度是不是有点儿不对啊，我看他很不舒服的样子。”宁秋秋和晶晶在十几步远的地方看着，她担忧地小声问晶晶。

晶晶显然一副见怪不怪的样子，说：“康复都是这样啦，展先生已经两年没有动过了，身体机能退化得严重，想要完全康复没那么容易，肯定要吃很多苦头的。”

“这样……”宁秋秋看展清越痛苦的样子，有点儿怀疑地问，“可是这样不会对身体有什么影响吗？”

“不会的，宁小姐放心，展先生很强大的！我以前照顾过的病人因为复健太磨人，或多或少都会出现心态崩溃、脾气暴躁等类似的情况，甚至很多病人拒绝康复治疗。展先生在这么高强度的康复训练下，没有任何情绪上的波动，我们都觉得他非常棒呢！”

晶晶不遗余力地拍展清越的马屁，即便他这会儿听不到。

原来是这样啊！听晶晶这么一说，宁秋秋好像知道展清越为什么要找心理医生了。

什么有钱人的消遣！分明是他一边咬牙忍受难以承受的身体复健，另一边接受心理上的治疗，才能让他保持心态平稳。

而且，他作为一个男人，还是个偶像包袱很重的男人，为了维持他强大的人设，不能在别人面前表露他对复健的抗拒和不适，所以无处安放崩溃想放弃的心，只能通过向心理医生咨询、倾诉来维持他的人设。

想到这里，宁秋秋生出几分愧疚感。她对展清越的关心还是太少了，人家都严重到看心理医生了，她却没发现他的反常。

但展清越这货也太能装了，一点儿破绽都没有。

见宁秋秋深情地担忧的样子，晶晶说：“嘿嘿，宁小姐要是实在担心，就多给展先生撒播一点儿爱意。爱情也是一种重要的治疗方式，属于最高级的精神治疗，有了爱，他就会变得跟绿巨人一样强大。”

宁秋秋：“绿你个大头鬼！”

我真被“绿”了第一个拿你开刀！

等展清越做完复健，身上的衣服已经被汗湿透了，好看的脸上染上了一层红晕，反倒更衬得他容颜明亮、姿色诱人。

旁边的几个小护士看到此景，都忍不住悄悄红了脸。

偏偏晶晶还在宁秋秋的耳边显摆：“看，展先生的魅力好大，天天把这些小姑娘迷得五迷三道的。”

宁秋秋冷着脸说：“这对我来说好像不是个好消息。”

“怎么不是？你看展先生正眼看过她们吗？他的眼中只有你，万水千山都要穿越过去看你一眼。”

“你说的是X光吧？这么恐怖。”

晶晶：“哪里，我用的是夸张的修辞手法，为了表达展先生对你浓浓的爱意！”

宁秋秋觉得还是少搭理晶晶为妙。

医生跟展清越聊了几句，嘱咐了他一些注意事项，今天的复健任务便完成了。

回去的车上，展清越感觉到宁秋秋时不时地用一种带着悲悯、同情、欲言又止的目光看着他。要不是刚刚去疗养院只是做复健，没有做检查，他都要怀疑自己是不是被查出了什么不治之症。

等到她再一次把目光投到他身上，展清越转头看她，见她慌忙地避开眼，好笑地说：“被吓到了？”

宁秋秋老实回答：“没见识过，有点儿不适应。”

“我没事，别担心。”看把人家吓成这样，展清越难得安慰人家。

“你看心理医生就是为了这个？”

“嗯？”展清越没料到宁秋秋还能把这两者联想起来，倒也挺聪明的，说，“确实有这方面的原因。”

宁秋秋追问：“还有别的原因？”

“比如，”展清越看着她，淡淡一笑，说，“昏迷期间被喂了很多奇怪的水，以至于对水留下了巨大的心理阴影。”

这算哪门子的心理阴影？宁秋秋理直气壮地说：“那还不是为了你！”

“嗯，多谢。”展清越依旧云淡风轻，甚至连语调都没变，“还天天被觊觎肉体。”

“不是我，我没有！”她哪里觊觎他的肉体，就是欣赏他的美貌而已，爱美之心人皆有之，这不叫……觊觎吧？

这对话已经歪了，他们坐的是观光代步车，晶晶和陈毅坐在后面，光明正大地听雇主和雇主夫人说起过去那些事情，都眼观鼻，鼻观心，恨不得自己没出现在车上。

“别人教的也算。”

别人教？难道指她妈来的那次……

他果然全部听到了！宁秋秋顿时红了老脸，恨不得穿越回去把温玲那张从没说过好话的嘴捂住。

同时她心下悔恨，没事去关心展清越的身心健康干吗？事实再一次证明，这种人根本不需要！

展清越调戏够了宁秋秋，这样她就没什么心思去关心他复健的事情了。这些事情原本就充满了负能量，展清越心生焦躁的时候，连自己都忍不住想自暴自弃，不想做什么复健了，站不起来就站不起来吧，反正现代人也没多少机会用那双金贵的脚。

这些想法在他做一些比较高难度的复健时尤其强烈，有时候他甚至会压抑不住不知从哪里来的无名火，忍不住想要对人发泄。为了不让这股无名火燎原，伤害他人，他及时求助心理医生，来安抚、平稳他的心态。

这些负能量像垃圾一样，排解了就好，没必要让宁秋秋也参与到这种负面情绪里来而跟着不愉快。

宁秋秋的提案到了“交稿”当天，依旧只有一个标题。

她甚至都有找个枪手的想法了。

但她估计展清越会先毙掉，专业和非专业的人写出来的东西差距太大，展清越不可能认不出来的。

对着电脑没灵感，她找了纸和笔，决定先把几个要点列在纸上，再去给它丰富框架，这样子做就比较顺了。

她嫌待在家里太烦闷，拿了纸笔去了院子里。院子里有一块几十平方米的草坪，旁边的树荫下有桌椅。草坪便宜了妙妙这条有多动症的哈士奇，它天天在草坪上撒泼打滚，把好端端的一块草坪都刨秃了。

宁秋秋看着那块坑坑洼洼的草坪，觉得以后他们搬走时物业非得找他们索赔一笔。

这会儿，妙妙正在和一只玩具兔子过不去，把可怜的小玩具翻来覆去地撕咬、甩掉再捡回来，玩得可欢了。

宁秋秋笑着看了一会儿，叫它：“妙妙。”

妙妙停下动作，看到是宁秋秋，非但没有像之前那样飞奔过来蹭她，反而冲她龇牙，发出凶巴巴的叫声。

宁秋秋被它这警惕的样子唬得愣了一下，它之前不是对她挺热情的吗？难道它是看在展清越的面子上对她热情，现在展清越不在就暴露本性了？

哈士奇的智商没那么高吧……

正在这时，一个娇小的身影跑过来，挡在妙妙和她之间，训斥它：“妙妙，不能凶宁小姐！宁小姐，不好意思，妙妙它跟您不熟，您不要生它的气。”

来人叫晓琴，是这边请的用人，手脚挺利索的，长得也很清秀，妙妙由她负责照看。

宁秋秋摆手：“没事。”

她怎么可能跟一只蠢狗计较，可躲在晓琴身后的妙妙不怕死地用凶残的眼神看着她，又让她觉得好气，她故意举起手中的小本子做出一副要打它的样子吓它。

谁知道妙妙像真的被她打了一样，嗷的一声撒腿跑了。

宁秋秋：“……”

她可以举报它碰瓷吗？

“抱歉，抱歉，我去把它牵回来。”晓琴冲她鞠了个躬，回头去追狗。

宁秋秋微皱眉，总感觉不对劲，但又想不出哪里不对劲。

算了，她跟一只狗较什么劲呢？

宁秋秋没把这件事情放在心上，妙妙才见过她两面，对她这个陌生人有所防备太正常了，她得继续去折腾她的提案了。

这种先写大纲再填内容的方法明显有效。

宁秋秋弄了一天，到了晚上，终于整出了一份自认为不错的提案，有一千多字，她来来回回欣赏了三遍，都觉得很有说服力。

于是她让管家帮她打印出来，拿着稿子，去书房找吃了晚饭就一直待在里面的展清越。

宁秋秋刚要伸手敲门时，门忽然从里面被打开，把她吓了一跳，却是晓琴从里面出来，应该是给展清越送了饮品和水果盘进去。

现在展清越的身体还在调理中，每天对食物的摄入都有严格的要求，晚上还要吃一点儿水果和牛奶以补充身体的营养，争取早点儿恢复身体机能。

估计晓琴也没料到是她，吓了一跳，随后眼神有点儿躲闪地说："宁小姐。"

"嗯，展先生在忙吗？"宁秋秋问道。

"忙。"晓琴想到什么似的，立刻说，"展先生这会儿特别忙，我送东西进去，本想嘱咐他趁热喝，他都让我先放着别妨碍他。"

那他确实很忙，不然一般以他的性格是不会这样对待用人的，他对于不熟的人都客气礼貌、很有教养。

他只有对她的时候原形毕露，不是东西！

"太好了！"宁秋秋拍手。她想了一下，就应该趁着展清越忙的时候去找他，这样子即便对方觉得她写的东西像一坨不可描述的物体，也没什么时间奚落她。

不然逮着他有空，本来就闲得慌的他，见有消遣自己找上门，不得可劲儿地寒碜她找乐子吗？

宁秋秋已经看透这人了！

"真是天助我也，我立刻去找他。"

晓琴："……"

"那……那我去忙了，宁小姐请便。"晓琴说完，快速地走开了。

宁秋秋抬手敲了敲书房的门，得到应允后走了进去。

可她进去才发现自己被晓琴坑了！

展清越哪里忙了？他这会儿正靠在书房舒适的老板椅上，姿态闲散地边眯着眼看一份材料，边伸手拿果盘里用签子插好的水果吃，只差没跷个二郎腿来表达一下他此刻的悠闲了。

你们展家的用人、护工都是这样坑女主人的吗？

"写好了？"展清越看到她手上的东西，一挑眉问道。

宁秋秋在心里狠狠地记了晓琴一笔，磨磨蹭蹭地走过去把稿子给他，说："写得不好，你轻点儿批评，不然我脆弱的心灵会受到严重的创伤的。"

"那不错。"展清越接过稿子，说，"刚好让潘医生也给你治疗一下。"

宁秋秋："……"

展清越这样子是怎么顺利地活到这么大且没被拍死的？

换了个坐姿，展清越开始认真地看起她的提案来。宁秋秋无所事事，随意瞅瞅，却在瞄到书桌上的小托盘时停住了。

只见小托盘里摆着水果、牛奶，还有一份甜品，那甜品做得很精致，被精心地摆在淡粉色的盘子里，像个爱心的形状，看起来温暖诱人，充满爱意。

加上刚刚在书房门口晓琴慌张躲避的样子，宁秋秋再迟钝，也察觉出不对劲了。

啊，不带这么雷人的吧？《霸道总裁爱上我》的小说情节也不敢这么写啊。

宁秋秋被这一盆“狗血”泼得昏昏然。这里的用人，除了两个护工都是新请的，虽然她和展清越的关系并没有对这些人说个清楚明白，可是他们非亲非故却住在一起，有眼睛的人都看得出他们的关系不简单吧。

难道是他们分房睡、关系不够亲密，给了人家觉得有机可乘的错觉？

“想吃就拿。”大概是宁秋秋盯着那份甜品的目光太过于露骨，连埋头看提案的展清越都感觉到了，大方地说，“我没那么护食的。”

人家给你准备的爱心点心你还护？！我一榔头把你敲回植物人状态。

“展先生，你每天的点心都这么有爱心吗？”宁秋秋语气酸溜溜地问。

“爱心？”展清越看到桌上的那盘点心，明白了，说，“今天是第一次。”

还好，他没包庇。

晓琴胆子够大的，居然敢在她的眼皮子底下公然做出这种事情来，再联想到对她凶巴巴的狗，宁秋秋觉得她应该树立一下女主人的威信，清理一下门户了。

不然老虎不发威，这些人当她是个“绿帽侠”。

还有晶晶这个乌鸦嘴，应该让她吃两天她最讨厌的芹菜，清一下口气！

展清越三两眼看完了宁秋秋的提案，问：“都是你自己写的？”

“在网上找了两条。”宁秋秋老实交代。她憋了三个理由出来，但觉得量少不够有说服力，于是在网上找了两条，凑足了五条。

“写得——”展清越故意拉长了声音，在宁秋秋期待的目光中说，“浪费了我几分钟时间。”

虽然料到了展清越肯定不会满意，但宁秋秋还是有点儿失落，低声说：“我觉得……还行吧。”

“你真的很想做？”展清越问她。

“对啊，我觉得我们肯定能成功，成为娱乐圈大鳄指日可待。”虽然屡次被打击，可宁秋秋还是自信满满。

她觉得自己知道哪些人会红这个“金手指”太强了，现在趁着他们还在二三线水平，把他们都挖到自家公司来，过个两三年，这些人大红大紫了，公司的声威立刻就上去了。

而且她还知道好几部会红的剧，公司不但养艺人，还可以做影视投资，到时候让他们去投资这几部剧，肯定会赚得盆满钵满。

她想想都觉得充满希望。

但是这些她不能写出来，在提案里只能写：挖一些有潜力的艺人，投资一些有潜力的剧……说服力确实挺弱的。

“但我觉得会亏得很惨。”展清越丝毫不留情面，“血本无归。”

宁秋秋：“……”

他真是一点儿面子都不给她，她就不该觉得展清越让她做提案是真的有这方面的想法，而不是为了逗逗她，亏她还因此兴高采烈地折腾了两天。

宁秋秋气得看四周有没有东西可以揍这人一顿时，听到展清越接着说：“为了不让我一个人亏，宁女士，我要求你也投资。”

宁秋秋认真地清点了一下自己的财产。

原主在女团时，收入不但要被艺星娱乐抽走一部分，自己所在的公司还要刮一层，到她手中的并不算多。

加上原主比她会挥霍、会享受，时不时去参加个什么派对、酒会，穿的都是不重样的高定款礼服，奢侈品也是不要钱似的买。所以原主基本是个月光族，还经常要靠父母接济。

总而言之，这位外表光鲜靓丽的“白富美”，根本没多少积蓄！

宁秋秋穿越过来后，接了一部电视剧、几个广告和封面。电视剧还好，由于展清远为了女朋友下了血本，演员的报酬都不低，她也跟着赚了不少。

至于广告……除了那个品牌化妆品代言的，其他都中规中矩，总而言之就是她赚了。

可明星赚得多也花得多，像她这种立着“白富美”人设的，私服不过五位数都不敢穿出去，包包、饰品、化妆品，还有团队经营的钱都需要自己掏，每天的支出跟流水似的。

最后，宁秋秋可耻地发现，自己能拿出手的也就三百万不到……

而且，把这笔钱全部投进去入股，她和她的团队都要喝一段时间的西北风了。

跟展清越这种随手一扔就是一百万牵条网线的大佬比起来，宁秋秋有点儿抬不起头来。

不过她手上其他的资产倒挺多：宁父送给她的那套价值几千万的别墅、展老爷子给她的1%的股份，还有他们家里的一部分股份……林林总总，她也算是个亿万富翁呢。

但这些都是理论上的，哪一样她都没法儿动。实际上，她还只是个三百万都拿不出来的人……

她大概是史上最穷的豪门太太了。

展清越让她投资的时候，宁秋秋还想着豪掷几千万捞个大股东当当的。现在看来，她这蚊子腿，展清越会让她入股就不错了。

不行，她要赚钱，怎么也得在展清越准备好时凑够一千万！

宁秋秋第一个想到的是她的“金手指”——符。别的穿书文里的主角，不都是带着个什么空间系统，产出物丰富，随手一卖都是几万吗？她也可以卖符发家呀。

现实却让宁秋秋流下了真实的泪水：她尝试把符挂在了二手交易平台上，十元钱一张都没人买，因为人家店里十元钱可以买十打，还包邮。

最终，宁秋秋发现最实在的还是打电话给瞿华，让他多给自己接几个代言。

劳动最光荣。

“咦，小啾啾，你这么快就休息够啦？”瞿华听到自己的艺人不沉迷男色了，语气飞扬地说，“只要你想，每天都能让你行程满满！”

“那你给我接几个……那啥，报酬比较高的。”宁秋秋竟觉得有点儿难以启齿，装久了，都不好意思说自己没钱了。

瞿华沉默一秒，随后疑惑地说：“怎么突然关心起报酬高不高来了？小啾啾，你缺钱了吗？你该不会是被谁骗了吧，啾啾？”

说到这里，瞿华似乎想到什么，语速急了起来：“我跟你说，现在很多外表光鲜的男人，其实骨子里坏得很，你不要被迷惑了呀！我的小宝贝，快告诉瞿哥哥，你怎么突然缺钱了？是不是他问你要了什么？你别傻傻地被骗财、骗色了还不知道！”

宁秋秋：“……”

好像瞿华说得……并没有毛病，展清越就是那个外表光鲜的坏男人，她缺钱……也确实是因为他要求她注资。

“没有啦，你想到哪里去了？跟他没有关系，是我自己想投建一家公司。”

“投建公司？！怎么会突然有这样的想法？你懂这些吗？是不是谁给你洗脑了让你投的？能成功当个股东固然好，但很多都是血本无归的，小啾啾你要看清楚！”

瞿华说了一大通，跟老妈子似的，宁秋秋也知道他是担心自己被骗，想了想说：“展家刚醒的那位你知道吧？”

这件事情连微博热搜都上了半小时，瞿华当然知道。不过瞿华想不通她怎么又和展家的人扯上关系了，说：“我知道，他怎么了？”

宁秋秋：“就是他想东山再起，让我投的。”

“你早说是他嘛，真是的。”瞿华松了口气，态度来了个一百八十度的大转弯，“看把我急的，那没关系，你尽管投吧，顺便帮我问问小额投资他收不收，那啥，人家也想分杯羹。”

展清越就让你这么有安全感了吗？

好不容易扯完皮，瞿华表示马上去给宁秋秋安排工作，报酬绝对可观。

虽然……好像还是有点儿杯水车薪，但蚊子再小也是肉，不管了。

之前瞿华给宁秋秋的两张菊展票也到了时间。

这是个私人菊园的展览，门票不卖，而是主人随缘赠送。据说一天只有八十八个参观名额，不知道瞿华是怎么弄到的。

不过他有办法弄到，宁秋秋也有。她给晶晶和陈毅也各弄了一张，主要是展清越需要照顾，她单独带他去，万一展清越尿急怎么办……

她和展清越又不是真的夫妻，不需要二人甜甜蜜蜜地游园，主要目的还是带展清越出来散散心，省得他真被复健搞出心理阴影来。

这个菊园确实不负盛名，各种品类的菊花都有，很多是宁秋秋见都没见过的，即便是深秋了，也因这边的气候适宜而开得十分旺盛，赏心悦目。

他们开开心心地逛了一天，最后还得到了主人赠送的两盆菊花、自产的菊花蜜和菊花茶，收获颇丰。

回去的路上，逛了一整天的宁秋秋累得不行，才上车就开始打瞌睡。大概由于明星做久了，在行驶的旅途中睡觉最香、最踏实，宁秋秋不一会儿就睡得人事不知了。

沉睡间，忽然急刹车，宁秋秋一个激灵，身体跟着往前倾。正要和前座的椅背来个亲密接触时，她感觉自己的额头上覆上了一只温热的手，挡住了因惯性而前倾的头。

宁秋秋不用想都知道这只手的主人是谁。

宁秋秋早已经睡意全无了，全部注意力都集中在那只温热的手上。当初二人初次同眠时那种酥麻的电流又来了，一阵一阵的，电得她浑身酥颤。

说起来，好像自从展清越醒来，他们这对夫妻就表面得有点儿过分，再也没有肢体接触过。如今骤然来了个“亲密接触”，好像她全身的感官都被调动起来，集中在那只手上。

她不是没和其他男演员演过亲密戏，但好像从来没有出现过这种感觉。

宁秋秋有点儿触动、有点儿开心，甚至想要多接触一会儿，于是没有选择醒来，而是呢喃了一声，迷糊道：“到了？”

“还早。”展清越说。

“嗯。”宁秋秋占够了人家的便宜，正要顺势翻个身离开他的手时，感觉到还覆在她额头上的手稍微用了点儿力，然后……顺着展清越的手劲儿，她的头被他摁到了他的肩上。

“开稳点儿。”她听到展清越轻声说。

前面开车的陈毅没有解释原因，只是说：“好，抱歉，您和宁小姐没事吧？”

“没事。”展清越说完又放低了身体，让她靠得更舒服一点儿。

意识完全清醒的宁秋秋则整个人都僵硬了。太亲密了，她有点儿吃不消，整个人都没法儿自然了怎么办？

她宁愿此刻睡得跟一头猪一样，趴在人家的肩头，流点儿口水都无所谓，到家了被人叫起来，还迷迷糊糊地瞪人家一眼，撒个娇表示还要睡。

那么接下来的剧情，如果展清越是个男友力 max（最强）的霸道总裁，肯定一把将她抱回房间，还在她的耳旁轻声安慰道：“回房睡。”

但他现在是个半残的霸道总裁，所以更有可能的是让陈毅、晶晶先拿着东西进去，他坐在车里让她靠着睡到醒，还要一脸爱意地看着她甜美的睡相，粉红色泡泡四处冒。

宁秋秋被自己的脑洞雷得外酥里嫩。事实上她现在意识清醒，歪着脖子靠在他的肩上，还不敢太用力，唯恐自己的脑袋太重，压坏了这位“病弱美人”的肩。

她正想装作睡够了揉下眼醒来时，忽然脑袋上一重——展清越居然把他的头和她的抵在了一起！

二人像电视剧里的男女主角一样亲密相偎，两头相抵，她觉得前面时刻注意着后座八卦的晶晶都要尖叫出来了。

可她一点儿都不想这样，刚刚酥得她鸡皮疙瘩乱起的陌生电流，此刻也顺着脚心流入地心，跑得干干净净，她难受、僵硬，脖子抽筋。

她到底做错了什么，给她一个正常女主角的剧本不好吗？

当然她看不到展清越的脸，不知道人家脸上现在正带着淡淡的笑意——虽然宁秋秋的演技很好，但刚刚二人接触时她僵硬了一下，立刻被展清越察觉到她醒了，他就想逗逗她。

这种岁月静好的姿势仅维持了五分钟，宁秋秋就没办法忍受了。她装作刚醒来的样子，揉了揉眼睛，“惊觉”自己靠在展清越的肩头，忙说：“抱歉抱歉，我睡糊涂了，有没有压到你？”

展清越说：“压到了。”

对方不按常理出牌，宁秋秋干脆要赖皮：“啊，我真不是故意的，怎么办？要不……我让你压回来？”

前面的晶晶、陈毅：“……”

为什么对话又开始变得奇怪了？

“好。”展清越答应得更干脆，甚至说，“你坐过来一点儿，我压不到。”

宁秋秋被对方的无耻惊呆了，他还真好意思！

可话说出口，宁秋秋就没有反悔的余地了，只能像小媳妇一样坐过去，任展清越把脑袋靠在了她的肩膀上，他的短发还抵在宁秋秋的脖子上，痒得她想用手挠。

空气再一次安静下来，展清越虽然靠在她的肩上，可并没有多少重量落在她的肩上，大概跟她刚刚怕压坏他的心思是一样的。宁秋秋僵坐了一会儿，开始困顿起来，迷迷糊糊地又睡过去了。

这一睡睡到了家门口，她醒来时，展清越早没靠在她身上了，她身上反而多了一条毛毯，不知道是什么时候盖上去的。

她笑了笑，把毯子放在一边，走下车，悄悄地伸了个懒腰。

展清越已经重新坐上了轮椅。妙妙见到自己的主人回来，高兴地围在他的轮椅旁边又跑又跳。展清越伸手摸了两下它的头，妙妙更嘚瑟了，本性暴露，想要扒拉展清越的腿扑上去，却在看到宁秋秋从车上下来时，害怕地退了退。

她很想知道晓琴给这条狗灌了什么迷魂汤，会让一只这么难教化的哈士奇对她产生恐惧心理。

而且这段位这么低还想上位，晓琴真应该去多看两部宫斗剧，不然活不过两集。

刚好，晓琴从屋里出来，手里抱了件展清越的外套，正要给展清越披上时，被超正经的护工晶晶拿了过去，说：“后备厢放了好些菊花和蜜，你帮忙拿一下。”

晶晶好比“大丫鬟”，晓琴虽不高兴半路被截了和，但敢怒不敢言，只能跑去帮忙搬东西。

晶晶则一把将外套递给宁秋秋，给她使眼色，意思是让她去披。

宁秋秋失笑，那天她和展清越发现了晓琴的“小心思”，展清越这人做事比较干脆，想直接辞退晓琴，一了百了。

可是，晓琴虽然最近明里暗里地暗示了展清越几次，但是没留下什么“罪证”，而且平日里手脚勤快、做事积极。

也就是说，晓琴没有犯任何错。

如果现在展家辞退她，属于展家这边违约，要无条件支付她三个月的工资。

展家用人的工资都不低，这才做了几天就让她白拿三个月的工资，实在是太便宜她了，穷人宁秋秋表示不开心。

而且她这个样子不受一点儿教训，等她去了下一家，还会继续怀揣“豪门大少的用人小娇妻”的梦想，觉得自己有几分姿色就可以飞上枝头变凤凰，破坏人家的家庭。

这种人需要吃一点儿苦头。

宁秋秋准备给展清越披上外套时，围观这件外套经过了三个人的手的展清越好笑地说：“我不冷，你才醒，穿着，不然容易感冒。”

“哦。”宁秋秋答应着，不客气地把外套穿在了自己的身上。

晓琴：“……”

展清越虽然清瘦，但他的外套对于宁秋秋来说还是有点儿松垮，只是她颜好、身材棒，把破布穿在身上都能轻松驾驭，展清越的外套愣是被她穿出了时尚感。

她故意转了个圈，问展清越：“好不好看？”

展清越很给面子地说：“佳人悦目。”

没有人不喜欢别人夸自己好看，宁秋秋也一样。她被夸得通体舒畅，连带看不敢靠近的妙妙都觉得顺眼了一些。

她瞥了一眼搬了盆开得旺盛的菊花的晓琴，拿出女主人的姿态，淡淡地吩咐说：“把花放在院子里不会被妙妙啃的空地上吧，记得浇点儿水。”

晓琴低眉顺眼地说：“好的，宁小姐。”

次日，宁秋秋最后一天悠闲地待在家里。她明天就要开始她的赚钱之旅了，虽然过程比较辛苦，但想想把一千万甩到展清越的面前，告诉他这是她的入资金额时，她就斗志满满。

晓琴吃过早饭便被另一个小姐妹通知说展先生在院子里，让她过去，内心顿时一阵欣喜。

自从上次送了爱心甜点给展清越被宁秋秋撞见后，她以为自己要完蛋了，结果没有丝毫动静。晓琴的胆子大了起来，她对展清越的暗示越来越明显，展清越虽然没什么回应，但他好像都默认了她的做法，没有说什么。

展清越和宁秋秋一直分房睡，晓琴不信他会这么规矩，他的默认让她受到了巨大的鼓舞，甚至都感觉自己要起飞了。

今天，他终于主动找她了，是不是代表……

她一路心情愉悦又带着几分忐忑地去了院子里，却迎面而降一盆冷水：宁秋秋也在。

“昨天那个菊展的园子好好看哪。”晓琴听到宁秋秋用足以令她起一身鸡皮疙瘩的声音跟展清越撒娇说，“我也想要个那样的院子嘛。”

展清越的回答很霸气：“那我给你买一个？”

“可是，我们的家又不在这里，买一个也没用啊。”宁秋秋嗲嗲地说，“而且，我想要每天起来推开窗户就能看到嘛。”

这声音差点儿让晓琴呕吐，展清越却一副很吃这一套的样子，失笑道：“这可难住我了，那怎么办？”

宁秋秋似乎也苦恼了几秒，忽然眼睛一亮，说："我们把这个院子改造一下，自己改一个，好不好？"

晓琴："……"

展清越带着宠溺的笑意说："只要你喜欢的，都依你。"

宁秋秋撒完娇，抬眼"刚好"看到晓琴过来，说："哎，你来得正好，回去问一下管家，看看地下室有没有锄头之类的工具，让他找出来，我要把院子翻一翻，用来种花。"

"可是……宁小姐……"晓琴的直觉告诉自己宁秋秋会支使她和大家一起翻院子，她说，"别墅院子里的花草好像都是规划好的，不允许翻吧。"

"不允许？"宁秋秋笑了，"'不'字是建立在没钱基础上的，你觉得这跟我们有什么关系？"

晓琴："……"

身上三百万元都拿不出来的宁秋秋，装大款装得好爽。

既然宁秋秋不能辞退她，那就让她干点儿力气活，压榨一下劳动力，不算违约吧。

宁秋秋一大早就吩咐管家让人去买好了花锄，很轻、不容易累人的那种，才不会让人有偷懒的借口，不仅是花锄，菊花、肥料、剪子全部买过来了，还让管家问过了物业，确定院子里的花草可以重新按照主人的需求种。

管家盘点了一下家里可以匀出来帮忙的人，最后匀出来两个：晓琴和管家自己。

"要请几个园丁来帮忙吗？"管家问宁秋秋。

宁秋秋摆手："不用，就我们家里人有空了弄一下，自己种的才有成就感。"

"唉，可是我这腰最近老疼，不顶事儿。"管家很上道地说。

"那您就负责剪剪花什么的，重活儿交给年轻人去干就行啦。"

年轻人晓琴："……"

院子里原本就种了其他的花草，要先把它们铲掉搬走，再松土，重新做培育花的土坑，再把菊花种下去，埋好再浇水。

这些都是力气活，晓琴干了一天就面如土色，第二天干完，干脆"病了"。在外地赶通告的宁秋秋听到这个消息，让管家告诉晓琴，病了就好好休养，等病好了再继续做，她不介意进度慢点儿的。

如此过了一周，等到宁秋秋再次回到G市的家里时，收到了晓琴的辞职申请。跟辞职申请一起的还有一封投诉信，表示她要投诉雇主，违背合约精神，对她进行体力压榨。

宁秋秋知道对方把投诉信给自己看，并不是真的想投诉，只是想借此索要一笔赔偿款，不然她主动辞职就得不到任何赔偿，大概觉得赔了夫人又折兵不划算，想反咬一口。

宁秋秋看着那两份材料，笑了笑，说："热播剧《宫禁美人》里，女主角被打入浣衣局洗到手生冻疮，最后赢得了四阿哥的爱情；'狗血'剧《我是公主》里，女主角在男主角家里做各种粗活儿、脏活儿，最后和男主角双宿双飞。你这才种了一个星期的花呢，就受不了了要辞职，都还没引起雇主的注意呢，是不是没拿到女主角的剧本哪？"

"我不知道你在说什么。"晓琴不给她留下任何把柄，说，"我会对这阵子在你们家受到的不公平待遇进行起诉，麻烦宁小姐后续配合我们公司的回访，宁小姐要明白，起诉成功，你们家的声誉会严重受损，到时候没人再敢来你们家做用人。”

“哦？”宁秋秋挑眉，“那要是起诉不成功呢？”

晓琴一怔。

“真要闹起来，你觉得你的公司会选择保你，还是选择留住我们这个大雇主？”

“我……”晓琴嘴硬，“我相信公平和正义。”

“那你勾搭男主人怎么算？”

“宁小姐可有证据？没证据的话这叫诽谤。”

“我就诽谤你，你能怎么样？”宁秋秋利落地在她的辞职申请上签了字，丢到她的身上，冷笑说，“我之前就跟你说过，‘不’字是建立在没钱基础上的，不要总想着用鸡蛋砸石头，麻雀插了一身的野鸡毛也变不成凤凰。”

“顺便，”宁秋秋按住她的肩膀，从她的兜里掏出手机，“录音录得开心吗？”

晓琴的脸色终于变得煞白。

等到晓琴失魂落魄地离开，围观了全程的晶晶冒出来，不遗余力地拍马屁：“宁小姐，你刚刚真是帅呆了！啊啊啊，我现在就是你的超级‘迷妹’了。”

“走开。”宁秋秋想起这个乌鸦嘴就来气，说她像绿巨人，害得她真差点儿被“绿”了。

幸好展清越意志坚定，没受到蛊惑。

《我和漂亮竹鼠的日常》拍了一期，节目组大概也觉得自己的制作不够精良，怕整个节目无聊没人看，为了不至于亏本，决定先播一期，视反响再对第二期进行改造。

如果节目实在被喷得太惨，他们就及时止损不拍了，不然方谨然的身价那么高，节目组回不了本就要哭了。

一般来说，展清越宁愿把时间花在睡觉休息上，也不会去关心什么综艺，而且还是个网播综艺，连广告投放都不到位。

结果晶晶这个成事不足、败事有余的坏事精，在网播的前两天就不知道从哪里听到了播出时间，号召大家一起看。

而且，这是展夫人嫁入展家后播出的第一个节目，管家知道后也非常重视，特地找了技术工，把电脑连上别墅负一层的家庭影院，这样看起来更方便。

在外地拼命赶通告赚钱的宁秋秋不知道，他们家的管家让大家在播出当晚早早吃了饭，一起守在家庭影院旁，看她在节目里的精彩表现。

这其中也包括展清越。

本来这个节目是晚上十点在菊花视频播出。

可由于展清越花了一百万“为爱牵网线”，节目组拿了这笔钱，牵网线才花掉万把块，别的地方也不需要花这么多钱，又不可能私吞，干脆买了个好时段播出。

所以，黄金时间晚上八点整，《我和漂亮竹鼠的日常》正式播出。

展家上下，屏息坐在舒适宽敞的家庭影院旁。晚上八点，菊花视频正式跳出《我和漂亮竹鼠的日常》的片头。

“开始了，开始了。”

本来在小声聊天的众人赶紧坐好，兴奋地盯着屏幕，连低头看手机的展清越也收起手机，看向正前方的大屏幕。

由于网站默认弹幕模式，节目一开始，一条条弹幕也跟着刷了出来。

方谨然作为知名艺人，这又是他参加的第一个真人秀，涌来了大波粉丝，弹幕滚得跟下雪片一样，要不是别墅这边的网络好、设备贵，估计就被卡死了。

在大片表白方谨然的弹幕中，有些特别刺眼。

“为什么这个节目会有宁秋秋？唦！”

“宁秋秋可不可以滚出娱乐圈哪？哪里都有她的身影。”

“这是蹭方谨然的热度蹭上瘾了吧？狗皮膏药一样甩都甩不掉！”

“宁秋秋团队酝酿和方谨然传绯闻很久了吧，我几乎可以猜到今天的热搜了呢！”

“宁秋秋滚出娱乐圈！”

屏幕前正兴冲冲地期待宁秋秋出场的众人瞬间都蒙了：为什么这么多人骂他们可爱的夫人？！

连“见多识广”的晶晶，看着弹幕上刷出来各种骂宁秋秋的字眼都瞠目结舌。

她完全不知道宁秋秋这么好相处的人怎么会被骂。

“小吴，这个一直在走动的字可以关掉吗？”凝固又尴尬的气氛下，管家颤颤巍巍地问技术小哥，感觉自己的心脏都有点儿不好了。

“弹幕啊，可以关的。”技术小哥显然很懂，他不是展家的人，并不知道弹幕里被骂得最凶的那个就是他们的展夫人，便很上道地说，“不过看这种节目和弹幕一起吐槽才有意思，弹幕太多影响观看的话可以设成简洁版，需要吗？”

“关掉就好，关掉就好！”管家怕自己再看下去要原地“去世”。

“好吧。”技术小哥还有点儿遗憾。

“设成简洁版。”技术小哥的手刚握上鼠标，正要把弹幕关掉时，坐在正中央席位的展清越缓缓开口说，“我想多了解大家对内人的评价。”

众人：“……”

为什么这句话让他们感觉背后凉飕飕的？

晶晶听到展清越的话，想起宁秋秋跟她说过，展清越这人不但心黑，还有个特点就是记仇。

现在，她仿佛看到了展清越拿着记仇小本本，一笔笔地把那些骂宁秋秋的话记下来……

这么一“脑补”，晶晶因为宁秋秋被辱骂而激起的那些愤怒瞬间消散了，取而代之的是满心激动，恨不得拉个横幅：展先生威武霸气、男友力爆表。

毕竟是小成本节目，节奏比较慢，不能说多出彩，整个剧情都中规中矩，不过后期明显想搞事情，好好的真人秀视频愣是被剪出了“鬼畜”的感觉。

当然，围观的展家众人中有一半人不知道“鬼畜”是什么意思，只觉得这档节目多半“有毒”。

大家一起去看竹鼠时，白莹被竹鼠吓到了，后期给竹鼠加了个戴墨镜、叼根烟、戴根金链子的特效和 BGM（背景音乐）……

大家看不懂，但莫名想笑。

本来一直在表白方谨然和骂宁秋秋的弹幕，也渐渐地被带入剧情，开始刷“哈哈哈”。

晶晶松了口气，要是整个节目里宁秋秋被从头骂到尾，她觉得自己会死得很惨，毕竟是她告诉了大家播出的消息，管家才发动全部人看节目。

她偷偷瞄了眼展清越，歪坐在舒适的沙发里的展清越脸上并没有什么表情，看不出他的喜恶。不过每当有宁秋秋的镜头时，他的眼神就会柔和一点儿，仿佛和宁秋秋在屏幕里隔空相望。

“咝。”晶晶牙酸地想，“酸死了！”

前面的情节并没有很拖沓，节奏很快，节目播放到众人被要求去做任务。

当宁秋秋自告奋勇地要去砍竹子时，管家再次觉得自己的心脏不好了：“这，宁小姐这小身板，怎么砍得动竹子呀？”

用人 1：“这节目组也太惨无人道了！”

用人 2：“对啊，选择做饭多舒服啊。”

厨娘不高兴了：“合着你们都不做饭，觉得做饭就很轻松是吧？”

管家：“别吵，别吵，认真看节目！”

眼看着一家子人看节目都要吵起来了，管家赶紧制止。

展清越平时在其他人面前都表现得挺正经、挺有人性的，跟林汐恬说的一样，展清越对于不熟的人，尤其是女孩子，都是非常客气的。

所以家里的用人都不怕他，看节目也比较放松，还会偶尔出声讨论几句。

但是熟的人，如宁秋秋嘛……只能默哀三分钟了。

他们家里人是站在宁秋秋的角度，都替宁秋秋感到委屈，觉得节目组虐待宁秋秋。

但弹幕就不同了。

“宁秋秋去砍竹子？！她提得动刀吗？”

“呵呵，明显是做饭要帮忙，买菜、洗菜偷不到懒，她才选择上山砍竹子，谁敢支使她砍哪？”

“我第一次看到如此明目张胆地不要脸的女嘉宾。”

“不想做任务不要占用资源好吗？滚出这个节目！”

“某家粉丝真是够了，人家选择做饭才要被你们喷死吧？怎么说都是你们有理。”

“反正啾啾在这个节目里连呼吸都是错的。”

偶尔冒出来几条“路人粉”和宁秋秋的粉丝的弹幕，很快又被刷过去了，主要是方谨然的粉丝群太庞大了。

不过这些人很快就发现自己被打脸了。

宁秋秋非但没偷懒，反而在两个男嘉宾砍得要死要活时，利落地接过刀，三下五除二就把竹子砍了，动作之熟练、速度之快，完全“吊打”两位男嘉宾。

众人：“……”

弹幕：“……”

“哇，宁小姐也太霸气了，拿刀的动作太帅了！”晶晶不遗余力地尖叫、吹捧。

用人1：“弹幕里骂她偷懒的那些人要尴尬死了吧。”

用人2：“我就喜欢看这种打脸现场，爽！”

连一直没说话的展清越，在震惊了一下之后也情不自禁地露出微笑。

宁秋秋这个人，果然能给人惊喜。

他想到那天她在视频里炫耀她满手的水泡，估计就是砍竹子的时候起来的吧。

原来她是干了这么厉害的活儿呢，难怪那时候受伤了还一脸得意。

大概是宁秋秋出来秀了一波，让他觉得这个令他想打哈欠的综艺开始顺眼起来。

顺眼了没几分钟，镜头切到了方谨然那边。方谨然和白莹还在菜市场买菜，他们站在蔬菜摊前。

两个人挑挑拣拣了一会儿，拿了玉米和黄瓜。白莹又拿起一根秋葵，说：“这里的秋葵看起来好嫩、好新鲜哪。方老师，我们买点儿秋葵吧。”

方谨然说：“别买，秋秋不吃秋葵。”

方谨然刚说完这句话，屏幕上突然出现粉红色的特效，他的话又被放慢语速重复了一遍，还给他加了粉粉的红脸特效，粉红色的小花朵乱冒，看起来一副娇羞的样子，背景音乐则是亲嘴的音效。

不怕事儿大的后期剪辑人员还把宁秋秋的小照片放出来，也加了红脸特效，仿佛她在亲方谨然一样。

展家众人蒙了。

展清越：“……”

这剧情……和说好的不一样啊。

说好的养竹鼠节目呢？为什么变成了宁秋秋的“出轨”现场？

展清越一瞬间脸黑如锅底：这就是他投了一百万元的节目！

那天，他听宁秋秋说，这个节目组很穷，穷到连好一点儿的网都拉不起，就让周扬去了解了一下对方的资金情况。

结果周扬发现，节目组确实穷得一塌糊涂，连个像样的赞助商都没有。展清越看宁秋秋对这档节目挺上心的，为了不让节目半路夭折，以牵网线的名义给它无偿注了一百万元资金。

结果，节目组就整成这个鬼样子！

要换成他底下的人给他做出这种东西来，全员都要卷铺盖谢罪！

屏幕里，本来因为宁秋秋神刀砍竹子终于不好意思那么明目张胆地骂她的弹幕，瞬间炸了。

“强行组 CP 有病吧，节目组在坟场蹦迪蹦傻了？”

“然哥和宁秋秋一起拍过剧，相处了那么久，知道她的口味不是很正常吗？服了这狗节目组。”

“老子现在就想去炸了节目组，气死我了！”

“宁秋秋真把我恶心透了，然哥的血好吸吗？”

“这节目组捧宁秋秋也太明显了吧，干脆改名叫‘宁秋秋和她的竹鼠们’吧。”

“这跟我……有什么关系吗？”刚收了工才从摄影棚出来坐上保姆车，接过小池递上的手机就看到这一幕的宁秋秋感觉自己巨冤。

她才是那个最大的受害者吧。

她觉得节目组肯定会拿她和方谨然做文章，所以尽量避免和他接触。谁知道这样都还能被节目组抓到空子，她也是服了。

弹幕已经凶残得难以直视了，之前大家还怕给方谨然招黑，骂宁秋秋的都是装路人，现在根本就是大胆地下场骂人了。

小池看得一脸气愤：“这节目组为了热度，脸都不要了。”

宁秋秋心累地扶额。

这时候她唯一庆幸的是展清越平时不关注这些，不然看到她被组 CP、被骂，等下还要上演大力表演，对她的印象肯定极坏。

她要做他心目中的小仙女，蠢点儿无所谓的那种！

然而，她不知道的是，这个仙女她也做不成了。

本来气氛轻松愉悦的家庭影院里，因为大家看到自家夫人被强行组 CP，还被撕，气氛再一次尴尬地凝固起来。

尤其是男主人一声不吭地盯着屏幕，虽然没说什么，甚至脸上的表情都没变，给人的感觉却瞬间变了。

用小说里常用的话来说，就是周身弥漫着危险的气息。

大家都很害怕呀！

于是大家很有默契地眼观鼻、鼻观心，不敢吭声了。

在这样的氛围下，买菜镜头终于结束了。画面一切，又回到了宁秋秋这边，他们已经给砍好的竹子去掉了叶子，正面临扛回去的大难题。

展家众人见到宁秋秋的脸顿时松了口气，这小破节目实在太考验心脏了。

然而，这口气还没来得及松完，屏幕里，宁秋秋在一片恶意的弹幕下把那根两个男人搬都吃力的竹子轻松地扛上肩头。

然后，在大家错愕的目光中，她健步如飞地跑了。

本来骂得不可开交的弹幕，一瞬间静止了，随后仿佛中了病毒一样，屏幕里刷满了问号。

在展家家庭影院的人看到此景，心情和满屏幕的问号一样。

屏幕里的那个大力女是谁？为什么和他们娇弱的展夫人长得一模一样？

宁秋秋是被“盗号”了吗？

片刻之后，大家终于回过神来。

管家揉了揉眼睛，说：“我老眼昏花了吗？宁小姐扛的那根竹子是被换成什么纸壳道具了？”

厨娘：“没有吧，假的能真成这样，这节目也不会处处透着贫穷的气息了。”

用人 1：“这……是用了替身吧？”

用人 2：“你看过正脸露出来和本人一样的替身吗？”

“我的妈。”晶晶更是目瞪口呆，想着自己现在去向宁秋秋道歉，重新站队来得及吗？

她的第一反应是转头去看展清越的表情，她发现一向喜怒不形于色的展清越，这会儿脸上也是一言难尽的表情。

本来还在心里盘算着怎么让节目组死得更难看一点儿的展清越，骤然被这个转折惊得有点儿回不过神来。

他没想到平日里那个好逗又容易奓毛，但总体来说还是属于比较娇弱的小女生一类的人，还有这么……不为人知的一面。

竹子虽然是空心的，但是由于是新砍的，而且留了六七米的长度，目测也有几十斤。

展清越觉得如果他身体健康，虽不至于像林近、宋楚那样弱到扛不动，但扛起来也绝对不可能像宁秋秋这样轻松。

看她这步履稳健，甚至都感觉不到肩上东西重量的样子，展清越甚至觉得，再给她来一根也是没问题的。

展清越心情复杂，平日里他有事没事就逗宁秋秋，经常把人家惹到奓毛才开心。现在看来，他是不是应该感谢她的不揍之恩？

她有点儿……厉害。

保姆车里，宁秋秋看到这个片段，捂眼：“小池，你让瞿哥不准给我买‘大力女神’一类的热搜，我不想要这么可怕的人设！”

“哦。”小池给瞿华发微信消息，刚刚内心的愤怒一扫而空，忍不住得意道，“今天这个节目笑死我了，我看到弹幕一次次被打脸，就好想笑。”

从弹幕看来，宁秋秋就是个十指不沾阳春水的大小姐，而且以前在女团的时候还被传性格不好、大小姐脾气很重。没想到她在这个节目里，不但很好相处、性格很棒，而且在砍竹子任务中明显是一带二。

虽然弹幕一直在骂她，但在整期节目里，她其实一点儿错处都找不出来。

宁秋秋则笑不出来：“微博里然哥的粉丝是不是都已经磨刀霍霍准备宰我了？”

“哎呀，他家粉丝就那样，随便有个女生离他们家‘爱豆’近一点儿，他们就有被炒绯闻幻想症，也不知道他们是怎么想的，非得把整个娱乐圈都得罪光才高兴。”小池一副很懂的样子。

方谨然的粉丝的战斗力现在估计都能排上第一名了，他们走到哪儿撕到哪儿，犹如蝗虫过境，很多人都怕了他们。

想到方谨然那凄苦的境遇，宁秋秋又同情又生气。这些粉丝这么厉害，怎么不集资把他从那个水深火热的经纪公司赎出来？骂她有什么用呢？

小池虽然这样说，可还是忍不住登上了微博。她看了一会儿，忽然兴奋地拉着宁秋秋的手说："没上热搜，关于你和方谨然的一条都没有，估计全被瞿哥撤了。"

宁秋秋凑过去看了一眼，前五十条里都没看到有关她和方谨然的词条。

反而是"宁秋秋手起水泡""宁秋秋女友力""宁秋秋打脸现场"三个词条被顶上了热搜，其中打脸现场的那个在热搜第一的位置，热度值甩了第二一大截。

宁秋秋看到那三条热搜，尤其还有条热搜第一的，感觉眼前一黑，差点儿晕过去："我们团队什么时候这么有钱了？为什么一下买了三条热搜？！"

公司拨给每个艺人的营销费用是有限的，超过的费用全部从艺人的提成里扣。

她辛辛苦苦地赶了那么多天的通告，估计通通喂给微博都不够，还要倒贴。

小池不知道宁秋秋缺钱，还挺高兴地说："肯定是瞿哥看你这几天这么辛苦地赶通告，心疼你，所以看到这么好的机会，一口气买了三个。"

宁秋秋听完心更疼了，捂着险些心脏病发作的胸口说："我好恨哪，可以撤两条让微博退钱吗？"

"啊？不能吧。"小池不知道自家艺人突然怎么了，但还是没把她和"贫穷"两个字挂上钩，说，"热搜多一点儿不是挺好的吗？秋秋姐，你是不是担心被方谨然的粉丝骂？没事啦，瞿哥买了热搜，肯定也请好了'水军'的。"

这话让宁秋秋的心更痛了，不仅买了三个热搜，还请了"水军"……

她三百万元的存款，估计连二百五十万元都不剩了。

请问她是走程序还是直接哭？

小池没注意到自家艺人恨不得以头撞地的表情，美滋滋地打开那个"打脸现场"的热搜第一，发文的是一个叫"略略路你打我呀"的小号。

略略路你打我呀："今天看《我和漂亮竹鼠的日常》，真是我快乐的源泉，这完全是一部爽流的打脸戏呀，刚好边看边录的，马上给大家截几张图感受一下。"

博主截的都是动图。

图 1：宁秋秋表示自己要去砍竹子时的弹幕截图，大家说她是为了偷懒。

图 2：宁秋秋手起刀落，三下五除二就砍了一根竹子。

图 3：宁秋秋一个人扛了根竹子嗖嗖嗖地跑了。

图 4：林近和宋楚两个人扛着一根竹子，累得满头大汗。

图 5：弹幕说宁秋秋巴着方谨然炒作。

图 6：宁秋秋宁愿砍竹子，也不跟方谨然他们一组买菜。

图 7：方谨然买菜时，主动暗示宁秋秋不爱吃秋葵。

图 8：吃饭的时候，宁秋秋故意坐得离方谨然远远的。

图 9 是一张纯文字的图片：这副避之不及的样子，确定是宁秋秋巴着方谨然炒作？！眼睛不用可以捐出来给有需要的人。

下面已经刷了几千条评论，大概是瞿华请的“水军”到位，居然一条黑宁秋秋的都没有，反而大家都是一副很高兴的样子，表示这脸打得不要太爽，某家的粉丝脸都肿了吧？

不过大部分网友还是在讨论宁秋秋是大力女的，表示看到她扛竹子的那段真的又震惊又好笑，还有众多表示今天被宁秋秋“圈粉”的评论，十分和谐。

小池开心地给宁秋秋看了。宁秋秋看到那一个个字，都觉得像一张张钞票在她的眼前耀武扬威地闪动，让她痛心疾首，恨不得把瞿华的脑袋掰开看看里面装了些什么。

大概是宁秋秋的怨气太大被瞿华感受到了，她的手机铃声响了起来，提示有电话打进来。

宁秋秋看到“瞿华”两个字在屏幕上跳动，怒从心头起。她接起来，皮笑肉不笑地说：“热搜的事情，给你一个狡辩的机会。”

“冤枉，热搜不是我买的。小啾啾，你看我像是那种乱挥霍的人吗？”瞿华大呼，“我就买了起水泡的那个，想给你增加好感度的！”

“那是谁？别跟我说自然上去的。”就那个小节目，她也不是大明星，鬼才信能自然上去两个热搜，还有个自己跑到第一去了。

“我打电话就是跟你说这件事情呢。我仔细探听了一下，又是展家那边出的手。怎么回事儿啊？展家对你是不是太好了？”

这话犹如一道晴天霹雳，半晌，宁秋秋才找回自己的声音，抱着几分希望问：“展……展清远吗？”

“这个我就不清楚啦，因为不是上次那个团队的手笔，等我再去帮你探听探听啊。”

团队的人可以变，但作风一般是不会换的，那么……宁秋秋捂住再次受创的小心脏，说：“不用了，我自己去问，挂啦。”

挂了瞿华的电话，宁秋秋飞速地打开微信，想先从晶晶那边探听一下。虽然这个墙头草经常不靠谱，但一些她想知道的信息晶晶还是会告诉她的。

然而，她刚打开微信就收到了展清越的消息。

展腹黑：“节目很精彩。”

宁秋秋：“你……看了吗？”

这回展清越发的是语音，他的声音里依旧有淡淡的笑意：“你希望我没看，我就不敢说看了，大力秋秋。”

宁秋秋：“……”

你全家才大力呀！

宁秋秋没脑力思考这个“全家”把她自己也骂进去了，想到节目组鬼才后期的一系列“骚操作”，还有她自己的一系列“骚操作”，她就很想哭。

大佬你听我解释呀，事情真不是这样的！

可是这会儿，估计什么解释都是苍白的，展清越明辨是非的能力那么强，根本……不需要解释多此一举这种的操作。

宁秋秋："所以，微博热搜是你让人买的？"

展腹黑："嗯。"

看到这个"嗯"字，宁秋秋第一反应竟然是松了一口气，不是她的钱，嘻嘻，她的三百万元还好好地捂在口袋里。

她正想问对方哪里来的资源时，展清越的消息又来了，还是语音。

展清越："那个方什么然，就是你落魄无依的……潜力股朋友？"

宁秋秋还没从在展清越面前人设崩塌的晴天霹雳中醒来，又蓦然迎来了另一道霹雳，再次被劈得怔在原地。

今天莫非是她的度劫日？！

展清越会这样说，是因为宁秋秋当初说服展清越开娱乐公司时，说自己有一些落魄无依的朋友，可以把他们挖进来发展。

而且，展清越怎么知道方谨然是这落魄无依的朋友之一的——肯定是调查他了呀，这速度……宁秋秋就算坦荡荡的，也有点儿心虚了。

宁秋秋："确实有这方面的……理由啦。但是，调查别人的背景是可耻的！"

展腹黑："知己知彼，孙子兵法。"

宁秋秋解读出了他的意思：兵法里说的，不算耻。

宁秋秋："我不否认他确实算是一个推动的因素，但是这个想法我很早就有了，并不是为了他。我的最终目的还是称霸娱乐圈，成为大佬，你信我！"

展腹黑："微笑（图片）。"

宁秋秋："嘤嘤嘤！"

展腹黑："这叫声更像竹鼠了。"

这天儿是没法儿聊了，宁秋秋选择无视他。

车子到了宁秋秋下榻的酒店，宁秋秋回了房间，连澡都没洗就困倦地扑在床上不想动了。这阵子她连着奔波，本来就娇生惯养的身体不太吃得消。

赚钱实在太难了，从前穷了七年的宁秋秋，在这一刻有了更深刻的体会。

小池帮她准备洗澡的东西，宁秋秋还能瘫一会儿。她又拿起了手机，看到微信又有新消息，不过不是展清越发的，而是方谨然发的。

方老师："抱歉，当时买菜我想到你不吃秋葵，就说了一句，没有想到节目组会拿这个搞事，实在对不起，给你造成困扰了。"

宁秋秋知道这事儿不能怪在方谨然的身上，方谨然跟她在一个剧组待了三个月，对于他的为人她还是了解的，知道他不是这种人。

不过他的这些粉丝，真让人很难有跟他深交的想法。

她要不是依靠大力符在节目里立了个这么彪悍的人设，转移了注意力，今天怕是要被从头骂到尾。

尽管她一点儿错都没有。

宁秋秋正思考着，方谨然又发了一条消息过来。

方谨然："我刚跟节目组沟通过了，下期开始就不会这样瞎搞了，给你造成困扰，实在对不起。"

宁秋秋："那节目组怎么说？"

她真有点儿怀疑，节目组……会答应吗？

不是宁秋秋看不起方谨然，他现在身不由己，对于自己的事情基本没什么话语权，他去和节目组说，万一他的经纪人就是想要这种炒作方式给他加人气怎么办？

方老师："我的人气摆在那里，节目组暂时不敢得罪我。"

方老师："我是背着我的经纪人去说的。"

后面这一句话，宁秋秋读出了满满的心酸感。

唉，本来心里对方谨然的一点儿介意也因为这个消散了，他何尝不是受害者呢？

小池很快为她准备好了洗漱的物品，催她去洗漱、睡觉，明天还要继续战斗。

宁秋秋在洗澡的时候想到了一个很严重的问题：她和展清越的公司开起来后，是挖方谨然呢？还是不挖呢？

她今天明显感觉到展清越的不开心了，是不是有吃醋的成分她不知道，不过大部分的原因肯定是展清越以为她那么努力说服自己往娱乐圈发展事业、开娱乐公司，竟然是为了方谨然。

这个认知让展清越产生了被利用的感觉，任谁都会不爽，展清越没跟她发火已经很有修养了。

完了，这件事情不会因此黄掉吧？

想到这里，她忙冲好了澡，想要给展清越打个语音电话，好好解释一下！

可她刚打开聊天框，看了一眼时间，发现都晚上十点了，身体还没完全康复的展清越这会儿估计已经休息了。

算了，宁秋秋决定还是不打扰他了。

反正她明天就回去了，给他带点儿礼物，回去当面说更好。

这个竹鼠节目的制作虽然简陋了一点儿，可方谨然给节目带去了一大波人气，加上三条热搜，宁秋秋就这么稀里糊涂地吸了一波粉，知名度高了不少。

这次方谨然的粉丝在弹幕里骂得这么难听，宁秋秋这边并没有就这样算了。

瞿华让公司的法务部拟了一份声明函，表示对于《我和漂亮竹鼠的日常》播出的弹幕中，部分网络用户公然歪曲、捏造事实，辱骂、诋毁宁秋秋这件事儿，已经对宁秋秋造成了名誉损害和精神损害，请相关网络用户即刻停止这些行为。宁秋秋方已委托律师调查、取证，并依法追究相关网络用户的法律责任。

声明函由宁秋秋工作室发出，宁秋秋自己转发，直接用默认的"转发微博"四个字，一个标点符号都没多打。

"支持秋秋，这个声明太帅了！"

"这波操作厉害啊，我觉得秋姐这个称呼都不能形容我们家啾啾的霸气了，应该叫秋爷！”

“就应该这样，支持维权，工作室硬气，小啾啾霸气！”

“秋爷那个热评笑死我了，秋爷威武！”

“我把带秋爷的评论都赞了一遍！”

于是宁秋秋第二天起来，就发现自己扶摇直升了个辈分，从“秋姐”跳到了“秋爷”……

这下她不但人设变了，连性别都变了。

宁秋秋：“……”

所以她为什么要参加这档节目？

她今天要去拍一个滴眼液的代言广告，这个广告的脚本很简单，宁秋秋穿着礼服，雍容典雅地走红毯，眼睛向旁边欢呼呐喊的观众放电，然后拍一个拿着他们家滴眼液的镜头，说“我用 ××，自信闪亮”的台词。

这个广告的拍摄比较简单，拍摄方预计一上午就够了，拍完后宁秋秋打算去给展清越和家里的其他人买点儿礼物，赶下午三点回去的飞机。

可拍摄的时候，她都化好妆了，走红毯的礼服居然还在路上，工作人员表示还要等半小时才能到。

对方说要半小时，那估计还要一小时。宁秋秋对这个拍摄组都无语了：“你们都不提前准备礼服的吗？”

你们敢不敢更不专业点儿？

“出了点儿问题，实在抱歉。”本次的负责人陈小姐语气诚恳地道歉，“耽误宁老师的时间了，十分不好意思。”

对方的态度这么好，宁秋秋反而不好说什么了，只好跟着好脾气地说：“没事儿，不耽搁。”

大家就这样干等了半小时，宁秋秋这边没有不耐烦，负责拍摄的导演那边先烦了：“那边有没有说到底还要多久？啧，不行就先把准备好的这一套换上，试试效果再说。”

陈小姐又打电话去催了一遍，脸色难看地挂了电话，挥手让拍摄助理去把准备好的那一套拿出来。

宁秋秋看到对方原来是有准备的，应该是有什么问题或者瑕疵，也没多想就换上了。

结果她却发现这套礼服挺惊艳的，淡粉色的裙子少女感很强，精致高级，上面点缀着粉色的立体花，腰部一圈还是镂空设计的，若隐若现地又为她增添了几分性感。

她本来长相就偏向于甜美系，这条裙子把她甜美的气息展现得淋漓尽致，她有点儿想不通对方要换的理由了。

难道是哪家高定的盗版货？

陈小姐从外面进来，看到宁秋秋换好了裙子，眼睛霎时一亮：“好看！”

接着，她踩着高跟鞋快速走到宁秋秋的跟前，在宁秋秋白藕般纤细光滑的手臂上仔细看了好几眼，又看向腰部镂空的地方，眼里闪着激动的光芒：“没有，居然没有！”

宁秋秋被她看得起了一身鸡皮疙瘩，摸了摸自己的手臂，问道：“什么没有？”

陈小姐不好意思地说："说了宁老师不要生气。我们昨天看那个节目，就看你，嗯……力气特别大，以为你的手臂上和腹部会有肌肉，可能后期修起来比较麻烦，所以……临时决定换套礼服。"

这话让宁秋秋差点儿真情实感地哭了，所以昨天那个竹鼠节目到底颠覆了多少人对她的认知，连肌肉都出来了。

她在大家心目中的形象不会已经是有八块腹肌的女汉子了吧？

不过也不能怪人家，她已经太久没怎么公开露面了，现在是冬天又穿得多，加上竹鼠节目里她不但扛了竹子，后来那个贫穷节目组租的破地方停水了，煮饭的水要从外面提，她还给人家徒手提了两大桶水，显得臂力惊人……

不行，不行，回头得让瞿华给她接一个走红毯的活动，亮一亮精致娇俏的小女人身姿，告诉大家她真的没有肌肉！

宁秋秋心情微妙又带着点儿萎靡地拍完了广告，接着去买礼物，准备"贿赂"展清越。

其实展清越没什么缺的，她也对于送什么礼物给男士没有经验，买什么领带、袖扣好像都没什么特色，说不定还会让他不适——

谁知道他要多久才能站起来，重新穿上一身高定西装，恢复他霸道总裁的一面呢？

而且，他现在复健……虽然那天展清越用几句话就把她的关注点引开了，可她知道对方在复健方面既然都已经严重到看心理医生了，肯定面临着不小的心理问题，也不知道那个潘医生能不能替他排解，会不会有什么后遗症。

她是帮不上什么忙的，要不……给他买点儿减压的小玩意儿？

这个可以有！

于是宁秋秋跑到店里，一口气买了好几样减压物品。她自己玩了一下都觉得心情舒爽、通体舒畅。

带着一堆东西，宁秋秋坐上了飞往G市的飞机。她这次出门时间长达十一天，是展清越醒来后她离家时间最长的一次了。

带着点儿雀跃的心情，宁秋秋一路到了他们租住的别墅，首先从家里冲出来的，居然是二哈妙妙。

妙妙之前被晓琴用比较凶残的手段教唆得很怕她，可时间不长，没形成条件反射。这家伙的脑容量就那么一点儿，又记吃不记打，加上宁秋秋离开了那么长时间，它已经……完全忘记当初自己对宁秋秋怕得要死的事情了。

"走开，妙妙，不准咬我的裙子！"

宁秋秋刚下车，就差点儿被从家里听到汽车声音疯狂冲出来的妙妙撞出心梗来。这家伙看到她就瞎扑、瞎咬，完全不认生，宁秋秋怀疑它被偷狗的偷走还要高兴得以为有了新爹。

"嗷呜！"妙妙被她训斥后稍微收敛了一点儿，开始张嘴撒娇。

"宁小姐回来了，我想死你了！"第二个出来的是晶晶，这个超正经的护工永远比别人精力旺盛。

被妙妙缠着脚撒娇的宁秋秋招呼她："快来帮我拿东西。"

“好的，好的，宁小姐您别动手，我来拿，我一个人就行了！”晶晶讨好地走过去说。

宁秋秋疑惑地看了她一眼：“你是不是又做了什么背叛我的事情？”

“我没有！”晶晶立刻否认，“我就是太久没见到你了，特别想你，茶不思、饭不想，连上洗手间都觉得你不在没意思。”

“滚吧。”宁秋秋一阵恶心，“你要是转性取向了，趁着自己年轻，赶紧去找个漂亮的小姐姐。”

晶晶：“……”

回到家里，宁秋秋才发现，家里今天特别热闹：林汐恬、展清远、季微凉以及展清泽结伴过来看望展清越，展老爷子也过来了，本来就挺热闹的家里更热闹了。

大概宁秋秋“大力女神”的形象在这些人中已经不是秘密了，所以大家看到她，神色都有点儿复杂。

展清泽首先冲上来：“秋秋姐，我错了，我为我上次的事情再次道歉，你大人有大量，千万别记仇。”

宁秋秋扶额：“我早忘了，你别提我就不会记起来。”

展清泽：“我再也不提了。”

林汐恬委屈地说：“秋秋你骗我，你居然就是我的大表嫂，也不跟我说，我的心都碎成一片一片的了。”

“我真不是故意的，当时……哎呀，就是情况很复杂，不信你问爷爷。”宁秋秋果断地把锅扔出去。

“对，我不是也跟你说了，有苦衷。”展老爷子显然已经解释很多遍了，语气无奈，又看向宁秋秋：“不过秋秋，你这力气不会是照顾清越练出来的吧？”

“不是，不是。”宁秋秋看向坐在一旁事不关己，还冲她笑了一下的展清越，否认说，“我天生力气比较大。”

“可不就是天生很大嘛。”展清远奚落她，“不但空手扛竹子，还徒手擒狗仔呢。”

展清远现在对宁秋秋的感情十分复杂，一方面，对她印象改观，主动想要跟她化解矛盾，却被她挤对得没地方下手；另一方面，展清越对她好得过分，展清远还生出了酸溜溜的嫉妒心，大概就是那种本来只属于我的哥哥被宁秋秋抢走了的亲情缺失感。

以至展清远忍不住地想要挖苦她。

然而，这个挖苦却让另外两个人的表情都变得微妙起来——一直没吭声的季微凉和一直作壁上观的展清越。

原本围观众人“围剿”宁秋秋的展清越一挑眉：他这个弟弟，对宁秋秋很了解嘛。

宁秋秋对展清远从来没客气过，一点儿不给面子地说：“滚吧，你。”

“秋秋，”展清越开了口，“你塞到床上的东西貌似出了点儿问题，我们现在去看看？”

塞到床上的东西，那不就是符吗？由于这次出门时间比较长，宁秋秋只在展清越的枕头缝儿里塞了几张。

会出什么问题呢？她心里咯噔一声，别是被发现了吧？

"那你们先坐一会儿，我上去一下就来。"宁秋秋说完，过去推展清越。

林汐恬："什么东西？我也想看！"

展清越微笑地看向她："你确定？"

林汐恬看他这大尾巴狼一样的微笑，瞬间想到对方可能只是分开太久，找一个回房亲热的借口，顿时脸红了，忙摆手："不不不，你们去，你们去。"

林汐恬这个"傻白甜"都能想到的，大家也都想到了。于是在众人暧昧的目光中，宁秋秋硬着头皮，推着展清越飞也似的跑了。

她的清白啊。

宁秋秋觉得她这阵子可能有点儿倒霉，老被坑。

不过她都做了人家的媳妇了，且不管他们二人之间如何纯洁得连个小手都没牵过，在外人的眼里，她怎么也不可能有清白这玩意儿了……

"所以，出什么问题了？"二人回到房间，宁秋秋问展清越。如果他是故意找借口骗她，她就……好像也不能把他怎么样。

她好气。

展清越说："喝水，不小心打翻泼上去了。"

"那他们没拿去洗吧？"宁秋秋紧张地问。

展清越的回答是瞄了一眼床上，只见床上并排放着两个一模一样的枕头，展清越平时的习惯是睡右边，所以左边那个就是她塞了纸的枕头了。

宁秋秋过去把枕套拆下来，果然摸到枕芯一片湿意，被她塞在里面的纸有的被泡得上面画的东西都化开了。

又是白折腾了一次，她的心好痛。

"抱歉。"大概是宁秋秋的表情太痛心疾首，展清越过意不去，说，"当时喝水手抽了一下。"

"没事，没事。"宁秋秋不是那种爱计较的人，又关心地问他，"怎么会突然手抽，没出现什么新问题吧？"

展清越："正常意外，无可避免。"

他毕竟才醒来那么一段时间，虽然宁秋秋让他好得更快，可脑子受创不可能说好就好，偶尔出现的四肢不受大脑控制的情况没办法避免。

展清越所能做的，只是尽量地去适应它，等大脑慢慢恢复掌握全部的主动权。

"你已经恢复得很快、很好啦，不要有心理压力！"宁秋秋不知道说什么，只能尴尬地安慰鼓励他。

展清越难得没有趁机挤对她，轻笑说："不会负展夫人所望的。"

他突然这么撩人，宁秋秋脸皮热了热，又想到什么，说："对了，我还给你带了礼物，我让人拿上来！"

展清越本来想说不急，晚点儿看没事，可宁秋秋已经拿起电话给管家打过去了。管家办事效率很高，很快就差人送上来了。

于是，宁秋秋把买的东西献宝似的摆在桌上：怎么捏都不会变形的可爱动物团子、捏捏就下蛋的鸡、指尖陀螺……

展清越抽了抽嘴角，很想问宁秋秋他像是需要玩这些来解压的吗！

“这个，”宁秋秋拿出最后一样，晃了晃，说，“预言决策球，命运盘上有九种答案，对应九种结果，你要是平时又复健又工作，有时候决定不了一些事情的话，用它帮你选择。当然，工作上的大事还是别信它，你就把它当成一个小玩具，有事没事转转它取乐。”

“好。”展清越觉得有点儿好笑，也不知道宁秋秋是从哪里淘来的这些小东西，说，“谢谢，很用心，我收下了。”

“你……不嫌弃吧？”这些东西加起来统共也就花了不到二百块钱，不过宁秋秋脸皮厚惯了，说，“那啥，礼轻情意重，是吧？”

展清越：“不嫌弃。”

“嗯！不嫌弃就对了，所以，”宁秋秋讨好地走过去，边给他捶背边说，“娱乐公司的事情，咱还算数吗？”

原来坑在这里。展清越失笑，说：“看你的诚意。”

“什么诚意？”

“方谨然——”展清越故意拉长了声音。

宁秋秋立刻懂了，说：“他真的、真的就是个圈内的朋友，我跟他之间清白得不能再清白了，你看他那天给我发的微信消息。”

宁秋秋把和方谨然的微信对话给他看，展清越瞄了一眼，心里满意，嘴上却说：“我不是指这个。”

“那指什么？”宁秋秋撇嘴，展清越这种浑球儿，果然不能把他和“吃醋”二字挂上钩。

“他和他公司的合同比较复杂，你要是想帮他恐怕没那么容易，要吃个大官司，赔不少钱。”

“哦。”宁秋秋对于这些不懂，说，“那就尽力捞一把，捞不出来就算了呗。不过展先生，您这知己知彼的程度也够深的，连这都了解清楚了。”

展清越：“我只是看到了商机。”

宁秋秋：“什么商机？”

“方谨然是只潜力股。”

所以，她为什么要用凡人的思想去揣测展清越？

“另外，”展清越忽然看着她，似笑非笑地说，“大力秋秋，你又一次刷新了我对你的认知。”

“大力你妹！”宁秋秋忍不住爆粗口。“大力秋秋”难听死了好吗？

“嗯，我没妹妹。”展清越一本正经地说，“不过我很好奇，你这个力气的上限是多少？”

“不高啦。”宁秋秋企图挽回一点点形象，才能打十个而已，十一个就勉强了，“就比常人大一点点。”

“一点点，是多少？”展清越显然没那么容易被忽悠。

“比如……”面对“腹黑”男的刨根问底，宁秋秋总觉得每句话都要思前想后才不会被抓到“小辫子”。

她环顾了一下四周，看看有什么可以让她测量的，看着看着，她的视线落到了展清越的身上，忽然生出一个让展清越闭嘴的主意。

她三步并作两步地走过去，趁着展清越没防备，拦腰把他从轮椅上抱了起来，在怀里掂了掂，有点儿羞涩地说：“这就是极限啦。”

人生中第一次被女人公主抱的展清越：“……”

宁秋秋和展清越过了那么久的招，屡战屡败，终于在力量上取得了压倒性的胜利。

她把无言的展清越放下来，无辜地问：“展先生，这个答案您满意吗？”

“还行。”他不敢不满意，怕等下宁秋秋把他连轮椅一起扛起来。

想想那个画面，实在太过于辣眼睛，他觉得还是小女生一般柔弱可欺的小啾啾可爱。

展清越答应过宁秋秋不再追问，就真的很守信用，一句话都没再打听过，连闲聊都未提起。

所以他对宁秋秋做的事也是一知半解。他一方面觉得宁秋秋有这么大的力气，可能跟她弄的那些乱七八糟的纸有关；另一方面，他又下意识地怀疑宁秋秋不是个普通人，虽没有狐狸精、女鬼那么夸张，可他总觉得一个普通人估计不会像她一样。

一个普通人，如果有宁秋秋的能力早上天了，哪里还会窝在这里时不时被他欺负、被黑粉骂来骂去，那么……凄惨？

那么只有一种可能，她就是一个非普通人中的普通人，只是附带了技能，由于在非普通人群中过于普通，以至于她就活得很普通。

心思缜密的展大少聪明反被聪明误，万万没想到宁秋秋就是一个带着“金手指”但甘于平凡的奇葩普通人。

宁秋秋：嘿嘿，想不到吧。

一直到晚饭时间，展清越的面色都有点儿古怪。

由于一下子来了这么多的人，家里瞬间热闹起来，厨娘做了一桌子的菜招待大家。

“大家不要拘谨，夹不到菜的可以站起来夹。”展老爷子招呼晚辈们，“方桌没转盘，大家将就一下，这就是方桌的巨大短板。”

这栋别墅的餐桌是方形长条桌，不是展老爷子喜欢的圆桌，对此他十分介意。

展清泽上次得罪了展清越，这次急于表现一下，十分霸气地说：“小事儿，明天我让人送一张圆桌过来，大爷爷您喜欢什么样的？”

展老爷子还没说话，展清越先开口说：“我喜欢镶金的，最好是纯金的。”

展清泽：“……”

“还要配象牙筷和白玉碗，才够得上档次。”展清远跟着说。展清泽不坏，但他的家里人实在可恶，展清远看他们家人不顺眼很久了。

展清泽：“我觉得方桌挺好的，一点儿都不需要换。”

"好了，你们别欺负小泽。"展老爷子见自家的两个孙子一唱一和地欺负侄孙，怕把人家小孩儿吓出个好歹来，说道："小泽，别听他们胡扯，多吃点儿，你还在长身体。"

展清越："把智商也长长。"

展清泽："……"

他现在也很后悔，非常后悔，为什么没事要去调戏宁秋秋，得罪这个记仇的大哥？这样子一对比，他才发现他的秋秋大嫂是多么的可亲可爱，面对他的调戏没有一拳捶飞他。

他的秋秋大嫂这几天在外面奔波，不但身心俱疲，吃饭也吃得比较简陋，通常跟着大家一起吃盒饭。

如今面对这么豪华的一桌大餐，她恨不能不要形象地大快朵颐、埋头苦吃。

展清越却没动几下筷子。

坐在展清越另一边的展老爷子看自家大孙子没食欲，关心地问："怎么，胃口不好？"

"没事。"展清越面上倒十分淡然，"爷爷您吃，不用管我。"

展老爷子闻言，面色有点儿古怪，不过没说什么。

宁秋秋当然知道他没胃口的原因，想到对方平时可劲儿欺负她的样子，瞬间有种翻身农奴把歌唱的感觉。

展清越吃瘪，这是多难得的事情！

她拿起旁边的公筷，给展清越夹了块白切鸡，笑眯眯地说："多补补，好得快。"

展清越看她那嘚瑟的小样子，尾巴都恨不得翘到天上了，小声说："昨晚的热搜和'水军'，一共九十万元。"

"大佬我错了！"金钱面前，宁秋秋可耻地屈服了，又把鸡肉夹回来，说，"我补，我补！"

"咝。"林汐恬看他们不但当着大家的面公然咬耳朵，还把一块肉夹来夹去，受到了一万点的暴击，酸溜溜地说，"大表哥、大表嫂，你们好肉麻呀。"

展清越看向她说："你要不要也体验一下？"

"不不不。"林汐恬看她表哥的表情，就知道对方接下来绝对要坑她，一点儿都不想体验，赶紧伸手夹了一筷子菜说，"我自己来就很快乐。"

众人："……"

林汐恬真没出息。

吃过晚饭，一群公子哥儿、富小姐无事可干，管家提议他们可以去负一层的家庭影院观影，并且拍胸脯保证自己刚体验过，体验感满分。

于是大家都跑到楼下观影，宁秋秋还没有亲自体验过富人在家看电影的感觉，觉得十分新鲜，也跟着去了，只有展清越还有点儿事情要忙，展老爷子不喜欢这种热闹也没去。

"清越啊。"展清越控制着半自动轮椅，正准备去书房时，展老爷子叫住他。

展清越："怎么了，爷爷？"

"那个，咳咳。"展老爷子神色有点儿尴尬，"虽小别胜新婚，但你身体还没好全，要节制点儿。"

展清越："……"

在老爷子看来，展清越没什么胃口，而宁秋秋则胃口大开，理所当然地想到二人下午在宁秋秋刚回来的时候回房间待了一段时间……

这误会着实有点儿乌龙，连展清越都被弄得哭笑不得，不过他并没有辩解，含笑说："怪秋秋太主动。"

在家庭影院的宁秋秋打了个喷嚏。

展老爷子被秀了一脸，摆手："总之你自己要有分寸。"

"好。"展清越心情愉悦地回了书房，打开电脑。

宁和碰到了大麻烦，他必须帮忙解决，这件事情拖不得，今天就要处理好。

正当他对着电脑微微皱眉思考时，书房门被敲了一下，得到展清越的应允后，门被打开，来人却不是来送水果、点心的用人，而是——季微凉。

"大哥，打扰您了。"季微凉站在门口，有点儿拘束，"能耽搁您一点儿时间，和您谈谈吗？不会很久。"

展清越和季微凉统共没说过两句话，对于这个弟弟的女友基本不了解。在不熟的人面前，展清越很有修养，说："当然可以，进来坐吧。"

"谢谢。"季微凉在书桌前的椅子上坐下来，犹豫地开口，"我……"

季微凉有点儿不知道该怎么说，忍不住抬头看向展清越。她有点儿莫名地怕他，却见展清越的脸上没有任何不悦或不耐烦，底气足了些。

她说："清远他……他没给您讲过，在您昏迷的两年里发生在他身上的事情吧？"

展清越淡淡地说："没有。"

"您刚出事情那会儿，由于事发突然，整个卓森陷入了极其不安的动荡中，股票连续下跌，人心惶惶，而展家叔伯又想伺机进来分一杯羹，清远顶着巨大的压力接手了卓森。他之前没有管理的经验，为了不让三代人的心血毁于一旦，边学边做。那段时间他又要去公司，又要跑医院，几乎一天只能睡四小时，不过几天的时间就整整瘦了一大圈。

"在这种高强度的工作和巨大的压力下，清远整整扛了半年才慢慢地掌握了主动权，让卓森的股价一点点回暖，自己却大病了一场。他边住院还不忘边操劳公司的事情，在大病初愈之后又去 A 大进修，用了一整年的时间才把整个重担扛稳。"

展清越听着季微凉娓娓讲述了展清远在他出事的那段时间的经历，大概猜到了她的用意。其实不用季微凉讲，他自己也猜得到展清远会吃多少苦。

不过他还是很给面子地问："所以？"

"所以，大哥，您能不能看在清远那么辛苦的分儿上，不要轻易……否定他的努力，卓森要不是靠他，也就没有今天了。"

季微凉自从看到贾晴的父亲给展清远发的那条消息后，就一直忐忑不安。她相信展清远不会为了事业放弃爱情，却拿不准展清越的脾气。

在她看来，宁秋秋肯定会煽风点火地要展清越把卓森的管理权抢过来，对于此事，她没有任何办法。

思来想去，她决定直接找展清越谈，告诉他一些展清远肯定不会跟他说的话，告诉他展清远为卓森付出了多少，希望展清越可以看到展清远的努力，不要轻易去做抢夺管理权、对付展清远的事情。

她不懂展清越，却听说过他曾经的“威名”，知道此人比展清远厉害很多，要真上演兄弟阋墙，展清远肯定不是他的对手。

虽然猜到了她的来意，可这些话还是把展清越听笑了。他醒来后一直安心养病，关于卓森的事情甚至都没过问一句，不知为什么总有人把他想得这么恶劣，觉得他会去对付展清远。

“季小姐，”展清越客气地说，“如果我没理解错，你现在是找我谈判吧？”

这个问题……季微凉自己也不知道这算不算谈判，想了想，好像确实有谈判的意思，说：“大概算吧。”

“我的字典里，只有是或者否，没有大概。”

展清越依旧语气平缓，甚至连面上的表情都没变，但无端让季微凉生出几分压力。她知道这会儿不能退却，硬着头皮说：“是。”

“那么季小姐，”展清越微笑地说，“请问你谈判的资本呢？”

资本？这个问题把季微凉难住了，她也跟宁秋秋一样，基本没接触过多少商场上的事情。谈判她会，谈判的资本……展清远的女友这个身份算吗？

估计展清越不会买账。

想了想，季微凉说：“我就是想让您知道清远这两年里的付出，他有很多的苦衷和难处，但不会跟您说，都是自己默默地扛着，我相信您不是个不讲理的人……”

“不用给我戴高帽子。”展清越已经没有闲扯下去的耐心，摆了摆手说，“既然季小姐没有谈判的资本，你的意思我已经清楚了，请。”

这是下逐客令了，季微凉咬唇，还想说什么，可展清越明显一副不想听的姿态，她又不敢放肆，唯恐事与愿违，犹豫片刻，最终还是站起来，开门出去了。

站在门外，她才惊觉自己的手心出了一层汗，却貌似谈了等于没谈。

展清越这个人令人琢磨不透，她说了那么多，可自始至终他都没有一点儿表态的意思，让她不知道他的态度。

展清越听到门咔嗒一声被关上，书房内又安静下来了。

自作聪明，展清越面无表情地想，又被激起了几分烦躁之意，对季微凉的印象霎时变差了很多。

展清越揉了揉眉心，余光看到桌上摆了好几个可爱的动物团子，那是宁秋秋放在那里的，说让他工作累了就拿起来捏一捏，特别爽。

他伸手拿了一个过来捏了一下，放开之后，那个小东西迅速恢复原状，无论他怎么蹂躏，最后都会恢复它蠢萌蠢萌的傻样儿，与他大眼瞪小眼。

片刻后，展清越失笑，心情重新愉悦起来。

还是宁秋秋可爱。

第二天，宁秋秋睡了个大懒觉，醒来已经上午十点多了。她洗漱好下楼，楼下客厅里只有展清越和管家，其他一帮子人都不见踪影。

“嗯？他们这么快就回去了吗？”宁秋秋问。

管家说：“二少他们一起出去玩了，看您太辛苦就没叫您，说您想去的话可以打电话给他们问位置，直接让司机送您过去。展老去拜访一位老朋友，让晶晶陪着去了。”

晶晶既“狗腿”又会哄人，展老爷子可喜欢她了。宁秋秋怀疑等展清越好了，不需要照顾了，老爷子可能还要逼他认个干妹妹什么的，这样子就不容易断了联系。

“哦。”宁秋秋走过去，看到了蹲坐在展清越坐的沙发旁的妙妙。

它头上顶了一块明显被它啃过的硬纸板，瞪着它霸气的鸳鸯眼，明明看起来很凶、很帅气，却愣是给人一种可怜巴巴的感觉。

宁秋秋乐了，问：“这是干吗呢？”

展清越答：“咬坏东西，体罚。”

哈士奇一直是拆家小能手，妙妙也明显有着二哈的纯正血统，拆家、吵闹一样不落。她笑着说：“二哈的性格那么叛逆，体罚有用吗？”

二哈的座右铭就是：知道错了，但是还敢。

展清越似笑非笑地说：“多吃几次苦瓜就有用了。”

妙妙每次做完坏事，它的狗粮、餐点都会被无情地拌上它最讨厌的苦瓜汁，连饭后小点心都被改成苦瓜。

被体罚完的妙妙还要面临它的苦瓜大餐，只要男主人不松口，撒娇、卖萌、卖惨都没用，记仇的男主人在它拆完家后，还让人把它的家也拆了，把它拴在笼子里睡地板，让它受三重折磨。

宁秋秋：“你真坏。”

她突然有点儿同情妙妙。

摊上这么个恶魔主人，妙妙做坏事，大概只能全体为它默哀了。

被自家媳妇骂坏的展清越面不改色地说：“这一课叫作‘任性的代价’。”

任性的代价？！为什么她总觉得这话里有话呢？

宁秋秋从沙发上起身，“我去吃早饭了。”

说完，她飞也似的跑了，不给展清越任何说话的机会。

展清越看她飞奔去餐厅的身影，感到有点儿遗憾，她的反应越来越快了。

厨娘把宁秋秋的早餐端上来，今天的早餐是西式的，芝士厚蛋烧、小蛋糕、时令水果、蔬菜沙拉、三根烤肠、水煮蛋，摆了满满的一盘，还有一杯牛奶。

“我们家最近是发了什么横财吗？”宁秋秋无语地看着那堆成小山一样的早餐，问厨娘。

厨娘：“啊？没有吧，我也不知道。”

“那早餐怎么忽然加量了？”

“哦，这个呀。”厨娘笑道，“我这不是怕你不够吃吗？以前就给你准备那么一点儿，不够你也不说，害得我心里怪过意不去的，你像昨晚一样放开吃，不够我再给你去做。”

宁秋秋快要被这句话气哭了。昨天晚上她饿得慌又心情好，所以吃得多，以致让厨娘产生了误解，觉得她力气大，也吃得多……

论一个养竹鼠节目引起的“惨案”。

宁秋秋十分郁闷地边吃早餐边刷微博。这个竹鼠节目虽然无端给她添了很多堵，但效果也是有目共睹的，她的“大力”人设自此深入人心，不少人被她“圈粉”，让她从一朵人人diss（诋毁）的菟丝花，变成了一朵牛哄哄的霸王花。

她“秋爷”的大名也被传到媒体那里，在微博搜索框输入宁秋秋，下面冒出来的关联搜索里第三个就是秋爷……

宁秋秋自暴自弃地点进“秋爷”词条，都是营销号在那里玩“梗”，不过宁秋秋被前面评论最多的三条微博中的第三条吸引了。

明星吃瓜八卦楼：“某女星又添新‘瓜’，我就不说是谁了吧，原博主已经被屏蔽了，据说还有惊天‘大瓜’，不知是真是假，希望博主挺住，不要被公关了。”

原博并没有提“秋爷”二字，之所以能被搜索捕捉到，是因为其评论里带了“秋爷”。

博主一共发了九张截图，看版面是某个微博的博文截图。

宁秋秋点开图1，原本悠闲吃早餐的她看到图的内容面色一僵，差点儿咬到自己的舌头。

用户29366712：“宁秋秋出名了呀，爆她的料有人看吗？我之前在宁秋秋家做用人，勤勤恳恳地在他们家做事、被使唤，不想宁秋秋却无缘无故地看不惯我，脏活儿、累活儿都支使我去干。她去看了个菊花展，就想要个花园，自己买不起就使唤我们这些下人种，要除掉旧的花草、搬运、挖土，特别辛苦，我们不能抱怨，不然就被勒令不发工资，她还要向公司投诉我们消极怠工，扣我们的工资……”

这口吻，不就是刚被她赶走的晓琴吗？宁秋秋乐了，这人也不蠢嘛，居然趁着她热度高出来爆料。

九张图里有四张图都是晓琴讲述她在他们家遭受的“非人”待遇，把自己描述成了一朵反抗恶势力不成的无辜“白莲花”，歪曲事实的功力不要太好。

宁秋秋觉得她做用人都屈才了，从事文字工作说不定能大有作为。

前面四张图的内容宁秋秋都当成笑话看，但从第五张图开始，却不得不引起注意。

用户29366712：“看到很多懂法律的朋友教我怎么维权，但宁秋秋在我走的时候就警告我不要妄图用鸡蛋碰石头，我本来录了音的手机也被她抢了，删了录音，我一点儿证据都没有，法律是不会站在我这边的。谢谢大家，我之后会去咨询律师看看有没有办法。我还有一个宁秋秋的惊天大料，不知道要不要爆。”

图6、7、8、9是晓琴的工作证、合同、辞职申请，关键信息都被打了码。

可最后一张辞职申请上宁秋秋亲手签的大名却是货真价实的，证明了晓琴真的在他们家做过用人，并不是信口雌黄。

宁秋秋猜测这个惊天大料，十有八九是她和展清越同居这件事情。不过被晓琴爆出来，绝对不会是恋爱了或者结婚了那么好听，要么说她被金主包养了，要么说她给有钱人做情人。

想到这里，宁秋秋马上联系了瞿华，瞿华早知道了这件事情，已经买了关键词屏蔽，热搜也是上了就撤，可这条微博除非博主主动删，不然没办法。

“她开口要价二百万元，才肯删除微博。”瞿华说。

宁秋秋听到这个数字都惊了：“她是想钱想疯了吧？可以告她敲诈吗？”

“估计不行。”

如果可以告敲诈，就不会出现那么多明星因为私密事情被拍而被娱乐记者敲诈的事件了。

而且晓琴的证据那么足，特别是最后的辞职申请上宁秋秋的签字是“实锤”，宁秋秋这边也没有晓琴做坏事的关键证据，全凭大家一张嘴说。

现在晓琴又是弱势一方，在“你弱你有理”的年代，宁秋秋他们说得再多都是狡辩。

事情迫在眉睫，宁秋秋跟瞿华说了一下晓琴的情况，让他先稳住晓琴，不要让晓琴爆出更多的料来，她这边来想办法。

“庆叔，”宁秋秋早餐也不吃了，走到客厅叫管家，“你去联系一下你们公司，问一下之前在我们家工作的晓琴有没有辞职，我要她全部的资料，越详细越好。”

“哎，好，我马上去。”管家没有多问，直接去办了。

“怎么？”展清越抬眼看到她面色焦急，“出事了？”

宁秋秋把事情的经过跟他说了一下，展清越听完，挑眉说道：“这还不简单，她揭发你，你就揭发她。”

“没有用啊。”宁秋秋说，“现在她是受害者，大家先入为主了，我们说什么都是狡辩，都是仗势欺人。”

“傻。”展清越评价她。

“干吗骂我？”宁秋秋心想：我虽然没有你聪明，但也不傻呀。抬头见展清越似乎有高见的样子，她顿时不计较了，讨好地剥了个橘子递过去，说，“大佬，帮我！”

展清越缓缓地说：“我看她年纪不小，做事熟练，应该从事这一行也有些年头了，勾引……男主人这种事情应该也不是第一次，你不方便爆你自己的，可以让别人来爆料。”

“哎，这个好像真的可以有。”宁秋秋一拍大腿，复又蔫了下来，“万一她只是看你帅气多金才动了色心勾引你呢？”

“帅气多金”四个字从宁秋秋嘴里说出来，让展清越很舒服，他说：“那就威胁她。”

“威胁？”这话听起来怎么一副黑社会大佬的口气。

“她的家人、工作、在乎的人和事，哪里痛往哪里戳。”

宁秋秋：“这种事情，好像有点儿难度。”

虽然她算是个富家小姐吧，可从来都是遵纪守法的好公民，如果用“你敢怎么样就卸了你家人一条腿”这种句式，难度真的很高，而且这是真的仗势欺人了，人家可以报警。

而且她认识的人都在A市，在这里连一点儿关系都没有。

展清越气定神闲地说：“说句好听的，我可以考虑帮你。”

听听这是人话吗？

况且这件事情不是因他而起吗？他还有脸这样说？

宁秋秋气愤之余，眼珠子一转，随后蹭过去挽住他的手臂，用撒娇的口吻说："清越哥哥，你就帮帮人家嘛。"

展清越："……"

宁秋秋冲他眨眼睛："好听吗？不够好听我还能叫爸爸。"

不就是比不要脸吗？看看谁不要脸！

宁秋秋的能屈能伸令展清越深感佩服，作为一个偶像包袱极重的男人，展大少都想象不出这么没底线的台词来。

偏偏某人还穷追不舍："怎么样，您满意吗？"

"秋秋，"看到某人的得意脸，展清越忍不住想逗她，"爸爸不是这样叫的。"

宁秋秋心想，你还真不要脸地想要我叫，面上却做不耻下问状："那应该怎么叫？"

"比如……"展清越露出一个意味不明的笑容，附在宁秋秋的耳边小声说了什么。

"你！！！"宁秋秋听完，霎时从沙发上弹了起来，面红耳赤地指着他，"你不要脸！"

展清越挑眉，惊奇地问道："不是你先不要脸？我只是以其人之道还治其人之身。"

她为什么要想不通，和展清越这种人比不要脸？

人家是修行千年的不要脸精，道行深厚，哪里是她这个凡人可以比的？

展清越调戏够了宁秋秋，转头又一本正经地打了个电话，用他的人脉捞自家媳妇一把。

没办法，解决这件事情只能这么一波三折，晓琴这次做得太聪明了。

她发这条微博就是等瞿华他们找上门与她协商，以求私了，才开口要价，并没有主动开口要价，主动方是宁秋秋这边。

兼之晓琴发微博曝光的事情，虽然看似违反了公司合同上不准暴露雇主隐私的条款，要承担这方面的责任，但发微博这件事儿并不违反法律，属于她的言论自由。

一定程度上甚至可以说她在维权。

所以，这个主动与被动的关系，让这件事情并不构成敲诈勒索。

这就是瞿华所说的圈子内的规则，娱乐记者们拍到了明星隐私都用这一招讹钱，屡试不爽。

"我真是小看她了，原来她这么有能耐。"宁秋秋用手机翻看着从晓琴公司那边发来的材料，有点儿头疼，"嗯？她辞职了呀？"

管家接话说："对的，从我们这边离开后就辞职了，不过合同的法律效力还是在的，就看您和展先生追究不追究。"

那必须追究！

晓琴从宁秋秋这边离开后，并没有向公司投诉他们，宁秋秋就得饶人处且饶人地放了她一马，谁知道这个人一点儿都不知道爱惜羽毛，还敢来搞个大的。

这种人就是典型的"不见棺材，不掉泪"，就应该让她狠狠地陷入泥潭，爬不起来，才不会伺机反咬。

由于是家政服务行业，公司那边有晓琴比较详细的资料，包括她的家人、从事过的工作、每一任客户的评价之类的，都有留底。

宁秋秋翻完了晓琴的个人资料，又翻她的历史客户评价表，是清一色的好评，于是不记打地埋汰展清越说："展先生，看来你猜错了呀，晓琴是真的见你长得帅才起了色心的。"

"是吗？"展清越也在看她的材料，听了宁秋秋的话之后说，"她从事这个行业两年换了五个雇主，最长的半年，最短的两个月，你觉得这种频率在家政这一块儿来看正常吗？"

好像……挺有道理。

除非雇主奇葩，不然一般来说，在家政这个行业，必须越稳定，她的价值才越高，越受雇主的喜欢。不然看她的资料，隔三岔五地换个雇主，肯定会让雇主觉得这个人有问题，新雇主在选择她时也会慎重考虑。

他们这次挑选晓琴，一方面是家政那边人员紧张，另一方面是他们在这边也顶多待半年，所以没太在意用人稳定性的问题。

"不过，"展清越又说，"既然评价表都是满意，说明即便有这种事情，也都是你情我愿的，前雇主也不会站出来指责她，所以这个主意确实不够好。"

哟，宁秋秋觉得稀奇了，原来你展大少还有这么谦卑的时刻。

既然此道不通，那么通的就是威胁了。

宁秋秋以为展清越所谓的威胁，就是让人去警告她"你要是敢怎么样，就怎么样"一类的。

毕竟展清越这个人虽然在她面前不是个东西，可平时做事为人都是正正经经、规规矩矩的，是个遵纪守法的好公民。

然而，她没想到的是，展清越的威胁是动了真格的威胁。

他的人直接找了当地一伙身材彪悍的人，直接把人家堵了，上演现场版的威胁。

这太刺激了。

宁秋秋没有直接参与，不过对方给来了场现场直播，可以全程围观。

她真庆幸自己和展清越不是站在对立面的，不然估计连怎么死的都不知道。

看来平时展清越挤对她、调侃她，已经是很小儿科、很收敛了。

正当宁秋秋想东想西时，忽然感觉头顶一沉——是展清越伸手在她的头顶拍了拍。

"我只攘外，不安内。"

宁秋秋被这话撩哭了，展清越真的太懂得安抚人了，这句话仿佛一股暖流流入心间，传遍四肢百骸，让她通体酥麻。

然而，少女心才发酵一秒，她又听到展清越说："小竹鼠那么可爱，要养肥了再下手。"

宁秋秋："……"

她要是竹鼠，第一个咬死他！

视频那边的人并不知道这边的一波三折，还在一个劲儿地放狠话。

展清越见差不多了，打开和那边的通话语音说："放她走吧。她之后可能会报警，记得把现场处理干净，别留下把柄。"

晓琴知道自己这回是真碰到“硬茬儿”了，到了晚上就发了个微博，承认自己捏造事实。诬蔑宁秋秋，只想趁机敲诈勒索一笔。这条微博只挂了一小时，她就删博并注销用户了。

不过一小时的时间够大家截图“吃瓜”了。瞿华让多个营销号把澄清的截图发出来，买了热搜，让宁秋秋被保姆诬陷这件事情进入大众的眼中，借此还小虐了一波粉，此闹剧告一段落。

虽然还有很多不和谐的声音，说晓琴是被公关或者威胁了，不过这种事情本来就凭着大家一张嘴说，反正晓琴认错了，买账的自然买账，“杠精”则永远有“杠”的理由，宁秋秋的名誉不受损就行。

当然，晓琴暴露雇主的私生活，违反了合同，也是要吃官司的。

林汐恬他们待了两天，上班的上班，上课的上课，也就都回去了。

《我和漂亮竹鼠的日常》的节目内容虽然不够亮眼，可方谨然的热度和宁秋秋的表现成功把它救活了，拉来了靠谱的赞助商，节目组立刻与嘉宾们敲定了第二期的拍摄。

宁秋秋这阵子人气噌噌地往上升，连带接的各种代言活动的档次都开始上升，报酬一直往上涨。

本来宁秋秋还想着趁竹鼠节目录制前休息几天，但看到那些报酬后面跟的“0”，为钱折腰的宁秋秋顿时浑身打满鸡血，豪言还能再战一百年！

瞿华看她真的很缺钱，又给她安排了几个通告。

其中一个是在A市拍摄的巧克力广告，她长相甜美，奶茶、巧克力这些比较少女的广告品牌都偏爱她。

这次的广告男主角是个模特，演技不到位，甲方又吹毛求疵、力求完美，短短十几秒的广告拍了整整一天，到华灯初上还没收工。

休息时，导演又在甲方的监督下给那名男模特说注意点，男模特被揪着训了一天，都快要被训哭了。宁秋秋跟过来陪她拍摄的瞿华小声吐槽：“太夸张了，这个甲方上辈子一定是一根针形杠杆。”

因为甲方超会挑刺，超会抬杠。

宁秋秋还想着今天能早点儿拍完，回家去和宁父、宁母一起吃晚饭的，现在看来能回去跟他们说“晚安”已经不错了。

瞿华被她的比喻逗笑了，拍了拍她的肩，安抚她说：“还有一场，坚持一下就拍完啦，小啾啾挺住！”

挺不住也得挺啊，宁秋秋仰天发出一声哲学式感叹：“赚钱真难哪。”

瞿华冲她抛了个媚眼，说：“我有个消息告诉你，保管你听完精神百倍！”

“什么消息？”

“肖声，肖导你听说过没？”

“有点儿印象。”宁秋秋心一跳，“有情况？”

“他新筹拍了一部校园剧，邀请你去试镜女主角，怎么样？是不是很惊喜、很开心？大制作呀！”

宁秋秋有点儿意外：“试镜？”

现在的电视剧，尤其是比较大的制作，越来越多的导演会邀请知名演员来出演男女主角，而很少会用试镜的方式挑选演技好的“草根”。

现实就是这么真实而残酷。

瞿华点头，笑意盈盈地说：“这个 IP（原著小说）本身自带大流量，选角上会更偏向原著，书粉们才会买账。肖导看了你的竹鼠节目，觉得你挺符合的，邀你去试镜。”

竹鼠节目，不会又是……宁秋秋的眼皮跳了跳，她问道：“这剧的小说名叫什么？”

“《我的校霸女友》。”

果然，她就知道，不会有天上掉下来的免费午餐。

校霸，一听就是彪悍的角色，多符合秋爷的气质！

所以，她这个人设是甩不掉了吗？

宁秋秋哭笑不得。她越是不想给自己立这种人设，人家就越要给她立，一下子连名导都知道这件事情了，这是多么痛的领悟啊！

那肖声邀她过去试镜就可以理解了。她没有影视作品，只有《飘摇》那部电视剧的官方吹了一波，肖声不知真假，所以让她过去试一下。

不然他找个什么演技都没有的花瓶，还不得被书粉们的口水淹死？

宁秋秋抽空随便看了几章《我的校霸女友》，这算是篇大女主的小说，女主角非常生猛，而且不是那种太妹型的校霸，而是学霸型的，一路“开挂”，男主角“躺赢”。

“流氓不可怕，就怕流氓有文化”，大概被该女主角进行了深刻的诠释。

看小说的热度，这部剧别说由肖声这种名导来导演，就算是一个名不见经传的制作组拍摄，其自带的流量估计也能让它火一把。

宁秋秋没有拒绝的理由，算了，霸气点儿就霸气点儿吧，起码还是她个人的人设嘛，比起宋楚那个“小奶狗”人设强多了！

宁秋秋不要脸地人身攻击了宋楚一把，心理平衡多了。

由于过两天要录制竹鼠节目，瞿华把这个试镜替她约在了拍摄结束后，好让她在拍摄前休息两天。

展清越的身体恢复得一天好过一天，如今距离他醒来不过两个多月的时间，身体机能就恢复了大半，连负责他复健的医生都对这个速度啧啧称奇，表示这足以称得上是医学奇迹了。

可展清越的身体和普通人一样，并不比别人多个什么，复健的医生也找不出缘由，只能认为他们这些有钱人平时补品吃得好、护理到位，所以身体才更优秀。

这阵子的复健内容一直是练习靠墙站立。可能是太久没用到那双金贵的腿，站立这个复健对展清越来说尤其困难，他从心理上害怕站立，排斥这个过程。

潘医生来家里的次数也从一周一次变成了三天一次。

幸好展清越够坚强，即便他排斥站立，也没出现脾气暴躁或者自暴自弃的现象。在家里，他依旧是那个人前人模狗样、私下里总要抓机会埋汰宁秋秋一下的展先生。

宁秋秋的亲妈温玲消息滞后，直到一周后才看到自家女儿的竹鼠节目，宁秋秋扛竹子那一段看得她一愣一愣的，她马上给宁秋秋打了个视频电话。

宁秋秋明天就要去拍摄了，今天休息在家，接到视频电话时正在客厅的沙发上昏昏欲睡，声音困倦地跟温玲打招呼："妈，怎么啦？"

"你的脸色怎么这么差？是不是在展家受虐待了？"

宁秋秋不知道对方又听到了什么风声，无奈地说："我这是之前一直高强度工作造成的，您不要老把展家想得那么坏，起码清越哥哥没这么坏吧。"

"这个可说不好。"温玲撇了撇嘴说，"我刚看到你那个养竹鼠的节目，你这个力气是在哪里锻炼出来的？是不是展家支使你干什么粗活儿、重活儿了？"

宁秋秋可真佩服温玲的联想能力，说："怎么可能！我其实是真的力气比常人大那么一点点，以前深藏不露而已。"

"我怎么没发现？你以前连个瓶盖都拧不开，你别想骗我。"

"真没骗您，以前我是为了保住我肩不能扛、手不能提的柔弱富家小姐形象，不是嗲嗲的女孩子才更容易招男孩子喜欢吗？"

温玲被忽悠得有点儿信了，说："那怎么现在又公然在电视上表现了？现在全国人民都知道了。"

"那有什么关系？"宁秋秋知道展清越这会儿在书房开会，所以可劲儿吹牛，跷着二郎腿说，"反正我嫁出去了，没形象就没形象吧，清越哥哥又不能因此退货。"

温玲："……"

这话竟好有道理，她信了怎么办？

母女俩瞎扯了一会儿，温玲那边有消息进来，温玲看完后，笑眯眯地说："你没事妈就放心了，你好好照顾自己，让清越也注意身体。我和你爸这三天要去短途旅游，你爸刚发消息告诉我他在回来的路上了，我换衣服准备去啦！"

"爸回来了？"宁秋秋一愣，"他不是有个重要的会议要开吗？"

这个会议很重要，展清越也要远程参加，本来他今天下午要去疗养院做站立复健的，也因此推掉了。

为此宁秋秋心里过意不去，还想着把展清越的复健行程发一份给她爹，让他尽量把这些大小会议的时间跟展清越的复健时间错开，这样子才不会耽搁展清越重新站起来。

"啊？没有吧，上午他是跟我说有个会议，下午就没事了，怎么？"

温玲肯定是不会骗她的，宁秋秋心里有底，说："没什么，妈您去忙吧。"

挂了温玲的视频，宁秋秋捋了一下刚得来的信息，忍不住扶额。展清越居然找借口逃避复健，这个认知让她惊讶之余又觉得好笑。

展清越平时给人的印象就是自律且理智，虽偶尔"腹黑"，但在大事情上从来都很靠谱，"任性"这种词跟他沾不上边。现在看来，强大如展清越，也有这么……幼稚的一面。

宁秋秋走到书房门口，展清越要开会，大家一般不会去打扰他。宁秋秋敲了敲门，对方还没应允，她就把门推开了。

“宁小姐，”看到来人是宁秋秋，展清越将面上明显的因为来人私自闯入而不悦的神色掩去，抬眼看她，一本正经地说，“未经允许擅自闯入别人的空间是很不礼貌的行为。”

宁秋秋有他的把柄在手，底气可足了，说：“宁和的重要会议，虽然可能带有机密性，但我作为宁家的一分子，旁听一下没问题吧？”

展清越微微蹙眉，宁秋秋不会无缘无故说要旁听，那么只有一个可能——她知道了什么。被当众抓包的展清越没有一点儿心虚，他脑子转得飞快，摊手：“很遗憾，开完了。”

宁秋秋看了一眼手机：“半小时的重要会议，展总的效率果然比一般人高哇。现在也才下午两点，过去做复健还来得及，我寻思着耽误什么也不能耽误复健，我现在去联系一下医生，好不好啦，展总？”

展清越被将了一军，随后失笑，知道瞒不过，坦然承认说：“最近心态有点儿问题，我需要调整一下。”

宁秋秋也没有找展清越算账的意思，走过去，在他的面前坐下来，关心地问：“你最近不是一直在看心理医生吗？”

“我个人领地意识比较强。”展清越并没有瞒她，“心理医生在一定程度上没办法深层次地了解我的心理问题。”

宁秋秋自己没看过心理医生，并不知道心理医生和患者之间是怎么建立联系的，但展清越请的心理医生，绝对不是那种泛泛之辈，如果潘医生都没办法解决他的心理问题，那真的是大问题了。

但这种事情只能靠展清越慢慢地调节，别人帮不到他，宁秋秋想了一下，忽然说：“我其实也经历过你现在类似的情况。”

“嗯？”展清越抬眼，做倾听状。

“之前我演技……下滑，在公司的表演班上课，每次上表演课老师都批评我，说我空有花架子，没有灵魂，缺少演员最需要的灵气。可我曾经的演技一度都被说成是最具有灵性、天生老天爷赏饭吃的那种，所以我觉得我应该争口气，让老师刮目相看。

“可无论我怎么练习，老师都说我空有形却无骨。一直被这样打击，我自己都有点儿自暴自弃，想着反正只要有个形，就能超过现在大部分虚有其表的演员了，不需要什么骨。可另一个声音一直在告诉我，我曾经到达过那样的巅峰，就一定还能重新回去，不要给自己找逃避、放弃的理由。”

说到这里，宁秋秋坚定地看着展清越：“那段时间我自己一有空就在私下里练习，说台词都说到快要吐了，最终才一点点地找到曾经的感觉，演技就重新回来了。”

“我觉得你曾经站起来过，就不应该害怕甚至逃避站立，要相信自己。”宁秋秋第一次“说教”展清越，有点儿不好意思，绞着手指补充说，“当然你的情况比较严重，不能一概而论，反正就是努力调整心态啦。”

她这段经历并不够格拿出来给展清越做典范，而且其实道理展清越都懂，只是他在心理上无法克服。

展清越并没有立刻接话，目光在她的脸上停留片刻，在宁秋秋被看得毛毛的时候，蓦然一笑说："你说得有道理，我曾经站起来过，就不应该害怕、逃避。"

他利落地把电脑一关，冲宁秋秋说："走吧，陪我过去。"

这个话题转得太快，宁秋秋一时间没反应过来："嗯？去哪儿？"

"疗养院，复健。"展清越说。

宁秋秋："……"

你要不要这么身体力行啊？

宁秋秋不知道展清越是被她的道理说通了，还是被当场抓包不好意思，刚好顺着她的台阶下，反正没有再找借口逃避复健了。

不过这件事情让宁秋秋对展清越又多了点儿新的认识，感觉这个黑心洋葱的皮又被她剥开了一层。

在家休息了两天，宁秋秋便要去录制竹鼠节目了。这次节目组把两期合在一起录，不然播出时间会来不及。

清早，宁秋秋拖着行李箱，告别了展家上下，临出门时却被展清越喊住。

"怎么了？"宁秋秋回头看他，不知道展清越还有什么叮嘱。

"你觉得我去弄一顶绿色的帽子戴，会不会好看？"

宁秋秋觉得展清越真的不是凡人，不能用凡人的思想揣摩他的恶趣味。为了避免对方又给她挖坑，她不要脸地拍马屁："我觉得以你的帅气，什么颜色都能驾驭。"

展清越苦恼地说："但我不喜欢这种颜色。"

正常人都不会喜欢吧，而且，他这是暗示她给他戴绿帽子呢？

果然，她听到展清越接下去说："所以，你录节目时要多注意，不要被'拉郎配'，给我戴绿帽子。"

第五章　探　班

竹鼠节目的录制地点依旧是上次那个地方。宁秋秋到达时，上次比她迟一点儿到的宋楚已经到了，这会儿节目组的摄像机都还没开，宋楚毫无顾忌地跷了个二郎腿在那边玩着手机抖着脚。

宁秋秋走过去，使坏说："那边的摄像机开了。"

宋楚一听果然以迅雷不及掩耳之势换了个小媳妇一样的坐姿，又矜持地四处望，嘴上却不客气地说："哪里？哪个孙子开了摄像机不先通知我？"

"骗你的。"宁秋秋在他旁边坐下来，"兄弟，你装得不累吗？"

"吓死爹了。"宋楚抚了抚胸口，又重新换了个嚣张跋扈的坐姿，吹牛皮说，"其实装久了还挺有意思的，每天都要被自己精湛的演技帅哭。"

"可醒醒吧你。"宁秋秋感觉自己身边的人一个比一个不要脸，难道是她太不要脸了，导致……物以类聚？

宋楚得意地哼哼了几下，表示活在梦中挺好，过了一会儿，又说："哎，小啾啾，你说我们郎才女貌，同框也多，怎么节目组就不给我们组 CP 呢？"

节目组把我们组 CP，那这个节目还能有话题热度，还能有今天出手大方的赞助商？

宁秋秋不知道宋楚是真不懂还是假不懂，不过还是很委婉地说："你还太小了，不适合炒 CP，乖乖养竹鼠吧，妈妈爱你。"

宋楚："……"

有了正经的赞助商，节目组的底气都不一样了。刚刚宁秋秋进来的时候就发现院子经过了小翻修，焕然一新，增添了很多道具，院子里还多了一些花草用来装饰。

不但是地方，连工作人员的数量都翻了一倍，处处透露出节目组的"财大气粗"。

趁着录制还没开始，宁秋秋咔咔地拍了几张照片发给展清越，故意气一下他。

宁秋秋："这次的赞助商真是大手笔，节目录制地点看起来瞬间'高大上'了呢。"

当初展清越投了一百万元，改变是拉了条网线。现在赞助商的钱下来，把地方翻修了一遍，添置了那么多新东西，对比起来高下立见。

黑心洋葱："微笑（图片）。"

这个微笑表情表现了展总此刻内心的不爽、无奈，看得宁秋秋神清气爽，谁让他成天有事没事给她挖坑！

黑心洋葱："开心了？"

宁秋秋："必须巨开心，赞助商爸爸威武。"

黑心洋葱："微笑（图片）。"

看到展清越再次给她发这个表情，宁秋秋内心巨爽，恨不得给他发一句"你来打我呀"。

但她不敢，怕被记仇记到死。

黑心洋葱："开心就好，相信你们的赞助商也会很开心的。"

这句话怎么看着怪怪的，宁秋秋又把这条消息看了一遍，正想着要不要解释一下时，导演那边喊大家准备开工了，宁秋秋只好先把手机收了，暂时不管他。

嘉宾依旧是那五个人，宁秋秋跟其他迟来的三个人打了招呼，化妆师又给她补了一下妆，等她准备好出去时最积极的宋楚已经录上了。

他四处打量着院子里的布置，对着镜头说："太感动了，跟住进了新房子的感觉一样，呜呜……"

他又装上了。

宁秋秋也不知道为什么，明明他的一言一行都软绵绵的，像没睡醒一样，甚至有点儿做作，却一点儿都不让人讨厌。

第一期播出后，他还收割了一波"妈妈粉"，算是热度排第三的。

节目开始，他们先去看了一段时间没见的竹鼠宝宝。他们没在的时候，竹鼠是交给村里有养竹鼠经验的人养的，过去那么长一段时间，几只小竹鼠已经被养得圆滚滚了。

他们一进去，竹鼠们集体发出类似"嘤嘤嘤"的声音，谁要敢伸手抓它们，它们就亮出大门牙警告，十分凶恶。

大家玩了一会儿竹鼠，节目组又开始发布任务了。

"今天我们准备了五个任务。"导演拿出五张任务卡，"大家以抽签的方式决定今天所要完成的任务。"

大家对视了一眼，节目组换套路了！

"我先来，我先来，我是手气最佳小王子。"宋楚第一个跑上去，拿了一张任务卡，大家忙凑过去看。

宋楚打开来念道："请给竹鼠宝宝们准备一些它们最爱吃的象草。注：村里王阿婆家种植象草，但不会无偿提供，刚好她家的奶牛需要挤奶了，请奶爸、奶妈动手帮王阿婆家的奶牛挤奶换取象草吧。"

众人先沉默了一下，随后都不厚道地哈哈大笑起来。

林近拍了拍他的肩膀，说："手气最佳小王子，你的手果然很有福气。"

宁秋秋一脸"母爱"地说："崽崽，加油啊！"

宋楚捂着胸口，努力压制住想仰天大骂的冲动，对导演说：“可是我不会挤奶呢，万一挤出毛病来会不会怪我，要不……”

面对宋楚一脸“你懂的”的表情，导演铁面无私地说：“会有人专门教学的，不用担心。”

宋楚不能骂娘，看着同伴们一个比一个幸灾乐祸，悲愤无比地说：“说不定我这个是最好的，你们快抽！”

林近说：“要不我们一人拿一张吧，然后一起打开，看看是不是还有比楚楚那个任务更惨的，怎么样？”

这个提议得到了大家的一致赞同，四个人一起把导演手上剩余的四张任务卡都拿走了，打开一看，各自脸上露出了不同的表情。

“哈哈哈，秋秋，让你笑我。”宋楚站在宁秋秋的旁边，看到了她的任务卡上的内容，发出一阵爆笑，帮她念出来，“准备一个歌舞节目，参与晚上村里举办的‘丰收节’，要求内容符合村民的审美，雅俗共赏。哈哈哈，我建议你去扭秧歌吧，哈哈哈……”

宋楚笑得上气不接下气，宁秋秋面无表情地提醒他：“崽崽，你再这样的话妈妈们要脱粉了。”

宋楚像被按了个暂停键，一秒收住越来越猖狂的笑，冲她眨着眼睛说：“宝宝好期待你的表演哪。”

宁秋秋：“……”

宁秋秋分享完自己的，又看其他人的，就不信自己抽到的是最“坑”的！

林近念出自己的：“我的是打扫竹鼠屋，检查竹鼠宝宝们的身心是否健康。哇，我突然觉得干活儿好幸福啊，劳动最光荣。”

宋楚、宁秋秋：“……”

大家顿时觉得林近好贱。

白莹：“我的任务也超级简单，给竹鼠宝宝们做一顿它们喜欢吃的米糠拌饭。”

宋楚不服，挤过去把她的任务卡拿过来看：“没有说需要靠自己的劳动换米糠吗？”

“没有，我刚刚在院子里看到准备好的米糠了。”

宋楚：“……”

他拿出毕生修为才忍住骂人的冲动，这是赤裸裸的不公平待遇。

方谨然：“村里兴旺小学二年级的学生想要来参观竹鼠，请负责接待他们。”

宋楚捂脸：“够了，我听不下去了。”

一个比一个轻松。

节目组不允许交换任务，所以大家或欣喜或抱怨了一通后，分开做任务。

宁秋秋是从身至心地抗拒这个任务，想到那个场面，连呼吸都不顺畅了，这下又要在大众面前丢脸了。

策划这个任务的人真是鬼才，宁秋秋觉得事后得找对方谈谈心，勒索一笔精神损失费。

不过抗拒归抗拒，任务还是要做的，谁让她运气不好抽到了这么“坑爹”的呢。她决定先去找村支书，打听一下晚上的节目单都有啥，然后看看应该准备什么形式的节目。

只有一天的时间，宁秋秋就要搞出个节目来，实在有点儿强人所难，尽管她唱歌、跳舞都不算太差，加上身体的原主是女团出身，身体对于歌舞的把控能力很强。

村支书看过这个就在自己家乡录制的竹鼠节目，所以对宁秋秋很热情，她很容易就得到了今天的表演节目单，节目并不是村民排演的，而是由文艺团下乡演出。

宁秋秋扶额，完了，专业的，这样一对比，伤害更大了。

“太难了。”宁秋秋从村支书家里出来，对着镜头说，“我宁愿砍竹子。”

不过抱怨归抱怨，任务必须做。宁秋秋把从村支书那边拿来的节目单一个个地往下看，看看能不能生出什么灵感。

同一时间，展家。

“用茶。”展清越慢吞吞地用他并不是非常灵活的手，泡了两盏工夫茶，对坐在他对面的人做了个请的姿势。

他对面的男人穿着精致，鼻梁上架了一副眼镜，一看便是高端人士。

这个男人伸手端了杯茶说：“不够意思呀，来G市这么久也不跟我说一声，需要帮忙的时候才想起来联系我，还能不能愉快地做朋友了？”

关于宁秋秋被晓琴诋毁的事情，展清越找的是他在G市的朋友出面帮忙的，也就是眼前这位，名叫于海平，本来也是A市的，和展清越认识好多年了。这几年生意的重心转移后，于海平才来G市扎根。

展清越面上恰到好处地挂了几分内疚之色，说：“想等身体好利索一点儿再登门拜访的，不想碰到了意外，给你造成麻烦了。”

“嘿，小事儿。”于海平十分不在意地大手一挥，复而表情又变得暧昧起来，“那个女明星跟你是什么关系？小情人？”

“不是。”展清越自己也喝了一口茶，才淡淡地说，“非法同居关系。”

于海平差点儿被口中的茶水呛到，展清越还是一如既往地语出惊人。于海平眨了眨眼睛，听展清越这个意思，非法同居关系，不就是男女朋友吗？

“啧啧啧。”于海平被秀了一脸，酸溜溜地啧了两声说，“那什么时候变成合法的呀？”

展清越说：“时机还没到。”

于海平一笑，把杯子放下，说：“又在埋伏等猎物上钩呢？那我真要为那位女明星默哀三分钟了。”

这话让展清越反思了一秒，他的人品真有这么恶劣？

他和宁秋秋，确切地说应该是有利益纠缠的两个人、逢场作戏的夫妻。他看得出宁秋秋对他有好感，但没到喜欢的程度，他也承认对宁秋秋的感觉很特别，可也没到那个临界点。

二人现在还处于互有好感的阶段，都很享受这个过程，没必要去打破，一切顺其自然就好。

当然，这些话他是不会和于海平说的。他冠冕堂皇地说：“我现在半身不遂，说话都没个整句，生活基本不能自理，不适合。”

“又不是好不起来，你不会是……自卑吧？哟哟哟，不得了啦，原来你这种人也会自卑啊。”于海平找到了机会，不留情面地嘲笑他。

展清越也不恼怒，淡淡一笑说：“这叫负责。”

于海平：“……”

这种话从展清越这种人的口中说出来，竟没有丝毫“违和感”，他对展清越的认知下限又降低了点儿。

于海平决定还是不跟他谈论这个问题了，转而问道：“你以后有什么打算？回卓森？你出事之后，我看你那个弟弟挺行的，让我都对他刮目相看了。”

“他本身就有这方面的才华，懒而已。”

展清越倒对展清远能担起这个重任一点都不意外。可能在外人看来这是一个奇迹，可他了解自己的弟弟，知道展清远玩归玩，但是天赋很高，只是以前不愿意动脑子而已。

“卓森他能管，我就不插手了，以后应该会自己开个小公司。”展清越又回答了前面一个问题。

于海平显然不信：“你就别骗我了，小公司能满足展总您的大胃口吗？”

展清越暂时不想透露自己答应了宁秋秋开娱乐公司这回事儿。原因无他，创业这种事情原本就存在风险，谁也没办法保证自己一定能成功，万一创业没成功，不能做大，没有盈利，牛皮先吹出去的话，丢脸可就丢大了。

偶像包袱一吨重的展总不在意地说：“不能满足的地方靠老婆填，明星收入高。”

“你为什么能面不改色地说出这么不要脸的话来？请问你躺着的这两年都没洗脸导致角质层特别厚吗？”

展清越：“……”

宁秋秋看了一遍节目单，也没看到哪个节目是又唱又跳的。她倒是能回忆起原主参加过的一些又唱又跳的节目，但是不够接地气，明显不适合村民观看。

又唱又跳，雅俗共赏……

有了！宁秋秋一拍手，这不就是唱戏吗？

她想到以前看过的一个节目里，某个歌手唱了一首戏腔版的《北京一夜》，惊艳全场。她也可以找一首民歌，用戏腔唱，再找懂这方面的舞曲老师教几个简单的动作，就能蒙混过去了，比别的唱歌、跳舞节目都简单。

关键是，戏剧是村民都知道的，不违背雅俗共赏的要求。

宁秋秋说做就做。原主曾经学过戏腔唱法，她自己也懂一点儿，这个难度不大，不过也需要靠练习找感觉，至于编舞老师……这个也不难，找瞿华。

有了眉目，宁秋秋整个人像打满鸡血，斗志昂扬起来。她把要求发给瞿华，让他帮她联系戏剧方面的编舞老师，根据她选的曲编一段简单的舞蹈并录下视频，还让节目组给她定制一套戏服。

到吃午饭时间，她的准备工作全部做好了，下午练歌、练舞就行。

“哇，那头奶牛，真的让我对牛奶都有阴影了，太难了。”中午吃饭的时候，心理阴影巨大的宋楚哭丧着脸说。

林近忍笑：“不会对女性有阴影就好。”

“滚吧。”

白莹咬着筷子问道：“秋秋准备得怎么样了？五个人里就数你的任务最难了。”

她这么一说，大家一起看向宁秋秋。宁秋秋说：“还好啦，应该……能完成任务吧。”

“我比较期待不能完成会有什么惩罚。”宋楚想到还有人比自己更惨，就忍不住幸灾乐祸。

白莹：“你怎么不期待一下你下午搬象草的情景呢？”

宋楚：“……”

林近没有宋楚嘴坏，鼓励宁秋秋说：“秋秋以前是靠这个吃饭的，这个对我们而言可能很难，但对秋秋来说肯定小菜一碟，我们要相信秋秋。”

一向不怎么搭腔的方谨然也说：“不要有太大的压力，完不成我们陪你一起受罚。”

“对对，有难一起担，不要害怕！”白莹说。

“一起受罚”这句话引起了整个团队的共鸣，得到了其他人的一致赞同，连一直和宁秋秋看起来八字不合的宋楚也跟着应和。

宁秋秋被这种团结一致的氛围感动了，郑重地说：“谢谢，我会努力让大家都不受惩罚的。”

吃完午饭，嘉宾们有一段休息时间。关了摄像机，导演开始指挥工作人员把本来有点儿狼藉的地方都收拾得干干净净，据说是赞助商下午会过来探班。

“你说这赞助商有事没事干吗就要来探个班凑热闹，弄得人仰马翻的，图啥呢？众星拱月有快感吗？”没有了摄像机，宋楚又开始肆无忌惮起来，小声地跟宁秋秋吐槽。

“人家出钱了，爱来就来，你管他呢。崽崽啊，妈妈发现你有点儿厌世呀。”宁秋秋拍了拍宋楚的脑袋说。

宋楚：“滚，老子才不是你的崽。”

宁秋秋握起自己的小拳拳说：“看着我的手再说一次。”

宋楚立刻夙了，能屈能伸才是大丈夫：“秋爷我错了。”

赞助商像掐好了时间似的，嘉宾们下午的休息时间刚过，还没开拍，对方刚好到了。

宁秋秋中午都没睡，一直在听各种用戏腔唱的歌曲，好从里面找感觉。要开工的时候由于有点儿困，她又去洗了一把脸，重新补了妆，比别人出去得慢了点儿。

她出去时，刚好赞助商被众星拱月似的迎进来，与她撞了个正着。

宁秋秋看到轮椅上那个意气风发的人时，差点儿吐血了。

展清越也看到了她，冲她一挑眉，那样子好像在说：赞助商威武吗？

“……”

这次的赞助商叫食养磨坊，是一家养生磨粉饮品企业。食养磨坊的产品是把五谷和其他如红枣、枸杞、核桃等养生食品按照各种需求以各种配方混合磨粉，味道挺不错。

由于它的产品一直走的是营养健康路线，打着“无添加”的口号，品牌的口碑很好。

展清越以前昏迷和刚醒来的时候，由于咀嚼功能还没恢复，宁秋秋经常看到晶晶给他喂这个品牌的各种磨粉。

但宁秋秋从来没把这两者联系起来，展清越什么时候经营起食品行业的公司了？！

晶晶和陈毅也来了，晶晶推着展清越，冲宁秋秋挤眉弄眼。

导演一下就感觉到他们二人之间有猫腻，说：“展先生和秋秋认识呀？”

“朋友。”展清越说。

他虽不关注娱乐圈的事情，但也知道明星的恋情要搞得和地下恋一样，不能摆在公众面前。

导演很上道，笑着说：“那可真是有缘分。来来，里面坐吧，外面风大。”

屋里，导演和展清越聊了一会儿，恭维了几句，就很上道地借口要出去准备开始录制节目，让他和宁秋秋两位老朋友叙叙旧。

等到屋子里安静下来，晶晶打了个响指：“对了，我们带了东西过来请大家吃，放在车后座了，走走走，陈毅，我们去搬出来。”

说完，她拉着陈毅，脚不点地地跑了。

等到门重新被关上，只剩他们两个人时，宁秋秋瞪着他说：“你要来怎么也不提前打招呼？”

展清越：“导演盛邀，临时起意。”

“所以，食养磨坊的老板是你？”

“算是吧。”展清越解释说，“当初我……妈潇洒地追求真爱去了，留的。”

嗯？展夫人？

展清越这么一说，宁秋秋倒是想起来了。小说里有交代，展夫人在展清远十岁那年碰到了自己所谓的真爱，毅然抛夫弃子，和真爱相亲相爱去了。

她是净身出户的，手下所有产业，包括一家陪嫁的公司，都留给了两个孩子。

“这家公司本来一直由我管着。我出事后，清远不喜欢那个女人，不想让她手下的产业脏了自己的手，所以一直由我爷爷暂管。我醒来后，爷爷就重新转给我了。”展清越解释说。

“哦。”展清越有个这样不负责任的母亲，宁秋秋挺同情的，“抱歉，勾起你的伤心事了。”

“嗯，很伤心。”展清越说着，脸上却一点儿都捕捉不到伤心的意思，说，“你要负责。”

“怎么负责？”宁秋秋的直觉告诉自己，展清越又在给她挖坑。

展清越说：“直接给钱吧，实在些。”

宁秋秋面无表情地说：“要钱没有，要命一条。”

“我知道你没钱。”

宁秋秋被直击痛点：“看破不说破知道吗，展总？！”

别人以为谁都和你一样有钱有势，在床上躺了两年起来照样“豪”无人性！

展清越含笑，宁秋秋顿时警铃大作，预感展清越接下来要说的绝对不会是好话！

她眼珠子一转，急中生智，抢在展清越说话前冲展清越抛了个媚眼，走过去往展清越的大腿上一坐。

为了不坐坏他金贵的大腿，宁秋秋还不敢用力，面上却演技十足，说：“所以，财大气粗的展总，您准备提前熟悉一下娱乐圈的规则，‘潜规则’一下贫穷的我吗？”

宁秋秋算是发现了，展清越这个人虽然心黑，但在不要脸这一点上，修炼得还是不太能比得上她这种混迹三个世界的。

当然，上次她叫“爸爸”被调戏了除外。

所以，他要是坑她，她就不要脸，完全不心虚！

展清越果然整个人都僵硬了一下，本来要说的话也卡在了喉咙里，一时间不知道怎么接宁秋秋这句话了。

宁秋秋眨眨眼：“说话呀，展总。”

“秋秋，节目开录了。”展总还在想台词的时候，门忽然被推开，宋楚急躁的声音同时传来，“导演让你过……去。”最后一个字他是以梦游的状态说出来的，因为他看到了屋内反应不及的二人亲密的一幕，大脑直接死机。

一切发生得太快、太突然，宁秋秋赶紧从展清越的身上起来，又瞪了展清越一眼，都怪他，有事没事就坑她，不然才不会出现这种乌龙。

被宁秋秋怒瞪的展总：“……”

“我……我……我……”片刻后，宋楚回魂，结结巴巴地解释说，“我不是故意的，这个门它……它一拍就开了！”

节目组租的这个房子的门有点儿像古代那种双开式的，里面不锁，关上是不会自动落锁的。由于用久了，合页松了，所以被宋楚随便一拍就开了……

“录制开始了吗？我这就过去！”

宁秋秋毕竟在演艺圈混迹多年，表面上还能强装淡定，内心却懊恼不已。她好不容易在和展清越的斗争上赢一次，就……

想到她刚刚坐大腿的姿势，宁秋秋捂脸，没脸做人了。

她今天的运气真的不是一点点的差。

宋楚更头疼。他刚刚越想越不对劲，赞助商和宁秋秋认识，在这个圈子里，会有这么巧吗？

特别是导演让大家出去，方便他们叙旧，他就更觉得不对劲了，这关系不仅仅是朋友那么简单吧？

而且他看到展清越带的那两个人随后也出来了，立刻想到孤男寡女待在一个屋子里，会干吗呢？

宋楚虽然和宁秋秋经常掐来掐去，可真的把她当成好友，那个赞助商虽然看起来很有钱也很帅，可万一宁秋秋真的是被对方强迫的呢？

宋楚突然觉得：不能这样，不能让宁秋秋被一个连路都走不了的男人“潜”了！

宋楚想到这里，脑子一热，就趁着大家不注意偷偷跑进去，本想借口导演喊开始录制节目，让宁秋秋有个正经的理由出来，不想门这么不争气地一拍就开，让他撞到了这一幕。

他的心态有点儿崩，确切地说，是宁秋秋的形象在他的心里有点儿崩。

“去吧。”比起他们俩，展清越反而是最淡定的。他语气温和，甚至还在宁秋秋的后腰处拍了拍，“我也回去了，不耽搁你工作。”

“哦，那你小心点儿，我走了。”

展清越含笑道：“好。”

宋楚：“……”

展清越来也匆匆，去也匆匆，真的就像领导视察一样，全程半小时不到，并没有耽误他们录制节目，但成功地搅浑了两潭清水。

特别是宁秋秋，她脸皮再厚，这回也挂不住了，一想起这件事儿，就尴尬得想撞墙。

她只好化尴尬为力量，努力练习歌舞，希望晚上不会更丢脸。

宁秋秋的节目被排在第一个。她作为明星，上过各种大大小小的舞台，本该早就不畏惧这种场面了，这次却跟第一次登台一样紧张得不行。

上台前，“竹鼠兄弟”们给她打气。

宁秋秋穿着戏服，脸上化着戏妆，头上没有戴很夸张的头饰，化妆师把她的头发盘成古代的发型，仿佛真的是戏曲里风华绝代的旦角，令人过目难忘。“秋秋的这个造型好好看。”白莹握拳说，“我感觉接下来的表演一定会非常精彩，加油秋秋，拿出你扛竹子时的洪荒之力！”

“然后把台柱子震塌吗？”林近接话说，逗得大家都笑了一下，紧张的气氛顿时散去了很多，林近接着说，“开玩笑的啦，加油，秋秋。”

方谨然也勾起嘴角笑了笑说：“相信你，你每次都能给我们带来惊喜。”

大家你一言我一语地鼓励宁秋秋，宋楚却十分沉默，甚至都不抬眼看她。

“哎，”白莹拍他，“你今天从下午开始就状态不对啊，你不会是真被挤牛奶留下了阴影吧？”

“哪里有！”宋楚一提到挤牛奶就急眼，“我是……是在为秋秋捏一把汗好吗！”

众人都用不信的眼神看他。

“我只是……不想给她压力而已！”慌忙之间，宋楚编了个还算靠谱的借口。

宁秋秋知道原因，面对宋楚也挺尴尬的，刚好那边主持人报了她的节目，她赶紧对众人说：“你们的鼓励我都收到了，比鸡血还管用，冲呀！”

说完，宁秋秋拿出壮士一去兮不复还的姿态，登上了舞台。

台下都是村里的村民，姿态各异地坐在凳子上，本来还有点儿吵闹的现场在宁秋秋登台的那一刻，立刻安静下来了。

舞台上的灯光打在宁秋秋的身上，她宛如星月下绽放的花朵，绚烂、耀眼，出尘绝艳，令人挪不开眼。

村里很多土生土长的人，还真没见过这么美的人，有的人甚至忍不住揉揉眼，想着这就是下凡的仙女吗。

音乐慢慢响起来，宁秋秋的身体也随着音乐慢慢地动了起来。短暂的前奏过去后，宁秋秋开口唱道：“为救李郎离家园，谁料黄榜中状元……”

“哇，这首歌……”白莹被这段旋律炸得头皮发麻，“是黄梅戏吧，她居然唱黄梅戏！”

由于时间太短，宁秋秋最后还是选择了现成的戏曲，做了一些改编，戏腔听起来又别有一番风味。

她的嗓音婉转，由于她是歌手出身，音域很广。她才唱第一句，就让大家都起了一身鸡皮疙瘩。

耳熟能详的曲段被宁秋秋以这样的方式唱出来，惊艳得令人忍不住张大嘴巴。

美，太美了，清丽的歌声婉转缠绵，令人情不自禁陶醉其中。

村民虽然不太懂流行音乐，但对黄梅戏这种家喻户晓的戏曲却是熟悉的，有的人甚至还能跟着哼上几句，完美地契合了节目组的任务要求。

宁秋秋的任务圆满完成！

晚上睡觉前，宁秋秋的神经还处于兴奋状态。她今天听了一天的黄梅戏，现在一安静下来满脑子都是“我考状元不为把名显，我考状元不为做高官……”

挥之不去，忘之不却。

她很“痛苦”。

崽崽：“你跟他之间……名正言顺吗？”

宁秋秋正准备找其他的歌听听以转移注意力时，收到宋楚的信息。

她如果解释“不是你想的那样”，还来得及吗？

一失足成千古恨，宁秋秋好不容易让展清越吃了一回亏，取得了历史性的胜利，却又把自己坑了进去。

而且，宋楚的这个问题……她怎么回答呢？她和展清越的关系，真的名不正言不顺哪。

宁秋秋：“小孩子不要管那么多！”

崽崽：“……”

宁秋秋：“我跟他之间的关系比较复杂，怎么说我也是富家小姐，反正不是你想的那样。”

宁秋秋打完这一长段，发送，却发现微信消息前出现了一个大大的红色叹号。

这个小崽子把她拉黑了！

没办法，她找出对方的电话号码，给他打过去，才刚打通就被挂了。

宁秋秋吐血，这个小崽子，翅膀硬了！

这半夜三更的，她也不能去敲异性的房门，否则被人看到就是跳进黄河也洗不清了。

展清越怎么跟她说来着？他不喜欢“绿帽子”。

这要是被传出去，展清越头顶就会有一顶绿得发亮的帽子。

明天她再找个机会跟宋楚解释一下吧。

可接下来三天的节目录制中，宁秋秋明显感觉宋楚在躲她，跟躲瘟疫似的躲着她，弄得宁秋秋也恼了。

她又没做小三，没出轨，宋楚这样明显过分了，就算她真的是被展清越包养的小情人也不至于这样吧！

她被气死了！

宁秋秋一生气，也懒得理他了，爱咋地咋地。节目一录完，她就拖着自己的行李回去了。

这几天冷空气南下，最后一天录制时明显有点儿冷了，宁秋秋没留意，晚上回到家却感觉有点儿头重脚轻。

回到家，展清越没在，管家说朋友请展清越去吃饭了，陈毅也去了，晶晶身体不舒服，请假了。

家里少了个主人又少了个活宝，瞬间冷清下来。宁秋秋一个人索然无味地吃了晚饭，觉得很困倦，就去洗澡睡了。

这一觉睡得很昏沉，宁秋秋感觉自己像漂浮在水面上的一叶扁舟，被浪晃得头晕目眩，甚至恶心想吐。她想要停止这种晃动，身下却是流动的海水，抓不住。

"嗯。"

像终于靠岸的小船，宁秋秋从梦魇中脱身，睁开眼睛盯着天花板，一时不知今夕何夕。

"醒了？"

她听到一个声音从床边传来，脑子迟钝地转头看，对上一张好看得过分的脸，房间里只开了床头的暖色灯，朦胧的灯光更衬得他倜傥清雅。

"美人"伸手摸了摸她的头："还在烧，生病了也不知道，傻不傻？"

宁秋秋眨了眨眼，一秒后，意识恢复，瞬间警惕地看着展清越，他怎么知道她发烧了？

不对，他怎么会无故来她的房间？

"外面下雨了，我怕你的窗户没关，进来给你看看。"展清越仿佛有读心术，看她明显松了口气的样子，好笑道，"展夫人，以前你趁我昏迷，可没少偷偷溜进我的房间，我进来一次不算过分吧？"

她那是偷偷吗？她是光明正大的。

床上的人因为生病面色绯红、反应迟钝，展清越也没心思多逗她，把旁边的药拿过来说："起来把药吃了。"

展清越由于身体尚未康复，没办法像电视里的贴心男主角一样温柔地把她扶起来，宁秋秋只能自力更生，挣扎着从床上坐起来。

宁秋秋一动才发现手上挂着水——不但展清越进来了，医生还跑进来了，给她的手上扎了针，她却睡得跟猪一样，没有任何察觉。

要是放在别的地方，她被卖了也不知道。

"医生说你劳累过度，好不容易放松下来休息却又感冒了，才睡得那么沉。"

展清越看她一脸怀疑人生的表情，给她解释，又把她要吃的药按照说明书的要求分别拿出来，放在一张纸巾上。他动作缓慢，不急不躁。大概是被烧昏了头，宁秋秋莫名觉得这样的展清越赏心悦目，让她忍不住为色所迷。

他真好看……

大概是她的目光太过于露骨，展清越甚至都没看她就说：“宁小姐，虽然我的脸皮比常人的厚一点儿，但你一直这样看，我也会吃不消的。”

“你暂时的身份算是我的老公，我多看几眼怎么了？”宁秋秋理直气壮地说。

“嗯。”展清越把保温杯拿过来，拧开盖子递到她的面前，“需不需要印几张海报贴在墙上，更方便你看？”

“滚蛋吧。”

展清越轻笑道：“快吃，吃了再休息一会儿，让你的经纪人把这阵子的工作都推掉，下次录真人秀之前都不要工作了，休息一阵……”

他最后一个字还没说出口，就看到秋爷把药一把放进嘴里，喝水，现场表演一口吞。

展清越怔了一下，半晌才说：“大概是在你十岁那年，我和清远跟着我爸去你家做客。那时候你刚好也感冒了，不敢吃药，无论宁……岳父怎么哄都不管用，没想到一转眼，你都成大姑娘了。”

可见岁月是把杀猪刀。

宁秋秋闻言瞬时警铃大作，她内心有鬼，第一感觉就是展清越是不是发现什么了，完蛋，不会是她在昏睡期间说了什么不该说的话吧？

“我……”

“嗯？”展清越抬眸。

“其实……”

展清越看她吞吞吐吐的，瞬间懂了：“洗手间？”

宁秋秋：“……”

经他这么一说，她好像真想去。

最后展清越让人上楼扶她去了洗手间。见他好像是随口一说，并没有再聊这个话题的打算，宁秋秋松了一大口气。

刚发生的一切太刺激了，这个“马甲”真不能掉。

她放松下来，又觉得头晕目眩，她的烧还没退，整个人都有点儿意识不清醒。跟展清越贫了这么一会儿已经耗尽她的全部精力了，她回到床上又昏昏沉沉地睡了过去。

展清越一直陪到她挂完水，医生又过来看了一趟，说没有关系，先让她好好休息，如果到了半夜烧还没退，再打电话给他。

展清越身体不便，没办法彻夜照顾她，便嘱咐别人晚上过来看。

宁秋秋这一睡睡到了第二天的上午。她昨晚已经退烧了，嗓子却疼得厉害，几乎说不出话来，浑身也胀痛不已，仿佛被人翻来覆去地蹂躏了一顿。

宁秋秋这阵子累狠了，这次感冒如同压倒骆驼的最后一根稻草。她喝了一碗粥，吃了药，又开始昏昏沉沉地睡，但睡得非常不舒服，其间还起来吐了一次，又接着睡。

这种状态一直持续到傍晚，她才终于睡足了，清醒过来。

场景和她昨晚醒来的时候差别不大，甚至身边的人都没变，唯一有区别的地方就是……

展清越在她的房间里办公。

展清越正在对着电脑看什么，神情很专注，没注意到宁秋秋醒了。

这种画面有点儿温馨，又有点儿微妙。

宁秋秋偷偷摸手机，想要偷拍。可她才发出一点儿动静，展清越就察觉到了。他转头看她，一笑："你终于醒了，还难受吗？"

刚摸到手机的宁秋秋一阵遗憾，不肯罢休地说："你……"

她感觉嗓子哑得厉害，张了张嘴，发现根本说不出一个完整的句子来。

这下轮到她变成哑巴了。

展清越微蹙眉："怎么了，还不舒服？"

宁秋秋摇了摇头。她昏睡了一天，已经好很多了，就是浑身无力、声音嘶哑。

展清越叫人送了粥上来，试了试温度合适，靠床坐着的宁秋秋正要伸手接时，看到展清越舀了一勺，伸过来喂她。

宁秋秋："……"

她虽然感冒了，但手没废，完全能自己吃饭好吗。

"没胃口？"展清越见她不张嘴，说，"吃两口，你一天没吃东西了。"

宁秋秋只好张嘴吃了一口。她不习惯被别人伺候，尤其对方也是个病人，可她说不出话来，只能朝展清越伸手，表示要自己吃。

可惜不知道展总是跟她还没达到可以眼神交流的境界，不懂她的意思，还是懂了故意不给她。在宁秋秋的注视下，他把勺子放回碗里，伸手过去握住她的手。

宁秋秋疑惑地看着他。

他把她的手塞回被窝里，又拍了拍她的头，像哄小孩一样说："不要闹，乖乖喝点儿。"

闹你个大头鬼啊。

她好恨哪。

展清越看到她目光里传来的怨愤之意，不再逗她了，说："之前你照顾我那么久，礼尚往来。"

宁秋秋："……"

展清越又舀了一勺送过去："张嘴。"

宁秋秋口不能言，与他对视片刻，最终还是屈服于"恶势力"，张嘴喝粥。

"烫的话你就眨眨眼。"展清越不忘叮嘱她。

我被绑架了，眨眼有用吗？

可展清越感受不到她的内心活动。他完全没伺候过人，加上手不够灵活，动作极其不熟练，有几次还差点儿不小心喂到她的鼻子上。

宁秋秋严重怀疑对方是借机报上次她把棉球塞到他的鼻孔里的"大仇"。

不过展总似乎对喂饭这种事情很感兴趣，喂完一碗，又让人盛第二碗。宁秋秋表示自己真的喝不下去了，他才十分遗憾地放下了碗。

宁秋秋深刻体会了当初展清越才醒来就被她喂食物、喂水的感觉。要吐槽的地方太多，不知从哪儿说起，她怕消化不良。

“我下去吃晚饭，你好好休息。”展清越看着她吃完药后说。

这尊佛终于要走了，宁秋秋松了一大口气，恨不得挥起小手绢欢送。

看她听到他要走时目光一亮，展清越也没生气，伸手摸了摸她的头，走了。

宁秋秋感觉被摸过的地方一片滚烫。

等到展清越把门带上，宁秋秋才松了一大口气，重新在床上躺下来。可她白天睡多了，现在完全没有睡意，就拿出手机来看。

瞿华每天都会把后一天的行程发到她的微信上，提醒她准备，这样她才不会忘记。

瞿华：“明天出席尚美的时尚盛典，S 市，上午十一点的飞机，记得定闹钟。”

尚美是女性时尚杂志，每年的周年庆都以时尚盛典的形式举办，邀请圈内各女明星走一场争奇斗艳的红毯秀，在红毯界也算是一场比较高端的盛会了，很多二、三线女星都为得到一张邀请函而明争暗斗。

宁秋秋这种二线明星本来并不在邀请之列，但是这阵子她的人气实在太高了，尚美杂志临时向她抛出了橄榄枝。

刚好宁秋秋想要一场红毯秀证明自己没有肌肉、身材漂亮，柔弱得和小仙女一样，这个邀请跟犯困时有人递枕头一样——完美。

宁秋秋已经暗暗地期待这一天好久了，可是在这个节骨眼儿上，她居然感冒了，还病得挺严重。

她倒是能带病上阵，但昨天展清越说，让她把工作都推了，这阵子安心在家养着。

她得想个办法跟展清越说。

玩了一会儿手机，宁秋秋就感觉眼睛疼得厉害，只好放下手机继续睡，好不容易药发挥作用，睡意正浓时，旁边的手机响了起来。她开的振动模式，手机放在床头柜上，声音特别明显。

被吵醒的宁秋秋内心有点儿怨气，伸手抓过手机，看到“宋楚”两个字在屏幕上跳动时就更气了。

宁秋秋挂了，给他发短信：“我嗓子哑了，不能说话。”

很快，宋楚就回了条短信：“生病了？还是……是不是那个老男人欺负你了？！”

展清越虽然大了她几岁，但人家风华正茂，没到老的境界吧。

宁秋秋不想跟他多解释，主要是一时间说不清楚，正想打字告诉他，让他有什么事儿等她嗓子好点儿再说时，宋楚的消息又来了。

宋楚：“秋秋，我喜欢你。”

宁秋秋看到这句话，差点儿被自己的口水呛死。

这个告白实在太突然了！她和宋楚虽然认识那么久了，可是基本没多少联系，在竹鼠节目里，也是互相挤对居多。

喜欢？这是哪门子的喜欢呢？

宋楚：“我可以回去继承家业，也可以变成有钱少爷捧你，最重要的是我是真心喜欢你的，会对你负责，所以你跟我在一起好不好？”

宁秋秋看到这条消息，知道这无缘无故的告白是为什么了——他觉得她被又老又残的男人“潜规则”了，要救她于水深火热之中。

他要回去继承家业？不红他就要继承家业吗？

宁秋秋已经无力吐槽了，都不知道该感动，还是该说他“中二”了。

宁秋秋：“我跟展清越的关系不是你想的那样，你不要多想，等我身体好点儿再给你解释。”

宋楚：“我是认真的！我现在就在你住的房子外面，你出来就能看到我了。”

宁秋秋一惊，跑到窗户旁边看，她的房间刚好是对着大门的马路的，果然看到马路边停了一辆白色的车。

宁秋秋：“你怎么知道我的住处？”

宋楚：“那天节目录制结束后，我尾随了你回家的车。”

宋楚这人比较“中二”，确切地说是疾恶如仇。

由于他爹背着他妈包养了个小明星，还生了个儿子闹上门来了，原本美好的家庭瞬间分崩离析。

亲身的经历导致他对于这种败坏风气的事情特别怨恨，所以看到宁秋秋正值青春年华，却为了资源和利益出卖自己时会如此生气。

如果他们是男女朋友，他也就不说什么了，可偏偏不是。兼之那位的身体原因，就更让宋楚觉得宁秋秋为利益去做人家的小情人了。这个认知让他又失望又气愤，直接把宁秋秋拉黑了。

可事情不是拉黑、不跟她说话就能解决的。

宋楚不敢说了解宁秋秋，但总觉得她不是那种人，而且她的家境好像也不错，所以又忍不住为宁秋秋找借口：是不是她有难言之隐？是不是她是被他强迫的？

借口这种东西，一旦找了，就会给自己拼命洗脑。宋楚越想越觉得有可能，简直把宁秋秋想象成了一朵弱小、无助、可怜的白莲花，被展清越这个大恶魔逼迫，才沦落至此。

一定是这样的！

宋楚以惊人的“脑补”能力，成功地为宁秋秋编了一个大恶魔与小公主之间无法言说的故事，并且决定化身为正义的骑士，披荆斩棘，将宁秋秋拯救出来。

这个人说白了还是有“中二”病。

他先尾随了宁秋秋的车，确定她被那个老男人包养在什么地方，然后策划了一套完美的“拯救”计划，从夜色正浓的今晚开始行动。

他承认对宁秋秋有好感，虽然没到喜欢的程度，但感情不都是慢慢培养的吗？

就算……就算宁秋秋不喜欢他也没关系，可以继续做朋友，但现在一定要把她拉出来。

宋楚：“虽然不知道什么原因使你要到出卖自己的境地，但我想让你知道，有个愿意一心对你的人，只要你愿意伸出手，他就会把你拉出深渊。”

宁秋秋：“……”

她本来不想那么快解释的。原因是她想解释的时候宋楚把她拉黑了又拒绝了她的电话，还躲了她几天，今天又冒出来个告白，把她当成火锅似的来回涮，她虽然脾气好，但不代表没脾气，加上身体不舒服，就想晾他一下。

可是，现在人家都追到家门口来了，问题就变得棘手了，再不解释就要出事情了。

想了想，她把之前微信被拉黑没发出去的那段文字解释复制了发给他。

宋楚："所以是豪门间的龌龊，你父母为了利益逼迫你跟他在一起，对不对？"

宁秋秋要崩溃了。

崽崽啊，你不适合当明星，编剧界缺少你这种人才啊。

也是她的错，贪图方便复制这条过时的解释，直接说他们是夫妻关系，哪里有那么多事儿？

宁秋秋只好继续解释，正打字时，门被敲响了，做贼心虚的宁秋秋吓了一跳，差点儿把手机砸脸上。

她不自在地把打了一半字的手机放到枕头底下，先装睡。

听动静，来人是展清越。宁秋秋闭着眼，听到轮椅的轱辘与地板摩擦的声音渐渐靠近，心想这货不会这么敬业，晚上还想在她这里办公吧。

不要搞她呀，宋楚还在下面等着呢，要死！

"秋秋，醒醒。"出乎她的意料，展清越竟伸手推醒她。

宁秋秋装作刚睡醒的样子睁开眼，睡眼蒙眬地问："怎么了？"

"这个能治我的身体，对你也应该管用。"展清越把手中的杯子递过去。

看着杯子里的漂浮物，宁秋秋就知道是什么东西了，这个确实有用。

她最近由于忙着赚钱，又因为立了个大力人设，为了这个人设不被戳破，不得不在空闲的时候多画点儿大力符，以备不时之需。

于是她就把别的画符事业往旁边放一放了。

她之前养了不少天罡符，都给展清越了，让他自己隔几天就烧一张喝，估计存货无几。她想着留给展清越重要，小感冒不需要浪费，就没想要用这个。

可现在宋楚还在外面，明天又要走红毯，宁秋秋想了想还是接过来喝了，才更有精力应付这些破事。

宁秋秋伸手去接，展清越却没给，问道："还记不记得你是怎么给我喂水的？"

宁秋秋一脸震惊！

趁着她口不能言的时候来算账，太不厚道了吧，展先生！

宁秋秋装傻充愣地摇头：我就不记得了，你能把我咋地？我现在可是病人，我弱我有理。

展清越扬眉："那看来我的脑子还挺好使，记性挺不错。"

宁秋秋瞪他，骂谁脑子不好使呢？！

展清越轻笑，把杯子递给她，宁秋秋才松了口气，端起杯子正要喝时，听到展清越说："谢谢。"

宁秋秋不明所以。

展清越的表情是前所未有的正经，他说："你给了我重新来过的机会，还照顾我那么久，还没向你说句'谢谢'。"

展清越今天体会了一把照顾人的不易，深刻感受到了宁秋秋作为一个大小姐，即便是逢场作戏的成分多，但也真实地照顾了他这么久。

虽然他也一直在努力偿还对方的恩情，帮助她的父亲、给她买热搜、投资赞助她参与的节目，但好像……从来没有感谢过对方。

于是展清越决定说声"谢谢"。

这句话怪煽情的。

宁秋秋倒不在意。她帮展清越也等于在帮自己，不然宁家估计都破产了，她也跟着负债。想想那么长一段时间，她连三百万元都没赚到，就知道还那个负债的钱没那么容易，而且这钱还是借助了展清远的东风，才让她进了剧组赚了大头，不然一百万元可能都赚不到，更别提现在这种生活了。

不过宁秋秋心里记挂着还在楼下的那个傻孩子，没有心思跟展清越闲扯。她快速喝掉了水，又拿出手机，果然见短信都被宋楚刷了好几条，还有个未接电话，她刚刚把手机调成了静音所以没听到。

她打开备忘录打字："不用谢，我这个人做好事不留名。"

展清越："……"

他发现收获了个新品种——不要脸的秋秋。

宁秋秋："我又困了，你照顾我一天了，也去休息吧。"

"你再不理我，我就直接敲门了，给你五分钟。"展清越念道。

宁秋秋一惊，把手机翻过来，就看到手机屏幕上方的短信刚好消失，发短信的除了宋楚那个小崽子还有谁！

"……"

这运气是不是太背了点儿？就一两秒钟的时间都能撞上。

而且她也病糊涂了，完全没考虑到短信会在屏幕上方显示。

更可气的是，她现在嗓子哑了，说不出话来。

宁秋秋好气，好急！你听我解释呀！

展清越之前跟她说不要被拉郎配给他戴"绿帽子"，现在倒好，"绿帽子"自己找上门了。

"有客人？"展清越挑眉问道。

她说是诈骗短信或者骚扰短信，他会信吗？

可是，她存电话号码存的是宋楚，展清越只要眼没瞎，就能看得到发信人。

哪个借口好像都不妥当，她要是解释对方发错了或者字打错了，万一展清越去看外边的情况怎么办？

"嗯？"展清越还在等她解释。

想了想，宁秋秋干脆选择摊牌，在手机上飞速地打字："那天撞见我坐在你腿上的那个人，也是我的朋友，以为我是你包养的小情人，现在正义感爆棚，要带我私奔离开你的魔爪。"

打完，宁秋秋给展清越看。他看完后，大概没见过这种事情，也怔了一下，随后一哂：“你这个朋友挺有意思。”

宁秋秋：“我现在跟他解释清楚，他就走了。”

展清越：“他一旦先入为主了，你说什么都是借口，有口难辩。”

宁秋秋：“……”

好像真是这样。

“而且你让人家在家门口干等这么久，就两句话打发了人家，以后朋友都没的做了。”

展清越说得句句戳心。

但是，宁秋秋警惕地看了他一眼，打字：“你不要乱来，我会生气的！”

虽然宋楚的做法实在有点儿“坑爹”，但出发点是为了她。她都这么坦诚地跟展清越说实话了，他要是敢去对付宋楚，她真要生气了。

展清越一笑：“我不是这么小气的人。”

宁秋秋表示深刻怀疑。对方都让她不要给他戴“绿帽子”了，面对这送上门来的一顶“绿帽子”，她不信展清越有那么大的度量。

“相信我的话，我帮你，保管药到病除。”

宋楚在外面等了宁秋秋半天，都没等到对方的一丁点儿回应，想到对方把自己当成小孩子，越想越委屈。在宁秋秋看来他估计就是个任性乱来、实际上什么都干不成的小屁孩儿，没把他的真心当回事儿。

这个认知让他很受伤，可是这么走了他又放心不下宁秋秋，在这种自我矛盾的情绪下，别墅的大门开了……

宁秋秋不放心，在睡衣外面罩了件外套，跟着到了客厅，防止展清越对付人家小孩儿。

不一会儿，管家就把宋楚请进来了。宋楚见到宁秋秋后脸色很难看，嘴唇发白，霎时“脑补”了一大堆有的没的，冲她旁边的展清越警告说：“这一切都是我策划的，跟秋秋没有关系，你不要伤害她。”

展清越难得没有去逗人家，一本正经地说：“秋秋生病嗓子哑了，我来做她的发言人，我想宋先生有什么误会，坐下说。”

宋楚哼了一声。

展清越也不勉强，说：“我跟秋秋是你情我愿的合法关系，法律承认的，宋先生需要看结婚证吗？”

宁秋秋：“……”

你哪里来的结婚证？

然而，展清越吃准了宋楚不会想看。果然宋楚听完，愣怔片刻，随后看向宁秋秋。

宁秋秋点了点头。

宋楚的脸一阵红一阵白，仿佛自己是一只被耍得团团转的猴子，他气愤地说：“那为什么我问秋秋你们的关系是不是名正言顺的时候，她一直不正面回答？……别想骗我！”

说完，宋楚看向宁秋秋，用眼神跟她交流：秋秋，你要是被绑架了就眨眨眼！

可惜宁秋秋没领会，展清越接着做发言人，背黑锅：“这怪我，我怕舍弟以为我联合宁家对付他，所以暂时让秋秋不要对外公布我们的关系。”

说完，展清越揽住宁秋秋，亲了亲她的头顶，语气宠溺地说：“对不起，让你受委屈了。”

宁秋秋完全没料到剧情是这个走向，隔着头发都感觉得到那个触碰，头皮发麻，忍不住老脸一红。

他太犯规了，趁机占她的便宜！

偏偏她还要装出一副害羞的样子，一脸爱意地摇了摇头，表示没事。

论演技，我们是专业的！

宋楚：“……”

他张了张嘴，没说出话来。

展清越亲完，仿佛宣告完了自己所有权的狮子王，自信、优雅，似笑非笑地看向宋楚：“请问，宋先生还有什么疑问吗？”

看宁秋秋那一脸娇羞小媳妇的样儿，宋楚已经没办法有疑问了。

最后，宁秋秋送宋楚出去。

宋楚情绪不好，闷头快步往外走，宁秋秋小跑了几步才追上去，挡在他的面前，拿出手机给他看。

宁秋秋：“我真的生病了，给我点儿面子好不好？”

宋楚气呼呼地停住脚。

宁秋秋：“今天虽然是个大乌龙，但我挺感动的，谢谢你对我这么好。”

“好人卡就不用发了。”宋楚没好气地说。

宁秋秋：“胡说，我发的明明是朋友卡！”

宋楚一脸不自然地说：“谁稀罕你这种实话都不说的朋友。”

宁秋秋：“那崽崽，妈妈爱你哟。”

宋楚：“……”

这下他真被气走了。

不过，片刻后宁秋秋收到了对方的短信。

宋楚：“做朋友就做朋友，不要占我的便宜。”

宁秋秋看到这条短信，失笑。

难怪他的团队会给他弄个“小奶狗”人设，其实他确实挺幼稚可爱的。

到了第二天，宁秋秋终于能说话了，虽然声音哑得跟老烟嗓似的。昨天真的憋死她了，难以想象展清越那么长时间不能说话是怎么过来的。

她的身体也好多了。

然而，大概是感冒病毒放出来无处可去了，她的额头上冒了几颗狰狞的痘痘，在脑门儿最显眼的位置耀武扬威。

许久不冒一次的痘痘，偏偏在她要去走红毯的高光时刻冒出来，这是有多恨她呀？

脑门儿左上方的那一颗特别大，估计扑层厚粉都掩盖不住。

这时候需要一张美容符来拯救她，可惜美容符之前研究了一半，由于现实里的各种事情，她就给忘记了。这么重要的东西，还是不能丢。

由于只去一天，宁秋秋没带什么东西，一个背包就搞定了，连行李箱都不用带。

她以为展清越那关会很难过，所以再三保证自己就去走个红毯，明天立刻飞回来休息。

但她没想到展清越竟意外地好说话。

他给的原因是：谁都有带病工作的时候，她不是小孩儿，知道为自己的健康负责——论有个开明家长的好处。

宁秋秋下午一点落地，瞿华在机场接她，看到她脑门儿上的痘痘，一拍大腿说："哎呀，我忘了你感冒的时候就爱冒痘痘。"

"没事，不影响。"宁秋秋说，影响也没办法了。

"嗓子也这么哑。"瞿华捂眼，好不容易有个曝光的机会，搞成这样，他是最痛心的，"不过没关系，以我们家小啾啾的颜值，让她们几个痘，依旧艳压群芳。"

你这人咋吹牛不打草稿啊？

瞿华这个被原主养出来的拍马屁的毛病一直没改，宁秋秋别说长几个痘痘，就算她长了一脸包，对方也能吹成她美得比别人别致。

由于时间还早，他们先去吃了饭，又让宁秋秋在酒店休息了一个多小时才开始准备。造型师、化妆师和礼服都是现成的，所以弄起来很快，等到晚上六点的时候，已经全部弄好了，车子把宁秋秋送去盛典会场。

"来，小啾啾，吃点儿巧克力补充能量！"快要到会场时，瞿华拆了块巧克力，递给宁秋秋。

女星们走红毯为了比外貌、比身材，走之前是不会吃饭的，就吃一点点巧克力补充能量，确保半路不会因为低血糖晕倒。

漂亮是要付出代价的。

宁秋秋接过来吃了两口，皱眉："好苦。"

"乖啦，吃完就好了，你感冒了才会感觉嘴苦。"

宁秋秋慢慢地把一块巧克力吃完，车子也到地方了。

由于每位嘉宾进场的时间是非常精确的，所以他们掐着点儿到，确定能和守在外面的粉丝打个招呼，让粉丝和守在外面的媒体拍拍照，然后到了她的时间入场就行。

"时间差不多了。"瞿华看了眼手机，朝她伸出手，"秋秋加油哇！"

宁秋秋伸手跟他拍了一下，脱了外套下车，脚下就是外场的红毯。她一下车就听到有人叫："秋爷来了，秋爷来了。"

由于尚美是女性杂志，这次红毯邀请的全部是女星。她的粉丝一叫"秋爷"，一些不明所以的观众齐刷刷地往她这边看，看不到的也往这边挤，想看看到底是哪位爷。

待看清楚来人时，在场的人都不由得惊叹——好美。

宁秋秋今天穿的是黑色天鹅绒露肩长裙，下面是散开的裙摆，亮晶晶的纱质裙摆跟银河一样，银白色的珠花从腰腹往下散开，如同在星月下傲然绽放的花朵，高贵优雅而不失性感，长发绾起，妆容精致，即便额头上有几颗碍眼的痘痘，也无法掩盖她出尘的天姿。

秋秋知道这次有粉丝过来，矜持地冲他们摆了摆手，声音沙哑地说："你们好。"

所以是因为她的声音特别爷们儿，才叫秋爷吗？

刚被惊艳了一下但不明所以的观众集体翻白眼。

她的粉丝则是一脸关切地问："秋爷的声音和脸上的痘是怎么回事儿？感冒了吗？"

"嗯，不用担心，快好了。"宁秋秋冲他们摆了摆手，因为不能在这边停留，只能一直往前走。

"啾啾加油啊，你今天超级美！"她的粉丝给她加油打气。

宁秋秋双手合十表示感谢，款款往前走去。前面就是红毯的入口了，这次活动盛大，特地调了武警过来把关，未受邀的粉丝、媒体都进不去。

令她意外的是，门口挤了好几位光鲜靓丽的女星。

照理来说，由于每位女星走红毯的时间都是严格把控的，像这种大型的活动一般不会有超过三分钟的误差，也就是说，她前面最多出现一个待进场的嘉宾。

看门口负责外场调控的工作人员一脸焦急，宁秋秋猜测应该是里面的红毯上出了事故，所以才会出现这种拥堵的情况。

"秋秋。"她刚走过去，就看到了熟人徐娅。

两个人自从《飘摇》杀青后就没再见面了，徐娅看到她，惊喜地走过来，她冲徐娅笑了笑："好久没见了。"

"对啊，好久不见。哇，你今晚真好看。"

"你也很美。"

小姐妹互吹完"彩虹屁"，相视一笑。

徐娅说："里面好像出了点儿问题，我们都被推后了，现在好像在打算让我们这些'咖位'不够的两个两个走，要真是这样，等下我们一起走吧。"

"好。"

等了一会儿，负责人果然开始安排她们组队，宁秋秋和徐娅主动组成一组，刚好分了三组。第一组快要走完时，外面又传来一阵动静，又有人来了。

这次来的还是熟人。

"今天是我们《飘摇》剧组的专场吗？"看到季微凉进来，徐娅笑着说，"哇，微凉真好看，这身礼服太适合你了。"

"谢谢。"季微凉微微一笑，点头说，"你们好。"

宁秋秋："……"

宁秋秋现在心里不爽、很不爽，主要是季微凉今天太好看了。她作为女主角的资本摆在那里，而宁秋秋虽然在各方面都不输给季微凉，额头上却不争气地冒了几颗痘。

而且她们的顺序是该死的先后，这一对比，简直了！

宁秋秋有点儿气不过，但也没办法。

很快轮到宁秋秋和徐娅，灯光聚焦下，二人携手走进会场，步履优雅。宁秋秋虽不是混血，五官却很立体，棱角精致，令人挪不开眼。

红毯的尽头是一个舞台，女星们要站在上面跟各自的粉丝和媒体打招呼，摆两个 pose 让他们拍照。二人并肩走上台阶，徐娅由于个子有点儿矮，鞋跟很高，刚走两步，鞋跟没踩到台阶，整个人重心不稳地往身后倒去。

一切发生得太突然，主持人不禁尖叫了一下。

眼看就要在这么重要的场合出洋相了，宁秋秋手疾眼快地揽住她的腰，愣是把身体都与地面水平的徐娅给扶正了。

“哇！”现场观众一阵惊呼。

“没事吧？”宁秋秋问道，“有没有崴到脚？”

“没事，没事。”徐娅抚着胸口，“吓死我了，呜呜呜，我的眼泪都差点儿出来了！”

这要摔下去真不是闹着玩儿的。

一直到下台坐到嘉宾席，徐娅都心有余悸。不过二人也因祸得福，“宁秋秋女友力”“徐娅红毯摔倒”都被顶上了热搜。

宁秋秋把徐娅从差点儿仰倒的姿势揽回来的动图被发出来，加上她和大家打招呼时沙哑的嗓音表示她生病了，更增加了话题的热度，一下子吸引了“吃瓜”群众的注意力，成为这次红毯秀的热门讨论话题。

原本以为今天可以重回小仙女形象的宁秋秋：“……”

宁秋秋想，有些人设一旦立了，就跟贴上标签一样，很难撕下来了。

不过，这个意外让原本会因为女主角光环艳压群芳、占据热搜的季微凉，没扑腾出多少水花。

宁秋秋的位子就在她的旁边，隔着半米宽的空隙，宁秋秋都能感受到来自季微凉的不爽，她一晚上都拉着脸，估计快被气死了。

宁秋秋瞬间爽了，不就是形象彪悍点儿嘛，起码她有话题呀，哈哈哈。

走完红毯，宁秋秋就没事了，在嘉宾席等盛典结束就行，无聊之余，只能偷偷地看手机。等她又一次把手机拿出来时，看到展清越给她发的消息。

黑心洋葱：“遇到了个‘照骗’。”

“照骗”？！

宁秋秋：“太不要脸了！你偷偷看到了谁的素颜照，嗯？”

随后展清越发了一张图片过来。

宁秋秋点开，发现是自己的红毯照片……

这个应该是她的公司发出来的官方图，她承认经过修图了，但还没到“照骗”的地步吧？

宁秋秋：“我怎么‘照骗’了？我的素颜你又不是没看过，不好看吗？不美吗？比哪个女明星差了？你摸着你的良心回答我！”

展清越又发了一张图片过来。

展清越给她发的还是之前的那张照片，不过在脑门儿的地方画了个红色的大圈圈，仿佛在问她：痘痘呢？

这个直男怎么还没被打死？

微信又有消息进来，是晶晶发的。

戏晶："宁小姐，我把你的公司发的红毯秀的照片发给展先生了，展先生被你倾国倾城的美貌迷死了，边看边微笑，还跟我说这照片拍得真好，比真人的效果还强。"

宁秋秋："……"

你看看这阅读理解的偏差！

直男展总被宁秋秋无情地加入了微信黑名单。

女人，唯美照和观点不容置疑。

展清越不花一分钱在自家媳妇的微信上买了座房——小黑屋，忏悔之余，决定买个礼物赔礼道歉。

女人喜欢的无非包包、化妆品、衣服，展清越身体不便，兼之G市只是个二线小城市，很多高档消费品这里都没有，展清越便委托远在A市的周扬去买。

要求：贵，讨女人喜欢。

周扬表示没问题，包在他身上。第二日，展清越便收到了A市寄来的航空快递，比宁秋秋还先到家。周扬买的是口红大礼包，说是今年某个国际顶尖品牌推出的全球限量款八件套礼盒，可遇不可求，他费很大周折才买来的。

宁秋秋坐的是中午的飞机，回到家时已经是下午三点了。她昨晚拉黑展清越也不是因为生气，就是觉得展清越这个人实在太缺德，必须治一治。

但她没想到展清越这么认真，还买了礼物来道歉，不小心被感动了一把。

嗯，虽然他嘴很坏、心很黑，但其实还是挺招人喜欢的。

这款礼盒宁秋秋也听说过，不过她对化妆品的要求并不是那么高，兼之穷，所以没关注。

可没有女人会不喜欢这些东西，宁秋秋也不能免俗。现在展清越把礼盒送到了她的面前，宁秋秋开心地接过来说："那我就却之不恭啦。"

展清越看她的表情就知道送对了，趁机谈条件："那，宁小姐是不是可以高抬贵手，把我在你微信上的房产收回去？"

"好说，好说。"金钱面前，她可以适当折腰。

展清越达成目的，说："拆开看看。"

宁秋秋也很好奇这八支口红长什么样儿，于是动手拆开包装，看到礼盒里八支口红的颜色时，手顿了一下，怎么好像个别颜色有点儿可怕？

由于宁秋秋没关注，不知道这款礼盒被国人称为"死亡礼盒"，里面的八支口红有四支"踩雷"。主要是因为这款口红礼盒面向的是欧美市场，国人与欧美人的肤色和轮廓的区别让这款很火的礼盒在国内有点儿……被"拔草"。

可周扬也没女朋友，认为这种东西只要买贵的就行，根本没有考虑色号这个问题。

当着展清越的面，宁秋秋拿出其中一支，在展清越面前晃了晃说：“我去涂一个给你看哪，展先生。”

展清越点头。

宁秋秋起身去洗手间，把之前的口红擦了，涂上展清越送的，涂好之后走出去，冲展清越眨眨眼：“好看吗？”

展清越：“……”

宁秋秋涂的是……吃土色，是近来在欧美大热的一个色号。她今天化的是淡妆，加上这种颜色夸张的口红，像极了电视剧里角色中毒的样子。

这个剧情好像跟想象中的略有些出入，本来想借此刷好感的展总，又获得了微信“专楼”一周的住宿权。

尚美时尚盛典结束后，宁秋秋在家安心休养了一周。

一周后，宁秋秋重新开始工作。《我的校霸女友》的试镜由于导演临时有事推迟了一周，刚好这一周让宁秋秋把感冒养好了，身体回到最佳状态。

瞿华陪她去试镜。为了贴合角色，宁秋秋穿了一件藕粉色毛衣配牛仔裤，扎马尾辫子。她原本就因为长相显得年纪小，这么一穿就更显得青春洋溢了，仿佛操场上走过的令人魂牵梦萦的校花女神，在正处于青春期的男生们的内心种下懵懂的种子。

肖声看到她的第一眼，脸上表情略显阴冷，并没有表现出行还是不行。不过宁秋秋有自信，所以在别人做了介绍后，主动朝肖声伸出手说：“肖导您好，久仰大名。”

肖声跟她握了握手。由于并不是正式的选角型试镜，所以场合也不是很严肃，不过肖声这个人生生把场子搞严肃了。

入座之后，他直截了当地问：“剧本看了吧？”

“看了。”

“成。”肖声给身边的人使了个眼色，那人便递了个本子过来，肖声说，“老规矩，你把里面的念白读一下。”

这是在考台词功底。

宁秋秋感到有点儿意外，这部电视剧选角是不是太严肃了一点儿？

不过她也没什么可担心的，按照导演的需求念了几段。

肖声听完，眉间的阴冷之色散了点儿，点头说：“还可以。”

宁秋秋谦虚地说：“谢谢肖导。”

肖声依旧冷冷地说：“你翻到第二页，里面是你等下要演绎的场景和对话，你看看要不要找人搭个戏？”

宁秋秋看了眼第二页的场景，脑海里冒出来六个点，一上来就玩大的。

女主角转学之初，被学校的“土著”学生给了个下马威，女主角霸气反击，把他们教训了一顿。宁秋秋的试镜内容就是女主角教训“土著”学生那一段。

瞿华没办法进入试镜现场。他听说这个肖声是出了名的难搞。虽然自从拍摄了《飘摇》之后，瞿华对自家艺人的演技大有信心，可听说《我的校霸女友》这部剧从传出筹拍结束正式开始选角的消息时，不少经纪公司都推荐自家艺人去试镜，其中不乏一线明星。

特别是有个人气超高的电视剧大户，由于包子脸显年轻，气质跟这个角色很符合，不少书粉都觉得她最合适。在这种情况下，宁秋秋要胜出有点儿难度。

可他急也没用，只能在门外干等，略带焦躁地来回踱了几圈。

“走开，娘娘腔，你挡着我的路了。”瞿华正在焦急之时，听到身后传来一个略显嚣张的声音。瞿华转身，在看清说话的人时微微皱眉。

甄跑辉，《我的校霸女友》钦定男主角，由于其学霸、校草的人设被导演看中，演技很棒，对外一直是一个阳光、温暖的形象。

此人私下里这么傲慢？！

瞿华虽觉得那声“娘娘腔”刺耳，可还是礼貌地让开了路，让他过去。甄跑辉斜睨他一眼，声音不轻不重地说：“恶心。”

瞿华顿时炸了，甄跑辉的经纪人也吓了一跳，忙拦在瞿华和甄跑辉之间，说：“抱歉，抱歉，这位先生，他今天受了点儿气，心情不好，您担待一下，十分抱歉，对不起。”

“道歉！”瞿华说。

甄跑辉一仰头，一副没门儿的样子，他的经纪人都要哭了，一个劲儿地说“对不起，对不起”。瞿华知道这件事情不忍气吞声就会给宁秋秋惹麻烦，见他的经纪人态度良好，就顺着台阶下了。

甄跑辉还想说什么，被他的经纪人捂住嘴拉着跑了。

试镜场内，宁秋秋表演完毕，冲肖声鞠躬，又向搭戏的人道了谢。搭戏的人冲她竖了个大拇指，表示她表演得非常棒。

肖声沉默片刻，在场内的工作人员和宁秋秋的目光中冷声问：“看过小说了？”

“小说很精彩。”宁秋秋笑道，“现在正在三刷中。”

肖声点了点头，似乎对这个答案挺满意的，又问：“你多重？”

“八十八斤。”

“十七岁正是长身体的时候，抽条儿快，减到八十五斤，具体入剧组的时间等通知。”

“好，谢谢肖导。”

宁秋秋没想到这么顺利，看对方一张阎王脸，以为试镜肯定会有点儿坎坷的，原来肖导是个刀子嘴豆腐心。

瞿华终于等到她出来，一收脸上的不快之色，听到肖声当面给她过了的消息，被甄跑辉那个弱智惹出来的不快消散了许多。

二人走出试镜的地点，宁秋秋又说：“我刚跟演男主角的演员照了个面，好帅啊，那个奶奶灰真的太适合他了，可惜开演就要被染回去了。”

“哼，人品不行，帅有什么用！”瞿华的气又来了。

“嗯？”宁秋秋见瞿华的脸色不对，“怎么了？”

“没事，上车。”瞿华给她拉开车门，“你努力努力，演技上碾压他就行。”

宁秋秋若有所思地坐上车，看着从另一边上来的瞿华，问：“是不是你们刚刚发生了什么不愉快？”

“没有啦，想什么呢，你的瞿哥人见人爱，怎么会跟人家发生不愉快呢？”

宁秋秋微笑地说：“瞿哥，早上你跟我说他时还挺心平气和的，甚至还夸人家是只大潜力股，对吧？这态度转得够快啊，别说是知道了他的什么负面新闻。”

瞿华心情复杂地看了宁秋秋一眼，说：“啾啊，我觉得你真的长大了。”

他觉得宁秋秋越来越聪明了。

“那就从实招来。”

瞿华见躲不过，就把刚刚的事情跟宁秋秋说了一下，宁秋秋一听气着了：“不行，这件事情不能就这么算了！”

“哎呀，不管他啦。”毕竟他们一个演男主角，一个演女主角，闹得太僵等以后搭戏就尴尬了，“我已经气过了，而且这类话又不是第一次听，我习惯啦，乖啊！”

“不，找公司去交涉，他不道歉，这件事情没完。”

瞿华：“真没必要，我……”

宁秋秋不管他，拿出手机给公司的老总打电话，让人出面解决这件事情。

作为大股东，宁秋秋在公司说话还是很有分量的，立刻有人出面帮她解决了。然而，他们公司本来就跟个大点儿的工作室一样，在圈内一捞一大把，兼之宁秋秋也不像那些说一不二的一线大姐大一样，而对方是大公司，一开始态度还好，对此深表歉意，甚至会赔偿瞿华的精神损失费，但就是不道歉。后来他们坚持要道歉，对方就开始耍赖不理人了。

主要也是因为试镜的那座大厦比较老了，刚好那个地方没有摄像头，口说无凭，对方想耍赖，他们根本没办法。

如此周旋了几天，《我的校霸女友》官宣了女主角人选为宁秋秋，这个结果完全出人意料，官微的评论顿时炸了。

“啊啊啊，居然是宁秋秋，前阵子看她的真人秀和红毯秀，被她吸粉了，觉得她的女友力和明歌一样，这两个人重合了，好棒啊！”

“宁秋秋不是‘谜女团’的吗？又跑来毁剧了？”

“本书粉哭了，宁秋秋是个什么东西呀，跑来演我‘明哥’，我的白月光‘明哥’就要被毁了。”

“不了解宁秋秋，她有什么作品哪？急求。”

“来晚了，啊啊啊，秋爷威武，‘明哥’威武！”

官微底下基本都是书粉在说话，主要的争议点还是她的演技。虽然她的女友力跟明歌这个角色很贴合，可她是女团出身，没有作品，这成了她被质疑的点。

就在大家对宁秋秋的演技表示深刻怀疑，一群书粉呼天抢地时，宁秋秋转发了这条微博。

宁秋秋：“很高兴剧组和肖声导演对我的认可。由于试镜那天，等在场外的我的经纪人被本剧某位演员人身攻击，无故辱骂，并且该演员拒绝道歉。我虽很喜欢这部小说，目前也在三刷中，并非常开心能出演明歌，可我无法和这样一位攻击辱骂我身边人的演员搭戏，辜负大家的期待了，对不起。”

宁秋秋的这条微博一石激起千层浪，“吃瓜”群众都兴奋了，这是要当众互相拆台吗？

瞿华看到这条微博差点儿昏厥过去。他早就不生气了，没想到宁秋秋不声不响地给他憋了个大的，跑去问宁秋秋，宁秋秋却说，红的路径不止一条，如果要她为了个角色和甄跑辉这种人演对手戏，她宁愿不演。

宁秋秋这条微博太强硬了，“吃瓜”群众已经把公布的每个演员的底儿都扒烂了，恨不得兴奋地喊“打起来，打起来”。

可剧组和导演都一直没表态，宁秋秋发声后也没动静了，只是微博一直没删，所以这件事情肯定还有后续。

宁秋秋没动静是因为剧组那边的工作人员只来问了是谁，却没有给结果。宁秋秋也不急，反正大不了就不演，讨不回公道，就拒绝和这种人品恶劣的人搭戏。

经过这么长一段时间的复健练习，本来只能勉强靠墙站立的展清越，开始像学走路的小孩儿一样，能在借助外力的情况下晃晃悠悠地走几步了。

宁秋秋看到展清越走路，心情也有点儿激动，他终于……站起来了。她冲走了几步就气喘吁吁的展清越竖起大拇指说：“一级棒。”

展清越重新坐下来，喘着气，谦虚地说：“展夫人功劳最大。”

宁秋秋一脸自豪地说：“没办法，我就是这么强大。”

围观的晶晶一脸我要酸死了的表情。

展清越现在身体恢复良好，所以想开始筹划娱乐公司的事情了。宁秋秋见他一方面要操心她家的事情，另一方面还要操心创业的事情，怕他吃不消，委婉地提醒他：“娱乐公司的事情可以开春了再筹划，没必要现在这么劳累。”

最重要的是，她的钱还没攒够！

“等不及了。”

“嗯？是现在有什么契机吗？”宁秋秋也大概知道，创业讲究时机，有时候时机和运气好，可以事半功倍。

“我觉得……”展清越看着她说，“秋秋越来越优秀，我再不努力要配不上了。”

宁秋秋：“……”

哎哟，这张小嘴今天是抹了蜜吧，这么甜。

“我不能死于安乐。”展清越补充道。

上次的宋楚告白事件，展清越表面上看起来像打了一场漂亮的胜仗，宣告了对宁秋秋的所有权，并且还占了一下便宜，美滋滋。

可其实这件事儿对展总造成了不小的影响。对方这么年轻帅气的一个男生，大胆热烈，这让展总生出了浓浓的危机感，意识到他对宁小姐的临界点，远没有他自以为的那么高。

只是之前没有竞争，所以他没有压力而已。

现在他意识到宁小姐在外头也是个人见人爱的小美人，不努力守住的话，好好长在他家院子里的白菜，就要被外来的猪拱了。

宁秋秋当然不知道他那些弯弯绕绕的心思，想说怕什么，我又不嫌弃你，但想想展清越这种人也有自谦的一天，当即尾巴翘了起来，说："没事，我不介意你倒插门。"

倒插门？展清越觉得这个词挺新鲜的，毕竟以前他太优秀，从来没哪个人敢跟他说"倒插门"这个词。

原因无他——插不起。

"可以。"展清越轻笑，"那秋秋要努力准备聘礼。"

"那还是算了，你别插了，我出不起聘礼。"

展清越："……"

这也太真实了。

"所以，"展清越总结，"还是我努力点儿，赚足老婆本。"

关于《我的校霸女友》某主演辱骂宁秋秋的经纪人这件事情，由于宁秋秋发了微博，把事情闹得很大。

在官宣宁秋秋主演的那条微博底下，风向也立刻变了。

"宁秋秋好正直呀，这护短的样子，和我'明哥'护她'媳妇'宋濂的时候一个样儿！"

"前几天官宣的时候我还气得半死，觉得'明哥'要被宁秋秋毁了，现在我被打脸了，强烈要求剧组不要换人。"

"拒绝人品不好的演员出演我女神的书，拒绝！拒绝！拒绝！听到了吗，剧组？本书粉拒绝！"

"剧组也不好做吧，换人就等于告诉大家谁的人品有问题了，毁人前程，换掉宁秋秋又要引起公愤，讲道理，这次宁秋秋做得挺不厚道的，又不关剧组什么事情。"

"明明可以私下解决的事情，非要摆到微博上来说，故意把事情闹大，剧组应该恨死她了，宁秋秋这种人也是够心机的，看以后谁还敢跟她合作。"

宁秋秋看到官微底下的这些言论，也觉得很好笑。她不这样做，这件事情就会这么不了了之了。

她虽然是个富家小姐，可由于宁父经营不善，宁和公司已经明显不行了，加上公司的业务和娱乐圈不搭边，其实她就是出身不草根而已，说白了她只是个普通的小明星。

甄跑辉自己不厉害，但他所在的经纪公司是国内数一数二的，公司要护他，宁秋秋根本没办法。

剧组那边最后给出了表态，他们的态度也一样，要宁秋秋给出证据才有办法，不然他们也会被对方告的。

这个意思已经很明确了，宁秋秋也没说什么，自己选择退出。但肖声又临时找她吃了个饭，跟她讲了很多道理，总而言之就是，疯狗年年有，被狗咬一口不能咬回去，忍一时风平浪静，他诚心希望宁秋秋出演明歌，让她不要冲动，再好好考虑考虑。

事情的转折是一个路人爆出了一段视频，是在宁秋秋试镜那天录的。视频里《我的校霸女友》的另一个主演甄跑辉和他的经纪人快速走进他们面试的流星大厦，虽然他行色匆匆还戴了口罩、穿着大衣，可那一头亮眼的奶奶灰，让人一眼就认出来是他。

甄跑辉在大众面前的形象一直很正面，其校草学霸的人设一度让许多懵懂的小女生爱得死去活来，因为他完全契合了这些小女生对校草学霸的幻想。

他的粉丝中，这样的小女生特别多。

所以该视频一出，先不论真假，他的粉丝先来把宁秋秋喷了一顿，骂她恶心、蹭热度、不要脸、诬陷他们家哥哥，虽然粉丝群体没有方谨然的那么强大，战斗力却惊人。

紧接着，甄跑辉工作室也发了声明，表示对于网友造谣、诬蔑甄跑辉这件事情，会严正对待，如果拿不出证据来，请视频发布者和最初的造谣者在微博上公开向他们道歉。

“我去！甄跑辉太不要脸了！别拦着我，我要去跟他同归于尽！”小池看到他们工作室发的声明，气得半死。

瞿华急得焦头烂额，这件事情因他而起，而且他们现在没有证据。他焦急地走来走去，嘴里说道：“如果真没办法，我站出去顶罪，就说秋秋是因为听了我的一面之词才被鼓动的，与她没有任何关系。”

小池一惊：“可这样你的工作就没了呀，瞿哥。”

瞿华苦笑：“其实我这阵子一直在想，秋秋这么优秀，我的业务能力也就这样，我已经快要带不动她了，她需要更好的经纪人来给她开拓更广阔的前程。”

这话小池没法儿接，她看向宁秋秋，发现宁秋秋在跟别人聊天，还笑得很……开心？！

看样子，宁秋秋应该是在跟她的那位神秘男友聊天，因为只有在跟她男朋友聊天时，她才会有这种表情。

这个就过分了，他们还在急得团团转，她却在谈情说爱。

宁秋秋确实在跟刚从她的小黑屋里解脱不久的展清越聊天。

黑心洋葱：“我已经让人给你剪好了，直接可以用。”

他一起发过来的还有一段视频。

宁秋秋把视频快速浏览了一遍，展清越做事情还是很让人放心的，视频剪得完全符合她的要求，加上她掌握的证据，铁证如山，可以把甄跑辉捶得死死的了。

宁秋秋：“做得太好了，谢谢展总，您比天上的月亮还亮。”

黑心洋葱：“宁小姐吩咐的事情，不敢马虎。”

宁秋秋：“……”

最近展清越的嘴怎么越来越甜了？她想起来，对方好像有一阵子没坑她、挤对她了，转性了？

不对，展清越这个恶劣的性格很难改的，林汐恬怎么说来着，他只对自家的人不客气，对外还是很谦谦君子、一本正经的，联想到最近展清越的态度……

她被当成外人了？

宁秋秋：“哦。”

黑心洋葱：“对方聊天给你发‘哦’的百度释义——①这是聊天的一种习惯；②对你不上心，敷衍了事。”

宁秋秋看得一脸蒙，什么鬼?

黑心洋葱:“秋秋没有①这种习惯，那就是②? ”

宁秋秋明白了，展清越这是为了表达自己对于收到了“哦”这个回复的不高兴。

智商高的人，聊天都是这么拐弯抹角的吗?

宁秋秋:“我没有敷衍，我只是……有点儿不习惯不坑我的你。”

怕媳妇跑到隔壁家的猪圈，正对媳妇实施怀柔政策的展总吐了一口老血。

在甄跑辉工作室叫嚣着要证据、粉丝战斗力极强地攻击宁秋秋时，一个话题悄悄爬上了热搜——“甄跑辉喜提‘实锤’”。

这条微博底下的评论不多，明显是买的热搜，不过里面的内容可刺激了。

一个叫“甄跑辉喜提‘实锤’”的博主发了两个微博，一个是视频微博，另一个是图片微博。

视频微博里的视频是从监控截取下来的，开头是在流星大厦的电梯里，甄跑辉和他的经纪人先后进入电梯，甄跑辉等电梯的门关上之后就摘了口罩，过了几秒还回头看了一眼，露出其庐山真面目。

视频里的人就是甄跑辉本人没跑。

时间是 10:22。

镜头一切，是个比较远的镜头，几乎模糊不清，但还是能辨认出来就是刚刚的两个人。他们走到了一扇门前，甄跑辉和一个穿黑色衣服的男子似乎发生了冲突，那个黑衣男子被对方的三言两语激怒，两个人差点儿发生肢体冲突，甄跑辉的经纪人拦在了二人之间。

片刻，黑衣男子做出退让，甄跑辉和他的经纪人离开，时间是 10:25。

然后，一个穿藕粉色毛衣的女子出来，和黑衣男子会合，几秒后离开镜头，时间是 11:12。

视频的最后又回到电梯，由于进电梯的二人都没有戴口罩和墨镜，所以让人一眼可以认出，这二人正是宁秋秋和她的经纪人瞿华，时间是 11:15。

不过，这段视频只能说明瞿华和甄跑辉发生了冲突，监控不带声音，并不能说明甄跑辉辱骂了瞿华。

所以第二个微博的几张聊天截图起了作用。

这几张聊天截图里，一个自称是甄跑辉高中同学的人，说甄跑辉并不是第一次歧视人了。

以前他们班上有个男孩子，因为变声期没有成功变声，十六岁了声音还和女孩子一样，就被甄跑辉歧视，被骂娘娘腔，甄跑辉还带头让班上的人一起孤立他、嘲笑他，最后那个男孩子被迫转学了。

这个热搜很快引起了大家的关注，本来这阵子大家都在期待后续，现在“实锤”来了，当然都兴奋地搓手，看看“实锤”到底是什么。

瞿华把一切安排妥当之后，有点儿迟疑地说:“还是有个小空子可以让他们钻，这个高中同学没说自己是谁，他们也可以说是我们编的，要是能让那个受害者出来做证就好了。”

宁秋秋微笑：“我已经联系上了那个被甄跑辉伤害的同学，他会在我们发出来后发微博，并且表示可以和甄跑辉对质，只要甄跑辉敢。”

“哇！”瞿华拍手，“秋秋你考虑得好周到！”

“没办法，谁让他们那么嚣张。”这次他们真把宁秋秋惹毛了，“不是要‘实锤’吗？怎么可以不满足他？”

网上的那段视频给了宁秋秋灵感，让她意识到，那栋楼没有监控所以没留下有力的证据，但是说不定还有别的证据留存着没被发现。

比如，那栋楼以外的监控……

只是别的监控并不是那么容易看到的，幸好展总本事大、人脉广，有个同学在A市的刑侦队，帮忙搞定了。也是他们运气好，居然真的有个镜头记录下了这一幕。

那天刚好是南风天，天气潮热，房子的玻璃窗都被打开来通风，流星大厦的玻璃窗还是那种推拉式的，这就让它对面几米外的一个本来监控道路的镜头捕捉到了。

至于那个高中同学是主动私信联系宁秋秋的，并且在评论里让她看一下私信，还买了赞，把自己的评论赞到热评让宁秋秋看到，特别上道。

联系那位受害者就更简单了。

那位受害者表示此事对他造成了很大的伤害，本来以他的学习成绩是稳上一本的，因为这件事情自尊心备受打击，一度自闭，最后只上了个末流二本。所以他看到甄跑辉被扒出来特别高兴，非常愿意站出来。

瞿华为了增加“实锤”的分量，还让某个营销号把自己“扒”出来，告诉大众宁秋秋的经纪人是个怎样的人。

虽然从小行为异于常人，但他并不因此感到自卑，所以也不怕把自己的样子公之于众，他一不偷二不抢，并不觉得自己低人一等。

这个证据一出，“吃瓜”群众表示甄跑辉团队求锤得锤，这个“瓜”吃得真是爽爆了。他的团队再厉害，在铁证面前，也扑腾不出水花了。

甄跑辉一时间如过街老鼠，人人喊打。

而且有一就有二，开始有各种同学、朋友、路人站出来，说他的人品如何败坏，众说纷纭，真假不知。

反正不管怎么样，宁秋秋他们这次完胜，甄跑辉不得不出来道歉，挽回一点儿形象，可惜为时已晚。

当晚他的个站脱粉关站，也有不少大小“粉头”先后宣布脱粉，微博粉丝数刷新一下掉几千，道歉微博被骂得连爹妈都不认识了，最后不得不关闭评论。

他的代言、广告和节目通通黄掉，怎一个“惨”字了得。

更可笑的是，还有部分他的粉丝跑来感谢宁秋秋揭发了对方的庐山真面目，让他们看清了甄跑辉是个什么样的人，从此转粉宁秋秋。

对于新涌来的一大批跑粉，宁秋秋并没有多喜悦。在她看来，有些脱粉回踩的，虽然有原因，但他们今天踩了甄跑辉，总有一天也会踩她。

尘埃落定后，宁秋秋诚挚地跟瞿华道了歉。她以前也对瞿华有偏见，虽然不像甄跑辉这么严重，也没当众吐槽，但她觉得自己确实把他当成不正常的异类，是她的不对。

《我的校霸女友》的男主角也重新开始选角，没那么快定下来，这部剧也是年后才正式开拍，所以并不算太急，宁秋秋就没去关注后续的男主角人选了。

瞿华给宁秋秋接了一个游戏代言。那款游戏刚出不久，一看就是不大能火的小众竞技游戏，不过是那种快餐式的。

所以……代言费也高。

对方找上宁秋秋的原因，还是宁秋秋的……大力人设。他们吸完了第一波血，推出新资料片，同时重磅推出“土豪”们期待值很高的新职业——酷炫黄金战士，手持两个水桶一样大的锤子武器，一锤一个人。

这种游戏嘛……都喜欢找一些美女明星来代言吸睛，但这个黄金战士实在是太彪悍了，一般女星驾驭不了，于是请来了名力士秋爷。

秋爷的内心是拒绝的，奈何对方给的代言费后面跟了太多0，一看就是人傻钱多。

于是她含泪接了。

拍摄方给她准备的服装和造型都是按照黄金战士的外形来的，不过由于请的是女明星，不是三线模特，所以铠甲做得很正规，除了她的大长腿和手臂那一截，什么都没露。所以并没有像一些比较恶俗的游戏一样靠卖肉吸睛，爆乳翘臀一律不能有。

穿好之后，宁秋秋站在镜子前，嘴角忍不住地抽。镜子里的她一身铠甲，身上的铠甲和铠甲勇士似的，金属感十足，手上上半截套了麒麟臂似的套袖，下半截则是螃蟹钳子一样威武雄壮的金属装饰。

我这一拳下去，你可能会死……

宁秋秋突然后悔了。别的女星的都是仙侠游戏里仙气飘飘的造型，她明明也是小仙女，为什么画风和别人的差距那么大？

大概是她脸上的表情太过悲痛，造型师问道：“宁老师您有什么不满意的地方吗？还是这套铠甲穿了不舒服？”

“没有，挺好的。”世上没有后悔药，宁秋秋含泪表示她很喜欢。

不过，宁秋秋看着上半身除了手臂部位，其他地方包得严严实实，下半身却和在沙滩晒日光浴一样，大腿以下全无防护，问道：“你们设计服装，都没有考虑这个女战士真正打仗时，人家会先攻击她的腿吗？”

“哈哈。”造型师尴尬地笑道，“游戏，游戏而已。”

造型师的话好有道理，她竟无言以对。

导演对她的造型也非常满意，让工作人员拿了一对大锤过来，说：“秋秋，你试试会不会太重，为了拍摄效果好，我特地让人安排了一对比较仿真的锤子，估计有30斤。”

宁秋秋接过那两只比她的脑袋还大的锤子，并不感觉重，于是说：“可以。”

“很好。”导演一拍手，“你先拍几张图片做广告图，等下我们去场景棚内拍。”

宁秋秋按照导演的意思拍了几张平面图，随后转移至场景棚。这个广告主要拍摄的内容就是宁秋秋抡两大锤，学游戏里黄金战士的打怪技能动作，对由几个人扮演的怪物一顿输出。

导演说："我们第一个技能叫一锤定江山，你看一下游戏里战士用这个技能打怪的分解动作，再和道具师学一下。"

一锤定江山的整个动作是黄金战士抡起大锤，在原地 360 度旋转，再锤下去，脚也要跟着有气势地往地上一跺，同时大喊："一锤定江山！"

宁秋秋："……"

动作并不是很难，宁秋秋又是演员，这个镜头拍了几次就过了。

拍完，宁秋秋去监视器前看回放，发现她那一锤子下去，加上一声怒吼，彪悍得不像个女人。

"我可以申请重拍吗？"宁秋秋弱弱地问，刚刚不应该表现得这么卖力的。

"不用，很棒了。"导演说，"可以准备下一个镜头了。"

宁秋秋真没看出这个女战士有什么美感，问导演："你们的玩家里大龄宅男偏多吧，这个画面，会不会，不够软萌？"

"这你就错了。"导演用一副行内人的口气说，"现在的玩家就喜欢这样彪悍能打又好看的，我们这种完胜那些垃圾广告了。"

宁秋秋："……"

现在做女人好难，她不但要好看，还要能打、能扛。

心力交瘁地拍完了游戏广告，宁秋秋发誓再也不接这种广告了。她一开始以为游戏公司不请武打类型的男星做代言而请女星，是为了利用妹子耍耍花拳绣腿、卖卖萌吸睛呢。

事实证明她太年轻了，人家拿女人当男人使！

然而，宁秋秋很快就被打脸了。

该游戏公司觉得光拍广告不够，又邀请宁秋秋直播两小时玩这个游戏。

出场费……依旧财大气粗地有很多 0。

被展清越坑多了的宁秋秋很警惕，确定了对方虽然要求露脸，但不需要穿 C 服（角色扮演服装），正常打扮就行，不仅不会放一群顶级玩家把她虐得颜面全无，还会找一些托儿让她虐，她只要回去熟悉一下黄金战士的操作和技能就行。

于是，宁秋秋又可耻地为金钱折腰了。

直播定在一周后，游戏方让她先熟悉一下基础操作。

宁秋秋等到有空，把游戏下载下来了。小池玩过一些网游和手游，对于游戏比较了解，宁秋秋就让她陪玩。

游戏公司给了她们两个据说是他们的顶级装备号，宁秋秋抱着试玩的心态接触这个游戏，竟然觉得挺有意思的。

主要是打怪太爽了，一锤一个，一锤一个，屏幕上拼命跳 -99999、-88888 的红色数字，她就觉得自己跟个称霸江湖的王者一样，从身至心都得到了满足。

难怪那么多人愿意把钱投资到游戏里，现实中哪里能花钱买到这种睥睨天下的快乐？

不过，打怪爽，打人就没那么爽了。她和小池 PK（对决），小池玩过游戏，上手快，她一个“小白”，被小池血虐。小池虐完她后慢慢地跟她讲解该怎么打、用什么技能，宁秋秋悟性很高，用了一下午的时间，她就能勉强和小池打个平手了。

“看我牛不？”又一次把小池的血条打空，宁秋秋问做完工作过来看她玩游戏的展清越。

他们俩下午在书房，一个埋头工作，一个埋头玩游戏，就这样互不干扰又愉快地一起过了一个下午。

“不看。”展清越说。

宁秋秋一下子没反应过来。

“滚蛋！”反应过来的宁秋秋转身捶他，这个老司机太浑蛋了。

都怪小池，教她游戏里的人都不说厉害，而说牛，于是她也跟着说。

展清越用一只手抓住她的手腕，用另一只手的大拇指与她的指腹相抵，用自己的指甲顶了顶宁秋秋修长漂亮的美甲，轻笑说：“指甲这么长，难怪菜鸟互啄。”

本来宁秋秋把注意力都放在对方与自己相抵的大拇指上，感觉这样子好像很暧昧，闻言顿时怒了：“你来，我打得你叫爸爸！”

展清越挑眉：“你确定？”

“来啊，来啊，谁怕谁是小狗！”

宁秋秋还真不信了，展清越一个从来不接触游戏、手指灵活度还没恢复到正常状态的人，能打赢她这个玩了一下午的？

第六章　一个吻

既然宁秋秋都这样挑衅了，展清越不应战的话，显得很不像个男人。

展清越去官网下载游戏客户端，在等待的时间里，宁秋秋兴奋地搓手说："父子局呀，谁输谁喊爸爸。"

最近展清越坑宁秋秋的次数少了，宁秋秋感到不适应的同时，胆量渐长，在挨打的边缘疯狂试探，都敢让展清越叫爸爸了。

展清越："那我岂不是亏了，你不早是我的女儿了吗？"

宁秋秋有点儿心虚，但她的脸皮厚啊，她说："我什么时候是你的女儿了？你别诬蔑人哪，没有证据的言论就是恶意诽谤！"

"证据呀……"还真有，展清越拿出手机，翻出一张截图给宁秋秋看。

伶牙俐齿小竹鼠："必须巨开心，赞助商爸爸威武。"

宁秋秋的注意力全在展清越对她的备注上：伶牙俐齿小竹鼠？！

你说谁是竹鼠呢?

宁秋秋阴恻恻地说："展总，你不觉得自己跟一只竹鼠结婚挺委屈的吗？"

"不委屈呀。"展清越显然是不会按照她的套路出牌的，笑着说，"可爱指数第一名。"

"那我谢谢你呀。"

看我回头拉黑你!

展清越看她咬牙切齿的样子，猜测她肯定在盘算着拉黑他，于是说："我现在已经改了。"

宁秋秋看着他，用眼神询问他改了啥。

展清越打开微信里二人的聊天对话框给她看。

"小白菜？！"宁秋秋念出来，"这是什么意思？"

当然这表示你是我种在院子里、天天被墙外的猪觊觎的白菜。但展清越肯定不会说实话的："最近发现白菜挺水灵的。"

而且其口感也好。

宁秋秋可耻地被这句话抚慰了。会说话真是一门绝活儿，无论她被惹得多毛，展清越总能用一句话把她安排得明明白白。

“成吧。”宁秋秋大方地揭过了这一页，说，“那你想赌点儿什么？反正我只赌这个。”

展清越低头想了想说：“你们年轻人不是挺爱玩那个真心话大冒险的游戏吗？如果我赢了，真心话、大冒险你选一个，如何？”

你们年轻人？展总你是被哪个糟老头子“魂穿”了吗？

“不准太过分！”宁秋秋谈条件。

展清越表示绝对不会比叫爸爸这种事情更没底线，不然她可以耍赖。

二人讨价还价完毕，展清越的游戏也下载好了。他安装好、更新完，上了小池的号。官方给的两个号都是新出的战士职业，装备一模一样，所以不存在等级装备上的差异，宁秋秋不怕展清越变成“氪金”大佬用金钱教她说话。

宁秋秋给了他十五分钟的时间熟悉技能，砍小怪熟悉操作，当然不能给太多时间，万一人家天赋异禀，她就完蛋了。

“好了，时间到了！”十五分钟一到，宁秋秋立刻向他发起挑战，自信满满地说，“来吧！”

展清越接受了她的挑战。

游戏里的背景音乐瞬间变得非常热血，宁秋秋操纵着自己的角色，按照下午小池教她的操作，走位、放技能、走位。

黄金战士只有五个技能：输出、控制、闪避、大招和肉身，超级简单，宁秋秋上去就是一顿操作。她对游戏还不是很熟悉，按技能的时候会忍不住盯着技能栏看 CD（技能冷却时间），偶尔甚至会看键盘找技能，如此一分心，对游戏里人物的走位操控就没那么精确了。

所以她猛输出了一顿，抬头发现展清越那货只掉了一层血皮……

宁秋秋不气馁，瞅准时机上去一个控制，再放大招，对方却和预料好似的，慢悠悠地按了个肉身……

大招空了她就跑，以求拖延时间！

这是小池教她的核心战术，宁秋秋手忙脚乱地操纵人物快跑，可已经来不及了。展清越吃准她没大招，反手就是一个控制、输出，控制时间刚过，再放大招，她的血条跟中了消失术一样，一截截地往下掉，等她按出肉身的时候，只剩一层血皮了。

被打蒙的宁秋秋在肉身结束后，忘了自己还有闪避技能，可以跑，却被展清越一个平 A（普通攻击），血条见底，挂了。

“你耍赖！”宁秋秋不信展清越没玩过这个游戏，这操作的熟练程度明显是超过她的，“你肯定偷偷玩过。”

展清越把鼠标一丢，自在闲适地靠在椅背上，说：“对游戏的理解程度不同而已。”

这是什么东西？

大概是她脸上疑惑的表情太明显，展清越主动向她解释。

“你没玩过游戏，不知道其实游戏之间都是异曲同工的，特别是同类型的游戏，比如我玩过游戏 A，对于这款游戏的操作和理解都很到位，这时候来了一款游戏 B，和游戏 A 属于同类型的游戏，那我就可以把游戏 A 里的职业、技能套到游戏 B 里去理解。”

展清越见宁秋秋听得云里雾里的，举例子说：“比如这款游戏的战士，相当于另一款游戏的肉盾，它的肉身类似于人家的无敌，这样我就可以把我在游戏 A 里对怎么用这个技能的理解，运用到游戏 B 里去，懂吗？”

宁秋秋显然没懂。

但有一点她听懂了：“所以你以前玩过和这个差不多的游戏？”

展清越：“玩过，但差很多。”

“你这不是打你自己的脸吗？而且，小池以前也玩过很多游戏，还是同类型的，为什么我能打赢她？”

展清越一脸你这个问题问得很奇怪的表情，说：“这还用我解释？”

宁秋秋从他脸上读懂了这句话背后的含义——还不是因为你们菜？

她好气呀，难道玩这种游戏也存在天赋这种东西？不是谁装备好就能“吊打”别人的吗？

展清越见宁秋秋郁闷得快要用脑袋撞桌子了，好笑地说：“秋秋，我以前差点儿就去做职业电竞选手了。”

展清越这句话成功把宁秋秋震惊到了，他这种看着就是不会玩游戏、也不可能把时间浪费在游戏里的人，居然……还有过这样的过去。

书上没提过这个，她也完全没听说过，不过她被虐得碎满地的那点儿玻璃心又自动愈合起来。

还好还好，人家是专业的，输得那么惨，不是她的智商或者别的方面有问题，不然被碾压得这么厉害，她真的要感到自卑了。

“那你后来为什么没去？”宁秋秋好奇地问。

“家里钱太多，不继承就要流到外人田里。”展清越摊手，“没钱怎么为所欲为？”

“……”

其实展清越没说的是，那时候展父开始身体不好，他妈又不要脸地跟着别人跑了，弟弟尚且年幼，展老爷子年事已高，在这种情况下，他哪里还可能去逐梦？

当然，这种负面情绪就没必要传递给宁秋秋了。

本来宁秋秋还在心里盘算着小九九，如果一不小心失误了，就要赖说三局两胜，现在看来……恐怕再来一次还要被虐。

技不如人，那她只能接受惩罚了。

展清越在笔记本上撕了两张纸，写了什么，然后折起来，外面分别写着“真心话”“大冒险”，推到宁秋秋的面前，说：“选吧，惩罚的内容就在里面。”

宁秋秋看着那两张纸条，稍微揣摩了一下展清越的心理。

展清越会无缘无故地跟她玩真心话大冒险这种幼稚的游戏吗？好像不是他的作风。

他一定有什么目的！

那么，大冒险肯定比真心话安全。他不可能让她去跟谁表白、吃什么乱七八糟的东西，或者打电话给 10086，大冒险对她而言其实没什么难度。

真心话就不一样了，他借机套话，那真是太有可能了。

比如，他问她嫁给他的目的是什么这类问题，怎么办？

宁秋秋思考完，果断选了大冒险。

展清越看到她的选择，掩去眼中不小心流露出来的得逞的喜悦之色，面上则恰当地抽了抽嘴角，让宁秋秋觉得自己选对了。

果然宁秋秋看到他的表情，整个人都洋溢着得意的喜悦，晃了晃手中的小纸条说："我打开啦？"

展清越点了点头。

宁秋秋把纸条打开，看清楚内容时，脸色顿时一言难尽。

"请给你的展爸爸一个香吻。"

这是不是有点儿过分加不要脸？！

"喀喀。"展清越不自在地咳了咳，"我以为凭着你对我的了解，你会选真心话的。"

宁秋秋把另一张纸条打开，只见上面写着："请问宁总的生财之道是什么？"

这个狗东西，原来绕了这么一大圈，只想知道她发财的路径是什么，果然很符合这个无商不奸的资本家的本性，问不出来，就想用这种方式套她的话。

宁秋秋心里委屈，她走过最长的路，就是展清越的套路。

当然，她不知道的是，展清越的套路比她想象的还要长……

"愿赌服输，我要接受惩罚啦。"宁秋秋有点儿不自在地把两张纸条揉成团。两个人现在这种不上不下的关系，亲吻什么的，尴尬死了。

"嗯。"展清越点了点头，神情也有点儿不自在。

哎哟，敢情你也会羞耻啊，这就叫坑人终害己，展总肯定没想到她不按套路出牌，就随手写了个大冒险，结果把自己坑进去了。

而且，展清越这种美男，多少女人垂涎爱慕他也占不到这个便宜，别人求而不得，她却可以为所欲为，这么一说她还赚了。

想到这里，宁秋秋瞬间不尴尬了。她站起来，走到展清越面前，拿出一副女流氓的样子，弯腰揽住展清越的脖子，对着他的嘴亲了下去。

刹那间，一种奇怪的感觉顺着双方胶合的唇，传遍四肢百骸。

明明平时一点儿都不敏感的嘴唇，在碰到对方的嘴唇时却和触了电似的，又酥又麻，让宁秋秋忍不住起了一身鸡皮疙瘩。

不过宁秋秋并没有一触即离，她的唇在人家柔软的唇上蹂躏了几下，非礼了人家整整五秒，末了她还伸出舌尖碰了碰人家的唇瓣，和调戏大姑娘似的，说："真甜。"

展清越："……"

亲完，宁秋秋看展清越脸上的表情比较……为了防止对方报复回来，加上现在有点儿害羞，她说："玩了一下午饿死了，我去厨房看看什么时候开饭。"

说完，她不管展清越，快步溜出了书房。

把书房门带上，宁秋秋靠在门上舒了一大口气。她虽然自认为属于占便宜的那一方，可亲吻这么亲密的事情，是个人都没法儿当作无事发生，脸皮那么厚的她，也情不自禁地满脸通红。

她又回味了一下展清越刚刚吃瘪一样的表情，顿时神清气爽。

妈呀，吃完豆腐就跑好刺激。

宁秋秋以为自己在和展清越的斗争中又拿下一城，得意扬扬，殊不知计划得逞的某人，这会儿已经在回味刚刚某个女流氓吻技不算高超的亲吻，低声轻笑："是很甜。"

他知道宁秋秋心里还有瞒着他的秘密，所以她肯定不敢选真心话，他故意在大冒险上设下圈套，并且做出一副让她觉得自己占了便宜的样子，输了也开心。

只可惜，展夫人似乎在某些方面依旧没开窍，前路依旧未见阳光。

不过展清越也不急，慢慢地让猎物一点点地走入自己的圈套，最后被吃干抹净还觉得自己赚了，才比较有意思。

就是这猎物有点儿……难以揣测，翻车风险很大。

这个亲吻只让宁秋秋别扭了一晚上，第二天就被她抛之脑后了。

她在游戏里被展清越血虐的事情并没有给她留下心理阴影，她反倒开始不满足小池这个跟她一样菜的陪练，开始缠着展清越教她。

然而她很快就后悔了。展清越不但要她熟悉黄金战士这个职业，还要她熟悉别的职业的技能，并且用各种职业来跟她 PK，把她虐得看到游戏就想哭，一点儿都不手下留情。宁秋秋吐槽他，他还振振有词地说："你直播的时候跟不认识的人打架，他会让你？"

她真的不是去比赛，只是直播呀。

竹鼠节目第二期也播出了，宁秋秋这次刚好在家。当她看到管家召集家里所有人去家庭影院观看时，终于体会到了上次林汐恬他们过来，管家提议他们可以去负一层的家庭影院观影，并且拍胸脯保证自己刚体验过，体验感满分里面的含义。

一家人一起围观她出丑、被吐槽，当然体验感满分了。

她都不敢回想上期节目里自己干了什么。

看到大家兴致勃勃的样子，连展清越都放下手头的事情前去观看，宁秋秋脸上笑嘻嘻，心里羞耻得无以言表，恨不得去把电闸拉下。

"弹幕还是开简洁模式吗？"开始前，技术小哥问道。

管家看向展清越，展清越看了一眼生无可恋的宁秋秋，说："不开。"

他亲眼见证了弹幕上有些人多没素质的展清越，并不想让宁秋秋看到这么多人不喜欢她，甚至骂她。

"要不……还是开着吧。"宁秋秋弱弱地说，有弹幕吐槽可以转移一下注意力，她才不会那么尴尬好吗？

展清越当然不会跟她争。

这期的节目效果明显比上次好了许多，节目组也不乱"拉郎配"了。

虽然还有方谨然的粉丝骂宁秋秋，但只要出现骂她的，就会出现"律师函警告"的弹幕，虽然带有讽刺意味，可比满屏都是骂好多了。

而且，随着节目进度的推进，宁秋秋更加淡定了，因为她发现自己其实并不是这期节目丢脸的重点，重点是挤牛奶的宋楚。那货愣是挤出了搞笑节目的效果，后期剪辑还笑得大家直不起腰来。

宁秋秋的黄梅戏还惊艳了大家。

节目播出后两天，第四期竹鼠节目也开录了。由于上次的意外事件，宁秋秋和宋楚虽然说开了，但两人为了避免尴尬，见面时打了个招呼就各玩各的手机了。

今天方谨然迟迟没来，导演说了大家才知道，他好像在赶另一个通告，请了半天假，下午会过来。

宁秋秋想到他现在的境遇，有点儿同情他。第二期由于宋楚的“出色表现”，加上节目组觉得宁秋秋和他们的赞助商之间可能有关系，给她的镜头比较多。方谨然由于沉默，身上没什么笑点，反而在节目里不突出，话题度也不高。

他的经纪人估计后悔给他接了这种不赚钱也不赚人气的真人秀了，不然一般是不会出现“轧戏”这种情况的。

不过节目组今天请了位挺红的明星过来做客，节目录制没受任何影响，反倒因为那位明星本身就很有趣，节目效果更加好。

晚上，录制结束后，大家累了一天，聊了一会儿天就各自回去休息了。

宁秋秋也正要起身回去时，被宋楚拉了一下衣角。宁秋秋莫名地看了他一眼，宋楚用口形跟她说：“等下。”

等到大家都走了之后，宁秋秋重新坐下来，问他：“怎么了？”

宋楚神情有点儿别扭：“你感冒好了呀？”

“都快过去一个月了，老弟。”

宋楚也意识到这个问题很弱智，但他嘴硬啊，说：“我就问问，表达关心，不行啊？”

“行，崽崽这么贴心，我可高兴呢。”宁秋秋揶揄他。

“哼！”宋楚傲娇地一甩头，“跟你说个事儿。”

“什么？”

“导演定下了我出演《我的校霸女友》的男主角，过几天官宣。”

这个消息实在太……爆炸了，宁秋秋一时间有点儿难以消化，眨了眨眼睛说：“崽崽啊，你对妈妈还没死心呢？”

“才不是！”宋楚立刻否认，瞪了她一眼说，“你不要自作多情！”

到底是谁让她自作多情呢？宁秋秋比窦娥还冤。你前脚表白，后脚来跟我演情侣，还怪我自作多情？

而且，宁秋秋天天崽崽长崽崽短地调侃他，就从心里把他当成儿子，要跟他演情侣……她怕自己会忍不住一脸慈祥之色。

况且，展清越要是知道他来演男主角，表情大概……会很精彩吧。

“所以，”宁秋秋换了个问法，“你是怎么想到要出演这个角色的？”

其实宋楚是科班出身，演技倒是可以，就是名气不够大，如果宁秋秋是十八线，对方就是二十八线。

宋楚一脸自豪地说："因为我家有关系呀！"

果然是她的朋友，走关系都走得一样自豪。

"我回去继承家业了。"宋楚继续说，"我想通了，没钱，就连自己想罩的人都罩不住，所以我没必要跟钱过不去。"

这句话宁秋秋是深表赞同的。混迹了几个世界，她只有一个感受：钱才是万能的。

"那你继承家业后还能继续拍戏呀？"

宋楚一脸奇怪地看她："为什么不能？"

"你不用学习怎么经营吗？"宁秋秋惊了，这跟说好的剧情不一样啊。

"我爸还能顶个一二十年，我急啥？"

这时，手里的手机响了一下，提示有微信消息进来，宁秋秋瞅了一眼，是展清越发来的。

黑心洋葱："忙完叫我训练。"

宁秋秋："……"

展清越年轻时的电竞梦估计被她充分地刺激起来了，最近他训练得比她还积极，每天晚上都要给她"军训"两三小时，除非她在外地赶通告加夜班，不然风雨兼程，一天不落，简直不是个东西。

宁秋秋说："行了，不跟你扯了，我要去参加魔鬼训练了，明天见！"

虽然她很排斥训练，但跟展清越一起玩就很开心，这种感觉和现实里两个人相处的感觉又不一样，新奇而微妙。看到两个人的角色在游戏里傻里傻气地互动，她就莫名地一脸傻笑，甚至被吊着打都有点儿开心，连带着看彪悍的女战士也顺眼起来。

"什么魔鬼训练？"宋楚好奇地问道。

"一款游戏，我代言的，过两天我要直播，不能丢人，走了。"

"等等！"宋楚叫住她，"什么游戏？玩游戏我是专业的，我来陪你呀。"

宁秋秋现在听到"专业"这个词就怕了，为了不在被展清越安排后又惨遭宋楚的安排，装作没听到说："啊，你说什么？风太大，我听不清！就这样，我走了，再见，你也早点儿休息。"

宋楚："……"

宁秋秋回到房间，用笔记本电脑上了游戏。这款游戏由于是快餐式的，并没有做得很精细，客户端不大，所以稍微好一点儿的笔记本电脑也能玩得很顺畅。

展清越已经上线了，宁秋秋给他发了组队邀请，对方没理她，应该是不在，宁秋秋就给他发了微信，转头去找展清越的号在哪里。

他们平时活动的范围很小，宁秋秋一下就找到对方了。

她却发现，他的身边有个这款游戏里唯一好看的狐女职业玩家正在朝展清越搔首弄姿，附近不断地冒出字。

小芙蝶蝶："小哥哥，你的装备好闪好酷哇！"

小芙蝶蝶："不理人家。"

宁秋秋当场怒了，二话不说和狐女 PK。她属于肉职业，打人不疼，对方又是辅助，所以她有点儿心虚。

小芙蝶蝶见展清越不理她，又有一个装备跟他一样闪的女战士要和她 PK，还以为宁秋秋是个人妖，立刻开心地点了接受，结果被宁秋秋摁在地上“摩擦”。

嗯？！十秒不到结束战斗的宁秋秋蒙了，自己有这么厉害？

小芙蝶蝶：“小哥哥，你好凶啊！”

故渊：“我是小姐姐。”

而且，你没看到那个被你勾搭的男战士叫池鱼，我叫故渊吗？这么明显的情侣名你居然没看出来！

倒不是宁秋秋和展清越故意用情侣名，而是这家游戏公司给他们的账号就是情侣账号，据说是他们的测试员工取的。

小芙蝶蝶：“不要脸，占着装备好欺负人，不感到羞耻吗？”

宁秋秋：“……”

朋友，你这态度变得是不是有点儿快？

池鱼：“就算你有比她好的装备也打不过她。”

咦，展清越回来了呀。宁秋秋开心地走到他的身边，把那个小芙蝶蝶丢在一边了。游戏里隔条网线，给人以巨大的保护，让人变得更不要脸起来，越是搭理她她越来劲儿。

小芙蝶蝶：“你们是一伙的？”

池鱼：“少玩游戏多读书，先天的不足可以后天弥补。”

宁秋秋：“……”

大佬骂人的阵仗为什么跟我们的不一样？

小芙蝶蝶：“别以为你们的装备好我就怕你们，你们不要走，我让我家亲亲过来教你们做人！”

宁秋秋根本不想跟她的什么亲亲爱爱打，可显然已经来不及了，小芙蝶蝶叫的人来得贼快，是一个弓箭手，浑身金光闪闪，一看就是游戏里最顶级的装备。

宁秋秋他们的账号虽然也是顶好的，但还是比不上他的。

三区龙傲天：“谁欺负我家亲亲？出来受死！”

宁秋秋再次：“……”

这时，宁秋秋的微信响了起来，是展清越给她发的语音邀请，宁秋秋接了起来。

“不要怕，跟他打。”展清越说。

“可是我够不着他，他的装备那么好。”宁秋秋的角色属于近战，而弓箭手脚长，装备还比她的好，完虐她好吗？

展清越鼓励她：“相信我，你能打赢他，打不赢不是还有我吗？”

大概是展清越这句话太有蛊惑力了，宁秋秋说：“好吧，打不赢你得帮我找场子。”

宁秋秋接受了对方的 PK 邀请。展清越训练过她怎么打弓箭手，她小心翼翼地按照展清越教她的走位、躲技能、控制、输出，打了几个来回发现对方的反应能力根本没有展清越快，走位也不像展清越那么刁钻猥琐。

宁秋秋逮着他没大招的机会，摁住他两下半把对方砍死了。

"……"宁秋秋难以置信，"我什么时候这么厉害了？"

展清越低笑："带你训练了那么久，如果连他都打不过，我这个老师白当了。"

有没有人说你很撩、很帅呀，展大佬？

对方输了一局不服气，再来 PK，再输，又来，还输，连输三局，加上围观的人越来越多，最后实在不好意思，灰溜溜地跑了。

之后又有人来找宁秋秋 PK，除了实在克她的和一些操作确实好的老玩家，她发现自己几乎不太会输！

这才是训练一周的结果呀，宁秋秋整个人都膨胀了，感觉自己能在直播里大显身手。

然而，第二天，宁秋秋还在吭哧吭哧地录节目时，一个话题悄然爬上热搜——"护夫狂魔秋爷女友力爆表，狂殴小三"。

瞿华对于自家艺人在游戏里玩得风生水起的事情完全不知，看到这条热搜的第一反应就是宁秋秋的男朋友出轨，她的捉奸现场被记者爆出来了，吓得差点儿抽过去。

他颤巍巍地点开热搜，看清楚内容时又大大地松了口气。

原来只是游戏而已，真是吓死他了。

"不要脸狐女勾搭秋爷游戏老公，秋爷为捍卫爱情，怒斩狐女于斧下，全程 10 秒不到，人美又犀利的女明星玩家是真实存在的……什么鬼？"

以瞿华对宁秋秋的了解，她不玩游戏，玩《魔阙》也只是为了应付直播去适应操作而已，不被人"吊打"已经万幸了，还能"吊打"人？

带着疑惑，瞿华点开那个不到十秒的 PK 视频，果然看到头顶着"故渊"名字的女战士，几下就把一个小狐女砍没了。

这个账号他认识，确实是官方给宁秋秋玩的，但这个操作是宁秋秋的？

他又点开图片，图片里是游戏里附近频道的对话，看到那些对话，瞿华终于懂得这个标题的含义了。

游戏里一个叫小芙蝶蝶的玩家，试图勾搭那个账号叫池鱼的玩家，结果宁秋秋怒了，把她杀了。小芙蝶蝶不甘心，又叫了个装备非常好的人来帮忙，依旧被宁秋秋虐了，于是宁秋秋一战成名，甚至上了热搜。

这很显然是游戏公司那边的宣传，当然游戏公司是不会承认这回事儿的，问就说是玩家群体大，自然上的热搜，不然要被索要宣传费的。

瞿华头疼地让工作室澄清说池鱼那个号是陪练，账号是游戏公司给的，一开始就是情侣名。

宁秋秋被竹鼠节目虐了半天，刚忙完，也被这个热搜吓得差点儿把手机扔了。小池告诉她瞿华那边已经解决好了，她才抚了抚胸口，说："吓死我了。"

游戏公司宣传她可以理解，搞这么劲爆的标题是想害死她吗？

"哇，原来你玩的是《魔阙》啊。"在她旁边休息的宋楚也看到了热搜，看得津津有味，"啧啧啧，你也太潮了，游戏里还找了个老公，你家那位知道吗？"

宁秋秋阴恻恻地说："就是我家那位。"

宋楚被噎了一下，随后酸溜溜地说："你们真肉麻。"

宁秋秋："……"

我们就一起玩个游戏而已，怎么肉麻了？

"哇，这些视频是合成的吧，你操作得有那么溜？"宁秋秋昨晚 PK 的视频，好几个都被放了出来，全是她"吊打"别人的。

宁秋秋看着他说："崽崽啊，你要相信，妈妈是万能的。"

"滚吧你，你等着，回头我就去把它下载了，教你做人。"

"别别别，我就玩两天，直播完账号就要还给人家了。"她可不想宋楚来，又引发他和展清越之间的血案。

她不怕展清越不高兴，而是担心宋楚这孩子会被展清越虐出心理疾病来。

"嘁，这样你就怕了呀？"

宁秋秋从善如流："对，怕了，我超级菜的。"

"你能不能有点儿骨气？"宋楚一脸嫌弃，又得意扬扬地跷起二郎腿说，"可惜已经晚了，本少录完节目就去下载游戏。"

"其实不瞒你说，"宁秋秋一脸沉痛，"我根本没玩过几下这个游戏，昨天是游戏公司的工作人员上号打的，为了配合他们做宣传而已，我只是一个幌子。"

宋楚："真的假的？"

宁秋秋举起自己修长的手："你看我这指甲这么长，像玩游戏的？"

她说的话好像……也有道理。

宁秋秋用自己的三寸不烂之舌一番劝说，宋楚终于放弃来游戏里找宁秋秋了。宁秋秋松了一大口气——她劝停了一场世纪大战！

不，她拯救了一个可能因为展清越怀疑人生的孩子！

竹鼠节目录完，她跟《魔阙》官方约定的直播时间也到了。

由于上次那个热搜吹得太厉害，于是宁秋秋"一战成神"，不少人纷纷慕名转服过来要和宁秋秋 PK，看看女明星玩游戏是不是真的有吹的那么厉害。

明明只是一场明星陪玩的直播活动，一下子成了万人刷宁秋秋的现场。

只是，三区是新区，宁秋秋之所以能全方位地"吊打"那么多人，原因之一就是新区新人多，菜的也多，比如那个三区龙傲天，就是个"氪金"虐菜的，手法基本没有出彩之处。

其他一些老区的玩家就不一样了，他们不但在装备上占了优势，手法也很熟练，宁秋秋就没那么容易"吊打"他们了。

总而言之，就是……她被吹得太过头，要被打脸。

游戏官方也没料到事情会变成这样，不过他们看到的更多的是热度，所以非常兴奋，让宁秋秋直播的时候，把那个讨论度非常高的神秘陪练也带上。

宁秋秋这个"神秘陪练"上次并没有施展身手，甚至只在附近频道说了两句话，可是由于是宁秋秋的陪练，那说明技术必然比她好，兼之是男号，就被大家幻想成了一个高冷、犀利的大神形象。

所以虽然宁秋秋工作室否认了池鱼这个账号是宁秋秋的游戏老公，但他的热度并没有因此降低，反而让更多人想窥探这位神秘人物是何许人也，其操作有多犀利。

宁秋秋被买热搜做免费宣传的气还没消呢，表示可以，但是要加钱，出场费跟她一样。

游戏公司：“……”

一个名不见经传的草根和女明星的出场费用一样高，你怎么不去抢呢？

不过，为了热度，游戏公司也只能含泪答应这个要求。

宁秋秋又从游戏公司身上刮了一层油，被他们坑的心情终于爽快了一点儿，周五晚上八点，准时携带她的“陪练”出现在直播间。

她是在家里做的直播，在她自己的房间，展清越在隔壁他的房间里，二人一墙之隔，却还连了麦，装出是“陪练”的样子。

今天直播间来了非常多的人，宁秋秋刚开直播，人数就飙到了三百万，并且在持续上升中，当然直播平台一般都有协议号，真实人数要除以十都不止。

宁秋秋先和大家打了招呼，并按照游戏公司给的台本介绍了一下《魔阙》这款游戏，大家都对这些不感兴趣。

“别叨叨了，什么时候 PK？不开始我走了！”

“池鱼在哪里？我要看池鱼大神！”

“秋爷太牛了！”

宁秋秋看到大家刷得最多的就是这三句话，笑了笑说：“别急，PK 一会儿就开始了。不过我其实也才玩这款游戏一个星期，对于操作什么的并不是太熟练。为了不至于输得太难看，我今天把我的陪练、也就是你们期待的池鱼叫来一起给我撑场子。池鱼，跟大家打个招呼呗。”

展清越跟她连着麦，很给宁秋秋面子地说：“大家好，我是池鱼。”

“哇，男的！声音好有磁性啊！”

“啊啊啊，这个声音，可恶！是心动的感觉！”

“女明星连找的陪练小哥哥都这么有魅力！”

“嗷嗷嗷，我决定去玩这个游戏了，小哥哥是哪个区的？”

展清越只出来打了个招呼，弹幕就瞬间达到高潮了，看得宁秋秋一愣一愣的。

喂，姐妹们醒醒啊，人家只说了句话而已，说不定现实里是个又丑又胖的人呢，你们有必要这样吗？

不过，看到展清越这么受欢迎，宁秋秋又忍不住生出点儿自豪感，说：“由于池鱼大大才是真正的大神，所以今天的 PK 呢，这样，大家必须先过我这一关，能打赢我的，才有机会跟池鱼 PK。”

众人：“……”

这是不是有点儿本末倒置了？不应该是打得过女明星带来的“护法”，才有机会跟女明星 PK 吗？

“秋爷实力护夫，诚不欺我，甜哭了。”

“请你们原地结婚，啊啊啊！”

“CP 粉有毛病吧！人家都澄清是陪练了，能不能闭嘴别找骂？！”

“我要是有这种陪练我也护，池鱼大大好牛！”

“秋爷在哪里找的陪练，请给我一个渠道好吗？”

宁秋秋瞄了眼弹幕，看到问她在哪里找的陪练的那个，故意说：“陪练是淘宝找的，六十元一小时，不满意包退。”

展总并没有对自己六十元一小时的“廉价劳动”表示异议，接话说：“那宁老板这阵子对我这个六十元一小时的陪练满意吗？”

“这个呀，”宁秋秋故意说，“要看你今晚的表现了，如果输得太惨让我很没面子，我就要给差评的。”

展清越轻笑：“那我一定会为了保住工作好好表现的。”

众人：“……”

为什么他们无故觉得自己被塞了一口莫名其妙的“狗粮”？

PK 开始。

宁秋秋被展清越训练了一个多星期，加上前两天那场小规模的车轮战，让她对别的职业、别人的操作有了新的认知，这次 PK 倒也没输得太惨，大概三七开的样子。

然后那三成胜利的，又全被展清越虐了。

展清越在玩游戏方面的天赋确实超过一般人，主要是他对于游戏的理解很透彻，特别是技能、走位和预判方面。

他先围观宁秋秋跟人家 PK，那些人赢了宁秋秋之后才到他这里，他看了一遍后也就把对方的套路记清楚了，等到他跟人家打的时候，就能根据人家的操作习惯，预判接下来的操作。

接下来轮到一个战士跟宁秋秋切磋，该战士一身橙色顶级装备，金光闪闪，恨不得把“我超有钱”几个字写在脑门儿上。

天下第一锤：“秋秋我超级喜欢你，如果我赢了你，你就跟我结婚吧，我比这个小白脸陪练牛多了！”

宁秋秋差点儿喷了，这些游戏里的人都是这么……可怕的吗？

原本就很密集的弹幕瞬间刷疯了。宁秋秋看了几眼弹幕，才知道这个天下第一锤是本游戏第一的玩家，据说每个职业都有号，每个号的装备都是排行榜第一的。

这种话宁秋秋没法儿接，又不能无视，只能笑着打趣说：“亲，我们不提供这项服务哟。”

天下第一锤：“不用跟我害羞，有锤爷我罩着你，你以后在《魔阙》横着走。”

“横着走？”展清越似乎被这句话逗笑了，“看来你挺有自信的。”

“啊啊啊，我可以理解为这是吃醋了吗？是吗？是吗？”

“哇，坐等被池鱼大神打脸，用操作碾压他！”

“虽然我不站 CP，但我真的莫名就变成粉色了。”

“池鱼要被虐惨吧，这装备等级差了不是一点、两点。”

“不一定打不过吧，刚刚那个排名第二的弓箭手不是被完虐了吗？”

那个天下第一锤虽然嚣张，但毕竟池鱼的操作摆在那里，面对池鱼的挑衅，他并不敢公然接受，只在附近频道打字。

天下第一锤：“我不跟身上装分低了我三阶以上的打，掉档次，当然，秋秋除外，秋秋‘么么哒’。”

宁秋秋要被这个“么么哒”的“么”窒息了。

您老不觉得这么彪悍的战士“么”起来“违和感”很强吗？

天下第一锤这句话一说出来，弹幕纷纷表示这人好贱，打不赢就打不赢，找这种借口，欺负他们家的池鱼大神“氪金”氪不过他吗？

宁秋秋扶额。完蛋了，她觉得这个天下第一锤会死得很惨。

果然，展清越的声音再度从耳麦里传来：“看好，别眨眼。”

然后，在众目睽睽之下，展清越身上的装备，一件件地变成了橙色，品质与天下第一锤的一模一样，都是顶级装备。

众人倒吸一口冷气，现在的淘宝陪练这么有钱吗？

“现在有资格了吗？”展清越懒洋洋地说。

天下第一锤：“……”

他有句脏话一定要讲。

“为了避免太不具观赏性，我给自己添加点儿难度。”展清越说完，脱了一件装备，装备等级刚好卡在低于天下第一锤三阶上。

“……”

弹幕都在狂笑，展清越实在让人极度舒适，特别是天下第一锤硬着头皮应战，被展清越摁在地上“摩擦”，就更令人称快了。

让你装！

宁秋秋看得也忍不住笑，你说你惹谁不好，偏要去惹展清越呢？

她终于知道网游小说中，女主角们找个操作好的老公结婚是什么感觉了，就一个字，爽。

“稍等我一下。”

跟天下第一锤打完，展清越忽然语气急促地说，同时耳麦的那端传来什么东西落地的声音，然后就没动静了，应该是关麦了。

宁秋秋顿时有点儿坐不住了。展清越的身体还没好彻底，偶尔会发生意外情况，比如上次脚部抽筋抽得非常严重，加上他自己没法儿借助外力来缓解，只能任它抽，最后差点儿被送进医院去了。

这会儿又会是什么意外呢？

“喂！”宁秋秋试图在耳麦里叫他，“你没事吧？”

耳麦里一片安静。

虽然可以叫护工，可宁秋秋按捺不住，对观众说：“稍等我一下，我出去一会儿。”

说完，她扯下耳机，往展清越的房间跑去。

突然被丢下的观众：“……”

他们好像发现了什么……不得了的事情，是他们猜测的那样吗？

宁秋秋跑到展清越的房间，连门都来不及敲就开门进去，却刚好赶上展清越从洗手间淡定地滑着轮椅出来。

展清越看到她，挑眉：“宁老板，连我上个洗手间的时间都要监督扣工资吗？”

宁秋秋看他没事，松了口气。你说你上洗手间就上洗手间，还非要搞出点儿出事情的动静来，弄得她以为出了什么事情。

“哼。”宁秋秋双手抱臂，说，“我看你半天没动静，来看一下你有没有和哪个小妖精偷偷私聊。”

“嗯。”展清越居然大方地承认了，“确实有个叫宁秋秋的小妖精正在跟我私聊中。”

“私聊你个大头鬼。”宁秋秋发现这货最近说话越来越不正经了。

那边直播还在等着她，宁秋秋不能离开太久，瞪了他一眼，转头跑了。

看着气呼呼跑掉的宁秋秋，又看了一眼桌子上平板电脑里的弹幕，众人因为这个意外，脑洞大开地猜测他们的关系，展清越得逞地笑了笑。

我要是没有动静，怎么把你骗过来呢？

宁秋秋回去坐下来，发现弹幕里的人全部想歪了，觉得她和池鱼是同居关系，不然怎么会池鱼突然没动静，她就慌慌张张地跑出去呢？

还有人不嫌事大地刷“在一起，在一起”，满屏都是粉红色的字。

“我家哈士奇刚拆家了，我出去把它关起来训了一顿而已。”宁秋秋不慌不忙地解释说，“你们别乱‘脑补’。”

被比喻成哈士奇的展总慢悠悠地说：“好巧，我家小猫咪刚刚也被我踩了一下尾巴奓毛了，跑过来挠我。”

宁秋秋：“……”

两个小时的时间过得很快，直播很快就结束了。

下线后，宁秋秋松了口气，差一点点她和展清越的关系就暴露了，好刺激。

“你那些橙色的装备是哪里来的？”宁秋秋瘫在椅子上，两个人依旧连着麦，她问展清越，“不会是你充钱买的吧？！”

“羊毛出在羊身上。”展清越说完，又怕宁秋秋没理解，补充说，“出场费。”

宁秋秋给展清越狠敲了一笔陪练出场费，都被这个败家玩意儿充进游戏里了。

“你能不能节俭一点儿啊，大佬？！”花钱买一身装备，就为了装这么一次，虽然很爽，但也太不值得了。

被媳妇骂不节俭的展总反思了一下自己，貌似确实挺不节俭的，于是说：“乱花钱是老毛病了，不如我把卡上交给老婆管？”

展清越又想给她下套，宁秋秋才不信展清越的话，这个狗男人坏得很。她无视他的话，说："而且我这个号要还给他们的呀。"

这两个号虽然装备不及那个天下第一锤，但加起来估计也要五位数的价位了，游戏公司不会送给他们的。

展清越对于宁秋秋就这样一点儿不做作地把话题岔开也不觉得意外，轻描淡写地说："这还不简单？让他们把号原价买回去。"

算你狠。

宁秋秋把账号交给瞿华的时候跟他说了展清越"氪金"的事情，并且转达了展清越的那句话，让他们买回去。

结果游戏公司表示这两个号就当礼物送给他们了，给宁秋秋留作纪念。其实他们是舍不得把吞进去的钱吐出来，毕竟那些装备于他们而言是一堆数据，但展清越充的却是真金白银。

宁秋秋被他们的奸诈气到吐血。

"你把这两个号拿去卖，也差不多够回本了。"展清越见宁秋秋气得以头磕桌子，给她指明道路。

"我要是舍得卖，我还说吗？我就是舍不得呀。"还给游戏公司是一回事儿，但是要她卖掉这两个号，她真舍不得呀。

而且，池鱼思故渊，多好的名字呀。

展清越看她纠结又守财的样子，觉得有点儿好笑，伸手拍了拍她的头说："千金难博美人笑，其实算我赚了。"

宁秋秋沮丧着脸："可是我在哭。"

一腔柔情见了鬼的展总本性暴露，说："你那叫嚎，鬼哭狼嚎的嚎。"

宁秋秋："……"

最终宁秋秋也舍不得把那两个号卖掉，就把账号放在那里，偶尔和展清越上去玩玩。

本来直播结束后，游戏代言这件事情就这么过去了，等对方结尾款就行。

谁知道第二天，在宁秋秋的超话里面，宁秋秋的粉丝和展清越的粉丝……吵起来了。

起因是一个叫"秋爷我的嫁"的"啾毛"发了条微博。

秋爷我的嫁："为什么超话里这么多人在求池鱼的资料？只有我觉得这个池鱼有点儿一言难尽吗，蹭热度是不是太明显了点儿？"

这条微博一出，立刻有一群人附和。

"一个小陪练，想红想疯了。明明秋爷都不想理他了，他还拼命 cue 秋爷，明里暗里都暗示他和秋爷的关系不浅。"

"哇，终于看到有人说了，原来不是我一个人这么觉得，昨晚差点儿看吐了，甚至人家家里的哈士奇调皮，他都要'无中生猫'地说自家猫被踩了尾巴，哕！"

"某些人明显就是想炒 CP、找存在感，奈何我们秋爷并不 care（在乎）他，气不气？气不气？"

"看到那么多人求微博、求资料我都笑了，听个声音都能激动成那样，我都不忍心告诉他们，游戏打得好的多半是死‘肥宅’。”

展清越虽然连个脸都没露，无论在淘宝陪练还是在《魔阙》里面，都查无此人，但他强啊，有钱哪。

于是就这么两小时的直播，他就收割了一茬儿又一茬儿的老婆粉，粉丝们见到自家“老公”被宁秋秋的粉丝撕，顿时怒了。

“我们崇拜的是池鱼的技术，人身攻击就太恶心了吧，而且‘肥宅’就不是人，没人权了吗？”

“我是‘鱼粉’也是‘啾毛’，我觉得他们的互动挺正常有爱的呀，你们是不是太会‘脑补’了一点儿？”

“某些怎么营销都炒不起来的糊咖，是嫉妒我们池鱼大神一战成名吧？眼睛都红得滴出血了！”

“我们哥哥就是红得快，一夜成名，气不气？气不气？气不气？”

宁秋秋的超话里因为这条微博吵得风生水起，许多衍生出来的微博被不断地发了出来，要不是她的粉丝群体和展清越的粉丝群体在数量上都是菜鸡互啄，说不定又要上热搜了。

宁秋秋第二天没工作，睡了个懒觉起来，就被小池给她发的截图糊了一脸。

宁秋秋看完非常疑惑。

她回想了一下昨天的直播，好像……如果换作是个不怎么熟的人，确实很像是个疯狂蹭热度的人。

不过她和展清越之间那么熟了，展清越又习惯性地坑她，她也习惯性地不往他的坑里跳，所以确实有点儿展清越 cue 她、她不 care 的感觉。

宁秋秋的超话因为这件事情掐得乌烟瘴气，她有点儿咋舌。其实她说人家方谨然的粉丝跟蝗虫过境一样，她的粉丝貌似也有这种属性，只是不够明显。

不行，宁秋秋觉得还是要约束一下粉丝，不能让他们这么放肆下去，要在苗头刚出现时就把它掐灭。

而且，展清越被人这样骂就令宁秋秋很愤怒，展清越明明是众星拱月的那种人！

想了想，宁秋秋找了几张昨天录屏的截图，发了条微博。

宁秋秋：“谢谢池鱼昨天给我撑场子，带我 carry（带动）全场。”

她既没有明着打自家粉丝的脸，也告诉他们，她和池鱼的关系挺好的，不存在蹭热度一说，让大家不要过多猜测些有的没的，人与人之间的关系简单点儿。

宁秋秋发完微博就没管他们了，她对于“鱼粉”这个新兴起的群体很感兴趣，就去搜了一下池鱼的名字。

结果令她大吃一惊，池鱼已经有了超话，粉丝人数有五千多，还开了个池鱼全球粉丝后援会……

她点进池鱼的超话里，比起她超话里的血雨腥风，池鱼的超话跟世外桃源一样，都是清一色的小粉丝赞美池鱼的。

小粉丝们还处于新鲜阶段，热情度很高，所以超话蛮活跃的。

临渊羡池鱼："又看了一遍老公虐天下第一锤的视频，只想尖叫老公好帅！"

爱吃鱼的小脑虎："问了好几家淘宝陪练店，都没找到池鱼这号人物，主要是不知道他的本名叫什么，不过有好几个疑似池鱼的人物，等我挨个去下单试试，姐妹们等我的好消息！"

佛系鱼粉："您的老公已上线！"

佛系鱼粉画的那张是自己臆想的池鱼手绘，一个白衬衫的青年，微侧着头，姿态酷炫，又带着几分撩人地看着屏幕，配字：你要跟我 PK 吗，嗯？

宁秋秋："……"

这个人物是不是和本人的差距有点儿大？

展清越哪里有这么可爱、这么撩？他只会不停地给人挖坑好吗？

而且，老公？她们叫谁老公呢？

宁秋秋瞪了那些叫老公的人好几眼，最后捂着小心脏退出池鱼的超话，告诉自己这些粉丝爱慕的不过是游戏里那个操作犀利的大神池鱼而已，和展清越没有关系。

不过，宁秋秋退出去前又截了一张图发给展清越。

宁秋秋："展总，你究竟有几个好老婆？"

黑心洋葱："秋秋这就开始帮我纳妾了？"

宁秋秋："……"

为什么每次和展清越聊天，他的重点都和别人不一样？关键是他每次都能巧妙地避开她给他设的套。

这和说好的剧情不一样啊，正常的套路不应该是展清越表示自己巨冤吗？

宁秋秋："对啊，给你纳几房貌美的小妾，让你左拥右抱，夜夜春宵。"

黑心洋葱："朕甚喜。"

原来你是这样的展清越！

不过，不是说每个男人心中都有个三妻四妾梦吗？展清越大概是本性暴露了，宁秋秋在心里对这个答案狠狠地鄙视了一下，扔下手机，起床去刷牙洗漱。

穿好衣服，宁秋秋去把窗户推开来通气，却被从外面钻进来的裹挟着雨丝的刺骨寒风冻得又把窗户关回去了。

他们来的时候，G 市还温暖如春，现在却是南方冬天最冷的时候，特别是每天下点儿雨，让人感觉湿冷湿冷的，不想出门。

不过他们在这边待不久了，展清越的身体经过近五个月的康复训练，大体已经恢复好了，腋下拄着拐杖能走好长一段路，医生说他很快就能和正常人一样行走了。

后续的复健细水长流，展清越准备在年前就先把娱乐公司的框架构建好，需要招聘的岗位趁着年底大家蠢蠢欲动时抢占人才市场，一些比较厉害的职业经理人，还要展清越亲自见面考察，不能让混子钻了空子。

创业初期不仅仅是人才，其他麻烦也颇多，所以这些都要展清越回到 A 市亲自处理才能妥当。

宁秋秋被冷风一冻又想缩回床上。她坐下来拿出手机，看到展清越又给她发了消息。

黑心洋葱：“不过，展夫人，现在的社会是一夫一妻制，你不需要用这种话考验为夫的真心，很幼稚的。”

她真的只想借此挤对一下展清越而已，考验什么真心啊。

你这个黑心洋葱，有真心？！

宁秋秋心里虽这样想，但是看着这条消息，又忍不住傻笑。

其实展清越虽然人比较坏一点儿，但可以说是个好男人了，起码他醒来这么久，她从没见他和哪个人勾搭，路上见到了前凸后翘的美女，也不会多看一眼，除了贾晴那种甩不掉的狗皮膏药，也没有旧桃花找上门来。

当然，这也和展清越的性格有一定的关系。

宁秋秋觉得要不是自己脸皮够厚、神经够坚韧，早被他气走了。

展清越一点儿都不懂得怜香惜玉，“腹黑”、毒舌还直男，她回想一下二人这几个月来的相处，展清越给她挖的坑够活埋掉十个她了，都把她坑出受虐的属性来了。

宁秋秋正在心里列着展清越的罪状时，手机响了起来，把她吓了一大跳，是瞿华。

“我的小啾啾，惊天好消息，天上掉馅饼啦！”瞿华兴奋地说。

有这么好的事情？宁秋秋期待地问：“什么馅饼？肉的、素的？”

“哎呀，讨厌啦，你明知道我指的不是这个馅饼。我跟你说，刚刚我们公司接到了一份来自国家台的综艺节目的邀请，让你去做常驻嘉宾。国家台的综艺呀，那是多少人削尖脑袋想要上的综艺，落到我们头上来了，是不是很开心哪？”

她开心是开心，但天下没有免费的午餐哪。

宁秋秋有种浓浓的不祥的预感：“什么综艺呀？怎么会想到邀请我的？”

“这个综艺叫《超级平凡人》，就是让嘉宾去各种平凡的岗位体验生活，让观众们见证这平凡中的不平凡，他们邀请你，是觉得你挺适合的。”

宁秋秋瞬间懂了。

既然是国家台的综艺，那必然不是以搞笑为主，而是以教育为主。宁秋秋猜测节目组肯定让他们去各种又艰难又困苦的行业体验，感受不同职业的酸甜苦辣，告诉大家我们的幸福生活的背后有多少人为我们默默付出之类的。

节目组为什么会邀请她呢？多半跟她秋爷的形象有关——怕别的女嘉宾太娇弱吃不消。

宁秋秋真情实感地哭了，她看起来不够娇弱吗？

“我打听了一下，《超级平凡人》元旦后开始连拍五期，体验冬季的职业，之后要等春暖花开了再拍，体验春夏季的职业，和明年过完年就开拍的《我的校霸女友》刚好错开了档期，机会难得，我给你接啦？”

“我可以拒绝吗？”

她显然是不能的。

国家台的真人秀，虽然不如别的真人秀一样搞笑或者刺激，但人家寓意深刻、档次高，别人想去还得不到这个机会。

宁秋秋还是要接的。

元旦前夕，展清越去疗养院做完最后一次复健，一家人便收拾收拾回 A 市了。

展清越其实有自己住的房子，但由于太久没住了，也没让人收拾，他们便还是回了展家的宅子，和展老爷子一块儿住，年后再做打算。

展老爷子看到展清越恢复得这么好，都可以用拐杖自己慢慢走路了，激动得哆嗦着嘴说："恢复了就好，恢复了就好，看来过了年你就可以自己走了。"

展清越看着老人家花白的头发和已经有些混浊的双眼说："这两年让爷爷担心了。"

宁秋秋没打扰他们爷孙二人叙旧，指挥人去把托运的妙妙放出来。这条捣蛋狗在笼子里被关了四个多小时，估计已经气得要把笼子咬了。

妙妙虽然在展清越这边常常受欺负，可毕竟是狗儿子，待遇好，而且妙妙狗眼看人准，知道展清越不好惹，所以在他的面前不敢放肆，宁秋秋受男主人的庇护，最好也不要惹，要惹也不要当着男主人的面惹。

故而懂事的妙妙近来深得男主人的恩宠，恃宠而骄的它对别人的脾气越发大，除了给它喂饭的管家，其他人在它眼里都可以随便欺负。

宁秋秋怕这边的用人对付不了它，所以亲自去处理它。

"先把它放到小客厅吧。"宁秋秋看了眼正在晶晶和陈毅的帮助下，要站起来走路给展老爷子看的展清越，怕等下妙妙过去撞到他，对管家说。

展家还是第一次迎来宠物，管家对这只看上去就眼神犀利、半眯着眼、一副藐视天下的狗有点儿害怕，说："它不会咬人吧，要不要拴哪？"

宁秋秋笑道："放心吧，它不咬人，就看着凶而已，很容易跟人打成一片的。是不是，妙妙？"

妙妙谄媚地冲宁秋秋发出呜呜的叫唤声，甩了几下大尾巴表示讨好，伸出小爪子矜持地在宁秋秋的脚上扒了扒，乖巧得不得了。

这时，宁秋秋的手机响了起来，她拿出来看了一眼，意外地发现是许久不见的……展清远。

展清远基本是不会联系她的，宁秋秋不知道他想干吗，接起来："喂。"

"你们到家了吗？"展清远的声音有点儿沙哑。

宁秋秋对他的关心感到有点儿莫名其妙："到了，干吗？"

"你到门口来，我给你点儿东西，你带给我哥。"

"你自己不会送进来啊，你哥就在客厅。"宁秋秋翻了个白眼，这个请求真的莫名其妙，展清远就算没空，也应该找管家或用人帮他，而不是她吧。

展清远那边顿了一下，压着嗓子低声说："算我求你。"

宁秋秋感到十分疑惑。

这是天上要下红雨了吗？

人家都已经卑微到这个份儿上了，宁秋秋没办法，只好嘱咐管家给妙妙喂点儿水和狗粮，自己出了门，去看看展清远的葫芦里到底卖的什么药。

管家去拿妙妙的狗盆，回来时发现被关在小客厅里的妙妙已经疯了。它疯狂地在沙发和地板上跳来跳去，见到他进来还把前爪趴地上做出攻击的姿势。

管家年纪不小了，差点儿被这个家伙给吓死，连连后退几步，妙妙却更兴奋了，冲他发出低沉的叫唤声，和刚刚对宁秋秋的那个谄媚讨好样儿判若两狗。

“嗷呜！”妙妙冲管家低声叫唤，跟狼一样。

管家：“……”

他觉得自己需要点儿速效救心丸。

由于妙妙这条傻狗长得实在太有震慑力，而且欺软怕硬运用得十分得心应手，管家成功被它震慑住了，快速地把狗粮放下，捂着胸跑了，没看到妙妙看到狗粮就一脸有奶就是娘的蠢样儿。

宁秋秋到了院子的大门外，果然看到了展清远的车。她走到车前，驾驶座的窗户落下，露出展清远胡子拉碴的脸，他看起来仿佛老了十岁，哪里还有霸道总裁的英俊模样？

宁秋秋忍不住问：“你怎么了，失恋被甩了？”

“笑话。”展清远仿佛一只被踩了尾巴的猫，“老子像是被甩的？”

“不是像，就是。”

宁秋秋回想了一下书里的剧情，发展到这里，宁家已经四面楚歌，基本处于破产状态。展家和宁家合作多年，合作伙伴的公司出事情，展家不可能独善其身，也遭遇了不小的波折，甚至可以说是一次不小的危机。

这时，一直觊觎展清远的贾晴家，恰当地提出联姻，两家合力把这次危机度了过去。

而贾晴把这次的危机扩大，传到季微凉的耳中，让季微凉知道，展家失去了宁家这个左膀右臂一样的合作伙伴，也岌岌可危，需要依靠寻求更好的商业合作来拯救事业。

这个商业合作，最好的办法就是联姻。

可展清远为了爱情毅然放弃，背负着巨大的压力跟季微凉在一起，季微凉却帮不上任何忙，反倒还要依靠展清远，拖他的后腿。

季微凉不想让展清远在事业、爱情之间抉择，毅然离开展清远，甚至还和剧组的演员高调传绯闻，让展清远死心……

这种剧情让宁秋秋当时看得虎躯一震，但现在宁家不是在展清越的帮助下，事业如芝麻开花一般节节高了吗？展清远这一脸被甩的样子是闹哪样？

宁秋秋八卦死了，可展清远显然没有把她当成知心姐姐来倾诉的意思，说：“你觉得是就是吧，麻烦你帮我把这个交给我哥。”

说完，他递了个文件袋出来。

宁秋秋没有伸手接，展清远瞪她：“没有炸弹毒药，就一个文件而已，你交给他，他就知道了。”

“不是炸弹毒药的问题，而是，弟弟呀，我怎么感觉你在转交遗书一样？”

展清远被呛了一下，说：“遗什么书？我看上去像是要寻死觅活的人吗？”

别说，宁秋秋打量了他这人不人鬼不鬼的样子，说：“很像，你照照镜子会发现你现在就像个下一秒就把车开进水里沉湖自杀的人。”

展清远快被她气死了，要她转交个东西这么多废话，于是发动车子。宁秋秋正想着这人越来越不禁气时，他把文件往她的脚下一丢，扬长而去的同时说：“别丢了。”

宁秋秋：“……”

宁秋秋瞪了那辆扬长而去的车片刻，把文件捡起来进屋。展清越已经和老爷子叙完旧了，展老爷子看到她，笑眯眯地说：“秋秋过来坐，这些日子辛苦你了，又要工作又要照顾清越。”

“不辛苦。”宁秋秋把手上的文件袋给展清越，说：“展清远让我给你的。”

展清越见到那个袋子，脸色沉了沉：“他人呢？”

宁秋秋了解展清越多了，从他的表情可以判断他此刻的心情，此事明显是大事不妙，心想展清远这个浑蛋果然想坑她，于是果断选择出卖他：“把东西丢下就跑了。”

“怎么了？”展老爷子不知道这兄弟二人发生了什么，问道。

“没事。”展清越招呼晶晶把文件送到书房的书桌上，若无其事地说，“安逸久了，想学夸父逐日。”

宁秋秋表示没听懂。

这话怎么听着怪怪的？

不过……她从来没见过这样的展清越。展清越就算坑人时，也是一脸人畜无害的样子，就算面对展家那些乱七八糟的亲戚时，也没见他沉着脸或者生气。

这回展清远是真的把他惹毛了。

宁秋秋本来想八卦一下展清远到底怎么了，看到展清越这个样子也不敢八卦了，城门失火，殃及池鱼，她可不想变成炮灰。

宁秋秋本来打算元旦那天回家去看宁父、宁母，结果他们二人自己按捺不住先过来了。

由于在危难时刻，展清越出手拉了宁父一把，让宁和顺利度过了危机，宁父现在简直把展清越当成救命之神，觉得自己祖上烧高香了，才得了个这么好的女婿。

客套一番后，宁父突然表情凝重地跟展清越说：“清越啊，你在管理方面比我这个赶鸭子上架的有策略多了，我准备等你身体好了就退居二线，把宁和交给你来管。”

“咳咳咳。”展清越还没说话，宁秋秋被她爹这话呛到了，“爸，您别闹。”

“什么叫闹？我这是经过深思熟虑的。”宁父瞪她，“清越这么优秀，我放心把宁和交给他。还有，你们两个什么时候把证给领了？”

这怎么就扯上领证了？插了一句话就惨遭催婚的宁秋秋表示很冤。

“对，趁着年轻要个孩子，年轻点儿好生孩子，生出来的也聪明，你看我二十八岁了才生你，你就笨笨的，幸好清越不嫌弃你。”温玲跟着说。

这怎么还带人身攻击的？

清越含笑：“不嫌弃，很可爱。”

你滚好吗？！

这句话让温玲大受鼓舞，更来劲儿了：“是吧，刚好我也没事做，可以帮忙照看孩子。现在的月嫂、保姆都不能信，虐待孩子的新闻那么多，孩子又不会说、不会告状，想想我都揪心。”

“对，对。”宁父附和说，“孩子还是要自己家的人帮忙照看，不要盲目相信那些月嫂、保姆公司。”

宁秋秋：“……”

她已经放弃挣扎了。

为什么她的父母总有些奇奇怪怪的话题和想法？

温玲又问展清越：“清越，你喜欢男孩儿还是女孩儿？”

“我？”展清越看了生无可恋的宁秋秋一眼，说，“只要是秋秋生的，我都喜欢。”

宁秋秋：“……”

老子生你个大头鬼啊。

宁秋秋没法儿继续快乐地跟他们聊下去了，想着宁父、宁母的嘴里应该也没有她什么把柄可以让展清越套了，干脆站起来说：“我去看看妙妙，它在小客厅被关了半天。”

说完，她起身往小客厅走去。她走得快，没听到温玲埋汰她说：“哎哟，这样就害羞了，我们家秋秋啊，就是脸皮比较薄，经不起逗。”

脸皮薄……展清越觉得这个词用来形容宁秋秋挺新奇的。不过他没有揭穿，轻笑道：“毕竟是女孩子。”

宁父又把话题绕回到让展清越来接管宁和的话题上，温玲对生意上的事情一窍不通，兼之许久没和宁秋秋说话了，便也去小客厅找宁秋秋。

妙妙的活动空间被限定在小客厅。它十分不满，但又不敢拆家发泄，会被罚吃苦瓜，就郁闷地趴在门口，双眼无辜地盯着门，伪装成弱小可怜又无助的样子，企图让主人良心发现。

这招它在G市的时候屡试不爽，它一这样，用人就会带它出去溜达。

结果宁秋秋进门时没提防妙妙在门后，差点儿把它拍到墙上，幸好妙妙反应快跳开了才避免了悲剧的发生。

看到是宁秋秋，妙妙立刻趴在原地，表现出我很惨、我很难受、我要出去溜达的蠢样儿。

“嗯？”果然宁秋秋被吸引了注意力，蹲下来摸了一下它耷拉的脑袋，“不会是水土不服吧？你这南方狗。”

可惜妙妙听不懂人话，观察宁秋秋的反应以为自己卖惨成功，有气无力地摇了两下尾巴，恨不得把“我要出去玩”五个大字写在脑门儿上了。

在宁秋秋眼里妙妙一直是精力充沛的，突然这么柔弱，一下子她都心软了，说：“我都忘了你在这里会不适应了，别怕，我让管家带你去宠物医院看看。”

妙妙听不懂人话，但对于“宠物医院”四个字有条件反射，顿时脑袋也不耷拉了，身体也不无力了，嗖的一下蹿出几米远，屁股贴着墙警惕地看着宁秋秋。

这狗子居然装病，翻了天了。

宁秋秋还在想着这狗子无端装病，是不是和它爹一样有什么阴谋时，温玲敲门进来，看到和宁秋秋对峙的妙妙，凶巴巴的样子怪可怕的，说："怎么养了条这么凶的狗？它在干吗？是不是想咬你？"

宁秋秋说："不是，犯蠢了，正找揍呢。"

妙妙怕女主人，但不认识温玲，这会儿它正以为女主人又要带它去宠物医院拿走它身上哪个宝贵的部位，又不敢凶女主人。

它看到一个陌生女人进来，女人看到它还怕了，顿时雄风大振，扯起它的大嗓门冲温玲呜呜地叫唤了几句示威。

结果温玲最怕阿猫、阿狗这些玩意儿，她下意识地后退了几步，撞上了后面摆东西的架子。

啪！

一声清脆的响声从脚边传来——有东西被她碰倒掉在地上了。

二人一狗都被这突兀的声音吓了一跳，宁秋秋赶紧循声望去，看到地上摔成两截的东西时，眼睛一黑。

这不是当初展清越刚出院时，请整个展家旁系过来吃饭，他有个婶子的孩子要这个摆饰玩，结果被展清越威胁说以一赔十的那玩意儿吗？

管家说这是展清越亲自去定做的，意义非凡，现在就这样无情地断成了两截。

如果她推给妙妙，妙妙会被做成狗肉火锅吗？

"哎哟，吓死我了。"温玲经历了二连吓，抚着胸口喘粗气，看宁秋秋一脸凝重地把摔成两截的东西捡起来，还在怦怦跳的心又揪了一下，"是不是摔坏什么贵重的东西了？"

"没什么，就一个摆件，回头我让管家换一个。"宁秋秋若无其事地说。

她不能推给妙妙，容易出狗命，更不可能让她妈来承担，这个锅只能宁秋秋含泪背了。

可是展清越一定又要借口坑她，她还是别去承认了，偷偷去重新定做一个摆上去，展清越能看得出来就有鬼了！

宁秋秋觉得这个主意还行。

温玲再次确定了妙妙这条傻狗只是看着凶、其实屄得要死后，终于放下心来，在离它最远的位置坐下来。

她招呼宁秋秋一起坐，拉着宁秋秋的手说："刚才爸妈的话不是开玩笑的，你赶紧吹吹枕边风，让清越跟你去把证领了，再生个孩子出来，才能把正宫的位置坐稳了。不然计划赶不上变化，清越那么优秀，以后身体一好就会有人来勾引他，你就没有任何优势了。"

宁秋秋："妈，真的，少看点儿宫斗剧、偶像剧。"

"你这孩子。"温玲要气死了，"什么偶像剧、宫斗剧，这些都是现实里血淋淋的例子，你以为男人的世界像你想的那样单纯，一时间觉得你新鲜就会爱你一辈子吗？"

她真没这样想。

"你看清远，对那个狐狸精爱得一副要死要活的样子，还不是跟别的女人有了关系。不过也是活该，抢来的男人，她能抢走一次，别人就能抢走第二次。"

“等等，等等。”宁秋秋仿佛听到了什么劲爆的消息，“展清远和别的女人发生关系了？谁啊？”

“就是那个，据说以前也追过清越的什么晴，我也是听我的小姐妹说的，那什么晴是她的堂侄女。啧啧啧，幸亏你没选展清远，真是个不靠谱的花心大萝卜。”

宁秋秋：“……”

她好像……弄清楚男女主角之间的问题了。

根据她多年看网文的经验总结，男女主角和贾晴之间的爱恨纠葛应该是这样的：

贾晴对展清越失望后，开始不要脸地缠着展清远。反正就是在书里，宁秋秋这个角色成为炮灰后，她接替了宁秋秋的位置，为男女主角的爱情制造障碍。

由于书里的剧情走不通了，眼看着男女主角双宿双飞、柔情蜜意，极度不服的贾晴心一狠，生出一个生米煮成熟饭的毒招。

这其中估计还伴随着小说里必须出现的下药后两个人衣衫不整时，女主角刚好出现等一系列剧情。

然后男女主角就产生了误会并且分手，展清远被贾晴这个不要脸又有手段还放得下身段的女配角搞得心烦意乱，一气之下，干脆把公司大权甩给展清越，想着自己两袖清风、干干净净，贾晴就会对他死心了。

同时，他的真心终于感动了女主角，女主角再次给了他一个机会，二人便重新在一起，小说完结。

她这么有想象力，不去写小说可惜了。

温玲继续说：“不是我不相信清越，他和清远毕竟是兄弟，血脉相连。而且你们早要孩子、晚要孩子还不是一样？”

被剧情雷得外酥里嫩的宁秋秋还没回过神来，敷衍地说：“我会考虑的。”

“这就对啦。”温玲喜笑颜开，“虽然清越说你生的他都喜欢，但这句话是哄你的，他肯定更喜欢儿子，你的肚子可要争气点儿。”

你还说没有中宫斗剧的毒！

宁秋秋吐出一口老血，难道她还能决定自己生男生女吗？

而且，您老不也只生了个女儿吗？

宁父、宁母要吃完晚饭才回去。宁父看起来心情不是那么好，宁秋秋猜测是展清越推掉了他要让位的请求，让本来就对于经商这一块不是很感兴趣、下定决心退居二线的宁父小算盘落空，心下失落导致。

不过宁和并不是那种很赚钱的公司，而且在破产的边缘走了一遭，想要缓过来并没有那么容易，展清越这种人怎么会被这么个公司羁绊住他勃勃的野心呢？

宁秋秋把那根骨玉用胶水粘了一下放回去，只要没人去拿起来看就不会被发现不对劲，又问了管家定制的公司，重新去定了一根。

第二天她收到了一个来自温玲的同城快递，是一本书，书名《生儿子的秘诀》。

宁秋秋：“……”

你真是我的亲妈。

展清越最近被展清远那个败家玩意儿气得不行，一气之下想法子把他的银行卡流动资金给冻结了，他投资的名目收入也全部被划了过来，让他好好去追梦。

展清远不是小孩子了，必须为自己的行为付出代价，这么大个人了还“恋爱脑”，动不动就撂挑子不干，不教育一下不会老实。

但作为代价，展清越必须接手卓森。

展清越醒来的事情几个月前公司上下就都知道了，大家的八卦之心熊熊燃烧，纷纷猜测这对兄弟会怎么分卓森这个对他们而言是“争权必争之地”的大蛋糕。

公司权限转移让大家都兴奋起来，感叹大哥就是大哥，小弟辛苦两年多，就这样无情地当了炮灰。

展清越没去管大家的想法，也没有像大家想的那样疯狂揽权，把展清远的“心腹”处理掉，只是代为日常签字，做一些决策。

其他的，卓森体制成熟，即便没有老大一时半会儿也倒不了，但平时也要花心思去处理。

太过忙碌，导致清早准备出门去公司的他，看到这几天休息、一直在睡懒觉的宁秋秋拖了个行李箱下来也要出门时，才发现他和宁小姐已经多日没怎么交流了。

展清越自我反省了一下，问她：“又要去外地？”

“录节目。”宁秋秋走到他跟前，顺手帮他把盖在脚上的毯子提了提，“你又要出门了呀？”

“嗯，去一趟公司。”展清越看着她垂到自己膝盖上的一缕发丝，忍不住伸手扯了扯，“小心点儿，到了给我打电话或发微信。”

宁秋秋从他手里解救回自己的头发，别在耳后，闻言哭丧着脸说：“估计没法儿小心了。”

展清越感觉到手上柔软温润的青丝被抽走，有点儿遗憾，闻言，微微皱眉：“什么节目？”

“《超级不平凡》，具体的我暂时也不知道，但我有点儿担心。”

这几天宁秋秋特地去看了一下国家台出品的一些综艺节目，发现对方有两个特点：一个是任务比较难，另一个是拍摄的东西都是别的电视台根本没法儿接触到的。

展清越的直觉告诉自己此刻应该哄哄她，他从外套口袋里拿出一盒口香糖：“给你。”

“嗯？”宁秋秋第一反应是捂住嘴，“我有口臭吗？”

昨天吃的炒青菜放了大蒜！

展清越面无表情地说：“嗯，熏到我了。”

晶晶在一边偷偷捂嘴笑。

宁秋秋瞬间脸就涨红了。她一个小仙女，怎么可以有口臭这么接地气的东西？关键是展清越这浑球儿当着管家和晶晶的面就说了，让宁秋秋瞬间觉得很丢脸。

她一把夺过他手中的口香糖，跺了跺脚，气呼呼地跑了。

“喂……”展清越没想到宁小姐这脸说翻就翻，有点儿纳闷儿，原来这不是道情趣题，而是道送命题。

宁小姐平时不是挺禁逗的吗？脸皮厚得跟个砖块似的，难道是北方的风太烈，把她的脸皮吹薄了？

展清越望着宁秋秋的背影摇了摇头，觉得女人真是个难懂的生物，追一个女人要读懂一整本女人百科全书。

“一共5678块，先生，您是付现金还是刷卡？”酒店的前台小姐礼貌地朝眼前的男子问道，面色却忍不住微微泛红。

眼前的男子虽然看起来一身颓丧之气，可他外表耐打，颓靡反倒给他增加了一种由内而外的酷，加上举手投足间总有那么几分贵公子的气息，像是一位流落人间的王子，能让不少怀揣少女梦的女性心生遐想。

可惜这位“王子”现在已经成了实打实的穷人，展清远打开自己的微信支付码说：“刷微信吧。”

“好的，稍等。”

前台小姐利落地帮他刷好了，本来四位数的微信钱包，瞬间转为三位数，数字还是很刺眼的666。

这是他现在的全部家当。

他没想到他哥会这么绝，直接把他的生活来源给断了，要不是他的微信里不知道什么时候转了1万块钱进去，他这几天非得睡大街、喝西北风不可。

然而好像睡大街是迟早的事情，今天他就住不起酒店了。

不如他用666块吃顿好的，做个饱死鬼？

展清远被自己苦中作乐的想法给逗笑了，提着行李出了酒店，在停车场找到自己的车，把行李扔上去，坐上驾驶座。

他看着方向盘上那个高调的标志，这不还有车可以卖个几十万呢。

要真到卖车的境地，估计被他那群狐朋狗友知道，要嘲笑他大半年了。

不，被他哥冻结卡这件事情，已经够他们笑一年了。

他的原计划是，把担子一丢，跟季微凉双宿双飞，继续过曾经那种浪荡的生活，大哥负责赚钱养家，他负责败家。

以后等贾晴那个女人死心了，自己创业赚点儿奶粉钱，岂不美哉？

想象很美好，事实上他才迈出第一步，就先被他哥给打断了腿。更绝的是，他哥黑了他全部的联系方式，陌生电话一律接不了，绝情得让展清远想哭诉都没地儿。

关键，钱没了，女朋友还没追回来。

惨，实在惨。

惨兮兮的展二少自嘲一笑，发动车子绝尘而去，一路行驶到季微凉的小公寓底下。

今天季微凉坐了早班回A市的飞机，现在应该快到家了。

同一时间，卓森集团董事长办公室。

这是展清越醒来后第一次来公司，这个办公室在两年多以前是他每周停留时间最久的地方，不过现在装修风格已经全部变了。

展清远是个实打实的享乐主义者，办公室被他改造得华丽又舒适，最亮眼的是书柜旁摆了各种高档红酒的大酒柜，堪称办公室一大景，甚至能让人想象到展清远在工作之余，对着落地窗外尽收眼底的都市风光，浅酌一杯，实在算是享受。

“哇，这就是小说里每个总裁必有的几百平方米的办公室吗？”晶晶见识少，第一次看到这种堪称奢靡的办公室，眼睛都瞪大了，“好酷、好炫、好霸气。”

展清越把目光从那一柜子的酒上收回来，说：“你喜欢？”

“不不不，这种地方哪里是我这等凡人喜欢得起的，必定要展先生您这种天之骄子才配这种办公室。”晶晶拍马屁拍得飞起。

不过，这个马屁显然没有把展清越拍舒服，晶晶察言观色：不对，重来！

想到今早展清越和宁秋秋的过招，晶晶眼珠子一转，说：“当然，还要有宁小姐这种出尘绝艳的老板娘，才配与您并肩而坐。”

果然这个马屁拍到精髓上了，展清越的神色舒缓了几分，他说：“你不去参加奥运会马术比赛，在我这做护工，屈才了。”

晶晶听出他的意思是说自己太会拍马屁了，忙摆手说：“不屈才，不屈才，我超喜欢护工这个工作，想到您身体恢复后我们就要走了，就感到悲伤难过，特别是宁小姐这么好的老板娘，我再也碰不到了。”

展清越挑眉：“特别是宁小姐这么好的老板娘，再也碰不到了。”

晶晶：“……”

咚咚。

晶晶正要大呼冤枉时，办公室的门被敲了两下。展清越往门口看去，来人是个三十岁左右的男子，西装革履，正是展清远的助理宋乔。

“展总，您找我？”

展清越微一点头，示意因为生生被打断、差点儿把自己憋死的晶晶先出去。等她带上门后，他控制轮椅到办公桌后面的老板位，对宋乔一抬下巴：“坐。”

宋乔有点儿忐忑地坐了。

“来卓森多久了？”展清越问道。

“两年零三个月。”

“负责公务？”

这个问题……宋乔偷偷地抬头看了展清越一眼，却发现对面的人目光正落在他的身上，与他的目光撞了个正着，让他浑身一紧。

这个展大少明明看着比展清远更加温文无害、内敛成熟，却无形中给了他一股巨大的压迫感。

展二少不好对付在表面，这位却是在心底。

宋乔不知道这位展大少第一天来公司，扔下大批想见他的高管们不见、偏偏只召见自己的原因是什么。宋乔可以说是展清远手底下的第一人，难道展清越揽权的第一步杀鸡儆猴，要拿自己开刀？

想到这里，宋乔情不自禁地打了个寒战，不敢不说实话："也有私务。"

"那好。"展清越扔了一沓纸过来，"给我说说里面数额超过七位数、你所了解去向的那些。"

宋乔接过来看了一眼，竟是展清远私人的……银行流水，也不知道展清越是从哪里弄来的，不过想想这位连展清远的银行卡都有办法冻结，就不足为奇了。

狼潜伏了两年多，依旧是狼，不会变成哈士奇。

展清远出账额度大的金额，一部分是他自己做了投资，毕竟钱放在银行卡里不会自己生钱，所以会想办法做些投资，让钱生钱。这部分的事情不会交给宋乔，所以宋乔不知道这部分钱的去处。

但他知道另一部分的去处，也就是用来捧季微凉的那一部分，包括成立鑫鼎影视投资公司、营销工作室，策划组织各种营销活动，以及前两个月给季微凉投建了个人工作室，让她自己做老板，都是展清远授命，宋乔一手操办的。

由于流水上有具体花销的日期和具体金额，所以宋乔大概都能对应起来哪几笔是经了他的手的。

宋乔以前给展清远张罗时，只觉得自家老总手笔阔气，为了女朋友肯花钱，甚至小小地憎恨了一下自己怎么不是个女的，简直少努力了几代人哪！

但他现在看到花销的总数额时，还是忍不住吓了一跳。

这太……太离谱了。

"《飘摇》那部剧还没播。"在展清越看起来处变不惊的目光下，宋乔无端觉得脖子凉凉的，硬着头皮解释，"那部剧是大制作，收视率肯定高，到时候这些投资就基本能回来了。"

展清越看到那个数字后却陷入了沉思，他貌似……给他家秋秋花的连他弟给季微凉花的五分之一都不到。

他是不是太不称职了？

究其原因，还是宁秋秋太让人省心了。戏她自己接得到，广告、综艺也会自己找上门来，根本不用他操心，加之他身体才好又精力有限，并没有过多关注她事业上的问题，都是在她需要帮助的时候顺其自然地推她一把。

"现在他们两个分了？"展清越问道，在宋乔还没说话前，又补充说，"我知道你知道。"

这阵子展清远确实因为要刺探这边的情报而跟他保持联系，他也确实知道展二少这回栽了大跟头，还没把人追回来。

宋乔："暂时还没复合。"

"那成。"展清越手指轻敲桌面，"季微凉工作室的投资全部撤资，营销工作室不再服务于季微凉，后续怎么处理我再给话，影视投资……你叫他们老板来见我。"

宋乔："这样不好吧。"

其他还好，只是锦上添花的东西，现在季微凉自己也有一定的资源，明年开春拍的剧也定好了，后面等《飘摇》播出，她肯定大红，星途坦荡，倒不怎么需要自己投资剧和营销了。

但季微凉的工作室才成立两个多月，如果他们撤资，这家工作室就倒闭了。

“分手后要回贵重物品受法律保护，请问，”展清越看着他，“不好在哪里？”

宋乔感觉自己都要被展清越盯得脑血管炸了：“可这毕竟是二少的钱……”

“我连他的银行卡都能管，还不能管他的钱？”

宋乔：“……”

面对展清越的蛮不讲理，宋乔也不敢说“不”。

可他和季微凉挺熟的，想着以展清越的狠手段，他估计也没什么好下场了。

这么一想他胆子大了起来，说：“二少喜欢季小姐，正在努力挽回，您这样相当于棒打鸳鸯，二少肯定会记恨您的。虽然他为了季小姐丢下卓森这件事情不对，可他也在您昏迷期间勤勤恳恳，没有做任何有负于展家和您的事情，您却这样断他后路逼迫他，您的良心不会受到谴责吗？您根本没有挚爱的人，所以体会不到这种为喜欢的人疯狂、失去理智的感觉。”

这话的逻辑把展清越逗笑了。

说得展清远为卓森付出是为了他一样，谁没为展家勤勤恳恳地付出过？当初他接手卓森时，摊子比展清远接手时还要烂，不是照样自己默默地扛，反观展清远这次不顾他的劝阻，为了个女人丢下担子就跑，全然没考虑过身体还没康复的他能不能应付过来。

是谁在逼迫谁？谁的良心更应该受到谴责？

展清远不是小孩子，应该时刻把“责任”二字扛在肩上，而不是动不动就撂挑子不干，既然他选择了任性，就要为自己的任性买单。

还有那个季微凉。

从她私自找他谈话那时起，展清越就知道她不是盏省油的灯。

如果她真的喜欢展清远，不会因为他没钱，以及这个明显由展清越主导、和他没有任何关系的撤资而不跟他复合，反倒会觉得他为了自己，被家里人针对、逼迫成这样，更应该感动。

如果她不喜欢展清远，那什么都可以作为分手的借口。

想到这里，展清越一哂，说：“错了，我挚爱的人没有这么多的幺蛾子，不需要我失去理智为之疯狂。”

他家秋秋可省事了，偶尔小任性一下也是被他逗的。

展清越想到这里，眼神柔和下来，连说话都温和了几分：“去吧，今天给我全部办妥，否则——”

宋乔又觉得自己脖子一凉，却听到展清越接下去说：“否则我也不能把你怎么样。”

宋乔：“……”

展清远看到戴着口罩的季微凉和她的助理从出租车上下来，把外套一脱，瑟瑟寒冬，只穿了件羊毛衫加衬衣，下车后快跑几步，刚好赶上季微凉要进门。

“微凉……”展清远在冷风的效果下委屈得像个孩子。

季微凉看到他的样子怔了一下，随后面无表情地刷开门禁，说：“我们之间没什么好聊的。”

“最后一次。”展清远的眼神里透露出几分请求之意，他说，“微凉，就几分钟，给我个解释的机会可以吗？”

“展清远，不是解释的问题，我知道你是被陷害了，但这件事情也暴露了我们的根源问题。”季微凉垂着眼，说，“门第始终是我们之间的一道鸿沟，以前是我癞蛤蟆想吃天鹅肉。”

“我现在也是穷小子一个了！”展清远嘿嘿一笑，“你看我一身清贫，浑身上下只有六百元钱，你不养我，我就冻死在街头了。”

季微凉从宋乔那儿听说了他把卓森丢给他哥，被他哥冻结银行卡的事情，说：“那我更不会跟你在一起了，让你为了我放弃你曾经全部的努力和心血，我这辈子都会于心不安的。你本应该高高在上，娶个像宁秋秋、贾晴那样天生含金汤匙的大小姐，而不是我。”

展清远：“……”

“别来找我了。”季微凉再次刷开门禁，“再见。”

展清远抬了抬手，最终眼睁睁地看着季微凉走进去，没有挽留。

展清越在卓森待了一天，把该见的人都见了，该处理的事儿都办妥了才回去，回到家吃完饭再把宁和的问题处理一下，已经晚上十点了。

他想起今天早上宁秋秋走时悲壮的样子，拿出手机给她打视频电话。

万幸这次宁小姐没让他在微信买房，视频还是打得通的。

铃声响了好一会儿，视频才被接起来。映入眼帘的是一张跟《咒怨》里的小女鬼似的脸，下巴抵在桌子上，看着屏幕，满脸幽怨。

“啊啊啊。”小女鬼惨叫。

展清越把视频拉远了一点儿，问道：“你在拍鬼片？”

“没有，呜呜呜，我在备课。”

“备课？”展清越感到意外，“支教去了？”

“不是，说出来吓你一跳，我在带高三毕业班。”

那确实很吓人，展清越沉默了一下，说：“你确定不是在误人子弟？”

“这些根本不是真正的高三学生，而是从国戏那边请过来的演员，一个比一个能演，把我们演得团团转，谁误谁还不知道呢！”

宁秋秋说这话时气呼呼的，把脸都鼓成了包子，显然今天过得不是很愉快。

今天，看到《超级不平凡》的嘉宾名单时，宁秋秋就差点儿窒息了。

男嘉宾分别是国家台金牌主持人之一的沈寅、老牌演员萧何以及具有“少女杀手”之称的偶像剧演员安迟远。

女嘉宾则是退役奥运冠军裴月、女兵出身同时也是歌手的郑灵珊，还有就是最近女友力爆表的“大力女神”宁秋秋。

怀着悲壮的心情，她跟着节目组的车到达了第一个录制地点，出乎她的意料——居然是一所学校。

录制主题：那些花儿。

任务起因是，元旦前夕，不平凡高中的高三学生迎来年前最后一场模拟测试，本来成绩好的1班考得一塌糊涂，1班班主任非常焦急，被校长和年级主任找谈话、给压力，成绩稍差的2班这次则有所进步，受到了表扬。

两个班的班主任要针对班级现状做出策略，在校长、年级主任、各自班长的协助下解决学生存在的问题，帮助其努力进步，对于每个问题学生身上都会有对应的分数，解决了问题期末考试就会加上相应的分数，没解决就减去相应的分数，最后期末考试成绩总分高的班级胜出。

这个节目组一共邀请了六位嘉宾，刚好扮演这些角色。

宁秋秋被推选为了1班的班主任，她的任务就是根据一些线索和学生们的话，在班长的帮助下，找出班上学生考砸的原因，并且解决各种意外事件。

于是宁秋秋一天都在跟那群“高三学生”斗智斗勇，排除各种障眼法。她抓获校园微暴力一起、作弊一起，并且被家长投诉一次，被学生投诉两次，整天鸡飞狗跳，差点儿崩溃。

好不容易熬到学生们下课，她还要备课。班主任的备课、出勤率全部与期末考试成绩息息相关。

展清越听完她倒豆子似的倾诉，说：“节目组挺会玩儿的。”

“对，我一开始还以为要去类似油田、煤矿的岗位体验，知道是老师时还美滋滋了半天，事实证明他们不折磨我们的肉体，就要蹂躏我们的精神！”

这句话竟让展总浮想联翩了一下。

不过宁秋秋神经强韧，哀怨了一会儿就又活蹦乱跳了，说：“哎，我今天听说季微凉的工作室被撤资了，你知道吗？”

“知道。”面对媳妇一脸八卦的样子，展清越说，“我找人做的。”

宁秋秋：“……”

虽然我知道肯定与您老脱不了干系，但您要不要承认得这么干脆？

“那谁，展清远……他没意见哪？”

展清越挑眉：“你对他很关心？”

您老哪只耳朵听出来我很关心他了，宁秋秋在心里默默地吐槽。但她敢怒不敢言，还要委屈巴巴地解释：“我没有！我只是觉得你们兄弟因此反目挺不值的。”

你们为了季微凉断绝兄弟关系，完全没必要啊。

而且男女主角的CP真的可以拆吗？万一展清越因此变成炮灰了怎么办？！

想及此，宁秋秋急忙说：“要不你还是别参与他们的事情了吧，反正展清远也是大人了，有自己的思考能力，他不想做了你就接手卓森呗，娱乐公司我们大不了不开了，好不好？”

她连心心念念的娱乐公司都不要了。

“看来你还是很关心他，嗯？”展清越的话里泛着浓浓的醋意，他恨不得把“我吃醋了”

四个字写在脸上。

宁秋秋觉得自己的眼睛里如果可以写字，一定是满眼的“冤枉”。

她该怎么解释呀？

她现在就想把展清远吊起来打一顿，好好地按剧情做你的霸道总裁不行吗？非要把锅往他们身上甩！

“我只是觉得，与其自己辛辛苦苦地打拼重新开始，不如捡个现成的，以前卓森在他手里的时候我不好意思让你去明着抢，现在他自己送回来，不要的是傻子好吗？”

展清越：“……”

他怎么感觉自己被骂了？

展清越说：“虽然我很想答应你，但是……但是我怕你公公气得从坟里跑出来打我。”

宁秋秋：“……”

你公公，你公公……为什么这三个字听起来竟该死的顺耳？

不对，这跟她公公有什么关系呀？不要“甩锅”给不能说话的人好吗？不怕遭天谴吗？

她还想说什么时，学校的广播忽然响起，是他们“校长”沈寅的声音：“各位同学请注意，各位同学请注意，接下来我们将安排班主任、班长查房，请做好准备。”

查房居然广而告之，请问这是查哪门子房呢？他们上学的时候老师都是突袭的！

不过既然是剧情任务，作为班主任的宁秋秋不得不跟展清越说拜拜，然后穿衣服出去了。

“秋秋。”展清越叫她。

“啊？”宁秋秋边穿衣服边问，“怎么了？”

“妙妙好像想它妈了。”

养猫、狗的人都喜欢把猫、狗说成自己的儿子，宁秋秋也经常自诩是妙妙它妈，并且硬把它爸这个名头安在并不怎么愿意的展清越身上。

“狗爸爸”这个词越听越奇怪，展总从身至心地拒绝。

宁秋秋一听笑了：“它那个忘恩负义的东西都这么有良心了呀？”

“嗯。”展清越轻笑，“它爸也好像有点儿想。”

妙妙想它妈了，它爸也想，展清越拐弯抹角地说他想她呢。

他干吗……突然这么肉麻？宁秋秋感觉脸微微烫，承认自己被这句话撩到了。

他们才分开一天呢。

不对，不对，事出反常必有妖，宁秋秋警惕地把脑袋里的粉红色泡泡清除，说：“展总，想不到您深藏不露啊，居然惦记一只……母哈士奇？！”

展清越满头问号。

这世上竟有如此欠揍的奇女子？！

展总觉得怀柔政策这一套在宁秋秋这种人身上行不通了。

第七章　儿　子

虽然展清越被宁秋秋这清奇的脑回路气得嘴痒痒地想要挤对她几句，可宁秋秋参加的这次节目据说要连录五期，为了不会半个月的时间都在宁小姐的微信上买房，最终受害者还是自己，展总忍住了体内的洪荒之力。

他说："外面冷，记得贴几个暖宝宝。"

对啊，宁秋秋差点儿忘了还有暖宝宝，赶紧从行李箱里翻了几张出来，贴之前还不忘跟展清越挂了电话。

展清越："……"

他也不是很想看。

非礼勿视，那他等合礼了再看。

宁秋秋贴好暖宝宝出去，被外面的冷风吹得差点儿缩回来。

由于是临时任务，大家的衣着都不似白天那样整齐。

年纪稍长的老演员萧何最明显，他估计很怕冷，把能裹的都裹在身上了。

安迟远是从南方来的，也怕冷，这会儿顾不上他偶像男神的形象了，愣是把自己裹成了个球。

他们在聊天。

"大冷天的搞突袭，我都洗好脚上床了，我的妈，好冷。"萧何搓着手说。

"哎，你都不洗澡的吗？"安迟远找到了重点。

"这大冬天的，你每天洗澡吗？"

安迟远挠头，操着他特色的南方腔说："可是我们每天都洗呀。"

他又看向陆续来的其他几个人，想从他们身上找到共鸣。

众人："……"

兄弟，这是在录节目啊，能给我们一个面子吗？

宁秋秋："别看我们，我们仨小仙女每天要用仙露沐浴才能安眠。"

“还要加点儿玫瑰花瓣，旁边用干冰制造点儿白雾啥的。”运动员出身的裴月显然很有“梗”。

众男士：“……”

比起裹成球的男士，女士却穿得一个赛一个少。

最吓人的是郑灵珊，这位的装束可以用单薄形容，而且大家都冻得弓背缩手，只有她腰杆子挺直，一副“寒风任它寒，我自不摇撼”的样子。

众人忍不住朝她投去敬佩的目光：果然当兵的就是不一样。

“你们不冷吗？”安迟远看看她们又看看自己，觉得自己男子汉的尊严受到了挑战。

宁秋秋微笑：“不冷，我贴了暖宝宝。”

众人：“……”

大家其实都带了暖宝宝，可刚刚屋里太暖和了，加上大家急着出来集合，根本没考虑到把暖宝宝贴上这回事儿。

宁秋秋把手中提的袋子拿出来说：“我这边还有几个，你们谁要？”

“我要，我要。”

“也给我两个。”

“别跟我抢。”

几个暖宝宝瞬间被瓜分干净了，宁秋秋看到郑灵珊默默地看着他们抢，对军人肃然起敬。

郑灵珊仿佛察觉到了她在想什么，一脸严肃：“不用把我想得太神圣，我也贴了。”

宁秋秋：“……”

大家闲扯完毕，开始查房。这一查还真查出问题来了：不见了六个学生，其中一个还是女学生。

“男生不见了我理解，按照惯例，多半是跑出去玩游戏了，但女生……”萧何看着在场的三位女士，“有可能去哪里？”

裴月：“谈恋爱约会？”

安迟远：“那我们要把附近的旅店都查一圈吗？工作量有点儿大呀。”

裴月瞪他：“人家是高中生，你这个人思想怎么这么少儿不宜！”

安迟远：“……”

“这大冷天跑出去约会。”萧何冻得直跺脚，说，“情趣在哪里？”

“所以你一把年纪了还单身。”裴月一针见血。

萧何：“……”

“各位园丁请注意，各位园丁请注意。”广播再次响起，是没出现在现场的沈寅，“现在是北京时间二十二点五十分，请各位在二十三点二十分之前，务必把不在的学生找回来，才不会影响休息，耽误第二天上课。”

众人瞬间开始紧张起来。他们只有半小时的时间，必须把学生都找回来，不然耽误上课，肯定又要被扣期末的总分。

五个人商议了一下，兵分两路，一部分去查网吧，其他的查校内的小树林。

本来是两位男士去网吧的，可裴月也对网吧很感兴趣，非要一起去。于是宁秋秋和郑灵珊一组，留下来查学校。

两个人拿着手电筒在校园内巡视。校园内的灯可能比较旧了，灯光昏黄，加上学校本来就是临时用来拍摄的，没有什么人气，万籁俱寂，只有寒夜里的风呼呼作响，简直像是在拍鬼片。

宁秋秋心里有点儿毛毛的："我突然有点儿不确定了，这种地方真的适合约会吗？"

她绝对不敢和展清越一起来这种地方，否则那个浑蛋一定会把她吓出心脏病来。

郑灵珊："恋爱使人神志不清。"

宁秋秋："……"

您这吐槽还挺绝。

这个校园并不大，两个人花了十分钟的时间就把整个校园都逛了一遍。

很遗憾，什么都没有。

"节目组不会真的让他们跟我们玩躲猫猫的游戏吧？"宁秋秋忍不住抱怨道。

郑灵珊说："估计不在学校内。"

不在学校内，那范围可就大了。宁秋秋觉得这个半小时的任务不至于设这么难的关卡，不符合剧情。

她想了想说："可是，校园大门晚上是有门禁不准学生随意进出的，他们要出去，肯定得爬墙。这么冷的天，一个女孩子穿得跟个球一样，要爬出去难度比较大。"

郑灵珊果断说："那就再找一圈，就这么大点儿地方，我不信他们能躲到地皮底下去。"

不对，宁秋秋揉脑袋，总感觉有什么情节被她忽略了。

"资料。"宁秋秋想到了什么，"我们没看那个女生的资料。"

郑灵珊懂她的意思了，二人快速去办公室，那边有每一个学生的资料。二人在一堆资料里找了一小会儿，就找出来了。

失踪的女生叫许可喻，出乎她们意料的是，此人的资料上写着：爱学习，成绩名列前茅，平时性格较为孤僻，朋友缘淡薄。

两个人面面相觑，这个人看起来并不像是会谈恋爱的，也不像是会凭空失踪的。

"怎么感觉变成悬疑剧了？"宁秋秋心里凉飕飕的，"节目组不会搞失踪绑架案这么离谱的剧本吧？"

"不会。"郑灵珊对于国家台的底线还是有信心的，"我们想得简单点儿，比如宿舍矛盾，这边写她性格孤僻，被宿舍排挤的可能性很大。"

宁秋秋看了眼时间，又过去了四分钟，说："快，我们去宿舍问问。"

二人来到了许可喻所住的宿舍。由于大家都不是真正的高三学生、不用装刻苦，查房结束后她们今天的剧本就没后续了，大家轻松地玩起了手机，宁秋秋二人突然杀回来，把她们都吓了一跳，手机都来不及藏。

宁秋秋看她们被吓着的样子，忙笑着冲她们摆手："我们就回来问你们几个关于许可喻的问题，你们别担心，我们不收手机。”

女孩子们松了口气。郑灵珊问：“你们和许可喻最近有没有闹矛盾？”

“没有。”

“我们宿舍的关系很好。”

“亲如姐妹。”

“相亲相爱一家人。”

二人：“……”

不过她们戏多归戏多，但不会撒谎，所以她们说没有，就是没有了。

眼看时间就还剩十分钟，去网吧那边的人传来消息，表示已经找到人了，一共五个男生，并没有人去约会。

“这个人一定还在学校内，我们肯定有什么地方忽略了。”宁秋秋说，“走，我们边找边商量。”

郑灵珊没有动，径直朝一个正在吃零食、看电视剧的女生走去，宁秋秋以为她发现了什么，停住脚步看她。

“老师，吃零食不违法吧？”女生弱弱地说。郑灵珊身材颀长，面部严肃，很有威慑力。

“不违法。”郑灵珊一脸正经地说，“我只是想要提醒你，记得刷牙，小心蛀牙。”

“……”众女生愣怔一秒，随后哈哈大笑起来。

宁秋秋赶紧把被笑得皱眉的郑灵珊拉回来，生怕她说出什么“吵吵闹闹成何体统”的话来。

没想到郑灵珊年纪轻轻，性格却像个老干部。

她们只剩九分钟的时间了，再找不到，估计白天跟这些学生斗智斗勇的分全部要被扣光了。

二人走到门口，门口站了个矮个子的学生。宁秋秋看她一副欲言又止的样子，下意识地觉得她是个有线索的 NPC（非玩家角色），便停下脚问：“同学，你知道什么吗？”

“我们学校宿舍十点半熄灯，许可喻喜欢学习，有时候会出去找有灯的地方多看一会儿书。”

郑灵珊和宁秋秋对视了一秒，刚刚都光顾着找暗的地方了，没找亮的地方。

二人快步下楼，去找学校有亮光的地方。这回时间紧急，她们用六分钟的时间就找完了整个学校。

可她们依旧没看到人。

时间还剩三分钟，该死的广播还适时地响了起来：“离任务结束还有三分钟，请大家抓紧时间完成任务。”

“一定有地方被我们下意识地忽略掉了。”宁秋秋感觉脑子都要被挖空了，“灵珊，如果你是许可喻，你会选择去哪里复习？”

“我会选择买个手电筒在宿舍的被窝里看。”

宁秋秋：“不会吧，真躲被窝了？”

如果这样可真是太过分了，害她们在寒风中瞎找半天。

“没有。”郑灵珊肯定地说，“我观察过了。”

那许可喻会在哪里呢？

宁秋秋绞尽脑汁，把高中学霸们喜欢看书的地方都想了一遍，忽然真被她想到了个地方。

“走，我们有一个地方没有去。”

宁秋秋拉着郑灵珊快步跑，不过到地方时已经变成郑灵珊拉着她了。宁秋秋身上带着的大力符对于百米冲刺这种事情毫无帮助，到地方时她已经喘得说不出话来了。

宁秋秋只能推了只是气息有点儿紊乱的郑灵珊一把，让她去看。

她们到的地方是……公厕。

公厕很偏，她们觉得许可喻一个女孩子的胆子不可能这么大，就下意识地把这里忽略了。

郑灵珊才走两步，就有人等不及地从里面边叫着“啊啊啊”边冲出来了，把大家都吓了一跳。

宁秋秋和郑灵珊瞬间警惕起来：我去！不会真是绑架案吧？

郑灵珊下意识地做出防范的姿态，把宁秋秋护在了身后，冲出来的那个人叫道：“亲人哪，你们可找来了，我快要疯了。”

同时，广播里传来声音：“时间结束，六位学生全部找到，挑战成功。”

“……”

郑灵珊不动声色地收回防范姿态，面无表情地问许可喻：“躲在公厕舒服吗？”

“一点儿都不！我在这里挨冻又挨臭半小时了，呜呜呜。”

二人：“……”

第二日。

“抱歉季小姐。”宋乔一手组建的季微凉工作室，现在要他一手毁掉，他无奈又愧疚，“撤资这件事情，我在展先生面前尽力争取了，可他不是二少，我……很抱歉。”

季微凉一怔：“是展清越做的？”

她以为是展清远那么绝情，刚被她拒绝回头就撤资了，现在听说是展清越，心里稍微好受了点儿。

“是的，营销工作室的管理权限也被他拿走了，你这边也要自己做好准备。”

季微凉：“……”

他们工作室就只有那一个营销团队，由于两方都是注册成立的工作室，所以并没有合并在一起，但她这边除了经纪公关方面靠她的经纪人，其他全靠对方。

展清越这次是斩草也除根了。

不，展清越跟她无冤无仇，不会来对付她，这其中多半是宁秋秋的“功劳”。

宁秋秋憋这口气憋了大半年，可让她抓到机会扬眉吐气了，不使劲折腾，怎么对得起当初她拼死也要嫁个植物人？

可是她凭什么？

这个工作室是展清远给季微凉投建的，公司分成三七开，这和季微凉现在能签去的娱乐公司所给到的待遇差不多。

除了比较自由不用受人管制，季微凉并未觉得自己占了展清远的便宜，他投资了她的同时，也从她的身上赚取了利润。

虽然展清远并不在乎这些钱，但只有这样，他们双方才是平等的。

即便现在二人分手了，工作室的财务也会把分红一分不少地打到展清远的账户里。

所以，他们是合法正当的雇佣关系，如果展清远因为分手撤资，她服，也在情理之中，可如果是宁秋秋恶意报复，季微凉真咽不下这口气。

她和宁秋秋之间无冤无仇，对方却处处针对她，她到底哪里碍了这位大小姐的眼？

“宋乔。”季微凉目光紧紧地看着他，“能不能帮我跟展先生说一下，我想见他一面。”

“这个……”宋乔有点儿为难，“我现在也不是随随便便就能见到展先生，不过我尽力试一下吧。”

“谢谢，拜托了。”季微凉勉强笑了笑，“回头请你吃饭。”

“那个……展二少他……”宋乔临走前还是觉得自己应该帮上司说句话，“他和贾晴之间真没什么，季小姐如果因为这个就把二少踹开，太不值当了。”

季微凉摆手，表示自己有分寸。

展清越过了两天才又去了一趟卓森。

宋乔把任务的完成情况汇报给展清越，对方从开始到他说完都一个表情，宋乔没法儿判断展清越是满意还是不满意。

展清越甚至连个回应都没有，仿佛他说了半天，都在对着空气说一样。

他只好硬着头皮往下说：“季微凉小姐想要见您一面。”

“哦？”展清越终于有反应了，抬头看了宋乔一眼，“忘了说个事儿，新立了个规矩，以后有什么季小姐、贾小姐要求见面，不需要问我，直接拒绝。”

宋乔：“可是……”

“可是，”展清越靠在椅背上，微笑着说，“宋助理，我挺欣赏你的，你看起来很有前途，回头报个助理培训班，让你深造一下。”

这个猝不及防的夸赞让宋乔愣了一秒，他不懂展清越的那些套路，第一反应单纯地觉得展清越是真的在夸奖自己。

可被展清越看重的喜悦还没涌上来，理智的冷水就浇了他一头。

展清越并没有表现出对他的一点儿欣赏，估计要不是忌惮展清远回来，第一个就把他开了。

展清越是在警告他：你是助理，就不要管助理以外的事情，不懂这个道理就去助理培训班学习一下。

宋乔闭了嘴，不敢多说话了。

《超级不平凡》这次五期连录，持续半个月。

录节目之余，宁秋秋听说《魔阙》更新了资料片，应各位玩家所求，上架了人物皮肤。

宁秋秋本来对这个游戏都没什么念想了，听说有皮肤，想到自己的战士那丑陋彪悍的外表，瞬间来了兴趣，等录完一期的空闲时间，用笔记本电脑登录了游戏。

由于她的账号出名，一上线就有很多人跑来围观她。宁秋秋跟他们打了招呼，就去了皮肤商城。女战士的皮肤虽然不及狐女，但也变得好看又有女人味了，宁秋秋一高兴就全买了。

她买完还不忘发图向展清越炫耀一下。

展清越那边没有回应。

宁秋秋买完皮肤又截完图，再和来围观她的人聊了一会儿天，没想到大家最感兴趣的就是池鱼大神去哪里了，问她可不可以多透露点儿池鱼的信息。

宁秋秋看到这么多人想念她家池鱼，正想说池鱼大神估计没空上线时，系统提示：你的好友池鱼上线了。

宁秋秋："……"

她差点儿被打脸，这个人上线也不告诉她。

展清越给她发了组队邀请，飞到她的角色身边。

宁秋秋许久没见到池鱼这个号了，看到头顶"池鱼"二字的人落到她的身边，有种恍如隔世的感觉。

嗯，他还是那么帅。宁秋秋美滋滋地想。

附近频道顿时炸了，大家的激动之情无以言表，时隔快一个月，池鱼大神终于再一次上线了，如果游戏里有礼炮，他们估计已经放礼炮庆祝了。

然而数秒后，附近频道冒出一行字。

池鱼："不是本人。"

众人的少女心纷纷碎了一地。

展清越发完这句话就没再说话了，而是在队伍里跟宁秋秋聊天。

池鱼："这个皮肤不错。"

故渊："必须的，是不是被我的盛世美颜倾倒了，迫不及待地上来看？"

池鱼："嗯，迫不及待。"

宁秋秋还来不及美滋滋，看到故渊头上又冒出来一串气泡。

池鱼："上来看媳妇的整容现场。"

宁秋秋："……"

池鱼："整得不错，以前叫媳妇我都会习惯性地怀疑我的性取向。"

他这是说她以前不像个女人呢！

游戏角色设定就是如此，是她的错吗？是吗？是吗？

宁秋秋泪流满面，点了向展清越发起 PK，心想你要敢打赢我，我就三天不跟你讲话！

展清越接了 PK，然而他就跟读得懂她的内心似的站在原地，然后宁秋秋一顿猛砍，他挂了。

女人多变的心并没有因此满足，反而更气了。

故渊："为什么不动手？是不是看不起我？"

池鱼："你不怕和你的陪练传桃色新闻，我不介意动手。"

宁秋秋："……"

展清越刚刚否认了池鱼的号是他本人上的，如果这会儿又跟她 PK，把她砍死了，那就暴露了，事情的真相就成了：宁秋秋的角色一上线，同样大半个月没上的陪练也上线了，还骗别人不是本人，只跟宁秋秋 PK，说他们之间没点儿什么别人都不信好吗？

宁秋秋想到她的粉丝毫不留情地掐池鱼，说他不要脸、搞暧昧、蹭热度的话……算了，放他一马。

宁秋秋正要喊展清越也去买几个皮肤，变得帅气一点儿时，两个人的屏幕中央冒出来一个世界喊话。

天下第一锤："池鱼不要装死，来 PK，老子要把你秒成渣渣！"

这个天下第一锤居然还没死心，上次没被展清越虐够吗？又来找打。

天下第一锤一连刷了好几条，这个属于花钱的喊话，屏蔽不掉，还有人附和，说天下第一锤这阵子拜师苦练技术想要找回场子，让池鱼给个面子。

这也太较真儿了吧，不就输了场 PK 吗？不过想想这种人能在游戏里花那么多钱，现实里肯定也是不缺钱的，高高在上惯了，突然有一天被人当成白菜切，当然会觉得面子上过不去。

池鱼："走吧，下线。"

故渊："好。"

宁秋秋看展清越对这种挑衅无动于衷，知道他都快三十岁的人了，没有那么多热血，要不是陪她玩，根本不会来玩这种年轻人消遣的游戏。

想到这里她还开心了一下，可她的字刚刷出来，那个天下第一锤又刷了一条新喊话。

天下第一锤："你不敢跟我打，你就是我跟宁秋秋生的儿子！"

宁秋秋："……"

你说你为什么要找死呢？活着不好吗？

可展清越大概下线得快，没看到，天下第一锤的这条喊话刚冒出来一秒，他的头像就黑了。

宁秋秋虽然心里生气，可知道不能跟一个网络上的人计较这些，人家没素质你也不能把刀架在他的脖子上让他讲素质。

想到这里，宁秋秋顿时觉得这个游戏变得索然无味，也要下线时，收到展清越的微信消息。

黑心洋葱："游戏先别下，等我五分钟。"

宁秋秋："嗯？干吗呀？"

黑心洋葱："假装换人上号。"

你考虑得还挺周到，宁秋秋哭笑不得，原来他看到了。

果然，五分钟后，池鱼的头像重新亮了起来。

本来看池鱼账号下线了，也就消停了的天下第一锤，看到他上线，又开始刷喊话挑衅他。

池鱼应战，天下第一锤的装备这次又升级了，而且技术也明显精进了很多。

展清越许久没玩，一开始还被他逮着锤了两下，幸好有肉身无敌，不然那一套操作下来就要"无中生父母"了。

看到展清越早早地被打出了肉身，宁秋秋从心底为展清越捏了一把汗，恨不得变身成奶妈给展清越奶两口。

不过展清越前期处于劣势，也不慌不忙，适应了一会儿后，最后顶着一层血皮，把天下第一锤打死了。

宁秋秋松了一大口气，太刺激了。

周围有一大群来围观池鱼爸爸的粉丝，场面比得上粉丝见面会，见他赢了更是热情高涨，宁秋秋的小笔记本电脑被卡得一愣一愣的，差点儿挂掉。

故渊："展爸爸好厉害啊！"

池鱼："……"

故渊："走，下线。"

池鱼："好。"

然而两个人并没有成功逃脱，游戏还在退出的时候，他们看到屏幕中央又刷出来一条喊话。

天下第一锤："'池鱼'爸，'故渊'妈。"

宁秋秋："……"

我们没有你这么大的儿子！

宁秋秋吐了一口老血，下了游戏后，忍不住拿起手机，给展清越发了条消息："你看到天下第一锤最后的那个喊话没？"

黑心洋葱："养不起这么蠢的儿子。"

宁秋秋："对，这人也忒没智商了，我严重怀疑他脑子有坑。"

黑心洋葱："嗯，这个儿子智商低于我们的最低值，不能认。"

这话怎么怪怪的？

池鱼这次和天下第一锤的 PK，理所当然地掀起了不小的风浪，特别是他的那些老婆粉、技术粉，等他上线已经等得快脱粉了，池鱼这么一诈尸，还把装备比他精良太多、技术也精进了不少的天下第一锤给虐了。

于是大家又兴奋了，而且越是神秘少见，就越容易激发大家对这个人的好奇心和关注度。他的“迷妹”们更是热情高涨，疯狂地在游戏的贴吧、论坛里说这件事情。

宁秋秋让瞿华找人盯着，千万别让游戏公司拿这件事情做营销、买热搜，不然她的一些粉丝又要在那边阴阳怪气地掐展清越。

她不想展清越被过多地关注，展清越自己也不希望。

瞿华表示没问题，会盯着的。第二天又告诉宁秋秋，游戏公司想请池鱼帮他们拍个宣传广告，给的代言费绝对会让他满意。

“拒绝了。”宁秋秋说，“我们家池鱼不缺钱。”

瞿华已经知道了池鱼就是宁秋秋的那位神秘男友，说：“我已经拒绝了。我就说了一句话，他们就没后话了。”

宁秋秋来了兴趣：“什么话这么狠？”

瞿华：“我告诉他们池鱼在A市四环以内有六套房产，能让他满意的代言费只有给他买第七套。”

宁秋秋：“……”

还是你狠。

“对了。”瞿华又在电话里跟她说，“春节快到了，不少地方台向我抛了橄榄枝，想请你去参加他们的跨年晚会，你有想法吗？”

“跨年晚会？”那不就是地方台的春晚吗？宁秋秋想了想问道：“都有哪些台？”

瞿华说了几个，都不是综艺方面的大台柱。春晚经过国家台分掉大部分流量，再由柠檬台几个大的地方台分一波，别的台几乎相当于关门自娱自乐了。

不是宁秋秋膨胀，是这些台真的不好，还不如在家里陪着家人开心地过个年。

宁秋秋没说自己的想法，而是问道：“瞿哥，你怎么看？”

“‘谜女团’被邀请去了柠檬台的春晚。”瞿华说。

“那你还跟我说什么？！”她的前女团去了最牛的地方台，要是她去个小台，那微博热搜可就热闹了。

她输给谁也不能输给前女团，不然就显得她混得不好。

“哎呀，我只是想告诉你，你没被世界忘记嘛，还是有人邀请你去春晚的，这样一想是不是开心多了？”

“那还真是谢谢您了！”瞿华不说，她都不会想到这件事儿。

周扬之前被展清越重新召回来做助理，之后就一直待在宁和，帮助他们展夫人的娘家公司度过难关。

宁和在展清越和周扬的里应外合下有了很大的起色，慢慢度过了难关。最近由于新招到了能扛事儿的CEO，加上展清越那边需要周扬，他就从宁和撤了出来，帮展清越操心卓森了。

不得不说周助理是块好砖，哪里需要往哪里搬。

这天他被展清越叫到家里，和卓森的高管们开了个视频小会议。

等会议开完，展清越这边的事情处理完毕，他从书房出来准备离开。展家的地板都铺有地毯，他的皮鞋走在地板上没什么声音，所以某些鬼鬼祟祟的人也没发现他。

晶晶今天接到了宁秋秋的一个重大任务：让她去小客厅“狸猫换太子”。

之前温玲来的时候，被妙妙吓得不小心把展清越亲自定做的一根骨玉摔碎了。宁秋秋没让展清越知道，自己定做了一根补上去。

现在她定做的那根做好了，但宁秋秋自己在外面，就让晶晶帮忙签收，找个展清越不在的时间偷偷放进去。

晶晶为此特地把东西拿到自己的房间，算准展清越在书房工作，管家带着妙妙出去遛弯，其他人也各忙各的不在房子里时，把东西偷偷地拿出来放到小客厅。可她被倒霉之神附体，没被展清越发现，倒被他的助理逮了个正着。

周扬跟晶晶不熟，只知道她是展清越的护工，这会儿见对方遮遮掩掩的，知道肯定有鬼，便悄无声息地跟了上去。

晶晶很谨慎地关了门。周扬站在门口，想着是要破门而入，还是等里面的人出来自投罗网时，晶晶已经帮他做了选择，门咔嗒一声开了。

晶晶万万没想到外面会有人。她本来就做贼心虚，打开门看到站在外面的大活人时都吓死了，手中的东西也因惊吓被扔了出去，这边没有铺地毯，那个东西接触到地面，啪啦一声碎成了几块。

那是被换出来的坏掉的骨玉。

晶晶看到是他，松了口气，只要不是展清越一切都好说，她怕惊动展清越，压低声音说：“你干吗不声不响地站在门口啊？吓死我了。”

妈呀，晶晶郁闷地看着碎了又碎的骨玉，这个不用她赔吧？

把她卖了也赔不起呀！

不行，一定要把这个周扬拉上做垫背。

可惜“垫背”明显不想跟她同流合污，周扬面无表情地说：“抓小偷需要出声？”

正弯腰捡碎片的晶晶：“什么？”

被这句话一刺激，晶晶的手指不小心在碎掉的玉上划了一下，殷红的血一下子流了出来。

她没心思顾着疼，随便用手指按住了，站起身来跟周扬理论：“你说清楚，我怎么就是小偷了？我是个超正经的护工！”

“人证，”周扬指了指自己，又指了指地上的碎玉，“物证，全都在，你如果不是小偷，鬼鬼祟祟地做什么？请给个解释，正经的护工小姐。”

晶晶：“……”

她怎么解释？实话告诉他，他会告诉展清越吗？

肯定会的，看这个人西装革履、人模狗样的，其实一看就是个“走狗”，哼！晶晶恶意地揣测他，谁让他说她是小偷。

“没法儿解释？”周扬哼笑一声，“利用职务之便和主人的信任，盗窃主人的东西，护工小姐，你年纪轻轻，胆子倒挺大。”

“我真没有！”晶晶没想到这位平时见到别人都礼貌客气地点头的精英帅哥，竟这样草菅人命、乱定罪，“我只是……只是……哎呀，我实话跟你说了吧。”

“不用跟我说。”周扬不给她辩解的机会，“你看展总他们信不信你吧。”

晶晶被这位精英帅哥的冷漠态度给气着了，正要说话时，书房的门再度被打开——却是展清越办完事情出来了。

晶晶：“……”

天哪，要不要这样对她，她好想死呀，她为什么这么倒霉？！

宁小姐嘱咐了一百遍千万不要让展清越知道，这下……宁小姐会打死她的吧。

“怎么？”展清越看到小客厅门口拉扯的二人，问。

周扬：“她偷东西。”

展清越相信晶晶肯定不是那种人，但周扬也不会撒谎，他控制轮椅过来。

这么一小会儿的时间，墙头草晶晶已经悟出了死道友不死贫道的真理，眼睛一闭说：“展先生，我可以解释！”

展清越看了一眼地上碎成几块的玉，抬了抬眼皮子：“你说。”

晶晶在心里默念了三遍“宁小姐对不起”，然后就把事情的真相告诉展清越了。

晶晶说完，还不忘拍马屁帮女主人说话：“宁小姐她肯定是怕您知道了心情不好，关心您、喜欢您、满心都是您，才自己做了个一模一样的悄悄放回去，呜呜呜，这真爱好感人。”

展清越听完这一通瞎话，点头：“嗯，挺感人的。”

她都知道背着他去定一个偷偷放回去了。

“对对对，我都要感动哭了。”晶晶说完，还用手背抹了一下不存在的眼泪。

周扬：“……”

他觉得这位护工小姐的戏有点儿多，而且展清越居然能容忍她，看来他们展总还真是偏爱灵魂比较有趣的人。

“今天的事儿你们谁也别说。”展清越看了他们一眼，“把地收拾一下。”

“那您……不生宁小姐的气啦？”晶晶试探性地问。

展清越说：“看心情。”

晶晶：“……”

等展清越走了，晶晶心情郁闷地蹲下去捡碎片，她的手还没触及碎片，就被一只修长的手抢了先。

同时，周扬那总让人感觉冷漠又疏离的声音传来：“我来吧。刚才抱歉，我冤枉你了。”

“哼！”晶晶想到这个人刚刚喊她是小偷就来气，要不是他，她就不会被展清越发现。现在她都不知道怎么跟宁小姐交代了，说不定要被一阵削。

于是她不客气地说：“记得把小碎片也收拾干净，不要留碴儿。”

“好。”周扬居然没有丝毫意见，又说，“手记得包扎一下，别感染了。”

晶晶不理他，噔噔噔地跑了。

周扬："……"

宁秋秋并不知道自己的"狸猫换太子"计划被人知道了，晶晶给她的回答是"已经放进去了"，所以她只当是成功了，没多想。

她还奔波在节目录制中。

第一期的轻松体验让各位嘉宾都暗自松了口气。结果第二期，节目组大显神通地让他们去体验了一回排雷工兵的工作，不是模拟演练，是跟着排雷兵们一起真的排雷。

这比什么荒岛生存、荒野逃生可怕多了，等节目录完，大家都有提着脑袋在鬼门关走了一遭的感觉。

第三期是白衣天使，第四期是森林消防兵，第五期是现场版的"古墓丽影"……

短短半个月的时间，他们把以前没想过、没体验过的全部体验了一遍。

特别是今天拍的这期"古墓丽影"。宁秋秋本身是不怕鬼的，可那种场景、那种氛围，还有身边几个胆小的嘉宾时不时自己吓自己地尖叫两句，弄得她也跟着害怕起来。国家台的目的明明是为了让大家更了解考古这个职业的，却愣是被他们搞出了恐怖片的效果。

等最后终于结束时，宁秋秋感动得都要哭了。

回到A市，她没让公司的车来接，让小池自己回去，自己则由展家的车来接。

到了家之后，平时家里人知道她回来，听到汽车驶进院子的引擎声，就会有人出来接她。

然而，今天一片清冷，别说人，连她的狗儿子妙妙都没影。

她这么快就失宠了吗？

宁秋秋瞬间"脑补"了大段正妻失宠、小三上位的虐恋场景，把自己雷成了"香酥鸡腿"，忙摇了摇头把那些雷剧场景甩出脑袋，让司机帮她把行李箱提进来，自己则下车，穿过院子走到大门口。

展家的大门是智能识别的，主人到了门口被扫描到，门锁会自动打开，不过今天门锁虽开了，门却从里面被反锁了。

宁秋秋满脑子都是疑问。

什么情况？

她按了门铃，有点儿警惕地想东想西，同时却又很笃定地相信展清越不是那种人。

不一会儿，门从里面被打开，宁秋秋抬眼看到给她开门的人时，愣在原地。

给她开门的是展清越，而且对方没有借助任何工具，笔挺地站立在门口，优雅自若地朝她微笑："欢迎回家，展夫人。"

说这句话时，展清越眼角微微上挑，仿佛在问她：惊不惊喜？意不意外？

一切发生得太突然了！

宁秋秋愣怔片刻，身体已经快过大脑，几步冲上去伸手抱住展清越。

展清越虽然能走路了，但双脚毕竟废弃多时，承受一个人的重量已经到了极限，宁秋秋一抱，展清越就像纸糊的一样，被撞得连退几步。

幸好背后是鞋柜，接住了他们，才让他们免于和大地亲密接触。

场面一时间有点儿尴尬。

宁秋秋飙升的肾上腺素已经被这个意外逼得降下来了，她不好意思地放开自己抱住人家腰的手，说："抱歉，抱歉，我太激动了，你没磕着吧？"

"没有。"展总第一次被媳妇投怀送抱，却因为自己身娇体弱没接住，实在有点儿伤尊严。

不过他内心强大，说："想抱就多抱会儿，我又不会介意。"

她没有！

她就是第一次看到这样玉树临风地站着的展清越，内心太激动，当时脑子一热什么都没想，就想抱抱他，谁知道他这么弱不禁风。

她正懊恼的时候，展清越却身形一动，伸手把她揽在怀里，说："算了，满足你。"

"……"

这是二人第一次真正意义上的拥抱，展清越嘴上说着满足她，其实是满足了自己。

他终于第一次有能力把人抱在怀里，宁秋秋的身上还裹挟着外面的冷空气，隔着厚厚的衣服都能感觉到对方胸腔里的跳跃。

真好。

宁秋秋还不适应这么肉麻的场景，虽然心跳得有点儿快，但总觉得挺羞耻的，于是从他的怀里挣脱出来说："别肉麻了！你什么时候能走的？"

展清越恨不得在宁秋秋的脑袋上瞪出一个洞来，看看里面装了些什么。他斜靠着鞋柜说："昨天。"

其实展清越的腿本身已经没有大问题了，特别是能拄着拐杖走路后，医生建议等脚适应了人体的体重，可以慢慢地放开拐杖自己走。

可展清越还是有点儿克服不了这种恐惧，只觉得放开了拐杖就浑身上下都不对劲起来，这种恐惧来自内心对自己双脚的不信任，心理医生也表示无能为力，只能自己克服。

真正让他能放开的还是一次意外。

前两天，家里客厅的一个小灯的灯盖松了，掉下来的时候，刚好展老爷子就在那盏灯底下。

展清越当时眼睁睁地看着灯盖忽然掉下来，一时间什么也没想，从轮椅上起来跑过去拉了展老爷子一把，才让他没被灯盖砸到。

众人惊吓之余，惊喜地发现展清越居然就这么站起来了！

"这么可怕？！那有让人检修一下其他的灯吗？"宁秋秋问道，没注意到自己的重点完全偏了。

展家为了把天花板做得好看高端，装了各种大大小小的灯，会出现没被排查到的意外不足为奇，宁秋秋紧张地抬头看了看，发现她的头顶正好对着个大灯，忍不住挪开两步。

对于宁小姐越跑越偏的重点，展清越有点儿无奈，说："已经全部排除隐患了。"

"那就好。"宁秋秋松了口气。

“你以后都能走路了吗？”宁秋秋终于想起了重点，兴冲冲地说，“你走几步给我看看！”

展清越真的走了几步给她看，他的关节还不似常人那么灵活，还需要一段时间的复健，走起来有点儿像不会弯膝盖的机器人。

可这已经是个革命性的进步了，宁秋秋一脸自豪之色，终于，这个男人站起来了。

二人一道走回客厅，其他刚刚“不见踪影”的人愉快地从各个角落里冒出来，妙妙更是飞快地冲上来。它一段时间没见到宁秋秋，这会儿高兴得嗷嗷叫，看来展清越上次没骗她，妙妙确实在想她。

宁秋秋弯腰摸了两下妙妙的狗头，妙妙开心得嗷嗷叫，它不捣蛋的时候还是非常惹人喜爱的，宁秋秋摸了两把不过瘾，又蹲下去抱了一下它。

妙妙这条傻狗三天不打上房揭瓦，展清越一阵子没空闲给它上课，在男主人的面前胆子越来越大，宁秋秋刚蹲下，它为了表示自己的热情，伸出舌头往没防备的宁秋秋的脸上舔，湿漉漉的口水蹭了她一脸。

宁秋秋：“……”

展清越：“……”

宁秋秋被妙妙蹭了一脸口水，双手扯着它的耳朵晃了两下，说：“我一脸粉，你就不怕被毒死吗，嗯？傻狗！”

妙妙得了女主人的青睐，可欢心了，它的狗头被宁秋秋按住不能动了，激动之情就体现在它的狗尾巴上。它把尾巴摇得啪啪啪地撞击地面，嘴里呜呜呜地叫着，跟宁秋秋撒娇。

展清越扯了一张纸给宁秋秋擦脸上的口水，宁秋秋接过来说：“我去洗脸换衣服。”

“去吧。”展清越说。

妙妙见宁秋秋走，乖乖地跟上去，一边跟着一边还蹭人家的脚表示亲密，直到听到展清越叫它：“妙妙，过来。”

妙妙顿时停住了脚，在女主人和男主人之间犹豫片刻，最后还是向恶势力低头，乖乖地回到自己“爸爸”的脚边。

展清越在沙发上坐下来。他现在还站不久，金贵的腿太久没用，以至承受久了人体的重量，从关节到脚踝以及整个脚面都会疼。

妙妙不敢像蹭宁秋秋那样蹭他，只敢在他的面前蹲坐下来，乖巧地望着他，恨不得把“我很乖”三个字写在脸上。

展清越没有理它，而是对管家说：“去拿一包它爱吃的进口牛肉条过来。”

妙妙对于一些词很敏感，比如“宠物医院”，让它开心的“出门”，还有让它唾液分泌旺盛的“进口牛肉条”……

管家答应着，去拿了一包过来。看到管家手里的牛肉条，嘴馋的妙妙已经把眼睛黏在上面了，特别是展清越接过来，撕开包装那该死又美妙的声音，让它整只狗的神经都兴奋起来，小尾巴比刚刚对宁秋秋时摇得还要欢快，恨不得开口叫爸爸。

宁秋秋去房间卸了妆，洗了把脸，重新抹上护肤品，又换了件家常穿的衣服，下楼看到展清越在打电话，妙妙委屈地坐在他的脚边。

妙妙的嘴巴上被放了好几根它爱吃的牛肉条，由于馋，地上都积了一小摊口水，它却不能吃，还要保持姿势不能动，不然牛肉条会掉。

能把二哈训成这样，展清越真乃奇人，不去当驯狗师可惜了。

不过展清越这个人好像真的有点儿神。

他打游戏能打得令人五体投地，甚至那个嚣张的天下第一锤都叫他爸爸。

经商方面，他能把宁家那种打得稀巴烂的局给盘活。展清远离家出走做甩手掌柜，他也稳稳当当地接了，没让外界趁此机会来吸一口血，甚至连股市都没见动荡，据说是把消息暂时性封闭了，除了卓森公司的人，外界都不知道公司易主了。

还有就是挤对人方面，宁秋秋觉得这位的说话技术真是练得炉火纯青，气人是相当气人，可他骂人都不带脏字，说人家智障都是文明用词：先天不足。

这种人，难怪作者让他睡了一本书，不然还有男主角什么事儿？

她刚下完楼梯，展清越就掐准似的挂了电话。宁秋秋看妙妙那个可怜的样子，说："你干吗又欺负妙妙？"

"我在锻炼它的意志力。"

"一条狗要什么意志力？"宁秋秋服了，做您家的狗也是不容易，尤其人家还是条不服管的二哈。

展清越气定神闲地从面前的茶几上拿了个橘子剥了，说："当然需要，今天这一课叫拒绝美好的诱惑。"

这……"有毒"吧？

"它偷吃了？"好像妙妙虽然贪吃、贪玩，但从来没去偷吃过，反正她没听谁说过。

"嗯。"展清越严肃地点头，"它偷吃了我的水蜜桃。"

扯淡呢，现在有水蜜桃？宁秋秋看出来了，展总就是心情不爽了拿狗子出气。她走过去，妙妙看到宁秋秋，顿时整条狗都委屈了，从喉咙里小幅度地发出呜呜的声音。

宁秋秋拍了拍它的狗头，说："吃吧，妙妙。"

因为她这个拍的动作，妙妙鼻子上的牛肉条掉了两根，妙妙得到了女主人的命令，很想吃，但依旧不敢。

它明显知道这个屋里谁最大。

"哟，你这狗子。"宁秋秋的心被它的小委屈样儿戳到了，她推了一把展清越，说："不要逗它了！"

爱狗人士强烈表示心疼。

老婆发话，展清越才大发慈悲地对妙妙说："吃吧。"

妙妙得到命令，开心地低下头，把几根牛肉条都吃了，吃完还摇着尾巴看着茶几——茶几上的袋子里还有，又"狗腿"地看着展清越，表示它想吃。

宁秋秋："……"

你说你咋为了点儿吃的，这么没底线呢？

展清越没理它，慢条斯理地剥好了橘子，递给宁秋秋，问她："年前没工作了？"

“还有几个通告，不过很轻松，相当于没有了。”宁秋秋吃了一瓣展清越给的橘子，“嗯，这橘子好甜。”

妙妙见女主人在吃橘子，艰难地把目光从牛肉干上移开，摇着尾巴想要她手中的橘子。

橘子看起来也很好吃。

宁秋秋喂了它一瓣。

展清越：“……”

人不如狗。

不过，展清越看宁秋秋过了这么短短半个月的时间就瘦了一圈，最明显的就是因为瘦，本来就亮亮的大眼睛看起来更大了一点儿，小小的脸令展清越怀疑都没有他的一只手大。

“把工作推了。”展清越果断地说。

请问你今天是霸道总裁附身吗？她说：“没事啦，基本都在A市。落后就要挨打呀，展总，我不保持曝光度会被群众忘记的。”

展清越似笑非笑地看着她。

宁秋秋觉得毛骨悚然：“干吗？”

“宁小姐，你这样说会让我误会你是在寻求我捧你，让你既不用付出，又能保持热度。”

宁秋秋满脑子问号，说：“是你想太多，我总这样说。”

“不用掩饰。”展清越继续说，“今天我心情挺好的，准了。”

自家弟弟疯狂砸钱捧女友这件事情给展总造成了不小的冲击，展总意识到女人独立不等于无需求，还是需要主动地捧一下的。

展总今天刚好有了借口，当然不能放过。

宁秋秋：“……”

您这理解能力不是一点点的奇葩。

可是展清越坚持，加上宁秋秋确实也要研读《我的校霸女友》的剧本，准备年后开机，就让瞿华推了几个，还有两个实在推不掉，而且都在A市，展清越也就没说什么了。

宁秋秋推不掉的项目之一是Vivi品牌春夏系列的臻赏酒会，酒会邀请了八位当红的男星和女星去捧场。

据说春夏系列服饰臻赏也在物色代言人，Vivi属于一线级别的大品牌，许多女星为了它家的代言抢破头。

不过这和宁秋秋没有任何关系，因为她已经知道代言人是谁了。

没错，就是季微凉。

其实按照“咖位”来讲，季微凉是不够资格的，她的名气还不如宁秋秋。

但人家是开外挂的啊，不是科班毕业也没有从事过任何演艺行业，都能够有一身感人的演技，何况一个小小的代言。

必须是知名度不够，魅力来凑，即便是影后来争，也争不赢她。

宁秋秋不关心季微凉的事业，但对于她被撤资后的境况很关心，究其原因是怕展清越被剧情反噬，所以也借此机会去探探底，看看她现在究竟是什么状况。

此次臻赏酒会必须穿 Vivi 家的品牌服饰，与会嘉宾要提前去他们指定的地方化妆、做造型、换衣服。Vivi 方给宁秋秋的是一身比较中性风的穿搭，造型方面也很英气。

“哇。”等她做完造型出来，瞿华眼睛一亮，“啾啾，你这身穿搭帅死了，Vivi 的造型师真有眼光，中性美的啾啾真令我怦然心动呢！”

宁秋秋：“有这么夸张吗？”

“有有有。”小池附和说，“真的太好看了，我都要被你掰弯了。”

宁秋秋情不自禁地又瞅了眼镜子里的自己。由于 Vivi 一直走的是明星私服高定路线，所以难免要照顾一些走中性风的女星，她现在穿的这身就是，白色字母 T 恤衫、休闲裤加小西装外套，典型中性美的造型。

她还是第一次尝试这种打扮，刚才还担心会驾驭不了，毕竟她的长相属于甜美系的，更适合穿小裙子。现在听他们吹完“彩虹屁”，她也觉得镜子里的人英姿飒爽，别具一番潮流美。

然而，她到了现场就想哭了。

“秋秋姐，你怎么啦？”小池站在她的旁边都听到她磨牙的声音了。

宁秋秋握拳：“我现在就想去把主办方打一顿。”

“秋秋姐，你别冲动。”小池吓一跳，赶紧抓住她，生怕她真的付诸实践，“怎么啦？他们哪里惹你了？”

瞿华现在正在和主办方的人客套周旋，小池想哭，怕宁秋秋真去打人。

宁秋秋只是说说而已，因为现场的女星造型都和小仙女一样，穿得一个比一个仙，就她一个“泥石流”！

她见小池一脸惊恐之色，不禁反思了一下，她平时有这么……横？

也没吧，估计是原主的任性给小池留下了太多心理阴影。

等候区的几位男星、女星都互相不认识，宁秋秋跟他们点头打过招呼之后，见大家都没有攀谈的意思，也就不用多客气了，省得被说套近乎。

瞿华很快回来了，告诉她排在第七个，到时候上去展示三分钟，摆好 pose 让媒体记者和到场的粉丝拍照就行。

离活动开始还有二十分钟，大家都百无聊赖地在休息室等候。宁秋秋有点儿渴了，让小池去商场里给她买奶茶。

陆续有嘉宾到场，当一位男嘉宾进休息区时，宁秋秋瞬间被他吸引了，情不自禁地看了人家好几眼。

瞿华注意到她的目光，小声说：“这人叫陆仁嘉，艺星旗下的。小啾啾，你别看人家帅就盯着人家看，很丢身份的。”

“我哪有？我看的是他的衣服。”

她不就多看了几眼吗？而且她看的不是脸，而是他身上穿的衣服。

对方穿了一件英伦式格子西装外套，搭配浅色的丝质衬衫，下面是一条浅咖色的休闲裤，看起来时尚内敛又不失帅气，一点儿都不张扬，跟他们家展爸爸的气质就很搭！

宁秋秋实名心动了。

确认过眼神，是初恋的感觉。

瞿华懂了，给她抛了个暧昧的眼神，说："是不是想给你的男朋友带一件？"

宁秋秋有点儿犹豫地说："他的衣服都是专门定制的，我给他买了，他估计也不会穿。"

这是大实话，展清越的衣服有专门的品牌供应方，对方的品牌设计师会根据他的尺码和喜好，给他选合他心意又不乏时尚元素的衣服，而且件件都是高定，根本不需要别人操心。

而且，最重要的是，Vivi 的男装贼贵，这个陆仁嘉身上的这套行头，只怕六位数垫底。

宁秋秋痛心，穷啊！

"这你就错啦！"瞿华说，"男人，只要他足够爱你，别说你给他买的衣服，就算你给他裁一块破布，他也会高高兴兴地穿上的。"

可问题就是……他不爱啊！

而且，展清越那人偶像包袱一吨重，即便身体不方便，也每天都穿得很体面。穿破布？以他的性格，恐怕还会反骗她穿。

"我去帮你问问有没有现货。"瞿华起身，"说不定还能以成本价拿下。"

宁秋秋没想到他的行动力这么强，正想拉住他，他已经风姿摇曳地跑了。

真快。

这里只剩宁秋秋一个人，她无聊地拿出手机玩时，听到外面传来一阵骚动的声音。

由于这个休息区是临时隔出来的，所以她探头去看，就能看到外面的动静。

她看到的却是姗姗来迟的季微凉。

对方穿一身时尚的裸色长裙，仙气飘飘。本来这个活动就是在公共场合，人很多，连宁秋秋这种名不见经传的小明星，瞿华都请了六个保镖来给她开路保护，不会让那些粉丝、媒体挤到她，也防止有心人闹事，伤害到宁秋秋。

可季微凉只带了一个助理，一个保镖都没带，蹲守在外面等活动开始的媒体和粉丝见状，纷纷围了上去。

不过女主角光环就是不一样，别的女星不带保镖，就会被挤成肉饼甚至出现事故；她不带保镖，却可以优雅自若地走红毯现场，被众人簇拥着走进来，还能一脸微笑地跟旁边的粉丝、媒体打招呼聊天，气氛非常好。

估计她又能成功抢到头条博取关注了，也为她这次抢到代言加注了一码。

这待遇，宁秋秋都忍不住嫉妒了。

看来即便展清越这边撤资，对方也一时半会儿倒不了台，说不定还会有哪个投资方救她于危难之中。

"季小姐，"等季微凉走近了，宁秋秋听到一个嗓门挺大的记者问道，"我听小道消息说，你的工作室被撤资了，陷入资金紧缺的危机中，请问这跟你这次一个人来参加活动有关系吗？"

这个消息令熙熙攘攘的人群安静下来。

季微凉工作室被撤资的事情并没有对外说，所以外面的人并不知道，只有一些小道消息在传。现在这个记者公然提出来，季微凉并没有因此感到难堪，反而一脸微笑，承认说："对。"

众人哗然。

"不过，"季微凉话锋一转，"这是 Vivi 的活动专场，我不适合在这里提私事博取大家的关注，所以请大家谅解一下，多关注 Vivi 这次的展览，麻烦了，谢谢。"

说完，她双手合十朝大家鞠了一躬，转身走进休息区。

啧啧啧，看这话说的，她能成为代言人并不是没有道理的。

季微凉刚进来，外面又有一阵动静。这次来的是 Vivi 的官方代表。

一共两个，老一点儿的那个看那体态就是个重量级的人物，跟他一起来的是个小年轻，穿得挺潮的，一身衣服上乱七八糟的都是破洞，七零八碎的小饰品挂了一身，戴了副酷酷的墨镜，看起来像个在"中二"期的叛逆少年。

大家都起身打招呼。负责人给他们介绍说："这是我们 Vivi 的副总齐总，这是我们老板的少爷唐少。"

唐少拿掉他的墨镜，睥睨天下似的扫视了周围一圈，最后目光停在宁秋秋的身上，眼睛一亮，说："宁秋秋！"

宁秋秋想了半天，不觉得自己跟这个唐少认识。

唐少走过来，见她一脸疑惑，啧了一声说："是我呀，天下第一锤。"

宁秋秋："……"

那个智商低于常人水平的天下第一锤，居然是国际级大品牌 Vivi 老板的公子，宁秋秋被这个消息噎得有点儿消化不良。

唐少很满意她的反应，说："你怎么穿得跟个男人婆一样？"

你才是男人婆，你全家都是男人婆！

还不是你们家的负责人坑我，宁秋秋想到这个就愤怒，连带语气都不好了："你干吗？"

"我知道你今天要来参加我们家的品牌活动，特地来看你呀，高兴不？"

宁秋秋一点儿也不高兴，甚至生无可恋。

宁秋秋看大家的目光都集中在他们这边，他们俨然已经成了焦点，暧昧的、探究的，甚至很不友好的目光都有。

这个"二货"偏偏选这种场合，别等下当场喊她妈。

那就精彩了，人家肯定要觉得她被他爸包养了。

Vivi 的副总跟其他几个人打了一下招呼，也走过来说："你们认识？"

"我们在游戏里认识的。"唐少说，"她玩游戏贼菜，被我'吊打'了几次。"

你什么时候"吊打"过我？

唐少给了她一个警告的目光，大概意思是她敢戳穿他，没她好果子吃。

宁秋秋给他面子，默认，心想：下次专门上线打你。

"哦，不打不相识呀。"齐总笑着上下打量了宁秋秋一下，"宁小姐是吧，幸会，幸会。"

宁秋秋被他看得很不舒服，微皱眉："齐总你好。"

唐少并没有注意到他们之间的气氛不对劲，让齐总先去忙，自己则缠着宁秋秋：“你帮我跟池鱼做个介绍呗，我想认识他。”

宁秋秋看时间还有八分钟，有点儿煎熬，说：“你认识他干吗？”

“拜师呀，他玩游戏那么厉害，我要跟他学习。”

宁秋秋想说这是天生的，你大概学不来，可是这样说金主有点儿不好，便委婉地说：“他不怎么玩游戏，也不收徒弟。”

“我知道，不然我来找你干吗？”唐少凑过来说，“关于我们家这个春夏季的代言人，我就定下你了，你欠我一个人情，所以必须帮我去跟他说。”

宁秋秋服了这位二世祖了：“我不要代言，你别乱来。”

“嘿嘿嘿，没用了，来之前我已经把这个事情定下来了，让负责人联系了你的公司，你猜猜你公司那边会怎么样？”唐少贱兮兮地说，“这个人情你欠定了。”

“你有病吧？”宁秋秋目瞪口呆，现在的品牌代言都是这样强买强卖的吗？

你们家怎么说也是国际品牌，定代言人这么草率的吗？

“没病，没病，健康着呢。你的微信号呢？加一下。”

“不加。”宁秋秋拒绝。

“不要这么小气嘛。”唐少说，“我的目标是池鱼又不是你，你还怕我骚扰你不成？放心，想勾搭我的女明星比你见过的还要多，我对你不感兴趣，我只崇拜强者。”

宁秋秋：“……”

由于这个唐少跟糯米糖一样，大家又一直在看他们，宁秋秋磨不过他，便把自己的微信小号给了他，那个微信她平时不怎么用的，即使对方知道了她也不怕。

唐少拿到了他想要的，吹着口哨走了。

看他一脸得意的样子，宁秋秋恨不得上去踹他一脚，狗东西！

宁秋秋因为被强买强卖有点儿郁闷，连主办方听说她喜欢那套衣服，大方地送了她一套，也不能抚慰她内心的痛。

活动结束，她回到家，时间已经不早了。她刚用脸刷开展家的大门进去，就听到展老爷子中气十足的声音：“你让他回来，不回来以后我病了、死了都别回来了，为了个女人离家出走，成何体统！”

展老爷子不知道在跟谁打电话，但聊的主角肯定是展清远没跑了。

展清远“离家出走”这件事情，本来只告诉了展清越，宁秋秋如果不是帮他拿个文件，也不会知道他做了这么任性的事情。展老爷子这边谁都默契地没说，没想到还是被展老爷子知道了。

展老爷子看到她回来，冲她摆了摆手，语气稍微缓和了一点儿：“反正你让他回来，我保证他哥不打他……也不骂他……”

宁秋秋无心听他讲电话，拒绝了过来帮她提包的用人，自己提着东西上楼去了，刚好撞到了下楼的晶晶。

晶晶由于没给宁秋秋办好事情，这会儿见到她有点儿心虚。

不过晶晶越心虚就越“狗腿”，见宁秋秋手上提着两个包，说：“宁小姐，你回来啦，我来帮你提吧，这么重的东西，您怎么可以亲手提呢？对您漂亮的手指伤害多大。”

“你现在这个样子好像做错事的妙妙。”宁秋秋狐疑地看着她，“你是不是又出卖我了？”

“没有，没有！”晶晶举双手保证，“我又不是间谍。”

“对，你不是间谍，你是没驾驶证的舵手。”

她见风使舵，还老翻船。

晶晶：“……”

宁秋秋不跟她瞎扯，问：“展先生呢？”

“他回房间就把我打发了，他现在脚好了，不太需要我啦。”

这话说得有点儿莫名的伤感，不过楼梯口不是个聊天的地方，宁秋秋决定明天再关心这位护工小姐的未来，便让她先下楼去了。

把东西放回房间，宁秋秋提着那套衣服敲展清越的房门，盘算着怎么跟展清越说天下第一锤的事儿。

她等了好一会儿，门才被打开。看到门内的人时，宁秋秋顿时淡定无能了。她赶上了展清越在洗澡！

展清越的头发还湿漉漉地滴着水，他身上随意地披了一件睡袍，睡袍应该穿得匆忙，并没有太整齐，V 领处露出了一片白皙的皮肤，还有他头上的水顺着修长的脖颈流下来，顺着领口，没入令人遐想的地方。

展清越长得好看，这会儿脸被蒸腾的水汽刺激得带了些微红，更为他增添了几分美色，简直是……美男出浴现场。

她甚至情不自禁地想，自己突然造访，展清越洗澡被打断，他本来就腿脚不方便，这么一会儿的时间，是不是都来不及穿戴整齐，就出来给她开门呢？

她在想什么？宁秋秋脸色爆红。

“你……你在洗澡啊？”宁秋秋低下头，不敢看人家。

展清越看宁秋秋的耳尖红得滴血，人更是一副正惨遭人非礼的小媳妇样儿，完全没了她平时臭不要脸地调侃他时的威风，故意压低声音轻笑：“嗯，洗到一半。”

啊，这个声线，配上这个场景，完全就是小说里霸道总裁和送上门的小娇妻的现场！

宁秋秋忍住捂胸口的冲动，只想快速逃离这个令人想犯罪的现场，晃了晃手中的袋子说：“我给你买了件衣服，送过来给你。”

“嗯，放在那边，等我一下。”展清越让她进来，自己又走回浴室。

宁秋秋：“……”

等他一下？

可惜展清越已经重新关上浴室门了，宁秋秋只好等着，把袋子放一边，在他房间的小沙发上坐下来。

自从二人回来之后，宁秋秋就比较少来展清越的房间了，展清越更是尊重她，除了她上次生病那次，基本都不会造访她的私人空间。

如今，夜深人静，她坐在人家的房间里，听着浴室里传来洗澡的水声，总感觉……怪怪的。

呸呸呸，宁秋秋再次把这些奇奇怪怪的想法甩出脑袋，拿出手机，想了想上了小号的微信，果然看到一个叫“子不我即”的人加她的微信。

宁秋秋通过了他的微信申请。

宁秋秋：“帅哥你是谁？”

子不我即：“人家是你的锤锤啊，你这么快就忘了吗？”

一个自认为狂霸酷炫、“中二”病爆棚、貌似脑子还缺根筋的富二代，居然……取了个这么文艺的名字。

不过，岂不尔思，子不我即，估计和池鱼思故渊一样是情侣名吧。

咝，宁秋秋牙酸了，现在的小年轻真肉麻。

子不我即：“记得我的事情啊，你要是不好开口，把池鱼的微信号推给我也行，我自己去说。我就说是我自己查出来的，不出卖你，够意思吧？我们是兄弟，要两肋插刀。”

谁跟你是兄弟，你不是我的儿子吗？

宁秋秋内心鄙夷，不过嘛，唐少这个人虽然很坏，但好像又没那么讨厌，总而言之就是个闲得发慌又被宠坏的富二代吧，比那些下黑手的人强多了。

然而宁秋秋对他的好感没持续一秒，对方又发了消息过来。

子不我即：“你要是不给，我就买热搜说宁姓女星骗代言！”

“怎么了？”展清越洗完澡出来，看到宁秋秋气呼呼的，脸鼓得跟个包子一样，让人情不自禁地想捏一把，好笑地说，“让你等一会儿就不高兴了？”

展清越依旧穿着刚才的那件浴袍，不过明显穿戴整齐，没那么诱人了。

“哪有，是那个天下第一锤。”

说完，宁秋秋把天下第一锤的事情跟他讲了一下。

展清越听完说：“代言如果你不想要就让你的经纪人给你推掉，以后还有好的，不过拜师这件事情……”

展清越拿过吹风机，放到宁秋秋的手上：“反正过年了，我也挺闲的，姑且满足他一回吧。”

宁秋秋：“你干吗？”

展清越轻笑：“当然是教他玩游戏。”

“不是。”宁秋秋举了举手中的吹风机，“你把这个给我干吗？”

展清越挑眉：“我帮了你，给你一次报答我的机会。”

宁秋秋：“……”

这个逻辑好像没有错。

宁秋秋从曾经的喂水工，进化成了今天的吹头工，说不定以后还要成为暖床工。

不行，她不能就这样屈服。

宁秋秋打定主意不给他好好吹，让他感受一下自己的愤怒。

然而，一秒后，她被打脸了。

展清越的头上还有受创和术后留下的疤痕，而且不是一道，而是好几道，平时因为展清越的头发比较浓密，加上留得长了一点点，所以看不到。

这会儿她翻开湿漉漉的头发，这些狰狞的疤痕就耀武扬威地彰显存在感。

算了，看在他是病人的分儿上，她就好好地当一回吹头工吧。

宁秋秋小心翼翼地打开吹风机，给他吹头发，吹到伤口的地方时还不敢把吹风机靠得太近，怕把伤口吹裂了。

展清越享受地眯着眼，任她吹了好一会儿，结果头发还在滴滴答答地滴水，觉得任对方这样吹下去，恐怕还不如自然风干。

他示意宁秋秋关掉吹风机。

“怎么了？弄疼你了吗？”宁秋秋紧张地问。

这话让展总很受用，也明白了宁秋秋为什么吹得这么慢。

“没有。”他说，“不过，我的头部已经受创两年多了，伤口早好了，你不用那么小心，傻子秋。”

傻子秋难听死了。继大力秋秋后，展清越又给她起了个新外号，这个人看着道貌岸然、一本正经的，起外号起得这么溜，黑心洋葱！

宁秋秋怒了，握拳：“不行。”

“嗯？”

“我怕我的力气太大把你的伤口扯开，让你的脑子漏风。”

宁秋秋说完，看展清越还想说什么，赶紧打开吹风机，开到最大挡，吹风机的声音呼呼呼地填满了整个空间，不给他挤对她的机会。

你说什么，我听不见，听不见。

展清越：“……”

虽然展清越答应了做天下第一锤的师父，可 Vivi 的那个代言宁秋秋还是没要。

无关其他，她就是有点儿硌硬。

说是赌气也好，反正就是不想要，她现在又不缺代言。

Vivi 那边也没有强求，不过被这么一搅和，这个代言最终也没落到季微凉的手上，而是找了另外一个女星。

宁秋秋听说了这件事情，竟然还觉得……挺爽的。

至于拜师的事情，要等差不多过年的时候了，展清越现在暂时没空。宁秋秋跟天下第一锤说了，对方表示完全没问题，也愿意等，只要池鱼大神答应就行！

临近年底，各大公司都有年会，宁秋秋的经纪公司，以及卓森、宁和都有，卓森的年会刚好和她经纪公司的在同一天。

年会无非吃晚宴、看表演和抽大奖，大概是近来宁秋秋一直运气不佳，年会这天运气大爆棚，抽中了公司的特等大奖——88888 元的现金。

宁秋秋自己都被自己的手气惊呆了。然而，作为股东兼公司一线艺人，这个大奖她不能拿，不然会被质疑有黑幕。

她含泪把 88888 元的现金分成十个 8888 元的红包，拿出去重抽。

她不能只让一个人快乐！

等大奖抽完，晚宴也散了。宁秋秋喝了点儿酒，让展家的司机来接她回去，上了车给展清越发消息，问他那边好了没，不然可以顺路带他一起回去，省得司机跑两趟。

黑心洋葱：“我这边还要半个多小时，你先回去。”

展清越的公司比较大，流程比较多，宁秋秋就让司机往家里开了。

宁秋秋：“今天我抽中了我们的特等奖，可是不能拿，好气呀！”

宁秋秋倒不是舍不得那 88888 块钱，不至于穷到那么小家子气的地步。

只是，中奖是件多么快乐的事情啊，跟平时拼手气抢红包一样，抢到一块钱她都很快乐，觉得自己赚到了。

所以她就很郁闷。

黑心洋葱：“奖品是什么？”

宁秋秋：“88888 元的红包。”

黑心洋葱：“（图片）我们的。”

宁秋秋点开图片，惊讶得下巴差点儿掉地上了——人家的年会特等奖是一辆奔驰呀！

还是他豪气。

宁秋秋：“家属可以抽吗？我现在就过去，真的。”

黑心洋葱：“可以，你来。”

宁秋秋：“哼，别骗我，老板娘抽中也是黑幕！”

展清越没回消息，宁秋秋估计他去忙了。毕竟展清越是老板，而且这么久没出现，敬他酒的人肯定排成长队了。连宁秋秋这种不是老板的艺人，今天都被敬了一圈又一圈，幸好女孩子有特权，反正就是喝饮料，人家也不会说你，诚意到了就行。

宁秋秋靠在车后座上休息，昏昏欲睡的时候听到手机叮咚一声，提醒有短信进来。

宁秋秋眯着眼看了一下，却被短信内容惊得睡意全无。

“【交易提醒】您尾号为 5200 的储蓄卡账户于 1 月 18 日 21 时 03 分收入人民币……”

短信后面跟了一串的 8，宁秋秋数了一下，不多不少，比她公司的大奖多了 1 个 8。

同时，展清越发了一条微信消息。

黑心洋葱：“这个奖，只黑幕给老板娘一个人。”

宁秋秋：“……”

由于手机没电了，宁秋秋给它设了省电模式，十秒后屏幕就黑了。车刚好经过路灯底下，借着路灯照射进来的微弱光线，宁秋秋看到手机屏幕映出她掩饰不住笑意的脸。

有钱人，“撩妹”都这么为所欲为。

关键是她还很开心。

啊，她的心要被金钱腐蚀了！

宁秋秋回到家，洗了澡，展清越才回来。他喝多了，是晶晶和周扬把他扶回房间的。

“怎么喝了这么多？”宁秋秋看他醉眼迷蒙的样子，问周扬。

展清越的身体还没恢复，他现在甚至连走路都还不怎么利索，不能喝这么多酒，万一脚抽筋怎么办？

周扬有点儿无辜，今天他们的老板真没多喝，比他以前喝的量少多了。起码以前的时候，他们老板没有这么不胜酒力的。

而且展清越一直很有分寸，身份使然，他不想做的事情没人能强迫他，不想喝的酒也没人敢强逼他喝，喝多对他来说很少发生。

但周扬不惯于推卸责任，说：“抱歉宁小姐，是我失职了。”

晶晶说：“对，很失职，最好扣奖金！扣光他，宁小姐。”

周扬：“……”

宁秋秋心想我没权力扣他的奖金哪，而且事情已经发生了，现在来马后炮怪别人也没用，只能摆手说：“你们先去休息吧。”

“好的，好的。”晶晶立刻说，“对了，外面的小冰箱里有蜂蜜，展先生要是不舒服，可以泡一杯蜂蜜给他解酒。”

说完，晶晶又冲宁秋秋暧昧地眨眨眼：“那麻烦宁小姐照看了。”

宁秋秋：“……”

你说这个人怎么老是有这么多的奇怪思想呢？

晶晶给了周扬一个“还不快走”的眼神，二人一起出了展清越的房间，还体贴地带上了房门。

由于上次的“小偷事件”，晶晶怎么看周扬都十分碍眼，这会儿跟他一起走都觉得浑身不舒服，加快脚步想要甩掉他。

奈何周助理并不懂她的心思，几步追上去跟她并肩走着，并关心道：“你的手没事了吧？”

“有事又怎么样，你赔我如花似玉的手吗？”晶晶没好气地说。

周扬：“……”

周扬虽说是个助理，但也是总助，连副总都对他客客气气的，社会地位很高，平时人模人样地走出去，人家对待他也是礼让三分，很少有人用这种口气跟他说话。

不过大概是助理做久了，他虽人比较冷漠，脾气却是挺好的，说：“如果你需要的话，我可以赔的。”

晶晶被对方噎了一下，说：“你打算怎么赔？”

“如果伤口没好，我去外科医生那边预约病号治疗；如果留了疤，我可以约最好的整形医生给你修复。”

晶晶：“……”

“可以吗，正经的护工小姐？”

然而，晶晶跟着展清越久了，也学了一点点的嘴炮技能，面对周扬这丝毫不出错的逻辑，蛮不讲理地说：“我的手都好了才来关心这个问题，之前怎么没听你说？马后炮，明显就是不想赔，哼。”

说完，刚好到了楼下，晶晶一溜烟地跑回了自己的房间，不给周扬任何反驳的机会。

周扬：“……”

这个人太不讲道理了。

周扬摇了摇头，感叹女人的两面性太强，这位护工小姐在展清越的面前都是一副懂事又手脚麻利的样子，拍马屁还特厉害，等到了他的面前，就变了个人了。

宁秋秋去泡了一杯蜂蜜水喂给展清越。幸好喝醉的展清越挺安分的，不会耍酒疯，更不会难伺候，宁秋秋喂水，他就乖乖地喝水，比植物人那时候还要乖。

喂好水，宁秋秋给他脱外套，才注意到对方今天穿的是她送的那套衣服。

她的眼光不错，这身衣服真的很适合他，穿起来显得成熟又帅气，既不会和商务西服一样正式，又不会显得太过休闲而不得当，今天出席公司年会这样的场合刚好。

也不知道有没有人夸他帅，说不定他迷倒了一群小妹妹。

想到这里，宁秋秋忍不住笑了笑，帮他把外套脱下来放一边，正俯身要给他盖被子时，床上原来微皱着眉一动不动的人，忽然伸出手勾住她的脖子。

宁秋秋猝不及防，整个人跌在他的身上。

“你干……嗯……”宁秋秋还没把话说完，就被对方堵住了嘴，让她的大脑直接死机。

天哪，这是要上演现场版的酒后乱性吗？！

宁秋秋瞪大眼睛，一时间忘了反抗，嘴唇被对方啃噬，略微干涩的皮肤让四片唇瓣间的触感更加明显。

一种陌生的感觉顺着嘴唇，刺激她的大脑皮层，让她忍不住想要闭上眼沉溺。

直到对方不满足于浅尝辄止，湿滑的舌尖试探性地顶开她的唇瓣，宁秋秋被那温热的气息惊醒，在对方准备进一步攻城略地的时候，终于三魂七魄归了位。

宁秋秋一时间凭着本能反应，在他的嘴唇上咬了一下，对方吃痛，放开了她。

随即，宁秋秋从他的身上起来了。

刚刚发生了啥？！

展清越的手遮住眼睛，他面色薄红，微微喘息，嘴角还被她咬破了，渗出血来。

“你……你……你……你好好休息。”宁秋秋说完，把被子一拉，连那张祸害人的脸一起盖住了。

一直到回到自己的房间，宁秋秋的心还在怦怦地跳，四肢没出息地瘫软了，脸更是红得要烧起来，太刺激了！

明明这不是第一次了，上次她还主动亲人家，可两次的感觉完全不同。

上次她把对方当成吻戏的对象，想着对方是一个美男，不亲白不亲，就胆大地亲了。

这次她是被亲的一方，那种感觉，怎么说呢……很微妙。

她甚至有种……想继续的感觉。

展清越一直等到对方把门关上了才掀开被子。

宁秋秋不但体贴地给他盖了被子，还关了灯，一条龙服务到家。

黑暗中，展清越用指腹蹭了一下被咬破的地方，嘶了一声，是真的疼。

他无奈一笑：小野猫，跑得还挺快。

宁秋秋第二天心里还在挂记这旖旎的一吻，想着展清越会怎么解释，结果人家整个早上都像无事发生一般，根本没提起这事儿，反倒把宁秋秋憋得心痒痒的。

这个狗东西，完全忘了自己昨天干了啥！

上午，展清越要做复健，宁秋秋在家里看剧本。展家的地理位置好，阳光充足，宁秋秋坐在落地窗边的榻榻米上，沐浴着冬日的阳光看剧本背台词，不要太爽。

《我的校霸女友》的小说她刷了三遍，区别于现在市面上那些“霸道总裁爱上我”的男人负责强、女人负责美的套路，这是一本大女主的小说，女主角负责强也负责美，男主角则是负责躺，当然不是纯躺，时不时地还要“霸道总裁”一下。

这种反套路文看起来挺舒坦的。

改成剧本后，虽然有的内容做了一些比较大的改动，但总体来说还是非常精彩并且贴合原著的，反正宁秋秋无论是站在读者的角度，还是站在演员的角度，都觉得此剧应该会很精彩。

就是和宋楚那崽子搭戏，宁秋秋担心自己入不了戏。

毕竟每天崽崽、崽崽地叫，她很容易把自己变成“妈妈粉”，连带看人家的目光也忍不住变得慈祥起来。

职业病使然，宁秋秋看剧本很认真，揣摩角色此刻的心理和动作神态，有时候突发奇想地出现一些比较好的想法，就会用笔记下来。

她正看得起劲的时候，听到楼下传来引擎的声音。她的房间刚好对着大门，所以有什么动静都很容易看到，宁秋秋伸长脖子看了一眼，看到一辆白色的 SUV（运动型多用途汤车）驶进院子。

那车不是他们家的，看样子是有客人来了。

车子停稳后，车门打开，上面的人下来。看到人后宁秋秋感到挺意外的，是林汐恬和她的母亲，也就是展老爷子的女儿展悦兮。

宁秋秋觉得展老爷子取名取得挺有意思的，展清越的父亲叫展棠兮，姑姑叫展悦兮，读起来有点儿拗口，但又很文艺。

之前展清越醒来的时候，宁秋秋和他的这位姑姑接触过，区别于林汐恬的“傻白甜”，这位展小姐很有大家闺秀的气质，优雅端庄、和气大方，那种姿态令宁秋秋都十分惭愧。

她们二人肯定是来看展老爷子的，宁秋秋正要把目光收回来时，前座的车门打开，看到多日不见的展清远从车上下来。

哎哟，原来她们是送这位回来啊。

宁秋秋想起前两天展老爷子的那通电话，原来展清远这阵子是躲到他的小姑家里去了？

宁秋秋顿时来了兴趣，之前展清远为爱任性，把卓森丢给展清越就跑了，展清越嘴上不说，可明眼人都看得出来他生气了，甚至因此把展清远在季微凉那边的投资都给撤了，手段不是一般的强硬。

现在兄弟相见不会打起来吧？这真有可能。

宁秋秋想及此，一骨碌从榻榻米上爬起来。她得下去，万一真的干架，还能拉拉偏架。

展清越现在身体还没恢复，跟个纸糊美人一样，连她稍微用力撞一下都能把他撞坏，何况展清远这种跟他差不多高大的男人，十个展清越都不够展清远打的。

展家不是女人就是老人，根本拉不动架。

嗯，她真的不是八卦！

宁秋秋拿了个杯子，假装下去接水。她到了楼下，刚好他们从大门进来，林汐恬看到她，很开心地说："大表嫂，你今天没去演戏呀？"

外行人对于艺人的了解，要么就是唱歌，要么就是拍戏，甚至他们都不叫拍戏，叫演戏。

"没，快过年了，行程比较轻松。"宁秋秋微微笑道，又冲展悦兮礼貌地点头："小姑。"

"嗯。"展悦兮也礼貌地回了她一笑。

刚好这时候老爷子遛妙妙回来了。妙妙由于太活泼可爱，是展老爷子喜欢的那一款，于是获得了展老爷子的青睐，狗生得到了升华，天天跟着展老爷子到处溜达，小日子过得可滋润了。

见到有陌生人来家里，妙妙跑过来东嗅嗅、西嗅嗅，一点儿都不带怕的。

"把它牵下去。"展老爷子吩咐管家说。

管家见气氛不对，赶紧把妙妙牵走了，展悦兮和林汐恬跟展老爷子打了招呼。

一直没说话的展清远也干涩地叫了声爷爷。

展清远这次"离家出走"，整个人都瘦了一圈，看起来挺憔悴的，应该追梦追得不是很舒服。

"嗯，回来就好。"展老爷子走过来，他的神情看不出喜怒，他说，"都别愣着，过来坐吧。"

家里有客人来，宁秋秋帮着斟茶，听到展老爷子开口说："人追回来了？"

展清远沉默。

"为了个女人丢下家业。"展老爷子虽然电话里说不骂他，可现在还是克制不住脾气，"要是你大哥没醒来，你是不是准备丢到我这个脚都快踏进棺材的老头子身上？"

展清远自知理亏，继续沉默。

展悦兮见状，赶紧给展清远递台阶说："爸，该说的我都说过了，他现在知错回来，您就少说两句。"

展老爷子显然还想教育，但生生地住了嘴。

气氛一时间安静下来。

林汐恬受不了这种安静的气氛，问宁秋秋："怎么没见到我大表哥？不在家吗？"

"他出去散步做复健了。"宁秋秋说。

展清越现在关节还没恢复，每天都要复健，说是去散步，其实是锻炼走阶梯：上、下阶梯现在于他而言还是个大难题。

“他的脚怎么样了，恢复得还好吗？”展悦兮问。

宁秋秋说：“医生说挺乐观的，应该过不了两个月，就可以像我们正常人一样走路生活了。”

展悦兮点了点头，又细细地看了宁秋秋一眼，笑了笑说：“秋秋，虽然这样说很见外，但一直以来麻烦你照顾清越了。”

别看展家是个豪门世家，外面的姑娘都想嫁进来，但他们家男人的女人缘儿却一直都不好。展老爷子的老伴儿早早地走了，展母更不用说，丢下老公、孩子跟着所谓的真爱跑了，现在展清远又为了女人……

展悦兮也是听林汐恬说过宁秋秋的过去的，对她总存在点儿介意，觉得她嫁给展清越的目的不纯。

可是嘛，就算目的不纯，但她照顾展清越的事实摆在那里，而且展清越一向看人的眼光很刁钻，不入他眼的强塞给他也没用，醒来后展清越也接纳了她，表示宁秋秋并没有展悦兮想的那样不堪。

展悦兮现在只希望宁秋秋是个安分的人，不然又出幺蛾子，对他们家来说，实在有点儿残忍。

宁秋秋大概能猜到展悦兮内心的想法，说：“清越哥哥很省事，不辛苦的。”

展清远：“……”

他怎么感觉自己被讽刺了？

“这么热闹。”正在这时，展清越回来了，看到客厅里那么多人说道。

“大表哥！”林汐恬开心地迎过去，挽住他的手，“哇，你真的能走了！你坐了那么久，突然能走了是什么感觉啊？”

展清越说：“像穿了特步。”

特步，非一般的感觉？

林汐恬：“……”

这个比喻无敌了。

不过，她的注意力又被展清越上唇的伤吸引了去：“大表哥，你的嘴怎么啦，被什么咬了吗？怎么破了块这么大的皮？”

展清越目光淡淡地在客厅的人身上扫了一圈，尤其在宁秋秋的身上停了一会儿，听林汐恬问，说：“嗯，昨晚被蚊子咬的。”

滚啊，你才是蚊子。

“那得多大的蚊子呀？”林汐恬睁大眼睛，一时间没想起来现在是冬天，没有蚊子的。

展清越轻笑：“嗯，很大，我还被她鬼压床了。”

宁秋秋：“……”

展清越在大庭广众之下讲如此“露骨”的话，除了不谙世事的林汐恬，其他人的面色都有点儿微妙。

特别是宁秋秋，眼睛都要喷火了——这个狗东西。

她要是蚊子，就吸干他的血，把他做成标本，挂墙上避邪。

听了场画面感极强的口述的展悦兮干咳了一下，对自己的这个“傻白甜”女儿也很无奈，说：“恬恬，扶你大表哥过来坐。”

“好呀。”林汐恬挽着展清越到沙发旁，让他坐下来。

一直没开口说话的展清远神色也挺复杂。从宁秋秋嫁进展家的那一刻，他就怀揣着最大的恶意来揣测她的用意，给她安了“七宗罪”，认为她有因为爱情外的无数个目的。

他从来没看好过这段婚姻，把它当成个十足的笑话。

可这个笑话如今却成了人人艳羡的佳话。宁秋秋嫁进来这么久，没“作妖”、没搞事情，更没有像众人揣测的那样“近水楼台先得月”，就安安分分地守着他的植物人大哥，偶尔有些小动作都在可以接受的范围，直到他哥醒来。

他哥……他哥是出了名的难搞，以前还没出车祸的时候，多少姑娘对他哥心生爱慕，拜倒在他哥的西装裤下，都没能入他哥的眼。展清远一直以为他哥能看上的，必然是那种双商极高、聪慧优秀、在事业上可以与之比肩的女强人。

万万没想到，他哥就这样被普普通通的宁秋秋拿下了。由于宁秋秋追过他一年，他对宁秋秋的为人还算了解，真不是讨人喜欢的那种，任性刁蛮、无理取闹，甚至可以说有点儿愚蠢，而且心思恶毒，他身边出现个稍微对他有点儿意思的女人，只要被她发现，必定没有好果子吃。

不过这些好像在她嫁给他哥后都变了，虽然她依旧讨人厌，可再也不是那种意义上的讨人厌了。

如果当初那个追他的宁秋秋和眼前的这个一样，那估计就没他哥什么事儿了……

展清越看了展清远一眼，没有出声训他，而是对展悦兮说：“小姑，清远这阵子给你们添麻烦了。”

要不是你冻结银行卡，我会跑去他们家这么落魄吗？

展清远敢怒不敢言。

“不麻烦，清远还帮你姑父做了不少事情呢，要不是爸打电话一直催，我和你姑父都舍不得把他放回来。”展悦兮如是说，给足了展清远面子。

当着大家的面，展清越没说什么，顺着工作的话题和展悦兮聊了起来。

宁秋秋见他们一团和气地聊天，并没有发生所谓的大乱斗或者现场版兄弟反目，竟有点儿遗憾。

这个展清远比她还㞞。

拿出你男主角的王霸之气呀，不要㞞啊。

大家聊了一会儿，提到了贾晴这个祸源，林汐恬很愧疚，说：“对不起呀，大表哥、二表哥，我以前不知道她是这种人，现在我已经不跟她来往了。”

展清越说：“谁都有看走眼的时候。”

“我听说你终止了跟贾家的合作，对卓森没影响吧？”展悦兮问道。

展清越淡淡地笑道：“本来也没有什么合作，清理吸血蛀虫而已。”

展老爷子作为从商场厮杀退下来的老将，在某些方面比较冷酷无情。他很满意展清越的做法，说："该清理的要好好清理，不要顾及交情，及时止损。"

宁秋秋撇了撇嘴，宁家要不是被展清越救了一把，恐怕就要成为清理对象了。

展悦兮她们吃过午饭就回去了。

送走她们二人，展老爷子午休去了，展清越对正要上楼的展清远说："不忙着走，先跟我来一趟书房。"

真正的大片在这里呢。

展清远警惕地看着他。

"怎么？"展清越摊手，"我一个半残人士，你还怕我打你？"

"没有。"展清远的口气有点儿生硬。

打架他当然不怕，甚至展清越打他一顿他都觉得是好事，他怕的是展清越给他挖坑啊！

可这一劫是逃不过的，展清远回来的时候就做好了这个准备，只是没想到来得这么快而已，以为起码要等到晚饭后。

展清越见宁秋秋一脸担忧的表情，拍了拍她的肩膀，给了她一个安抚的眼神，抬脚往书房走去。

宁秋秋自己回了房，本来想睡个午觉的，可心里总不踏实，又拿了本剧本下楼。

她感觉自己对展清越也是真爱了，他天天这么挤对她，她还对他这么上心，这么好的媳妇，打着灯笼都找不到好吗？

宁秋秋心不在焉地看了一会儿，发现自己一直在看那几行字——根本没看进去。

她索性放弃了，拿出手机来玩，刷了一会儿朋友圈，随手点了几个赞，返回聊天界面，看到徐娅刚给她发的小年祝福。

《飘摇》杀青后，二人的联系就没断过，走红毯那次，由于宁秋秋救了徐娅一把，让徐娅免于出丑，徐娅对宁秋秋心存感激，两个人的关系也因此突飞猛进，成了好朋友。

宁秋秋给她回了句祝福，二人闲扯了几句，徐娅忽然说："季微凉签约了艺星，你知不知道？"

艺星就是当初宁秋秋在的那个女团所属的公司，之前宁秋秋解约时还阴过她一把。

大公司，娱乐圈几大支柱之一。

这个消息宁秋秋真不知道。

宁秋秋："她自己不是有工作室吗？什么时候的事情？"

徐娅给她发了两张截图。

艺星艺人经纪中心："母星向您发来连接邀请……"

季微凉工作室："接受连接邀请，连接成功！"

发微博的时间就是中午十二点，才过去半小时，新鲜热乎的一个八卦。

徐娅："她的工作室被投资方撤资了呀，你不知道吗？现在已经成为空壳了，人员都裁掉了。"

徐娅："她的投资方就是那个来剧组探班的展总，你有印象的吧？啧啧，看她那时候多威风，现在看来大腿不好抱哇。”

徐娅一脸幸灾乐祸。

她和季微凉合不来，本来《飘摇》拍摄时徐娅和女主角发生冲突，是要让女主角打脸的，但是宁秋秋的加入打乱了剧情，吸引了全部火力，才让徐娅没当炮灰。

不过这并不能改变二人互相看不顺眼的设定。

宁秋秋：“是有点儿惨。”

徐娅：“呵呵，艺星的大腿更不好抱，我很期待她的后续呢。”

艺星娱乐在对待艺人方面，像是个偏心偏到北半球的老师，对于好学生，就给各种好资源、好待遇，对于那些中等或者中等偏下的，就是随你自生自灭了。

一般的艺人在他们公司是生存不下来的。

而且艺星是个综合产业，艺人经纪只是他们非常小的一部分，所以在这一部分，无论怎么被诟病，公司都是这种风格，还有不少有自信的艺人往他们的羽翼下钻。

原因无他，艺星的资源太好了。

季微凉这一次有点儿孤注一掷的味道了，不过人家是女主角啊，宁秋秋摇了摇头，人家哪里会凉，说不定就是王者归来的剧情了。

不过看这剧情，她和展清远的发展好像有点儿……不太乐观。

徐娅：“艺星好像签约都是五年起的，如果季微凉不争气，就要在最青春美好的五年里毫无起色了，我好坏啊，可是我好期待啊哈哈哈。”

宁秋秋：“娅娅，你这话不要乱说。”

徐娅：“哎呀，我还不了解你吗？看你都看走眼了，我就去跳河！”

宁秋秋：“……”

结束了和徐娅的聊天，宁秋秋有点儿担心。

也不知道展清越这次主张的撤资对于展清远和季微凉的感情变化造成了多大的影响，如果可以，宁秋秋是真不希望展清越介入他们的事情，男女主之间的剧情曲折，万一展清越真的变成炮灰就惨了。

不过以展清越现在在这个家的地位来看，他好像一时半会儿不会变成炮灰……

宁秋秋乱七八糟地想了一堆，由于刚吃饱饭，血糖上脑，不知不觉地眯起了眼睛，连剧本滑落在地毯上都没察觉。

展清越和展清远结束谈话，从书房里面出来，就看到了坐在离书房门比较近的那个沙发上打瞌睡的宁秋秋。

展清远笑了一声，对展清越说：“我回房间了。”

展清越点头，看到宁秋秋被动静吵醒，走过去，看她由于才从睡梦中被惊醒，整个人都有点儿蒙，瞬间觉得展清远带来的不快心情都消散了。

他问：“怎么不回房间睡，担心我？”

“……”确实。

虽然展清越这人每天都很欠揍，宁秋秋也时刻想揍他一顿，可看到他们兄弟二人先后进了书房，她还是在离书房门最近的沙发上坐下来。

万一等下他们真的打起来了，她就破门而入，拉偏架!

但宁秋秋还记得蚊子的仇，从地上把剧本捡起来，晃了晃手，说："展先生，虽然您有这个资本，但自恋这毛病有损您霸道总裁的威风，咱不能要。"

"而且，"宁秋秋斜睨他一眼，补充说，"你们要是真的打起来，我肯定会进去补两下黑脚，又重又狠的那种。"

展清越："……"

你有点儿狠。

展清越失笑："那看来以后我要好好表现，避免被家暴。"

宁秋秋哼哼一声，表示算你识相。

"免得连蚊子也向着你，欺负我。"

宁秋秋要被这个"梗"玩坏了，片刻后一脸冷漠地说："哦，那希望下次我的伙伴是只屎壳郎，直接把你团成团滚走。"

被比喻成某种不可描述物体的展清越："……"

此役，展总，卒。

展清远回到房间，收到了季微凉签入艺星的消息，抓着文件的手收紧。

那是展清越给他的撤资协议，上面还没签字，只要展清远自己想要撤回这项决定，把这份协议销毁就行，就和一份没签字的离婚协议一样，可以当作无事发生。

宋乔把撤资的消息告诉展清远后，展清远先是对他哥的冷漠与绝情感到愤怒，随后又理解了展清越的这种做法，又巴巴地跑去找了一次季微凉。

结果却依旧和之前一样。展清远为了她都放下尊严了，季微凉还是那个态度，甚至为了气他似的，直接在他们这边还没撤资时，就高调地签入了艺星。

艺星是什么地方？多少有潜力的艺人前仆后继地栽在了他们的手上，她就这么有自信吗？

而且当初她和宁秋秋做练习生时，也是艺星从中作梗才让她失去了名额，她就这么不计前嫌？

展清远真的看不懂。

宁秋秋在斗嘴上赢了展清越一回，整个人都神清气爽起来。

新年一天天逼近，年味也渐渐浓了起来，宁秋秋好久没过过现代社会这么文明和谐的年了。

而且，新年还有个特别娱乐节目：调教天下第一锤。

这么有趣的事情，宁秋秋当然要强势围观一波。

卓森腊月二十七就开始放假了，展清越空闲下来后就实践自己的诺言：教天下第一锤打游戏。

由于池鱼和故渊两个账号是明星账号，展清越上池鱼号必将受到众人的围观，太不方便了，刚好天下第一锤在六个职业里都有号，而且装备都是顶尖的，就给了他们两个。

游戏内有自带语音，三个人开了个房间。

“天下第一锤”本名唐宇，是真的脑子有一点点问题。宁秋秋听说他小时候被磕坏过脑袋，反正在外人看来就是人傻钱多。

唐宇看到宁秋秋跟着一起进语音房间，有点儿嫌弃地说：“我又不会勾搭走池鱼，你看得那么紧，不会真的跟他有一腿吧？”

宁秋秋就不服了：“当初谁还在我直播的时候公然向我求婚的？”

“我那是看你的技术超过大部分女玩家，想把你勾搭过来做绑定……喂，池鱼，你怎么一上来就打人！”

展清越淡淡地说：“没玩过弓箭手，试试手感。”

“呜呜呜，那你邀请我 PK 啊！”唐宇哀号，“这是主城，杀人会有杀气值的，你用的是我的号啊。”

展清越轻描淡写地说：“忘了。”

唐宇：“……”

既然展清越都这样说了，唐宇也不怪他了。他财大气粗地点了个原地复活，顶着半管血坐起来，正要让上着奶号的宁秋秋帮他加满血时，又被展清越砍死了。

“你一定是故意的！”唐宇再次躺在地上哀号。

展清越语调未变：“我这是在锻炼你的反应能力，你出门被杀，敌人会先跟你打招呼，再杀你吗？”

唐宇：“好像挺有道理呀，好啦，这一课我知道啦，以后我会时刻注意的，在野外的时候保证眼观六路、耳听八方！”

展清越似乎很满意，说：“孺子可教也。”

唐宇被夸奖了，十分开心，嘿嘿一笑，又原地复活站起来，结果又被展清越杀了。

“兵不厌诈。”唐宇还没质问，展清越先说。

宁秋秋看唐宇被展清越连着欺负，关掉了麦克风。她都快要笑抽了。

唐宇明显不了解展清越这记仇的性子，被他坑得大过年还来上游戏教他，不虐他几次，都对不起展清越“黑心洋葱”的称号。

我的植物人男友

下册

甜即正义 著

青岛出版集团 | 青岛出版社

第八章　拌　嘴

唐宇被杀了三次，索性躺在地上不起来了，但这并不能阻止他在语音房间里叨叨。

“其实我费尽心思把你找来，也不是真为了让你当我的师父，是想邀请你加入我的竞技战队。这游戏接下来有一场3对3的竞技赛事，我跟你再找个辅助，凭我们的技术，拿个冠军妥妥的。”

这游戏还搞竞技赛事？宁秋秋虽然不太了解游戏，但……这个游戏不适合搞这玩意儿吧。

而且，宁秋秋很不给面子地说：“你有技术？不是单纯装备上的碾压吗？”

“我现在已经很厉害了，不信你上你的战士号，老子分分钟切了你……池鱼，你杀我就算了，你还杀NPC，杀NPC双倍杀气啊！大哥，你别玩我。”

展清越：“手痒。”

“行行行，我不挤对宁秋秋了，可以吧？”唐宇抓住了重点，“师娘哟，你劝劝师父。”

宁秋秋：“……”

这跟她有什么关系？

不得不说唐宇虽然蠢，但很会抓重点。这句话大大地取悦了展清越，展清越大发慈悲地关了无差别攻击的屠杀模式。

唐宇都要感动哭了：“所以，这个战队的事情，你答应了吧？”

展清越很干脆地拒绝：“不去。”

“别啊。”唐宇急急地说，“又不是免费的，我发工资的！”

“嗯？”展清越听说有工资，来了兴趣，问，“发多少？”

唐宇看到连展清越这种大神也是要向俗物屈服的，顿时底气足了起来。

他得意扬扬地说：“这个我们具体还要谈，但是肯定比宁秋秋给你的多多了。宁秋秋这么抠门儿，六十元一小时，赚一天都不够我一顿饭钱。”

宁秋秋这随口瞎说的话，唐宇居然也信。

六十元一小时的陪练，可以随随便便在游戏里充那么多钱？

这孩子可真好骗哪。

而且，展清越是免费给她当陪练的！不然，以展清越的收入，她恐怕请不起。

“可以。”展清越气定神闲地说，“一场两小时的直播，游戏公司给一百万元，宁老板给一百二十元。你是熟人，就给你减掉一百二十元的零头。”

宁秋秋听到这里笑喷了，你爸爸还是你爸爸，这话一点儿错都没有。

“我去！这么贵，你这是抢劫呢？”唐宇被这个数字吓得奓毛了。

这工资，别说土豪，神豪也付不起。

宁秋秋闻言忍住笑说：“没办法呀唐少，钱财易得，人才难得，好好考虑，我们池鱼大神很抢手的。”

唐宇：“你当我傻呢？”

你可不就是傻。

唐宇就算再傻，也不会真出五十万元一小时雇展清越。

他沉默了一下，说：“哎，我实话跟你们说吧。我最近成立了一个电子竞技俱乐部，想邀请池鱼加入，做《魔阙》这款游戏的大神，带着我们的队伍冲锋陷阵，所向披靡。”

宁秋秋：“……”

这话怎么听着跟传销似的？

她以为展清越会干脆地拒绝的，不想展清越好像被吸引了注意力：“俱乐部？”

“对，新成立的。”唐宇说到这个就很兴奋，“虽然年轻，但我们有钱买选手，实力‘杠杠’的。我现在先准备组建《英雄联盟》《守护古树》《炉石传说》‘吃鸡’和《魔阙》五个游戏的电竞队，以后再慢慢向别的电竞游戏渗透，努力打造成为国内前五的电子竞技俱乐部。”

唐宇这么有志向？

宁秋秋有点儿对他刮目相看了，虽然这个人的智商有点儿……不足吧，但是有这个理想是真的很令人惊奇。

现在电子竞技产业逐渐发展起来，各种赛事接连不断，微博热搜里经常可以看到各项电子竞技赛事的战况。虽然在老一辈看来有点儿“不务正业”的意思，可它确实发展起来了，并且成了一种大势所趋的新兴产业，如果唐宇有这个心思和财力去做，未必做不起来。

不过唐宇这个人嘛，总给人一种不靠谱的感觉。

俱乐部有这么一个老板，除非有运营能人，不然想要搞起来，真的有点儿难。

展清越：“《魔阙》不属于竞技。”

竞技讲究公平，这款花钱游戏算个什么竞技？

“差不多差不多。”唐宇一副不要那么讲究的口气，说，“你玩得那么好，刚好给我们的俱乐部搞个开门红，鼓鼓士气。”

“我没兴趣。”展清越说，“不过电子竞技俱乐部的想法不错，找个好的运营团队，不要一意孤行地乱来，会有前途。”

咦？展清越居然还会说人话了。

她以为他对唐宇会坏到底呢。

不过想想当初展清越不是差点儿成为电竞选手吗？那么电竞应该也是他的一个未竟的梦想吧？

虽然他现在已经在另一方面大有所成，可对于梦想这种事情，没实现的都会有那么一点点的遗憾。

展清越显然已经没有了玩的兴致，在唐宇的哀号中三言两语打发了他就下线了。宁秋秋在自己的房间里坐了一会儿，忍不住下楼，去找正在书房里玩游戏的展清越。

她敲开书房门，刚想着要怎么不别扭又恰到好处地安慰展清越几句时，看到了他书桌上的东西。

那是一块骨玉，显然是被修复好的，身上还有碎掉的裂痕。

她不是让晶晶悄悄换掉了吗？怎么会……

对，她忘记问晶晶要碎片了，晶晶也没给她。

不对不对，那根骨玉上次被她妈摔成了两截，这个看起来起码摔成了四五块。有可能是展清越看着喜欢，定做了两个差不多的，然后故意做成这种纹理的……

“今天刚修好送过来的。”展清越注意到她的目光，微笑道，“宁小姐，你打碎了我最珍贵的摆件，怎么办？”

最珍贵的你就摆客厅？！逗我呢？

还有这个晶晶，问题很大。

这个时候不能虚，宁秋秋理直气壮地说：“我都赔了一个给你，还能怎么办？”

“那不一样。”

不一样她也没办法呀，她又不能穿越回去。

展清越见鱼儿已经上钩，笑道：“没办法呀，那不如……肉偿吧？”

宁秋秋：“什么？”

肉偿……她的脸瞬间红了，这是不是有点儿……太重口？

宁秋秋转身走了。

正当展清越以为自己太过分，把人家吓跑了时，宁秋秋又回来了，把手上的东西拍在办公桌上，气势如虹地说：“肉肠，给你！”

她居然去冰箱给他拿了几根肉肠进来。

他忍住想打死宁秋秋的冲动，到底是他表现得不够明显，还是这位真的这么迟钝？

显然这两点都不是。

宁秋秋一脸得逞的笑容，说：“你说肉肠的呀，这件事情就这样揭过了，我去洗澡了，拜拜啦。”

展清越这阵子这么明显直白，加上那天晚上那个被他“忘记”又以各种方式提起的亲吻，宁秋秋就算是傻子也感受到什么了。

宁秋秋一开始还有点儿不相信，总觉得展清越这种人根本不需要女人，自己一个人帅翻全场就行了。

这个认知让宁秋秋开始翘尾巴，想想自己被坑的悲惨过去，决定先按兵不动。

宁秋秋决定不能让他轻易得逞了！

而且，宁秋秋心里还有点儿阴影。曾经也有个朝夕相处的师兄明里暗里地撩她，说想带她去看星星、赏月亮，宁秋秋懵懵懂懂地被他撩了一阵子，还没来得及开窍，他转头邀请别的姑娘看星星、赏月亮去了。

男人都是“大猪蹄子”！

她能毫无压力地嫁给展清越，不把婚姻当回事儿，当初就是抱着不知道会在这个世界待多久的心态，以前觉得毫无负担，现在……就有点儿头疼。

年前，宁秋秋让晶晶帮她录了新年祝福视频，准备在过年这天发微博，然后就收拾行李——回家过年。

展家过年的时候，会有各种人借着拜年的名义过来走动。特别是今年躺了两年的展清越醒来了，会有更多人心思活络，而且新年间，展家也不好闭门谢客。

也就是这个原因，许多有钱人过年会跑到没年味的国外去过，不是他们真想去，而是为了图个清静。

宁秋秋一边感叹有钱人也不容易，一边收拾行李回家。她和展清越还不算是夫妻，她又是公众人物，以前展家的那些旁系不会自寻死路把她和展清越的关系捅出去，可过年来访的人鱼龙混杂的，就不好说了。

总而言之，在展家过年麻烦诸多，加上宁父、宁母也想念女儿，宁秋秋就收拾收拾，在展总怎么也不能用高兴形容的目光下，欢快地回家了。

宁秋秋感到心情倍儿爽。

宁秋秋到了家，先把东西放回房间，结果发现自己的房间装饰都换了，再也不是以前的小仙女风格了，而是贴满了各种照片！

以前展清越还没醒的时候，宁秋秋跟他一起拍过合照发到微信，这些照片大概被温玲存下来了，现在全部印成海报，贴在了她房间的墙上，除此之外就是各种大眼萌娃的海报。

宁秋秋一开始进去还以为自己进了个鬼屋。

这些东西挂墙上真能避孕——想想这么多照片看着他们，他们都没有兴趣了。

温玲在客厅看到宁秋秋满脸一言难尽的表情从房间出来，笑眯眯地说：“怎么样宝贝，对我的布置还满意吗？”

宁秋秋一脸冷漠地说：“不满意。”

“哎，你这孩子，我还不是为了你！”温玲恨铁不成钢地说，“不过我也不是布置给你看的，等过完年清越过来接你回去，看到这一墙壁的东西，他就懂我的意思了。”

宁秋秋：“……”

她晚点儿就把它们撕了！

“你撕了也没用。”温玲看穿她的心思，得意扬扬地说，“每份海报我都印了一式五份，你撕不完的。”

宁秋秋服了：“妈，我们自己都不急，您急什么呀？”

“急着抱外孙哪。”温玲理所当然地说。

宁秋秋扶额，大过年的，咱能换个话题吗？

她和温玲的话题终止，宁父招呼她去陪他看电视。

宁秋秋松了口气，再也不想听宁母念生娃经了，赶紧跑去客厅，发现她爸在看葫芦娃。

宁秋秋好像猜到了点儿什么，硬着头皮在宁父身边坐下来，一脸假笑地拍马屁：“爸，今年咱宁家化险为夷，渡过难关，您都变年轻了。”

“嗯。”宁父似乎看得挺来劲儿，敷衍地应了一声。

正在这时，电视里的大娃忽然喊道：“爷爷。”

原本认真看电视的宁父顿时喜笑颜开：“哎！”

宁秋秋满头问号！

接下来，电视里的葫芦娃们喊一句爷爷，宁父就答应一句，傻得令宁秋秋不忍直视。

怎么说也是掌管着几百人的大公司的董事长，您能不能不要这么幼稚呀？

宁秋秋都要被这对父母整出心脏病了。她到底为什么会选择回来过年被催育呀？展家的年夜饭不好吃吗？展美人不够好看吗？

大概是她的表情太悲壮，宁父大发慈悲换了个台。宁秋秋以为对方良心发现时，电视里传来熟悉的广告台词：“孕育新希望，造福千万家，好‘孕’相伴……”

她真是……无话可说。

宁秋秋经历了惨无人道的催育，整个年过得水深火热。

而且，宁父、宁母很懂得柿子挑软的捏这个道理，在展清越的面前他们哪里敢这样？除了贴贴海报暗示一下，他们根本不敢在嘴上说。

宁秋秋对此表示深深的嫌弃。

除夕，宁秋秋把之前录好的视频发到了微博。有钱人家的儿女最开心的事情就是，她这么大个人了，还能收到一堆压岁钱，宁父、宁母的，展老爷子的，连展清越也给她发了个大红包。

年初一早上，宁秋秋随着宁母去给他们家的一些长辈拜年，由于宁秋秋也算是个小明星了，还被各路人马观赏了一波。

她们去的最后一家是宁秋秋的爷爷的大堂哥，也就是大家所说的大伯公家，这位大伯公九十多岁了，耳聋眼花，但精神非常好。

大伯公的小孙女和宁秋秋是同学，小学、初中同校、高中同班，叫宁婉婉。

“初五我们高中的同学聚会，你去不去呀，秋秋？”等宁秋秋给大伯公拜完年出来，宁婉婉拉着她的手问道。

同学聚会？宁秋秋说：“不去吧。”

她跟他们又不是真的同学，根本没有同学之谊，这个热闹还是不去凑了。

“又不去呀？”宁婉婉语气失望地说，“你每年都不去，大家都很想念你这个全校男生的梦中女神呢。”

全校男生的梦中女神？她是有七彩眼瞳、七彩头发，每天在超级大床上醒来的娇情女主角吗？

“去吧去吧。”宁婉婉怂恿她说，朝她眨了眨眼睛，“听说关学神从国外回来啦。”

谁？不认识。

温玲被宁婉婉的妈妈拉住说了一会儿话，现在才出来，刚好听到宁婉婉的话，说：“关南培那小子回来了？”

“对啊对啊，五婶，你也记得他呀？我们初五有同学聚会，他也要去呢，可惜秋秋不去。”

“去，怎么不去？我们秋秋必须去。”温玲语气坚定地说。

她怎么就必须去了？宁秋秋不解地看着温玲，同时快速从原主的记忆里搜寻关南培这个人。

关南培，真学霸，而且是个帅哥。如果她这个校花是男生们的梦中女神，这个关南培就是全校女生的梦中男神了。

原主在情窦初开的年纪时，因为对展清远还没有感情，也喜欢过关南培，不过告白被拒了，因为那是个不但看脸还看成绩的年代。原主的学习成绩惨不忍睹，人家学神看不上她，转而和一个才貌双全的女学霸在一起了，伤透了原主的心。

很凑巧，他们三个都是同班同学。

不过那时候的原主还没后面那么坏，被拒绝后除了伤心，并没有做出什么过分的事情来。

“真的去吗？那我在QQ群里跟大家说啦，具体的时间、地点，秋秋你看QQ班级群就行，都会发的。”

宁秋秋真不想去凑这个热闹，要拒绝时被她妈拉着走了。

“妈，我真不去，都过去几百年的事情了，您还指望我去把场子找回来吗？”

“为什么不找？”温玲愤愤地说，“我跟你说，那天你打扮得漂漂亮亮的，开你爸那辆小跑去，然后回家再让清越过来接你，秀他们一脸，后悔死那个什么关。”

宁秋秋：“……”

这有什么好秀的？如果她成为影后，那去秀一下还很爽。

宁秋秋实力拒绝，可温玲念叨的功夫一流，宁秋秋最后没办法，只能答应了，反正就去露个脸、喝杯酒，就借口溜走。

拜完年已经是下午了，宁秋秋不知道宁家长辈怎么会这么多，伯伯、公公、舅公、舅母的，笑得她脸都僵了。

不过有一点很爽，就是每个人都会给一个超厚的红包，加上除夕宁秋秋收到的，以及她之前赚到的，宁秋秋发现一千万都快凑够了……

豪门太真实了。

宁秋秋心满意足地数完了压岁钱，又收到了徐娅发来的消息：宁秋秋的热搜把季微凉的压了。

昨天宁秋秋发的那个新年祝福视频，录的时候刚好妙妙睡在一边，宁秋秋觉得它无伤大雅就没理它，结果录到一半的时候，那条傻狗被吵醒了。

妙妙本来就是一条眼神犀利的哈士奇，醒后就用一副鄙视、嫌弃又犀利的眼神看着宁秋秋，这些都被镜头捕捉下来。录完后宁秋秋觉得挺好玩的，就没重新录。

不承想她发到网上，火了，大家都在疯狂地传宁秋秋家傻狗的照片，说这是“王的睥睨”。

瞿华趁机买了个热搜，由于昨晚有春晚，热搜都被春晚的嘉宾占了，所以今天才买。这事儿瞿华事先跟宁秋秋打过招呼。

碰巧的是，季微凉也录了个比较有创意的祝福视频，准备买热搜营销一波，涨人气，为艺星捧她造势，两个人就这么撞上了。

热搜的位置那么多，其实谁在前谁在后没什么区别。

徐娅：“我看到你压她就好开心，哈哈哈，她肯定要气死了，被你压一头不是一次了吧？”

确实，宁秋秋压过季微凉好多次了，只要她们二人撞上，宁秋秋都是以各种清奇的角度高过季微凉的热度。

宁秋秋：“说不定人家根本不care。”

徐娅：“怎么不care？你看她那个小破视频的热搜热度一直在上升，明摆着就是要反超你。”

宁秋秋打开微博，刷新了一下，发现季微凉的热搜热度确实一直在上升，很快就要反超她了。

然而，宁秋秋才刚快要凑够一千万，并不想为了个虚无的热度位置浪费钱了，特地打电话给瞿华，让他千万别加价。

她穷！

谁知瞿华说：“我们没花自己的成本哪，小啾啾，你怎么还哭穷？”

嗯？宁秋秋说：“公司终于良心发现，给我提高营销支出了吗？”

“怎么可能？是你的那位神秘男友投资的呀，啾啾你不知道吗？”

神秘男友，展清越？

宁秋秋真不知道，瞿华没跟她说，展清越更没提过。

“原来你真不知道啊。我跟你说，你那位男朋友可真是太豪气了，让我一个月没花够他给的钱，就不要当你的经纪人了。”

宁秋秋：“……”

展清越这是有钱没地方花给微博送钱呢。

在瞿华督促她趁着热度，多发几张妙妙的照片和视频的时候，宁秋秋挂了瞿华的电话，转头给展清越拨了一个电话。

不过展清越并不方便接电话，把电话挂了，然后给她发微信，问她有什么事儿。

宁秋秋问他钱的事情。

黑心洋葱："放心，那个开销有专业团队计算过支出，在艺人营销的正常开支内。"

这很有清越式办事风格，凡事都看似很随意，但又总是有依据不会瞎搞。

那宁秋秋就放心了。她真怕展清越跟小说里的那些霸道总裁一样，给你几百万必须花光，她承受不起呀！

过了一会儿，展清越又发消息过来。

黑心洋葱："秋秋，我生病了。"

宁秋秋看到这条消息，心一紧。展清越现在在她的心中真和纸糊的美人一样，要轻拿轻放，一听说他生病了，她连打字速度都快了起来。

宁秋秋："怎么又生病了？看过医生了吗？医生怎么说？"

黑心洋葱："新毛病，看过医生，开了药，但缺一味药。"

新毛病？缺一味药？

宁秋秋莫名地想到宁父那天催育时给她看的那个不孕不育广告，顿时严肃不起来了。

宁秋秋："什么药会缺呢？传说中非常难找、高价难求的天山雪莲药引子？"

黑心洋葱："当归。"

展清越这句话，宁秋秋一下就听懂了。

不过现在才大年初一，她是不可能那么早回去的，正月里正是走亲戚套关系的高峰期，回去过年她就白被催婚了，起码要等到正月初六，大家准备开工了。

宁秋秋在家待着看看剧本、睡睡觉，过了几天米虫生活。

初五，是他们的高中同学聚会。

既然她已经决定去了，当然不能丢份，心机妆化起来，漂亮的衣服穿起来，品牌包包拎起来。

她要么不做，要么做到最好。

宁秋秋登上许久未用的QQ，打开班级群，找到他们的高中班级群，刚点进去，弹出的群公告令她哭笑不得。

公告：号外号外！今年的班级聚会（初五）校花兼大明星宁秋秋会去，大家千万不要错过，不然可能十年也等不来一个秋女神了，决定去的联系班长（丁辉）报名！

本来万年没动静的QQ群今天也特别热闹，万年"潜水党"纷纷出来"冒泡"了。宁秋秋随手翻了一下聊天记录，看到话题都是围绕着她的。

同学甲："今天秋秋真的会去吗？也没见她在群里'冒泡'。"

同学乙："会的吧，婉婉不是她的堂妹吗？婉婉都这样说了那肯定妥了。"

同学丙："哇，好久没见她了，前几天在电视上看到她更漂亮了，我有点儿紧张怎么办？"

同学丁："你紧张个屁呀，人家又不是冲着你来的。"

同学丙："看破不说破，懂不懂？"

同学乙："说起来，秋秋是第一次来同学会吧？好像关学神也是！"

同学甲："你发现了重点！"

同学戊：“嘿嘿嘿，还是关学神的面子大呀。”

同学乙：“魅力大才对。”

宁秋秋看到这里心一抽，这好像闹乌龙了。

她，或者说是原主，后来就没关注过那个什么关南培了，所以根本不知道他也是第一次去聚会。

要知道是这样，打死她也不去这次聚会啊。

现在全世界都觉得她是为了关南培去这次聚会了。

她现在后悔来得及吗？

丁辉：“再次确定一下地点，是坎品轩的包间，价格贵点儿，但秋秋是明星，照顾她的身份，那边的隐私性比较强，吃完去隔壁K歌，很方便！”

由于谁请客这种伤感情的话题很破坏氛围，所以他们班同学聚会都是默认的AA制。坎品轩是A市一家排得上名的饭店，好吃但也贵，对他们这种毕业一年半的人来说，也要吃掉普通工薪阶层两三天甚至更多的工资了。

这个专门照顾也太照顾了，宁秋秋没有后悔的选项，只能硬着头皮上了。

她和宁婉婉一起去的。宁婉婉比较八卦，知道很多班级里的事情，一路上絮絮叨叨地给她讲了很多班级同学的近况。

比如，关学神刚留学回来，就进了业内排名前五的大公司，年薪百万，前途不可估量。

哼，展爸爸牵一条网线就随手扔一百万。

又比如，之前原主表白失败后，和关南培在一起的那个妹子冯婷现在做了编剧，改编过好几个剧本了，其中一个据说已经投拍了，假以时日必将成为大编剧。

半斤八两，半斤八两，她假以时日也有可能成为影后。

还有些琐琐碎碎的八卦，几乎每个人宁婉婉都能说上一两句。宁秋秋特别想推荐宁婉婉去当娱乐记者，太有潜质了。

既然是重量级人物嘛，宁秋秋自然到得迟了点儿，等她和宁婉婉出现在包间的时候，人员基本到齐了。

宁秋秋进门的那一刻，原本挺热闹的包间有一瞬间的安静——原因无他，今天的宁秋秋太好看了，比屏幕上的她还要生动三分。

她今天穿着宽松毛衣、高腰直筒裤，围了条围巾，头发是随意抓的丸子头，清新自然，看起来跟素颜出镜一样，却又不乏精致与时髦，特别是本来就长的腿，因穿了高腰直筒裤，看起来有两米八！

无论谁只要往她身上看一眼，就很难再挪开目光了。

宁秋秋随意地在包间内看上一眼，就知道自己赢了。

大家惊艳完后招呼她入座。

虽然宁秋秋跟这群高中同学严格来说没有什么感情，可大家做了三年同学，之前的关系不错，最初的尴尬过后，大家就聊开了。发现宁秋秋不像印象中那么难相处后，跟她聊天的人多了起来，不少人过来跟宁秋秋合影，气氛挺不错。

过了一会儿，门口传来动静，又有人到了，这回到的是……关南培。

关南培和原主印象里那个帅气的大男孩比起来变化很大。他戴了副眼镜，头发染成栗色，看起来斯文又禁欲……宁秋秋这种“颜控”，突然理解原主为什么会喜欢人家了。

当然，比起展爸爸，他还是逊色了那么一截的。

“迟到了。”对方说，“路上有点儿堵车，抱歉。”

帅哥当然有迟到的特权，众人纷纷表示没关系。

关南培和大家打了招呼，众人都期待地看着他和宁秋秋，希望他们碰撞出什么火花，但关南培的目光只在宁秋秋身上停顿一秒，并没有特殊对待，让众同学大为惊叹。

学神就是学神，宁秋秋都特地为他而来了，他居然这么淡定，目光高啊，要换作其他男人，早把她抱回家了吧。

关学神并没有在同学刻意给他留的位置——宁秋秋那一桌坐下来，而是去了他以前室友的那一桌。

他们都才毕业一年半，单身女性很多，见关南培没有 cue 宁秋秋，人又长得这么帅气，心思活络起来，纷纷和关南培搭讪。

坐在宁秋秋旁边的宁婉婉轻轻拉她：“要不去主动打个招呼吧，秋秋，他就是太自傲了，拉不下脸来主动找你。”

宁秋秋一万个无语：“没兴趣。”

“别啊，你别怕他拒绝。”宁婉婉小声鼓励她，“你现在这么优秀，他肯定早后悔当初的决定了。”

宁婉婉的想法代表了在场同学的内心想法，宁秋秋心里有一万匹羊驼奔腾而过，她现在看上去像是需要倒贴的吗？像吗？像吗？

她好想走，为什么还不上菜啊？

正在这时，门又被打开，一个妆容精致的女子出现在门口，戴了副大墨镜，比宁秋秋这个明星还像明星。她一出现就笑道：“抱歉我来迟了，我不是最后一个吧？”

没错，她就是打败原主和关南培在一起的女人，冯婷。

和大家打过招呼，她犹豫了一下，在宁秋秋那桌的空位坐下来。

“秋秋来得好早。”她看到宁秋秋，说。

宁秋秋轻笑：“赶通告习惯了，不能让人久等。”

她怎么感觉被讽刺了？

“哎，婷婷，我去停车的时候，看到有辆车好像是你的，你的车牌号的最后两位数是 23 没错吧？”同桌的一个同学说，随后又否定，“不过应该不是你的，我到了快二十分钟了。”

“嗯，我才来。”冯婷说，但她的脸色有一瞬间的僵硬，被刚好看向她的宁秋秋捕捉到了。

宁秋秋突然想到娱乐圈一个走红毯的段子：某女星为了压轴出场，在车上不下来，愣是等另一个女星进去了才下来走，以表示压了那个女星一头。

现在，这两者好像有异曲同工之妙呢。

菜终于上来了，坎品轩的菜贵，但无论卖相还是口味都没的挑，美食暂时抚慰了宁秋秋的心，如果桌上没有同学会最令人头疼的话题——攀比的话。

一个看起来很懂行的同学说："婷婷，听说你年底跳槽到华盛影视做编剧了，那是大影视公司呀，很多电视剧是他们家出品的，写《花非花》的大神编剧叶知秋就是那家公司的。"

《花非花》是最近一部非常火的热播剧。

另一个同学搭腔："这么牛！那你可以接触到很多作者大神、名编、名导和名演员吧，超羡慕。"

冯婷笑道："不如秋秋这种明星接触得多，我只是做幕后工作的，还很辛苦，需要不断进修充电才不会被淘汰，离叶知秋老师的高度还差了一大截呢。"

"学霸就是学霸，现在要我看书我都脑壳疼，全部还给老师了。"

宁秋秋作为"学渣"，听他们讨论，无声地笑了。冯婷跟她比，哪方面都比不过她，只能比学习了。

毕竟这是她当年打败宁秋秋的利器。

宁秋秋不知道为什么对方会把她当作敌人。其实冯婷学历高、工作好，人也长得漂亮，虽然风头上可能不如她，但完全没必要攀比。

她比不过的人不是比比皆是吗？

在宁婉婉都要喷火烧死他们几个的目光中，宁秋秋收起她的"佛系"心态说："华盛影视吗？那是非常厉害了，能进那边的编剧都是镀了一层金的。"

冯婷谦虚地说："我现在还是个实习生，秋秋你才厉害呢，不但人好看，家世又好，做明星资源应该很好吧？"

"差不多。"宁秋秋并不觉得家世好所以资源好这种事情可耻，说，"说起来，我的下部剧也是叶知秋老师改编的，我们这样算不算隔空同事？"

令人无语的隔空同事。

听他们有意无意地挤对宁秋秋，憋了一肚子气的宁婉婉顿时来劲儿了。她这个八卦小能手消息灵通，知道宁秋秋接下来拍什么剧，故意问道："是《我的校霸女友》那部剧吗？"

宁秋秋在心里给这个神助攻点了个赞，矜持地点头。

在座的不少女生惊诧了。她们上学时有不少追小说的，其中《我的校霸女友》这本小说成为不少小姑娘心中的白月光。这本小说是她们读大学的时候出的，不少人追连载、讨论剧情、嗑明歌宋濂 CP 嗑到昏迷。

这对她们来讲是青春的回忆，即便现在她们工作了，也没什么时间和精力去追小说、关心它有没有被改编了，可青春的记忆却不会消减。

宁秋秋一下子成了女同学的焦点，吸引了全部的注意力。

冯婷："……"

她有一万句脏话想讲。

宁秋秋想着差不多也可以撤了，刚好展清越打了电话给她，宁秋秋到外面接。

展清越开门见山地问："同学会聚得怎么样了？"

她并没有和展清越讲同学聚会的事情，那只有可能是她妈说的了。

宁秋秋想到刚刚冯婷那副吃瘪的样子，得意道："我这么机智又漂亮，必须 carry 全场。"

"嗯，漂亮又机智的展夫人，我七点去接你。"

"不用啦，我自己回去就行，没喝酒，可以开车。"这种小场面她自己单手就能"吊打"，没必要搬出展清越这种核武器。

展清越说："迟了，我还有十五分钟到地方。"

"但好像……"宁秋秋弱弱地说，"展家到这边也就二十分钟左右的车程。"

而且折回去比过来快。

展清越轻笑一声，说："秋秋，我两年多没开车了。"

他是自己开车来的？他现在那脚能开车？宁秋秋被他吓了一跳，说："所以你……"

"所以你，"展清越打断她的话说，"不想做寡妇的话，就别说话干扰我。"

展清越还要十五分钟甚至更久一点儿才能抵达战场，宁秋秋只好又重新回了座位。

坐下后，宁秋秋又把手机的铃声调大了——展清越说到了给她发短信。

她心里记挂着展清越生疏了两年多又身体不便的车技，有点儿心不在焉。

席间渐渐热闹起来，大家觥筹交错，举杯畅饮。男士们开始一轮轮地敬酒，从这桌喝到那桌。

这好像是每个同学聚会都有的剧本，区别于风雨不动安如山等人过来敬酒的老板，同学会上优秀的人反而更爱去每桌敬酒，像一个新郎官一样，处处彰显着得意。

现在的男士都不像高中那会儿一样青涩害羞了，大家都步入了社会，脸皮开始自动开启增厚模式，以前那些埋在心里不敢被知道的小心思，现在也敢光明正大地拿出来调侃了。

"秋秋，你肯定不知道，我高中暗恋了你两年多，为此还特地去学了弹吉他。"一个男生敬完他们这桌后，笑眯眯地对宁秋秋说。

宁秋秋看向他，是在同学群里说话的那个同学丙。原主对于此人记忆模糊，依稀记得是个很腼腆的男孩子，和眼前这个有点儿对不上号。

宁秋秋笑道："那我真是很荣幸了。"

"可惜呀。"另一个很了解内情的同学说，"某个人学了两年多的吉他，到毕业都不敢表白，是不是趁着现在弥补遗憾，嗯？"

那同学给了他一个"你懂的"表情，大家开始起哄。

起哄声中，冯婷笑着说："错过了今晚，用班长的话说，十年也等不到一个秋女神了。"

"你们别闹，啧。"同学丙面色有些窘迫，"我没别的意思，就想感谢一下秋秋。我大学四年都在酒吧兼职做吉他手，攒了第一桶金，现在有了自己的事业。"

"哇。"其他还在被老板疯狂压榨，甚至还在为跳槽换工作奔波的同学实名羡慕了。

同学丙走开后不一会儿，关南培也起身挨桌敬酒。

他光芒四射，走到哪里都是被众星捧月的对象，一如他高中那会儿，而且现在去外面喝了两年洋墨水，整个人显得更优雅绅士，每到一桌前都要被众人调侃膜拜。

宁秋秋虽然对他不感兴趣，但她八卦呀。

关南培好像故意似的，把宁秋秋这桌放在最后，磨叽了快十分钟才过来。冯婷表面不在意的样子，其实从她的眼神和举止里，宁秋秋已经读出紧张、期待与兴奋了。

没办法，作为演员，她对于人的举止和神情研究得比较到位。

她想起宁婉婉和她来的时候跟她八卦过，他们二人的感情在大学时就结束了，关南培上了国内顶尖的大学，冯婷虽然也上了重点大学，但不如关南培，他们俩也不在同一个城市，大学的新鲜与异地恋，让这段感情很快就没了新鲜感。

据宁婉婉的小道消息，是关南培提的分手。

终于，关南培停在了他们的桌前，准备敬他们这桌。

跟大家喝完之后，宁婉婉刚要开口说话，宁秋秋手疾眼快地给她按了张禁言符。

宁婉婉张了张嘴，什么都没说出来。

宁秋秋淡定地冲她一笑。

可惜就算宁婉婉不说话，也有人来说。一个女生笑着说："关学神，我们桌有个人你要特殊照顾一下，单独敬她一杯，人家可是听说了你来才来呢。"

宁秋秋想掐死那个同学。

冯婷的脸色一瞬间变得不好，不过她很快又淡定自若地和旁边的同学小声说着什么，好像并不 care 关南培一样。

关南培闻言，目光在桌上扫了一圈，微微笑道："哦，我这么有荣幸，不知入了哪位同学的法眼？"

大家一起把目光投向宁秋秋。

该来的总是会来的。

关南培好似恍然大悟一般，说："原来是秋秋，好久不见了。"

宁秋秋努力克制想摆出冷漠表情的冲动，省得人家又"脑补"些有的没的，语气平淡地说："好久不见。"

席间的人都没说话，但都是一副看好戏的样子。

关南培给自己的杯子斟满了红酒，又绅士地问："你喝什么？"

"一样就行。"

关南培给她的杯子里倒了点儿红酒，堪堪没过杯底，既没有像别人一样说女孩子别喝酒这种看似关心其实总让人略不舒服的话，也没有像有的人一样硬要人家女孩子也喝满满一杯。

给宁秋秋斟完，他端起自己的酒杯说："那这杯单独敬你，祝你前程似锦，星途璀璨。"

对方不愧是高智商人物，态度和言语都无懈可击。宁秋秋连个解释的契机都找不到，故意解释又显得欲盖弥彰，只能端起酒杯说："谢谢，你也一样，事业高升，平步青云。"

喝完酒，宁秋秋冲关南培礼貌一笑，没再多言，便坐下了。

兴奋地搓手的众人："……"

就这样？

不应该有刺激环节吗？这和预想中的剧情不太一样啊。

关南培大概也没想到宁秋秋的态度这样淡然，微微愣了一下。这时，冯婷站起来说：“关学神深造荣归，咱们也……走一杯？”

这人还是忍不住了。宁秋秋看了眼手机，都过去十八分钟了，展清越还没到，想到他走路都不稳的样子，宁秋秋心里担心，怕他出事情。

眼前冯婷还在以“老熟人”的口吻跟关南培聊天。

“听说你去了卓森？前途无量啊。”

她没听错吧？是她知道的那个卓，那个森？

宁婉婉这个八卦小能手失职呀，连这么重要的信息都没跟她说。

谈到事业，关南培显然周身的气场都更足了，嘴上却依旧谦虚：“其实依旧是个打工仔，看看年后开工能不能晋升。”

“哇。”众人星星眼，他才回国几个月啊，刚进了这么厉害的大公司就晋升，怕是才过了实习期就升管理层了。

而且关南培自己拿到台面上来说的事情，那估计是十拿九稳了。

除了宁秋秋这种出身高的，其他的同学其实都是普通人，毕业一年多，甚至有的人连大学都没上，现在还在底层努力奋斗。像关南培这种一毕业就能进大公司的已经很稀有了，还进去就晋升，对大多数人而言更是天方夜谭了。

厉害啊厉害，众人只有这个心声。

这时，宁秋秋的手机叮咚一声，有短信进来。

展清越：“就要到门口了。”

宁秋秋：“好，我现在出来。”

刚好，这时候关南培和冯婷“叙旧”完毕，宁秋秋把宁婉婉的禁言符揭了，起身说：“你们继续，我朋友来接我，我先走了。”

朋友来接，众人八卦眼，不知是哪种朋友。

“这么快啊？”班长丁辉说，“让你朋友也进来坐一坐呀，反正还有空位。”

“不了，他不喜欢热闹。婉婉，我先走啦，你开我的车回去。”说完，宁秋秋从包里拿出车钥匙交给宁婉婉。

车钥匙上印着一个很高调的标志，宁婉婉还故意把钥匙放在桌上让大家看清楚，又对宁秋秋使眼色，大概意思是，你都还没和关学神说上话呢，怎么就走了？

宁秋秋拍了拍她的肩膀，起身。正在这时，包间的门被敲了下，一直活动在包间的服务员打开门，宁秋秋便看到了展清越清俊颀长的身影。

他不是刚要到门口吗？

显然展总说的门口和宁秋秋想的门口不是一个门口，对方连她所在的包间号都知道得这么清楚，她妈功劳很大。

众人惊了，这帅哥是谁？

“打扰。”展清越冲着因他出场而有一瞬间安静的包间里的众人微一点头，“我来接秋秋。”

接秋秋……所以，他是宁秋秋的那位朋友？

展清越无论在外表上还是在气质上都超了关南培一截，一看就不是普通人，加上宁秋秋对关南培平淡的态度，众人开始怀疑：她真的是为了关南培而来？

而关南培……关南培这会儿已经目瞪口呆了。

节前年会，他见过这位的，自然一眼认出来这位是卓森现在的大老板。

他刚才还在为很快能进入卓森中级管理层而骄傲，结果人家直接把大老板搬出来了。

这场面不是一般的尴尬。

“帅哥，进来喝杯酒呗，不然秋秋我们不放啊。”有不嫌事大的同学笑嘻嘻地说。

展清越说：“秋秋不准我喝。”

众人又惊了。

在众人想着“这算公开关系吗”的时候，又听到展清越补充说：“酒驾不好。”

所以，到底是不是他们想的那样？他们好着急。

宁秋秋已经拿了自己的外套和包，不给他们任何机会，说：“那我先走了，你们继续。”

说完，她快步走到门口，展清越伸手接她的包和外套。宁秋秋当着大庭广众，没有不给他面子的道理，展清越又冲包间内的众人微一点头，和宁秋秋一起离开了。

包间里的人神色各异，感觉他们无端被喂了一口“狗粮”。

他们以为宁秋秋是为了关南培而来的，现在看来，是……炫男朋友而来的？

好像也不是男朋友，但看那关系又胜似男女朋友。

“我想起来他是谁了！”从展清越出现就开始沉默的宁婉婉突然说。

众人期待地看着她，宁婉婉说：“他就是卓森的大老板哪，展什么来着？我记得他，因为他前两年出了点儿事情，他居然和秋秋……”

这个消息带有爆炸性的效果，他们业外人士本来也不知道卓森多厉害，谁有事没事去关心一个自己进不去的公司。但是嘛，自从提到关南培进了卓森，众人都被科普了一番卓森的背景，是个人都知道卓森厉害了。

而宁秋秋貌似直接和人家的老板在一起了。

“咦，这样说来，秋秋不就是关学神的……”老板娘啊！

有人发现了重点，但看关南培的神色不是太好就没说出来。

“我的妈，我以为这些大公司的老板都是秃顶啤酒肚呢，卓森的老板这么帅气的吗？我酸了。”

“娱乐圈的人关系很复杂的。”冯婷用一副圈内人的口气说，意有所指，“各种规则，水很深，不像我们看到的那么单纯美好。”

冯婷暗示宁秋秋是被大老板包养了。

这句话把宁婉婉惹怒了：“你嘴巴放干净点儿，秋秋在的公司是她自己家占大额股份，她自己就是老板。你以为是个人都这么龌龊肮脏？而且他们两家本来就是世交，在展家落魄的时候宁家还帮过他们一把，你这个人‘有毒’吧？”

众人见宁婉婉怒了，忙过来安抚她，冯婷被呛得脸一阵红一阵白。正在这时，服务员敲开门，说："这两瓶里奇堡特级园是宁小姐的朋友请大家喝的，请慢用。"

有的人不懂里奇堡特级园是什么东西，拿出手机来查，然后沉默了。

展清越不但送了酒，还结了账。宁秋秋看他这么多钱刷出去，撇了撇嘴："便宜有些人了。"

有些人根本不值得喝这么好的酒，根本不值得他们买单！

展清越闻言说："用点儿零花钱给你撑个大场子，赚了。"

听听人家说话，多任性。

二人一起走到门口，展清越的车已经被开过来等在那里了。宁秋秋见下来给他们开门的人并不是饭店负责泊车的门童，而是展家的司机……

宁秋秋瞪他，说好的自己开车来的呢？浑蛋，骗人是不对的！

展清越一脸坦然："我又没说没带司机。"

你说这个人咋这么讨厌啊？

宁秋秋坐上车对司机说："先把我送去宁家。"

"直接回展家。"展清越说，"你的东西明天让人送回来，一样。"

"不，我要去宁家！"让我当归，我偏偏不归。

司机一脸为难地看着他们二人，到底去哪里？后面的车在催了呀，浑蛋，主人吵架，他们受伤。

展清越说："谁给你发工资？"

司机："……"

他瞬间懂了，发动车子往展家的方向开。

宁秋秋："……"

她上了贼车。

由于比富没比过展总，宁秋秋被迫当归，心里把展清越这个黑心洋葱扎了一百遍小人。

但她转念一想，觉得这未尝不是件好事，毕竟她的房间被温玲弄得乱七八糟的，如果她不提前回去，那么温玲一定会想办法让展清越过来接她，说不定还要展清越留宿。

留宿嘛，宁家会给他们准备两间房？

显然不可能。

这样一想，她似乎更能接受现在的剧本。反正就提前一天回去嘛，她也不损失什么，就是展清越这个人太坏了，手段让人不齿！

车子缓缓地行驶在道路上，宁秋秋看着窗外的霓虹与车流，听到展清越说："你同学里似乎有一个是我的员工。"

这你也看得出来，您可太优秀了。

卓森上下那么多人，展清越居然记得一个刚进去的员工，本来还想着要跟他冷战示威的宁秋秋被这个话题吸引了注意力。

于是她阴阳怪气地说："展总眼力真好，记忆力顶一万条金鱼。"

一万条金鱼，展清越被这个比喻逗笑了，生气的宁秋秋，似乎……特别有意思。

展清越自从认识了宁秋秋，发现自己的恶趣味越来越严重，看她被自己惹生气，居然也没有什么愧疚心，这对曾经正经又尊重女性的展清越来说，是万万不可能出现的情况。

“高才生兼海归。”展清越解释说，“我看过他的资料，特地注意了一下，就记住了脸。”

果然优秀的人走到哪里都优秀，以前关南培稳坐他们那一届前三的位置，经常拿第一，后来考上了国内顶尖大学，又成为交换生去外国深造，到了卓森也依旧令人瞩目，连老板都记住了他。

而且，转正就升职，他还那么年轻，前途不可估量吧。

宁秋秋撇了撇嘴，要不是套了个黑心洋葱，估计真要仰望人家了。

展清越见她不说话，微笑：“他就是岳母说的高中学霸？”

你还真对得上号。

不过宁秋秋现在还在耍小脾气呢，坦然承认：“对啊，有没有很优秀？”

“嗯，很优秀，不巧的是落到我手上了。”

宁秋秋听了，说：“喂，你别乱来啊。”

她虽然对关南培没有感觉，甚至对于他的自傲与自负有点儿嗤之以鼻，可人家毕竟实力摆在那里，如果因为私心给他穿小鞋，那太没风度了。

“我只是觉得他的可塑性很强，让他多加加班提升一下能力而已，秋秋想到哪里去了？”

宁秋秋：“……”

虽然这不是穿小鞋，但比穿小鞋更可怕呀，浑蛋！

展总委屈巴巴地说：“秋秋，你这样想我，我很伤心。”

“我……”宁秋秋心里已经把这个黑心洋葱扎成了板栗球，谁让他坑她！

不行，她要坑回来。宁秋秋快速转动小脑袋，说：“刚好你坑我回来，我也很伤心。”

“所以，”展总阴谋得逞，“抵消，如何？”

“不。”宁秋秋说，“我觉得这时候应该互相生气，冷战几天。”

媳妇越来越聪明了怎么办？

不过嘛，展清越轻笑，点头答应：“好。”

回到家也才八点多，“冷战”的二人各自回了房。宁秋秋的东西都还在宁家，她打电话让温玲差人给她收拾一下，明天让展家的司机过去运回来。

打完电话，宁秋秋又收到了宁婉婉的微信。

宁婉婉：“秋秋，我记得你的未婚夫好像不是这个展先生啊，怎么变了？也没听你们说过。”

在宁婉婉的印象里，宁秋秋和温玲都是爱炫耀的性格，有个这么优秀的男朋友，没拿出来炫耀，实在不是她们的作风。

宁秋秋：“未婚夫只是长辈们的口头约定，作不了数。我和他现在八字没一撇，就没说了。”

温玲虽然爱炫耀，但时刻记得自己的女儿是大明星，恋情不能随便公开，所以只能忍住自己爱吹嘘的心，感觉人生都缺少了一份乐趣。

宁婉婉："今天笑死我了。那个冯婷今天肯定是冲着你和关南培来的，结果在你这边没占到便宜，关南培还不理她，她肯定气死了。活该，我高中就看她不爽了，也不知道关南培怎么会眼瞎看上她。"

宁秋秋："男女审美差异吧。"

宁婉婉："对了！关南培还问我要你的微信，给吗？"

宁秋秋："不给。"

宁婉婉："他说不是为私事，估计跟工作有关。"

关南培的想法显然和宁秋秋是一样的，他担心宁秋秋记恨，或者因为别的事情，让展清越给他穿小鞋。

看到这条消息，宁秋秋瞬间体会到了刚刚展清越的心情。她即便对关南培没感情，可被关南培这样想，也觉得挺委屈的。

宁秋秋："你跟他说，卓森是个爱惜人才的公司。"

所以属于他的依旧会是他的，努力会得到更多的回报。关南培那么聪明，看到这句话肯定就懂了。

结束了和宁婉婉的聊天，宁秋秋打开和展清越的微信聊天框，纠结着要不要去道个歉。

但好像……这两件事儿的性质不同啊，展清越的那个明明是他挖坑给她跳的，行为恶劣。

想及此，宁秋秋愉快地关掉了聊天框，继续冷战。

初六下午，宁秋秋有个小采访。由于她过年的时候发的那个带有妙妙的新年祝福火了，让粉丝们对这只二哈很感兴趣，天天都在宁秋秋的微博底下说要看狗。

本市的动物保护协会就邀请她去做一个带有广告性质的采访，想利用妙妙的热度，吸引一波关注，宣扬爱护动物。

宁秋秋和瞿华带着妙妙一起去的。这个动物保护协会和宁秋秋想象的不太一样——都快要成动物园了，收养了各种猫狗，特别热闹。

妙妙一看到有小伙伴，乐疯了，挣扎着要加入它们玩耍的行列，宁秋秋拉都拉不住。

宁秋秋到的时候，刚好工作人员在喂食。只见工作人员用盆子舀了几盆狗粮，撒在一个长长的槽里，一边是狗，一边是猫，狗子们不像猫那样优雅，嗷嗷地冲过去就开始埋头吃，边吃还要边凶其他狗子。

妙妙这条傻狗也混入其中。其实它来的时候已经吃过了，并不饿，但它傻呀，看到其他狗子吃得那么香，也挤了个位置跟着吃。

吃了一口，它就毫不犹豫地吐掉了——不好吃，跟它平时吃的比难吃到天上去了。

可是，其他狗子一条比一条吃得香。

妙妙内存不足的脑袋没注意到自己吃的和别的狗吃的是一样的，利用自己的身材优势，挤开了一只吃得非常香甜的田园犬，吃田园犬吃过的那堆。

它又吐掉了，呸呸呸，贼难吃。

那条田园犬见妙妙挤开自己就算了还浪费粮食，顿时愤怒了，冲它龇牙吼叫做出要攻击它的样子。妙妙也就吵架厉害，见到这条狗子这样凶自己，顿时胆都吓破了，噌噌噌地冲回来躲到宁秋秋的身后。

宁秋秋："……"

你能不能有点儿志气？

"抱歉宁老师。"负责跟他们对接的动物保护协会工作人员小胡见妙妙这么挑食，特别不好意思，说，"我们这边的狗粮比较粗劣，您的狗还没吃的话，我们中午的肉骨头应该有没吃完的，我让人给它拿一根过来。"

"不用不用，它吃饱了，就爱瞎凑热闹。"宁秋秋看着那群吃得香甜的猫狗，问道，"这些猫狗都是你们自己养着吗？怎么不考虑让人领养？"

虽然狗粮、猫粮都不算好，甚至可以说劣质，但是由于工作人员照顾得好，这些猫狗都挺漂亮的，而且有很多品种的猫狗，说没人领养宁秋秋是不信的。

小胡有点儿不好意思地说："我们其实是想借着宁老师您这次的广告，宣传一下，准备义卖的。"

"义卖？"瞿华皱眉，他更多的是从宁秋秋的角度出发，说，"小胡先生，我们签的合同上没说到这一点，如果后续义卖款项的去处出了问题，我们艺人要承担责任甚至吃官司的。"

义卖和捐赠的性质其实差不多，这种关于慈善的东西，艺人们都会特别谨慎，不然被人抓了把柄，就和诈捐是一个性质了。

"不会不会。"小胡忙摆手说，"我们的义卖款都是用于救助更多的小动物，款项透明公开，而且我们虽是民间组织，但受政府的资助与监控，不会有任何问题的，瞿先生您大可放心。"

瞿华听说款项透明而且受政府监控，脸上的神色放松下来。

小胡又说："其实我们也是被逼无奈，之前我们开通过领养渠道，但是很多领养的人只是一时兴起，领养完后照顾不妥当，二次遗弃送回来甚至虐待的现象很多。所以我们就不打算送了，他们花了钱就会珍惜很多。"

这倒是实话。

不过瞿华还是很谨慎地跟他们签了补充协议，怕以后出意外。

宁秋秋录完采访回去已经是傍晚了，妙妙这条傻狗和协会的狗玩疯了，不肯回去，四脚朝天地赖在地上不肯走，让人哭笑不得，后来还是找协会的工作人员帮忙抱上车的。

这条傻狗耍赖没成功，上车开始生气，一直在嗷嗷嗷地鬼叫。

宁秋秋被它吵得脑壳疼，在它的狗头上轻拍了一下，说："你再叫，回去让你爸收拾你。"

这句话可太有效果了，妙妙立刻尿了，委委屈屈地窝在座位上，一声都不敢吭。

宁秋秋摸了一把它的狗头："你说你这条狗怎么就这么没志气呢？"

妙妙眼神鄙夷地看着她，仿佛在说彼此彼此。虽然宁秋秋知道哈士奇天生带着鄙视眼，可怎么老感觉自己被一条狗鄙视了呢？

回到家，宁秋秋让管家带着它去洗澡。一进门，宁秋秋看到展清越坐在客厅沙发上用平板电脑看着什么，正想跟他打个招呼，才刚做出表情，想起自己正跟他冷战着，于是生生拗成了高冷脸，不理他。

“宁小姐，你回来啦。”做到元宵节就要离开的晶晶看到她进来，满脸开心地走上来挽住她的手，“你猜我们今天去了哪里？”

“不猜。”宁秋秋一脸冷漠。她才不关心，哼！

“不要这样嘛，”晶晶说，“好啦，我告诉你啦，我们去了新落成的那栋号称“小翘臀”的大厦，展先生说他要开一个娱乐公司，就租在那大楼的二十八层。我们今天去看了一下，哇，又高档又好看，视野特别好，在那里办公简直是享受。”

“小翘臀”那栋大厦宁秋秋知道，类似于一个翘臀形的建筑，之前炒得非常火热，说是什么地标级别的建筑，而且地理位置超级好，高层可以俯瞰A市最繁华的景观。

宁秋秋：“……”

这个展清越，他一定是故意的！

她也好想去看哪。

宁秋秋看了眼坐在沙发上淡定地看着平板电脑的展清越，客厅的灯光落在他的身上，衬得他更加俊美清雅，比展清远那个男主角还要有男主角的风范。

可惜，心是坏的。

宁秋秋想到之前看过的一本小说，里面有一句很经典的话：与天斗，其乐无穷；与地斗，其乐无穷；与boss（领导）斗，其傻无比。

她当时还超羡慕人家，嫁了个“腹黑”、聪明又有钱的老公，每次看到boss逗女主角，都被撩得一脸血，忍不住满脸姨母笑，内心尖叫着男主角好撩好帅好想嫁。

现在，呵呵。

她飞起就是一脚。

偏偏展清越还说：“记得把布局方面的意见提给周扬，让他收集意见，尽快把办公室布置好准备开工。”

“好的，没问题！我最擅长提意见了。”晶晶兴奋地说。

宁秋秋：“……”

这都快要开工了，说好让她入资的呢？浑蛋！为什么完全没动静了呀？

她一度以为，娱乐公司的事情因为卓森回到展清越手中而被搁置了。

而且，展清远这次离家出走回来后，暂时也没有要重新接手卓森的意思。这孩子受了巨大的刺激，说想要缓缓，刚好公司的项目副总年前跳槽离职，展清远便自己接了这一职。

你说好好的老总不当，非要去当一个项目副总，和别人共赏江山，是不是逻辑有毛病？有钱有权不快乐吗？被你哥压一头很爽吗？

宁秋秋不是很懂这种小说男主角的想法，他八成被爱情烧坏了脑子。

所以卓森依旧在展清越的手上。宁秋秋以为娱乐公司的事情就泡汤了，加上展清越还在复健，她就没再去问过，怕给他压力。谁知道这个人不但连场地都租好了，还筹划着开工了。

宁秋秋就不懂展清越这个人的精力了。平日里看他也没有多努力，平时不去公司的话，在书房里最多就待八小时，和别人的上班时间一样。

可他怎么就能做这么多的事情呢？

到底是他真的比别人聪明所以事半功倍，还是牺牲了睡觉休息的时间，在他们看不到的地方偷偷努力？

晶晶不知道这二位闹矛盾了，继续欢快地和宁秋秋叨叨："可惜宁小姐你今天没空去看，我们拍了很多照，等下我用微信传给你呀，你也可以提布局方面的意见，而且……"

晶晶满脸花痴："今天跟我们一起的行政总监，超有气质，超温柔。"

宁秋秋："……"

新公司连行政总监都有了。

展清越收起平板电脑，听到晶晶的话说："你要是喜欢，我可以让周扬给你们牵个线。"

"那还是算了。"晶晶赶忙说，"万一人家看不上我，怕了怕了。"

之前由于展老爷子很喜欢晶晶，就把自己挺看好的一个后辈介绍给她。那个后辈是展家的资助对象，企业家们总爱搞这一套，展老爷子也不例外，特别是展清越出事后，他做了很多善事，为展清越祈福。

可是这个男人虽然很优秀，但骨子里带着一股傲气，打心底里看不起晶晶的职业，即便晶晶现在是高级护工，加上深得展老爷子的喜爱，工资水平奇高，还有各项来自男女主人的福利。

宁秋秋拍广告出席活动，经常会收到赞助商或者甲方送的东西，宁秋秋自己用不了那么多，都是给了小池和晶晶。

展清越就更不用说了，在金钱方面从来不吝惜。

总而言之，晶晶是个超正经还超有钱的护工。可展老爷子介绍的那个人看不到这些，只是觉得晶晶从事的这种服务行业低人一等，看不上她，一开始还碍着展老爷子的面跟她处了一阵子，后来直接勾搭上了某位老板的女儿，把她踹了。

这件事情弄得展老爷子和晶晶都很尴尬。展老爷子根本不知道自己资助的后辈这样不谦虚，总之此事过后，晶晶依旧是个快乐的"单身狗"，展老爷子也再没给她介绍对象了。

想到那件事情，宁秋秋拍了拍晶晶挽住自己手的手背，说："职业没有贵贱之分，不要因为那个浑蛋妄自菲薄，你值得拥有比他更好的。"

"我才不是因为那个浑蛋呢！"晶晶撇了撇嘴，"其实是我随口说的借口啦，我现在还不想谈，多谢展先生的好意啦。"

宁秋秋凭着女人的第六感，问："你是不是有喜欢的人了？"

"没有！"晶晶举手发誓。

没有就没有，晶晶干吗这么激动？宁秋秋更怀疑了。

晶晶的事情发生的时候，展清越才刚醒来，并没有人跟他说这件事儿，现在听她们二人在那边叨叨，心里大概猜到晶晶被哪个"渣男"嫌弃职业了。

他沉思了一下，冒出了一个想法。

虽然宁秋秋很关注也很好奇新公司的事情，也非常想去小翘臀的二十八层看看景色到底有多美，可她都忍住了，这回要和恶势力斗争到底！

不然她和妙妙就真没什么区别了。

展清越身体已经大好，生活能自理，后续的腿脚灵活度复健自己按照医生的指示每天完成就行，不需要护工了。

所以晶晶和陈毅都圆满完成任务，要离开展家了。陈毅年前就走了，晶晶稍迟一点儿，在元宵节后走。

晶晶在他们家干了两年多，宁秋秋跟晶晶处了半年，关系一直不错。

虽然这个墙头草总害她！

由于《我的校霸女友》在元宵节后第一天开机，晶晶是元宵节后第二天走，宁秋秋来不及给她送别，所以趁着还在家的日子，决定给晶晶送点儿什么。

“明天刚好你休息，我们去逛商场，你想买什么，我全程给你买单，怎么样？”宁秋秋跟晶晶说。

晶晶还没见过这么财大气粗的送礼方式，目瞪口呆，半晌才愣愣地说：“这样会不会太破费了？”

让她随便刷随便买，她能刷掉半年工资呀！

“不会。”宁秋秋笑道，“我还怕你不好意思买，要给你定个保底消费目标，比如没刷到六位数不准回去。”

六……六位数。

晶晶掰着手指头算了一下，妈呀，宁小姐什么时候也这么财大气粗了？

宁秋秋见晶晶一脸震惊的表情，内心得到了巨大的满足，终于体会了一把展爸爸随便扔钱随便花的快乐。

她真的很快乐。

不过她是真的喜欢晶晶，才会想出这么任性的送礼方式，不然对别人她才没这么大方呢。

宁秋秋又补充说：“我寻思着，直接给你钱的话太伤我们之间的感情了，送礼物也太单薄，就想了这个主意，是不是很赞？你今天记得列张购买清单，我们明天就去。”

晶晶内心疯狂咆哮，想说要不你还是给我钱吧，我想被你伤感情，把我伤得遍体鳞伤、体无完肤，呜呜呜。

晶晶也只敢想想，表面是一副感动死的表情，说：“宁小姐，你真是我见过的最漂亮、最好相处、最可爱的女主人了。”

“谢谢啊。”宁秋秋听到她的“彩虹屁”就来气，上次那件骨玉的事情，要不是自己机智地混了过去，可就被她害惨了，“你少出卖我两次的话，我会更漂亮、更可爱、更好相处。”

晶晶：“……”

隔日，宁秋秋真带晶晶去商场逛了一圈，买了一堆奢侈品。晶晶体会了一把被清空购物车的快乐，十分满足。

购完物把东西放车上，二人又去本地有名的海鲜餐厅吃晚饭，菜依旧是晶晶点的，晶晶没客气，把这里的招牌菜都点了一遍。

点完之后，又累又饿的晶晶满足地瘫在舒适的椅子上，喟叹道："今天爽过，死而无憾了。"

宁秋秋："你能不能有点儿出息？"

"可是真的很爽嘛。"晶晶有点儿委屈，"以后再也碰不到这么好的女主人了。我跟你说，宁小姐，我就业到现在，这是第四户了，前面三户的女主人，要么整天防着我勾搭她的男人，要么觉得花钱雇我，我就是他们家的用人，什么活儿都想让我干，要么就小气巴巴，我多喝一口水都要瞪我半天。"

晶晶这么惨？宁秋秋忽然感受到了护工这一行的心酸，服务行业真的就是看别人的脸色吃饭，碰到不好对付的客人跟吃苍蝇一样恶心。

宁秋秋想了想，说："你要不考虑转行？刚好现在展清越开新公司，肯定缺人的，可以让他给你安排一个工作。"

晶晶倒是超想，可是说："我只会做这个，而且现在也做到高级护工了，如果转行就是重新开始，没那么容易的。"

而且待遇方面也会有落差，晶晶现在转行，只能做最初级的助理，帮忙送送文件、打打印。

这种连办公软件都不会用的助理，指望拿两三万的工资？

公司其他人怕是要"揭竿而起"了。

"哎呀，反正我还在A市嘛。"晶晶感受到了这个问题很沉重，忙转换话题，说，"而且展老爷子说以后我就跟他的小孙女一样，甚至可以大摇大摆地进出展家蹭饭。嘿嘿嘿，我虽然人走了，可我的精神永在！"

宁秋秋："……"

这话怎么听着怪怪的？

吃饭的时候，宁秋秋接到了瞿华的电话，说接到了《我的校霸女友》导演肖声的电话，剧本的编剧和小说的作者想要见见男女主角，看她这边什么时候能抽个空，大家组个局，一起吃个饭。

"怎么编剧和作者都出来了？"宁秋秋纳闷儿地问。这部剧真是命途多舛，从她开始接到通知试镜到现在总有各种意外。

如果投资方说要吃饭，或者导演组局让主演们一起熟悉熟悉，都说得过去，可编剧和作者……不会还要看看男女主角合不合他们心中的主角人选，不合就换吧？

"我也不知道啊，肖导那边没说。哎呀，反正开拍前就是各种组局、各种见面，不要紧张，主演的人选除非是投资方和导演要换，编剧和作者没那么大的权力的，你放心去，别怕呀！"

成吧，宁秋秋跟他约了时间，看看对方的葫芦里究竟卖的是什么药。

吃完饭二人继续去逛了一会儿。

过几天就是情人节了，宁秋秋特地去买了个礼物，这回没有“作妖”，买的是小说里女主角常送给男主角的东西——袖扣。

晶晶看到她给展清越买礼物，马屁随口就来：“哇，这对袖扣可太好看了，宁小姐的眼光一级棒，展先生收到肯定会非常开心、更加爱你的！”

宁秋秋接过售货员包好的礼物，跟晶晶一起出了店门，才淡定地说：“不是给他的，给另一个要好的朋友。”

晶晶惊了，宁小姐居然送别的男人这么暧昧的东西，袖扣欸，不是情侣间或者对有好感的对象才送的吗？

这样真的好吗？

“那……”晶晶试探性地问，“你给展先生送什么情人节礼物呀？”

“不送，他又不缺。”

宁秋秋给别的男人送袖扣，给自己的男人什么都不送，晶晶突然觉得，展先生的头顶是不是有点儿绿？

宁秋秋又说：“你晚上打小报告的时候，记得把这件事情报告给他。”

“我没有打小报告！”晶晶辩解，展先生不问，她从来不说的！

宁秋秋点头，说：“我知道，我让你打你就打。”

晶晶：“……”

她不是很懂他们之间的情趣。

不过拿人的东西手短，晶晶今天就是死在展清越的黑心下，也要完成这个任务。

按照宁秋秋的意思，她尽职尽责地把今天的事情“不小心”透露给了展清越，并且暗示他注意绿帽子。

展清越听完果然沉默了。

这个宁秋秋，问题很大。

宁秋秋得意了：来啊，来互相伤害啊。

第九章　礼　物

宁秋秋和《我的校霸女友》的编剧叶知秋、原著作者鹿兜见面的时间就约在了情人节的前一天，导演肖声组局，也没太讲究，让大伙儿去他家吃火锅。

宁秋秋和瞿华一起携礼去的。肖声人冷冰冰的，不苟言笑，看起来比霸道总裁都霸道，他的媳妇却是温柔可人，说话都是温声细语的那种，支使肖声干活儿却一点儿都不含糊。

他们到的时候，肖导正围着围裙在厨房切鱼片，他的媳妇慢悠悠地熬汤，顺便还埋汰他几句，肖导皱着眉，敢怒不敢言。

宁秋秋忽然觉得这位嫂子应该结交一下。

"你们先坐会儿，还要有一会儿才吃。"肖导穿着沾着鱼鳞的围裙，对宁秋秋和瞿华说。

瞿华笑眯眯地说："没事没事，肖导你去忙吧。"

"嗯，等下有人敲门帮忙开一下，知秋他们也该到了。"肖导说完，又风风火火地转身回厨房了。

厨房里传来火锅汤底的味道。由于进组拍戏要保持八十五斤的体重，宁秋秋过年一直克制自己的食欲，可宁家厨房做的饭实在太好吃了，她忍不住多吃了点儿，体重狂飙到八十七斤。她最近在疯狂减肥，听说中午来吃火锅，连早饭都省了。

宁秋秋拼命忍住想咽口水的冲动，太香了！

"这火锅汤底是牛油火锅，重庆口味的。"

瞿华见自家艺人馋得连眼睛都要成火锅状了，干咳了一声，起身给她接了杯热开水，递给她说："解解馋。"

宁秋秋："……"

她好恨哪。

这时，门被敲响了，瞿华起身去开门。这次来的是一段时间未见的宋楚，一个人来的，经纪人没跟着。

这个小崽子过年把自己弄得时髦了，染了一头银色的头发，看起来又乖又酷，跟偶像男团的成员似的。看到宁秋秋，他酷酷地一甩头："怎么样，哥哥迷人吗？"

"迷人。"宁秋秋微笑，"我们家崽崽比烟幕弹还迷人。"

"滚滚滚。"宋楚在她的身边坐下来，向厨房看了一眼，见肖导的注意力没在这边，大大咧咧地把一只脚架在另一只上，抖起腿来，"哎哟，累死老子了，过年到现在都没安生过。"

宁秋秋满脑子都是火锅，心不在焉地搭腔："怎么了？被逼相亲了？"

"老子是那种需要相亲的人吗？我往那儿一坐，女人自动贴上来。"

宁秋秋对他的不要脸拜服了："难道不是一群妈自动贴上来？"

宋楚："滚哪！"

两个人斗了一会儿嘴，门再次被敲响了，这回来的就是编剧和作者了。

叶知秋是大编剧，大家都知道，本人是一位三十多岁的男子，留着一头艺术家最爱的长发。

出人意料的是原著作者鹿兜，成名已经几年了，宁秋秋一度觉得此人起码三十岁了。结果人家一出现，把她惊到了——看上去比她大不了多少，二十六岁顶天了。

肖声出来打了个招呼，又进去了。大家互相做了自我介绍，在沙发上坐下来。

人前，宋楚又恢复了奶萌奶萌的样子，坐姿乖巧，脸上还配着一副"小奶狗"必带的懵懂样儿，让人觉得好傻、好可爱、好想摸摸。

这个人太会装了。

叶知秋第一次见这两位主演，不过显然对宁秋秋更感兴趣。随口聊了几句后，他感慨一声说："《我的校霸女友》持续了两年时间才改好，其间我和兜兜不断讨论修改，也算是我的一部心血之作了。"

这时候她还能说什么，只能拍马屁呀。宁秋秋说："《我的校霸女友》无论小说还是剧本都很精彩。"

"看来秋秋把小说和剧本都看了。"叶知秋说完，问道，"你觉得明歌是个怎么样的人？"

宁秋秋不知道这位编剧约见他们的原因，比较谨慎，想了想说："她的性子比较坚韧，善恶分明，思想很独立，有自己的坚守和底线，但也有一点点过分固执和自我，偶尔让人牙痒痒，不过我觉得这也是她有血有肉的魅力所在。"

叶知秋点了点头，笑道："看来功课做得不错，理解很到位。兜兜，你怎么看？"

鹿兜说："宁老师的外形其实挺符合当初我对明歌这个角色的设想的，看了宁老师的综艺，性格方面也有一点儿相似之处，就是没见过宁老师演戏，所以希望宁老师在演戏方面也会带给我惊喜。"

宁秋秋懂了，说来说去，他们还是对她的演技不信任。

只是，她不是肖声亲自试镜进的吗？就算他们不相信她，也应该相信肖声吧。

宁秋秋有点儿不解，不过表面上却不动声色，和瞿华对视一眼。瞿华说："哎呀，说起来也巧，我们秋秋去年参演了一部电视剧的女二，前几天制作方剪了几段样片过来，我刚好存到手机里了，不如两位看一下？"

"那不是巧了？"叶知秋打了个响指，"这个必须要看。"

瞿华把样片调出来给叶知秋和鹿兜看，由于是样片，剪的都是比较经典、考验演技的片段，包括云瑶与男主角初遇、出嫁，以及在异国他乡努力适应生活、克制思念家乡的片段。

看完，叶知秋和鹿兜互看了一眼，眼里都有疑惑之色。

叶知秋："这是秋秋的第一部剧？"

瞿华谦虚地说："对，这是我们秋秋参演的第一部电视剧，演技方面还有些瑕疵，参演《我的校霸女友》她会更努力的。"

叶知秋点了点头，释然地笑道："我和兜兜都很期待秋秋的表演。"

全程当背景板的宋楚都无语了。

你们看看我呀，我这种男主角的存在感这么弱吗？

肖声好像掐准了他们聊天的时间一样，这边叶知秋刚说完，那边就喊开饭了，把准备好的食材都往桌上搬，又拿了瓶好酒出来，声称要不醉不归。

由于是在家里，大家吃得都比较放松。叶知秋不胜酒力，才喝了一点儿酒，就已经招架不住了，肖声再次给他斟酒时，他捂住杯子说："不了不了，再喝要出事了。"

"是你非要我组局，组局不就是喝酒嘛。他们都不喝，你不陪我喝，谁陪我喝？"宁秋秋很少听到肖声说这么长的句子。

"嗐，别说了。"叶知秋整张脸红红的，醉眼迷蒙地说，"要不是那谁，那谁说你们这次选角搞内幕，我也不想瞎掺和。"

宁秋秋感到心一紧，听到肖声冷漠地说："你信个不认识的，也不信我。"

"嗐，也不算不认识，是个同事，中间还有点儿波折，不然我也是不会信的，这事儿是我对不住兄弟。"叶知秋拍了拍肖声的肩膀，显然喝高了，什么话都口无遮拦，"我知道你内心有气，我赔罪好吧，你别再让我喝了，真喝不下了。"

宁秋秋好像有点儿懂今天的这个局了。

叶知秋听了别人的话，以为宁秋秋是靠关系进组的。由于《我的校霸女友》是心血之作，他和原著作者都舍不得它被一个关系户毁掉，尽管肖声解释了对方不是关系户，但他们还是不信。

于是他们才组了这个局，看看宁秋秋到底是人是妖，估计要不是瞿华那边刚好有《飘摇》的样片，他们还要让她和宋楚现场飙戏看功底。

刚刚肖声一直在厨房准备食材不出来，明显就是心里有气，不想参与。

这不是巧合，那个同事十成十是冯婷。

宁秋秋内心冷笑，有的人怎么就这么爱作死呢？

从肖声家里吃完出来，已经晚上九点多了。叶知秋喝高了，宁秋秋让瞿华送他回去，鹿兜自己开车回去，宁秋秋自己则有展家的车来接，宋楚厚颜无耻地要蹭车。

"我喝酒了，不能开车！"对方理直气壮地说。

"你不会找代驾？"宁秋秋想抽死他，"你一个大男人好意思让我一个女的送你？"

"你不是自称'妈妈粉'吗？送一下我怎么了？"宋楚死皮赖脸地说，"而且我怕代驾看到我的美貌，会忍不住对我下黑手。"

"你可要点儿脸吧。"

最后宁秋秋还是让他上了车，宋楚住的地方比较近，宁秋秋先把他送回去，再回展家。

回去刚好十点，客厅里黑灯瞎火的——大家居然都这么早休息了。

宁秋秋上楼，走到门口的走廊上，刚好撞见了晶晶从展清越的房间里出来。要不是她绝对相信晶晶是个超正经的护工，真要怀疑晶晶跟展清越有一腿了。

"宁小姐你回来啦！"晶晶看到她，开心地跟她打招呼。

宁秋秋点了点头，又看了一眼展清越紧闭的房门，有点儿担心地问："他……又出什么事情了？"

自从展清越可以走路后，晚上一般不会让护工过去伺候他了，洗澡之类的事情都自己解决，除非有时候脚抽筋什么的。

"没有没有，宁小姐你不要担心。"晶晶摆手说，"是展先生明天要出差，让我过去帮他收拾出差用品，装了一整个行李箱，累死我了！"

宁秋秋："啊？"

明天是情人节啊！

他居然在情人节出差，还装了一整个行李箱的用品……她如果当天去当天回，基本除了带点儿补妆的东西，还有手机充电器、耳塞，别的都不带，拎个小包包就走了。

他收拾了一行李箱，估计要住几天了。

"你也去？"宁秋秋问她。

"展先生说他带周扬，让我在家里陪展爷爷。"

打发走了晶晶，宁秋秋回到房间，略郁闷地卸妆洗澡。

睡觉前，宁秋秋还不忘骂了他一句。

第二天清晨，她听到了门外的动静，似乎是展清越和周扬说话的声音，尽管房门的隔音很好，她还是听得到，只是不清楚内容，他们应该是出差去了。

宁秋秋看了眼时间，才六点，外面的天都还没亮。换作平时宁秋秋在这个点被吵醒，能蒙着被子再睡两三小时，可今天怎么也睡不着了，在床上翻来覆去到七点，郁闷地起床。

她穿戴洗漱好，打开房门却看到门口放了一个文件袋，上面还贴了一张纸，苍劲有力地写着几个字：宁小姐亲启。

嗯？宁秋秋的心怦怦地跳，不知道里面是什么东西，她微颤着手拿出来，是两张纸。

"丰宜娱乐股东持股明细？"宁秋秋一头雾水，丰宜娱乐，莫非是娱乐公司的名字？

宁秋秋继续往下看，股东名称一栏的第一个名字，赫然写着"宁秋秋"三个字。

她再往后看。

股东类型：个人。

股东排名：1。

持股占总股比：43.52%。

入股资金……反正比一千万多。

我的妈，宁秋秋捂住心脏，这就是传说中被霸道总裁的情人节礼物砸晕的感觉吗？

孤陋寡闻的宁秋秋真没见过这么豪的，简直超出了她的想象范畴。

展清越真是……宁秋秋忍不住双颊滚烫，看向另一张纸，是展清越给她留的字条。

致正在冷战的宁小姐：记得给钱。（注：还不起接受卖身。）

宁秋秋所有的感动都化为乌有。呵，男人。

展清越这个人太聪明了，知道她拿不出那么多钱来，宁父也刚度过寒冬，腾不出那么多资金来帮助她，《我的校霸女友》的钱还没那么快到账，导致她现在还不起这么多钱。

说好的让她入股呢？为什么她最后是大股东？！

这样子说来，那她岂不是……老板？

宁秋秋还没从还钱的头疼中缓过来，又陷入另一种恐慌中：她不会管理！

她做老板，这家公司迟早要倒闭。

持股明细上包含了好些股东的名字，宁秋秋一个都不认识，除了她占大额，其他人持股都比较少，而展清越，她在很下面才找到他的名字，只有 5%。

为什么呀？不可能是他没钱了吧。

宁秋秋不是很懂，想问一下展清越，又憋着一口气不想问。她严重怀疑展清越这个人是不是没谈过恋爱，甚至要不是他说可卖身偿还，宁秋秋都怀疑自己会错了意。

他不知道女孩子是靠哄的吗？

由于是情人节，到处都在秀恩爱，宁秋秋刷朋友圈吃了一波"狗粮"，刷微博又吃了一波，刷动物圈，还被秀了一脸，是人是鬼都在秀，只有她是"单身狗"。

一只有狗子的"单身狗"。

宁秋秋不爽，就要别人跟着她不爽。她退出微博，打开手机联系人，找到他们公司老总谈总的联系方式，给他打了一个电话过去。

"谈叔……嗯，也祝您新年快乐、步步高升……我就想问问您和华盛那边的高层是不是还挺熟的？想找您帮个忙……"

冯婷看微信已经不下三十次了，明明知道有消息进来手机会响，可还是忍不住看，怕自己错过了对方的回复。

她想约关南培去看灯会。元宵节将近，市内一条历史名街的灯会今天开始开放展览，她花了大力气托人才买到两张门票，由于机会难得，也顾不上矜持与骄傲了，主动约了关南培。

可惜半小时过去了，对方没有任何动静，这让冯婷坐立不安起来，忍不住想东想西。

"婷婷，钟总监让你去一趟办公室。"冯婷正对着电脑发呆，一个字都写不出来时，听到她的直系领导钟总监的助理叫她。

冯婷只好收起乱七八糟的心绪，拿着笔记本和笔去办公室找钟总监。

钟总监招呼她坐，笑道："小冯来我们公司半年了吧？"

“嗯，去年八月进来的。”冯婷说。

“那也算是老人了，可以独当一面了。”钟总监手指轻敲着桌面，说，“这样，《斗魔录》的剧本你就暂时不要参与改编了，我手上有两个不错的大纲，你拿回去构思一下，看看能不能把这两部剧编出来。”

冯婷抓着笔的手一紧，她急道：“可是钟总，《斗魔录》我已经看过两遍了，准备了两个月的时间，我……”

钟总监摆手打断她：“这个是工作安排。大纲我发到你的QQ上了，下周的今天你过来跟我说构思。好了，回去吧。”

“不行。”冯婷急了，“钟总，这个决定也太突然了，您起码要给我一个理由，我真的为《斗魔录》的改编付出了很多心血，您不能这样随便打发我。”

“理由嘛。”钟总监低头想了想说，“给你一个机会，考验一下你。”

冯婷：“……”

她失魂落魄地回到自己的工位。《斗魔录》是终点小说网一本巨热的IP，共五百万字，光是编剧就有六个，是冯婷花了很大的力气、做了很多工作才争取来的。

《斗魔录》可不好啃，光是看两遍，根据作者给的思绪满天飞的大纲梳理人物关系和事件，就花了冯婷两个月的时间，现在她都还没弄完。

可是钟总监轻飘飘的一句话就让她前功尽弃。

考验，这真的是考验？

冯婷打开钟总监给她发的大纲，看看是不是真的很不错，结果看完差点儿崩溃了。

第一个是一部偶像剧的大纲，女主角就是个惹事精，整天不是弄坏人家的电脑，就是打翻人家的化妆盒，或者和路人甲乙丙丁起冲突，路上的流浪狗都要因为她心善地喂点儿巧克力而遭殃。反正怎么写都绝对不是讨喜的女主角。

第二个是一部霸道总裁剧的大纲，杂糅着各种替身“梗”、以为孩子不是自己的“梗”，最可怕的是，男主角因为错听了一件事情，导致女主角差点儿死亡，在急救室外面听到医生说做好最坏的准备时，男主角跪在急救室门口亲手撕了自己的……耳膜。

这是什么小说的大纲？你撕个耳膜给我看看！

冯婷要被气哭了，正要起身去钟总监的办公室说理时，手机突然响了一下。冯婷感觉眼角一跳，忙拿起来看。

关南培：“抱歉，我晚上加班。”

这是冯婷过得最为狼狈而难忘的一个情人节，工作失利，喜欢的人也约不到，她一时间失了理智，颤抖着手打字。

冯婷：“如果今天约你的人是宁秋秋，是不是你就有空了？”

关南培：“什么意思？”

冯婷：“别以为我看不出来你喜欢宁秋秋。本来同学聚会你也说不去的，听到宁秋秋去的消息又决定去了。高中的时候你也经常注意她，甚至把自己的笔记复印了一份给她。”

关南培过了一会儿才回她，给她发了个链接。冯婷不明所以地点开，发现是一个脑科医生的预约官网链接。

潜台词：脑子有病，就去看看。

冯婷：“……”

正在这时，办公室的门被敲响，是一个送东西的小哥：“冯婷小姐是哪位？”

冯婷收起她的心绪，勉强维持风度，说：“是我。”

“有您的礼物。”小哥手中拿了个豪华的盒子，“请您签收。”

“哇。”办公室的其他人都用艳羡的目光看向冯婷，这个情人节礼物也太有排面了。

冯婷本来因为工作和关南培的事情沮丧到差点儿哭起来，现在看到有人给她送礼，虽然不知道是哪位暗恋着她，可是这给她挣足了面子，让她瞬间挺直了腰杆子，在同事羡慕的目光下，签收了礼盒。

“是什么，是什么？快让我们看看。”有两个平时和冯婷合得来的同事围过来，办公室的其他人也翘首以待，想知道是什么东西。

“我猜是一盒玫瑰。”

“说不定是满满一盒的巧克力。”

“也有可能是化妆品哪。”

“哇，婷婷，我超羡慕你，快打开让我们看看。”

冯婷把礼盒放到桌子上，解开上面的绸带，在其他人期待的目光中打开，刚打开一半，人家还未来得及看清里面的东西，礼盒被她啪的一下合上了。

“是我……我一个很要好的男性朋友送的。”在同事不解的目光中，冯婷按住盒盖说。

“看一下是什么嘛，我超好奇呀。”

冯婷脱力地坐在办公椅上，说：“没什么好看的，不是追求者。你们回去工作吧，等下领导要说了。”

同事们见她的脸色不对，对看了一眼便散开了。

冯婷坐在椅子上，背对着众人，等到大家的注意力不在这边了，才打开那一盒东西——那不是一盒什么礼物，而是一盒五颜六色的菊花。

哪里会有男性追求者送她菊花的？

里面还有张字条，冯婷拿出来看，上面用正楷字体打印了一行字。

致正失魂落魄的冯小姐：害人终害己，因果好轮回。你害我一次，我还你一次，再免费附赠你一盒礼物，祝你情人节快乐！

冯婷攥紧那张字条，眼泪再也止不住地流了下来。

宁婉婉：“冯婷啊，我跟她不熟，不过听说她一直把你当成假想敌。她虽然成绩压你一头，但其他方面都不如你，甚至和关南培在一起后，我听关南培的哥们儿说，她还觉得关南培喜欢你。我就说关南培这个人眼瞎，怎么会看上这样一个心胸狭隘的女人？”

宁秋秋从原主的记忆里扒拉了一圈，也没想到她和冯婷有什么仇，想不通冯婷为什么会针对她，就去向宁婉婉打听了一下。

看到宁婉婉给她发的消息，她好像有点儿懂冯婷为什么针对她了。原主虽学习不好，可人家好看哪、有钱哪，作为全校男生心中的女神风头大呀，这让冯婷对她产生了深深的嫉妒之心，也让自己极度缺乏安全感，甚至怕自己的男朋友哪天也被她的魅力所吸引，转投到她的石榴裙下。

看来今天她给冯婷的教训不算过分。

收拾完了冯婷，宁秋秋神清气爽了点儿，连看那些秀恩爱的微博都不觉得刺眼了，把同样是单身的妙妙拽过来，一起合照发了微博。

宁秋秋："我与我家单身狗的情人节日常。"

妙妙由于其犀利的眼神和脸上总是表现出的不屑神情，很有霸道总裁的风范，一跃成为网红狗。宁秋秋的粉丝们想看狗的比想看她的多，看到她发妙妙的照片，评论都比平时勤快。

"啊啊啊，妙总威武，给妙总递牛肉干！"

"妙总陪我过情人节，顿时感觉自己不孤独了呢。"

"霸道妙总和它的漂亮铲屎官的日常。"

"（图片）秋爷家里有男人的衣服，是不是背着我们脱单了？呜呜呜。"

宁秋秋刷着自己微博底下的评论时，看到这一条愣了一下，根据图片的位置寻找，果然看到了一件展清越的外套挂在那里，还是她当初从 Vivi 给他带的那件。

由于拍照的时候没注意，她不小心就拍进去了一点儿，被眼尖的粉丝找出来了。

这个……宁秋秋含泪回复："家父的。"

展清越不是故意挑情人节这天出差的，主要是年初事情多，这个差很重要，必须他自己或者展清远出面洽谈才行。

本来他打算直接丢给展清远的，反正展清远现在正处于浑浑噩噩的空窗期，留在 A 市也是对着一个不可能再回头的女人徒生相思。

可展清远刚接手项目副总的工作，就发现那是个烂摊子，整天忙得焦头烂额，根本分不出神来出差。没办法，展清越只能自己去。

等到他和对方的人洽谈完毕，已经晚上六点了。对方的老总林总站起身来，笑着朝展清越伸出手："合作愉快，展总。"

"合作愉快。"展清越客气地跟他握了手。

"青年多才俊，展总这么年轻已经这样厉害，着实让我们这些老头子自愧不如。"林总不吝惜地夸奖说，"我让人订了地方，离这儿不远，过去一起庆祝庆祝。"

"多谢林总的好意，只是我要赶八点的飞机，只能心领了。"

"这么赶？"林总纳闷儿，"不留宿一晚？"

展清越说："实在是日子特殊，不赶回去恐怕没法儿交代。"

林总心想我看你不像是要和谁交代的人，不过日子特殊……他才想起来今天是西方的情人节，顿时懂了，语气惋惜地说："那真是太遗憾了，还想跟展总再聊聊的。"

其实他本来想着借机打听一下这位年轻的展总是否已有所属，不然打算将自己的女儿介绍给他认识一下。

现在看来，他的女儿好像没有希望了。

可惜呀可惜，这么优秀的男人，也不知道被什么样的女人拿下了。

拿下展总的女人现在正在家里开着女战士的号，跟天下第一锤……打竞技场。

随着女战士的一声惨叫，宁秋秋的屏幕瞬间一片黑白，女战士以一个销魂的姿势躺在地上被打败了。

同时，耳麦里传来天下第一锤的鬼叫："哎哟，我的姑奶奶，你怎么又死了呀？我的分哪，都快被你玩到掉出铂金段了，你也太坑了吧。"

本来今天天下第一锤看到许久未上线的宁秋秋突然上线，开心地邀请她去打2对2，顺便打听一下关于池鱼的消息，看看池鱼到底怎样才能加入自己的俱乐部。

结果他没想到宁秋秋PK挺厉害，在竞技场菜得跟个新手一样，一顿操作猛如虎，一看战绩零比五。

他好不容易打上了铂金段位，又要掉回黄金了。

害他掉段的人一点儿自觉都没有，菜就算了还凶巴巴地说："你自己在那边猥琐地绕来绕去不上去打，让我一个人吸引全部火力，还怪我？我没喷你已经算我素养好了。"

"走位，我这是在走位！你不知道竞技场要猥琐着打，打不赢一波就跑的技能吗？"

宁秋秋只打过PK，没打过什么竞技场，真不知道。

对面两个人是带辅助的队，本来还觉得对手有这么好的装备，会放一波大招秒辅助，看到宁秋秋倒下了，就肆无忌惮地追着天下第一锤打，很快也把他锤死了，二人被传送出竞技地图。

"快，继续排。"宁秋秋兴奋地搓手手，第一次打竞技场，虽然被虐得体无完肤，但感受到了这种模式的乐趣，"下一把我一定不会坑了，找到诀窍了。"

"你每把都这么说！"宁秋秋在天下第一锤这边的信用已经完全透支了，他有气无力地说，"姐，亲姐，你又碰到什么糟心事儿了是不是？哪个王八犊子惹你了？我帮你摁死他！"

宁秋秋一脸冷漠地说："哦，池鱼惹了我，你去摁死他吧。"

"那还是算了，你继续糟心吧。"

宁秋秋就不懂了，怎么展清越这个黑心洋葱的人格魅力就这么大呢？她记得唐宇——也就是天下第一锤，一开始不是叫嚣着要把池鱼打到满地找牙的吗？

怎么他现在反倒成了池鱼的"迷弟"了？

"我这是对强者的敬畏，敬畏懂不懂？"唐宇说完，又八卦兮兮地说，"姐，你跟池鱼不会真的有一腿吧？是不是表白失败了？还是没收到他的表白，内心不爽？"

宁秋秋其实就是想上游戏，消磨一下这个到处都充满了"狗粮"气息的节日而已，结果天下第一锤自己要找她打竞技场，她没有事情做，就愉快地答应了。

"不。"宁秋秋说，"我就是想给你增加点儿游戏难度，快排。"

天下第一锤："……"

他想哭，自己到底为什么会想不开找宁秋秋"双排"啊？

果然女明星会玩游戏都是骗人的。

宁秋秋成功让天下第一锤的段位掉到了黄金，内心舒爽了，在天下第一锤的哀号声中下了游戏，正要去洗澡时，听到房门被敲响。

谁会这么晚了来敲门？宁秋秋正纳闷儿，揉着发胀的肩膀去开门，看到立在门口的人时，愣了一下，甚至想揉揉眼睛看看自己是不是看错了。

"惊喜。"展清越微笑。

他身上还穿着整齐的商务西装，系着领带，跟刚和 M 国总统谈判完一样正式严肃，以至于手上抱着个硕大的礼盒，显得有几分"违和感"。

宁秋秋一时间不知道该做什么反应。说感动吧，如果这货下一秒又来个"骚操作"，她真怕自己要忍不住动手伤害病患了。

说不感动吧……好吧，她还是有点儿感动的。

"还在生气呀？"展清越见她不说话，伸手要拍她的头，被宁秋秋避开了。

她真的生气了。

"我开玩笑的。你不是说要冷战吗？我寻思着这样子才更像点儿，不然没让你冷战过瘾，又让我住小黑屋怎么办？"

宁秋秋："……"

他还有理了。

"娱乐公司一开始就打算弄好了送给你，当初注册用的也是你的名义。"他把礼盒递到宁秋秋的面前说，"这回真没坑你，情人节快乐，秋秋。"

展清越鲜少有这么真诚的时候，他更喜欢挖一个坑，引诱着猎物一点点地往坑里走。

只是宁秋秋这个人经常不按常理出牌，总是能以各种姿势避开他的坑，所以嘛，他只能用直截了当的方式了。

宁秋秋被他坑了一回又一回，虽然对方表示这回真的不是坑，可宁秋秋知道，这才是终极大坑，跳进去了，除非猎人自己放她走，不然以后她就出不来了。

可这个坑又有无限的魔力，诱使人跳进去。她很想答应，可又总觉得这样便宜了某个人，心有不甘。

她想了想，收下了展清越的礼盒，神秘地说："我也给你准备了一份情人节礼物，半小时后送到你的房间去。"

展清越微笑："那我期待着。"

宁秋秋抱着礼盒回了房。这回展清越真的没坑她，送的礼盒里，上面铺着一层天蓝色的玫瑰，下面铺着巧克力和一条全球限量版的丝巾。

他吸取上次的教训，终于没有再送口红了，怕又送了什么死亡色号。

不过，宁秋秋猜展清越自己是肯定想不到这么浪漫的礼物的，也不知道请了哪位孔明给他出谋划策。

展清越回房间洗完澡，已经快要十二点了。他坐在沙发上给腿按摩，他的脚还没完全恢复，今天奔波了一天，现在闲下来，两只脚都在钻心地疼，估计明天走不了路了。

他期待着宁秋秋将要送过来的礼物，拿出手机，看到晶晶给他的微信发了张截图，点开看到内容时，顿时哭笑不得。

那是一条微博的截图，宁秋秋拿他们家妙妙的照片发微博，结果不小心把他挂家里的外套照进去了，被眼尖的粉丝发现，宁秋秋居然回复人家……是家父的?

展清越一时间不知道该笑还是该气，家父……他真觉得再这样下去，自己要变成老父亲了。

宁秋秋像掐着点似的，半小时后准时敲响了他的房门。不过，展清越没看到礼物，只看到她抱着一个枕头。

她所谓的礼物，就是又要他养符？

"我来卖身肉偿。"宁秋秋把枕头往他的床上一丢，霸气地说。

展清越："……"

这就是……礼物？！

显然是的，宁秋秋说："展总准备一晚上给我多少？"

展清越哭笑不得："秋秋，别闹。"

"我没闹啊，不是你要我卖身的吗？现在我来卖了，你又不认账了？"

原来她还在生气呢。展清越在沙发上坐下来，拉着宁秋秋在自己的旁边坐，可秋爷不坐，固执地站着。

他无奈地说："秋秋，我没追过女孩子，可能与时代脱节了两年多，也不太摸得清楚小女生的脾气，容易情商欠费，无从下手。"

你也知道啊。

"所以，"展清越拉住她的手，"再给我一个努力的机会正式追求你，好不好，秋秋？"

突如其来的表白。

认识了这么久，展清越明撩暗撩，都是靠她自己意会，他从来没这么正式地说过要追求她。

两个人之间一直隔着一层暧昧的窗户纸，谁也不伸手捅破它。

现在展清越却突然把它撕了。

展清越抬头，目光清澈而认真地看她："可以吗？"

宁秋秋很想说不可以，可她的头却不由自主地点了点。

算了，这么好的男人，她打着灯笼也难找。

"我会努力表现的。"展清越轻笑，看了眼手表，离十二点还有三分钟。他说，"那漂亮的宁小姐，值此佳节的尾巴，我能不能先预支一个吻？"

宁秋秋被人掏心掏肺地表白了一番，联想到自己英勇无畏地来"献身"，本来就有点儿窘迫，听到展清越这样绅士又流氓的问题，顿时心情微妙，甚至有点儿恼羞成怒，甩开他的手说："不行，滚。"

展清越："……"

他又哪里做错了？

这个女人变脸的速度，真的堪比翻书。

正月十六,《我的校霸女友》正式开拍。

由于本市没有合适的拍摄场地,《我的校霸女友》的拍摄地定在邻市，开车过去三个多小时。

他们五点钟就要从 A 市出发坐车去，宁秋秋懒怠了近一个月的时间，起了个大早还有点儿不习惯，几乎是眯着眼上的车。

"秋秋姐！你精神怎么这么差？"宁秋秋刚坐进去，听到小池惊呼，"你是不是这阵子没休息好？我不是一直发消息让你十点以前要睡觉的吗？"

宁秋秋心虚地说："那个，昨晚不是元宵节吗？就……睡迟了一点儿。"

其实真实情况是，宁秋秋跟展清越吐槽，自己不会管理公司，让她当老板说不定被卖了还帮人数钱。

这话一听，很明显就是女孩子撒娇的话呀，她就等着对方说"不用怕，有我在就不可能出现这种情况，你就坐着当老板收钱就行"之类的话，多霸气。

结果展总沉思了一下，觉得她说得有道理，让周扬去买了一堆专业书给她充电，有不懂的就问他。

宁秋秋看到那一堆专业书的瞬间，真是满脑子的问号，心里有一万句脏话必须要讲！

宁秋秋给自己挖了个巨坑，每天含泪啃专业书——展清越这个直男也不是没有直的道理，他都觉得她需要读这些书，那就确实是真的需要。

不然她是最大的股东，虽然基本是个吉祥物，可以后有各种股东会、董事会需要出面，她不要求能提出什么惊天动地的法子或者思路来，起码别人说的要听得懂。

不然公司真被人卖了，她还喜滋滋地帮忙数钱，那可真是太秀了。

"哦。"小池想到对方是有男朋友的人，顿时了然，一脸暧昧地说，"我懂，春宵苦短哪，要早起！"

宁秋秋："……"

"那秋秋姐你赶紧补个觉，不然等下瞿哥看到又要念叨了。"小池帮她把毯子拿出来盖上，让她休息。

瞿华随后上车，看到宁秋秋在睡，果然没说什么。

这回瞿华没有安排那么大的阵仗了，规规矩矩地像其他艺人一样，安排了两个助理、一个司机，分两辆车过去。

宁秋秋这一觉也没睡多安稳，到半路就醒来睡不着了，看到瞿华精神也好，就干脆借此机会，把娱乐公司的事情跟他说了一下。

这个宁秋秋之前就跟他说过，娱乐公司开起来，她自己肯定是要跳槽去那边的，老东家这边，由于她自己家占了大份额的股份，所以两家以后是合作关系，并不矛盾。

“我就不过去了。”瞿华听完后沉思片刻，说。

宁秋秋一愣：“怎么？”

“我们小啾啾以后是要成为大明星的，我的能力有限，做你的经纪人这一年多来，很多事情我都处理不好，你需要个更好的经纪人，才能飞得更高更远。”

瞿华的经纪手段确实比较一般，毕竟宁秋秋是个作天作地要把自己作死的女配角，按照小说的定律，不可能给她安排好的经纪人。

瞿华在处理事情上不够果断，而且人脉关系一般，例如宁秋秋接的剧，两部其实都是靠她这边的关系或者自身的能力，瞿华那边给不了她好剧的资源。

但是宁秋秋以后肯定不会缺剧本的，以后公司的资源还不是任她选，至于经纪能力方面，她不是那种动不动就冒个大新闻的惹事精，瞿华只要能把经纪上的事务处理好，不出差错就行，在目前阶段来说也够用了。

大家都在慢慢成长，谁也不是一步到位的。

可这次任凭宁秋秋怎么说，瞿华都决定了不过去，宁秋秋也不好勉强他，不然反倒是像从老东家挖人了。

小池倒是没有瞿华这方面的烦恼，表示自己跟着宁秋秋走。

《我的校霸女友》的开机仪式很隆重，各家闻风而来的粉丝、请的媒体记者，还有剧组工作人员以及保安等，把整个拍摄地点围得人山人海。

由于大家准备着开机，现场都忙成一片。宁秋秋刚到场就被各种镜头追着拍，耳边还有粉丝们扯着嗓子喊：“秋爷，秋爷，啊啊啊！”

“你们好！”宁秋秋微笑地跟她热情的粉丝们打招呼，“天这么冷，辛苦你们过来了。”

“不冷。”粉丝们开心地说，“能见到秋爷整颗心都暖了。”

虽然他们说不冷，宁秋秋却看到他们有的人嘴唇都冻紫了，心疼地嘱咐他们说：“那开机仪式完了后早点儿回去，下午没有别的行程了，路上小心。”

“好，秋爷不用担心我们，新剧加油呀！”

宁秋秋刚和粉丝打完招呼，统筹就催促她赶紧进去，因为宋楚来了。宋楚的粉丝基础虽然不如她，可他的都是“妈妈粉”，战斗力强悍，两方粉丝加上媒体一起，容易出事故。

在一片混乱中，开机仪式结束了，演员们又开始化妆、拍定妆照。

今天宁秋秋没有拍摄任务，因为还要参加不少应酬，见不少人，又要接受采访，晚上还要吃开工饭，忙得脚不沾地，明天才正式开拍。

男女主角的定妆照在一个摄影棚里拍，宁秋秋比宋楚晚点儿做完造型，等她过去的时候，宋楚快要拍完了，当她看到宋楚的造型时，不厚道地笑了。

他那头嚣张的银色头发已经被染黑了，剪了个齐整的发型，配上那套传统的蓝白相间运动校服，他看起来真的和十七八岁的高中生一样乖巧内敛，他的那些“妈妈粉”见了估计要激动坏了。

书里的男主角就是那种比较正经又乖巧的角色，还带着点儿言情小说男主角必须具备的高冷，宋楚只要在不展露他本性的时候，跟这个角色还是很搭的。

“笑什么笑！”宋楚拍完下来看到宁秋秋笑他，扯了扯自己的衣服，语气不爽地说，“为什么是这么丑的校服？”

宁秋秋鄙视：“你以为是拍青春偶像剧呀？当然不可能穿你想象中的校服，用你豆大的脑子想想。”

“你的脑子才豆大。”宋楚瞪她，又不服气地说，“凭什么你这么酷？”

区别于宋楚的乖巧造型，宁秋秋扎了个利落的马尾辫，校服外套不是规规矩矩地穿在身上，而是系在了腰间，就无端比别人酷了几分。

“因为我是校霸呀。”宁秋秋拍拍他的肩膀，“乖濂濂，以后姐罩着你。”

宋楚：“……”

这是剧本里的台词。

拍完照后是采访，采访完后还有一堆乱七八糟的应酬，应酬结束后就傍晚了，大家马不停蹄地赶赴酒店，吃开工晚宴。

由于剧组在开工前没聚过，这下监制、制片、编剧什么的通通来了，连此剧最大的投资方也说要出席，加上导演、男女主角、配角等，全挤进包间里，坐了满满的一桌。

外面是剧组的工作人员和一些没走的媒体，也摆了四五桌。

投资方的人白天没来参与开机仪式，到晚宴才出现，大人物的架子很大，让他们饥肠辘辘地在包间里等了半天，而且由于基本是男性，要抽烟，整个包间被弄得烟雾缭绕。

宁秋秋又累又饿，还要吸他们的二手烟，难受得不得了，发现自己居然有点儿……想家了。

这是一种很奇怪的情绪，起码宁秋秋由于是穿越者，这方面的情感比较淡薄，除了在修真界第一年的时候，由于不适应那边的生活疯狂思念现代生活，基本都没有想过家这个东西了。

毕竟这个家于她而言不算她真正的家。

她拿出手机，由于一天都在忙，没时间看手机，手机上已经被各种关心的信息塞满了，她一一回复了，最后是展清越的。

她上午到了剧组，跟展清越报过平安，展清越似乎在忙，她也没空聊天，双方就没说话了。到了下午四点，展清越才给她发了条消息。

黑心洋葱：“新生活还适应吗？”

看到这条消息，宁秋秋有满腹的牢骚想要跟展清越吐槽，不过打完后又被她删了。

宁秋秋：“还好，剧组的人都很照顾我。”

展清越很快回了消息。

黑心洋葱：“别人照顾就够了，让那个姓宋的小子少照顾点儿。”

宁秋秋：“……”

所以展总你现在连吃醋都开始不遮掩了吗？

“你能不能不要笑得一脸荡漾的样子？这一点儿都不符合你的人设。”展总口中姓宋的小子凑过来说。

展清越还怕这个人照顾她，不会硌硬她已经很不错了。

宋楚还要说什么时，导演接了个电话，投资方的人终于到了，导演和制片亲自出去接人，大家都收起懒散的样子坐好。

终于可以开吃了，这是众人的心声。

那个投资方的老总是个三十四五岁的男子，有点儿啤酒肚了，发际线也有点儿高，看起来离中年危机很近，不过整体来说可能是身处高位的原因，优雅斯文，加上神情和蔼，给人一种很好相处、很舒服的感觉。

“这是范耀星辉的范总。”导演肖声给在座的人做介绍。

范耀星辉是最大的投资方，大家都客气地起身打招呼。宋楚和宁秋秋坐在一起，见宁秋秋似乎在发愣，没有任何起身的意思，不客气地伸脚在桌子底下踢了她一下。

宁秋秋受惊，才回过神似的跟随众人起身，可表情却有几分不自然的古怪。

她不认识范总是谁，却知道范耀星辉。

书里，宁家破产，资产全部变卖还款后依旧陷于负债中，宁秋秋被迫嫁给一个老男人偿还巨额债务。

这个人就是范耀星辉的老总范阎良。

由于在展家过得有点儿乐不思蜀，宁秋秋都快要忘记自己是在一本书里了，这个人物更是被她抛诸脑后，忘得一干二净。

她从来没想到，他们会以这种方式遇上。

别看这个范阎良很好相处、很和蔼的样子，书里他就是个不折不扣的变态，作者为了让女配角的下场足够凄惨，给他的人设就是怎么让读者爽怎么来。

他花心、家暴，甚至还有某些不可言说的变态嗜好，让原主的婚后生活过得相当凄惨。

肖声挨个地给范阎良介绍了一下桌上的人，范阎良全程微眯着眼听着，并没有发言。介绍到宁秋秋的时候，他的眼睛似乎睁开了些，不过他也没说什么，一副谁也入不了他法眼的高高在上的模样。

宁秋秋悄悄地松了口气，尽可能地降低自己的存在感，反正投资方也就出现这么一次，只要不被他注意到，以后就基本不会再有瓜葛了。

她倒不怕这个范阎良，只是有些麻烦没必要惹上的就少惹上，不然最后擦屁股的还是自己。

特别是感情上的事情，展爸爸等下又要说她给他戴绿帽子了。

“你刚才怎么回事儿？”宋楚想到宁秋秋刚刚走神的样子，低声说，“你跟这个范总认识吗？”

“不认识。刚才在思考人生，比较入神，没注意他来了。”宁秋秋随口瞎扯。

她确实和范阎良不认识。

“啧啧啧。”宋楚趁机埋汰她，“这样的场合也能想事情想到出神，你不会是春天来了，思春吧？”

要不是在大庭广众下，宁秋秋真想抽他。

你怎么说话呢？这种话是你这个单纯可爱的“小奶狗”应该说的吗？注意点儿你的形象和人设好吗？

你这样让你的“妈妈粉”们怎么爱你呢？

宁秋秋深刻感觉到了宋楚团队的不容易，每天对着这样一个随时在人设崩塌边缘疯狂试探的艺人，心里肯定会吐槽的。

关键是他的人设居然没崩塌，这也挺稀奇的。

席间渐渐热闹起来，觥筹交错。在场的除了女主角和女配角们，其他都是大老爷们儿，而且长久混迹在酒桌上，喝起酒来一个比一个猛。

制片是个豪爽之人，直接喝了个通关，到了演员这边的时候，由于宁秋秋是女孩子，明天又还要拍戏，默认可以不喝酒。

她端了杯饮料，正要和制片碰杯时，制片放下自己的酒杯，说：“哎，喝饮料有什么意思？直接上酒啊。”

说完，制片又招呼她身后的服务员：“来来来，给她换个杯子。”

宁秋秋倒不是不能喝酒，相反她的酒量不错，展老爷子一开心就喜欢开瓶红酒庆祝，她喝个几杯根本不在话下。只是今天刚好……“大姨妈”来了。

她这副身体，来“大姨妈”一喝酒就会痛经，明天就要拍摄了，痛经影响发挥，电视剧拍摄一开始通常都会精益求精到令人发指的地步，这个酒她不能喝。

宁秋秋说：“陈总，我酒量不好，明天还要拍戏，喝酒恐怕会误事，就喝饮料吧。”

制片却不肯松口，说：“喝一点儿就行，红酒又喝不醉人，不碍事的。”

宁秋秋面色为难，旁边的宋楚见状，微微皱眉，正要站出来说代她喝时，有人比他先开口了。

坐于上位、原本和肖声在讲话的范阎良说：“女孩子不能喝就不勉强吧，来，我替她喝了。”

说完，范阎良端起酒杯，对制片说：“干了。”

制片并不是故意为难宁秋秋，就是脑袋直，不信还有喝一点儿红酒就倒的人，见范阎良这样，反倒有点儿尴尬了，忙笑道：“哪里有让范总代喝的道理，我喝，我喝，我自罚一杯。”

宁秋秋：“……”

我看你喝得挺开心的，一点儿都不像是自罚，自赏还说得过去。

而且，为什么范阎良会帮她喝呀？浑蛋，这样她岂不是欠了人家一个挡酒的人情？

早知道这样，她就算明天痛死在床上，今天也要把这个酒喝了。

宁秋秋内心后悔，面上却还要礼貌地冲范阎良笑道：“谢谢范总。”

“不用谢。”范阎良摆手，随后冲桌上的人笑道，“女孩子呀，都是要宠的，哪像我们这些大老爷们儿五大三粗的，怎么折腾也没事。”

你一个家暴男，好意思说这种话？

关键是，人模狗样的范阎良说完这句话，博得了同桌其他女性的好感，宁秋秋看坐在自己旁边的女二号看他的目光都亮了点儿。

虽然他是个快秃顶的男人吧，可是范阎良这个年纪是最有成熟男人魅力的时候。

他甚至不需要过度好看的外表，只要钱够多、表现得够绅士，就有大把的女孩子能被他温雅的样子骗得团团转。

这个小插曲一过，席间又重新热闹起来。范阎良并没有因此分过多的注意力给她，宁秋秋松了口气，看来书里的剧情被改变之后，很多因果关系也因此发生改变。

认识到这点，宁秋秋感觉心情轻松了很多。

这种轻松的心情一直持续到晚宴散，众人返回下榻的酒店休息。宁秋秋先去洗手间换了个“姨妈巾”才走，出来到门外时由于人太多，还堵了一小会儿车，等回到下榻的酒店时，大家早都回去休息了。

瞿华还有一些公关上的事情要处理，并没有跟她一起。她和小池二人下了车，正要回酒店时，发现前面的一辆保时捷车门打开，此剧的女二号贾含絮从车上下来。

两个人以前虽不认识，可以后都在一个剧组了，抬头不见低头见，装作没看到不合适，宁秋秋冲她打了个招呼说：“你也还没回去呀？”

“嗯。”贾含絮敷衍地应了一声，面色有点儿古怪。

正在这时，保时捷另一侧的车门打开，然后宁秋秋就看到……范阎良从车上从容自若地下来，冲她微微一笑：“宁小姐，又见面了。”

这两个人……勾搭成奸了？

显然是的。贾含絮走过去，像是宣示主权一般挽住范阎良的手臂，撒娇说：“范总，你不是说要回去了吗，怎么又下来了？是不是舍不得我呀？”

范阎良说：“下来和宁小姐打个招呼。”

宁秋秋明显感觉到，因为这句话，贾含絮对她的仇恨值瞬间拉满了。

可事情已经到了这个地步，宁秋秋躲避也没用了，反而显得欲盖弥彰，干脆大大方方地打招呼：“范总，好巧。”

范阎良微笑：“确实很巧。”

宁秋秋总感觉这个范阎良笑得有点儿令人心里毛毛的，说话也别有含义似的，令人很不舒服。她没有继续交谈的欲望，说：“时候不早了，我们先进去了。”

范阎良点头，没有多说什么，看着宁秋秋和小池转身走了。

贾含絮见范阎良的眼光一直停在宁秋秋的背影上，嘴角含笑，干脆站在他的面前挡住他的视线，撒娇：“范总！”

范阎良收回目光，拍了拍贾含絮的肩膀说：“早点儿回去休息吧。”

回到酒店的房间，宁秋秋就瘫在沙发上不想动了，今天真是累人的一天。

她打发小池去帮她把洗澡的东西准备一下，自己则拿出手机，打开微信，给展清越发消息。

宁秋秋：“报告组织，到酒店了，一切平安！”

展清越直接打了个视频电话过来，宁秋秋想也不想地拒接了。

黑心洋葱：“为什么不接？”

宁秋秋：“妆花了，拒绝视频，我是个精致的小仙女。”

其实是她现在躺得很爽，视频时不能这样没形象地瘫着，容易把脸挤变形，不好看！

她发现自己在展清越的面前有偶像包袱了，以前明明不在意这些的，素颜也照样在人家面前晃悠，甚至有时候早上起来，顶着个鸟窝头与展清越撞上，也毫不在意。

而且，打字聊天什么的，有时候比视频好玩多了。

视频的时候，展总话一多，就会控制不住自己的本性开始坑她。

黑心洋葱：“哦。”

黑心洋葱：“但我记得你的镜头一直都是开着美颜的，有妆与没妆有区别吗？”

宁秋秋：“……”

展总，你再实诚点儿，真的要没媳妇了。

刚好，小池准备好了洗澡用具，宁秋秋看时间不早了，干脆跟展清越说了晚安。这种直男，应该让他在漫漫长夜好好自我反省！

等宁秋秋洗完澡出来，小池正在整理粉丝们送的礼物，感慨说：“哇，比起上次，这次粉丝们真的好有排面哪，送了这么多的礼物过来。”

上次《飘摇》开拍时，宁秋秋正处于被艺星针对，还被方谨然的粉丝疯狂掐的时候，真爱粉寥寥无几。开机时只有五六个粉丝过来给她撑场子，跟方谨然人山人海的粉丝团比起来，寒酸得不好意思说自己是主演之一。

这次则不同了，不但来了一堆的粉丝，粉丝还送了一堆的礼物过来。不过但凡送了礼的，瞿华都安排助理送一份伴手礼回去，这是宁秋秋之前就交代好的。

现在的粉丝大多数是学生党，手头不宽裕，他们这边只收不回说不过去。

而且说得比较势利一点儿，这样子可以提高粉丝的好感度。

宁秋秋走过去，看到那堆成小山一样的礼物吓了一跳，说：“怎么收了这么多？”

“而且我们没全部收完哪。”小池自豪地说，“这只是其中的一小部分。”

不知不觉，她已经这么红了吗？

小池把其中一个长方形的盒子拖出来说：“这个大盒子也不知道装了什么，有点儿沉，我们现场拆开来看看好不好？”

“拆吧。”宁秋秋见她好奇，怕她不拆晚上会睡不着。

“好嘞！”

小池动手把外面的包装纸撕掉，打开，却在看到里面的东西时尖叫出声，整个人弹起来，把盒盖一扔，过来抱住宁秋秋。

“怎么了？”宁秋秋被她吓了一跳，探头看了一眼盒子里的东西，顿时也脸色一白。

那个长方形的盒子里，居然装着一截血淋淋的手臂——塑料的。

盒盖的内侧，还在白纸上打印了几个字：呵呵，开机愉快。

最初的惊吓过后，宁秋秋很快冷静下来。

不过是一截塑料手臂而已，只是她刚开始被小池突然的尖叫吓到了，又乍然看到此物才觉得害怕。她以前在修真界连真的都见过，相比起来这是小儿科了。

“不要怕，那是假的。”宁秋秋抱着哭得稀里哗啦的小池，安慰小池说。小池紧紧地抱着她，整个身体都在发抖，显然被吓得不轻。

“呜呜呜，秋秋姐，我错了，我不应该好奇的。”

“没关系，不怪你。”宁秋秋让小池先在沙发上坐下来，小池却紧紧地拉着她的衣角，不敢让她走，宁秋秋拍了拍她的手臂，“我不走，我去拿手机给瞿哥打电话。”

瞿华还在外面，听宁秋秋描述了一下事情的经过后，表示马上过来。

宁秋秋打完电话，给吓得崩溃的小池倒了一杯水，又安抚了她一阵，在心里迅速分析了一下谁会送这玩意儿过来。

仇人？黑粉？

宁秋秋第一个想到的是前几天才被她对付完的冯婷。可冯婷那个人心坏归心坏，归根结底是个普通公民，只会耍耍小阴谋，做这种出格的事情的可能性不大。

而且冯婷又刚被她教训过，大概掂得清自己几斤几两，知道胳膊拧不过大腿，不想丢了现在这份优渥的工作的话，不会傻到自己往刀口上撞的。

剩下的，就有可能是黑粉了。

每个明星都会有那么一群黑粉，这是不可避免的，而且极端的黑粉很多，甚至还有一些粉丝，看到别的明星艺人跟自家偶像产生摩擦，冲动之下，就会做出疯狂的事情来。

瞿华赶回来，看到那玩意儿也吓了一大跳，捂着狂跳不止的胸口半晌，才紧张地问宁秋秋她们：“你们没事吧？有没有受伤？”

“没事。”宁秋秋说，“不用担心。”

瞿华放了心，用衣架拨了两下那玩意儿，确定它没有什么潜在危险后才敢走近看它。那应该是购物网站上买的仿真手臂倒模，伤口的地方被涂了红色的颜料做成流血的样子，乍一看和一截血淋淋的手臂一样吓人。

小池第一眼被吓到了，这会儿看都不敢看。宁秋秋示意瞿华盖上盒盖，问道：“瞿哥，今天的礼物是谁收的？”

“是我让那两个新助理收的，不过小池也在场。”

小池看不到那玩意儿，冷静了点儿说：“这个礼物我印象很深，是一个女粉丝送的，不过她戴着黑色的口罩和棒球帽，我没看清楚脸。因为天气太冷了，戴口罩的很多，我也没在意。”

这就没办法了，今天剧场那边的人流量那么大，即便小池看到了脸也难找了，何况没看到。

“先报警吧瞿哥。”宁秋秋说，且不说报警有没有用，这件事情绝对不能当成一个恶作剧了结了，不然下次不知道此人会送什么过来了，“先别声张，跟肖导那边打声招呼。”

不然大家被弄得人心惶惶的会影响明天拍戏。

“成。”瞿华说，“你别怕，不会有事的，明天我安排两个保镖跟着你。”

宁秋秋点了点头，看瞿华虽然安慰着她，可他自己更惊恐，笑着说：“没事啦瞿哥，你忘记我是大力女神了吗？要是真有人想对我不利，谁占便宜还说不定呢。”

因为明歌这个人设，宁秋秋带了不少的大力符在身边，只要对方不是送什么炸弹毒药过来，论简单粗暴的干架，宁秋秋还是不怕的。

她能打十个！

瞿华勉强地笑了笑说：“那是肯定的，我们的啾啾可厉害了，我一点儿都不虚！”

你看着很虚好吗？

瞿华报了警，附近派出所的民警了解事由后，很快过来取证做了笔录。由于这个送礼的人实在太难找了，他们也暂时没办法，只能先立案，让宁秋秋他们小心，还调取附近的一些监控看——但等于大海捞针，今天人流量那么大，就算真能从镜头里找到那个人，看不到脸，没任何用处。

本来被灌了好些酒、都已经准备休息的肖导被叫过来，看到自己的女一号经历了这么一起近似于恐吓的事件也很头疼，跟宁秋秋和瞿华说接下来会严格把控片场的进出人员，安全检查也会做到位，让他们不用担心。

宁秋秋送走民警和肖导，已经半夜十二点了，她躺回床上，却有点儿睡不着，心里还在想着会是谁呢。

真的是黑粉的话，这得有多大仇、多大恨哪？

她除了之前和方谨然由于被节目组炒 CP 引起公愤，已经很低调了，如果是那时候的仇早该报了，等到现在黄花菜都凉了，什么仇怨也都消散了吧。

那么更大的可能就是……积怨已深。

突然，一个被遗忘在脑海许久的名字蹦出来。

会不会是……这部剧曾经的男主角——甄跑辉？

当初他已经拿下《我的校霸女友》的男主角并且官宣了，由于辱骂宁秋秋的经纪人，被扒出来歧视同学，并且在高中的时候有校园暴力，害了一个变声期来迟的男同学一辈子。

当时这事儿闹得挺轰动的，甄跑辉学霸男神的人设崩塌，个站关闭，大小“粉头”脱粉，让他狠狠地从高处摔下来，几乎陷入泥沼爬不出来了。后来他低调了许多，加上依旧有一批真爱粉并不介意他的人品怎么样，所以最近又慢慢地回到了大众的视野。

想及此，宁秋秋拿出手机，打开微博，搜索甄跑辉，点进他的个人主页，果然看见今天晚上九点的时候，他更新了一条微博。

甄跑辉：“今晚的月色真美，风也温柔，适合刺猹。”

后面跟着的是九宫格的自拍。

不怪宁秋秋多想。虽然她知道“适合刺猹”是网络上的一个“梗”，可被他在这个时间发出来实在太微妙了。

她截了图，发给瞿华。

第二天《我的校霸女友》正式开拍。

由于是校园剧，大部分场景发生在学校内，所以他们前期先拍校园部分的，之后补校外部分。

第一场戏，男主角因犯事转学，惨遭女校霸调戏。

场景：校长办公室。

道具就位完毕，各台摄像机准备完毕，演员就位完毕，导演坐在监视器后，场记打板，导演喊了“action”后，拍摄开始。

由于最近学校紧抓学生的锻炼问题，严惩逃避晨跑的学生，请假必须提前一天找班主任批准，可很多女孩子的“大姨妈”不是可以预测的，这个规定遭到了许多女生的反对，女主角明歌就被举荐为学生代表，去校长办公室反映此事。

明歌站在校长办公室敞开的门前，伸手在门上敲了敲，没得到回应，看了眼办公室内，问里面的人：“邱校长不在吗？”

里面的人没动作也没说话，背对着她，沉默地坐着。

明歌并没有介意，也没有转身走，而是双手插在校服兜儿里，懒懒散散地走进去：“你就是邻市一中过来的转校生吧？”

对方继续沉默。

“这么高冷。”明歌嘀咕着，已经走到了转学生的面前，看到对方的脸时呆了一下，随后情不自禁地吹了个口哨，“哇，帅哥呀！”

对方一怔，终于抬头看她。他戴了副眼镜，镜片后的目光警惕。

明歌却饶有兴致地看着他说：“听说你是因犯事转学，看着不像，这么斯文，跟个乖宝宝似的。”

对方与她沉默对抗到底，身后的手却紧了紧，又听到明歌用一副女流氓的口气说：“唉，我这人扛打、扛骂、扛高压，就是扛不住帅，你这个同学，我明歌罩了。”

“你有病啊？”宋濂忍了半晌，终于忍不住说。

“对。”明歌一脸坦然，“花痴病，病入膏肓，没法儿医。”

宋濂：“……”

“好，cut！”

肖声看了一下回放。他这个人不说话的时候，就给人很冷漠的感觉，紧抿着嘴看着监视器，众人连大气都不敢出。

然后肖声一笑，满意地说：“过了，演员的状态都不错。准备下一镜，校长就位。”

众人：“……”

趁着大家状态好，剧组一鼓作气地把第一场戏拍完了。中途换场地休整的时候，宋楚立刻换下宋濂乖巧宝宝的面孔，安上他的本来面目。

他蹭到正在喝热咖啡的宁秋秋面前说：“黑眼圈这么重还喝咖啡，小心变成黄脸婆。”

宁秋秋知道他在埋汰她，臭不要脸地低声说：“反正我名花有主了，黄脸婆、死肥婆、老巫婆都无所谓。”

宋楚对她的不要脸拜服了，用手肘撞了一下她说：“哎，听说昨天警察去了你那里，是怎么回事儿？发生什么事儿了？”

虽然宁秋秋他们没声张，可全部演员都住在一个酒店里，有警察过来，肯定不可能悄无声息地瞒天过海的，人家助理进进出出的，会碰面太正常了。

宁秋秋没隐瞒，把昨天的事情跟他大致说了一下。

“这么恐怖？谁这么贱哪？你们收礼物都不先过滤一下？”

“昨天随手拆了一个，就中奖了。”

本来小池他们把礼物放进宁秋秋的房间，是准备让她拍个照发出去感谢粉丝的。礼物要等今天她来拍戏了，助理再帮她拆，一方面是宁秋秋没有那个时间和精力亲手拆，另一方面也是为了防止这种恶意事件吓到艺人。

昨天那个是小池看了人家的包装好看，跟别的小礼物都不一样，就好奇心大起拆了，谁知道就中了个大奖。

“查出来是谁了吗？这算是恐吓了吧，必须让他负刑事责任。”

宁秋秋摇头：“哪里有那么容易？人家敢这样做，肯定不会让你发现的。”

“太恶心了，平时做‘键盘侠’在网上骂就算了，还威胁到现实中来了，这些‘黑子’。”宋楚一愤怒就控制不住想要喷人的嘴。

宁秋秋：“你注意点儿形象。”

宋楚也意识到这是公共场合，稍微收敛了点儿，又说：“你让你家那位去查呀，他不是很厉害吗？”

之前宋楚还是对宁秋秋和展清越之间的事情耿耿于怀，就让人去查了一下展清越的背景，一查给惊呆了。

“他又不是神仙，再厉害也开不了天眼哪。”宁秋秋哭笑不得，“而且我没告诉他。”

展清越不仅要忙卓森的事情，还要为新开的娱乐公司分神，两边兼顾已经很忙碌了，这件事情告诉他也是徒增担心，所以她选择了不说。

反正那个人也只是送点儿东西恐吓一下，像下水道里的小老鼠一样缩手缩脚地不敢露脸，反倒给他们提了醒，让他们更加重视安全管理问题，让使坏的人无机可乘。

展先生什么的，就让他安心在家貌美如花吧。

哦，他还要挣钱养家。

又要貌美如花又要赚钱养家的展总刚收了个快递，里面是一本书：《聪明男人要读女人心理学》。

第十章　哄媳妇妙方

展清远在工作上有点儿事情要找展清越商议，溜达着去了展清越的办公室。

展清远最近接手了项目副总的位置，终于知道他哥为什么这么轻易地放过他了，因为这个项目副总所管理的完全是个烂摊子。

以前展清越刚毕业时，展父为了锻炼他，就让他担任项目副总，所以展清远不了解这个职位这么坑人，但展清越非常了解。

展清远接手没两天就后悔了。这个职位对于个人能力、大局观和策划能力都是非常大的考验，可以说是一个全能型的岗位，刚接手不熟悉业务时特别累人。

而且，前任走的时候很多东西都不了了之，没处理妥当，导致他自从开年以来就忙得焦头烂额，比起以前做老总的时候还要忙，把飞机当成的士来打，变态的时候一天飞三趟，睡四小时。

不过这样的繁忙也让他从之前的浑噩中脱离出来，忙碌让他无暇去想那些事情，最近心情愉悦了许多。

他走进展清越的办公室，刚巧看到展清越手中的那本书。

"《聪明男人要读女人心理学》，什么鬼？哥，你什么时候对女人心理学感兴趣了？"

展清越把书放在一边说："不可以？"

"当然可以！你的爱好很奇特，哈哈哈，是不是碰到了什么难搞的女客户？"

展清越言简意赅："你嫂子。"

"嫂……嫂子？"展清远愣住了，那不就是……宁秋秋？

宁秋秋这个人还需要研究？不是一眼就能看穿吗？

好吧，也不算一眼看穿，但完全没到需要研究的地步啊。

展清远顿时来了兴趣，把自己来展清越办公室的目的先放到一边，问道："她又怎么了？"

"没怎么。"展清越不想多跟他聊宁秋秋的事情，说，"你找我什么事儿？"

真小气，展清远心想。不过他也只敢想想，说出来要被他哥教训。他暂时按捺住内心的好奇，先解决工作上的事情。

兄弟二人和谐地关起门来开小会。之前展清越忽然接手卓森，公司各方都在猜这对兄弟之间发生了什么权力方面的争夺，最后展清越获胜。可今年展清远反杀回来，安心当了个项目副总，跟展清越之间好像也挺和谐的，令众人大跌眼镜。

这和想象中的剧情完全不一样啊。

说好的兄弟阋墙呢?

说好的一山不容二虎呢?

不过，现在他们兄弟二人，一个抓总务，一个抓项目，达到了“1+1>2”的效果，让卓森在业内的地位更高，甚至还有传闻说今年二人会对公司内部结构进行全面的整改和提升，也不知道真假。

二人的会议花了半小时才开完，展清远却没有任何要走的意思。展清越见他欲言又止，说:“多吃香蕉。”

展清远没懂这个“梗”。

展清越“大发慈悲”地解释:“利于通便。”

展清远读懂了他哥的意思是有话快说，别搞得跟便秘一样。他被这个拐弯抹角的说人方式噎了一下，可他实在是太好奇了，最后眼睛一闭，豁出去问:“你和嫂子怎么啦？”

“你很关心？”

“差不多啦。”展清远尽量收起八卦的心思，做出一副关心的样子说，“我这不是怕你们有事嘛。”

“怎么？”展清越看他，“你很希望我们有事？”

“不不不，哪能啊？”展清远虽然对宁秋秋的感情很复杂，如果可以，他一点儿都不希望对方做自己的嫂子，可也没坏到去恶意诅咒人家的程度，说，“好奇，对，我就是好奇。”

展清越今天心情不错，决定满足他的好奇心，懒散地靠在椅子上说:“我不太懂她，想研究一下哄女人这门技术活儿。”

“噗！”

展清远差点儿被自己的口水呛到了，他哥哄女人?展清远完全不敢想象那画面。

展清越貌似只会坑人或者挤对人，展清远还没见他哄过谁，这个宁秋秋也不知道是哪辈子修来的福分，独此一份福利。

展清远郁闷了。

他哥接触的女人不多，哄人技能几乎为零，挤对人、坑人倒是无师自通，做起来一套一套的。

而且，展清越这个人就是太聪明了，聪明反被聪明误，特别是看人方面。由于他年纪轻轻就接手了公司，每天面对各种人，揣测他们的心思，恨不得在心里建个函数列表来分析他们的真实想法。

以至于对待普通人，展清越也会有这种毛病。

尤其是比较善变的女人，展清越分析来分析去，反而让自己迷茫了。

“我要工作了。”展清越惨遭自家弟弟笑话，不客气地下逐客令。

“别别别。”展清远说，“哥，感情这种事情我在行啊，你相信一本书还不如相信我。”

展清越想说就你做出为爱情离家出走的事情，还好意思说这种话。不过，展清远以前确实在风月场比较多，接触了各种各样的女人，在他出事之前，一直是万花丛中过，片叶不沾身，风流快活得把“花花公子”四字诠释得淋漓尽致，只是栽在了季微凉的手上而已。

于是他做出洗耳恭听的姿态，看看展清远有什么高见。

“你首先不要把女人想得那么复杂，女人其实很好哄的，就算再强势的女人也逃不出一个夸字。”

“夸？”展清越想到自己的怀柔政策，果断说，“不顶用。”

“那是你没夸到点上。”

这时，刚好人事总监 Martha 过来找展清越签字。Martha 是卓森的老员工，刚过了四十岁生日，人很强势，由于做的是人事这一块，不够圆滑就容易得罪人，大家背地里都叫她老巫婆，她本人也和老巫婆一样很不好说话，生气起来连老总的面子都不给。

最近公司在做文化建设，她由于去参加了一个企业教练培训，对于公司文化整改这方面非常重视，主动提出了做工间操、早间在公司放励志歌曲、周末组织徒步活动等一系列建议，当然遭到了各部门的反对。

展清越对此也比较头疼。他不主张公司搞这些，每天搞得员工跟打了鸡血一样，实则没什么用，可 Martha 坚持这种企业文化建设，所以他们俩最近闹得非常不愉快。

而且对方是女员工，展清越在不熟的女士面前向来绅士，不会轻易让她们下不来台。展清越看到她就头疼，给了展清远一个眼神，意思是就她吧，看你怎么哄。

展清远表示没问题。

“Martha 姐，好久不见。”展清远抢在 Martha 出声前跟她打招呼。

Martha 看到另一位展总也在，冲他点了点头，说：“展总。”

展清远一脸惊讶地说：“Martha 姐，你最近换了化妆品吗？”

“没有啊。”Martha 奇怪地摸了一下自己的脸，“怎么了？”

“气色变好了不止一点点，刚你进门的那一刻我都差点儿没认出来，以为是哪个部门的妹妹呢。”

展清越：“……”

你简直是睁着眼睛说瞎话。

而且你这夸得也太明显了吧，有点儿自知之明的人都不会觉得这是在夸好吗？

然而，不好对付如 Martha，虽然也知道这是“彩虹屁”，可愣是被哄开心了，不好意思地笑道：“哪里有，展总太夸张了。每天对着电脑，我都要成为黄脸婆了，可董事长还对我的提案不满意，一直不给我过。”

“Martha 姐这话就太过分了。”展清远绷起脸说，Martha 脸色一变，以为他要替展清越说话，却听到他说，“您这样子要是叫黄脸婆，我们整个公司里都是黄脸婆了。”

展清越再次："……"

你有点儿底线好吗？

Martha 被这一波夸赞安排得明明白白，整个人都变得神采飞扬起来，开开心心地找展清越签完字，那个提案的事情也就提了一嘴，说完让他们继续忙就走了，完全没有了之前的强势。

"是不是很管用？"等到 Martha 走了，展清远得意地说，"但凡是女人，都逃不过外表这一关。她就算满脸麻子，你闭着眼睛夸她五官齐整，她也绝对是开心的。"

展清越想到上次自己说宁秋秋是"照骗"，以及昨天视频的时候说人家开美颜，都把人惹生气了，好像……有点儿道理。

他几乎没有夸过宁秋秋。

"而且，女孩子但凡生气了，你别管是不是她的错，反正就是你的错，低头道歉就完事，不能解气就买礼物道歉。如果知道她喜欢什么最好，不知道就送化妆品、奢侈品，准没错。"

"不。"展清越一本正经地说，"也有送错的时候。"

说完，他把上次送口红的事情跟展清远说了。

展清远听完，终于绷不住捶桌狂笑："哥，你可真是太逗了，居然让一个同样没经验的直男去挑礼物，他能挑对才怪，哈哈哈，笑死我了。"

这很好笑吗？

展清越淡淡地看展清远嘲笑了他好一会儿都没停下来的意思，声无波澜地说："三月项目部绩效指标提高 50%。"

展清远顿时像被按了暂停键，一迭声地说："别别别，哥，我错了我错了，手下留情。"

"所以？"展清越挑眉，"该怎么送？"

"你要知道，懂女孩子的一定是女孩子。你买礼物之前咨询一下其他女生，当然不是晶晶那种，一定要很精致的那种女生，她给你的意见准没错。"

展清远说得好像也挺有道理，展总默默地在心里记下了这条。

"最后，"展清远促狭一笑，"哥，最重要的一条，技术才是硬道理，我那边有十几个 G 的技术片，传给你学习一下？"

他们压根就还没走到这一步，学什么技术？

展清越面色古怪地看了展清远一眼，展清远脑子一激灵，难以置信地说："不是吧哥，你别告诉我你们还没……"

被戳中心事的展清越面无表情地说："滚蛋。"

虽然第三条很扯淡，但第一条、第二条可以一试。

宁秋秋拍完戏，累得腰酸背痛，过年在家里懒了太久，以至于拍戏累点儿，整个人就垮了。

坐上回酒店的保姆车，宁秋秋瘫在自己的专属座位上，从小池手中接过手机，打开屏幕就看到了展清越给她的留言。

黑心洋葱："今天晶晶给我发了你新剧的照片。"

黑心洋葱：“差点儿没认出来，以为是哪个十八岁的高中生。”

黑心洋葱：“穿校服的秋秋很漂亮。”

宁秋秋：“……”

新剧的照片应该是官微公布的定妆照，晶晶那个狗腿子看到了，肯定会发给展清越的。

不过，展清越居然会夸她，这是多么破天荒的事情啊。

展清越刚下班回到家里，收到了宁秋秋回的消息。

宁秋秋：“嘴巴突然这么甜，是不是又有什么阴谋？”

展清越轻笑，给她回：“真实想法。”

片刻，他收到宁秋秋的消息，这回没有文字，而是一个人物捧着一颗大大的心，上面配字：给你小心心。

这是……她被哄开心了？

宁秋秋这次确实被展清越哄开心了。

可是展清越在她这边的信誉度比较低，所谓事出反常必有妖，所以宁秋秋总忍不住提防他，就跟展清越总忍不住坑她是一个道理。

难道他话里的深层含义是说她幼稚？

这个还真有可能，想了想，宁秋秋又回了一条消息给他。

宁秋秋：“清越哥哥也和二十岁的小伙子一样青春永驻呢！”

展清越看到这条，哑然失笑，给她回道：“秋秋，我虚岁都三十了。”

他不是跟小女生一样喜欢被人无脑夸的，三十岁和二十岁的差距那么大，他十分有自知之明，实事求是。

宁秋秋：“展总，你不会是在为自己老牛吃嫩草而感到自卑……吧？”

展清越看到这条消息，被噎了一下。

三十岁正是男人人生的高峰期，事业有成，财源正旺，比那些二十来岁的毛头小子多一份成熟与自信，比年近中年的老男人多一份年轻的资本。

自卑？

抱歉，他的字典里没有这个词。

展清越想了想，回道：“不过相差六岁，这要是算老牛吃嫩草，那……”

宁秋秋很快回道：“那就怎么样，嗯？”

敌人乖乖地就往圈套里钻了，展清越输入“那这草也没见得有多嫩”，刚要点击发送，忽然想起展清远的话。

哄女人的精髓是夸。

他不夸就算了，还嫌人家不够嫩，这不是找死吗？

展总默默地删掉了要回过去的消息。

黑心洋葱：“那我要多吃几口。”

宁秋秋看到这条消息后，脸上的笑容放到最大。啊啊啊，今天的展总怎么突然这么甜哪？小嘴突然吃了蜜？难道这个死直男偷偷去补课了？

她被撩得手软脚软没力气打字了。

于是她发了个配字“傻脸一红”的表情包过去。要是平时，以展清越的性格，她发这个表情包，他一定会给她回一句“挺生动的”，暗喻她傻。

但今天展清越好像开了挂。

他给她回了她刚刚发过去的那个捧着颗大爱心的表情包。

要知道，展总平时跟她聊天基本不带表情包，只有生气的时候会发那个微笑的表情包，让人看了背后一凉的那种。

太不容易了，宁秋秋哭泣，这个男人！

展清越今天一点儿都没踩雷，甚至还被自己媳妇发了好几个“爱心发射”“巨心攻击”的表情包，心里默默地给展清远点了个赞。

看来女人还真是挺好哄的，以前是他想得太复杂了。

唯一美中不足的就是，他不能挤对媳妇了，人生缺少了许多乐趣。

嗯，等他追到手……

回到酒店，负责照顾宁秋秋生活起居的助理已经把晚饭准备好了，几个人一起吃晚饭。

宁秋秋忙碌了一下午，快饿晕了。她洗了手，拿过筷子正要夹菜吃时，小池突然大声喊道：“等等！”

其他人都被小池吓了一跳，宁秋秋眨眨眼：“怎么了？”

“我要先试毒。”小池说完，拿出一个长条小盒子，然后从里面拿出一根宫斗剧里常出现的银针，得意道，“当当当当！”

众人：“……”

宁秋秋被她惊到了：“不用这么夸张吧？现在是法治社会，怎么可能动不动就投毒的？而且，真要投毒，你用银针能试出来？”

小池沉默了一下，说：“反正先试试呗，万一呢？放心，这根针是消过毒的，干净！”

生活助理看小池真的一样样地试了起来，有点儿委屈地说：“小池姐，这个饭是我亲自去酒店打包的，没经过别人的手呢，要下毒也只有我最有可能了。”

小池：“你看着厨师做的？”

“没有。”

“那不就对了。”小池试完，银针还是亮闪闪的，没有变色，她才放心地让他们吃，又说，“今天给秋秋姐吃的、喝的，我都严格检查过了，确定没问题之后才敢给秋秋姐。”

瞿华拿了副碗筷给小池，笑道：“不用那么紧张，小池，放心啦，或许就是个恶作剧而已，我已经加强防范了，只要漂亮姐姐们不半夜单独出门，没人伤得到你们的。”

“那不行。”小池握拳，“万一真是个思想极端的变态呢？积极防范总比坐以待毙强。”

“说起来，”瞿华边吃边说，“那个甄跑辉，我让人去查了一下他的行程，他这几天都一直在全国各地飞，就算是他指使人干的，我们也很难找到直接证据。”

宁秋秋点头："猜到了，这也只是我的一个怀疑。"

且不说这件事儿是不是和甄跑辉有关，就算有关，他也肯定不会亲自出手让人抓住把柄的。

他又不傻。

小池说："今天民警让我过去看监控录像，就在门口的录像里看到了那个人一眼，挤在人堆里，裹得跟粽子一样，除了眼睛什么都看不到，根本没用，好气呀。"

"就看他们接下来还会不会有什么动作，只要他们敢再露一次头，十有八九能逮到。"

对于送恐吓礼品这件事情，他们再意难平，也只能先告一段落。

《我的校霸女友》的拍摄工作有条不紊地进行着，大家进入状态后，进度快得跟飞起来一样。果然没有关系户的剧组就是好，每个演员的水平都在专业之上，每天都能早早地收工，比想象中的拍摄还要轻松，片场的氛围也比较好。

"怎么，哥儿几个特地留下来找你补课，你想走，有没有问过我们同不同意？"

转校生宋濂由于出色的外貌，以及刚好在模拟考试中大显身手，考了好成绩，瞬间升级成为女生们的新男神，遭到其他男同学的嫉妒。上午他们班的班花含含蓄蓄地找宋濂补课，成了矛盾的爆发点，下课后，他被三个同学堵了。

"明歌进！"肖声喊道。

原本抱着个排球沉思着等下吃什么的宁秋秋一秒入戏。她两步走到教室门口，神情闲散地对教室里的人说："那你们堵我的人，有没有问过我同不同意？"

说完，她还把排球顶到指尖转。为了炫耀，她学了两天的转球，把手指都转疼了，终于学会了。

那三个男生看到她，神情瞬间变得微妙起来。

"快点儿滚，再让我看到你们，小心狗腿。"明歌冷下声音，利落地说，把女校霸的特质表现得淋漓尽致。

那三个男生互看一眼，滚了。

教室里只剩下明歌和宋濂二人。

"谢谢。"宋濂低声说。

"不用谢。"明歌大手一挥，不在意地说，随后大尾巴狼似的嘿嘿一笑，说，"那个，宋同学，你也帮我补补课呗？"

宋濂沉默一秒，好心提醒她："你成绩比我好。"

"那不一样，补点儿的话，"明歌冲他眨眨眼，臭不要脸地说，"我成绩能更好。"

"好，cut！"二人演完后，导演喊停。

"宁秋秋，你怎么调戏起良家妇男来这么熟练？"宋楚从高冷斯文的宋濂状态脱离出来，第一时间挤对宁秋秋，"是不是天天调戏男人？"

"你才天天调戏男人，我是个正经的演员！"宁秋秋用晶晶式语句说。

导演看了回放，宣布这场戏过了。宁秋秋不跟宋楚多扯，回了自己的休息室，准备下一场的拍摄工作。

没一会儿，休息室的门被敲响，剧组的工作人员送了个礼盒过来。

“今天投资方的范总请大家喝下午茶。”那个工作人员说，“范总体恤主演比较累，所以给宁老师单独订了个豪华的。”

宁秋秋：“……”

她一点儿也不想被体恤。

“我减肥，就不吃了，麻烦你拿去分给大家吧。”宁秋秋并不愿意领这个情。

“范总嘱托一定要送到宁老师的手上呢，还说宁老师要是觉得心意不够不领情的话，下次他就亲自送。”

这个人有病吧？

宁秋秋只好让小池收了，小池这阵子特别谨慎，虽然知道宁秋秋肯定不会吃，可还是小心地查看了一下这个包裹有没有什么阴谋。

万一真是个炸弹包裹怎么办？

结果并没有，就是普通的蛋糕和奶茶。

范阎良送的是一块草莓慕斯，做得非常精致、香软诱人，满满都是少女心，光是摆在那里，淡淡的奶油香混合着草莓的味道，就让人很有咬一口的欲望。

宁秋秋却觉得它碍眼得不行，正要让小池拿去处理掉时，休息室的门又被敲响了。

这回来的是另一个工作人员和一个外送人员。

剧组场地全面封闭，外送人员是进不来的，这位外送人员也不知道是靠了谁的关系进来的。

他看到宁秋秋，笑道：“您就是宁小姐吧？有一位展先生嘱托我给您送一份下午茶过来，要亲自交到您的手中。”

展先生？展清越吗？

“谢谢。”宁秋秋收了对方送的东西，心下纳闷儿展清越搞什么鬼呢。

外送人员走后，小池看着宁秋秋手中的盒子，又看了眼被自己拆开来的范阎良送的那个，说：“这两个外送，好像是一家店里的同一个品种。”

可不是，连蛋糕的样子都一模一样，如双生兄弟一样的草莓慕斯。

他们这个拍摄地点比较偏，周围只有一家高档下午茶店，这个蛋糕估计是他们的招牌，所以才……

宁秋秋看着这两个蛋糕，眼角直抽。

同时，宁秋秋的手机收到来自展清越的信息。

黑心洋葱：“给你订了个慕斯蛋糕，据说是最受女孩子欢迎的口味，看看喜欢吗？”

宁秋秋：“……”

所以，男人的心思，其实都是一个样儿？

而且，展清越这是变成转基因黑豆了吗？为什么突然……这么体贴？

两个蛋糕，出自同一家甜品店的同一位蛋糕制作师之手，外表相差无几。

可在宁秋秋的眼中，范阎良送的那个就辣眼睛，展清越送的这个整个都散发着幸福的味道。

哼，她就是这么“双标”。

别问，问就是颜即正义。

宁秋秋让小池去把范阎良送的那个处理掉。那个狗男人司马昭之心太明显了，两个人不过是见了一面，他就……看上她了？

这个剧情也太强大了吧。

不过，书里范阎良一开始应该确实是喜欢原主的，小说里的描写是，范阎良看上了原主的姿色，愿意娶原主，替她偿还千万债务。

但如果范阎良仅仅是看上了原主的皮囊，包养完全就够了呀，原主那么落魄，他根本不需要太多手段就能成功，干吗还要牺牲自己的婚姻？

这明显就是心存爱意呀。

只是，原主嘛……她的设定就是喜欢男主角，疯狂对付女主角，嫁给了范阎良之后，还要范阎良帮她对付季微凉。一开始范阎良宠她就欣然应许，但原主没过多久就暴露了自己喜欢展清远的事实。

范阎良心胸狭隘，哪里会允许这种事情发生，知道这个事实后，发觉自己被利用了，瞬间愤怒了，原形毕露，从此原主陷于水深火热之中。

但无论对方是真的对她有意思，还是只是像娱乐圈众多的潜规则那样，只是单纯地想“潜”她，宁秋秋都对这个男的没好感，更不想跟他有进一步的接触。

她有展爸爸就够了。

宁秋秋把展清越给她买的那个蛋糕拿出来，还臭美地跟它合照，本来想要发条微博的——没有理由地就想秀一下展清越送的东西，即便只是个蛋糕。

但她想到范阎良也送了一个，发微博人家会误以为她喜欢他送的东西，毕竟她现在还不能公开恋情，不能明确地说这是展清越送的。

退而求其次，宁秋秋把照片上传到朋友圈。

秀完之后，宁秋秋让小池把蛋糕切了分给大家，自己只能尝一小块——没办法，要维持她八十五斤的体重，女艺人就是这么凄惨。

展清越看到宁秋秋发的朋友圈，知道自己送对了。

果然展清远那小子虽然“恋爱脑”有点儿严重，有时候展清越很想揍他一顿，但在追女孩子方面他确实很有心得。

展清越以前总是忍不住揣摩宁秋秋的想法，现在看来，女孩子你别猜她，迎合她就对了。

找到诀窍的展总觉得自己被点亮了一盏明灯，工作都顺畅了许多。

新娱乐公司虽挂在宁秋秋的名下，可宁小姐连最基本的管理都不懂，前期只能当个吉祥物，一切事务都要展清越亲自操持。

幸好卓森体制健全，把事情推出去的话他就不会太忙了，不然展清越就算是有三头六臂也忙不过来。

展清越年前已经招了一批人，元宵节过后就开始正式上工了。他把之前展清远投资的那家影视投资公司的人员和资源合并过来，从影视投资开始入手，这是最硬性的资源，反正他们最大的特点就是有钱、起点高。

然后就是艺人经纪。公司拉来了好几位经纪能力不错的经纪人，再去签约一些新人，让他们参加一些综艺，或者把演员塞进自己投资的影视剧里锻炼锻炼。

这两部分是他们前期的主要发展方向，也是公司的核心发展方向。

宁秋秋洗完澡趴在床上，旁边放着来了剧组后就偷懒没看两页的专业书，跟展清越视频。

她听展清越给她讲完了前期计划，说："我知道几部电视剧和电影会大热的，回头我列张表给你，你记得投资，稳赚不赔。"

展清越沉默了一下，没有说好，也没说不好，而是说："前两天，手机给我推送了一本小说，挺有意思的。"

"你居然看小说？"宁秋秋感到不可思议，展清越这种人就算看新闻也不会看小说吧，她顿时来了兴趣，问道，"什么小说？我回头也去看看！"

"《家有仙妻》。"

宁秋秋："……"

你敢更明显一点儿吗？

不过，宁秋秋想说你看错书了展总，应该看《穿越时空的爱恋》那部电视剧。

展清越顺利地捕捉到了美颜加持下宁秋秋更加精致好看的脸上微妙的表情，大概明白了什么。不过宁秋秋会画符这件事情已经很诡异了，她能预料一些未来的事情，接受能力奇强的展清越并没有觉得有多奇怪，甚至一旦接受这个设定，还觉得挺有意思的。

他只是有点儿好奇，宁秋秋到底是个怎么样的存在？

这个话宁秋秋不清楚该怎么接，要是跟展清越老实交代，且不论展清越能不能接受，估计对方还会纠结她是不是会随时穿走这个问题吧。

她干脆耍赖，说："展总，我最近研究了失忆符，好像要成功了。"

展清越："……"

宁秋秋狞笑："到时候抓哪个小可爱做试验品呢？展总你作为知悉人士有优先权呢！"

展清越："……"

"你这个人。"展清越失笑，一时间不知道该怎么说她。

宁秋秋昂首挺胸："对，我就是这么个集'外挂'和无赖于一身，因此有恃无恐还恃宠而骄的奇女子。"

成吧，面对臭不要脸地表示自己恃宠而骄的宁秋秋，展清越能怎么办呢，当然是选择相信她："不问了，相信秋秋。"

宁秋秋松了口气，沉默了一下说："有些事情我确实没办法老实跟你交代，但有一点可以确定，我肯定不会害你的。"

展清越点头，宁秋秋要害他，早趁着他是植物人的时候就害了，没必要把他救醒了再害。

她不想说，展清越就不逼她了。

两个人又聊了一会儿，宁秋秋忽然跳起来说："我不能聊了！我要去背台词，剧本这一段重新修改过了，我还没来得及看！"

“去吧。”展清越也有自己的事情要忙，临挂视频前，忽然想到一个问题，“你在戏里有没有吻戏？”

宁秋秋：“……”

秒懂她的沉默的展清越：“……”

“哈哈哈哈，吻戏嘛，就是随便嘴唇碰两下，错位比较多。”宁秋秋尴尬地笑道，“很纯洁的。”

“嗯，很纯洁。”展清越意味深长地说。

展爸爸你别这样，我害怕。

由于找到了追女生的诀窍，展总领悟能力超群，很快掌握了宁秋秋的喜好。虽然两人异地，但他也开始隔三岔五地送点儿什么，再不着痕迹地夸宁秋秋两句，两个人的感情迅速升温。

然而，远在A市的展总没想到，有个人的想法跟他是一样的。

继蛋糕事件后，范阎良又送了一个拼成“love（爱）”的玫瑰花浪漫礼盒，不过被宁秋秋直接拒收了，如果范阎良真来当面送，她就直接跟他说清楚自己有男朋友了。

如果这个禽兽连有男朋友的女性都下得了手，那就别客气呗，谁还怕了谁。

不过，宁秋秋并没有等来范阎良亲自送，反而迎来了……绯闻。

事情的起因是在某个明星八卦娱乐论坛，有人发了个帖子。

标题：宁秋秋疑似被富豪包养。

内容：如题，我听在他们的剧组的朋友说，宁秋秋进组拍戏这阵子，几乎天天都收到某位不知名男士的各色礼物，疑似是投资方，据说资方请他们剧组喝下午茶，都是单独请宁秋秋吃豪华爱心蛋糕！

1楼：没图我说什么，但我有图呀！（宁秋秋朋友圈的截图）

宁秋秋也是最近话题度比较高的一位新晋小花了，此帖一出，立刻获得了各方的关注。

5楼：楼主有病，鉴定完毕。

9楼：也有可能是追求者吧。楼主动不动就说包养、二奶，楼主的爱情观到底有多惨淡，才会连“喜欢”两个字都不知道？

20楼：宁秋秋这种肌肉暴力女也会有人追，不怕被家暴吗？

55楼：宁秋秋在朋友圈都秀了？恋情“实锤”了吧。

67楼：啧啧啧，情人节还在微博否认呢，这下脸都打肿了。

帖子被迅速歪了楼，明明楼主要表达的是宁秋秋被富豪包养这个意思，但大家都是不信的，因为宁秋秋出道时明显地告诉大众，她有钱，是“白富美”，所以“包养”这个词跟她显然不搭。

但她有男朋友这个消息也是个“瓜”，而且“实锤”那么大，于是迅速被搬上了微博，还上了热搜。

明星打脸现场，必须围观！

科普路人：“科普一下《我的校霸女友》几大投资方：范耀星辉、福影文投、灿视传媒，其中范耀星辉占大头。”

八卦路人：“我特地去向《我的校霸女友》剧组的朋友打听了一下，请喝下午茶的就是范耀星辉的当家人范总。”

好心路人：“范耀星辉的老大范总的近照。（图片）”

范总虽然人不是太好看，可是他的这张照片应该是企业的宣传照，修过图，发际线的问题暴露得不明显。照片里他穿着西装，微胖的身材看起来反而显得儒雅沉稳，是成功人士必备的那种富态，更增添了几分成功男人的魅力，很多当下的小姑娘都吃这一口。

“妈呀，我竟然觉得这两个人挺般配的！豪门大佬和他的年轻小娇妻，这不是言情小说里最常见的套路吗？”

“这个范总看着有点儿老啊，没结婚吗？宁秋秋别是个小三吧。”

“多关注作品，少关注私生活……咦，话说宁秋秋有作品吗？没有。”

“这对 CP 我支持，以后我就是‘犯拧’党！”

“虽然‘犯拧’怪怪的，但‘犯拧’党头顶青天！”

宁秋秋所谓的恋情，就这样在微博迅速升温。瞿华迅速找人撤了一个，另外一个“犯拧 CP”又被顶上了热搜。

早起吃了自己一脸“瓜”的宁秋秋：“……”

为他人作了嫁衣的展总：“什么鬼？”

宁秋秋一大清早被塞了一口自己的“苦瓜”，体会到了妙妙被展清越罚吃苦瓜时的心情，简直犹如万匹羊驼奔腾，还有苦说不出。

她刷了一圈微博，了解事由后给已经回 A 市的瞿华打电话：“查过论坛发帖人的 IP（互联网协议地址）吗？”

“查过了，代理 IP 在 M 国那边。这件事儿的背后应该不止一个人，发帖的只是个引子，至于后面拉你和范阎良 CP 的，应该是范耀星辉那边搞的鬼，借机宣传他们的企业。”瞿华说。

这么好的一次营销机会，范耀星辉那边当然不会错过。

“坏东西。”宁秋秋咬牙切齿地说。

“不生气不生气，咱这就澄清。”瞿华安慰她说，“我已经让人写辟谣声明了，写好就发，你安心拍戏，别理他们怎么说，我会处理的，乖啊！”

这种莫须有的事情一个声明就解决了，确实不是什么大事。

可是，宁秋秋没法儿不理。她看到“宁秋秋”三个字和范阎良的名字放在一起就觉得浑身硌硬，现在全微博都在写他们在一起了，她真想拿把刀把那个最先发帖的人给砍了。

还有把范阎良那浑蛋也一起砍了！

还“犯拧”CP，我拧了你的头。

她一定要把这个始作俑者给揪出来，祭天。

微信上，展清越给她留了言。

变异黑豆：“情敌？”

宁秋秋：“……”

展清越发这个微笑表情的时候，必定有一个人要倒霉。

宁秋秋给他打电话，对方很快就接了。出乎意料的是，展清越的声音十分平静：“秋秋。”

“那个范阎良，就送过我两次礼物。第一次送了和你同款的蛋糕，他威胁我如果不收就亲自来送，但我收了就扔了，朋友圈发的是你送的。第二次送了一盒玫瑰，我直接拒收了。等下我的工作室就会对此事做出澄清，我跟他真的什么关系都没有！一丁点儿关系都不要有！任何关系都不会有！”

展清越似乎对这个回答很满意，声音里带着笑意：“他不是好人。”

嗯？

展清越并不会轻易地诋毁人，他说不是好人，那对方肯定就不是好人，字面意义上的那种。

宁秋秋眨眨眼：“你们认识？”

“不认识，听说过，他有不正当的生意。”

宁秋秋：“这……这么刺激。”

书里没写这一遭啊。

这算是违法了，他要坐牢的吧。

“别怕。”展清越说，“有我在，他伤不到你的。”

展爸爸你好撩啊，宁秋秋星星眼：“好。”

“安心拍戏，过阵子我去探班。”

展清越想着顺便把她和男主角要发生的接吻桥段提前练习一下。

他都没有光明正大地品尝过，怎么可以先便宜了姓宋的那个小子？

宁秋秋不知道他暗地里的想法，这会儿正被霸道展总撩得心花怒放，愉快地答应了，还表示很期待。

如果她和展清越视频，就会发现某人脸上得逞的笑容。

挂了展清越的电话，宁秋秋起来洗漱，出发去片场，顺便把那个最先发帖子的人揪出来。

展清越为人比较低调，加上两个人的关系没公开，为了不给宁秋秋造成不必要的麻烦，送点儿什么都是非常低调的，几乎都是悄无声息地送来，不会惊动其他人。

只是大家都在一个剧组，抬头不见低头见的，别人听不到风声是不可能的。

不过，对于明星的恋情，大家都会心照不宣地缄口，而且都是捕风捉影的事儿，谁还没个追求者，收点儿礼物怎么了？

会把事情爆出去，并且知道得这么详细的肯定是剧组的人，而且很有可能是宁秋秋的微信好友，就算不是好友，也是好友的好友。

由于经常在朋友圈发一些有关私生活的内容，宁秋秋很少加微信好友，一般聊得来的朋友才加，像上次的天下第一锤，她就是用微信小号加的。

这次剧组的人，除了男主角宋楚之前就加过，她还加了导演肖声、一个挺聊得来的女配角演员唐花和另一个跟她同一个经纪公司的男配角演员梁成。

宋楚和肖声肯定是不可能的，那么只剩唐花和梁成，宁秋秋把两个人的名字发给瞿华。

宁秋秋：“瞿哥，马上帮我找一下这两个人的资料，越快越好。”

瞿华："OK。"

瞿华办事效率很高，很快就把二人的资料发过来了。

唐花，艺校毕业，出道两年，靠一部偶像剧走红。《我的校霸女友》一剧中，她原本也是出演女主角的竞争者之一，可由于人设不符合，加上本剧的另一个角色很适合她，就演了女配角。

梁成，原本为练习生，公司打算让他走演员这条路，就趁着这次宁秋秋是女主角，弄进来让她帮带。

宁秋秋没记错的话，梁成和女二贾含絮的关系不错。

两个人都有嫌疑。

如果是唐花，那剧本就是她不服宁秋秋演女主角、见不得宁秋秋好，所以看到此剧的投资商给宁秋秋开小灶，就萌生了或许宁秋秋拿到这个女主角的角色，是因为有范阎良这个靠山的想法。

如果是梁成的话，这件事情就可能跟贾含絮有关系了。贾含絮跟范阎良的关系宁秋秋是亲眼看见的，对方见范阎良给她开小灶心生嫉妒。而且贾含絮跟范阎良有奸情的话，很可能知道范阎良只送了她两次东西，第二次还直接被她拒收了，其他几次都是另一位不知名人士送的。

所以，贾含絮发帖的初始理由可能只是想搞臭宁秋秋，暗示她被富豪包养，也告诉范阎良她名花有主，不要执迷不悟。

不料被人歪了楼，很有可能还有人在背后推波助澜，事情的发展完全与贾含絮的目的背道而驰。

会是谁呢？

宁秋秋又仔细看了一遍朋友圈的截图，停留在手机屏幕上的手顿了一下。

她好像知道是谁了。

到了片场，别人看到宁秋秋，目光都很微妙，估计都吃到了她和范阎良的"瓜"。

宋楚比她先到，见到她来了，蹭过来低声问："你怎么回事儿？不是那个展什么吗？换人了？"

"换你个大头鬼。"宁秋秋想给他一脚，"我被坑了，你看不出来吗？"

"我去！我哪里看得出来？你那天看到范总的样子，让我不得不怀疑你们有点儿什么。"

"滚滚滚，别来恶心我。"

宁秋秋踢走了宋楚，没有去化妆间，而是先去了休息室，又让小池去把梁成叫过来，然后关上休息室的门。

梁成比宁秋秋小，是真正的二十出头的小伙子，一脸朝气，在算是前辈的宁秋秋面前不敢抬起头来，眼睛盯着地面说："宁师姐。"

"别叫得这么亲切，我听着恶心。"宁秋秋毫不掩饰地说。

梁成微怔："我……我哪里做得不对吗？"

宁秋秋看他跟受惊的小白兔一样，气得都笑了："把我的朋友圈截图发给别人，好玩吗？"

“我没有，宁师姐，我……我不怎么玩微信的。”

“先别忙着辩解。”宁秋秋说，“这么了解事由的，肯定是我们剧组的人。我的微信好友里除了我的经纪人和助理小池，剧组里加了好友的一个是你，一个是唐花，还有宋楚和肖导。肖导不用说，肯定排除。剩下你们三个，我发的那条朋友圈，唐花有点赞，宋楚有评论，但这张截图里赞和评论那一栏是空的，梁成，除了你，我找不出别人。”

梁成：“……”

在确凿的证据下，梁成承认了是自己截的图，并且发了论坛帖子，把全部错处自己揽了下来，并不承认发给了贾含絮。

问他原因，他就说看不惯公司无脑捧宁秋秋。

“你不用给她做掩护。”宁秋秋双手抱臂，冷冷地说，“我们查了论坛帖子的发帖 IP，就是她的地址。”

“不可能！”梁成脑子转得很快，说，“大家都在一个剧组住在同一个酒店，用的是同一个 IP，你怎么认得出哪个是谁的 IP？别想诈我。”

“我就是在诈你呀。”宁秋秋坏笑说，“发帖人用的是代理 IP，地址在 M 国，你作为发帖人，居然不知道啊。”

梁成：“……”

宁秋秋摇头，神色悲悯地说：“本来还想着你也是被别人利用，大家都是同一个经纪公司的，不必闹得太难看，给你一个改过自新的机会。现在看来，你根本不需要。”

梁成这次在剧组也是靠宁秋秋帮带，面对这样知恩不报的新人，宁秋秋一点儿都不客气，给瞿华打了电话，让他跟公司上报这件事情，按照公司的规定处理梁成，追究其责任。至于贾含絮……

宁秋秋的新娱乐公司的新公关团队刚成立，正要找个试手的机会。宁秋秋联系了自己新公司的相关负责人，让他们把贾含絮手头上比较重要的通告全部搅黄，给她点儿教训。

最可恶的是那个范阎良，宁秋秋除了否认跟他有恋情，根本对付不到他，反倒让他炒作了一波，连带范耀星辉都受益。

展清越刚找到追妻技巧，正享受着三言两语哄得人心花怒放的快乐时，被人半路截了和。

这个人挺有种。

那个范阎良可不是什么好人，为了以防万一，展清越联系了之前给他透露对方做洗黑钱生意的朋友，让这位朋友帮忙想法子收集对方洗黑钱的证据，有备无患。

他今天没去新公司，而是去了卓森。

到了办公室，他让秘书小姐把关南培叫上来。

关南培年后上班便升了经理，虽然比较累，过着天天加班的生活，可他备受公司高层的关注，前途无量，反倒越累越有干劲。

他不知道展清越找他有什么事儿，心里有点儿忐忑，把最近工作上的事情迅速盘查了一下，确定工作没出任何纰漏，才伸手敲了敲挂着董事长办公室牌子的门。

里面传来他们老板的声音："进。"

关南培打开门，这是他第一次来到董事长办公室，刚进去就被里面的豪华装修闪了眼。

展清越正坐在大气的大班桌后面办公，清俊的脸上没什么表情，不过给人的感觉并不会让人觉得可怕，起码比起另一个展总来，这位展总显得温和很多。

"展总，您找我？"

展清越抬头看了他一眼，随后点头示意他坐，开口就问："微博会玩吗？"

"偶尔。"天天加班，哪里来的时间玩微博？

关南培哭泣。

"文字功底怎么样？"

关南培老实说："以前还好，现在可能不太行了，在国外待太久，语句顺序的习惯还没完全改过来。"

展清越似乎对这个回答还挺……满意？他微笑道："没关系，你写好发给我，我找人改。"

关南培一头雾水："展总要我写什么？"

公司不是有很多文秘、文案之类的吗？写稿子这类事情，随便找一个也比他强啊。

"几个关键词：宁秋秋同学、同学聚会、疑似追求者的男性朋友来接。"

关南培："……"

什么鬼？

"不了解事由就去今天的微博头条看，以你的脑子，一小时应该绰绰有余了，去吧。"

关南培："……"

老板你真的不是在坑我吗？

宁秋秋的工作室发了声明，澄清了宁秋秋和范阎良的关系，明确表示宁秋秋跟对方不熟，送蛋糕的另有其人，造谣之人也已经找出来，会追究其法律责任。

既然宁秋秋站出来正面承认了，那肯定就不是真的了，不然以后不是打自己的脸吗？

这个"瓜"因为这个澄清变得无味，"吃瓜"群众渐渐散去。

谁知，到了晚上，另一个词条登上热搜——"宁秋秋同学爆料"。

据宁秋秋的高中同学爆料，她的追求者另有其人。正月的时候宁秋秋参加高中同学聚会，他以男性朋友的身份过来接宁秋秋，还送了他们两瓶里奇堡特级园，是个不折不扣的土豪，疑似卓森集团的现任当家人。

关南培以为像卓森这种正经的大公司，其老板肯定严肃又正经，而且深谙资本主义压榨员工之道，极尽所能地压榨他们的每一点儿剩余价值。

工作时间做其他事情，那绝对是不可能的，毕竟他们按照小时计工钱呢。

所以今天接到这个任务的时候，他是蒙的。

不过蒙归蒙，他以他高才生的机智和头脑，圆满地完成了任务，并且受到了大老板的赞赏——当着他直系领导的面夸赞了他几句。

他的领导不明所以，以为他干了什么惊天大事，出了董事长办公室，满脸堆笑地拍拍他的肩膀说："南培，干得不错，这个月的绩效给你一百分。"

关南培："谢谢刘总。"

可是刘总，你知道我干了什么吗？

显然刘总是不知道的，又回味了一下刚刚展清越夸奖他的话，越想越满意，说："本来你要到年底才有继续晋升的机会，可展总这么器重你，年中晋升我也会酌情考虑推荐你，好好干，年轻人。"

关南培："……"

他为什么有种被骗了的感觉？

"所以，"他的领导终于想起来重点了，"展总让你去做了什么？"

关南培："写一篇稿子。"

其实这篇稿子展清越自己或者随便叫哪个助理、秘书写都行，可展清越偏偏小题大做地叫他写，表面上是为了追求真实性，实际上……

他只能说领导的心思太深了。

刘总很有分寸地没追问他是什么稿子，只是拍了拍他的肩膀说："路子很广，前途无量啊，年轻人。"

关南培："……"

难道是失业后去做微博营销号的路子广？

这个热搜出来后，很快被人截图发到了他们的高中同学群，同学群顿时炸开了锅。

大家纷纷在讨论到底是谁这么缺德去爆料，太不要脸了，毕竟那天晚上那位疑似宁秋秋男朋友的展总请他们全班人两瓶酒加上一顿饭，花了十几万。

十几万哪，抵得上他们当中某些人两年的工资了。

而且那酒，一小杯就是以千为计量单位算的，大部分人一辈子都没那个口福喝到，沾了宁秋秋这位男性朋友的光，才有机会饱了次口福，大家都懂这里面带点儿封口费的意思，因而心照不宣地为宁秋秋的恋情保密。

甚至班长还在散席的时候特地提醒全体成员帮忙保密此事，结果还是被爆出去了。

这爆料的人是有多坏啊，良心不会痛吗？

关南培再次："……"

哦，他的良心真的不会痛，冷漠脸。

微博上，本来已经瓜馊茶凉，拍拍屁股走人的"吃瓜"群众，看到这个爆料，顿时又重新搬起小凳子、小椅子坐好，继续"吃瓜"，同时感叹，宁秋秋就是一块"高产瓜田"，各种新鲜的"瓜"层出不穷。

"卓森集团，这道科普题我会，贼厉害的一个公司，我的一个同学毕业后进了卓森，吹了老半年，现在还在吹！"

“卓森的当家人好年轻、好帅气呀，我酸了。”

“宁秋秋的每个绯闻对象怎么都这么优质呀？难道这就是‘白富美’的特权？”

“啊啊啊，这对 CP 的颜值好高啊！”

“不行，我必须发几张卓森集团老板的照片给你们欣赏。（图片 1–3）”

宁秋秋本来因为解决了剧组内的两个隐患松了一大口气，结果这条热搜出来，她差点儿抽过去。

这些人一定是觉得她的心脏不要了可以捐出去，才一而再，再而三地搞她。

而且更气人的是，她和展清越的关系要爆就让他们爆好了，她也不会介意什么，问题是网上的这些照片全是展清远的！

展清越本人比较低调，加上昏迷了两年多的时间，差点儿要查无此人了，网上根本就没有一张他的照片！

瞿华今天也被这“瓜”喂噎了，跟宁秋秋说话都结巴了：“你你你……你又跟展清远在一起了？”

“没有。”宁秋秋冷漠脸，“是另一个展总。”

另一个展总，那不就是……

展清越：没错，就是在下。

瞿华震惊了，万万没想到，宁秋秋的神秘男友……居然是这位。

“你不是才入资他的娱乐公司吗？不对不对，按照时间线来讲，你跟你的男朋友在一起在先，入资在后，也就是说，他居然要你出钱入资？”

宁秋秋不知道怎么解释其中的因果缘由，直接说结果：“其实我没出钱。”

“哦，那就好。”瞿华松了口气，真担心自家艺人碰到了个渣男，“那热搜怎么办？撤？”

“撤！”宁秋秋果断地说，“赶紧撤！”

等下展清越知道后会被气死的。

展清越确实气死了。

“哥，这可不怪我呀，跟我什么关系都没有！我也算是个受害者。”展清远求生欲极强地跟他的兄长诉冤。

他真的巨冤，无端成了自家嫂子的绯闻对象。

这就算了，关键是自家兄长还贼恐怖。

展清越沉默了一下，说：“网上为什么会有这么多你的照片？”

他其实料到了别人会把卓森的当家人误以为是展清远，毕竟知道展家真正结构的人少，人家也分不清楚什么展大少展二少，所以他们只要知道追求宁秋秋的人背景很厉害就行。

但他没料到网友可以扒得这么彻底，连展清远的照片都能扒出来。

不对，他没料到，展清远这人好好的老总不当，居然有这么多的照片在网上！

展清远觉得自己更冤了，说：“企业宣传，还有一些活动邀请我去，也会拍照。”

展清越一哂：“你怎么不干脆包装包装，‘C 位（中心位置）’出道算了？”

展总最近接触多了娱乐圈的东西，连“C 位”出道都懂了。

展清远："……"

他真的就拍了几张宣传照而已，这能怪他吗？

展清远比窦娥还冤，委屈巴巴。

不过他脑子也转得快，说："哥，是你太低调了，这样也是不行的。你想想，嫂子以后是个大明星了，如果她的老公处于查无此人的状态，甚至人家搜卓森老总都只能搜到我的照片，那媒体和黑粉肯定要嘲笑她嫁了个……那啥，是吧？"

展清越："……"

这么一说，好像还挺有道理。

刚好，最近《名商周刊》一直邀请他做采访，他或许可以去露一下脸。

《名商周刊》是专门采访商界名人的一本杂志，在商界非常有权威，向展清越抛出过多次橄榄枝，可展清越都没应，如今……

展清越打定主意，终于大方地放过了展清远。

宁秋秋一天之内被传了两次绯闻，心情有点儿说不上来。

她这个名字真应了多事之秋那个成语，事情贼多，特别是《我的校霸女友》这部剧，简直天生跟她犯冲，从试镜到现在出了四五次幺蛾子了。

如果能重来，她选择叫宁太平！

虽然两次绯闻都不是出自她的本意，可面对展清越，她还是有点儿心虚。

思来想去，她决定先卖个萌探路。

宁秋秋："啾！啾啾啾。"

变异黑豆："继哥哥、爸爸、家父后，我又成 jiù jiu 了？"

宁秋秋："你喜欢的话，我也可以喊的。"

对，她就是这么没底线！

宁秋秋深谙一个道理，在展清越的面前，上限可以不用太高，但下限一定要低，展清越拿她就没办法了。

嘿嘿嘿。

变异黑豆："认得拼音吗？"

嗯？宁秋秋看到这条消息后，翻到前面，难道自己拼的不是舅舅的意思？看前后文的意思，应该是吧。

宁秋秋："勉强认得。"

变异黑豆："lǎo g ōn g怎么念？发语音念给我听听。"

宁秋秋："……"

搞来搞去，原来展清越不是想要她喊爸爸，也不是喊舅舅，而是喊老公啊。

想得美，别说证都没领，她还没正式答应他呢！

宁秋秋给他发语音："媳——妇，是这样念吗？"

展清越的回答是，给她发了一张妙妙的近照。

暗喻她的媳妇是狗？

宁秋秋想得没错，但展清越发完就……后悔了，怎么一习惯又开始挤对人了，于是他赶紧补救。

变异黑豆：“妙妙听了都说好。”

宁秋秋：“……”

二人这样插科打诨地聊了一会儿，展清越自始至终没追究热搜上的事情，估计是没看到，热搜又撤得快。

呼，她松了一大口气，完全不知道这件事情的背后主使就是受害者本尊。

绯闻一事暂时告一段落，宁秋秋继续投入拍戏中。随着春天的临近，《我的校霸女友》拍摄校园部分转眼已经过去了一半。

同时，宁秋秋接到了开年后的第一个好消息：《飘摇》过审了，定在暑期档播出。

她终于……要有一部影视作品了。因为没有作品，她都不知道被嘲讽多少遍了，反正无论是什么新闻，一定会有人发自灵魂地拷问：宁秋秋有作品吗？

展清越则真去《名商周刊》做了采访。《名商周刊》很快在他们的官微发布了这个消息，特别醒目地写了卓森集团董事长几个字，并且带了展总的高清无码近照。他西装革履，拍得十分帅气，颜值如果按十分算，可以打十一分，多给一分让他骄傲骄傲。

《名商周刊》请来了他们一直想请但总是没请到的展清越，所以特别重视，经过展清越本人的同意后，还买了热搜。

这个热搜结合上次宁秋秋同学爆料的卓森当家人追求宁秋秋的新闻，引起了轰动。

“原来这才是卓森的当家人哪，比另一个还帅啊，妈呀，看起来比明星还像明星。”

“是我喜欢的那一款霸总，粉了！”

“可是我爱之前的那一款。”

“小孩子才做选择，我两个都要！”

“啊啊啊，反正都帅，我继续酸。”

展清越看到这次评论的风向，终于满意了。

他纵横驰骋三十年，差点儿翻车。

刚好他有空闲，可以去探个班了。

第十一章　展总来了

展清越这次探班并没有提前跟宁秋秋说，直接就过去了。

目的嘛，当然是给宁秋秋惊喜，这点展清越是十分懂得的，他最擅长“打一巴掌给个甜枣”这种操作了。

所以他嘴上说着最近两头跑没空，身体却很诚实地跟着心去了宁秋秋拍摄的城市。

“展总，它……也去？”三条拉开车门，看到前座微眯着眼、一脸鄙夷地看着她的哈士奇，吓了一跳。

这条狗太凶了，跟狼一样。

展清越伸手摸了一把它的狗头，妙妙讨好地在他的手心上蹭了蹭，谄媚的样子与它霸气的外表严重不搭。

“嗯。”展清越说，“太久没见，狗容易思念成疾。”

妙妙：我不是！我没有！

三条：“……”

狗也会思念成疾？逗她呢！

但展总说会，那就会吧。

三条是公司给宁秋秋找的新经纪人，姓张，艺名叫三条，大家喊她条姐。

瞿华决定留在现在的公司后，新公司丰宜娱乐就积极地给宁秋秋物色新的经纪人。三条跟之前的经纪公司发生了分歧，由于离职突然还没找好下家，刚好被丰宜这边捕捉到信息，高薪聘请过来。

三条手上的人脉资源优越，她在圈内也算是排得上名的经纪人之一了。

听说带的人是宁秋秋，她去查了一下关于宁秋秋的经历，把宁秋秋归为潜力股一类，答应下来。

她和瞿华带艺人的风格不同。瞿华讲究尊重艺人，对艺人的私事给予充分的隐私空间。

比如他不会去关心宁秋秋的男朋友是谁，以至于等宁秋秋的高中同学把那条消息爆出来，他才知道对方是展清越，着实惊讶了好久，几天后还觉得很不可思议。

但三条不同。她要求对于艺人的私密大事，特别是感情上的事，她必须有绝对的知情权，方便以后万一艺人被狗仔拍到，或者发生什么突发事件，自己能最快地根据艺人的现状进行紧急公关。

比如，艺人如果真心和对方交往，那根据情况的轻重，她会考虑公布恋情。

如果艺人和对方只是露水情缘，那她就想办法抵死不认。

展清越知道她的要求后，也没做过多的隐瞒，在去的路上大概把自己和宁秋秋的现状说了一下。

三条听完后懂了，他们属于第一种关系，必要时可以公布的那种。

他们清早出发，临近十一点才到地方。肖声也是临时听制片人说今天有位大人物过来探班，不能怠慢，并不知道这位大人物是谁，最后看到这位大人物牵了条狗来探班。

在众人各异的目光中，妙妙在人群中准确无误地找到了它被迫思念成疾的对象，兴奋地冲过去，在她的脚下摇头摆尾，还时不时往她身上扑。

众人意味深长："哦！"

宁秋秋："……"

她可以装作不认识他们吗？

显然不能，在众人的目光中，宁秋秋跑到展清越面前说："你怎么来了？也不提前跟我说一声。我还以为昨晚茄子吃多了，眼花了。"

展清越看着面前近一个月未见的人。宁秋秋身上穿着校服，她今天的妆容有点儿病态，看起来很憔悴，但这并不影响她的颜值，宁秋秋看起来比定妆照上更像十八岁的小女生。

"惊喜。"展清越收起不合时宜的神思，轻笑，"我收到你日思夜想的召唤，就出现了。"

谁日思夜想你了？你要点儿脸！

不过，宁秋秋见到他，压在心底不易察觉的思念之情一缕缕飘出来，忍不住想抱一下眼前的人，甚至因为最近演多了明歌有点儿入戏，产生了"强抢民男"的土匪思想。

把他抢回去，关进小黑屋，这是明歌心中对于宋濂的小九九。

展清越怎么说也还算是病弱美人，貌似这样也没毛病……

可是这里人来人往的，宁秋秋上次吃了朋友圈的亏，收起那些流氓心思，矜持地咧嘴笑道："能令我日思夜想的只有钱。"

展清越："难道我不够有钱？"

宁秋秋："……"

好吧，你赢了。

"喀喀！"三条见二人一见面就旁若无人地开始调情，旁观了半天，重重地咳了一下打断他们。

二人的注意力都被吸引过来，三条看周围工作人员的目光都在他们身上，说："秋秋接下来还有戏？"

宁秋秋看向她，没见过，不解。

“你好，我叫三条，你的新经纪人。”三条朝她伸出手。

原来这位是新经纪人，宁秋秋惊叹他们办事效率的同时，冲她礼貌一笑，跟她握手，亲切地说：“你好，三条姐。”

三条点了点头，很满意这样上道的艺人。

宁秋秋又说：“我接下来还有一场戏，半小时左右。我让小池带你们去休息室等吧，很快的。”

“你去吧，我和展总看一下。”三条说。

宁秋秋：“……”

幸好今天没有吻戏！

肖声也过来和展清越打了招呼，联系这阵子宁秋秋被爆出的绯闻，大概知道这个男人是谁了。

确实是大人物，肖声客气地跟他握了手。

宋楚是认识展清越的，也过来跟他打了招呼。展清越对于这个接下来要和宁秋秋拍吻戏的小子始终耿耿于怀，高冷地应了，没有过多地攀谈。

等大家寒暄完毕，宁秋秋让小池招呼好展清越他们，自己继续去拍戏。

“你的男朋友居然能走路！”等离开展清越的听力范围，宋楚一脸不可思议地跟宁秋秋说，“骗子吗？”

宁秋秋想起来上次展清越和宋楚见面时还是坐轮椅的状态，顿了一下说：“我什么时候说他不能走路了？是你自己‘脑补’的！”

“以前我觉得你嫁得亏了，现在觉得你简直原地捡了一个亿，赚大发了，苟富贵，勿相忘啊。”

宁秋秋：“……”

她拒绝和他交流。

宁秋秋今天拍的戏是一场乌龙戏。

明歌来“大姨妈”了，饶是校霸，也被“姨妈痛”折腾得生不如死。中午下课后，明歌不想动，让好朋友吃饭的时候帮她随便带点儿吃的，自己则窝在教室里，痛得脸色发白，要去洗手间时发现没有“姨妈巾”了。

正巧，宋濂撞进来。

“濂濂，”宁秋秋被化妆师化了个惨白的妆容，捂着肚子，因为经历过“姨妈痛”，所以演起来跟真的一样，有气无力地叫道，“度我！”

“你怎么了？”宋楚演的宋濂见到她的样子，有点儿惊讶这个平时霸道的女生也有这么脆弱的时候，内心还不小心幸灾乐祸了一把，表面一副关心的样子，问，“生病了？肚子疼？”

十七岁的年纪还是比较羞于谈论这种事情的，明歌一脸扭捏，支支吾吾地说：“也不算病，那啥，拜托你帮我买个东西呗。”

看在她这么可怜的分儿上，宋濂大发慈悲：“你说。”

明歌捂着肚子，可怜兮兮地望着他，说：“帮我去买个‘姨妈巾’。”

"姨妈巾？"宋濂用他机智的脑袋想了一下，没想出来"姨妈巾"是什么。

"对，要 ABC 的，给你钱。"明歌从钱包里拿了一张一百元递过去。

宋濂接了，欲言又止地看了她一眼，随后走出教室。

导演叫了"卡"，紧接着又开始了下一镜，买完"姨妈巾"的宋濂回来。

明歌继续一脸疼痛难忍的样子，埋怨道："怎么去了这么久？"

宋濂冷漠地回答："难找。"

"难找？"明歌脸上露出疑惑的神色，随后伸手，"那给我吧。"

宋濂把手上的毛巾递给宁秋秋，毛巾是小猪佩奇的，上面还印着"ABC"三个字母……

"哈哈哈，不行。"本来一脸小白兔样儿的宋楚忽然笑场，"这是什么剧情？我忍不住了，哈哈哈。"

宁秋秋也伏在桌上笑。所以这些直男主角要不是天生生了一张好脸，外加主角光环，是不可能追到女孩子的！

想想女生在家都"血流成河"了，等啊等，等男朋友给自己买个"姨妈巾"，结果买了条毛巾，会想直接把他踹了吧。

原本憋笑的工作人员也止不住笑了出来，导演摆手让他们调整状态。

站在窗外低调围观的三条莞尔，说："秋秋的演技很棒，出乎我的意料。"

无论外界怎么吹，三条始终不信宁秋秋这种非艺校毕业、没有一部作品的人演技能好到哪里去，所以一直对她的演技抱有几分怀疑。

但亲眼所见后，三条真的惊艳了。

展清越也是第一次见宁秋秋演戏。内行人看门道，外行人看热闹，这是他第一次来拍戏现场围观，看这么一群人围观两个人演戏，总有种看耍猴戏的感觉……

而且，展总沉默，所以 ABC 的"姨妈巾"究竟是啥？

那边演员调整好状态继续拍，这回终于没笑场了，顺利拍完了这个镜头，进入下一镜。

这一场戏一共半小时就拍完了，演员中场休息准备下一场。

下一场是配角们的戏。宁秋秋今天上午的戏拍完了，她让展清越他们等一下，去卸妆换衣服。

虽然已经快到三月了，可这天气还是由于春汛，湿湿冷冷的让人贼难受。

宁秋秋早上来的时候把自己裹成了一个球，也没讲究穿得好不好看，反正到了片场都要换成校服，现在……后悔了。

一件可以包裹全身的羽绒服，暗绿色的，平时宁秋秋没觉得它丑，反而觉得它相当保暖，现在却怎么看它怎么不顺眼。

宁秋秋挣扎了一会儿，翻出几个暖宝宝贴到身上，然后只穿了里面的卫衣和休闲裤就出去了，反正只要不在室外，到处都是暖气。

可走在路上，宁秋秋被冷风一吹有点儿发抖，顿时后悔了。

以前她在展清越的面前没这么注意形象啊，最可怕的时候穿着睡衣披头散发都敢在他的面前晃悠，现在居然开始注重起外表来了。

在外面宁秋秋和展清越他们会合后，展清越看她单薄的穿着，皱眉，正要把自己的外套给她时，只见宁秋秋一把抱起了傻狗妙妙。

“你看你爸出门也不知道给你穿件衣服，把你这傻孩子冻的，咱只能互相取暖了。”宁秋秋叹了口气说。

展清越：“……”

妙妙一脸蒙地被宁秋秋抱在怀里，作为一条精力旺盛的哈士奇，好不容易能出来一次，只想在地上撒欢儿，一点儿都不想做宝宝被抱在怀里。

但当着展清越的面，它不敢反抗。而且它太久没看到自家女主人了，甚是想念，被她抱着，理所当然地又想舔宁秋秋的脸。

它刚伸出舌头，可能是芝麻大小的脑子被展清越教育多了，发育成了豆大，舔之前下意识地看了展清越一眼，结果被男主人轻描淡写的眼刀子剐了一下。

妙妙惊觉大事不妙！

它委屈地趴在宁秋秋的肩窝里，不敢动了。

“妙妙又沉了。”宁秋秋掂了掂怀里的傻狗，“小日子过得挺滋润的。”

展清越被这一人一狗搞得有点儿哭笑不得。有时候他真的很想掰开宁秋秋的脑袋看看里面的结构到底是怎样的，她和别人的脑回路和想法怎么就不太一样？

不过话又说回来，要是宁秋秋的脑袋和别人长得一样，估计他又不会那么喜欢她了。

宁秋秋的古灵精怪和她的性格是吸引他的精髓所在。

“它天天缠着爷爷，估计爷爷偷偷给它加餐了。”展清越说，这里离停车的地方也就几步远，她喜欢抱就让她抱好了。

宁秋秋一手托着妙妙，一手捏它的脸：“小心长成猪。”

妙妙：“……”

如果它听得懂人语，此时的内心独白一定是：六十斤很肥吗？愚蠢的人类！

三条知道宁秋秋有大力人设，但他们家的狗营养好，又是条大狗了，起码有六十斤，宁秋秋随手抱起来的姿势是不是显得太轻松了？

而且，她单手抱似乎也不费力……

比起那些矫揉造作的吃货人设、学霸人设，这位似乎真清纯不做作呢。

三条不动声色地观察了这位新艺人片刻，适时地插话问：“秋秋的力气是天生的还是后面练的？”

“天生的。”宁秋秋臭不要脸地说，“不算非常大，三条姐姐以后尽量别给我炒这个人设，容易崩。”

展清越：“……”

你公主抱我的时候不是这样说的！

展总想到那个公主抱，面部表情抽了抽。更气的是，身体还没完全恢复的他，没办法公主抱宁秋秋。

“不炒人设。”三条看她一脸嫌弃这个人设的样子，笑道，“我觉得你现在的形象挺不错的，很自然，但在微博上尽量别那么强硬。”

宁秋秋知道三条是指帮瞿华那次，虽然知道那次的做法很不理智，但如果重来一次她还会这样。

“好。”宁秋秋点头说，“做不理智的事情前，我会尽量和你商量的。”

尽量，就不是一定。

三条轻笑，这个艺人蛮有意思的，不过她有任性的资本，谁让她背后的靠山是展清越呢。

说着话，四个人已经到了停车的地方。展清越事先已经吩咐好了小池，让她把其他两个助理也叫出来，包括司机一起，请他们吃个饭。

这会儿小池跟其他两个助理坐保姆车，宁秋秋和三条则坐展清越的车。三条机智地坐在前面，宁秋秋和展清越坐在后面，妙妙霸气地横在他们中间，做一个 1000 瓦的大灯泡。

“你不是说最近工作很忙没时间吗？怎么突然就过来了？”宁秋秋忽然想起展清越前两天在微信上跟她说的话。

展清越一本正经地说：“这个比工作重要。”

三条：“……”

她不应该在这里，应该在车底。

宁秋秋被撩得心花怒放，可是在外人面前又勉强有点儿羞耻心。

她伸手摸蹲坐在他们中间的妙妙的后背，营养良好的狗子背部毛色光滑亮泽，摸起来很顺手：“我以为你又要说妙妙想我了。”

展清越：“它只敢想它的狗妈。”

宁秋秋还未来得及品味这句话是什么意思，忽然搭在妙妙背上的手上传来不属于狗的触感。

宁秋秋僵了僵，那是……展清越的手。

对，男人罪恶的“大猪蹄子”！

“大猪蹄子”的五指在她的手背上轻点了一下，宁秋秋以为下一秒他要握住自己的手的时候，那只手又离开了，随后，她的小拇指被他的手指轻轻钩住。

宁秋秋侧头看，只见展清越的小拇指和她的小拇指勾缠着，在妙妙黑色的背上，两只肤色白皙的手显得尤其明显。

而展总则一脸淡定地直视前方，仿佛做这个动作的不是他。

展总啊，您是不是有点儿……太纯洁了？

牵个手而已，至于这么隆重的样子吗？

原来这个“腹黑”男居然这么纯情，宁秋秋有点儿想笑。她恶作剧地把自己的手指收回来，抽走的过程中还感受到了展清越小拇指上挽留的力度，然后无情地放开。

随即，宁秋秋的手覆在展清越的手背上，抓住他骨节分明的手，手指还坏心眼地在他的手心里刮了刮，感受到一直淡定的展清越明显僵了一下。

宁秋秋坏笑，展总大概不记得，或者不知，宁秋秋第二次见他时就已经牵过他的手，把他的便宜占尽了。

可惜，这种温馨片段只持续片刻。傻狗妙妙感受到自己爹妈在它的背后搞来搞去，转头去看，一看到他们握在一起的手，顿时开心了。

这道题它会！

妙妙转过身去，把自己的爪子搭在他们二人的手上，还刨了刨，表示他们是亲密无间的一家人。

宁秋秋："……"

展清越："……"

他们一行包括司机，一共七个人，要了个大包间，展清越请客，宁秋秋点菜，点了一大桌的菜，完了又问："要酒吗？"

展清越问："你下午不用拍戏？"

"还有两场，不过你们喝呀，条姐喝酒吗？"

三条说："我都可以。"

"那就来瓶红酒吧，小池也喝酒的。"

宁秋秋叫了瓶红酒。点好菜后，三条见展清越和宁秋秋终于调完情了，趁机讲正事，不然怕又没机会讲了。

这对情侣比她想象的还要黏糊。

其实三条并不爱带这么早恋爱的艺人，尤其是女艺人。倒不是她有性别歧视，主要是男人和女人在感情上的区别比较大。

男人即便恋爱了，除非是那种"恋爱脑"，多数心绪比较稳定，不会把过多的精力放在恋爱上，完全可以做到工作感情两不误，甚至有时候因工作需要，感情还可以放一放。

女人就不一样了，特别是那些小女生，她们一旦谈恋爱，就会把大部分的心思放在恋爱上。三条也是从小女生时代过来的，很懂女孩子的心思，有时候男方一条消息没回，都会让她们失魂落魄、耿耿于怀，甚至因此连工作都做不好。

结了婚，很多女孩子会把心思放在家庭上，事业则变得随缘，"佛系"到令人想抽她们。

甚至有的女星处于事业强势上升期的时候就怀孕生子了，一耽误就是一年多，再复出又要花大量的心血和精力。

三条看过太多沉浮，已经看透了这些。

她会接手宁秋秋，一来对方跟她签约的时候，并没有说宁秋秋有男朋友，二来展清越有钱哪。

有钱有资源，一切问题都不是问题。

"你现在的经纪人跟你没有什么直接的矛盾吧？"三条开口问。

"没有，我们关系挺好的。"

"成，那你让他把你接下来的工作安排发一份给我，我要看看你接下来的工作内容。还有规划，如果方便，也让他发一份对于你现在经纪公司的资源，哪些能带走，哪些不能带走，麻烦他标出来。"

"都能带吧。"宁秋秋说，"我家是我现在经纪公司的股东，而且前阵子我还补了几个资源过去。”

前阵子从贾含絮那边抢来的几个资源她拿来没用，新公司暂时也没有其他艺人用得上，就全部给她现在这个公司了。

三条：“……”

该死的有钱人。

“OK。”三条也是经历过风浪的人，很快从有钱人带来的震惊中回过神来，说，“我的做事风格就是不喜欢拖泥带水，也不会拐弯抹角，‘彩虹屁’什么的基本不会吹，这个可能跟你现任的经纪人有点儿差距，所以你要花时间适应。”

宁秋秋大概可以感受出来三条的性格属于干练利落型的，微笑道：“好的，条姐，我会努力尽快度过磨合期的。”

三条也笑了一下说：“当然，这些是工作上的。私底下，我更希望我们是朋友那样的关系，你有什么困难或者心事，无论大的小的，都可以跟我说，我都会努力帮你排忧解难，不要怕我烦，我不烦，就没有价值了。”

宁秋秋都一一答应下来，心里也大概了解三条是个什么风格的经纪人了，确实和瞿华的行事风格大有不同，需要好好适应一下。

展清越在一旁听她们聊天，一句话没插，不过眼底流露出几分赞赏。从老板的思路出发，他很欣赏三条这种员工的行事风格。

事情说完，菜也上来了，这个饭店的菜品都非常不错，做得很合人胃口，一顿饭大家吃得宾主尽欢。

下午，三条没什么事情，不想留在这里继续“吃狗粮”，就先回去了。

由于宁秋秋下午还有戏，展清越干脆又去片场，围观了一番宁秋秋的“耍猴”现场。

片场里有小姑娘认出展清越就是前阵子跟宁秋秋传绯闻的那个“卓森当家人”，而他带来的哈士奇，则是那条被宁秋秋带红的网红狗妙妙。

众人兴奋不已，原来那个爆料是真的，宁秋秋真的和他在一起了，连探班都没避讳一下，这是打算公开了吗？

展清越淡定地在各种打量的目光中用手机处理工作上的事情，刚发完一封邮件，看到宁秋秋鬼鬼祟祟地走过来。

她在展清越旁边坐下来，从怀里掏出一个塑料袋，里面放着……三个包子。

宁秋秋拿了一个出来，递给展清越。

展清越看到那个品相不佳的包子，并没有食欲，但由于是宁秋秋给的，很给面子地接过来，又问：“你哪里来的包子？”

“道具。”宁秋秋嘿嘿一笑，十分有经验地说，“从底下吃，留着皮，等下拍戏还要用的。”

等下要拍的那场戏是男主角给她带早餐，带了三个包子，所以工作人员特地去附近的包子店买了三个热腾腾的肉包子。

展清越：“……”

展夫人，咱没穷到这种地步吧？

“吃道具是一种乐趣。”宁秋秋见展清越露出不解的表情，振振有词地说，“而且这三个包子是在附近张大嫂包子店买的，这家包子店很有名的，不吃等下冷了肯定也要扔掉的，多浪费。”

你还挺节约。

展清越看着手上的包子，包子面皮松软，吃掉包子馅的话，包子不会塌掉？

等下包子不能用了，道具师要找她麻烦吧？

可宁秋秋丝毫没有怕被找麻烦的样子，还诲人不倦地教他：“我告诉你吃道具的技巧，这样子，你看。”

展清越看向她，只见她捏着包子，让包子底下凸出一块，小心地一咬，把包子皮咬出一个小洞，里面的馅儿立刻露了出来，一股肉碎混合着香菇干、小葱的味道扑鼻而来。

这个包子卖相不佳，味道竟不错，令人食欲大增。

可展总有严重的偶像包袱，大庭广众之下，做不出公然蹭剧组便宜的事情来，特别是对方还是个包子，还要抠人家的馅儿吃！

“我……”

“宁老师，你怎么把道具吃了？！”

展清越话还没说出口，听到有人叫道，接着，一个身材微胖的男子气势汹汹地过来，正是剧组的道具老师。

他瞪着宁秋秋手中的包子说：“我就说包子怎么一转眼就不见了，原来被你拿了。”

宁秋秋：“……”

在我的男人面前，给我留点儿面子好吧？

“吃吧。”展清越当然是选择无条件地帮宁秋秋，说，“我让司机立刻去买几个回来，不会误事。”

道具老师：“……”

他看展清越真的拿出手机，忙说：“不用不用，其实吃几口也没事，皮留着就行，吃吧吃吧。”

宁秋秋：“……”

展清越没给你好处吧，你为什么这么给他面子？

宁秋秋愤愤地咬了口包子泄恨，又听到小池怪叫着过来：“秋秋姐，你怎么偷吃东西？肖导不是说你最近胖了要保持身材吗？而且这包子是哪里来的？”

她没验毒呢，万一有人下毒怎么办？

宁秋秋：“……”

呜呜呜，她就吃个包子而已，至于这么起起落落、跌宕起伏吗？

“哦。”宁秋秋把包子放回袋子里，喃喃地自我安慰道，“其实也没多好吃。”

展清越被这一个包子引起的“血案”逗笑了，宁秋秋在正月里痛苦地减肥的时候，展清越就知道这位想要保持现在这个身材多不容易。

他看宁秋秋郁闷得都要长蘑菇了，轻笑着把手上的包子也放回去，说：“嗯，不好吃，还有肥肉，吃了会胖十斤。”

宁秋秋：“……”

这是什么安慰方式？她以后还怎么吃包子？

这时，导演那边叫准备了，宁秋秋说：“那我去拍戏啦。”

展清越点点头，拍了拍她的肩膀表示鼓励。

本来展清越要请剧组的人喝下午茶的。据说这是探班的传统，不请的话就不能给宁秋秋长脸，甚至还会有人私下议论她的谁谁谁怎么这么小气。

但宁秋秋不能吃，请剧组喝下午茶不是馋她吗？

展清越想着那就换成别的方式好了，既能给宁秋秋长脸，又要让全剧组都受益。

宁秋秋去拍戏，展清越无事可干，就用随身带的 iPad（平板电脑）看一份文件，这是丰宜艺管部做出的详细发展计划。

公司发展前期没有多大名气，艺人的主流来源有两种方式，一种是自己培养，利用星探挖掘、艺校招聘、社会招聘，招聘新艺人，慢慢给他们发展的资源和空间，成长缓慢；另一种就是向即将合同到期的艺人抛橄榄枝，这种方式最直接有效，因为这些艺人都有一定的基础，来了可以直接赚钱，不用花时间和精力培养。

艺管部给出了这两种方式的培养和发展方向，具体达到的效果和预算等，洋洋洒洒地写了十页，可展清越觉得都不是很满意，微皱眉看着。

“展总，喝咖啡。”正在这时，有人将一杯热腾腾的咖啡拿到展清越的面前，“现磨的。”

展清越抬眼看了一下来人，只见她身上穿着和宁秋秋身上一样的校服，应该也是剧组的演员，展清越说：“我不喝咖啡，谢谢。”

“那您想要喝点儿什么？我吩咐助理去买。现在天气怪冷的，喝东西暖暖身体。”对方友好地说。

展清越：“不用，不渴。”

对方见他拒绝得这么干脆只好作罢，又自我介绍说：“展总大概不认识我，我叫贾含絮，是这部剧的女二号。”

贾含絮和范阎良勾搭成奸，之后又发帖造谣宁秋秋被富豪包养，导致宁秋秋上微博热搜。不过由于没有直接的证据，宁秋秋只把她的资源抢走几个让她长长教训。

这会儿被宁秋秋吩咐要严密防着哪个人来骚扰展清越的小池因有事走开了一下，就被贾含絮钻了空子。

展清越不知道她和宁秋秋之间的恩怨，但对于她是谁并不感兴趣，点了点头，没多做搭理。

对于他的冷漠，贾含絮并没有因此退缩，在之前宁秋秋坐的位置上坐下来。

展清越没说什么，倒要看看这个人究竟要做什么。

“秋秋的演技很好呢，我跟她对戏有时候都接不住戏。”贾含絮说，“她只有和演技最好的男主角宋楚演对手戏，才最酣畅淋漓，有时候入戏太深，现实里还会把他叫成濂濂。”

“嗯。”对方的小把戏展清越一眼看穿了，说，“不用自卑，你勤练习也会和她一样。”

贾含絮："……"

你的重点呢？

"谢谢，我会努力的。"贾含絮努力保持脸上的笑，说，"我确实挺自卑的，有时候感觉融入不了他们，他们关系太好了，经常一起在酒店对戏到半夜。"

"是吗？"展清越假装没听出她话里的意思，轻笑一声说，"秋秋优秀还努力，难怪才第二部剧就开始演女一号了。"

贾含絮："……"

为什么她感觉被讽刺了？

同一时间，宁秋秋这边开始拍戏。

宋濂因为"姨妈巾"的事情闹了个大乌龙，迅速去恶补了一番关于女孩子生理期的知识，了解到女孩子会痛经这么可怕的事情，第一次对这个天天调戏自己的女生产生了名为"同情"的情愫。

带着几分给人家买错"姨妈巾"的愧疚，宋濂决定道个歉。

群演就位、机器就位，在人来人往的校园里，宋濂把明歌叫到一个稍微僻静点儿的角落，故意冷着脸把包子给她："王阿婆包子店买的。"

宁秋秋看到那包被重新放好的包子，忍住想要抽嘴角的冲动，一脸惊喜地接过来说："我昨天随口说想吃王阿婆包子店的包子，你就去给我买了，还说你不是暗恋我？"

"闭嘴！"宋楚恶声恶气地说。他嘴硬起来就是本色出演，演技狂飙，片刻，又把手中的热水袋递过去。

"嗯？"宁秋秋把那个热水袋拿过来——是冷的，她还要装作很温暖的样子抱在怀里，脸上有点儿不解地看着宋楚。

宋楚别过脸，别扭地说："据说那个……肚子疼，用热水袋焐肚子有用。"

解释完，宋楚又急急说："我先走了，你别迟到。"

说完，他快步走开，不给宁秋秋任何开口的机会。

"喂……"宁秋秋叫他，可宋楚走得飞快，只留下一个背影。

宁秋秋看着他清俊的背影，又端详自己手中的包子和热水袋，抱在怀里笑了。

"停！"导演喊道，"秋秋的表情不对劲，你第一次收到喜欢的人送的东西，要惊喜、甜蜜又羞涩地笑。你刚刚那是什么表情，母爱吗？"

宁秋秋："……"

你还真说对了，这就是母爱。

肖声说："甜蜜，知道吗？少女怀春的笑，会吧？"

"好。"

肖声："再来一次！"

然而，再拍一次，效果依旧没达到肖声的期待。

"啧，秋秋，你想想，第一次收到喜欢的人送给你的礼物时的心情，是什么感觉？"

第一次收到喜欢的人的礼物？远古的她不记得了，但展清越这边……她收到的第一个礼物是那张可以卖身肉偿的丰宜股东表。

肖声："……"

这是什么怨愤的表情？

原本走远的宋楚再一次跑回来，知道没过都要崩溃了，天知道他疾步走得多辛苦！

他听说没过的理由是宁秋秋找不到那种甜蜜的感觉和表情，幸灾乐祸地说："让你每天叫我崽崽，入不了戏了吧？活该，哈哈哈。"

肖声："……"

他的剧组里都是一群什么人鬼妖魔？

他真被宋楚乖巧的外表骗了，相处一段时间下来，才发现这个"小奶狗"人设的家伙是个不折不扣的"二货"。

"需要帮忙吗？"正在肖声教育二人时，听到在场外围观了有一会儿的展清越问道。

宁秋秋："……"

你来帮什么忙？别乱搞啊！

肖声看到他眼睛一亮，宁秋秋的表情是一个脸部特写，并不需要和宋楚走开那一镜连在一起，展清越愿意配合，还真的可以。

于是，最后的拍戏变成了，宋楚走掉后，拍摄暂停，换成展清越上去，他也没做什么，只是微笑着摸了一下宁秋秋的头，俗称，摸头杀。

然而，换了个人就是不一样，展清越只是这么摸了她一下，宁秋秋那少女怀春的表情顿时出来了，浑身泛着粉红色的气息。

众人："哦！"

这算不算公布恋情啊？

原本在展清越的面前挑拨了一番未遂，还被他呛得说不出话来的贾含絮看到这一幕，则脸色很差地回了休息室。

这一幕太打脸了！

由于今天没有媒体来探班，剧组的工作人员都签了保密协议，若是把今天的事说出去，被发现后要罚款还要吃官司。

加上上次那个男配角把宁秋秋被送礼物的事情捅出去，隔日就被换掉了，众人知道宁秋秋这个人的后台很硬惹不得，所以谁也不敢去乱说。

展总无偿协助拍摄完后，心思得逞，回去刷了半天的微博，却没看到这件事情被爆出来，还挺纳闷儿。

这些新闻工作者，平日里乱七八糟的小道消息不是写得挺溜，没料都要编出点儿料来吗？现在这么大的料，居然一点儿水花都没有！

太不给力了，这些人如果是他的员工，通通扣半年绩效！

下午，剧组依旧早早地收工了。

外面在下小雨，天气又湿又冷。展清越见宁秋秋一脸想回酒店窝着、一点儿没有外出兴致的表情，只好把原本想邀请她看电影的念头压下去。

网上说和女孩子约会的最佳办法就是看电影，但该死的天公不作美！

吃完饭，宁秋秋见展清越一副要跟自己回房间的样子，有点儿害羞地问："你订了房间吗？"

"订了，在八楼。"展总还没流氓到一步到位。

"哦……"宁秋秋故意说，"那你还跟着我干吗？八楼的方向不往这里。"

"检查作业。"展清越一本正经地说，"看看你在这近一个月的时间里有没有偷懒。书看了没？这个月中旬就要开股东大会了。"

宁秋秋："什么？"

小池很有眼色地带着妙妙回自己的房间了，把空间让给这对久别的情侣。

可惜这对久别的情侣并不是在做小别胜新婚的事情。宁秋秋以为展清越是逗她玩的，结果人家真拿了她的书本开始考她。

展清越考核从来不放水，和上司考核下属一样，不会跟你嘻嘻哈哈，会就是会，不会就是不会。如果他去做教导主任，一定是魔鬼级别的，总结成一句话，就是他很吓人。

宁秋秋来到这里后看剧本之余也会看书，但没有像在家里一样认真了。大概是因为在家里时和展清越一起坐在书房里，他工作，她看书，受那种氛围的感染，她感觉自己心平气和，看起来也特别带劲。

在这里她基本上是躺在床上看，就和期末考复习在图书馆跟在寝室的区别一样，这样子看书根本没什么效率，看着看着眼皮子情不自禁地开始打架……

所以展老师考的，宁秋秋有一半答不上来。

"我考的都是基础题。"展清越站在宁秋秋的面前声无波澜地说，很有山雨欲来风满楼的趋势。

宁秋秋坐在椅子上，羞愧地低下头，像个做错事的学生不敢看他，确实是她不够努力。

"宁女士，"展清越敲了敲她的椅背，教育她，"学如逆水行舟，不进则退。"

宁秋秋从善如流地认错："我错了，接下来会努力的！"

展清越盯着宁秋秋的头顶，如果宁秋秋这会儿抬头看，就会看到这个狗男人的脸上其实带着笑意。

狗男人敛起笑意，继续一本正经地说："光努力不够，要增加点儿惩罚措施，比如像古人一样准备一把戒尺，一个问题答不上来就打一下手心。"

不用这么狠吧？宁秋秋抬头瞪他："你这是家暴！"

"哦——"展清越拖长了声音，忽然俯身，目光灼灼地看着她，"那换个不家暴的。"

二人离得很近，宁秋秋都能感受到他呼出来的气，顿时烧红了脸皮，问道："什么？"

"罚抄十遍，如何？"

宁秋秋伸手想把展清越的头推开，却被他抓住了手腕，正要挣脱时，听到展清越低低的笑声。下一秒，对方低下头，封住她准备说话的嘴。

这个浑蛋，宁秋秋又想咬他。

可这次展清越早有防备，在她张口的瞬间拉开与她唇齿的距离，宁秋秋气恼地瞪他，展清越轻笑，伸手挡住她的眼睛。

随后，他又凑了上来与她缠绵。

宁秋秋被他挡住了视线，任他轻啄了一会儿，听到他带着几分诱哄的声音："乖，闭眼。"

犹豫了一下，她还是顺从地闭上眼，感受着更加密集的吻落下来。不同于之前的恶作剧和喝醉了那次被强吻的感受，这个吻明显有备而来，她薄薄的双唇被反复啃噬、轻吮，令人沦陷其中，无法自拔。

宁秋秋被吻得手软脚软，不知道何时已经跟他换了位置，变成了坐在他大腿上的姿势，被迫承受着展式的亲吻。这个亲吻与他的气质一般，看似不凌厉、不霸道，实则连她的呼吸都被掠夺了。她的大脑严重缺氧，没有任何思考能力，只有唇齿上交缠的触感占据着她的全部感受。

也不知道过了多久，展清越终于放开她，抵着她的额头，见她眼波潋滟，嘴唇上还泛着水光。

"这种惩罚怎么样？"展清越声音低哑地说。

宁秋秋的思绪慢慢回笼，她从刚刚的意乱情迷中回过神来，微喘着气说："差劲。"

展清越："嗯？"

宁秋秋从他的腿上站起来，还记着刚刚的仇，哼了一声说："展总，你这吻技太差劲了，磕得我牙疼。"

展总不服："再来。"

宁秋秋才不跟他再来，捂着肚子说："啊，我的肚子好疼，可能口水中毒了，我要去蹲坑。"

展清越："……"

宁秋秋得意地跑进洗手间，想到展清越那一脸吃瘪的样子就想笑，让你欺负我！

第二天宁秋秋没有戏份儿，可惜外面依旧在下雨。春天就是这么讨厌，动不动就十天半个月都不放晴，这边虽然是北方，雨水比较少，但这老天爷也像和展清越作对似的，就挑着他来的时候下雨。

于是二人就在酒店窝了一天——展清越处理工作上的事情，宁秋秋看书准备三月中旬的股东大会，展清越给她画了几个重点，让她可以临时抱佛脚地抓重点看。

小池中午来给他们送饭，看书看到怀疑人生的宁秋秋看到可以吃饭了，开心地把书一丢，主动过来帮小池摆饭。

小池见展清越进了洗手间，小声说："秋秋姐，刚刚剧组那边的一个工作人员跟我说，展先生给拍戏的那间教室装了供暖系统呢。"

"供暖系统？"

三月，这边就断了暖气供应，可是现在严冬的寒冷并没有过去，其他地方还好，现在到处都是空调，不会把娇贵的人类冻着。

可他们拍戏的那间教室并没有其他取暖的设备，暖气一断，大家都靠正气取暖。

特别是下雨的时候，又冷又湿，可是剧组又觉得再买个空调浪费了，毕竟估计最多再冷一个月天气就转暖了。

但冷起来，就算一天他们也难熬。宁秋秋他们穿着校服，为了避免臃肿，导演还不准他们里面穿太多，他们经常冻得瑟瑟发抖。这个供暖系统装得实在是太及时了，造福全剧组！

“对啊，是不是特别意外？”小池说着，一脸得意，“昨天还有人抱怨展先生小气，来了连下午茶都不请，现在肯定脸都肿了，我们是放大招的，不拘小节。”

宁秋秋被展清越这波操作雷到了：“他这也太与众不同了。”

这时，展清越从洗手间出来，小池招呼展清越过来吃饭，说：“放心吃吧，我都检查过了，安全！”

“什么检查过了？”展清越在宁秋秋旁边的位置坐下来，问道。

宁秋秋给小池递了个眼神，让她不准说。

距离上次收到那个假的断臂礼盒，都已经过去一个月了，没有类似的事件再发生，她也十分安全，没必要说出来让展清越担心。

“哈哈哈，就是看看熟没熟啊，不然吃了会闹肚子。”小池接收到宁秋秋的信号，机智地说。

展清越不动声色，接过宁秋秋递过来的一次性筷子，放在桌面上，似乎没什么食欲。

“怎么了，饭菜不合胃口？”宁秋秋问道。

“不是。”展清越微皱眉，“早餐好像有点儿不干净，我跑了两趟洗手间，还反胃，有点儿像食物中毒的症状。”

“不是吧！”小池闻言一惊，“秋秋姐你有症状吗？”

“我早餐就喝了点儿牛奶吃了点儿饼干，没跟他吃一样的东西。”宁秋秋也紧张起来，展清越刚才确实跑了两趟洗手间，她焦急地问道，“那你现在感觉怎么样？要不要去医院？”

“对对对，赶紧去医院看。”小池几乎从凳子上跳起来，手忙脚乱，“完蛋，会不会真的有人做了手脚？那家早餐店我常去的，可能被人盯上了。”

宁秋秋：“……”

你能不能别说出来？

可惜已经晚了，展清越抓住她话里的重点：“怎么，谁还会对你们的食物做手脚？”

小池：“……”

展清越看了宁秋秋一眼，又看向小池：“你来说。”

小池无措地看宁秋秋。

宁秋秋捂脸：姐们儿，你被“套路”了呀。

话都说到了这个份儿上，瞒是肯定瞒不住的，小池只好把之前的事情和展清越说了。

末了，她还弱弱地关心：“所以，展先生，您现在要是真不舒服，还是赶紧去医院看看吧，我怕真有人下毒。”

“不碍事，我只是水土不服而已。”展清越说完，若有所思地问，“没找出来是谁？”

宁秋秋说：“没有，估计就是黑粉的一个恶作剧。你不用担心啦，瞿哥给我雇了保镖保护我，不会有事的。”

“嗯。”展清越点了点头，没说什么。

隔日是星期一，每个月第一个星期一的上午卓森都有一个必须开的高层会议，展清越要出席，所以晚上就要回去。

宁秋秋把展清越送到外面停车的地方，后知后觉地生出一点儿舍不得的情绪来，第一次感受到了异地恋的痛苦。即便两个人现在没正式确定关系，她也已经见不得离别这种场面了。

“傻狗，回去少吃点儿，变成猪我就不认你这个儿子了。”宁秋秋摸了一把妙妙的狗头说。

展清越说：“我回去让他们少喂点儿。”

妙妙如果知道展清越说了什么，一定会十分惊恐。

它做错了什么要承受这个年纪不该承受的痛？

好在妙妙并不懂人话，见宁秋秋摸它，还亲昵地蹭她的手撒娇。宁秋秋示意司机打开车门，一把把它抱上去，关上门。妙妙的狗脸贴在车窗上，成了一张幽怨的大饼脸，真的肥！

拼命维持八十五斤的宁秋秋真情实感地嫉妒了。

她无视了妙妙可怜兮兮的眼神，故作轻松地对展清越说：“快上去吧。”

展清越抱了抱她：“好好照顾自己。”

“必须的，革命尚未成功，不能身先士卒！”宁秋秋握拳。

展清越被她逗笑了，说：“那我走了。”

“快走快走。”宁秋秋快乐地冲他摆手，“一路顺风哟！”

“有这么开心？”

我这不是不想搞得这么悲伤吗？宁秋秋腹诽，说：“要不我哭一个？”

“那还是算了。”展清越说着，亲了亲她的额头，说，“外面冷，进去吧。”

宁秋秋坚持要等他走了才进去，看着他的车子消失在夜色中，对小池说：“怎么办？我的眼睛被他的车尾灯闪痛了。”

小池：“啊？那怎么办，要我去买眼药水吗？好像我们自己准备了，我回去找找！”

宁秋秋：“……”

春风不解风情，气人！

第十二章　对　戏

宁秋秋带着满腔愁绪回到房间，正准备去洗个澡继续奋斗看一会儿书时，接到了晶晶的视频电话。

看到“晶晶”二字闪动在屏幕上，宁秋秋心情好了点儿，接了视频。

“哇，宁小姐，你的眼睛怎么这么红？是不是哪个浑蛋欺负你了？”视频刚接通，宁秋秋就听到晶晶一如既往元气满满的声音。

“对，就是展清越那个浑蛋，你去揍他吧。”宁秋秋说。

“哈哈哈，”晶晶瞬间从了，尴尬地笑道，“我没说揍他，我就帮你骂他一下，悄悄地。”

宁秋秋：“……”

好在晶晶还有点儿良心，担忧地问道：“你没事吧？”

宁秋秋摇了摇头，她郁闷。

晶晶伺候了展清越那么长一段时间，对他也大概有个了解，知道他肯定不会欺负宁秋秋的，那么只有一个原因：“宁小姐，你不会是……想展先生了吧？”

晶晶知道宁秋秋来拍戏了，两个人正处于异地状态，那什么，漫漫长夜，无人慰藉，思念成河然后决堤……

宁秋秋面无表情地说：“没事我挂啦。”

“别别别，我开玩笑的。”晶晶一迭声说，“我这不是关心你嘛，你和展先生的幸福，就是我最大的幸福！”

“滚吧你。”宁秋秋被她逗笑了，心里的愁绪消了大半。

“我不我不，我好不容易才见到宁小姐貌美如花的容颜一次，要多吸点儿才能续命。”

宁秋秋：“……”

二人插科打诨地聊了一会儿，晶晶有些不好意思地说：“最近我爸妈来看我，他们知道你们很照顾我，就带了好些东西非要送给你们，都是些平常的东西，宁小姐你看……”

“真的吗？”宁秋秋一脸惊喜，“难为伯父、伯母还想着我们，替我们谢谢他们二老，东西我就不客气地收了。”

“不用谢的，宁小姐你不嫌弃就好。”晶晶因为宁秋秋的态度开心地说，“那等我有空了送过去呀，都是干货，不会坏掉的，我最近有点儿忙。”

宁秋秋知道晶晶身为护工很多时候身不由己，说：“不用那么麻烦，我跟展清越说，让他找人去你那里拿就行了。”

“也行。宁小姐你太体贴了，有钱、漂亮、脾气好，要不是我打不赢展先生，我就要情不自禁地爱上你了。”

宁秋秋：“……”

闭嘴！马屁晶。

挂了晶晶的视频，宁秋秋就把这件事情转告给了展清越，让他找人去晶晶那边拿一下。

《我的校霸女友》校园部分的拍摄接近尾声了，三月下旬就会转移阵地，拍社会场景。

而这边的拍摄场地有了展清越无偿提供的供暖系统后，原本寒风瑟瑟的教室里顿时温暖如春，大家的工作效率都提高了。

不得不说展清越这招确实毒，那个范阎良请剧组喝过三次下午茶了，而且都不便宜。

可人家只在喝的时候觉得这位范总真有钱、真大方，其他时候大家那么忙，哪里有空想起这么一号对他们而言无关紧要的人。

可展清越……大伙儿只要一打开这个供暖系统，就立刻想到了那位年轻帅气的老总。

宁秋秋觉得，如果展清越想要博取功名，要么会流芳百世，要么会遗臭千年，反正肯定不会是碌碌无为的那一种。

然而，她不知道的是，展总只想传一次绯闻，还没传成功。

他还对于自己的吻技耿耿于怀。

变异黑豆：“我的吻技真有那么烂？”

展总回去消化了两天，终于正视了这个问题，不死心地在微信上问宁秋秋。

宁秋秋今天有夜戏，等开拍的时候，抽空和展清越聊了几句。

其实宁秋秋……不记得了。

当时两个人……就是第一次真正意义上的亲吻，心理上的快感大于生理上的，她被亲得有点儿飘飘然，脑子严重缺氧，根本没在乎吻技这个问题。

宁秋秋：“烂！”

变异黑豆：“……”

“哈哈哈哈。”

宁秋秋看到这条消息，忍不住想捶地笑，想到展清越一直很淡定的脸上浮现出一点儿郁闷的样子，就很解气。

让你天天欺负我。

变异黑豆：“那我要好好练习，争取下次见面时找回场子。”

宁秋秋脸上的笑容顿时僵住了。

宁秋秋：“练习？你找谁练习？”

变异黑豆："脑内模拟练习。"

宁秋秋："……"

变异黑豆："说起练习，据说你和姓宋的那个小子每天单独对戏，经常对戏到深夜。展夫人，我怎么感觉头顶有颗种子要发芽了？"

宁秋秋看到这条消息有点儿蒙。

她什么时候和宋楚对戏到深夜了？

为了避免传绯闻，她都避免在私密场合和宋楚单独相处好吗？

哪个王八羔子给她造的谣？太恶毒了！

宁秋秋："你信吗？"

变异黑豆："我信秋秋。"

这还差不多。

变异黑豆："你的助理做得对，防小人，别松懈。"

宁秋秋结束了和展清越的聊天，导演也叫开始了。今天是宁秋秋和宋楚、贾含絮的对手戏，明歌夜跑锻炼，撞见了操场上并肩散步的男主角宋濂和女配角梅清，吃醋了。

"啧啧啧，两位好兴致呀。"明歌阴阳怪气地说。

男主角看到明歌后才发觉自己被女配角坑了，这会儿他对女主角已经有一定的好感了。

宋濂看着明歌，解释说："我们在讨论一个题目。"

"讨论题目？"明歌一笑，"那二位继续，我不打扰了。"

说完，明歌又不死心地看着梅清："不过听说这个操场下面不干净哟，小心……"

"啊——"梅清尖叫着抱住宋濂的手臂，"呜呜呜，我怕。"

宋濂皱着眉，把她从身上扒下来，刻意与她拉开距离，又无奈地说："明歌，你别吓她。"

"我可没吓她。"明歌的口气更酸了，"据说这下面以前是乱葬岗，还挖出过骨头呢，夜里来这里，幸运者还能听到不一样的动静，漂亮柔弱的女孩子八字轻，更容易被摇奖摇中哦！"

"啊啊啊！"梅清被吓得脸色苍白，尖叫声刺耳得让明歌情不自禁地想捂耳朵。

"卡！含絮，你在演鬼片吗？叫得那么尖锐。"肖声不客气地说。

"我这不是在表达害怕的情绪吗？"贾含絮弱弱地争辩。

肖声："梅清是个温婉文弱的角色，这样说，你看过林妹妹受惊吓会这样鬼叫？"

贾含絮："……"

肖声让她调整了一下情绪，再来。

这回贾含絮把握好了情绪尺度，终于像个文弱的女子，可今晚宁秋秋的演技像是爆炸了一样，贾含絮一不小心被她牵着鼻子走了，没接住戏，又被导演喊了"卡"。

"含絮，你今天怎么回事儿？"肖声冷着脸问。

"我……"贾含絮和宁秋秋这种连作品都没有的人相比算是老演员了，被她的演技碾压成这样，十分丢脸。

“肖导。”宁秋秋插话说，“怪我，含絮姐找我对戏，我都没空，导致演起对手戏来，双方都比较生疏。”

宁秋秋和贾含絮虽然暗里掐斗得厉害，表面却维持一副朋友的模样，毕竟大家在一个剧组，低头不见抬头见，不可能闹僵，你一个姐我一个妹的，不要太虚假。

肖声闻言，点头：“你们确实要多对对戏，找找感觉。”

“会的！”宁秋秋冲贾含絮一笑，“含絮姐，收工后我去你的房间找你对戏！”

贾含絮总觉得宁秋秋这个笑容有点儿不怀好意，可当着肖导的面也不好说什么，只好答应下来。

收工后，已经晚上十点了，宁秋秋回到房间，找出带来的符纸，从里面抽出一张养精蓄锐符，作用于疲惫的人，可以让人精神变好。宁秋秋把这张符带来，是怕有时候状态不好影响拍戏，不想用在了现在这个时候。

宁秋秋拿了剧本，去贾含絮的房间对戏。

这一对对到了半夜一点，贾含絮见宁秋秋这么努力，不好意思说想睡觉，不然她就输了。

不想第二天，宁秋秋又来了。

第三天依旧如此。

等到第四天的时候，贾含絮终于受不了了。连续三天熬夜，她不但精神开始不济，连皮肤状态都开始变差，不像宁秋秋每天依旧活蹦乱跳。

“今晚我有事，你别来找我对戏了。”第四天，贾含絮对宁秋秋说。

宁秋秋眨眼：“好。”

然后贾含絮又因为没接住宁秋秋的戏，被 NG 了数次。

肖导已经没脾气了：“含絮，你今天状态怎么这么差？”

贾含絮说话前，宁秋秋主动背黑锅，说：“抱歉肖导，这几天对戏我不够认真，导致拍戏和对戏时有误差，接下来我会和拍摄时一样认真地和含絮姐对戏的。”

贾含絮要被宁秋秋气死了，这人就是故意在整她。她说：“不是的肖导，不是对戏的原因，是我这几天休息得太晚了，导致我的精神状态不好。”

“哎？含絮姐，是我走了之后你还干了什么吗？不然我们应该是差不多时间睡的呀，我精神状态就挺好的，是不是，崽崽？”

宋楚被科普了贾含絮找展清越告状的内容，要不是宁秋秋的男人明察秋毫，他就要被这个女人害死了，这会儿对她也没好感。

他温和一笑，说：“是呢，含絮姐，要注意休息，以后秋秋走了你就克制自己不玩手机，赶紧睡觉。还有，晚上我也一起去对戏吧，不然你们那么努力，我都不好意思了。”

贾含絮：“……”

贾含絮被他们这一唱一和气得不行。

可是，当着肖导的面，男女主角这么努力，贾含絮没办法说自己晚上没空的借口。

继展清越探班后，剧组紧接着安排了粉丝探班，就在展清越回去后一周的周末。

展清越表面对于宁秋秋收到假手臂的事情没在意，回去后却立刻让周扬联系瞿华。这件事情已经过去那么久了，他没法儿再追究，不过让瞿华接下来有什么大事情都要跟他这边报备。

瞿华便跟他说了剧组安排粉丝探班的事情。

由于上次的礼物事件，这次探班弄得非常谨慎，瞿华特地让工作人员联系后援会，让后援会组织探班时，探班的人全部要经过筛选，确定是宁秋秋的真爱粉，才可以来。

排查是不是真爱粉的方式，一般是看这个粉丝的微博内容以及给艺人的打榜情况，合格后拉个群。

展清越听说了她们的排查方法后，让她们把排查合格与不合格的粉丝的微博、QQ号都整理一份出来。

展清越的办法看似作用微乎其微，但也不是没有理由地做无用功的。

宁秋秋上次收到恐吓礼物完全没声张，连报警都在半夜三更，几乎没引起任何动静。

所以他揣测这个送礼的人可能会觉得她没被吓到，心有不甘，再次出现的可能性比较大。

由于粉丝遍布全国，探班一般是邻近的人或者外地的真爱粉去，所以报名的人并不是很多，排查起来并不算非常难，展清越很快就拿到了一份“可疑”名单。

一共六个人，给后援会发了私信表示想来探班，但微博没有转发任何关于宁秋秋的信息，跟个“僵尸”号一样。

解释基本都是：她们平时不爱玩微博，但是住得很近，也很喜欢宁秋秋，想要借机过去看她，表达喜爱之情。

后援会很机智地都要了QQ，六个人中有四个人给的都是QQ大号，空间里信息很多，查一下就基本排除掉了，剩下两个给的是小号。

展清越把三条叫到办公室。宁秋秋还没正式转到这个公司来，三条现在也还没正式接手宁秋秋，刚好公司招了一批新经纪人，让三条帮忙培训一下。

三条在这方面的经验比较多，展清越把这两个人的资料给她看了，问她：“你怎么看？”

“比较难找，QQ是小号，微博也是小号，就算真是她们其中一个人干的，也很难找出来。”三条直接说。

虽然微博注册需要绑定手机号，可他们不可能去问客户端要客户的绑定手机号，人家也不会给，QQ就更不用说了。

而且，探班的人即便不多，也是以百为计量单位的，大家互相不认识，不可能让助理也一起去，然后看看到底是不是当初送礼物的人，对方随便换个造型、换个妆，助理就认不出来了。

最重要的是，万一对方换人送了呢？

而且探班是面对面的，会和宁秋秋直接接触，谁知道这种人看到了真人，会不会做出什么更极端的事情来？

不可控因素太多了。

“不过，”三条又说，“用些黑科技也是可以的，看展总了。”

展清越明了，说：“你尽管去做，有什么需要帮助的地方找我或者周扬。”

宁秋秋收工后，又精神抖擞地准备去找贾含絮对戏，收到了展清越的消息：上次给她送假手臂的黑粉找到了。

宁秋秋：“……”

不带这么有效率的吧？

宁秋秋的怀疑没有错，这件事情确实和甄跑辉有关系。送礼物的是甄跑辉的一个粉丝，因为宁秋秋弄得甄跑辉身败名裂，她怀恨在心，想出了这么一招。

她送东西前和甄跑辉打过招呼，甄跑辉没出面阻止，甚至还得意地发了那条今夜适合刺猹的微博。

而且，展清越猜得很到位，那个粉丝上次送完之后发现没动静，以为宁秋秋没收到，这次又想来送，而且这次送的东西更恐怖，是一个被斩头的仿真娃娃。

想到那截吓人的断臂以及未送出的斩头仿真娃娃，宁秋秋一时间有点儿难以接受：“那现在怎么处理了？”

“报警。”展清越说，“后期会有新闻报道出来，不会姑息。”

确实，这种事情已经超出正常的追星范围了，而且虽然跟甄跑辉没有直接的关系，也不是他授意人家干的，但粉丝跟他说这件事儿的时候，他没去约束人家，甚至还发微博嘚瑟，也有责任。

甄跑辉吸引了很多粉丝，也有很大一部分粉丝正处于需要正确引导的时候，如果他自己都纵容粉丝去试探法律的底线，那就是他的不对。

宁秋秋因为这件事情心情挺郁闷的，甚至周六粉丝过来探班，看到她们一张张青春洋溢的脸，都有点儿忧心忡忡的。

以后一定要好好地引导粉丝，宁秋秋握拳表示，对粉丝的行为不能置身事外，以为事不关己。

晶晶送过来的东西，展清越直接吩咐周扬去晶晶那边取，因为他们二人熟，展清越看周扬也挺乐意的样子，就顺水推舟了。

周扬比较忙，听说东西是干货不易坏掉，拖到周日才去拿。

由于周扬的车进不来，晶晶提了东西在小区门口等着，这时，迎面走来一个熟人——正是之前展老爷子给她介绍的那个看不起她的职业、还在跟她处对象就转头找了某位老总女儿的男人，叫郑伟。

郑伟看到晶晶，愣了一下，看她大包小包地提着，一笑，说：“好巧，你来找人吗？我带你进去吧。”

他们住的这个小区挺高档的，看到郑伟一脸优越的样子，晶晶默默地翻白眼：“谢谢啊，我也住这边。”

“嗯？跟你男朋友吗，还是老公？”

晶晶都被他这话逗笑了，几万一平方米的房子，被他住出几十万一平方米的优越感来了。

“不好意思呀，让你失望了，我自己买的，还挺大的，三室两厅，没想到你也住在这里，让我有点儿后悔买了。”

郑伟：“……”

晶晶虽然“彩虹屁”拍得溜，但不代表她好欺负，事实上她还挺伶牙俐齿的，既然已经撕破脸了，想到此人跟她相处时各种吹嘘自己的工资水平有多高多高，干脆补了一脚。

“还有郑先生，服务工作不等于下水道工作，你觉得你的薪资水平很高？抱歉，我去年的底薪就和你的薪资一样高了，而且是税后。郑先生，只有自卑的人才从薪资上找优越感，真正厉害的都是闷声发大财的。”

郑伟被呛得脸一阵红一阵白，正要说什么时，一辆保时捷在他们面前的空地上停下来，周扬从车上下来。

晶晶看到他，埋怨说：“不是说还有十五分钟吗？这都二十分钟了。”

害得她跟这个傻子浪费口水。

“抱歉，刚刚下高架时堵车了。”周扬态度良好地认错。

“周助理，好巧。”郑伟看到周扬，态度立刻变了。

郑伟是展老爷子资助的，当然认识展清越，也知道周扬这位展清越身前的第一红人，别看他只是个助理，其实权力和地位跟副总有得拼了。

周扬淡淡地看了郑伟一眼，只点了一下头，接过晶晶手上的东西放进车后备厢，又语气亲昵地对晶晶说：“对不起，下次不敢迟到了，你别生气。”

晶晶第一反应是此人吃错药了，但很快又反应过来，伸手捶了一下周扬的胸口：“就生气，哄不好的那种，打你打你，哼。”

郑伟：“……”

周扬抽了抽嘴角，面上一片淡定，抓住她的手：“别闹，乖。”

“你还说我闹，我不是你的小可爱了吗？”

周扬：“……”

这谁顶得住啊？

郑伟被这打情骂俏的二人无视了个彻底，讪讪地走了，晶晶对着他的背影竖了个小拇指：“傻缺！”

周扬一向沉静甚至冷漠的脸上露出些许笑意，说：“不要跟这种人一般见识。”

“谢谢你呀。”晶晶有点儿不好意思地说。她之前对周扬的态度一直不好，没想到对方还这么好心地帮她。

“不谢。”周扬说完，又从车里拿出一个蛋糕盒，“给你的。”

晶晶一脸惊喜地接过来说：“是展先生和宁小姐送的吗？呜呜呜，我好感动啊，替我谢谢他们。”

周扬面无表情，声音冷得掉冰碴：“我送的。”

晶晶：“……”

她好像听力出了点儿问题。

周扬不但帮她解围，还给她送蛋糕，这是天要下红雨，还是他别有目的？

估计还是上次冤枉她的事情，对方终于良心发现，又不好意思直接道歉，找了这个折中的法子。想及此，她大方地一笑，说："都过去这么久了，我早不计较啦，原谅你了！"

周扬一下子没搞懂晶晶的脑回路。

"走了。"周扬的声音里带着浓浓的不悦，他上车走了。

"一秒变脸，真难伺候。"晶晶看着他扬长而去，喃喃道，提着蛋糕进去了。

周扬开车去了"小翘臀"大厦，今天展清越过来加班，把东西给他带回去就行了。丰宜娱乐由于是新公司，又属于传媒类，本来加班就比较多，大伙儿都干劲十足，明明是周日，公司里的人满满的，让周扬怀疑自己再不努力一点儿就要被淘汰了。

敲开展清越办公室的门，周扬把东西放在一边说："展总，这些是晶晶送的，之前我一直没空去拿。"

展清越应了一声，随口问："晶晶怎么样了？好久没见她了。"

"看起来不错，活蹦乱跳的。"周扬想到她居然把他送的蛋糕认为是展总和宁小姐送的就满肚子气。

嗯？展清越抬头看他："听起来这次见面不是很愉快，看来我的红包短时间内是送不出去了。"

周扬："……"

说得他的红包就跟送得出去一样？

彼此彼此好吗？不要五十步笑百步。

展总站起来，从书架上把之前买的那本《聪明男人要读女人心理学》抽出来，走到周扬面前递给他，说："不用谢。"

周扬看了一下书名，目光怀疑，又想到最近他们家展总春风得意的脸，默默收下了："谢谢展总。"

展清越一脸深意地拍了拍他的肩膀："好好学习。"

周扬走后，展清越把晶晶送的东西拍了照发给宁秋秋："晶晶送的收到了。"

没多久，他接到宁秋秋的视频电话。

展清越接了，看到视频里面的宁秋秋穿着一身宽松的衣服，正在压腿。她以前是女团的成员，身体柔韧性很好，连压腿都能压得赏心悦目。

"是不是要被我的美妙身姿迷倒了？"视频那端的人臭不要脸地问。

展清越："你看我每天经过家门口的竹林前，有被迷倒过？"

"滚哪！"宁秋秋气呼呼地说，"你见过前凸后翘的竹子？"

前凸后翘……展清越笑了，不过他只敢过过嘴瘾，撩拨过分了宁秋秋会奓毛，前功尽弃，于是说："竹子没有，但漂亮的竹子精嘛，我眼前就有一个。"

你的小嘴抹了蜜吗？这么甜！

宁秋秋被哄开心了，继续压腿，又看到他的背景，问道："你在公司吗？"

“嗯，来丰宜这边加会儿班。”展清越虽然损人家是竹子，却很诚实地欣赏着人家的柔软身姿，目光柔和，“你在做什么？”

“热身准备练舞，有一场戏要用到。”宁秋秋说，“刚刚晶晶跟我说，周扬送了她一个蛋糕，还很凶，让我帮忙问问她到底哪里让你们家高贵的助理看不顺眼了。”

展清越看宁秋秋又开始做拉伸运动，白皙的腰肢在视频中若隐若现，不自然地转开目光，说：“大概是因为爱情。”

“啊！”宁秋秋一个动作不慎，差点儿把腰闪了，“爱……爱情？！是我知道的那个爱情？”

展清越含笑点头。

“我居然一点儿感觉都没有。”宁秋秋惊呆了，瞪着眼睛回想了一下他们之间的互动，奈何脑内资料甚少，并没有找出丝毫的迹象。

“不怪你，你工作辛苦，偶尔会中枢疲惫产生抑制。”

宁秋秋：“……”

什么鬼？

“你是不是又在损我？”

展清越见她听不懂，满意了，反问：“何以见得？”

“……”

算了，她不计较这个问题了。

宁秋秋大方地揭过这一页，不过机智地选择不在和展清越视频的时候做运动了，等下把腰闪了就亏大发了。她走过来，拿起手机，突然想到一个问题，带上几分羞意地问：“你什么时候对我……那啥的？”

“那啥？”展清越看她不练了有点儿遗憾，做出一副听不懂的样子。

“你就装。”宁秋秋鄙夷。

展清越轻笑，说：“第一眼。”

“不信！”

宁秋秋信了他的鬼，这个男人坏得很，展清越这种人看着就不是那种一见钟情的。

“那你觉得是什么时候？”

宁秋秋：“……”

她知道还问他？

展清越于是理直气壮地说：“一见秋秋误终身。”

宁秋秋：“……”

这句话宁秋秋深有同感。她好像也是第一次见到他就被美色所迷，想要把人家扛回家来着。

“所以，展夫人，”展清越一本正经地说，“你准备何时让我转正？”

关于转正这个问题，其实二人现在和正常情侣好像也没啥区别，亲亲抱抱什么的也不避讳，顶多是二人现在异地，、除了在微信上聊聊，其余的不能实践。

所以这个问题很有深意呀。

宁秋秋摸下巴，难道展爸爸是想让关系更进一步了？比如……宁秋秋老脸一热，说：“等你能公主抱我的时候？”

公主抱，展清越听到这三个字脸就黑了，展总的记仇小本本可一直记着这个仇呢。想起他被宁秋秋轻易抱起来的耻辱，时隔近半年，他居然还没把这个仇报回来。

不过，他现在身体也恢复得差不多了，想要公主抱其实并不难，锻炼锻炼估计下次二人见面就能实现了，毕竟竹子精小姐现在才八十五斤，轻得过分。

于是展清越点头：“那展夫人一言九鼎。”

干吗这么正式？宁秋秋饶是脸皮再厚，那也是嘴上的，在这种事情上还属于生手，于是略微恼怒地说：“好啦，你这人真讨厌。”

展总：“……”

他要个名分而已，怎么就讨厌啦？

不懂！不过他现在找到诀窍了，女人的心思你不要猜，反正不懂的地方哄就行了，于是说：“谁让竹子精小姐天生貌美，让人容易耐心告罄。”

他不快点儿先下手为强，等下又冒出一只想啃他辛辛苦苦栽培的小白菜的野猪。

“……”宁秋秋再次脸红：浑蛋！

所以，男人看似正经，其实都不是好东西！

这两个人丝毫不知道双方的信息传达出了问题，愉快地结束了这次视频。

关于粉丝送礼的事件，警方非常慎重，调查清楚了事情的前因后果后全网通报了此事，不过用的都是化名，在呼吁大家理智追星的同时，也呼吁明星要做正确的引导，明星的形象与作为影响着粉丝的观念。

虽然都是化名，可这件事情太可怕了，警方还把那截手臂和那个身首分离的仿真娃娃发出来，引起了很多人的关注，特别是其偶像在对方告知他此事后未出面阻止，更让大伙儿气愤。

一时间网上都在议论这件事情。

片场，大伙儿也在讨论，除了肖声和宋楚，其他人都不知道主角就在他们的身边，谴责的同时，纷纷猜测可能是谁。

这件事情差不多也可以收尾了，出了这种事情，那个粉丝的父母也很重视，表示以后一定会好好教育看管，不会让她误入歧途。

至于甄跑辉，毕竟不是主要的谋划者，如果这件事情真被爆出来，他就彻底完蛋了，所以警方那边将真实信息打码，宁秋秋他们这边也不可能主动爆的。

而且，虽然没有指名道姓地说是甄跑辉，可甄跑辉也被相关部门约谈了，估计这阵子都没睡好。这件事情对他的影响也很大，除非他得了失心疯，不然不可能再“作妖”了。

“哎呀，最后一次为你服务了。”前两天粉丝探班，瞿华担心会有意外，巴巴地又过来了一趟，这会儿见事情尘埃落定，欣慰地对宁秋秋说，“虽然不是我的功劳，但也算圆满解决啦！”

宁秋秋三月中旬回去开股东会，会顺便解约重签，之后就和瞿华没什么关系了。

“谢谢瞿哥这一年多的照顾。”宁秋秋由衷地说。

除了展清越，她来这里接触最多的人就是瞿华了，瞿华对她的照顾有多少，只有宁秋秋自己知道。

“也谢谢小啾啾这一年多以来的宽容。”瞿华笑了笑说，“以后我们的小啾啾要继续努力飞，变成大啾啾，你捧小金人的时候，我可是要吹牛的。”

“使劲吹。”宁秋秋想要扯一个笑容，结果失败了，实在太伤怀了。

她低下头，努力控制住情绪，却听到宋楚大老远地叫她：“宁秋秋！”

宁秋秋抬头，看到宋楚快步走过来，忙擦了擦眼睛：“你干吗？”

“我才想起来，那个热搜上的事情，是不是……”

宋楚一开始看到这个热搜还没跟宁秋秋联系起来，直到后面看到热度一直不下，又看了一遍，才后知后觉地反应过来：宁秋秋前阵子不是收到了一条粉丝送的假手臂吗？

“嘘！”宁秋秋让他小声点儿，嫌弃地说，“你这反射弧是绕着地球跑了一圈吗？”

宋楚扫了圈片场津津有味地刷微博的众人，压低声音：“描述这么含糊，谁知道是谁和谁啊。”

宁秋秋翻了个白眼：“又没想让大家知道是谁和谁。”

“这种人渣玩意儿用什么化名呀，就要狠狠地曝光他，让他彻底身败名裂，不配当公众人物，垃圾玩意儿！”

宁秋秋见他一激动又开始飙脏话，提醒他，“今天有媒体来探班，你收敛点儿，人设被狗吃了？”

宋楚果然收敛了点儿，嘴上却还硬道：“说得我怕他们曝光一样，哪家媒体敢曝光我试试，我让他们没好果子吃！”

“宋总太牛了。”宁秋秋敷衍他，又说，“不过，我听说前两天探班，你的‘妈妈粉’看到你瘦了，就受不得刺激晕过去了。你的人设要是崩了，她们会不会更过激？”

这是真事，前两天安排粉丝探班的时候，宋楚的“妈妈粉”看到他，一个粉丝激动地叫着“楚宝宝，你怎么又瘦了，嗷……”，然后她就晕过去了，吓了众人一大跳。

这事儿还上了热搜。

“谁……谁造谣？我……”宋楚奓毛，发现大家看向他们这边，又压制住怒气，小声说，“她那是没吃早饭低血糖，加上看到我的美貌太激动，才晕过去的！”

宁秋秋目光慈爱地看着他：“崽啊，逃避现实是不对的，妈妈平时是怎么教你的？”

宋楚：“滚哪，老子没你这么不要脸的妈。”

宁秋秋叹息：“唉，吾儿叛逆伤我心。”

宋楚：“……”

于是他气呼呼地跑了。

宁秋秋又一次挤对宋楚胜利，那一秒突然感受到了展清越挤对她胜利的快感。

原来真的这么爽。

宁秋秋听到瞿华轻笑："这个宋楚，他的经纪人应该很头疼。"

"可不，头疼死了。"宁秋秋每次看到他的经纪人，都感觉对方头上的白头发多了一撮。

不过被这么一搅和，宁秋秋那些伤春悲秋的心思也没了，她对瞿华说："对了，叶柯那边，公司怎么说？"

叶柯是宁秋秋在表演课上见到的那个女演员，对方的剧情是后来被女主角签进工作室，演了一部情景剧大红。现在季微凉工作室也没了，宁秋秋这边更不好从老东家挖人，刚好可以让瞿华接手她。

"差不多谈下来啦。"瞿华说到这件事情，眉飞色舞，"我前几天和叶柯谈了一下，挺投缘的，应该没什么大问题。"

宁秋秋点头："她的演技不错，人也踏实，就是被她的经纪人耽误了。"

"嗯，啾啾真有眼光！"瞿华笑眯眯地说，明显对叶柯也挺满意。

"对了。"瞿华又说，"《超级不平凡》这周六要播出了，记得看哪！"

宁秋秋差点儿要想不起来自己什么时候录过一个叫《超级不平凡》的节目了。

主要是这个名字太一般了，让人过目就忘。

国家台的真人秀，并不会像别的电视台真人秀节目一样推得那么厉害，甚至连正儿八经的广告都没有，请的嘉宾也不是什么大明星。

所以，这个超级严肃的真人秀播出的第一期收视率奇低，甚至可以说是凄惨收场。

宁秋秋自己也看了。明明大家都挺有"梗"的，后期剪辑也比她想象中的不正经很多，可没有中流砥柱级别的明星顶着，收视率就很惨淡，甚至不如她那个小成本的竹鼠节目。

竹鼠节目因为方谨然，以及她后来被炒起来的那个人设，网络播放量多得可怕。

宁秋秋严重怀疑这个节目会夭折。

不过很快她的这个怀疑就被否定掉了。

节目播出后第二天，一个相关的词条悄然登上热搜，里面是几个关于《超级不平凡》的剪辑，都是令人捧腹的精彩片段。

而且国家台的真人秀节目，不是为搞笑而搞笑，搞笑之余又寓意深刻，达到寓教于乐的目的，立刻引起了大家的关注，大家纷纷去看。

这个热搜挂了很久，《超级不平凡》跟开了挂似的，网络播放量猛增，几位嘉宾也先后上了热搜。

这明显是一场有预谋的宣传，分析里面最有可能会做宣传的嘉宾，宁秋秋发现自己的悬疑最大……

"我买的热搜。"三条在电话里跟宁秋秋坦白，"这个综艺不差。现在看来我的眼光不错。"

宁秋秋闻言哀号："所以第六期又在来的路上了，我以为就这么解放了。"

三条："……"

凄惨地挂了三条的电话，宁秋秋正要把手机给小池准备去拍戏时，看到展清越给她发了张照片——是一张他正在健身的照片。

展清越穿着一身黑色的运动服，和平时西装革履的正经严肃风比起来，穿上这身衣服简直称得上阳光，帅气逼人，真和二十出头的小伙子一样活力四射。

宁秋秋情不自禁地多看了几眼，暗暗地点了保存图片，才关掉图片看展清越给她发的消息。

变异黑豆："今天也在为转正努力。"

宁秋秋："其实不用那么努力也没关系的。"

那种事情急不来嘛。

变异黑豆："不能被秋秋嫌弃了。"

人的脑电波不能相接，导致理解会出现偏差，加上中国文字的博大精深，还有就是展清越说话总会有两个意思，于是，宁秋秋看到这条消息又脸红了。

展清越这句话的深层含义，分明是为了她努力锻炼身体，体力上不能被她嫌弃了。

啊啊啊，这个人的思想怎么这么不健康啊，宁秋秋的脸爆红，他越来越不要脸了！

更可怕的是，她居然有点儿期待是怎么回事儿？

宁秋秋三月中旬要请假，事先和肖声打过招呼，一共三天时间。肖声也是应允的，那三天特地给她空出来，安排别的配角拍戏。

她一个多月没回过家了，像回到了小时候上学放暑假一样，快乐！

宁秋秋先回了宁家。温玲有一段时间没见到她了，表示非常想念，刚好宁秋秋带了好些东西给宁父、宁母送过去。

由于她是工作日回去的，宁父去上班了，家里就只有温玲。

"怎么瘦成这样了呀宝贝？"今天天气比较热，宁秋秋穿得少，瘦削的身材一览无余，温玲心疼地搂着她不盈一握的细腰，"是不是拍戏太辛苦了，还是剧组的伙食不好？我听说那些人为了省钱，天天搞那些成本几元钱的廉价盒饭给演员吃，坏得很。"

"不是啦，我不吃剧组的盒饭。"宁秋秋哭笑不得，温玲总是把别人想得很坏，也不知道是哪里来的毛病，"是角色需求，这部剧还挺轻松的。"

"什么剧要求这么瘦？跟闹饥荒似的，以后别接这种戏了，咱又不缺钱，大不了让清越养你，女人嘛，负责花钱就行了。"温玲给她灌输自己当了二十几年的"富太太观"。

宁秋秋却不认同这个观点，就算展家有钱，展清越宠她，随她花钱，她可以一辈子过着衣食无忧的生活，可这样她就毫无价值了。将来万一遭受突变——比如自家男人出轨，又如他们宁家差点儿经历的破产，她除了哭、骂人家是渣男，没有别的办法，因为钱不是她赚的，说白了，她也只是人家的一个附属品而已。

她不想活成这个样子。

女人，还是要有一份自己的事业。

"好啦，我有分寸的。"宁秋秋拉着她的手，"妈，你也要注意身体，定期去医院做检查，还有爸。"

小说里，宁家破产后，宁父入狱，温玲生病，后来由于负担不起高额的医药费，原主嫁给范阎良后又过得不好，温玲心情抑郁，最后不治身亡，下场凄惨。

现在虽然不会出现这种剧情了，可宁秋秋还是会叮嘱她要定期去做身体检查。

毕竟剧情这种东西，谁也不好说。

宁秋秋在宁家吃了午饭，下午要去一趟新公司。她和原来公司的解约流程已经走完了，要和新公司签约，她在新公司里虽然是股东，但也要象征性地签合同，人力资源部才好管理。

去的路上，宁秋秋给展清越发消息。

宁秋秋："朕来了，准备接驾。"

变异黑豆："我这么快就荣升太上皇了？"

这人又占她的便宜！

宁秋秋："呸，你是皇子。"

变异黑豆："嗯？还是重生剧？"

宁秋秋："……"

她为什么会天真地觉得自己能占到展清越的便宜？

宁秋秋："乱辈分很快乐吗，展总？"

变异黑豆："不是你先叫我爸爸的吗？"

宁秋秋想到这件事情就后悔，非常后悔。

算了，宁秋秋决定不跟他一般见识。

哼，有你受罪的时候，你等着。

很快，车子到了"小翘臀"大厦门口。上次由于和展清越冷战，宁秋秋还没有来参观过新公司。

这栋"小翘臀"大厦的造型为一边呈现微微凸出的弧形，远远看确实有点儿像一位高挑女子的曼妙身姿。整座写字楼建得很高，在周围的楼群中，颇有"鹤立鸡群"的味道，虽然可能没有像它的开发商吹的那样作为地标建筑那么厉害，可毕竟是斥巨资建造的，看起来非常高端。

这里地段不错，这栋"小翘臀"又炒得厉害，导致这边的租金高得吓人，能在这里租办公室的新公司，估计就丰宜一家了。

有钱就是任性。

宁秋秋并没有直接去见展清越，而是先联系了已经在这里上了一阵子班的三条，先把工作上的事情解决了。

"需要带你转一圈吗？"三条见宁秋秋貌似对这里挺感兴趣的，说，"领略一下属于你的江山。"

三条也是前阵子才了解到这家公司最大的股东居然是宁秋秋，一时间不知道该喜还是该忧。

宁秋秋作为股东最大的优势当然就是资源倾斜，三条只要负责公关一块就行了，永远不用担心资源这一块，除非丰宜发展不起来，不然宁秋秋的前途可谓肉眼可见的广阔。

但艺人的背景硬，也会产生相应的不服管的问题。三条承认自己对于艺人的掌控欲比较强，当初愿意接手宁秋秋，也是看她的性格还是属于比较软的。

宁秋秋问："会不会打扰他们工作？"

"没关系，走吧。"三条说。

三条带宁秋秋去各部门转悠了一圈，确切地说是被各部门围观了一圈。公司员工里有很多小女生，大多是知道她的，甚至还有她的粉丝过来要签名合影的。

"秋爷，所以你以后签约到我们公司来了吗？"一个女员工兼她的女粉丝问道。

宁秋秋含笑点头："对啊，今天过来签约，以后我们就是同事了。"

"哇！"女粉丝捂胸口，"我的月球，我搞到真的了！啊啊啊，我好激动！不行不行，我要晕过去了。"

这个话题的跳跃度太大，宁秋秋没反应过来："什么月球？"

"月球 CP 呀，你不知道吗，秋爷？"

月球 CP……越秋 CP，什么月球，我还地球呢。

而且她和展清越就被她哪个万恶的同学传了一次吧，关键是还把展清越和展清远搞错了，后面也没后续了，为什么连 CP 党都有了？

宁秋秋真是服了这些粉丝了，真是但凡是人皆能组 CP。

妹子还在捧脸冒红心："啊啊啊，丰宜的老板是展总，你现在成了丰宜的艺人，这信息量，啊啊啊，月球再也不是'冷 CP'了。"

宁秋秋面无表情地说："少关注艺人的私生活，多关注作品，知不知道？你这个不合格的粉丝。"

女员工："……"

可是秋爷，你没作品哪。

三条故意略过了展清越的办公室，怕宁秋秋一进去就出不来了，要先把正事做完。她带着宁秋秋到了小会议室，让助理把合同拿过来。

宁秋秋的艺人合同是按照公司给艺人最好待遇的提成签的，本来展清越的意思是，她的收入公司不拿提成，全部归她。

但宁秋秋觉得没必要。她知道展清越护着她，所以什么都向着她，可丰宜毕竟不是他们一家人的，没必要开这种其实会让展清越为难的便利通道。

她既然拿了公司的资源，就要适当地回馈公司。

不然展清越也不好做。

"这是解约的，这是我们丰宜的合同，你先看看。"三条把解约协议和合同摊开来，放在宁秋秋的面前。

宁秋秋笑道："这么多字我看着头疼，条姐肯定看过了，我就直接签了。"

这份信任令三条内心挺舒坦的，她一点头说："那你直接签吧，我给你讲几个重点的地方。"

"好。"

三条简单地跟宁秋秋说了一下公司给的福利待遇和要注意的地方，等宁秋秋签完，三条也说完了。

三条把合同分成两份，一份自己拿着，等下交给人力，一份推到宁秋秋面前，伸手笑道：“虽然有点儿反客为主的意思，但宁小姐，欢迎加入丰宜。”

宁秋秋跟她握了握手说：“我很荣幸。”

签完合同，宁秋秋终于可以去展清越的办公室了，三条让助理给她带路。

“宁小姐，就是这里了。”助理带她走到挂着“总裁办公室”牌子的办公室门口，“那我先去忙啦。”

“好的，谢谢。”

等助理走开，宁秋秋伸手敲门。等得到里面人的应允后，宁秋秋正了正身姿，挺着腰板儿走进去，说：“展总您好，我是丰宜娱乐的新员工宁秋秋，初次见面，多多关照。”

展清越被她逗笑了，配合她说：“抱歉宁小姐，我们公司不收颜值超标的女员工，影响其他同事的工作效率。”

宁秋秋被这个“颜值超标”逗乐了，眨了眨眼说：“那怎么办哪？展总您接受潜规则吗？我超甜。”

“超甜？”展清越挑眉，“我怎么没发现？”

宁秋秋：“……”

“我是商人，一向不做亏本生意，怎么也得让我……”展清越的目光在她的嘴上停留片刻，他把话补全，“先验验货。”

宁秋秋：“……”

这个男人，还是一如既往地心黑嘴坏！

偏偏某人还入戏很深，冲她招手：“宁小姐，来吧。”

你说来我就来，我多没面子呀！

不过，宁秋秋今天因为是第一天来公司，心机地穿得很时髦，最关键的是为了搭配她一身时髦的装扮，特地化了个烈焰红唇。

宁秋秋眼珠子转了一下，两三步走到展清越的面前，仗着自己力气大，捧着展总白皙漂亮的脸，左边亲一口，右边亲一口，再在额头上亲一口。

她的口红很浓，亲了三下，三处都非常明显，而且亲得很对称。

宁秋秋看着自己的杰作，狞笑：“怎么样，展总，够甜吗？不够甜我再来几口，给您种满一脸草莓的服务。”

展清越：“……”

不用想，展清越也知道他的脸上现在是怎么样的惨状。

宁秋秋因为占到了便宜，一脸得意，甚至掏出手机想要拍照留念，胆子大得过分。为了不被留下这么“不雅”的照片，展清越趁她没有防备，一把把她拉下来，落在自己怀里。

宁秋秋惊吓的叫声才叫出一半，她就被展清越封住了嘴。

这个吻持续的时间比较长，展总这阵子“脑内练习”的效果显著，宁秋秋被他吻得晕头转向，一开始还象征性地反抗了一下，过了一会儿就软在他的怀里，任他为所欲为了。

一直到宁秋秋感觉自己快缺氧到窒息了，展清越才放开她。

展清越看她被放开的一瞬间，眼睛里都是迷茫之色，满意地亲了亲她的嘴角，说：“嗯，很甜。”

宁秋秋：“……”

你搞偷袭！

不过，宁秋秋嘴唇上还有残余的口红，这个亲吻让两个人的嘴唇都成了香肠嘴，特别是展清越，配上那三个口红印，宁秋秋可以笑一年。

哈哈哈哈，为什么他们接个吻都可以这么傻？没救了！

由于第二天就是股东会，宁秋秋今天没有什么“作妖”的空间，跟展清越在办公室里闹了一会儿，就被他摁着开始疯狂补课，主要是补明天股东会的内容。

她虽然是个吉祥物，可明天有一些发言和表决都要参与，没办法一直当空气，所以她今天要大概清楚明天会发生什么、自己要干什么，不然到时候一脸蒙就尴尬了。

于是半个下午连晚上，宁秋秋都在恶补各种知识。

公司的第一次股东会要做的事情很多，包括公司的筹办情况、章程拟定、董事会成员选举和报酬确认、监事会成员选举和报酬确认等，花了整整一天的时间。

宁秋秋贯彻自己作为吉祥物的理念，全程都是展清越做发言人，要她出面的时候按照展清越给她写好的剧本演就行。由于事先展清越都给她做过功课，整个会议下来并没有太多障碍。

末了，全部人合影留念，才宣告第一次股东会圆满结束。

宁秋秋一直端着脸，全程不苟言笑，努力装出一副很严肃正经的样子来，等到大家散去，才蔫不唧地趴在会议桌上。

隔行如隔山，她即便之前做了工作，可到了真正的谈判桌上，还是听得一头雾水、云里雾里。

她刚趴下，听到会议室门口有动静，又赶紧坐正，抬头却看到展清远走了进来。

由于展清远是之前那家投资公司的老板，那家投资公司被并进来后，他也占了一部分股份，今天作为股东之一出席会议。

这会儿，展清越和其他股东一起出去了，会议室里就剩下宁秋秋。折回来拿东西的展清远看到她那个颓废的样子，又想到她占的股份，酸溜溜地说：“我哥对你可真好啊。”

感受到这溢于言表的嫉妒之情，宁秋秋就乐了，说：“你也可以对你家的小微凉这么好。”

听到这个名字，展清远脸色一变，说：“闭嘴，我跟她没关系。”

嗯？宁秋秋感到很意外，他们还没和好吗？

按照原书里的剧情线来走，他和季微凉的“虐情”部分差不多走完了，二人应该要复合了呀，清明节展清远还要带季微凉去扫展父的墓呢，算是正式给展父“介绍”儿媳。

这不科学啊，离清明节也就半个月的时间了吧。

宁秋秋见展清远听都听不得这个名字，有点儿意外。

本来嘛，这部小说就是一本典型的早期言情文，男主角在遇到女主角前是花花公子，流连花丛，从来没有人可以抓住这位少爷的心。

碰到女主角后，男主角忽然就变得专一，眼里只有女主角一个人，女主角虐他千万遍，他待女主角如初恋。

可现在，他们居然没和好？

看展清远这样子，他好像也是真情实感地……不想提季微凉啊。

可是除了展清越撤资这件事情，她也没做什么干扰男女主角之间感情线的事情，这个剧情怎么就被强行篡改了呢？

宁秋秋好奇死了，尽量不露出八卦的神情，问道："你跟她的误会还没解除吗？"

展清远冷哼一声，说："怎么，你很高兴？"

"哪里，我这不是作为嫂子关心你吗？弟弟，你不要总把我想在对立面嘛，我以前就算再不对，也没做对不起你的事情不是吗？"

"……"这个确实是实话，宁秋秋对不起谁也没有对不起他。

展清远被噎了一下，脸色微变，最后僵硬地说："不是误会，我跟她之间不可能了，你别再跟我提她。"

啊，你们之间为什么不可能啊？她还是好想知道。

可是展清远把话都说到这份儿上了，她再追问就显得很不知趣了。宁秋秋只好压住好奇心说："唉，天涯何处无芳草，错过了这株草，前面还有一株更鲜更绿的，别气馁。"

展清远被她气笑了，抱臂靠在会议室的门上说："那你作为嫂子，要不要给我介绍株鲜绿的草？"

"那还是算了，我怕遭雷劈，你继续单着吧，再见。"说完，宁秋秋收拾自己的东西，从后门溜了。

展清远："……"

展清越和其他股东私下交流了一番，完事后也到下班时间了，和宁秋秋一起回家。

宁秋秋看到展清越坐进驾驶座，有些忐忑地坐上副驾驶座，欲言又止。

"展夫人，我的车技不至于使你这么恐惧吧？"展清越见宁秋秋想说又不好意思开口说的样子，开口道。

宁秋秋被他看破心思，用他的话回敬他说："我这不是怕年纪轻轻就成了寡妇吗？"

"懂了。"展清越弯了弯唇说，"那如果真有事，我尽量一车两命。"

"呸呸呸。"宁秋秋脑子里有几分迷信思想，恼怒道，"不准在开车的时候说这种话。"

展清越从善如流："好，不说。"

宁秋秋想问要不要她来开，可展清越已经发动车子了，示意她系安全带，她只好作罢。

事实证明展清越的车技还是可以的，估计这阵子他练过，车开得很平稳，不至于让人坐出玩心跳的感觉。

“嗯？这是回去的方向吗？”放松下来后，宁秋秋才发现不对劲。

展清越：“家里阿姨请假，晚饭自己解决。”

“哦。”

说起来，这好像是他们认识这么久，第一次单独在外面吃饭。以前展清越腿脚不便，为了让他的身体以最快速度恢复，膳食都是由营养师专门调理的，以至二人没有出来吃饭的机会。

怎么这么心酸呢？

下班时段有一点儿堵车，车子慢吞吞地在道路上前进，宁秋秋见一时半会儿到不了地方，便拿出手机来玩。

微信上，晶晶给她留了言。

马屁晶：“宁小姐，那个周扬居然送了我一套化妆品，说是他的朋友出国时帮朋友不小心多带了一套，硬要给他，他拿来没用就送给我了。”

马屁晶：“我查了一下那套化妆品好贵啊，怎么办？我给他钱吧，自己又生气，你有没有让展先生帮我问问他，到底是哪根筋不对老跟我过不去呀？”

看完消息后的宁秋秋：“……”

对，晶晶和周扬的事情，她差点儿都给忙忘了。

看到晶晶这条消息，宁秋秋瞪了一眼旁边开车的人，说：“你的那个助理怎么回事儿啊？喜欢人家就去追，还摆脸色，搞得晶晶以为他对她有意见，这样子女孩子会喜欢他才怪呢。”

展清越观察着前面的路况，随口问：“你觉得周扬是个怎么样的人？”

周扬？宁秋秋跟他不算太熟，总觉得这位助理冷冰冰的，待人客气礼貌，比任何一个霸道总裁都更像霸道总裁。

她想了想说：“挺稳重的吧，很靠谱……哦，我懂你的意思了，你觉得周扬不是那种随便摆脸色的人？”

展清越点头，含笑说：“看来多读书还是很有用的。”

脑子都变得聪明了很多。

宁秋秋总觉得这句话不怀好意，可是又找不出什么不妥之处，说：“所以，晶晶身上有使他忍不住生气的点咯？”

“晶晶不解风情惹恼了他吧。”展清越一针见血。

呃……这倒是有可能，比如上次晶晶以为那个蛋糕是她和展清越送的，周扬就生气了。换作她她也生气呀，不但生气，说不定还要上去揍对方几下才解气。

唉，惨，实在惨。

不过也怪不得晶晶啊，谁让周扬对人家有意思也不说，非要憋在心里，让女方自己领会，人家又不是你肚子里的蛔虫，哪里知道你那些弯弯绕绕的心思？

哼，这点和他们家老板一个样儿。

“不如……”宁秋秋想到了一个主意，“刚好明天是周六，我们把晶晶和周扬叫到家里来吃饭，你觉得怎么样？哎！我觉得可以有。”

说完，不等展清越发表意见，宁秋秋就低头给晶晶发消息。

展清越：“……”

热衷于拉红线的展夫人，你能不能先看一眼自己身上还没理顺的红线？

展清越带宁秋秋去本市一家有名的湖景餐厅吃了晚饭。吃完饭，展清越不动声色地提议说：“对面的广场有电影院，去看电影？”

他们吃饭的地方对面就是一个大广场，广场的五楼是电影院，跟这边才隔两条街，连车都不用取，可以直接走路过去，方便得很。

“可我这样怎么去看电影？”宁秋秋看着自己一身西服，懊恼地说。因为今天要参加股东大会，宁秋秋穿了一身正装，头发被绾起来，正式得可以去签订协议了。

展清越：“……”

看电影还讲究穿着？

显然是的，宁秋秋死活不愿意这样去看。

展总看电影的计划再一次泡汤。他如果没修养一点儿，这会儿内心估计已经在骂人了，可惜他太有修养了，他穷尽全部的词汇，找到一句脏话：去他娘的。

可不是去他娘的，天时地利人和，展总居然输给了衣服。

“那……”展清越退而求其次，“去下面的湖边走走，消消食？”

“哎！你早说要去消食嘛！”宁秋秋抱怨，“那我就多吃点儿了，呜呜呜，亏大发了。”

展清越黑脸：“以后不接这种剧了。”

按宁秋秋的身高来说，八十五斤算是病态了，她为了维持这个体重还要控制食量，多一口都要计算是不是超了今天规定摄入的卡路里，太没人性了。

接不接这种戏暂时不论，不过，宁秋秋握拳：“等拍戏结束，我要胡吃海喝半个月，把这阵子损失的都吃回来。”

展清越闻言笑起来：“那不成了小肥啾了？”

你才是小肥啾！宁秋秋哼了一声，说：“不，是愤怒的小鸟，专门砸你们这些绿毛猪！”

展清越：“……”

被说成是绿毛猪的展总也不生气，甚至宠溺地笑了笑，说：“那现在再给你叫点儿什么？香辣蟹、白切鸡、油焖虾、烤羊排都有，我们吃完再去。”

宁秋秋：“……”

他说的都是她喜欢吃的。

哼，她才不想吃，宁秋秋自我麻痹。

“都不要。”宁秋秋说，“我等下可以喝一杯中杯的奶茶补偿回来，开心！”

“……”

展清越看她连眉梢都透露出一股能喝奶茶的快乐神色，好笑之余又觉得心疼，女明星光鲜靓丽的外表背后，几乎都有一种名为“节食”的心酸感。

宁秋秋把原本绾着的头发散下来，空气刘海遮到眼睛以上，宽大的口罩遮住眼睛以下，不知道还从哪里拿了副平光眼镜一戴，把自己裹得严严实实，过分可爱，看得展清越心里的那一点儿遗憾都烟消云散了。

好像散步也是一个不错的选择。

等宁秋秋打扮好之后，展清越朝她伸出手："走吧。"

宁秋秋一笑，牵住了他的手。

清澜湖是本地的一个小景点，湖边绿树成荫，木栈道围绕着整个湖畔而建，适合散步闲走。

到了晚上，湖边路灯璀璨，树影婆娑。夜色为身份做了很好的掩护，宁秋秋和自己的男朋友放肆地牵手走着，也不用担心被认出来。

宁秋秋的手被展清越温暖的手拉着，她调皮地晃来晃去，以表达自己现在跳跃得都要跟脱缰的野狗一样奔腾的心。

她第一次感觉到原来恋爱还能这样，不需要什么语言，甜蜜就和泉水一样，咕噜咕噜地从心底冒出来，传遍四肢百骸，令每一根神经都染上蜜意，让她连脑子都开始变得不清醒。

这大概就是被恋爱冲昏了头脑?

"这就过去两天了。"宁秋秋想到后天一大早又要去剧组，接下来是长达一个半月的分离，不开心地说，"感觉时间被火箭绑架了。"

她第一次羡慕朝九晚五的上班族，每天只要分别八小时，又可以甜蜜地你侬我侬了。

展清越从她的话里听出了浓浓的不舍之意，原来她也这么害怕分别。

这个认知让展清越身心愉悦，他说："你想办法让时间停滞，这个问题就解决了。"

宁秋秋："我要是有这个本事，还站在这里跟你谈恋爱，早去称霸地球了好吗？"

称霸地球？展清越失笑，又一本正经地挑她的逻辑错误："称霸地球和谈恋爱是两码事，没有必然的冲突，而且……"

展清越用牵着她的手在她的大拇指上轻轻地捏了捏，说："高处不胜寒，假如你称霸了地球，更需要有人来慰藉你空虚寂寞的内心。"

"那也不是非你不可呀！我称霸了地球，肯定要左拥右抱，把全世界的美男都搜罗过来！"宁秋秋不怕死地在挨打的边缘试探。

展清越凉凉一笑，拇指指甲似不经意地在她的大拇指指甲盖和皮肉相连的地方一划，声无波澜地说："那他们也要有那个命。"

宁秋秋无端觉得脖子一凉，条件反射地想要抽回手。

妈妈救命啊，我收到了来自准男友的死亡威胁，抹脖子的那种!

可惜温玲听不到她的呼唤，听到了也远水救不了近火。展清越把手收紧，不让她抽走，转头看她，微笑道："换成这样，就是女尊男卑的宫斗剧了，你觉得我能不能脱颖而出？"

宁秋秋："……"

你连宫斗也知道!

呵呵，她觉得自己活不过三集就会被踹下去，展清越自己称帝。

隔日，晶晶过来做客，刚进大门就被出来迎接的妙妙扑了一脸。妙妙和晶晶相处了几个月，一直记得这个可爱的护工，见到她兴奋得嗷嗷叫。

“妙妙还是这么可爱。”晶晶摸了一把它的狗头，开心地说。

负责接待她的管家笑着说：“就是比较皮，最近展先生没空管它，都敢上房揭瓦了。”

“那可不能。”晶晶教育它，“千万别惹事，傻妙妙，不然展先生要给你吃豪华苦瓜大餐了，怕不怕？”

妙妙：“……”

它听不懂人话，但听得懂“苦瓜”二字，听到晶晶说吃苦瓜，先是警惕地看了眼四周，没发现展清越的身影，就气愤地用前爪拍晶晶的腿表示拒绝。

晶晶被它逗乐了，笑着摸它的头：“好，不说不说，妙妙是全世界最可爱的狗子。”

“走了。”管家说，“先进去吧。”

晶晶跟着管家走进大厅，这会儿男女主人并不在，展老爷子也不在屋里。

不过，客厅的沙发上坐着一个熟悉的人。

“你怎么也在？”

晶晶没想到周扬也来了，宁小姐也不提前跟她说，她本来想着周扬送了她一套化妆品，又不收她的钱，于是买了个差不多价值的礼物，准备回送给他。

早知道他会来，她就把礼物一起带过来了，省得下次还要约他出来单独见面。

原本打算友好地跟她打招呼的周扬，话到嘴边又咽了回去，冷冷地说：“我不能在？”

晶晶默默地翻了个白眼，说：“我可什么都没说，你自己‘脑补’的，别怪我呀。”

周扬：“……”

“宁小姐他们呢？”晶晶问管家。

“可能这会儿有一点儿事，你和周先生在这里等一会儿，我去看看。”管家说完也离开了客厅，连妙妙都被他带走了。

晶晶：“……”

就不能让她摸一下妙妙以缓解此时的尴尬气氛吗？

她只好在离周扬远一点儿的地方坐下来，拿出手机给宁秋秋发消息。

晶晶：“嘤嘤嘤，宁小姐你在哪里呀？我和周扬现在在客厅里坐着，你再不出现，我们就要打起来了！”

宁小姐：“你们有杀父之仇？”

晶晶：“啊？没有啊，为什么这样说？”

宁小姐：“我想打人。”

晶晶：“我做错了什么？我改！”

宁秋秋无语了。

故意在楼上没下去的宁秋秋看到晶晶发的消息，简直要气哭了。宁秋秋本来是想把他们二人约在一起，大家打开天窗说亮话，让晶晶明确地知道周扬喜欢她、想要追她。

不然周扬怀揣着小心思，跟人家玩“我做你猜”的游戏，等人家猜出来了，孩子都会打酱油了。

但周扬这个闷骚男担心晶晶对他的印象不佳，这样明确地说出来，非但没有好的效果，反而更加尴尬，说不定二人连普通朋友都做不成了。

可是，看他们现在这个样子，说得像是他们能做普通朋友一样。

宁秋秋伸脚踹展清越：“你那个助理怎么回事儿，人都到他的面前了，基本搭讪不会吗？”

展清越沉思了一下说：“应该会的。”

客厅。

周扬懊恼自己怎么又没控制住嘴，于是决定重来，把刚刚令人不愉快的回答删掉，重新说：“宁小姐让我过来吃饭。”

“啊？”正在和宁秋秋聊天的晶晶听他突然出声，一时间有点儿没反应过来。

“回答你刚才的问题。”周扬简略地解释。

“哦。”晶晶点头，心想：这人怎么……怪怪的？

难道因为人家是高才生，所以脑回路跟她不一样？

“那个郑伟后来有没有来骚扰你？”高才生毕竟是高才生，很快找到了一个可以聊的话题。

晶晶说：“他后来加了两次我的微信，我没理他。”

那个郑伟也是个搞笑的，之前对晶晶爱理不理，现在也不知道受了什么刺激，又巴巴地加微信说要道歉，也不知道脑子是怎么长的，会长成这种奇葩样儿。

“嗯。”周扬点头，“他要是再骚扰你，你就给我打电话。”

“应该不至于吧，我们那个小区挺大的，平时都碰不到。”

周扬：“总之小心为上。”

“好。”

两个人又有一搭没一搭地聊了几句，气氛尴尬到了顶峰，以至等宁秋秋从楼上下来，晶晶都要感动哭了。

晶晶冲过去挽住宁秋秋的手臂，亲昵地蹭了蹭她的肩膀，激动地说：“宁小姐你今天美爆了，浑身都闪耀着仙女的光辉，照亮我脆弱的心灵。”

宁秋秋看晶晶不顾周扬这个多金、高颜值的大帅哥，跑来蹭自己，忍不住说：“你别真喜欢女生吧，晶晶？”

晶晶：“要是对象是宁小姐，我愿意的。”

宁秋秋：“……”

周扬：“……”

展清越微笑：“你说什么？”

“啊啊啊，我错了大佬，我刚刚什么都没说，展先生和宁小姐是天作之合、天生一对的神仙眷侣，我等凡人羡慕哭了！”

宁秋秋："……"

最后宁秋秋精心设计的这场饭局以失败告终，这两个人根本没有爱情，擦不出火花。

不过，展老爷子许久没见晶晶了，看到她很开心。他年纪大了，就喜欢跟晶晶这种嘴巴甜的小女生聊天，乐得嘴巴都合不拢，一直到吃过晚饭才舍得放她回去。

晚上，宁秋秋洗完澡，蔫蔫地收拾东西。她明天一大早就要出发去片场赶上午场的戏，所以今天要把东西收拾好。

她刚收拾妥当，准备寻个什么借口去展清越的房间溜达一圈时，听到房门被敲响，打开门，毫不意外地看到展清越清俊的身影立在门口。

"还没休息吧？"展清越问她。

"快了。"

可能是确定了关系的原因，宁秋秋现在看到他都觉得怪害羞的，脸皮情不自禁地开始出卖自己，她连正眼看他都不敢，甚至感觉此人身上充满男性阳刚的气息，稍微靠近一点儿就令她头晕目眩。

"你有什么事儿？"宁秋秋不知道把眼睛往哪里放，随意地看着四周问道。

展清越见她表情不自然，眸色微深，说："我记得有人跟我说过，我能公主抱她了，就让我转正。"

"咦！"宁秋秋抬头，"你现在就能……啊，喂！"

宁秋秋话还没说完，就被展清越拦腰抱了起来，把她吓了一大跳，这种腾空的感觉可太没安全感了。

而且，由于身体未完全恢复，展清越抱她还有点儿吃力，不过他一步步平稳地把她抱到了床边，放下。

身体接触到床，宁秋秋一颗悬着的心才放了下来。她心有余悸地拍胸口，胸口却不知道是因为刚刚受到公主抱的惊吓还是别的，怦怦怦地一阵乱跳，达到了它最巅峰的速度。

展清越看着她紧张又害羞的样子，问："合格了吗，宁小姐？"

宁秋秋害羞地点了点头："满分。"

"那……"展清越执起她的手，在嘴边轻啄了一下，说，"以后，你就是我的了。"

宁秋秋反握住他的手，眉毛微微颤抖，轻声说："你也一样。"

展清越轻笑，低头吻住了她。

这个吻比以往的任何一个都热烈。展清越的吻技以肉眼可见的速度进步了，不但是心理上，连生理上也让人感到愉悦，他们沉溺于这种感觉。

"晚安，秋秋。"正当宁秋秋以为二人之间会发生点儿什么时，展清越站起来，摸了摸她的头，声音愉悦地说，"快睡吧，睡晚了明天你的助理又要生气了。"

宁秋秋一下子没反应过来。

不对，这个剧情不对！

展清越又俯身亲了亲她的眼角，才绅士地帮她带上门，留下呆愣的宁秋秋。

他居然……就这么回去了？

一直到第二天在去片场的车上，宁秋秋还对此事耿耿于怀。

在这物欲横流的快餐时代，展清越作为一位霸道总裁，即便不像展清远那样风流，但送到嘴边的肉不吃，是不是有点儿……太保守了？

别的小说里，都是男主角一见到女主角就控制不住自己，怎么到了她这里，剧本反了过来？

呸，才不是反，她的想法才是人类的正常想法。

在那种情况下，正常的人类都会情不自禁。展清越作为一个男人，软玉在怀，没有任何想法，要么不够爱她，要么……

展清越不会……还没恢复吧？

真有可能，想想他们之间的几次亲密接触，展清越意识清明，点到即止，没有那种隐忍的克制，纯情得堪比还没成年的小男生。

宁秋秋越想越觉得有可能，拿出手机给展清越发微信。

宁秋秋："摸头（图片）。"

变异黑豆："爱心发射（图片）。"

宁秋秋："我不嫌弃你。"

变异黑豆："什么？"

宁秋秋不好意思当着人家的面说那个事情，太伤展清越作为霸道总裁的自尊不说，搞得她很迫切一样，于是委婉地发："我等你，展爸爸，'女儿粉'永远爱你！"

变异黑豆："做坏事了？"

宁秋秋："没有！我是个超正经的演员！"

变异黑豆："懂了，要拍吻戏了？"

宁秋秋："……"

好像真有这么一回事儿。

"秋秋姐，你在找什么？"小池看宁秋秋抱着手机聊了一会儿就丢下手机找东西，忙问道。

"剧本呢？帮我找一下。"

"在这里。"小池从椅背的兜里掏出宁秋秋本来带回来要看，其实压根就没拿下车的剧本。

现在外面天还没完全亮，小池帮她用手机打着光，宁秋秋翻到了吻戏的部分，发现就安排在两天后。

这难道就是男人的第六感？

关于宁秋秋签约丰宜的事情，她的工作室正式发了公告，三条那边安排了热搜，直接登上热搜第一的位置，一方面给她做营销，另一方面也是给丰宜娱乐打广告，蹭一蹭宁秋秋的热度。

作为新公司，丰宜娱乐也需要一定的曝光度，让大家知道它签了谁，才会有别的艺人主动签进来。

本来嘛，艺人爱去哪个公司就去哪个公司，大家都不会太关心，即便他们自己买了热搜，不感兴趣的人也不会点进去看。

但是，随后有小道消息爆出，丰宜的老总就是之前宁秋秋的老同学爆料的卓森集团当家人。

这个消息就很有料了，网友闻味而来。

“这算不算公开恋情啊？”

“前段时间炒绯闻，现在突然宣布签入人家的公司，要真有点儿什么敢这样光明正大？明显就是炒作吧。”

“科普一下网上找到的资料，丰宜娱乐的注册时间是1月18日，最大股东是宁秋秋，展清越只占了5%的股份，这分明是宁秋秋的私人工作室呀，炒作痕迹太明显了，差评！”

“5%股份的老总？哈哈哈，人家只是挂个名吧，只能说有些女星的脸比较大。”

“所以到底谁是哥哥？谁是弟弟？谁是宁秋秋的绯闻对象？我晕了。”

外面一片吵吵闹闹，“月球”党却要欢呼出声了。

“啊啊啊，月球党头顶青天。”

“我的月球CP发糖了，我一个爆哭，月球党的胜利！”

“展总当老板负责赚钱，啾啾当股东负责收钱，这是什么神仙式宠爱，太太太甜了！”

“民政局我给你们搬来了，请你们原地结婚！”

CP党由于容易被撕，所以他们比较低调，一般不去太显眼的地方显摆，省得被撕。

宁秋秋在片场休息之余，拿出手机看了一下，就在热搜的评论里看到了“月球党头顶青天”的评论。

她本来没在意这个什么月球CP，自己跟展清越都在一起了，嗑CP哪有真人来得刺激。

可是她看到那条评论，又忍不住好奇这些人是怎么“脑补”她跟展清越在一起的，于是顺着那个评论，找到了那个博主的微博，然后敏锐地发现了踪迹，甚至找到了CP超话。

超话名字：待月登球。

宁秋秋：“什么鬼？”

这个名字问题很大！

宁秋秋点进去，被里面的繁华景象震惊了。

这种冷门的CP超话居然有三千多的粉丝，上次展清越上了那个商业杂志，网上有了他的照片，给了CP粉发挥的空间，同人图、同人文、小段子多到打架。

由于是按照最新回复时间排序，宁秋秋点进去就被最新顶上来的微博闪瞎了眼。

月球产粮专用：“《霸道秋爷俏展总》第二十章：有证驾驶（上）。大家悄悄买票，凭证上车，谢绝转载。”

宁秋秋好歹也是个阅遍各种书的少女，各种设定都是懂的，看到这个标题也差点儿一个没坐稳，从凳子上摔下去。

虽然她的人设比较像个汉子，而且展清越长得也不是那么霸气，但是你这样写真的好吗？

这条微博是昨天晚上发的，评论量已经超过了一千条，在这个粉丝关注量才三千多人的超话里，这个评论回复量显得人气超级高。

宁秋秋一个没忍住，点开了对方发的图文，看了起来。

“敢动我的人，嫌命太长了？”宁秋秋一脸冷漠，冲那几个小混混喝道，“滚！”

等那几个小混混屁滚尿流地滚了，宁秋秋几步走到倒在地上的展清越面前，脸上的表情一秒变成了担心，温声道：“宝贝，你没事吧？”

现实里的宁秋秋：“……”

她的眼睛要瞎掉了，这是什么傻设定啊？作者你过来，我们谈谈。

可是，即便被雷得咆哮，宁秋秋还是忍不住继续看下去。

未完待续……

宁秋秋正看得兴致勃勃，甚至有点儿期待这种情节时，被这个未完待续卡得差点儿吐血。

你乱搞人物性格，严重与事实不符就算了，你还卡文！

宁秋秋郁闷，这届网友太可怕了。

“秋秋姐，你的脸怎么这么红？是担心等下的吻戏吗？”小池见宁秋秋满脸通红，问道。

宁秋秋瞬间从热血沸腾的状态脱离出来，对啊，今天要拍吻戏了！

拍吻戏对演员来讲是基本素养，除非不拍言情剧，或者不当女主角，不然基本都会有这个桥段。

可是，吻戏的对象是宋楚啊，宁秋秋生出一种亲儿子的感觉来。

正在这时，宋楚扭扭捏捏地蹭到她的面前，哼唧片刻，才别扭地说：“你介意我喝点儿酒吗？”

宁秋秋瞪他：“非常介意，我不想吻过之后还记得味道！”

吻戏这种东西，拍完就当个屁放了。可是一嘴酒味，她估计到了晚上还能记起这种味道来，想想都觉得难受。

宋楚崩溃：“我放不开啊。”

“你不要搞得跟个没亲过女孩子的黄花大闺男一样。”宁秋秋斜睨他一眼，然后看他一脸一言难尽的表情，惊了，“你别说这是你的初吻？”

“我的初吻十六岁就献出去了！”宋楚说到这里，又瓮声瓮气地说，“屏幕初吻而已。”

宁秋秋：“……”

宋楚由于是比较单纯的“小奶狗”人设，加上之前没有家里的资源，接不到好戏，演的都是男配角，不需要吻戏，所以此人的屏幕初吻还在。

关键是他的“妈妈粉”成群，在他的“妈妈粉”心中，他还是个孩子，需要精心呵护，怎么可以拍吻戏？

宁秋秋瞬间感觉压力巨大，居然就要夺走宋楚的屏幕初吻了，那他的那些“妈妈粉”看到自家的小白菜被她拱了，还不得气到昏过去。

“怎么办崽崽？我感觉我要被你的‘妈妈粉’做成手撕啾了。”宁秋秋忧心忡忡地说。

“你怕个鬼啊！”宋楚斜睨她一眼，“你不也是，难道你在上部剧里有吻戏？”

“……”没有。

二人面面相觑。

原来在大众面前他们还这么纯洁。

两个人视死如归地上了战场。

然后，道具老师递过来一块银行卡大小的透明塑料板。

“这是用来干吗的？”宁秋秋拿着那块塑料板，翻来覆去地看了一下，不解。

“就是等下拍吻戏的时候，把它放在中间。”道具老师比画了一下，嘿嘿一笑说，“你们先找找不容易穿帮的角度，肖导说等下拍一遍试试效果，不行的话就要真吻。”

“……”

还能这么玩？

由于他们的第一场吻戏是在年轻男女甚至连接吻的深意都不懂时，只是情到深处的自然萌动。

所以吻戏不用技巧，不用缠绵悱恻的热烈，只要双唇触碰在一起，让镜头从各种角度拍十秒左右就行。

为了体现单纯美好的感觉，这场戏没有近距离的特写镜头，中间挡个什么并不容易被觉察到。

于是二人的第一场吻戏就这样过了。

过了……

现在的剧组可太体贴了呀，有没有？宁秋秋都要感动哭了。

于是上午的戏拍完，宁秋秋乖巧地跟展清越视频，报告此事。

展清越听完，心情愉悦地说：“那很好，我给你准备的设备用不上了。”

宁秋秋好奇：“什么设备？”

展清越神秘一笑：“你回酒店后打开你床头柜的第三格，就知道了。”

宁秋秋好奇死了，可中午是不回酒店的，一直等到下午收工，才飞奔回酒店，看看展清越给她准备了什么秘密武器。

打开床头柜的第三格，宁秋秋从里面拿出一个装满东西的塑料袋子，应该是上次展清越来探班的时候放的。

宁秋秋在床上坐下来，好奇地解开袋子，然后从里面拿出了：电动牙刷一支、牙膏一支、薄荷味漱口水一瓶、消毒水一瓶、口气清新剂一支、益达口香糖一盒以及消毒棉球若干。

宁秋秋：“……”

宁秋秋被这一系列齐全的设备震惊到了，关键是对方上次过来探班就放在这儿了，可见这一手准备有多充分。

宁秋秋深刻地反思了一下，随后给展清越发消息。

宁秋秋：“你是不是很介意我……拍吻戏呀？”

如果展清越实在介意，她以后就尽量不接这方面的戏了，虽然这样会让她的戏路变窄，可是没办法，谁让她宠夫呢？

展清越没回消息，应该还在忙。

晚饭还没来，宁秋秋无所事事，翻了一下二人的聊天记录。

两个人微信聊天的内容多到翻了半天，都还在这阵子的时间上，以前宁秋秋以为像展清越这种大忙人肯定不会浪费时间用文字聊天的，事实证明展清越比她还爱打字。

展清越这种霸道总裁谈起恋爱来也是普通人，二人每天微信聊天的时候幼稚得跟两个幼儿园的小孩子一样，实在没话题可聊的时候，连一些例如“今天吃了什么东西贼难吃”“今天碰到了什么奇葩事儿贼傻”一类的废话也聊得津津有味。

而且，回过头去看一下，宁秋秋发现，展清越的聊天内容都是在有意无意地挤对她……以前聊天的时候没发现，现在回过头去看，她才反应过来。

这时，她的手机响了起来，有电话打进来，是三条。

宁秋秋接起来：“喂，条姐。”

“国家台那边确定了，清明后开始录制第六期，肖导那边我也沟通好了，共两天的时间，跟你知会一声。”三条开门见山地说，“然后我把你接下来的工作安排发到你的微信上了，你看到了吗？”

“下午看到了。”

那是接下来一个季度的宁秋秋的行程安排，由于换了经纪人又换了公司，她的资源明显变好了，接的代言都是大品牌，还有接下来上的节目也是重量级的，不会寒碜到连个正经的播出渠道都没有。

不过下一部剧还没确定下来，三条还在慎重地筛选剧本，宁秋秋第二部剧的起点很高了，第三部剧不能倒回去太多。

三条：“嗯，有什么意见你可以跟我说，我回头慢慢做调整。”

“挺好的。”宁秋秋诚实地说，“行程也不会太紧，张弛有度，刚刚能接受的样子。”

三条笑道：“展总把刀架在我的脖子上，我要是敢给你安排得多了，小命就要交待了。”

他这么狠？宁秋秋被逗乐了，笑道：“谢谢条姐，亲一个！”

“不用跟我客气，我也是在能让你轻松的情况下尽量让你轻松，不能的话我就算被展总一刀切了，也会给你安排上的。”

“没事，他切你要先问过我，他不敢。”

三条怀疑了一下这句话的真实性，毕竟从这两口子的相处模式来看，展总还是站在食物链顶端的。

而且，展清越真要切她，会让宁秋秋先知道？等宁秋秋知道消息了，她恐怕连骨头都不剩了。

“好，借秋秋的庇护。”三条很给面子地说，“不过，秋秋，有的话我先说在前头，现在你正处于事业上升期，你和展总的恋情，能遮还是尽量遮一下，尽量不要那么早地公开。”

宁秋秋表示她懂的，反正无论公开不公开，展清越都在她的手上了，跑不了，加上展清越本身就是个低调的人，也不想公开引起过分的关注吧。

不然娶个女明星，他的私生活就没有隐私了，估计他们一起上个街还要被各种跟踪各种拍，“狗仔”跟苍蝇似的，不胜其烦。

所以，为了保护我方展清越，宁秋秋选择不公开！

挂了三条的电话，展清越的消息也回过来了。

黑心洋葱：“嗯，很介意，我的领地意识比较强。”

领地意识，不就是占有欲吗？宁秋秋有点儿窘迫，又有点儿开心，含笑给他回道：“那我以后尽量不接有吻戏的剧了，满足展总的领地意识！”

黑心洋葱：“不用专门迁就我，这是你的事业，我不干涉。”

果然展总就是识大体，宁秋秋被这句话感动到了。

有夫如此，妇复何求。

黑心洋葱：“顶多多给你准备点儿消毒工具，让你多洗几次。实在不行，我本人亲自过来消毒，以毒攻毒，重新盖戳。”

果然他不会让她感动超过十秒。

“待月登球”超话里的同人文，虽然严重与事实不符到宁秋秋本人都不认得的地步，她甚至觉得这就是套了她和展清越名字的一篇文。

可它就让宁秋秋欲罢不能，后面她又暗暗地跑去看了几次，结果这个作者一点儿都不考虑坑底嗷嗷待哺的读者们，居然三天没更！

作者的良心不会痛吗？

宁秋秋内心咆哮，可是又没有办法，只能换小号跟广大蹲在坑底的读者一样催更了一波，又忍不住罪恶的手，把之前的十九章也找出来看了，结果对里面的设定非常满意。

小说里，她武力值爆表，强到能徒手撕牛，她的职业没变，还是明星，一出道遭万人抹黑，直到那个男人出现了——他集美貌、智慧、金钱于一身，让无数人为之倾慕，是大家心向往之又得不到的人……

展总在外人面前十分高冷，可一见到武力值爆表的宁秋秋，闻到对方身上的味道，就忍不住双脚发软、脑袋发蒙……

哈哈哈哈，这些网友太有才了，连这种设定都想得出来。宁秋秋果断成为该作者的粉丝了，就喜欢这么奇葩的设定！

正当宁秋秋看得津津有味时，场外传来一阵骚动，又有人来探班了。

他们这个剧组相对封闭，除了剧组刻意安排的媒体和粉丝来探班，一般就只有投资方会来走动了。

果然，不一会儿，剧组的工作人员跑过来，说：“投资方的范总来探班了，王制片让大家过去接一下。”

宁秋秋：“……”

又是他。

这个范总，虽然前期一直请下午茶、送东西什么的，但并没有亲自出面，上次宁秋秋工作室撇清了跟他的关系后，他就为了避嫌似的，没有再送东西。

但宁秋秋总觉得他不是一个那么容易善罢甘休的人。

投资方的面子宁秋秋不能不给，她把手中装着咖啡的杯子递给小池，从小马扎上站起来，准备过去。

小池有点儿紧张地说："这个范总不会搞什么事情吧？"

这个范总的司马昭之心太明显了。

宁秋秋说："没事，不怕他。"

要是他真想干些什么，宁秋秋就按照原计划，坦白自己有男朋友的事实，如果这人连有男朋友的人都下得去手，那宁秋秋还是不怕他。

她有大力符在手还不能打他咋地？

"嗯。"小池握拳给她加油，"秋秋姐，'盘'他。"

宋楚和宁秋秋一起过去，等他们到的时候范总已经在众人的簇拥下进来了。他好像挺喜欢排场，他一出现，剧组里有头有脸的人都出来迎接了，把探班弄得跟皇帝视察一样。

这些都不是重点，重点是女二号贾含絮居然光明正大地挽着他的手。

这才是要官宣的意思吧？连她和展清越在片场都没这么嚣张。

不过这种场面宁秋秋乐见其成，恨不得这对男女天长地久，别来祸害她。

贾含絮被她治了两次，这阵子都很安分，不敢再在暗地里搞她了，但如果范阎良再对她有什么想法，贾含絮嫉妒心起，估计还要"作妖"。

范总被众星拱月了一波，示意他们不用在这里陪他了，继续拍戏，他看看就好。

于是肖导招呼众人准备。

剧里，明歌和男主角一起在校外遭遇了小混混的围堵，明歌为男主角挡了一下，光荣负伤——手断了，所以化妆师给她的手臂打上石膏板、缠上绷带，做出手断了的样子来。

刚弄好这些，化妆间的门被打开了，范阎良负手走进来。

"范总。"众人纷纷停下手中的活儿，跟他打招呼。

"嗯。"范阎良一点头，说，"你们都出去一下，我有几句话跟宁小姐说。"

"……"该来的还是来了。

宁秋秋本想说他们之间没什么话是不能当着众人的面说的，可是转念一想，谁知道范阎良这人会当面说什么话呢，还是别让大家听了，省得思维发散，又传到网上去。

剧组的工作人员很识趣地退出去。小池急得跳脚，不想走，宁秋秋给了她一个安抚的眼神，拍了拍她的手臂说："没事儿，你先出去，别担心我。"

"那我就在门外，有什么事情，你动静大一点儿，我随时冲进来。"小池小声说。

等到小池帮他们带上门，范阎良一笑，在她刚刚坐的椅子上坐下来，说："你别紧张，我没恶意。"

宁秋秋翻白眼，你哪只眼睛看到我紧张了？

"范总有什么话就说吧。"宁秋秋冷冷地说。

“秋秋，要不要跟我试试，男女朋友的那种？”范阎良笑道，“我到了这个年纪，玩也玩够了，想找个人安定下来，我挺喜欢你的。”

宁秋秋被这人的不要脸惊呆了，刚刚还让贾含絮亲昵地挽手，转过头来跟她表白，你咋不上天哪，兄弟？

“抱歉范总，我有男朋友了。”

“男朋友嘛。”范阎良不以为意地说，“秋秋啊，男朋友可以随便交，没关系，但结婚对象就一定要找个踏实的、爱你的，同时还能对你的发展有帮助的。你还小，家世又好，可能不太懂这些，不过我会让你慢慢懂的。”

“那我谢谢您哪。”宁秋秋说，“不过范总说得没错，找老公确实要找踏实的、爱我的，同时还能对我的发展有帮助的，我现在的男朋友，这三条都满足了呢。”

范阎良一顿，随后轻笑，自负地说：“再厉害，应该也很难到达我的高度吧。秋秋，良禽择木而栖。”

范耀星辉作为上市公司，也是国内五十强企业之一了。而且书上说，范阎良是白手起家经历过风浪的人，单凭个人能力，以范阎良的年纪能到这个高度，确实够格吹了。

他狂一点儿情有可原。

可惜，展清越出身比他好，范阎良再怎么强，也在出身这点上落败了。

宁秋秋微笑：“卓森集团的现任当家人展清越，跟范总比，我想应该还是能碾压那么一点点的吧。”

第十三章　动手动脚

范阎良听到这个名字，脸色明显变了一下，皱眉。

他平时不关注什么娱乐新闻，不过关于宁秋秋和展清越的绯闻确实听说过，但绯闻这种事情，他自己还和宁秋秋传过呢，谁也不会当真。

没想到这二人真的有关系。只是展清越这个人嘛，可不是宁秋秋这种小明星可以把握住的，而且宁家那点儿产业，据说去年还岌岌可危了，现在跟个吸血鬼一样。

他不认为展清越这种利益至上的商人会为了所谓的真爱，去娶一个对事业没帮助的女人，老婆没选对，对他们这种裙带关系复杂的豪门来说是致命的削弱。

不像他这种白手起家的，什么都不怕。

想及此，范阎良恢复他招牌的温和笑容。

“展清越啊，那确实比我厉害。不过我没记错的话，他出了车祸后，是他的兄弟接手了卓森吧，没想到这么快就回到他的手上了，这其中恐怕经历了一场不小的内斗吧。”

说到这里，范阎良站起来，在屋内踱了两步，随后停在宁秋秋面前说：“他今天能为了利益对付兄弟，明天就会为了别的东西对付你。秋秋，你可要想清楚。”

宁秋秋一只手被绷带绑着，在他靠近的时候下意识地想退两步，不过忍住了，微微抬头，说：“难为范总为我考虑得这么清楚，他是怎么样的人我心里有数，不劳您忧心。”

“好。”范阎良点点头，又从口袋里掏了张名片，“做个朋友？”

宁秋秋不接：“我男朋友是个醋坛子，不喜欢我和目的太明显的男人做朋友。”

“……”范阎良脸色一沉，他显然没料到宁秋秋这么不知趣，作为上位者，已经很少有人敢这么不给他面子了。

两人相隔不到半米，他目光沉沉地盯着宁秋秋，带着强势的压迫力。

宁秋秋有人和符撑腰，腰杆子硬，不胆怯地与他对视。

“好，挺好的。”最后，范阎良一笑，把名片放在一边的桌子上，说，“有需要联系我，秋秋，我的怀抱随时为你敞开。”

说完，不等宁秋秋开口，他打开门出去了。

宁秋秋：“……”

能把“我愿意做你的备胎”这种话说得这么高贵脱俗的，也就范阎良这种人了。

而且，他到底哪里来的自信，能把自己弄得和一个专一的情圣一样？

大概是老男人的思想和他们的不同吧，宁秋秋只能这样想了。

这剧情力量强大，她和范阎良几乎是零接触，可对方还是对她产生了想法，甚至提出结婚这么荒谬的提议。

要是换个不知道范阎良真面目的人，估计这会儿就是一见钟情的剧情了。

原主喜欢展清远喜欢到骨子里，最后却愿意以婚姻为代价还千万负债，除了确实走投无路，很大的原因也是受了范阎良温文尔雅的外表的蛊惑吧。

宁秋秋把超话里的那篇文前面的十九章都补完了，作者还没更新。

“中毒”太深的宁秋秋不但在人家的微博底下疯狂催更，甚至还用QQ小号摸进了人家作者的粉丝群，跟一群蹲在坑底嗷嗷待哺的读者一起催更。

可是几天过去了，作者连个泡都没冒。

太可恨了。

一转眼，《我的校霸女友》学校部分的戏全部拍完了，接下来要拍社会场景。

转场前正好是清明节，本来能放两天假的，结果由于有一场戏的剧本出现了bug（漏洞），临时改剧本重新拍，刚好要花费一天的时间，挤在最后，导致清明节的假变成了一天。

可没办法，拍戏本来就是封闭式的魔鬼行程，有假放就不错了。

“本来今天傍晚就能回的，这么一耽搁，明天晚上都还要补夜场戏，后天清明，我要去给我的爷爷、奶奶和外公扫墓，扫完墓假就放完了。”

宁秋秋趴在桌子上有气无力地跟展清越数日子，呜呜呜，期待了好久的清明假呀，就这么泡汤了。

展清越通过视频，看她一张脸都愁成苦瓜样儿了，眉梢带上了笑意：“这么有怨念哪？”

“人家想你，想跟你多待一天嘛。”他们俩才确定关系就分离，太没人性了。

这句话极度地取悦了展清越，他说：“乖，忍忍，很快就杀青了。”

宁秋秋蔫巴巴地说：“还有一个月，这个火箭看我进剧组就把时间转头卖给了蜗牛，让我度日如年。”

这形容，展清越失笑：“那回头我给你寄点儿灭蜗牛的药剂，把它们都灭了，把时间解救出来。”

“你不如把你自己寄给我。”

宁小姐这张小嘴今天大概抹了蜜，说的话一句比一句地让展总开心。

展清越正想说“你这么撩我，我会把持不住”的时候，又听到宁秋秋嘿嘿一笑，接下去说："你这种又坏又熏的黑心洋葱，一出现，那些蜗牛全被毒死了。"

展清越："……"

看来他太宠溺宁秋秋也是不行的，看她飘得，都在天上找不到北了。

第二天的夜场戏是补拍之前出现 bug 的那场，等全部镜头补完已经快十一点了，他们剧组也正式宣告"高中毕业"。

高中部分的戏结束后，有一大批的人都"高中毕业"，宣告杀青了。

大家这两个月来处得不错，剧组特地买了个蛋糕来庆贺他们杀青。大家拍戏拍到这个点都饿了，看到蛋糕，除了个别必须保持体重的女艺人，其他人都嗷嗷地冲着蛋糕去了。

宁秋秋在万军丛中杀出一条血路，抢到了两块，躲过了其他艺人的哄抢，气喘吁吁地跑出人群，递一块给小池，豪爽地说："来，给你的，吃！"

小池接过来，看到宁秋秋手上的那块比自己手上的还大，宁秋秋还张嘴就啃，急忙道："啊啊啊，秋秋姐，你不能吃那么多奶油，热量严重超标了。"

"不怕，接下来我不用维持体重啦，哈哈哈。"宁秋秋狂笑出声。

高中部分拍完后就对体重没要求了，宁秋秋这个身高，吃到九十斤都没有问题。

宁秋秋想想就身心愉悦啊，终于不用忍着了。

"不行呀，这么多奶油吃下去会胖十斤的！乖啊，咱为了以后能多吃几口，现在先忍忍。"

宁秋秋听到胖十斤，笑容僵住，恋恋不舍地把奶油都刮掉，留下蛋糕芯。她才吃两口，放在小池那边的手机响了起来，小池拿出来看，说："是展先生打来的。"

听到是展清越的电话，宁秋秋顿时原地满血复活了，一只手拿着蛋糕，另一只手拿起手机将电话接起："喂。"

"在吃夜宵？"展清越听她声音含混，问道。

宁秋秋把蛋糕吞下去，差点儿噎到，说："对，今天校园部分拍完，剧组为了庆祝我们毕业买了蛋糕。"

"这么晚吃蛋糕，不怕胖十斤？"

又是这个话题。宁秋秋恨哪，就不能说胖五斤吗？胖十斤是什么恶魔的诅咒？

这个诅咒太狠了。

宁秋秋含泪把蛋糕递给小池，不吃了还不行吗？

人家的男朋友都是说你再胖我都不会嫌弃你，为什么她的男朋友连她吃点儿东西都诅咒她胖十斤？嘤嘤嘤！

"我给你订了低脂夜宵。"展清越又说，"电话不小心填成我的了，现在他送到剧组门口了，你出去拿一下。"

听到展清越这么贴心，宁秋秋又开心了，说："哦，我让小池出去拿。"

"除了夜宵，我还准备了一个小惊喜，可能有点儿重，小池提不动。"

"哎？"宁秋秋顿时来了兴趣，"什么小惊喜？"

展清越含笑，故作神秘地说："出去看看不就知道了。"

他还在说着话，宁秋秋已经按捺不住，拿着手机小跑出去，果然看到高挑的外卖小哥站在门口。宁秋秋一喜，跑过去，却失望地发现并不是展清越本人。

宁秋秋不甘心地看向他身边的一个小纸箱，看起来也不像是能装下一个人的。

啊啊啊，她以为展清越故意把她骗出来是因为他本人来了，事实证明她还是把展清越想得太浪漫了。

坏男人！

“您就是宁小姐吧？”外卖小哥看到她，说，“这是您的外卖，还有这个，您签收一下。”

“我先签一下呀。”宁秋秋压抑住内心的失望，对电话那头的人说，然后把手机揣进校服的裤兜里，接过外卖小哥手里的东西，又签收了那个大盒子。

小池随后跑到，看到宁秋秋签收的东西，问道：“这些都是展先生送的吗？应该没问题吧，要不要检查一下？”

“不至于，没事。”如果连展清越送的东西都有人能做手脚，那那个人恐怕已经是神了。

“你拿这个。”宁秋秋把外卖的盒子递给她，随后提起旁边那个小纸箱。

展清越说很重来着，宁秋秋用力一提，结果轻得差点儿让她因为用力过度闪到腰。

说好的很重呢？不会是被外卖小哥调包了吧？

宁秋秋赶紧拿出手机，问展清越怎么回事儿。

“大概是因为礼物本人想要钻进去，结果失败了吧。”

展清越在电话那端笑着说。不但是从手机里，宁秋秋在现实里也听到了这个声音，就在她身后的树下。

宁秋秋不敢相信。

展清越挂掉电话，从树下走出来，说：“惊喜吗，展夫人？”

宁秋秋怔了片刻，随后扑进他的怀里，又忍不住捶他：“你好坏啊！”

哪里有这样给惊喜的？

这个人太阴险了，她刚刚失落的样子肯定也被他收入眼中了，他指不定在心里有多乐呢。

展清越任她挠痒痒似的打了两下，又抓着她的手在嘴边亲了亲，说：“没有惊，哪里来的喜。”

“哼！”宁秋秋嘴硬，“浑蛋。”

“我是浑蛋，那你岂不是浑蛋夫人？”

“还不是夫人呢，你想得美。”宁秋秋反驳。她跟他还不在一个户口本上，别想带她！

展清越笑了笑，没有跟她继续拌嘴。

两个人在原地抱了一会儿，展清越才放开她问：“戏拍完了吗？”

“拍完了，你等我一下，我进去跟他们说一下就可以走了。”

展清越点头，摸了摸她的头，让她去。

由于戏已经全部拍完了，蛋糕也切完了，宁秋秋进去跟剧组那些要杀青的人说了再见，又跟他们合了影，便拿了自己的东西出了片场，坐上展清越的车，一起回了酒店。

展清越这回是临时来的，没有订房间。宁秋秋他们到了酒店给展清越办入住的时候，却被前台小姐告知没房间了。

“咦，不是还有好多空房间吗？”宁秋秋问道。这家酒店被他们剧组包下来了，还有半层的房间是空出来的，不至于没房间了呀。

前台小姐说：“今天不是校园部分的艺人杀青了吗？很多艺人的经纪人过来接他们回去，导致入住的人增多，房间就没了。”

宁秋秋：“……”

这也行？！

“那，只能委屈宁小姐了。”展清越掩去眼底的笑意，为难地说。

虽然展总不行，但能同床共枕，嘿嘿嘿，那也是很开心的。宁秋秋故作矜持地点了点头，完了还特别高冷地补充一句：“那你不准动手动脚！”

其实她心里呐喊：你一定要动手动脚啊！

展清越绅士地点头，说：“好。”

二人一起去了宁秋秋的房间，宁秋秋被恋爱冲昏的脑子忽然想起来一件事情，左右看了看说：“我们没被拍吧？”

展清越：“怎么，你很怕被拍？”

“也不是啦。”其实宁秋秋一点儿都不介意，让她现在公开都愿意，但是嘛，三条不是说能不公开就暂时不公开嘛。

她前几天才答应三条，回头就出现夜会某某某的新闻，三条那边不好交代。

这时，小池用房卡刷开了门，宁秋秋推着他走进去，拍马屁说：“我这不是舍不得把你推上风口浪尖吗？我的‘毒唯’可多了，要是这么公开了，他们会攻击你的。”

展清越挑眉：“你觉得我会怕？”

“你不会怕，但我怕呀。看到你被骂，我会难过、自责、内疚的，最重要的一点是，我会心疼，扎心疼的那种，可疼了。”

展清越：“……”

这句话听着好像挺残忍的样子。

小池把他们的东西放好，听到他们的对话忍不住笑，又感觉自己是个硕大的电灯泡，便三下五除二地收拾好了房间，对宁秋秋说：“秋秋姐，我先回去啦，你有什么事情叫我。”

“好。”

小池走后，两个人之间的气氛反而有点儿尴尬了。两个人虽然朝夕相处，独处的次数多得一双手加一双脚都数不清，可这次毕竟是展清越醒来后两人第一次同房。

以前……虽然有同房的时候，但那时候完全是宁秋秋单方面的行为，而且那时候嘛，他们也没感情，一起睡一晚对宁秋秋来讲，和跟小池一起睡一晚一个样儿，完全不虚。

现在二人的关系不一样了，意义就不一样了。

“我先去洗澡啦。”宁秋秋说完，拿着自己的睡衣，一溜烟地跑进了洗手间，关上门。

展清越若有所思地看着宁秋秋对他貌似有点儿避之唯恐不及的样子，思索着他是不是有点儿操之过急了，毕竟他家啾啾只是嘴上说的脸皮厚而已。

事实上每次亲一下，她都能脸红半天，可害臊了。

同床共枕对她而言，其实还是进度太快了吧，两个人才刚确定关系而已。

可是现在换房间太打自己的脸了，而且，展清越还是有点儿私心，想要跟宁秋秋待在一个房间的。

算了，他尽量君子吧。

宁秋秋快速洗好了澡，又让展清越去洗，忽然想起来一个很严重的问题："你带了换洗的衣服吗？"

刚刚好像展清越是空手下车的，什么都没带。

"有。"

说完，展清越当着她的面拆开那个装礼物的纸箱，从里面把他的换洗衣物和睡衣拿出来。

宁秋秋："你不是说这是送给我的礼物吗？这也太没诚意了！"

展清越抬眸，笑道："衣如其人，我这样等于把自己送给了你，诚意还不够大？"

"……"这逻辑，她竟无言以对。

展清越把他的衣服从里面提出来，底下还压了个东西。展清越拿出来，递给宁秋秋："给你。"

展清越给她的，是一个拨浪鼓……

她不明所以地接过来，展清越这是暗示生孩子的意思？！

"乖。"展清越拍了拍她的头，"女儿粉。"

宁秋秋："……"

呵呵，这种男朋友要来干吗？炖了吧。

展清越去洗澡了，宁秋秋拿着拨浪鼓摇了两下，丢在了一边，拿出手机来，给三条打预防针。

宁秋秋："今天展清越住在我的房间了。"

条姐："我老公也在我的床上。"

宁秋秋："……"

条姐："……"

"哈哈哈哈。"宁秋秋愣了一下，随后爆笑出声，这是什么脑回路的交流啊？

片刻之后，三条给她发了语音："看我都被你带偏了，半夜三更给我发这种消息，我以为你在跟我秀恩爱。你不是还在剧组吗？展总又过去看你了？"

宁秋秋："对，他来接我回家。但那个……没房间了嘛，就住一个屋了。"

"行，这事儿我知道了，我会密切注意的。"三条又给她发语音，"你们早点儿休息。"

咦，宁秋秋还以为三条要苦口婆心地教育她一顿，居然没有。

这个性格，她爱了。

结束了和三条的聊天，宁秋秋打开微博，大概刷了一下今天的热搜和自己的微博、官微，又忍不住戳进那个写文的博主的微博。

那篇文居然——更新了！！！

宁秋秋忍不住要热泪盈眶了，第一次深深地感受到了等到“粮”的快乐。她听卫生间里的水声还没停下，赶紧点开更新看。

然后她又被颠覆了三观。

这篇文虽然命名为“霸道秋爷俏展总”，甚至展总的人设都是见到她就腿软的，可他毕竟是个男人嘛，所以书里男人的特征还是很明显的，属于言情小说里那种最受欢迎的高冷面瘫型男主角，她在里面虽然很霸道，但总体来说还是个女人吧。

可在某些片段里，她直接不当女人了！

轰隆隆一道天雷劈得宁秋秋外酥里嫩，太雷了，她果断关掉页面。

三秒后，她又忍不住打开，忍着一万匹羊驼奔腾的心情继续看下去，没想到下面的情节更香艳。

现实中的宁秋秋彻底无语了。

可是，即便被雷到死去活来、千疮百孔，宁秋秋还是忍不住继续往下看完，看完后骂了一句作者，然后留言。

月球党头顶地球：“啊啊啊，作者写得好好啊，爱死这个调调了！求继续，不要停！”

留完言，宁秋秋都被自己逗笑了。

展清越洗完澡后吹了头发出来，看到宁秋秋对着手机傻笑，脸都要凑到手机上去了，开口说：“凑那么近看手机，小心眼睛。”

“哦。”

宁秋秋乖巧地把手机放一边，看向展清越。

他穿了一身睡衣，保守又君子，遮得严严实实。他身材高挑，由于照顾妥当，身上除了还是比较瘦，已经不太能看出躺了两年的病态了。

加上这阵子他应该是锻炼了一下，已经完全是一位翩翩公子，儒雅、随和又英俊。

宁秋秋感觉一定是她上辈子造福大众，才能捡了个这么好的老公。

可惜这位的心有点儿黑。

展清越走过来，伸手遮住她的眼睛，宁秋秋瞬间被挡住了视线，说：“干吗？”

“你再看，我要忍不住动手动脚了。”展清越感受到她的睫毛在自己的手心里扫动，撩拨得他心猿意马的，声音微哑。

宁秋秋一瞬间想到的是刚刚同人文里的画面，顿时绷不住了，笑着说：“你怎么不说是我的眼神太直白，给你一种不妙的感觉？”

展清越：“……”

论流氓，还是他家秋秋的嘴流氓。

“快睡觉，都要一点了。”展清越看了一眼手机，催促她去睡觉，“还要早起回去。”

今天他们要去扫墓，必须要很早赶回去。

“哦。”

宁秋秋乖乖地在床上躺下来，又给他留了个位置，展清越也躺上去，亲了亲宁秋秋的额头，说：“晚安，小肥啾。”

“……”她怎么就成小肥啾了？

宁秋秋那个恨哪。让你不动手动脚，你真的就这么君子？

见展清越关了灯、躺好，她有些困惑。

她真的……低估展清越的保守程度了。

孤男寡女躺一个被窝，即便展清越再君子，也会有一点儿心猿意马，特别是某人还不安分地动来动去。展清越忍不住转过身，把她锁在怀里，命令她说：“睡觉！”

展清越身上的气息一瞬间席卷了宁秋秋全身，让她起了一身鸡皮疙瘩，电流嗞嗞地冒出来，电得她浑身酥麻，整个人飘在云端。

宁秋秋这会儿并不怕他，理直气壮地说：“睡不着。”

软玉在怀，展清越克制着自己内心的冲动，把自己整成了一位立地成佛的苦行僧，说：“要我哄你？”

“你哄我呀。”宁秋秋飁声飁气地说。

宁秋秋才说完，就被展清越放开了。接着，他起身打开了床头灯，拿过刚刚宁秋秋放在那里的拨浪鼓，摇晃了两下，说：“乖宝宝，快睡觉。”

宁秋秋：“……”

展清越看她一脸气呼呼的样子，忍笑：“谁说自己是‘女儿粉’来着？这是哄女儿的正确方法好吗？”

宁秋秋：“……”

论记仇，还是您展总记仇。

但是，宁秋秋发誓，半年内让展清越碰到她的话，她就是狗！

宁秋秋不知道自己立了个巨型 flag（旗帜），转身，睡觉。

展清越悬崖勒马成功，看着她气鼓鼓的背影，无奈地笑了笑，关了灯也躺回去。

再忍忍，等把她养熟了，真成了小肥啾，他再一口吃了。

清明过后，天气变得暖和舒适，气温宜人。

《我的校霸女友》的拍摄进入冲刺阶段，拍戏的节奏明显比之前快了起来，拍摄场景也不像之前一样单一地全部集中在学校，只有少部分戏是在校外男女主角家里的。

所以剧组经常在转场，十分忙碌，大家也不像之前那样轻快地打闹或三四点就能收工了。收官阶段夜戏很多，宁秋秋作为女主角，戏份儿更是多到吐血，每天几乎拍完洗洗就上床睡觉了。

特别是拍摄接近尾声的时候，宁秋秋经常跟展清越聊着聊着就睡着了。

不过临近杀青，宁秋秋却心情激动起来了，杀青后有半个月的假，想想就爽。

“刚好五月我要出国办事，我们一起去国外度假？”晚上宁秋秋洗完澡躺在床上跟展清越视频的时候，展清越听她又在念叨自己半个月的小假期，含笑问道。

宁秋秋今天拍摄了一天，累得不行了，拿着手机都感觉眼皮子在打架，含糊答应了他一句，正想要开口说什么时，眼睛一闭，睡着了。

展清越："……"

"小心——"展清越话音刚落，就看到宁秋秋对着镜头的脸蓦然放大。

啪——是手机砸到脸上的声音，随后手机屏幕一片黑暗，他就看不到对面的画面了。

声音却还通过话筒传过来，宁秋秋惊呼："嗯，疼！"

"你真是……"展清越无奈地笑，"快起来看看砸得严重不严重。"

可是，宁秋秋被手机砸痛了脸，惊醒过来，揉着自己被砸痛的地方，呢喃了一声，翻个身继续睡了。

展清越："……"

"秋秋？"展清越轻声唤她。

她没反应。

展清越又心疼又好笑地挂掉了视频，不再吵她。

这是得多累？

宁秋秋第二天醒来，完全忘记了昨晚睡觉前发生了什么事情，总感觉脸上疼疼的。对着镜子，她找到了一小块瘀青，不过不是很明显，不影响拍摄。

这个瘀青的来源很快就破案了，展清越在手机上给她留了言。

禁欲半年："脸上被手机砸的地方记得揉开，好好休息。"

宁秋秋："……"

她以后再也不在打瞌睡的时候视频了，迟早毁容！

由于男女主角久别重逢之后的很多场景是在公司发生的，剧组就租赁了一层的写字楼作为拍摄地点。

戏中其他男女配角都换掉了，唯一没换的除了男女主角，就只剩女二号贾含絮了。大学毕业后，女主角成为设计师，而贾含絮饰演的梅清所在的公司刚好有个设计项目挂标，二人再一次狭路相逢。

今天要拍摄的戏是明歌凭借自己的设计稿竞标成功，成功拿下梅清所在公司的项目，梅清气得半死，明嘲暗讽她。

竞标结束后，二人在洗手间里相遇。

"恭喜恭喜。"梅清皮笑肉不笑地说，"明歌呀明歌，看来我真是小看你了。"

明歌洗着手，冷漠地说："那就睁大你的眼睛看我。"

梅清被她的这句话呛了一下，随后脸上爬上怒意，说："你一个入职不到一年的新人，能拿下这么好的项目，这其中的关系恐怕没那么简单吧。"

"卡！"宁秋秋正准备接的时候，听到肖声喊了停。

洗手间里的二人退出来，肖声对贾含絮说："你的感情不对，你要呈现给明歌的是你的高傲和不屑，而不是愤怒，愤怒你就输了，懂吗？"

贾含絮深吸一口气，说："抱歉肖导，我申请休息十分钟。"

肖声皱眉："你今天的状态怎么回事儿，怎么这么差？失魂落魄的。"

"我……"贾含絮捏紧手指，说，"可能是昨晚没休息好的缘故。"

肖声的眉头皱得更深了，他冷下脸的时候很可怕，周围的人大气都不敢出。众人都以为他会发怒时，他摆了摆手说："行，休息十分钟，你找找状态。"

众人松了口气。宁秋秋走到一边，接过小池递过来的热饮，又抬头让化妆师给她稍微补了一下妆，才补完，看到贾含絮走了过来。

"秋秋。"贾含絮低声喊她。

宁秋秋喝了口热饮，声无波澜地问："含絮姐，什么事儿？"

"这场拍完，你能不能留下来帮我对一下戏？我今天状态实在太差了，有点儿找不到感觉，过两天的杀青戏，我想提前跟你过一下。"

宁秋秋并不想答应她，之前跟她对戏是为了整她，谁让她在展清越面前瞎告状，要不是他们二人的关系坚固，展清越明辨是非，估计就被她离间成功了。

现在，宁秋秋有那个时间，不如回去多睡一觉。

不过这也只是心里想想，大家在一个剧组，人家要找她对戏，那就是她工作上的事情，推托不得。

宁秋秋点头："可以。"

贾含絮脸上的表情一松，她说："谢谢你。"

休息完后，贾含絮的状态好了很多，一次过了，这场戏拍完，上午的戏份儿就结束了，下午要换场地去郊外拍摄。

由于时间比较紧，二人没有回酒店，吃过了午饭，就在刚刚他们竞标的会议室对戏。

两个人把台词都背得很熟了，很快入戏。

"我不甘心，真的不甘心。"贾含絮捂着脸蹲下来，整个人微微颤抖着，"从高中开始，你万事都压我一头，自始至终他眼里也只有你，为什么所有的便宜都被你一个人占尽了？"

宁秋秋叹了口气，可能是刚刚喝的奶茶加糖过多的原因，血糖上脑的宁秋秋有点儿四肢无力，提不起劲。她强忍着不适，说："你出身比我好，才艺比我多，明明……"

接下来的话她说不出来了，双腿一软，跪坐在了地上。

有诈！

宁秋秋内心一惊，不过她反应很快，趁着身上有剩余的力气，飞速把手伸进口袋里，指纹解锁，按右下角，依照习惯摸到9号键，长按——这是她给展清越设置的一键快速拨号，只要长按几秒钟，就会拨电话出去。

他一定会救她的！这个时候宁秋秋无比相信这个男人。

原本蹲着的贾含絮抬起脸看了眼宁秋秋，她整个人都在颤抖，见她的手伸进口袋里，意识到她的企图，疯了一般冲过去，伸进她的口袋抢她的手机。

宁秋秋身上的力气流失飞快，她觉得自己跟软绵绵的棉花糖一样，即便身上带了大力符也无济于事，只能在贾含絮把手机夺走的瞬间，攒足力气喊："救我，清越。"

贾含絮已经手忙脚乱地按掉了电话，她的手脚都在哆嗦，却得逞地看着宁秋秋说："死心吧，没打通。”

不过，宁秋秋感觉到无尽的害怕，无力地靠着会议室的桌子坐着，勉强一笑，说：“你现在，还有……回头的机会。”

她不知道贾含絮的目的是什么，但可以肯定的是，贾含絮在自取灭亡。

“先顾着你自己吧。”贾含絮目光怨毒地看着她，“过了今天，你就身败名裂，什么都没有了。”

宁秋秋无力一笑：“你也一样。”

“我才不会，是你逼我的！”贾含絮厉声说，又喃喃地重复，“是你逼我的，对，你逼我的。”

宁秋秋逼她什么了？

宁秋秋看她精神状态紊乱，觉得有机可乘，正打算趁热打铁攒足力气再说几句时，会议室的门被推开，范阎良挺着他越发明显的啤酒肚走进来：“哟，这么热闹啊。”

原来是他！

“范总，我的任务完成了，我完成了。”贾含絮跌跌撞撞地跑过去，抓住救命稻草一般抓住范阎良的手臂。

“嗯，做得很不错。”范阎良说完，示意随行的人把贾含絮从他的身上扯开，又拍了拍身上不存在的尘土，走到宁秋秋的面前，居高临下地看着她，“别来无恙啊，秋秋。”

宁秋秋垂眸，不理他，心里在飞速盘算着怎么脱离困境。

自从送假臂的人被找出来后，用来保护她的那两个保镖就被撤走了，她身边唯一的小池肯定已经中了计，她身上的大力符发挥不出作用。

目前的情况好像已经是死局了。

冷静，冷静，宁秋秋告诫自己冷静下来，一定会有办法的。

范阎良也不在意她的不理睬，笑眯眯地说：“秋秋，我是真的喜欢你。”

这不要脸的话把宁秋秋给逗笑了，她攒起力气说：“这喜欢够特别的。”

范阎良低头一笑，说：“没办法，对于喜欢的东西，我如果得不到就会想办法毁灭掉它。秋秋，我舍不得毁掉你，只要你往前走一小步，就是海阔天空了。”

变态！

范阎良见宁秋秋不说话，在她的面前蹲下来，伸手捏住她的下巴，迫使她抬起头来看着他。

他手上戴着手套，估计是为了不留下指纹被取证。

“那就不能怪我没给你选择的机会了，看这张漂亮的小脸蛋儿，真可惜呀。”

说完，他放开她，起身拍了一下手，他带来的人便把随身带的器材拿出来，摄像机、相机……宁秋秋意识到他的意图，用尽力气说：“你敢！”

范阎良慢条斯理地在她面前的椅子上坐下来，说：“我有什么不敢的！秋秋，无论你怎么身败名裂，我一如既往地喜欢你，但展清越就不一定了呀。”

对，他确实没有什么不敢的，书里他就是一个变态，是作者为了虐女配角而安排出来的浑蛋，看着有钱有势，实则丧尽天良，仗着权势，什么事情都敢做。

宁秋秋内心绝望不已。她想借手上仅存的半点儿力气，依靠大力符的放大，试着看看能不能站起来，却在手触地的一瞬间摸到了一枚尖锐的东西。

那是一枚不知道何时掉落在那儿的图钉！

宁秋秋内心一喜，让自己无力的身体向着那只手的方向倾斜，指尖因为身体的重量，被图钉刺进去，十指连心，金属刺破皮肉的一瞬间，一股剧烈的疼痛传来，流失的力气一瞬间回来了一些。

宁秋秋愣是让自己的五个手指都挨个被图钉刺了一遍。

刺痛感刺激她的脑神经，让她身体的力气恢复了不少。

趁着那些人不注意，宁秋秋飞速地从地上爬起来。她有大力符的加成，力气倍增，又求生心切，加上那些人没防着她一个手无缚鸡之力的弱女子，愣是被她一手一个丢垃圾似的丢在一边，发出嘭嘭的撞击声，半天爬不起来，惨叫连天。

她自己则跌跌撞撞地奔到门口，打开门。

她在这里拍摄了好几天，对于楼层的结构十分熟悉，哪里是楼梯哪里是电梯她都清楚，绝望的是电梯离这边很远，幸运的是会议室旁边就是消防楼梯。

刺痛感带来的体力恢复只是一时的，她的身体很快又软了下来，范阎良的人已经追了出来。

在力气彻底消散前，宁秋秋连滚带爬地从消防楼梯滚下去，很幸运的是在消防楼梯里刚好有大楼的保安听到楼上传来被她一手扔一个人摔地上的动静，上来巡视。

宁秋秋逃生欲很强，几乎是滚下楼滚到保安的脚边。血淋淋的手抓着对方的裤脚，她无力地张了张嘴，做出“救我”的口形，随后眼前一黑，晕了过去。

宁秋秋感觉脑袋昏昏沉沉，意识浮沉，做了一个很长很长的梦。

梦里，她看到自己再次穿越了。

“啧啧啧，又是一位穿越者，穿越了这么多次，还是这么没用，有点儿天理难容啊。”宁秋秋与沉重的眼皮子做斗争时，听到耳畔传来的声音。

宁秋秋猛然睁开眼，看到床前一位道骨仙风的陌生男子，笑意盈盈地看着她：“醒啦，小穿越者。”

宁秋秋想坐起来却失败了，身体跟灌了铅似的；想说话，嘴巴张了张，却什么声音都没发出来。

那个男子意识到她的意图，笑道：“你还不能完全掌控这具身体，先躺着休息一会儿，我等下给你施个咒，保证你活蹦乱跳。”

她又穿越了吗？

可是，她的展清越呢？她甚至还没来得及见他最后一面，就这么走了？那展清越怎么办，要是她就这么走了，他要伤心死吧。

还是，会有别的魂魄附到宁秋秋的身上？他与别人恩恩爱爱……

无论哪种结果，都令宁秋秋心痛不已，眼泪顺着眼角流了下来。

“怎么就哭了？哎哟，你别哭，我最见不得女人哭了。别哭别哭，我不嫌弃你没用还不成吗？哎呀，真是的，穿越了这么多次，脸皮还这么薄。”

宁秋秋的眼泪流得更凶了。

那个男子大概真的很怕女人哭，急得原地打转片刻，忽然想到什么，手指虚虚地在空中画了一道咒，微闭着眼嘴里念念有词，随后眼睛一睁，喝道：“去吧！”

那道咒嗖的一下飞入宁秋秋的身体，宁秋秋感觉嗓子一松，能说话了，身体也能动了。

男子扶着她坐起来说：“好啦好啦，不哭不哭，我错了行不行？你们这些小姑娘，可真难伺候。”

“我要回去。”宁秋秋流着泪，喃喃地说出了第一句话。

“回去？回哪儿去？别想那么多，睡一觉就好啦。”男子没心没肺地说。

“我要回上一个世界，虽然那只是一本小说，可里面有我的爱人。”宁秋秋说着，目光殷切地看着眼前的人，“你知道我是穿越者，一定也知道其中的规则，可以让我回去，是吗？”

男子一脸漠然：“不知道，不能。”

宁秋秋：“……”

梦还在继续……

男子捡到一位小穿越者，特别高兴，而且这位小穿越者虽然很没用，可是有画符的天赋。作为天师，他正好需要各种符箓，她简直是为他而生。

可他很快发现自己失算了，这位小穿越者每天只会呆坐，不吃不喝，动不动还哭，一副想死的状态。

男子再一次看到给她送过去的饭菜原封不动后，叹了口气，问道：“你就这么想回去？”

听到“回去”两个字，原本只是抱着自己蜷缩在床角的小穿越者动了一下，声音沙哑地说：“我想他。”

“爱情这种东西呀，虚无缥缈，你不应该被这种东西牵绊住。”

宁秋秋又开始流眼泪。

“我真是……”男子真是服了，“成成成，小祖宗，我怕了你了，我送你回去。”

宁秋秋猛然抬头，脸上俱是惊喜：“真的？”

“但是，你要为此付出代价。”

“什么代价？”

“首先，你以后就不能再穿越了，在那个世界死了就真的死了。”

宁秋秋用力点头，原本成为穿越者也不是她的本意。

“然后，你所带的技能，比如你会画符这一点也不能用了。”

“可是，”宁秋秋弱弱地说，“这个技能一直没用，那个世界没有灵气，是我的男朋友有特殊的体质。”

“这样啊。”男子若有所思地点点头，“是他有这个体质的话我也改变不了了，不过这也不影响，当作给你的小福利了，最后——”

男子声音拉长。

宁秋秋紧张地看着他。

男子笑眯眯地从他的乾坤袖里掏出几沓符纸，说：“你得给我画满9999张符才能走，不然我亏大发了。”

宁秋秋：“……”

“哥，你去休息吧，我在这里看着，她醒了我会第一时间告诉你的。”

自家兄长面容冷峻地坐在床边，不过三天时间就憔悴了许多，展清远怕他的身体吃不消，过来换他。

“我没事。”展清越声音沙哑，“处理得怎么样了？”

“小池说宁……嫂子是留下来和贾含絮对戏，可以肯定的是这件事情跟贾含絮有关系。可贾含絮本人已经失踪了，她的经纪人和公司都不知道她去了哪里，那栋楼的监控没有出现别的可疑人物，也不知道是她一人所为还是有帮凶，只能等嫂子醒来才能还原真相了。”

展清越看了眼床上的人，明明医生说她只是脑部受伤出现脑震荡，可三天过去了，她却没有任何醒来的迹象。

那天宁秋秋给他打电话，他接起来只听到对方急促地喊了声“清越”，电话就被迅速挂断，再打电话过去就无人接听了。

他预感出事了，赶紧打电话给导演组，大概打听到了宁秋秋可能在的位置，一边让剧组安排人去找，一边又迅速联系了他的刑警同学，让这位同学帮忙。

可是他就算有再大的本事，也远水救不了近火，等他坐飞机赶过来时，宁秋秋已经被送进医院了。

幸好他的秋秋机智，靠自己逃生，不然他不敢想象后果。

“继续让人去找贾含絮，找到为止。”展清越声音森冷地说。

自家兄长给人的印象一向是温雅随和的，就算他生气，也极少冷下脸来，可他这张脸已经冷了三天了，展清远一边担心，一边又酸溜溜的。

展清远看了眼床上的人，也不知道她除了长得好看一点儿、性格有趣一点儿，哪里这么吸引他哥了。以前展清越身边有各种女人，像宁秋秋这种好看又有趣的也不是没有，怎么就没见他哥动心呢?

正在他胡思乱想时，床上安静躺着的人忽然动了一下手指。

“哥，她……她的手指在动！”

展清越猛然看向宁秋秋，只见她长长的睫毛颤抖着，她似乎在努力睁开眼睛。

“你去叫医生。”

展清越的声音终于有了点儿生气，他吩咐展清远，自己则抓住宁秋秋缠了绷带的手，屏住呼吸看着她。

也不知道过了多久，她的眼睛终于睁开，目光里有几分迷茫与脆弱之色。

“秋秋。”展清越一笑，低头亲她的额头，“你终于醒了。”

“我……”宁秋秋声音沙哑，根本说不出话来，可她还是用口形说完了整句话，“我终于回来了，清越。”

她的眼泪顺着眼角流出来，她说：“我回来了。”

她不知道再次穿越到底是黄粱一梦还是真实存在的，可她现在真的回到了这个世界，回到了展清越的身边。

她再也……不会走了。

展清越看懂了她的口形，心疼得不行，只能低头亲吻她干燥的嘴唇，安抚她说：“嗯，你回来了，你没事了。”

展清远叫了医生过来，回头看到亲密的二人，重重地咳了咳，展清越才亲了亲她的眼角，让医生过来给她检查身体。

宁秋秋的身体并没有受很严重的伤，就是滚楼梯滚出了不少的外伤，还把脑袋磕到了，造成了轻微脑震荡。

不过宁秋秋躺了三天，身体已经基本恢复好了，展清越给她喂了点儿水和粥，她有了力气，除了头还会晕、没办法下地走动，已经没什么大碍了。

展清越终于放心了，虽然医生一直强调她的身体没有大碍，可宁秋秋整整昏迷了三天时间，谁也没办法轻松。

宁秋秋受伤这件事情，展清越并没有通知她的父母，怕他们担心，现在见她醒来了，让她打个电话报平安。

“妈，我想你了。”

“呦。”温玲乍被宁秋秋这么 cue 了一下，抖了抖鸡皮疙瘩说，“你这个孩子，突然这么肉麻，这委屈的口气，是不是清越欺负你了？”

“没有。”宁秋秋轻笑，语气带了几分撒娇的意味，说，“就是想你了嘛。”

“哎哟，我知道了，这么大了还撒娇，也不怕人笑话。”

由于重新回到这个世界，宁秋秋觉得一切都变得弥足珍贵，连带听着温玲略尖酸刻薄的声调，都觉得特别开心。

又聊了几句，宁秋秋才挂掉电话。她看向展清越，展清越也看着她，两个人相视一笑，展清越正要过去跟她亲昵时，三条走了进来。

“终于醒了。”三条见到她坐着，松了一大口气，“你没事就好。”

“条姐。”宁秋秋冲她笑了笑，“让你们挂心了。”

“是我的工作出现了失误，以后我会加强对你的人身保护，不会再有这种事情发生了。”三条主动承担责任，又说，“所以到底谁是主谋？你看到真凶了吗？”

宁秋秋脸色微变，低声说：“范阎良，是他和贾含絮一起策划的。”

说完，她把当时的场景描述了一遍，包括怎么中了贾含絮的计、范阎良想干吗，以及她是怎么逃出来的。

“居然是他！”三条听完，若有所思。

“是不是没有直接的证据？”宁秋秋想起那个范阎良为了不留下指纹戴着手套的样子，觉得对方肯定是有备而来的。

不然范阎良公然给她下药，拍一些不可描述的东西，怕是不怕死地往监狱里钻吧。

“没事。”声音前所未有地冷漠，展清越说，“我有别的置他于死地的证据，够他倒台的。”

宁秋秋想到那个人就恶心得要命，握拳：“一定要让他死得透透的，变态！”

“好，让他死得透透的。”展清越抱住她，亲吻她的发丝，笑道。

三条见二人不自觉地腻在了一块儿，知道这里没自己什么事情了，嘱咐宁秋秋好好休息，别多想，剧组那边她会处理，便离开了，把空间让给这两口子。

宁秋秋的身体还没恢复，她吃了东西，又说了这么久的话，有点儿困倦了，看展清越也是一副面色憔悴的样子。

宁秋秋刚刚听医生说，她昏迷了三天的时间。也就是说，展清越估计在这三天里都没睡好，甚至基本没休息。

她搂住展清越的脖子，说：“我们睡觉好不好？”

展清越扶她躺下去：“你睡。”

他要先把范阎良的事情处理了，一定会让这个人为自己的行为付出代价的。

宁秋秋伸手扯住他的衣角，目光灼灼地看着他。

展清越败下阵来，脱掉衣服，躺上去。

宁秋秋开心地滚进他的怀里，找了个舒服的位置，闭上眼睛。

展清越看着怀里的人，无声地笑了笑，在她的额头上烙下一吻，也闭上了眼。这三天他确实基本没休息，躺在温暖的床上，喜欢的人就在怀里，心情安定，很快也睡着了。

这二人一觉睡到了天黑，展清越感觉到脸上有些许痒意，渐渐苏醒，发现他的小女友正在偷偷占他的便宜。

展清越也不睁眼，任宁秋秋轻轻地在他身上占便宜，直到……某人不安分的手开始戳他的脸，展清越抓住她的手，睁开眼：“宁小姐，你把我吵醒了。”

“你别以为我看不出来你在装。”宁秋秋嘿嘿一笑，“别忘了，演戏，我可是专业的。”

展清越看她小得意的样子，庆幸她没受到这件事情的影响，依旧是那个可爱有趣的小啾啾，轻声笑道：“身体好点儿了没？”

“没事啦。”宁秋秋打了个滚儿，说，“看我生龙活虎的样子。”

“那我有件事情问你。”

宁秋秋听他的口气忽然认真了起来，有点儿紧张地说：“你问。”

“在你出事的时候，由于调查需要我看了一下你的微信，看到你对某个人的备注，好像叫‘禁欲半年’。”

宁秋秋：“……”

“那么请问展夫人，”展清越眼里带着笑意，看着她，问，“这半年过去多少期限了？我好有个准备。”

“你不是……”宁秋秋忸怩地往被窝里看了一眼，“不行？”

展清越：“什么？”

展清越思索着到底是哪个环节出了问题，居然让宁秋秋产生了错觉。

可思来想去，他也没表现出那种迹象，只能说现在的小女生太不了解男人的本性了。

他笑意盈盈地看着宁秋秋。

“干……干吗？”宁秋秋被他看得头皮发麻，瞬间回忆起了第一次和展清越相见时的感觉，那时候展清越也是这样看着她，让她无所遁形，恨不得找个地缝钻进去。

不过，展清越的偶像包袱那么重，他现在肯定很恼怒吧。

于是宁秋秋举手保证：“我不嫌弃你，我等你。”

那他岂不是还得谢谢她。

他翻身把宁秋秋禁锢在怀里，在她惊呼出声之前，亲吻住她柔软甜美的双唇，肆意地蹂躏，待到怀里的人彻底软下来后，他的双唇顺着宁秋秋的脸颊，来到她的耳际。

温热的气息扑向她的耳郭，带着几分麻痒，让宁秋秋忍不住缩了缩脖子。她抬起自己没缠绷带的手，想要捂住耳朵，却被展清越抓住了手。

“谁跟你说的？”她听到展清越在她的耳边沉声说。

“不用别人说，我就知道！”

她话刚说完，展清越轻轻一笑说：“那让你知道个不知道的。”

“什么？”

展清越不说话，抓住她的手，宁秋秋意识到他的意图时已经来不及了，手上的触感让她整个身体一僵。

她虽阅文无数，理论知识丰富，脸皮也被磨炼得十分厚实，连面对《霸道秋爷俏展总》里面套着她和展清越的名字、代入感极强的情节也能面不改色。

可现在，宁秋秋可耻地脸红了，不是一点点的红，是红到抬不起头来的地步。

宁秋秋下意识地想缩回手，可是展清越抓着她的手，不让她缩手，她柔弱得根本挣脱不了他的钳制。

展清越见这个嘴上厉害得跟个女流氓似的小啾啾，在自己面前变得跟个没见过世面的小女生一样，内心愉悦。

“行不行？”展清越在她耳边轻声调笑。

这个人太坏了！

一直到助理叫他们吃晚饭，宁秋秋的脸还是红的，同时内心又有些懊恼，这有什么好害羞的？作为阅文无数的少女，她应该面不改色地调笑他。

那展清越估计得记仇记到明年。

给他们送晚饭的小池见到宁秋秋醒了，又哭又笑。这三天来她吓都吓死了，那天她和贾含絮的助理在外面等宁秋秋和贾含絮对戏，结果突然被人捂了嘴巴，之后就不省人事了。

等她再次醒来，已经在医院了。别人告诉她，她才知道出了什么事情。

宁秋秋昏睡了三天，她也跟着惊吓了三天，唯恐宁秋秋会有什么意外，她会自责死的。

幸好人醒了。

隔日，由于宁秋秋要安心养病，剧组只有肖导作为代表过来看她。接着宋楚也来了，他来的时候，展清越刚好不在房内。

宋楚难得收起了他傲娇的样子，自责地说："对不起，秋秋，我不应该留你一个人在那里跟她对戏的，我看到她那天精神状态不对，就应该猜到她有阴谋。"

宁秋秋拢了拢头发说："没事啦，这件事情跟你没有一点儿关系，谁也不是预言家，是我自己不够小心。"

宋楚说："那个女人，不知道躲到哪里去了，我派了人去找也找不到。"

"你不用浪费人力了。"宁秋秋说，"等我们把幕后主使揪出来，她自然会跟着现身了。"

宋楚一惊："幕后主使，谁？"

宁秋秋大概给他描述了一下当日的场景，宋楚听完顿时跳脚了："又是那个男人，我非整死他不可，别以为他没留下证据就高枕无忧了，我弄死他这个老变态。"

"你先别掺和。"宁秋秋下意识地看了眼病房门口，真怕这时候冲进来一个记者把宋楚这一点儿都不像"小奶狗"的一面给爆出去。

她继续说："他现在肯定加固防线防止我们这边报复，你先不要打草惊蛇，他一定会受到法律制裁的，现在不急，我们要布下天罗地网，把他抓住！"

这句话从宁秋秋的嘴里说出来，他怎么就不太相信呢。不过想到她的男人，宋楚又觉得有点儿可靠了，问："你们有办法？"

"当然，你不想想我是什么人。"

"喊。"宋楚忍不住嘴贫，"你算什么人？"

"我是你妈妈呀，崽。"

宋楚："滚，不要占老子的便宜！"

宋楚走后，三条又来了。

由于宁秋秋受伤后是保安把她送到医院去的，没有严密的保密措施，尽管消息很快就被展清越的人截了，可关于宁秋秋受伤的各种小道消息还是出现在了网上。

不少媒体和粉丝都跑到她住的那家医院，严重耽误了医院其他病人的正常就医，医院的电话也变成了热线，影响极其不好。

直到展清越赶到，把她秘密转移到本地的一家私人医院才消停。

可是她受伤的消息没办法消停，有各种乱七八糟的小道消息瞎传，无法遏制，她的工作室出来澄清也无济于事。

甚至还有营销号造谣说宁秋秋正躺在ICU（重症监护室）里，还没脱离危险。

宁秋秋本人不站出来，粉丝们就会担心，所以三条让宁秋秋发个报平安的消息。

看到那些营销号造谣，宁秋秋真是无语了，幸好宁父、宁母平时不怎么关注娱乐圈的事情，不然非得被这些人吓出心脏病不可。

于是宁秋秋当着三条的面发了条微博。

宁秋秋："谢谢大家的关心，我已经没事啦，受了点儿轻微的小伤，拍拍灰尘，我又是这座山最虎的妞！”

三条被她的文字逗笑了，说：“你让我不要给你立大力人设，自己倒把人设立得死死的。”

“这顶多算彪悍好吧。”其实宁秋秋想写这座山最靓的妞，但没好意思，就改了个形容词。

不过，说起大力人设，宁秋秋想到那个不知是梦是真的情景里那个男子的话，好像说她的这个技能会失效，后面又说送小福利，也不知道哪个真哪个假，回头要试一下。

虽然这个技能很鸡肋，可关键时刻帮了她不少，重要的是让展清越醒来了，宁秋秋还是有点儿舍不得它的。

《我的校霸女友》只剩一个多星期的拍摄进程就杀青了，现在因为宁秋秋出事情，完全打乱了计划。

而且原本贾含絮后面还有戏份儿，出事后，贾含絮再也联系不上了。现在导演肖声又从宁秋秋口中得知贾含絮陷害了她，可戏已经拍到尾声了，想要换女配角重新拍显然不现实。

肖导和编剧合计了一下，干脆把后面的剧情改一下，贾含絮的角色后期加配音，再把她前期拍的一些镜头剪辑到后面，可以圆过去。

由于宁秋秋受伤，肖导便先把其他配角的戏全拍了，把宁秋秋个人的戏集中到几天内，等到她身体恢复，一次性全部给她拍完。

宁秋秋住院观察了一天，确定没有什么事情后，便可以出院了。展清越原本的意思是让她先回 A 市休养一周，等身体全好了再来拍。

可宁秋秋想先拍完再休息，不然不但耽误大家的进度和行程，她内心也牵挂着，玩不舒服。

宁秋秋执意如此，展清越也不勉强她了。

展清越有工作要忙，加上要研究怎么以最狠的手段先把范阎良这根钉子拔了，把他狠狠地踩入深渊，无法再爬起来，所以要先回 A 市。

出院后，展清越跟宁秋秋一起去酒店，陪她最后一晚。

宁秋秋住院这几天都是小池帮她擦身子，她感觉自己都臭掉了，所以一回到酒店，第一件事情就是先去把自己洗得香香的。

由于她手指上的伤口还没恢复，碰不得水，展清越给她的每一根手指上都缠上了保鲜膜。

他做事情很细心，也很有耐心，在不弄疼她的前提下把她的五根手指都缠得严严实实，而且还挺有艺术感，一点儿都不丑。

“去洗吧。”展清越把她的手指包裹好，说。

宁秋秋把自己的五根被保鲜膜裹住的手指在展清越面前晃了晃，笑着问：“你看像不像那啥？”

由于在医院时宁秋秋的挑衅，正直的展总难得想歪了，喉咙一紧她这是……在暗示他什么？

“五个小矮人。”宁秋秋笑嘻嘻地补全说。

展清越："……"

宁秋秋洗完后，展清越又帮她吹好了头发，随后帮她拆手上的保鲜膜。她漂亮的手指白皙修长，被图钉刺出来的伤口虽然已经结了痂，可由于刺得深，伤口还是有点儿可怕。

当时她孤身一人，还被下了药，面对几个五大三粗的变态男人，内心有多绝望。想想她一下下地把自己的手指刺伤，企图用痛楚来刺激神经，展清越心里一阵刺痛。

他忍不住低下头，把她的手指放在嘴边，含住指尖，轻轻地亲吻。

宁秋秋不自在地动了动。

"弄疼你了？"展清越抬眸。

"不是。"宁秋秋的脸红彤彤的，也不知道是被水蒸气蒸的，还是羞的，她埋下头，"就……这个动作好奇怪啊。"

满脑子乱七八糟的东西！

展清越盯着她那宽松睡衣遮掩不住的一片春光，声音喑哑地说："还有更奇怪的，秋秋。"

宁秋秋正要抽回自己的手不跟他玩时，却被展清越拦腰抱起来放床上，随后他欺身上去。

他目光沉沉地看着宁秋秋说："本来想等起码订婚了以后，可秋秋，我等不及了。"

有这么多人觊觎他的小白菜，他等不及了，想把她做成自己的盘中餐，一口口地吃入腹中，让别的小野猪再也拱不到。

宁秋秋知道接下来要发生什么。

她的脸一瞬间变得绯红，虽然很早她就有这个准备，可在真正的实践面前，心脏还是忍不住怦怦怦地跳，血压一路狂飙，让她整个人都忍不住轻轻地颤抖。

偏偏某人宣告了这么一句话后，还很绅士地问："可以吗，秋秋？"

我可以拥有你吗？

宁秋秋一点儿都不想回答这个问题，可某人绅士地坚持着，并不进行下一步动作，仿佛她不点头或者摇头，他就要这样一直跟她耗到海枯石烂。

她知道，只要她摇一下头，展清越绝对就会尊重地放开她，像个耐心的猎手，蹲伏到她点头答应为止。

"我……"面对某人灼灼的目光，宁秋秋甚至不敢跟他对视，只能垂下眼眸说，"我有点儿害怕。"

"别怕。"展清越低哑着声音，俯下脸，克制地亲吻她的嘴角，说，"不要怕。"

宁秋秋闭上眼，双手勾住展清越的脖子，亲了上去。

双唇才触碰到，就收到了对方热烈的回应。

展清越虽然经常挤对她，但在感情上对待她是绝对的温柔，每次亲吻都让人舒服柔适，让人忍不住沉溺其中。

可这个吻，因为情动，带有几分占有的粗野，仿佛要将她吞入腹中一般。他丝毫不给她喘息的机会，宁秋秋觉得自己像条搁浅的游鱼，被摁在缺氧的岸边，在窒息的边缘来回游动。

宁秋秋被迫承受着对方动情的一吻，感受着来自这个男人的满满的渴望，仿佛发酵到极致的一坛烈酒，散发着醇厚又沁人心脾的味道，让人忍不住绷紧神经。

不知何时，她的手已经变成了紧紧抓住对方衣服的姿势，像是抓住了最后一根救命的稻草，才不至于昏厥过去。

“放松……秋秋，放松……”展清越喘着气在她的耳边低声呢喃、诱哄，双手却已经不给她任何后退机会地解开了她的睡衣。

展清越的手部皮肤并不像她的一般细腻，带着男人特有的粗粝，刚接触到宁秋秋的肌肤，就让她软成了一摊水。一股股陌生又熟悉的电流直冲脑髓，让她的脑子炸开了花，只能随着男人的动作而做出最原始的反应。

夜色渐浓，重重的黑暗包裹着整个房间，只留下床头一盏暗黄微弱的暖灯，见证着这床上发生的一切。

宁秋秋感受到展清越的身体离开片刻，知道他在干什么，却微眯着眼不敢看，待到他重新覆下来时，已经是最为直接的肌肤相触，好不容易清明些的脑子，又开始陷入新一轮的空白中。

二人脸上已经满是薄汗了，如同在一个热气蒸腾的桑拿房，把一切压在最心底的渴望都蒸发出来，在空气里缭绕。

“秋秋，我爱你……”他俯下身，亲吻了一下她的眼皮。

宁秋秋微微一怔，这是他第一次说这句话——我爱你。

她想说，我也爱你，可还没通过迟钝的神经反应到嘴上，展清越已经坚定而果断地吃掉了属于他的小白菜。

他好坏啊，这是宁秋秋唯一的念头。

他真的好坏好坏，比黑心洋葱还要坏。

可是，这么坏的男人，她却依旧喜欢他、爱他，为了他，她愿意把自己的一生彻底地交付在这个于她而言本来应是过客的世界里，交付给他。

夜还很漫长。

最后，宁秋秋累得一根手指都动弹不得，任由展清越帮她洗好了澡抱回床上，重新吹干头发，再把她塞回被窝。

宁秋秋几乎是一触到枕头，意识就开始陷入黑暗，准备投入梦乡的怀抱。

可是，恶魔的声音再度在耳边响起，令她浑身一颤。

“今天放过你了。”他说。

宁秋秋差点儿哭了。他不是身体还没痊愈吗？他不是还属于娇弱美人系列吗？为什么他有种吃起人来不吐骨头的凶残感？

第二天，等到宁秋秋醒来时，外面的天已经大亮了。她的意识还在游离，她看着从厚重窗帘里透进来的光，一时不知今夕何夕。

床上只有她一个人，并不能感受到其他人的体温——展清越已经不在床上了。

她记得他要赶上午的飞机来着，难道他不跟她打声招呼就自己走了？

意识到这一点的宁秋秋猛然从床上起来，却因为腰部的酸软重新跌了回去。

昨天的记忆如风卷残云般涌入她的脑袋，令她的脸部迅速充血。

这时，外间响起了低低的说话声，好像是小池的。小池来了一会儿就走了，随后，展清越的鞋子与地面敲击的声音由远及近。

宁秋秋一时间不知道怎么面对他，赶紧闭上眼装睡。

随后，她感觉到一只温热的手覆在她的额头上，随后，某人温热的气息扑面而来——这浑蛋居然想趁着她睡觉占她便宜!

宁秋秋再也装不下去了，睁眼瞪他，对上他笑意盈盈的眼。

“亲爱的专业演员宁小姐，”对方调侃她，“起来吃点儿东西再演，才有力气。”

这时候的宁秋秋小脾气可大了，恃宠而骄地把头埋进被窝，哼了一声说：“不吃。”

展清越看她嘴硬的样子，在床边坐下来，俯身连着被子把宁秋秋整个人圈在怀里，又亲了一下她的脸颊，意有所指地说：“那我们继续做点儿什么再吃，嗯？”

狗男人!

关键是，只是被这么亲了一下，昨晚直冲脑髓的愉悦记忆就争先恐后地翻涌上来，令宁秋秋禁不住浑身战栗了一下。

喂，120吗？我中了一种名为展清越的情毒，还有救吗?

展清越也发现了，轻笑：“这么敏感啊。”

“滚蛋！”宁秋秋把脸埋进被窝里，没脸见人了。

“你太过分了。”宁秋秋闷在被窝里控诉。

“嗯，我太过分了，没考虑到你的身体还没好全。”展清越从善如流地承认了错误，“还疼不疼？”

宁秋秋被他带偏了思路，只当他问她没好全的身体还疼不疼，说：“疼死了。”

“我看看。”展清越语气紧张，把她从被窝里挖出来，“不行我下去买药。”

宁秋秋才反应过来他问的疼不疼是在问哪里，顿时整个人都变成熟番茄了，一脚把他踹走——还真扯疼了他关心的地方。

啊啊啊，好羞耻呀!

最后，宁秋秋无耻不过展清越，被哄着起来把小池送过来的双人份的粥喝了一半。她真的饿了，昨晚她消耗了全部能量，这会儿她能吞下一头牛。

喝完，宁秋秋抚着肚子，开始陷入胖十斤的悲痛中。

她的身体酸痛，比爬了一整天的山还要累，幸好肖声怕她没恢复好，今天依旧让她休息，不然以这个状态，不知道要NG多少场。

“你不是要回去吗？”宁秋秋吃饱喝足，智商开始回笼。

“春宵苦短日高起，改签了。”展清越很昏庸地说，“再陪你一天。”

宁秋秋：“……”

任性啊，展总。

展总虽说得很任性，可丰宜毕竟是新公司，有大把的事情需要他亲自处理。吃完了早饭，展清越用她的电脑把紧要的事情先处理一下，不紧要的等他明天回去再说。

宁秋秋窝在单人沙发上，想看剧本，可一个字都看不进去。身体最娇嫩的地方毕竟是第一次经历这种非人的折磨，她再怎么不去想，一扯一扯的痛感都令她难以忽略。

都是骗人的，小说里都是骗人的！

宁秋秋心里骂了一千遍，可又不好意思跟展清越说，只能尽量不动，忽略不适感。

剧本都要被她揉坏了，宁秋秋挣扎片刻，最后把眼睛从那些密密麻麻的文字上移开，情不自禁地抬头看正在认真工作的展清越。

从她的角度看到的是对方的侧脸，笔挺的鼻子、令女性都嫉妒的长睫毛、微尖的下巴、完美好看的五官，组成男人英俊出尘的侧脸。

他真好看。

宁秋秋对着他的侧脸小小地花痴了一把，这个男人以后就是她的了。

“好看吗？”展清越忽然转头，问她。

“……”宁秋秋被逮了个正着，这会儿她的脸皮如游戏里脱落掉镀层的防御塔，轻薄得过分，一戳就破。

但攻击力还是在的。

“才不呢。”宁秋秋老脸微红，口是心非地说，“就是一张大众脸，一点儿辨识度都没有。”

展清越被她这句话逗笑了，不过，对展清越这种更追求内在美的人来说，外表于他而言是虚浮的东西，于是这话对他毫无杀伤力。

他说：“那这样更好，太出色的话，我怕秋秋没安全感。”

“……”她竟无言以对。

展清越揉了揉发酸的脖子，站起来，走到沙发前。宁秋秋看他过来，警惕地说：“你想干吗？”

展清越见她防色狼一样地防着自己，失笑：“我现在想干吗你也承受不住，我又不是禽兽。”

哼，那可说不定。

宁秋秋见他在沙发上坐下来，忍着身体的不适离他远了点儿，说：“我突然想起来一件很严重的事情。”

“什么？”

“我发过誓的，让你在半年之内碰到我，我就是狗，现在……”宁秋秋满脸坏笑，“汪汪汪，我是狗。”

展清越：“……”

聪明如展清越，一时间也计算不出来，这句杀敌一千、自损也估计有一千的话，到底是他吃的亏多点儿，还是宁秋秋吃的亏多点儿。

第十四章　天雷滚滚

虽然自我损失惨重，可宁秋秋看到展清越那副一言难尽的表情，就很开心。

就算是同归于尽的胜利也是胜利，宁秋秋在心里开心地比了个剪刀手。

不过很快她就开心不出来了。

展清越没跟她计较狗的事情，而且宠溺地摸了摸她的头，继续工作。

片刻后，她的微信收到他发过来的几张图，都是狗项圈。

禁欲半年："看看喜欢哪款。"

宁秋秋："……"

她就知道展清越不跟她计较肯定有鬼。

她看了眼坐在不远处认真看电脑、仿佛事不关己的人，咬牙打字："禁欲一年，今天开始。"

禁欲半年："我给妙妙买个项圈都要让我禁欲，展夫人，这算不算冷暴力呀？"

宁秋秋觉得自己的智商昨天被这个男妖精吸干了，根本说不过他，于是眼不见心不烦地关掉了跟他的聊天框。

退出来后，她看到好友徐娅正在疯狂地 cue 她。

娅娅："姐妹，听说你受伤了，严不严重啊？"

娅娅："快出来，我有大八卦，我忍不住了。"

娅娅："人呢？你有本事上微信，你有本事出来啊。"

娅娅："出来啊，出来啊，出来啊。"

娅娅："啊啊啊啊！"

宁秋秋被她这一连串的消息闪瞎了眼，其中还伴随着表情包攻击。

她们的新剧《飘摇》定档在高考结束，也就是六月八日在柠檬台播出，并在各大网络平台跟播。

宁秋秋："姐妹，你发得我都快不认识'啊'字了。我就受了点儿伤，没事了。有什么八卦让你这么激动？”

娅娅：“季微凉的八卦呀，她有新男友了你知不知道？我听我的一个跟她同剧组的朋友说的，据说是艺星的高层，今天去探班了。”

宁秋秋：“……”

这个剧情是书里没有的。

不是吧，原书的剧情就这么……走歪了？

天地良心哪，她虽然一开始的时候有意无意地挑拨过几次，可男女主角之间的感情完全不会受到影响。

怎么男女主角会突然不在一起了呢？

这样看来，情根深种的展清远有一点点惨。

娅娅：“好像她进艺星后发展得不是很理想，拿到的资源也一般，甚至都接不到什么好剧了，混得比跟那位展家少爷在一起时惨多了。”

娅娅：“会不会是这个原因，她才勾搭上艺星高层的？啧啧啧，我看她平时高傲得和‘白莲花’一样，原来在必要时刻也可以出卖自己啊。”

宁秋秋想说季微凉一开始和展清远在一起，也是抱着报复自己的目的。在季微凉的眼中，估计感情真不值什么钱。

不过徐娅这个说法也只是猜测，或许人家真的是碰上真爱了呢。

宁秋秋：“这么刺激呀，看来她比我们混得风生水起多了。”

徐娅：“对啊！我好酸哪，真的好酸哪。我也想要个厉害的男朋友。”

宁秋秋：“你会找到比她的更好的。”

徐娅：“我可能指望不上了，但是你呀，姐们儿，我把全部的宝都押在你身上了，你一定要找个比她的厉害的，气死她！”

宁秋秋：“……”

攀比之心不可有啊，姐们儿。

然后，宁秋秋给她发道：“我已经有男朋友了。”

她和展清越的事情，大概因为一开始就藏着掖着，所以到了后面真正在一起了，宁秋秋也没和谁说。主要是在一起太久，都有点儿老夫老妻的感觉了，没有那种“我有男朋友了，我要跟你分享”的喜悦感。

徐娅忙问她是谁。

宁秋秋：“就是季微凉前男友的哥哥。”

徐娅：“……”

等到终于和激动的徐娅聊完，宁秋秋忍住扶腰的冲动，尽量控制姿势不怪异地走到展清越面前，骚扰他工作。

展清越把她抱着坐到自己的膝盖上，说：“我就快忙完了，要不要出去走走？”

“不要！”宁秋秋拒绝。她现在走路的姿势跟鸭子似的。

“还是不舒服吗？”展清越把她浓密的头发拨开，把头埋在她的脖颈间，闻着她身上淡淡的清香，问道。

“就是……还有异物感。”宁秋秋不好意思地扭开脸，指责道，“都怪你！”

展清越知道她指的是什么，昨天欢愉的记忆涌现上来，一时间原本已经餍足的身体又有点儿蠢蠢欲动。

可小白菜经过昨天的蹂躏，已经变成了脆弱的小蔫菜，短时间内经不起摧残了。

“咯咯。”展清越掩饰性地咳了咳，说，“多适应几次就好了。”

宁秋秋：“……”

你真是个天才。

第二天，展清越就要回去了。

他订了一早的飞机票回去，宁秋秋也清早就要去片场把最后的几场戏拍完。

去了片场，宁秋秋收到了剧组工作人员和演员们的关心，也收到了好多小礼物。宁秋秋很感动，一个劲儿地说谢谢。

他们剧组本来就很和谐温暖，不知道为什么会出个贾含絮来搅乱和平。

贾含絮自从上次给宁秋秋下了药之后，就再没出现过，不知道藏在了什么地方。但可以肯定的是，她一定过得不好。

宁秋秋不知道范阎良给她灌了什么迷魂汤，会让她愿意帮他做这种事情，完全是在自毁前程。

对于范阎良，假如他们这边找不到直接的证据，展清越以前又没有留个心眼儿让人收集他洗黑钱的证据，可能他依旧可以高枕无忧。

他的范耀星辉做得这么大，并不是十分害怕展清越，也没那么容易对付。

可贾含絮不同啊。贾含絮只是一个小演员，别说展清越，宁秋秋现在都能捏死她，她图什么呢？难道她真觉得范阎良会给她什么吗？

不过，她自己撞在了范阎良这种人的枪口上，估计到后面也已经身不由己了吧。

展清越回到A市，第一时间就是处理这件事情。范阎良这次彻底触到了他的底线，他会亲手把范阎良送入地狱。

他让周扬把收集好的证据全部发给他，又把三条叫到办公室，把证据给她看，三条看完后忍不住捂嘴。

作为遵纪守法的好公民，她也是第一次接触这么黑暗可怕的东西。

“展总打算怎么办？”她问道。

“直接向有关部门举报。”展清越说，“不过我不太确定他会不会有过硬的关系和手段强制把这件事情压下来，所以还要你帮个忙。”

三条忍不住正了正身板，说：“展总请说。”

“把这件事情曝光出去，要全网皆知。无论发生了什么，都不怕威胁，不删除只言片语，让有关部门不得不重视彻查，办得到吧？”

这种事情，他们一旦有了动作，如果没有一下把范阎良踩死，对方就有一万种翻身的可能。敢做这行的人，一般都会有一条强硬的关系链，一旦有异变就会有人通风报信。

而且他们报案后，从立案到彻查估计还要走一段程序，过长的战线容易给对方喘息的空间，其中还有不少阻挠、威逼、利诱，谁也不知道这其中会发生什么。

所以，曝光他，让舆论监督有关部门是最好的办法。

打蛇打七寸，久经沙场的展清越深谙这个道理。

三条的公关手段过关，别的不说，此计可行。

她点头说："我懂了。这件事由我去办，什么时候发？"

"过两天。"展清越说，"等秋秋的戏杀青。"

尽管他在宁秋秋身边已经加强防护，但担心有的人狗急跳墙。

三条表示懂了："那我去预备公关。"

由于宁秋秋的身体还没完全康复，即便赶着杀青，肖导也不敢过分地把拍摄安排得太紧凑，怕她吃不消。

他情愿迟两天杀青，也不能得罪展清越。这个人看着挺平易近人的样子，被触及底线后，却可怕到令人心悸。

这种人的女人，动不得。

宁秋秋准备背水一战的，结果却被过分轻松的拍摄搞得有点儿不适应，以为是展清越和导演打了招呼，但展清越说并没有，肖声说为了追求质量，宁秋秋只能含泪跟着拖。

她的半个月假呀，被这么压缩到还剩十天了！

《我的校霸女友》杀青的前一天，三条又过来了，接宁秋秋回去的同时顺便帮她应付明天的应酬。明天剧组的重要人物肯定都会过来，经纪人必须在身边。

三条受展清越所托，给宁秋秋带来了展家厨娘做的白切土鸡。看宁秋秋开心地拍照炫耀，对于这对连这点儿恩爱都要秀的男女，三条已经淡定了，只能嘱咐她："小心胖。"

"……"刚拍完照秀完朋友圈准备吃的宁秋秋手一滞，好恨。

三条看她一脸郁闷，又觉得自己这句话挺过分的，笑着说："我开玩笑的，没事，你还能再胖一点儿，吃吧。"

宁秋秋把最大的那个鸡腿夹给三条，笑眯眯地说："谢谢条姐。"

"可别。"三条不敢接，"这个展总肯定是留给你的，我吃了的话这个月的工资就没了，代价太大。"

宁秋秋："……"

他有这么恐怖吗？

由于一整只鸡有点儿大，宁秋秋让小池把其他两个助理也叫过来一起吃。白切土鸡是展家厨娘的拿手菜，土鸡肉紧实，又嫩又滑，鸡肉香味浓郁，吃得人满嘴流油。

吃完，小池收拾东西，三条跟宁秋秋说工作上的事情。

"下部剧我已经帮你选好了，仙侠剧，我待会儿会把剧本发到你的邮箱。这部剧也是IP改编的，虽然不像《我的校霸女友》那么热门，不过胜在制作班底很强，还是我们公司投资的，经费有保障。"

“什么时候拍？”宁秋秋问道。

“暂定八月初，具体时间还没定下来。”

宁秋秋点头，这个时间可以接受。

三条给她制定的发展路线很明确，就是以作品为主，其他的真人秀和广告商演，都是在于精而不在于多，保持她的热度就行。

《我的校霸女友》最后一场戏是男女主角结婚，二人历经各种分合离愁，终于走到了一起。戏的最后，他们互相交换戒指，男主角亲吻女主角的额头，然后准备好的礼花绽放，便宣告剧终。

“过了。”肖声看完回放说，“恭喜宋楚、秋秋，正式杀青。”

大家欢呼成一片，今天不仅仅是主演杀青，也是整部剧杀青。剧组的重要工作人员几乎到齐了，宁秋秋收到了导演、制片等人的各种鼓励恭喜的话，也收到了其他人的各种小礼物。

三条指挥助理一起把提前准备的礼物搬过来，发给大家。

大家在一个剧组待了三个月，感情都很深厚，有的人还舍不得地哭了。宁秋秋被他们的情绪感染了一下，也有点儿悲伤。

“送你的。”身上还穿着新郎服的宋楚抱了个半米高的小猪佩奇布偶给宁秋秋，说，“祝你早日碰到小金人，走上人生巅峰，成为像小猪佩奇一样的社会人。”

“都什么年代了，还玩这个‘梗’？”宁秋秋被他逗笑了，随后正经地说，“谢谢啊，你也一样。”

“你送我的礼物呢？”宋楚看她没有送他东西的意思，瞪她。

宁秋秋：“忘了。”

宋楚被噎了一下，随后跳脚：“你这个抠门儿的女人，我要曝光你！”

宁秋秋轻笑，把手里握着的东西递过去。那是一个普通的红色小锦囊，比她的巴掌还要小，宋楚饶有兴致地接过来：“这么袖珍，难道是黄金？”

“平安符，保佑你平安的。”宁秋秋不知道她的那些符纸以后还有没有用了，但已经养好的符还是有用的，这个就是之前养的。

“你还迷信这个？”宋楚撇了撇嘴，“看在你这么诚心、亲自为我去求的分儿上，我接了。”

宁秋秋看他嫌弃的样子，敲他的头：“这个大事不顶用，小事什么的还是管用的，起码你出门不会踩狗屎。”

宋楚：“……”

杀青宴安排在晚上，能去的人都去了，弄得非常热闹，剧组还请了媒体过来，大家一直闹到很晚才散场。

他们本来安排明天返程，可宁秋秋在今天下午的时候，看到晚上十一点有趟回A市的飞机还有票，一冲动就……

所以，杀青宴结束后，宁秋秋马不停蹄地赶往机场，准备给展总一个小惊喜。

A 市离她拍戏的城市也就一小时的航程，可她到家也已经快一点了。到了家门口，宁秋秋感慨了一下自己的任性，同时想到等下能见到展清越了，又很开心。

明明才分别几天而已，她就已经迫不及待了。

她以前都不知道，自己原来这么喜欢展清越。

她到底喜欢他什么呢？她也不知道，大概是展清越身上的优点太多了，吸引人吧。

虽然他经常很过分，挤对她，还坑她。

宁秋秋进了展家的院子。因为她提前跟管家讲了，告诉他她会回来，让他不要把门反锁，不要告诉展清越，要给展清越惊喜。

至于最后到底是惊喜还是惊吓，就看展总的心理承受能力了。

宁秋秋是从小客厅的门进去的。家里静悄悄的，宁秋秋连灯都没开，直接用手机灯照明，上了三楼回自己的房间洗澡，然后偷偷溜去展清越的房间。

展清越的房间门只有一道识别，由于他身体的原因，他并没有反锁的习惯，怕突发什么问题，外面的人进不去。

五月初的天气还有点儿凉，宁秋秋尽量轻手轻脚地打开展清越的房门，展清越的房间一片黑暗，宁秋秋用手捂住手机灯，留着一点点余光，摸进展清越的房间。

宁秋秋感觉自己像个贼，采花贼。

展清越正在床上熟睡着，宁秋秋把手机灯关了放床头柜上，随后摸黑轻轻掀开他的被子，钻进去。

展清越的被窝里很温暖，而且带着他特有的气息，宁秋秋躺进去，感觉浑身的毛孔都在争先恐后地舒展开来。

谁知才舒展一半，她突然被一股大力扯了过去。宁秋秋吓了一大跳，紧促地叫了一声，就被堵住了嘴，熟悉的味道笼罩住了她整个人。

这个吻也不算温柔，两个人正值甜蜜时期就被迫分开，如今见面，理所当然会有点儿思之欲狂。

宁秋秋承受着展清越雨点般的密吻，一直到对方的手开始不安分，抵着他肩膀的手才轻推他："喂——"

展清越惩罚性地咬了一下她的嘴唇："半夜偷袭，嗯？"

说完，他长手一伸，打开床头灯。

"想给你个惊喜呀。"宁秋秋纳闷儿地说，"你什么时候醒的？"

"你进来的时候。"展清越恋恋不舍地从她的身上下来，把她往怀里带了带，回答她。

可是她真的没弄出什么动静啊，一点多正是人类睡得最熟的时候吧："你也太警醒了。"

展清越："属马的。"

还有这种说法？宁秋秋把头埋在他的肩头上，问他："提前一天能见到，开心吗？"

"我还能更开心。"展清越声音微哑，手暗示性地在她的腰际来回摩挲。

宁秋秋脸颊微红："很晚了。"

"没事。"展清越贴近她。

宁秋秋："……"

既然这么晚了赶回来，宁秋秋自然知道要发生点儿什么的。二人小别胜新婚地折腾了一番，一直到三点多了，才洗完澡沉沉睡去。

宁秋秋再醒来已经是第二天了。

展清越今天还要去上班，本来他一般六点半起床，然后锻炼、吃早餐，但锻炼的活儿在凌晨已经提前完成了，便睡到七点十五分才起来。

宁秋秋听到他起床的动静，也从床上爬起来。展清越刚穿好了衣服，准备打领带，看她起来，过来亲了一下她，说："还早，再睡会儿。"

"不行，等下要去机场。"虽然她累得不行，那个地方依旧强烈不适，但工作不能落下。

展清越一怔："又要飞？"

"去摆拍。"宁秋秋吐了吐舌头说，"条姐把我的行程放出去了，今天会有粉丝去接机，我不能缺席。"

她不是要走就好，展清越心情愉悦起来，把领带递到她的手中，问："会吗？"

他今天估计要出席什么正式的场合，穿了一身挺括的西服，包裹着他修长好看的身材，连带着漂亮的脸都多了几分严肃。

可惜，宁秋秋说："我只会系红领巾，可以吗？"

展清越："……"

宁秋秋也懊恼自己不会啊，这种言情小说里必须出现的经典场面，她居然是煞风景那一个。

她发誓，一定要学会，让展清越对她刮目相看！

吃过早饭，展清越去上班，宁秋秋则回房间打扮好，赶往机场，准备摆拍。

可是去的路上，宁秋秋收到一个晴天霹雳，她的追文小号"掉马甲"了！

关于"掉马甲"，宁秋秋也很意外，但这怪不得别人，因为是她自己操作失误。

昨天，她坐车去机场的时候收到三条给她发的消息，《我的校霸女友》官方让她帮忙转发宣传《我的校霸女友》的杀青微博。

出于礼貌，对方还给了稿子，当然用不用随宁秋秋。

于是宁秋秋登上微博。她的大号关注了五百多个微博号，从关注的人里找《我的校霸女友》官微和在主页找官微发的微博都不现实，所以她一般都是直接搜索，点进去，然后转发。

可能当时宁秋秋要回家，心情太过兴奋了，恋爱使她的智商减去 250，于是她根本没思索什么，就复制了对方给的稿子，转发。

但过了一会儿，她察觉出不对劲了。本来她一转发，就应该有很多评论和转发跳出来的，为什么今天都没动静？

宁秋秋这才反应过来，自己用错号了。中午的时候"月球产粮专用"更新了，她答应不脱粉要追下去，不看也要意思性地去支持。

所以，她用的是"月球党头顶地球"那个号。

但问题不大，官方给的内容中虽然带了“很高兴能演明歌这个角色”几个字，可昨天的杀青微博转发都快过万了，她一个小号混迹其中，很快被压了下去。

万一是反串黑或者粉丝恶搞呢？而且微博才发出去不到两分钟。

于是宁秋秋默默地删掉了微博，换大号转发，用的也不是官方给的稿子，而是自己写的祝福的话。

本来她以为就这样蒙混过关了，没料到她的运气那么背，刚好她转发的微博被一个黑粉看到了，更背的是，那个黑粉的男朋友是计算机系的一名尖子生。

于是，宁秋秋的这个号就被扒 IP 了，结果和她大号的 IP 完全对得上。

甚至清明节的时候，她用大号发完清明节相关的微博，又切了小号，在“月球产粮专用”发的清明祝福底下回复，这时候刚好在展清越家……

两个 IP 一模一样。

加上昨天小号转发杀青微博的截图，铁证如山。

呃……

于是她就这样可耻地“掉马甲”了。

这件事情在微博上还没有闹大，就被宁秋秋的团队捕捉到了，团队正在紧急公关中。

可是明星小号被扒这种事情太喜闻乐见了，不少看到新闻的人兴奋地扒起“月球党头顶地球”这个号的底细来。

不过有点儿令人失望的是，宁秋秋的这个小号既没有拉踩其他明星，也没有骂脏话、泼脏水一类的历史，甚至连微博都没发过两条，根本没有什么大料。

就在“吃瓜”群众失望之际，有人从宁秋秋关注的超话里找到了重点——那个“待月登球”的超话是宁秋秋和展清越的 CP 超话！

她居然嗑自己和展清越的 CP！

这个“瓜”可大了。更令人兴奋的是，这个小号正在追一本超话连载的《霸道秋爷俏展总》的文，这位作者的每条微博底下，都可以看到宁秋秋的留言！

这个发现太刺激了，如果不是公开恋情，就是宁秋秋自己 YY（幻想）人家呀，怎么说都是一个“巨瓜”。

“吃瓜”群众 1：“所以宁秋秋的高中同学的爆料是真的？”

“吃瓜”群众 2：“连自己的 CP 都嗑，不觉得很羞耻吗？”

“吃瓜”群众 3：“不嗑自己和男朋友的 CP 才叫奇怪吧，我也嗑我和我男朋友的 CP 呀。”

“吃瓜”群众 4：“是不是男朋友还不好说呢，说不定是宁秋秋单方面 YY 人家展总呢！啧啧啧，那可就刺激了。”

“吃瓜”群众 5：“嘻嘻嘻，期待宁秋秋工作室的回应。”

回应，宁秋秋一时间也不知道该怎么回应，感觉自己抬不起头来见人了。

三条那边也已经听到了风声，给宁秋秋发了微信消息，让宁秋秋先不要有动作，等她下飞机了再说。

宁秋秋答应着，突然想到一件很严重的事情。她马上上了之前为了追文摸进人家 QQ 群的那个号，在群里找到作者，添加她为好友。

所幸作者并没有关闭好友添加，宁秋秋在验证信息里写道："月球党头顶地球。"

在等通过的时候，宁秋秋又联系了公司的公关部门，让他们想办法把从超话里转载出去的《霸道秋爷俏展总》全部删掉，虽然作者强调了谢绝转载，但是肯定会流出去一部分的。

让他们做这种事情的时候，宁秋秋是十分羞耻的，可羞耻归羞耻。其实她追这种文被爆出来并不可怕，大不了抵死不认，"甩锅"给助理，都是可以的。

可是，这篇小说里，从第二十一章开始就打开了新世界的大门，内容露骨又香艳。这件事情万一闹大，作者十有八九会受牵连。

看这个写文的估计也就是个小女生，年纪说不定比宁秋秋还小，正值青春美好的年纪，受牵连对她的影响不可估测，宁秋秋不想因为自己连累无辜的人。

QQ 上，作者已经通过了宁秋秋的好友请求，她的 QQ 名叫西也。

西也："天哪！"

西也："秋爷？"

西也："肯定不可能。你有什么事呀，小可爱？"

宁秋秋给她回道："你把你微博里的全部内容都清空，特别是从第二十一章开始，有转发的也私信告诉他们删掉，不然闹大了会出问题的。"

西也："我已经删掉了，一听到风声马上删了，谢谢小可爱的提醒。"

西也："所以你真的是秋爷吗？还是相关的工作人员哪？

宁秋秋肯定不会暴露自己的，于是回："请叫我好人。"

西也："……"

很快，车子到了机场，宁秋秋和刚下飞机的三条会面。

"条姐，我又给你惹麻烦了。"见到三条，宁秋秋主动地乖乖认错。

"先不说麻不麻烦，"三条利落地说，"等下出去如果有媒体问起这件事情，千万别接话。这件事情已经压下去了，我们暂时采取不回应、不主动承认的策略，下午微博会有个更大的料爆出来，你的这件事情就会被盖过去了。"

他们的公关部给力，早早地捕捉到了这个信息，没让有心人利用起来，知道的人并不算太多，所以宁秋秋没必要特地去回应，慢慢地引导舆论，把这个变为一个谣传。

"什么料？"宁秋秋好奇地问。

"范阎良洗黑钱的，下午会爆。"

"哦。"宁秋秋对这个并不感兴趣，确切地说，她听到范阎良的名字都作呕。

不过他终于要恶有恶报了。宁秋秋握拳，这种人，无论哪个姑娘嫁给他都是倒霉，趁早让他倒台，还少祸害一个人。

"所以，"三条又问，"你真的在追你跟展总的文？"

宁秋秋："……"

条姐，原来你也这么八卦呀。

宁秋秋可耻地点头，又弱弱地狡辩："最近没追了，太雷了。"

“没事，看看小说有助于放松心情、调剂生活，我不干涉，下次你小心点儿就行。”三条意味深长地拍了拍她的肩膀说。

别看展总这个人平时看着挺温和的，其实本身比较强势，心思也比较深，反正宁秋秋肯定不会是他的对手。

三条猜测，宁秋秋平日里总被展清越欺压，所以才看这种口味奇特的文来调整心态，想象自己是个强势又强大的女人，展总依附于她，以此寻求心理平衡。

想及此，三条对宁秋秋多了几分同情，谁让她跟的是展清越这种人呢？

宁秋秋完全不知道自己被三条同情了一把。她们统一好了口径，在保安的保护下，一起走出去。

由于是在A市，这次接机的粉丝规模达到了一个空前的状态。不但有粉丝，媒体记者也来了不少，有一些是了解到宁秋秋小号这件事情特地赶过来的，想从她的嘴里撬点儿什么出来。

所以宁秋秋一露脸，立刻就有挤到前面的媒体记者问：“秋爷，月球党头顶地球的那个号真的是你的吗？”

“啊啊啊，秋爷。”

“秋爷我爱你呀。”

“小啾啾，我想死你了，呜呜呜。”

媒体记者的话刚问出来，粉丝一片尖叫，立刻就把他的话淹没了。

媒体记者：“……”

宁秋秋微笑地跟他们打招呼。

可能是宁秋秋人设的原因，她的粉丝特别能叫，根本不给媒体问宁秋秋的机会，声音一个比一个大。加上宁秋秋的忽略，一直到宁秋秋坐上车，媒体记者都没找到机会。

一些专门来挖八卦的狗仔都要气死了，只能愤愤地写一下：“宁秋秋的粉丝没组织、没秩序，接机搞得跟去菜市场一样。”

坐进车里，宁秋秋深呼了一口气。这可太刺激了，刚刚如果不是她的粉丝尖叫，她被正面问到，可能会出现避无可避的场面。

而且，她越是逃避，越是显得心里有鬼。

“这届粉丝好给力呀。”宁秋秋感叹，默默地给他们点了个赞。

“条姐特地嘱咐的。”小池在一边插话说，“我让后援会会长嘱咐粉丝们要叫大声点儿，让你感受一下他们的热情。”

宁秋秋：“……”

后续的公关问题三条会处理，“掉马甲”这件事情就这样神不知鬼不觉地逃避过去了。宁秋秋意外之余，拍了拍胸口，不用丢脸就好，希望展清越那边没听到风声。

由于怕狗仔跟踪，车子并没有把她送到展家，而是送去了宁家。

温玲一个多月没见女儿，并不知道她身上发生的事情，只知道她拍戏受了点儿小伤，本来还有点儿心疼。

然而温玲看到宁秋秋没瘦反而胖了，顿时不心疼了，眉开眼笑地招呼三条、小池进家里坐，感谢她们对宁秋秋的照顾。

三条和小池坐了一会儿便告辞了，宁秋秋留下来陪温玲。温玲说："你也那么久没回来了，晚上叫清越来家里一起吃个饭。"

这个要求不算过分，宁秋秋答应了，在微信上给展清越留了言。展清越估计在忙，没回她。

中午，宁秋秋和温玲一起吃过午饭，正准备回房间小睡一下时，接到了小池的电话。

"秋秋姐，大……大事不好了。"

小池一连说了好几个"大"来强调事情的严重性，宁秋秋心一紧："什么大事？"

"展先生公开你们的关系了！"

宁秋秋："……"

她的耳朵好像出了点儿问题。

公开关系？！

展清越完全没有提前跟她打过招呼啊！他不是这么任性而为的人吧。

宁秋秋傻眼："你是不是弄错了？"

"没弄错，就是刚刚发生的事情，有视频，我发到你的微信？"

"好，你发给我。"

挂了小池的电话，宁秋秋打开微信，收到了小池发过来的视频。

宁秋秋颤抖着手点开。

视频里，率先出现的就是展清越清俊的脸，他穿着一身挺括的西服，没错，就是他早上穿的那身。

他貌似刚参加完什么会议，正从一个酒店出来，跟一群同样西装革履的人握手告别后，步履平稳地走向门口的车。

然后镜头一阵晃动，有人跑过去拦下了展清越。

"展总，早上女星宁秋秋的小号被扒出来，她不但嗑您和她的 CP，甚至公然追你们的同人文，光明正大地 YY 您。请问您对此有什么看法？"镜头前的记者语气急促地问。

原本准备上车不理睬他们的展清越一顿，看向那个提问的人："YY？"

展清越冷漠他盯着记者，显然非常介意这个用词。

那个记者估计快被他盯出心脏病来了，不敢正视他的目光，硬着头皮等他回答。

只见展清越冷冷一笑："她是我的女朋友，请注意你的措辞。"

宁秋秋："……"

展清越说完话就上车了，周扬随后坐上去，问道："展总，需要……"

"不用。"周扬的话还没说完，展清越打断他说，"让他们发，事后给他们点儿苦头吃就行。"

虽然这个女记者的提问令展清越十分恼怒，但公开关系嘛，唉，他也是护妻心切、迫不得已是不是？只能被迫公开了。

但是，敢用这种词编派他的小啾啾，记仇如展清越肯定不会放过他们的。

周扬跟在展清越身边那么久，自然很懂他的心思，说：“我知道了，展总。”

展清越打开手机微信，看到了宁秋秋给他发的留言，让他晚上去宁家吃饭。展清越故意没理，很期待宁秋秋知道他们的关系被公开后的反应。

“那个记者的提问是怎么回事儿？问一下发生什么事情了。”展清越收起手机，吩咐周扬。

他们开了一上午的会，并不知道外界的事情，加上宁秋秋的授意，没人敢主动跟展清越汇报这件事情。因而要不是那个记者的提问，这件事情肯定不会被展清越知道的。

周扬很快就把一手消息整理出来了，包括宁秋秋的小号“掉马甲”事件、公司的公关策略、她那个小号的所有“恶行”，以及……她追的那篇文。

看到那个书名，一向淡漠有分寸的周扬都忍不住当着老板的面憋笑。

现在的网友，可真是太有才了。

展清越看到那个书名，一时间也心情复杂。

不过他很快就淡定了。他平时总是“欺负”宁秋秋，她看点儿这种文来“脑补”一下自己很厉害的样子，以寻求心理安慰，无可厚非。

展清越点开那篇文看。

他们手上也只有那篇文的截图，展清越不懂这些网络小说的乐趣，特别是看了一下开头，感觉文里的宁秋秋和现实里的她差距有点儿大，看了半天也没看到自己出场。

于是展总耐心告罄，吩咐周扬说：“把这篇文打印出来，送到我的办公室。”

这样子方便他查阅。

记者那边自以为搞到了大料，很快就把这个视频发出来了。“宁秋秋男朋友承认恋情”的词条很快上了热搜，其热度坐火箭一样地往上蹿，估计很快要爆。

众人第一反应就是：天哪！

第二反应：宁秋秋男朋友护妻的样子好帅气好有男人味啊！

第三反应：不对，宁秋秋的男朋友是谁啊？什么背景？为什么这么眼熟？！

大家“吃瓜”的速度非常快，很快关于展清越的一手资料全部被找出来了，很多之前没吃过宁秋秋高中同学爆料的那个“瓜”的网友，纷纷表示被宁秋秋男朋友的背景闪瞎了眼。

此人太牛了！

于是，其他各种相关词条全部上了热搜，本来早上被压下去的“掉马甲”事件也重新被挖出来，关于她的小号关注自己 CP 超话和追自己同人文的事情，像鞭尸一样地呈现在众人的面前。

“关注自己和男朋友的 CP 超话，宁秋秋很喜欢她的男朋友吧。”

“好甜哪，我这个宁秋秋的黑粉都被甜哭了。”

“追同人文什么的，真是又羞耻又刺激呀。所以，谁能把那篇同人文的资源发给我？想看！”

"同求同人文资源。"

虽然上午宁秋秋让公司的团队大规模扫荡后删掉了网上的同人文，可这仅限网络上的，人家手机里存的他们删不掉。

于是，又有人开始顶风作案发资源……

宁秋秋知道消息稍微滞后一点儿，她得到消息的时候，热搜都已经有了。她没有第一时间去问展清越，而是先看了一下微博的热搜，看了一圈，心脏病差点儿犯了。

这届的网友，手上的"瓜"比她自己还多。

她心塞地关掉了微博，又看展清越没回她微信，估计他这会儿还在忙，于是给他发消息。

她先拍马屁。

宁秋秋："展爸爸，你好帅啊。"

宁秋秋："那些记者也太讨厌了，连你都盯上了，给你造成麻烦了。"

宁秋秋："对不起。"

过了一会儿，她接到了展清越的电话。

"喂，你忙完啦？"宁秋秋弱弱地问。

"嗯。"展清越应了一声，随后口气认真地说，"秋秋，是我想公开关系，你不用说对不起，要说也是我说，是我给你造成了麻烦才对。"

哎？宁秋秋瞬间原地满血复活："真的吗？"

"骗你做什么？"展清越轻笑，"我恨不得向全世界宣告你是我的家养啾，别人觊觎不得。"

宁秋秋："……"

家养啾是什么鬼？展总，你从哪里学来的新词啊？

不过，听到这话，宁秋秋的内心顿时被甜蜜占满了，美滋滋的。

展清越和宁秋秋说着话的时候，赶到公司来的三条敲门进来。展清越跟宁秋秋说了拜拜，挂了电话，问："有事吗，三条？"

"这个问题应该是我问您才对，有事吗，展总？您想公布恋情，起码提前打个招呼吧。"

她今天以为"掉马甲"的事情就这样过去了，连个水花都没怎么扑腾起来，她又一次完美地解决了公关危机，才松完一大口气。

谁知她的老板，神不知鬼不觉地给她憋了个大招。

而且，展清越明明搞了个这么大的新闻，也不提前跟她打声招呼，把她弄得措手不及，三条气得都想要撂挑子不干了。

"抱歉。"面对三条的愤怒，展清越从善如流地道歉，"当时我太气愤了，才那样说。"

可是您说了，可以阻止他们发出去呀！三条在内心咆哮。

这明明就是您想公开，怕我阻止，才故意不提前打招呼的吧！

三条猜对了展清越的心思，可不敢说，只能卖惨说："展总，您能不能行行好，放过我的心脏？它真的要被整出心肌梗死了。"

展清越知道这次有点儿不厚道，于是继续卖乖："我向来我行我素惯了，下次会注意。"

这句话已经很给面子了，三条知道现在追究也已经没用了，更要考虑的是怎么解决后续的问题。

她说："现在否认也来不及了，那我干脆直接让秋秋发微博宣布恋情，没问题吧，展总？"

刚好，宁秋秋的第一部作品《飘摇》也要上线了，可以借此宣传一波。

想及此，三条心里稍稍安慰了点儿。

展清越点头，显然很满意她的这个决定，说："范阎良那个，今天就先不爆了，别抢了风头。"

"好。"三条抽了抽嘴角。风头，这个词真是道出了展总此刻的内心。

三条才出去，周扬就把展清越要的东西整好拿进来了。

周扬有职业病，给老板的东西，不但要做到让老板挑不出毛病，而且要简洁明了，一眼看得到重点。

所以，利用午休时间，周扬不但把图片转成了文字，还把每一章的标题全部列出来，做了个目录，这样方便展清越阅读。

看到其中一些标题，周扬一瞬间以为自己看错了，点进小说里看，发现没有搞错。于是这位淡定的助理先生，也被雷得久久没能回神。

他感觉自己老了，跟不上年轻人的步伐了。

周扬挣扎了一下，最后还是没把目录页抽掉，一起送进了展清越的办公室。

他把一沓装订好的纸放在展清越的办公桌上，说："那本书的文稿，展总。"

两分钟后，展总看了几遍，才确定对方没搞错名字。在这篇文章里，真的是宁秋秋属于……他的那个角色，而他属于宁秋秋的那个角色。

开始深度怀疑人生的展清越打开电脑，找到了靠谱的解释。

展清越被这个设定惊得瞠目结舌。人类的想象力实在是太丰富、太可怕了，连这种设定都想得出来。

宁秋秋追这种文，是不是说明她……也有一颗这样的心？！

展清越笑了，她有一颗喜欢主动的心，挺好的。

想了想，他把标题和小说拍下来，在微信上发给宁秋秋，又问："展夫人，敢问这篇文章的原理是什么？"

宁秋秋："……"

她这会儿正在想怎么在微博上承认恋情，显得又文艺又能把"狗粮"撒到每个人的嘴里，看到展清越给她发的这个"灵魂拷问"差点儿哭了。

展清越最终还是看到了她追的那篇文。

宁秋秋感到十分羞耻，比被呈现在众人面前还要羞耻。

这会儿她该怎么办，装傻？以展清越的智商，她恐怕装不成功。她假装没看到？晚上等他回来面对面算账更羞耻。

最后，宁秋秋决定说实话。

宁秋秋：“不知道。我也很好奇，展总你那么聪明都不知道吗？”

她是真的不知道，当时看到被雷得差点儿脱粉了好吗？

没想到展清越看完后，居然没被雷死，宁秋秋很想采访一下他此刻的感受。

可是她不敢。

展爸爸：“不如问问作者？”

他还要把作者找出来问，那作者估计看不到明天的太阳了。

宁秋秋相信展清越要是想找，估计真能把作者揪出来。

宁秋秋：“就是个设定啦，就跟穿越、重生这些一样，作者估计也不知道，问了也没用。”

展爸爸：“那倒也是。”

宁秋秋看到这条消息，松了一口气。

展爸爸：“我有一万个理由怀疑，这篇小说是你本人写的，表达了你内心全部的真实想法。”

宁秋秋：“什么？”

我不是，我没有，爸爸，我冤枉！

面对展清越的怀疑，宁秋秋只得把上午和“月球产粮专用”的QQ聊天记录发给展清越，才使他相信这篇文不是她写的。

展清越最后给她发了个微笑的表情，让宁秋秋感觉脖子一凉。

宁秋秋现在很后悔，非常后悔，为什么会没事去追什么同人文？追文一时爽，“掉马甲”火葬场。

而且不仅展清越怀疑同人文作者是她本人，很多“吃瓜”群众也这样认为。

微博上，“宁秋秋男朋友承认恋情”的热搜已经爆了，其他跟宁秋秋有过合作的男星比如方谨然、宋楚也被拖出来鞭尸。

甚至连范阎良都有，不过他的热搜上一次，宁秋秋这边撤一次，就是不让这个词条出现。

宁秋秋的微博已经炸了。

她的最后一条微博是《我的校霸女友》杀青的官宣转发微博，就是害得她“掉马甲”的那个，底下的评论区已经被“吃瓜”群众侵占了。

“‘掉马甲’微博合影。”

“月球党头顶地球！嗑自己和男朋友CP的秋爷真是太可爱了。”

“看完《霸道秋爷俏展总》，被雷到了。妈呀，宁秋秋居然好这口，现实里肯定也是个女强人吧，同情展总。”

“破小说真打开了我新世界的大门，不过月球CP很冷门吧，居然还有超话和同人文，我严重怀疑是宁秋秋自己一手建的超话，同人文也是她YY的产物。”

“同样觉得同人文是宁秋秋自己写的，和她微博平时的风格很像。”

“宁秋秋真猥琐，每天 YY 和自己的男朋友这样那样，哕。”

“全世界只有我没看过同人文了吗？微博、百度都搜不到啊，求资源，啊啊啊！”

评论里怎么说的都有，但呼声最高的就是宁秋秋自己写同人文，于是“宁秋秋自己产粮”的词条也上了热搜。

宁秋秋：“……”

羞耻度 max。

幸好“月球产粮专用”站出来澄清，发了微博表示自己不是宁秋秋，不信的可以查 IP。

生无可恋的宁秋秋总算得到了点儿安慰。要真让全网都觉得这篇文是她写的，她一头撞死得了。

宁秋秋被搞得情绪起伏不定，内心已经淡定不了了，公布恋情的微博也没好好写，就发出去了。

宁秋秋：“这是一条回应恋情的微博。（图片）”

宁秋秋用的图片是清明扫完展清越爸爸的墓后，宁秋秋随手扯了野草编成草戒戴在手上拍的。

由于宁秋秋的手工水平不佳，编不出人家狗尾巴草戒指的水平，还被展清越嫌弃了。宁秋秋强迫他，他才肯戴上跟她一起拍照留念。

这张照片现在刚好拿出来用。

本来大家也料到了宁秋秋会发微博公布恋情。“狗粮”已经吃撑了的他们，对于这条微博并不是太感兴趣，评论里都是粉丝或者圈内的朋友发的祝福话语。

不过，他们俩一个是豪门的当家人，一个是富家千金兼明星，公布恋情的图用的居然是草戒。

大家又快乐起来了。

“哈哈哈哈，这张图，狗尾巴草的爱情吗？”

“什么狗尾巴草，这肯定是几千万一株的绝世仙草！”

“豪到深处自然穷，我信了。”

“你们懂什么？秋爷这是在告诉我们，他们的爱情朴素真实，不建立在金钱之上，不贪慕荣华，不拜金物质，金钱只是生活的背景板……我编不下去了。”

“有钱真好，有钱真好，有钱真好。”

宁秋秋不知道人家怎么把这张图和“有钱”二字扯在一起的。不过看到终于没人提她小号的事情，于是她掩耳盗铃般告诉自己他们的忘性很大，小号事件很快就过去了。

微信上，宁秋秋收到了各方消息的轰炸。

特别是徐娅，激动得跟自己公开了恋情似的。

娅娅：“啊啊啊，展总这波操作满分！太秀了！帅炸了！关键是他主动护妻公开恋情，一看就是非常爱你，有没有？季微凉这一城扳不回来了。”

娅娅：“不对，季微凉已经没资格跟你比了，这次你完全把她打败了！”

宁秋秋：“……”

攀比之心不可有啊，姐们儿，下次季微凉搞个大新闻，你岂不得吐血三升？

宁秋秋把朋友们的问候都回了，一下午几乎是抱着手机过的。

但她发现了一个问题，一向最关心她八卦的晶晶居然没给她发消息，也不知道是工作太忙没看到，还是有别的什么原因。

宁秋秋主动给晶晶发消息。

宁秋秋："嘀嘀嘀，你的小可爱出现了！"

没一会儿，晶晶就回过来了。

马屁晶："小可爱亲一个。"

宁秋秋："你看起来好心虚，是不是做了什么对不起我的事情？"

马屁晶："没有，我对宁小姐的忠心天地可鉴，你信我。"

有问题，晶晶绝对有问题。

可是宁秋秋又想不出来晶晶有什么问题，难不成她是作者？不可能吧，QQ 上那个作者的聊天口吻，并不是晶晶的风格。

不过，晶晶如果是作者，宁秋秋一点儿都不惊讶，毕竟从头到尾最支持她和展清越的，晶晶排第二，没人敢排第一。

宁秋秋："晶晶啊，我最近看到了一篇我和展总的同人文。"

马屁晶："不是我写的。"

宁秋秋："我又没说是你写的，不要此地无银三百两啊，晶晶小姐。"

马屁晶："我感觉周扬喜欢我。"

宁秋秋："……"

姐们儿，你这个话题转得是不是有点儿生硬了呀？

可这个话题宁秋秋也感兴趣。

宁秋秋："那你喜欢他吗？"

马屁晶："不知道，没底，有点儿怪怪的。"

一个死对头，突然有一天给你暗示，表示他喜欢你，这本来就是一件很奇怪的事情啊。

宁秋秋："周扬挺不错的，人很优秀，据说在卓森超级受欢迎，小姑娘们看到他都会忍不住脸红的那种，尝试一下？"

马屁晶："嗯。"

宁秋秋："所以，展清越今天跟我说，要把我们同人文的作者找出来谈谈人生。"

马屁晶："真的不是我！我举手发誓。"

宁秋秋："那你紧张什么？"

马屁晶："啊啊啊，我答应她不能说的。宁小姐，呜呜呜，你那么善良，又是菩萨心肠，而且真情实感地追过文，能不能让展总不追究了呀？她知道错了，正在深刻反思写检讨中！"

宁秋秋懂了，不是晶晶写的，但是她是同谋，说不定是素材提供者。

果然，这个晶晶不正常的时候一定有鬼。

宁秋秋已经把她看透了。

马屁晶：“我承认超话是我建的。”

宁秋秋：“……”

“待月登球”的超话，因为二人关系的公开，俨然成了越秋党的天下。宁秋秋今天还去看了一下，一口气涨了六万粉丝，热闹得和菜市场一样。

她一时间不知道该说点儿什么了。

郁闷地结束了跟晶晶的聊天，宁秋秋发现外面已经日暮西山了。

傍晚，展清越下班后，开车到宁家去吃饭。

宁父的下班时间是六点，比展清越迟一点儿，温玲开心地跟展清越聊天。在温玲的面前，展清越礼貌矜持，什么都没显露。

等温玲去厨房看看招待未来女婿的晚餐做得怎么样时，他的本来面目立刻暴露了。

他微笑地拍了拍身边的位子：“坐过来，秋秋。”

“……”你让我坐过去我就坐过去，多没面子呀。

于是，宁秋秋坐了过去。

可她刚挪到展清越的身边，屁股还没碰到沙发，就被展清越一把抱住，坐到了他的大腿上。宁秋秋紧张地叫了一下，推他：“等下我妈就出来了！”

在妈妈的面前坐在男朋友的大腿上，比“掉马甲”还羞耻。

她羞耻心的承受能力已经到极限了。

展清越不但不听，还把手放在她穿着轻薄丝袜的腿上，说：“秋爷在公共场合动手动脚地调戏我不是很厉害吗？”

宁秋秋：“……”

她当然不会在公共场合对展清越动手动脚，但小说里的她会啊，小说里两个人一起去看宁秋秋电影的首映，她都要摸人家的大腿和腰。

但是，这跟她又有什么关系？你不要代入感那么强好吗？

“你别闹。”宁秋秋压低声音警告他。

大概是神经太紧张了，展清越放在她腿上的手触感特别明显，他手上的热量透过丝袜传到她的腿上，让她忍不住心跳加快。

以至展清越的手动了一下，宁秋秋就下意识地夹紧腿，随后反应过来自己的动作，顿时红了老脸。

“真敏感。”展清越轻笑。

“你浑蛋！”宁秋秋推开他站起来，往厨房跑，刚好和出来的温玲撞上。

温玲看到她的脸通红，好像懂了什么，把她往客厅推，给她使了个暧昧的眼神，说：“你们继续，你们继续，我不打扰你们了。”

宁秋秋：“……”

展清越说：“不打扰，我跟秋秋没聊什么。”

我只是动了下手脚而已。

温玲说："我懂，我懂，我去看看你们爸回来没。"

宁秋秋："……"

你又懂了什么？我怎么没懂？

幸好宁父很快就回来了，展清越没再找到动手动脚的机会，一家人愉快地吃了晚饭。温玲听说他们过两天要出国度假，就不让宁秋秋回去。

宁秋秋不回去，展清越当然也留下来，让家里人送了睡衣和换洗的衣服过来。

可是宁秋秋巴不得展清越回去，展清越看过那篇小说了，肯定还要继续用这个"梗"调侃她。

而且，她的房间……过年期间温玲给她贴了一墙壁的东西，由于她回来住的时间不太久，这些东西就没被收拾掉。

可是她没理由说服展清越不住在这边，趁着他正被宁父拉着泡茶讲话时，她赶紧回房间把那些乱七八糟的东西全撕了，因为没地方丢，就把东西一股脑儿先全部塞在床底下。

看着干净如初的房间，宁秋秋拍了拍手，完美。

晚上，二人一起回宁秋秋的房间。

展清越来过宁家几次了，但还是第一次踏进她的闺房。

出乎展清越的意料，宁秋秋的房间完全就是一间公主房，淡金色调，欧式装潢，各种装饰都是蕾丝的，奢华梦幻，和宁秋秋在展家的房间风格完全不同。

展清越沉思一秒，说："看来我还是不够了解你。"

真的不了解，原来他的秋秋少女心这么严重，他感觉自己好像亏待宁秋秋了。

"没有没有，这是少女时期的爱好了，现在口味早变了哈哈哈。"宁秋秋干笑。

这个房间的装潢完全是原主的爱好，宁秋秋刚开始住的时候觉得很梦幻，甚至有点儿兴奋，但她不太习惯住这么豪华的房间，总觉得睡得不踏实。

"嗯，现在已经是秋爷了。"

"……"咱能不能不提这个"梗"啊？

可是，大概是今天一天都羞耻过头了，以至于脸皮发生了质变，再次升级，宁秋秋居然没觉得多难为情了，甚至问他："你真把那篇小说看了呀？"

"大概看了一下。"

宁秋秋顿时来了兴趣："什么感觉啊？分享一下呗，大佬！"

她真的对于展清越这种直男看到自己的同人文，还看到被她压了这么可怕的设定时的感觉超级感兴趣呀，她都觉得雷人，展清越应该觉得雷翻天了吧。

展清越抽了抽嘴角，敲她的头："去洗澡。"

嘁，这个人真小气。

宁秋秋揉了揉被他敲的地方，拿了衣服进浴室洗澡。原主的内心住着个小公主，连房间里的浴缸都是浅粉色的，看起来非常可爱。

她放好水，刚脱了衣服剩条小内裤时，浴室的门忽然被拉开了。

她房间里浴室的门是推拉门，不带锁的那种。

展清越走了进来。

这个狗男人一定是故意的！

虽然早被看光了，可宁秋秋还是下意识地双手环胸。展清越看到她的动作，轻笑：“又不可观，遮那么严实做什么？”

不可观，不可观，不可观，宁秋秋心里重复这三个字。

虽然这是实话，但展总你的嘴是不是有点儿毒？

宁秋秋瞪他：“有本事你去找个更大的。”

“那不用。”展清越说，“你刚好。”

这还差不多。

宁秋秋正美滋滋时，看到展清越开始脱衣服，顿时警惕地看着他说：“你……你干吗？”

宁秋秋感觉，是自己亲手给展清越打开了新世界的大门。

不然明明以前那么内敛含蓄、跟她同床都能坚持原则不碰她的人，为什么会突然这么……不要脸？

他也不是不要脸，就是跟以前的他相差太大，让人有点儿招架不住。

为什么会这样呢？明明前后才隔了一个多月啊！

这个澡洗了快两小时，等终于洗好躺床上时，宁秋秋快感动哭了。累得筋疲力尽的她躺在柔软的被窝里，几乎立刻陷入了梦乡。

可总有人爱扰人清梦，宁秋秋刚要睡着，展清越从背后抱住她，轻唤：“秋秋。”

宁秋秋的回答是伸出手，直接往他的脸上招呼。不过由于展清越在后面，宁秋秋没找准位置，只拍在了他的下巴上。

这么暴躁，展清越知道她肯定被折腾累了，想睡觉嫌他烦呢。可展清越并不打算放过她，说：“你是不是想要个孩子？”

宁秋秋的意识终于清醒了点儿，她说：“不要，我还是个宝宝。”

展总，您不能因为看了遍小说，就把小说人物的思想往我身上带啊！

而且，证还没领，你想得美呢，哼。

展清越轻笑，亲了亲她的脖子，说：“我知道了，睡吧。”

第二天，展清越一早去上班了。宁秋秋躺在被窝里，腰酸背痛，浑身像被卡车碾轧过一番，难受得牵一发而“痛”全身。

而且，回想起昨天晚上在浴室的一幕，宁秋秋的脸就烧成了红得发紫的黑布林。

太可怕了，小说真是太可怕了。

如果宁秋秋有那个文采，以后要写自传，写这段经历时，一定要把它加入三大后悔事件中，以警示子孙后代，千万不要看自己和男朋友的同人文，要看也一定要谨防“掉马甲”。

展清越走了之后，宁秋秋又睡了个回笼觉，一直到被电话铃声吵醒。

宁秋秋一开始还打算不理的，可对方锲而不舍，第一遍结束又打来了第二遍。

不得已，宁秋秋拿起手机，看来电显示是宋楚，接起电话说：“干吗呀崽崽？知不知道放假大清早打人电话吃方便面会没料包的？”

“我不吃方便面，不怕，哈哈哈。”宋楚得意地狂笑。

“……”可恶！

宁秋秋：“没事我挂啦。”

“别别别，姐，秋秋姐。”宋楚的嘴一瞬间比抹了蜜还甜，他用他特有的小奶狗似的软糯声音说，“拜托你个事儿呗。”

“你说。”

“我这不是和人合伙开发了一个手机直播平台嘛，就……嘿嘿嘿，你懂的。”

宁秋秋懂，他是要她去直播平台帮他拉人气。

宋楚好像自从上次表白事件受了刺激后，就开始发愤图强了，不但回去跟他同父异母的弟弟抢家产，甚至现在都开始搞副业了。

这个直播平台就是他努力的成果。

宁秋秋立刻找到了扳回一城的机会，得意道：“叫个好听的，我就帮你。”

“你要点儿脸！反正我不管，你跟你的男人公开，我都发了祝福，作为回馈，你必须做这次直播。”

宁秋秋：“……”

到底是谁不要脸？

“等我从国外回来吧，我明天晚上走，去玩一周，可以吧？”

“别啊，你现在热度这么高，那啥，就……你懂的。”

不，她不懂。她现在正在风口浪尖，而且“掉马甲”事件太羞耻，宁秋秋都还没缓过神来，直播不是给人看笑话吗？

“要不，这周日？”宋楚弱弱地建议。今天才周二，等到周日已经过去好几天了，只要她不再被扒出什么，热度早掉了。

“可以吧，可我在国外，能直播吗？”

“能能能，我们的直播平台全世界都行，这是卖点之一，贼溜。”

宁秋秋：“……”

挂了宋楚的电话，宁秋秋跟三条汇报了此事。

三条听完，含笑说：“可以，露露面，粉丝们应该挺想见你的。”

“……”可她不想见他们。宁秋秋心里那个苦啊，要不是对方是宋楚，她肯定不会帮这个忙的，恨不得隐退几个月让大家彻底忘记此事。

宁秋秋说：“这算是我们私底下的朋友互相帮个忙，他那边如果有工作人员跟你对接酬劳的问题，就直接拒绝。”

“嗯，我知道。”三条说，“记得顺便可以宣传一下《飘摇》，还有二十几天就播了，这是你的第一部剧，一定要让大家看到你的实力。”

三条对于宁秋秋的这部剧非常重视，究其原因，就是宁秋秋没有作品，虽然宁秋秋在《飘摇》里是个女二号，但三条看过样片，一部红没问题的。

宁秋秋：“好。”

去国外度假是之前就定好的，他们租了栋临海的别墅，可以尽情地享受七天。而且在外国，宁秋秋就是个普通人，不用担心有狗仔什么的，没有什么比这更能让人快乐了。

他们是在第二天展清越下班后走的。明明走的时候是晚上，到了目的地依旧是晚上，给人一种时间混乱的感觉。

由于坐了十多个小时的飞机，加上时差，二人都草草地洗了下澡就休息了。

第二天清晨，宁秋秋还在睡觉，就被展清越吵醒："去看日出。"

只想继续睡觉的宁秋秋嘟囔："日出有什么好看的？有我好看吗？"

展总寻思着宁秋秋小姐经历了一次"掉马甲"事件，脸皮变得更加厚实了，说："你加日出最好看。"

宁秋秋才不受他花言巧语的欺骗。

展清越见她实在太困，就没执意叫她了，自己起床穿好衣服。他每天都要锻炼，把身体恢复到最佳状态，所以即便宁秋秋不去看日出，他也要下去锻炼的。

临走前他又看了眼把自己蒙在被子里、跟个小孩子似的宁秋秋，好笑地过去把她头上的被子拉开，又问："真不去？"

宁秋秋哼唧了几下，转身继续睡。

不过，等到展清越走了，宁秋秋却睡不着了。这会儿国内的时间是傍晚，不是她生物钟的睡眠时间，她被吵醒就很难睡过去了，看了一下外面天还蒙蒙亮，索性也起来去看日出。

她洗漱好穿了一身运动装出去，从别墅门口的院子里穿出去，再走一小段的石阶路，就是沙滩。

虽然太阳才露出一点点，可天已经很亮了。由于是别墅附近的私人沙滩，除了住在这片别墅区的人，没有别的人能进来，所以海滩上的人寥寥无几，宁秋秋一眼看到了展清越。

他的旁边居然站着一个妹子！

没错，就是妹子，金发碧眼，看起来好像在跟展清越交谈。

宁秋秋并不介意展清越交女性朋友，因为此人很有分寸，和异性都会保持距离。可宁秋秋见他们似乎在边聊天边一起看日出，顿时酸了。

揣着一肚子的酸水，宁秋秋走过去，等还有几步远的时候，故意咳了两下引起他们的注意。

二人一起回头看她，那位妹子高挑好看，气质很好。宁秋秋礼貌地冲她笑了笑，随后看向展清越，说："很有闲情嘛，展总。"

"她就是我的女朋友，秋秋。"展清越跟对方介绍说，他用的是……中文。

那个妹子居然听懂了！

"哇，你的女朋友真好看。"妹子磕磕绊绊地用不熟练的中文说着，又冲宁秋秋笑："你好，秋秋，我叫林黛雯，我最喜欢黛玉、晴雯。"

宁秋秋："……"

这名字也太传神了，取名功夫令人敬佩。

展清越亲昵地拍了拍宁秋秋的头，又牵住她的手，解释说："这位林小姐很喜欢中国文化，见我是中国人，就跟我聊了两句。"

"对，对。"妹子竖起大拇指说，"你的男朋友，很棒。"

宁秋秋说："谢谢。"

他们交谈间，太阳已经出来了，外国妹子自觉地不做电灯泡，便告辞了，临走时还让他们可以对着刚升起的太阳许愿，很灵的。

等到外国妹子走了，展清越放开宁秋秋的手，温柔地说："有什么愿望，快许。"

"才不。"宁秋秋说，"对着太阳许愿，求太阳吗？"

展清越："……"

他的小啾啾的脸皮果然升级了。

这句话太露骨了，光天化日之下披着一层人皮的展总还是很正经的。他装作没听懂，伸手揽住宁秋秋的腰："吃醋了？"

"没有！"宁秋秋口是心非。

展清越把放在她腰间的手收紧，说："我对爱情很忠诚的，你放心，自始至终只有你，不会有别人。"

宁秋秋当然知道展清越是这样的人，他对待女性都是礼貌又客气的，距离保持得刚刚好，一点儿遐想的空间都不会给人家。

可听他这样认真地解释，宁秋秋心里甜甜的，主动抱住他说："我也一样。"

说完，宁秋秋抬起头，想要跟展清越接吻，却被展清越避开了。

展清越不自然地说，"这里人太多了，我们回屋里。"

宁秋秋："……"

哪里人多了？这海滩上统共也没有二十个人。

而且，接个吻而已，展总你那天在浴室里的时候不是挺坦然的吗？

她被展清越的保守震惊了。

这跟他霸道总裁的气质一点儿都不符。

看完日出吃完早饭，二人的度假之旅开始。他们来之前并没有刻意制订计划要去哪里玩，而是到了地方挑着想去的地方玩。

这样才不会显得行程满满的，度个假跟出差似的紧赶慢赶。

事实证明这个决定很正确，他们几天玩下来都很享受，而且不累。

转眼到了周日，宁秋秋答应了宋楚要开直播，由于时差问题，她是早上起来开的直播。

由于事先宣传过，加上宁秋秋公开恋情的热度还有余温，来看直播的人特别多。宁秋秋在北京时间九点一出现在直播间，iPad 差点儿就被里面刷出来的弹幕和礼物卡死。

她不是第一次开直播了，轻车熟路地跟大家打了招呼，回答了弹幕里最多的问题：她现在在哪里？展总是不是和她在一块儿？

大家知道展清越是跟她在一起后，开始拼命刷弹幕。

"啊啊啊，我要见展总，求让我见展总！"

“一人血书求见展总，给您磕头了，砰砰砰！”

“放我见展总，我想要吃一吨的‘狗粮’，两吨也行。”

“展总！展总！展总！”

宁秋秋都被刷得快要不认识“展总”两个字了。展清越就露过一次脸而已，帅则帅，但有什么好见的?

可粉丝们实在太执着，甚至有土豪拼命刷礼物、高级弹幕和世界弹幕说要见展清越。

最后宁秋秋妥协说：“他现在估计在书房处理一些工作上的事情，那我们就去打扰他十分钟，好不好？”

观众顿时开心了，满屏幕都被“好”字刷满了。

宁秋秋是在房间里直播的，于是拿着 iPad 去楼下的书房。

“他就在里面。”宁秋秋指了指门，对屏幕说。

大家刷“快敲门”。

宁秋秋如他们所愿敲了敲门，得到里面的应允后打开门，朝展清越晃了晃 iPad 说：“我在直播，大家表示想看你，可以吗，展总？”

展清越轻笑：“来吧。”

宁秋秋走过去，在展清越的椅子旁边弯下腰，把摄像头对准自己和展清越，说：“你跟观众打个招呼吧。”

于是展清越一本正经地冲着屏幕说：“各位观众，你们好。”

粉丝们顿时被展清越的一本正经逗到了，弹幕刷得都要看不清了，但无一不是在夸展清越帅、夸他声音好听一类的。

拼命滚动的弹幕中，宁秋秋看到了一条。

“哇，这个声音，是池鱼大神！”

宁秋秋很奇怪。

之前展清越公开恋情的时候，也在视频里说过话，但可能是那天酒店门口有风，导致声音有点儿失真，并没有网友怀疑他是池鱼。

反倒是今天，他一开口说话就被认出来了。

她知道上次她和展清越一起玩游戏直播，展清越凭着出色的操作吸引了不少粉丝，粉丝甚至还建了个关于他的超话。

但这都过去有半年时间了吧，居然还有人一下就听出了他的声音。

不过这条弹幕很快就被淹没了，并没有引起大家的注意，宁秋秋就没理。

她把 iPad 放到桌上架好，去搬了个凳子坐在展清越的旁边，回头看到弹幕都在刷“坐在大腿上，我们要看秋爷坐展总的大腿”。

宁秋秋：“……”

她在温玲的面前都不好意思坐大腿，在这么多观众的面前坐大腿，不但热搜要炸，还会因为不文雅被人 diss 到死吧。

“坐大腿就别了。”宁秋秋把凳子放在展清越的旁边坐下来，说，“展总他身娇体弱，承受不住我的重量，是吧？”

她转头看展清越，展清越含笑，没揭穿她。

然后弹幕就刷让展清越坐她的大腿。

这些人问题很大。

不过，宁秋秋逗展清越：“展总，他们让你坐在我的腿上呢。”

“那更不行，我会心疼。”展清越反问她，“你忍心让我心疼？”

展总，其实你是“狗粮”批发商吧？要放平时宁秋秋肯定要皮一下的，可面对这么多观众，宁秋秋摇头道：“当然不舍得呀，疼在你心，痛在我身，一样一样的。”

观众：“……”

你们敢更旁若无人一点儿吗？

宁秋秋看他们终于不起哄了，松了一小口气说：“你们有什么话想问或者想跟展总说的，赶紧哪，时间还剩七分钟了。”

说完，她又用胳膊肘儿撞了下展清越：“你跟他们互动一下。”

听到可以和展清越互动，弹幕顿时兴奋了，各种问题都被问了出来，其中刷得最多的一句话就是：“展总，你看过《霸道秋爷俏展总》吗？”

宁秋秋：“……”

你们是对家派来搞我的吧？

展清越一开始还正经地回答了他们几个问题，最后发现满屏幕都被《霸道秋爷俏展总》刷满了，没法儿无视了。

“《霸道秋爷俏展总》啊，”展清越见避无可避，在众人的期待下淡淡地说，“看了一下，看不懂，就不看了。”

“展总，你快继续看！”

“特别精彩，您在里面特别帅，强烈建议您去看。”

大家拼命地刷书里的情节，还有骗他去看的，一时间根本没有正经的弹幕。

展清越看他们起哄，拉起宁秋秋的手，在镜头前晃了晃说：“人已经是我的了，再多小说都不如牵在手里实在。”

突然被宣示所有权，宁秋秋想到面对那么多的观众，有点儿害羞地说：“你好肉麻呀。”

弹幕瞬间被转移了注意力。

“哟哟哟哟，秋爷居然害羞了。”

“啊啊啊啊，你看这碗‘狗粮’，它又香又甜。”

“继续互动不要停，我想吃‘狗粮’！”

“亲一个！亲一个！亲一个！”

“民政局我给你们搬过来了，请你们原地结婚。”

“结婚哪。”展清越看到那条弹幕，说，“那要等我求婚成功。”

“……”宁秋秋瞪他，你是不是唯恐天下不乱哪？

果然，大家顿时开始起哄让他现场求婚。

“这不行。”展清越轻笑着揉了一把宁秋秋的头发，“我什么都没准备，这样求婚太委屈秋秋了。”

并不是展清越不想求婚。

展清越之前就有这个想法，他骨子里有点儿传统，觉得自己应该负起这个责任。

可宁秋秋说她还想再多享受一点儿恋爱的感觉，他们确定关系才那么一小段时间，都没谈够恋爱，怎么可以就一步到位了？

所以结婚什么的，起码要到今年年底。

“好了好了，时间要到了。”宁秋秋看他们闹哄哄的，赶紧准备掐断展清越跟他们的聊天，“最后一分钟，你们还有什么想问的？没有我走啦。”

观众听说他们就要看不到展总了，就抓紧时间提问。正在这时，估计是刚刚听出展清越的声音是池鱼本尊的那个粉丝去叫了帮手来，又带了一波节奏。

“展总你是《魔阙》里的那个池鱼大神吗？”

“听声音好像池鱼呀，真的是池鱼大大吗？”

“呜呜呜，终于等到你，还好我没放弃。”

“啊啊啊，池鱼我喜欢你呀！”

“……”宁秋秋刚以为这个劫已经躲过去了，没想到又刷了起来。

听声识人，这届观众实在太优秀了。

展清越看到他们问，大方地承认说：“对，我是池鱼。”

半年过去了，很多人都不知道池鱼是谁，所以展清越承认他是池鱼后，弹幕上很多人在莫名其妙地求科普池鱼是谁。

虽然观众不知道，但是互联网有记忆。

大家随便去微博上搜一下池鱼，就有各种关于这个昙花一现的男人的新闻跳出来。

了解到情况的众人倒吸一口冷气，纷纷发出一声感叹！

那个被宁秋秋称为六十元钱一小时请的陪练，技术犀利、意识强悍、走位风骚到一度被《魔阙》玩家奉为大神的人，居然就是展清越！

半小时后，“展总承认是池鱼”的词条上了热搜。

他之前在游戏里各种“吊打”人的视频也被找了出来，供人瞻仰。

“我已经尖叫不动了！我感受到了人与人之间的差距。”

“展总告诉我们一个道理：优秀的人在哪个领域都很优秀，反之也成立。”

“宁秋秋说池鱼是淘宝六十元请的代练这件事情坑了很多人吧，都不站出来解释一下吗？”

“确实坑，我看到有的人为了找出池鱼还挨家淘宝店地找，疑似是的就花钱请过来试。”

“哇，宁秋秋居然还坑粉丝，出来挨打！”

“黑子”们本来看到宁秋秋有个这么优秀的男朋友，都快要成“柠檬精”了，看到陪练这件事情，瞬间觉得自己找到了黑点，跑到宁秋秋的微博底下去刷。

宁秋秋刚好发了条微博。

宁秋秋："我作为主演之一的电视剧《飘摇》将于六月八日在柠檬台开播……"

她居然借着热度宣传自己的新剧。

不过"啾毛"们看到宁秋秋终于出作品了，都很高兴，评论一下子全被她的粉丝占据了，那些"黑子"的言论都被压在了底下。

黑粉：好气！

借着宁秋秋的恋情公开事件和"掉马甲"事件，展清越在网上的热度一路狂飙，比那些网红还备受关注，甚至在卓森集团的大楼门口还有记者和粉丝徘徊。狗仔们蹲不到老板，就抓他们的员工来采访，影响非常恶劣。

不得已，卓森的官微发了微博，表示他们的老板暂时不在国内，员工们也几乎接触不到他们的老板，让大家不要去门口蹲点，影响其他员工正常上班。

展清越也没料到自己掉了一个几百年前的小"马甲"，会受到这么多的关注。他并不喜欢被过分关注。

刚好，之前范阎良的那个大料还没放，展清越便让三条择了个黄道吉日放了，转移众人的注意力。

果然，国内又引起一阵轰动。而且范阎良这个人的黑料不少，这个证据一放出，不少恨他的人跟着放出他的黑料来，凑出了一个香喷喷的超级"香瓜"，大家一下子就遗忘了展清越，开始吃起范阎良的"瓜"来。

宁秋秋看范阎良一时间成了人人喊打的过街老鼠，范耀星辉更是大受影响，其股票一度跌停，有关部门强势表示会介入调查，绝不姑息，才终于解气了。

由于范阎良这件事情，展清越是池鱼这件事情的关注度一下子小了很多。

但也还有人关注，比如唐宇，也就是天下第一锤，在微信上狂 cue 宁秋秋。

唐宇："你怎么不告诉我池鱼就是他呀？！"

唐宇："我去！我居然还邀请他一起玩游戏，还抢过他的女朋友，啊啊啊啊！"

唐宇："他不知道我是谁吧？"

宁秋秋看到唐宇的消息就纳闷儿了。她跟展清越提过这位少爷，但展清越看着不像是认识唐宇的样子，怎么看唐宇的样子好像还挺怕展清越的？

宁秋秋："你和他认识？"

唐宇："以前，就是他出事以前，一起吃过两次饭。"

宁秋秋："那你怕他做什么？"

吃个饭而已，展清越还不至于这么凶神恶煞吧。

唐宇："就是第二次的时候，我让一个姑娘坐他的旁边，调侃他都是成年人了，不要那么保守，不像个爷们儿。"

宁秋秋："……"

这不是在找死吗？居然说她的展爸爸不像个爷们儿。

她兴致勃勃地问："然后呢？"

唐宇："然后他说我对爷们儿的词义理解不正确，爷们儿不等于流氓，还说我的文化不过关，让我爸请了个语文老师，把我关起来，整整给我上了一个月的课。”

宁秋秋快被展清越这报复手段笑死了，这其实等于变相禁足唐宇一个月，而且唐宇看上去就不是喜欢读书的那种人，脑袋好像又有点儿不好使，可以想象那一个月他有多惨。

宁秋秋顿时舒爽了，让你嘴贱，活该！

唐宇：“听说你接了《王者召唤师》的代言是吗？”

由于宁秋秋那个直播的带动，《魔阙》又顺势火了一把，开始有游戏代言找上门来，其中不乏一些挺出名的游戏。

宁秋秋和《魔阙》就签了半年的时间，现在合同期已经过了，可以接新的游戏代言了，三条最后看中了《王者召唤师》这款国内外知名度都很高的MOBA（多人在线战术竞技）手游。

《王者召唤师》即将上线新版本，邀请宁秋秋做代言人，已经谈下来了，等宁秋秋回国去签合同。

宁秋秋：“对啊，你别跟我说你还没死心呢！”

唐宇：“不不不不，饶了我。”

唐宇：“这款游戏七月底会举办周年会，我们俱乐部《王者召唤师》分部的战队也收到了邀请，他们会安排表演赛，每年都会请代言人去打表演赛，你要是去了，记得选我们战队啊，我们贼强，带你‘躺赢’。”

宁秋秋：“……”

不是，她怎么不知道这件事情？

她根本不会打这个破游戏呀。

宁秋秋让三条去问一下是不是有这么回事儿，一问还真有。不过对方的负责人说，宁秋秋只需要打表演赛，战队带着赢的，会基本操作就行，娱乐至上，他们要的是节目效果。

你们都不怕砸了招牌吗？

显然他们是不怕的，甚至疯狂暗示宁秋秋可以带展清越一起，出场费绝对比《魔阙》那边给得高。

他们还知道《魔阙》给了展清越出场费？

不过，宁秋秋忽然想起展清越年轻时的梦想是做一个职业电竞选手。

她突发奇想，不如借此机会给他一个圆梦的机会，让他和那些专业的战队一起，酣畅淋漓地打一场最接近他梦想的比赛。

刚好八月初就是展清越的生日。

刚好这两个月，她的行程很轻松。

宁秋秋打定主意，跑去楼上找展清越。他们轻松愉悦的度假之旅将要结束，傍晚就要返程，用人在进进出出收拾东西。

展清越正坐在靠窗边的沙发上，面对外面蔚蓝的大海，翻阅一本满是英文的书。

“怎么了？”展清越见她脸上都是红晕，看起来很兴奋的样子，把她拉过来问道。

宁秋秋直接坐在他的腿上，与他面对面，双手搂住他的脖子，懊恼地说：“我新接了一款手游的代言，今天他们才告诉我他们周年庆表演赛要代言人亲自上阵去打的。呜呜呜，我好恨！”

“……”可你为什么看起来好兴奋？

展清越没有揭穿她，双手环住她的腰，跟她同仇敌忾：“这么坑啊？”

“对啊，坑死了。”宁秋秋握拳，“作为大神的女朋友，我不能给你丢脸，对不对？”

展清越故作严肃地点了点头：“好像是这个道理。”

宁秋秋奸计得逞：“所以……”

“所以，”展清越接她的话，“淘宝六十元一小时的陪练要重新上岗了吗？”

宁秋秋嘿嘿一笑，答案不言而喻。

展清越抱着她的手收紧，让她贴着自己，把头埋在她的脖子上，在她的耳边轻声说：“宁小姐亲自要求，在所不辞。”

第十五章　展老师

职业赛场不是玩《魔阙》那种过家家的游戏，不但讲究个人能力，还讲究团队配合。

二人回国后，就把游戏下载下来，宁秋秋对玩游戏几乎零经验，但《魔阙》那款破游戏让她玩出优越感来了。

所以她兴奋地搓手，觉得自己在展清越的带领下，必将 carry 全场。

进入游戏后她就哭了。

《王者召唤师》不像《魔阙》这么简单，《魔阙》只有六个职业，技能也简单，更多的时候靠装备吃人。

《王者召唤师》一共七十八个职业，或者说是英雄，虽然英雄的技能就四个，也很简单，但架不住英雄多呀，不是长期玩的人根本认不过来。

“而且，”展清越说，“你不能只会一个。这是 banpick（游戏中禁止英雄或者选择英雄，禁止英雄指被禁止的英雄无法被选择，选择英雄指被选择的英雄才能参与比赛）游戏，对方有权力禁用你们这边的五个英雄，你们也是，一局共有十个英雄不能选。如果你只会一两个，就会被疯狂针对，所以你必须会好几个英雄，不同的局搭配不同的英雄，才能配合队友把比赛赢下来。”

宁秋秋看着那一排都不知道是什么玩意儿的英雄说：“我现在有点儿后悔了怎么办？”

“你以为打职业比赛有那么简单吗？英雄池只是最基本的要求，你的个人技术、反应能力、团队配合能力，都关系到你这局的胜负。”

“算了。”宁秋秋把手机一扔，“我觉得我还是打娱乐赛吧，难度太大了。”

展清越看宁秋秋还没开始，已经自暴自弃了，起身把她的手机捡起来，拉起她的手，放上去。

“先试试，你有两个多月的时间，只要不是太没游戏天赋，打一下表演赛还是没问题的。”

宁秋秋被他救回来了点儿信心：“真的吗？”

展清越俯身亲了一下她的额头："给你力量。"

"嗷！"宁秋秋把脸凑上去，"我要双份！"

展清越弹了一下她的额头："赢了才有。"

宁秋秋见他要转身坐回去，忽然站起来，在他没反应过来的瞬间，勾住他的脖子，在他的嘴上嘬了一下，放开时还发出叭的一声，嘿嘿一笑："我自己来。"

展清越："……"

二人随后都忍不住被对方的幼稚逗笑了，宁秋秋的心情也放松了许多。宁秋秋重新进入了游戏，按照展清越的指示选了个辅助，去打了一下人机感受一下这个游戏是怎么一回事儿。

宁秋秋一开始进去连路都不会走，一个地图那么大，也不知道要往哪里走。虽然游戏里有提示该怎么走，她还是被绕得晕头转向。

幸好虽然展清越也没玩过这个游戏，但据他自己说以前玩过基本一样的，区别就是那个游戏是电脑端的，这个游戏是手机端的。

所以他把那个游戏的玩法运用在这个游戏上，发现完全贯彻得通。宁秋秋在他的指示下打完了一局人机，依旧一头雾水完全不懂。

"没事，你就知道这游戏是这样玩就行，现在我们来打 1 对 1。"

玩《魔阙》的时候，展清越就是 1 对 1 教她的，她被虐得死去活来。宁秋秋十分有预感自己要被虐，而且是非常惨的那种。

但同时宁秋秋也知道这是认识并熟悉技能的最快方法，撑过一开始的不适应期，就会豁然开朗。

二人一直玩到十一点，宁秋秋总算有点儿明白这个游戏了，特别是展清越带她打了把组排，居然还很轻松地赢了，展清越还拿了个 MVP（最有价值选手）。

宁秋秋顿时膨胀了："啊，我觉得我是个游戏天才！"

"青铜局里基本都是像你这种完全不会玩的'小白'，你看很多人连自己要走的路线都找不到。"展清越毫不留情地打击她，"你玩了一个晚上，起跑线就已经跟他们拉开一截了。"

"这叫赢在起跑线嘛。"宁秋秋没被他打击到，说，"展老师，你好严格啊，都不夸夸我，我哪里有信心呢？"

展清越微笑："夸你。"

宁秋秋："……"

你敢更敷衍一点儿吗？

由于明天二人都有工作，打完游戏，二人都洗了澡上床，宁秋秋动作稍微慢一点儿，等展清越躺了一会儿才躺上去。

她才上去就被展清越翻身抱住了，男人眼里翻腾着的情愫告诉宁秋秋他此刻的想法。

宁秋秋没什么毅力地反抗了两下就从了。

展清越凑过去亲她："秋秋真棒，展老师表扬你。"

闻言，宁秋秋已经被糨糊占满的脑子："什么鬼？"

要不是怕他废了，她一定把他踹下床，狗男人！

宁秋秋的残酷“军训”就此拉开帷幕。时间很快到了六月八日，随着高考的结束，《飘摇》也强势上线。

《飘摇》这部剧是当时展清远投资打造来捧季微凉的，花了很多心血，小说里面季微凉就是凭借此剧大红大紫，真正做到了“一部红”。

虽然女二号变了，可其他均是小说里的原班人马和原班剧本，而且女二号换了个演技更好、现在名气更大的宁秋秋。

所以，剧才播出几天，就得到了各界的认可和关注，几乎全民都在追这部剧。其中话题度高的除了现在依旧势头很猛的男主角方谨然，就是宁秋秋了，连季微凉的热度都稍微逊色一点儿。

原因除去宁秋秋他们这边宣传到位，当然就是她碾压式的演技了，甚至很多人疑惑宁秋秋为什么会演女二号，按照她的背景、知名度，应该演女主角吧。

这不科学！

于是很多人开始在微博刷为什么宁秋秋不演女主角的话题，不过都被三条有先见之明地压下去了。没演女主角就没演，以后她都可以演女主角，没必要借此拉踩季微凉，影响大家对她的好感。

《飘摇》热播，最难过的就是展清远了。

看得出来女主角的魅力很大，这位蠢弟弟都过去这么久了，还没从泥潭里脱离出来。他大概不愿意一个人寂寞，就天天跑回大宅来住，然后和妙妙建立了深厚的友谊。

妙妙因为有奶就是娘的性格，深深地被展清远手中的牛肉干吸引了，天天跟在他的屁股后面跑，看到他比看到它的爹妈还高兴。

而且它就是欺软怕硬的弹簧性格，它怕展清越，就在他的面前装傻卖乖，连带着宁秋秋也跟着受到它俯首称臣的待遇。

它看展清远不凶它，胆子越来越大，甚至展清远每天早上晚起一点儿，它都要去展清远的门口挠门，膨胀得不行。

可展清远大概被刺激得脑子有点儿问题，还疯狂地喜欢着这条让他不得安生的蠢狗，甚至为了不让它挠门，晚上还让它睡自己的床。

然而，展清远失算的是，刚好逢上了周末，自己是要睡懒觉的，雷打不动的那种。愤怒的妙妙吵了他半天没吵醒，一气之下把他的枕头当成泄气对象咬坏了，要不是展清远及时醒来，他的一床被子也要遭殃。

更不幸的是，这件事情传到了展清越的耳中，妙妙被罚头顶枕头，在客厅罚坐半小时，掉下来一次加十分钟。

妙妙可委屈了，犀利的眼睛里发出求救的目光。

展清远架不住它的委屈，帮它求情：“哥，你就别惩罚它了，一个枕头而已，再买个就是了，咱们家又不缺钱。”

“不行。”展清越无情地说，“不给它惩罚它不知道自己犯了错，明天它就得把家拆了。”

“没这么严重吧？哎，哥，我挺喜欢妙妙的，不如你把它送给我呗，我保证好好养。”

“不行。”这话是一旁的宁秋秋说的，“它是我儿子，你喜欢自己生去。”

展清远：“……”

你生条哈士奇给我看看！

“那借我几天总可以吧？”展清远走迂回路线，“过阵子我还回来。我一个人住，寂寞呀，需要妙妙的陪伴。”

展清越本来要邀请宁秋秋打匹配的，听展清远这么说，放下手机，目光带着几分严肃地看向展清远。

展清远瞬间如做错事的小学生，腰板儿挺直了几分：“哥，干……干吗呀？”

“五个月了。”展清越淡淡地说。

展清远知道展清越指的是什么。他和季微凉分开已经五个月了。

展清远微垂下头等挨训。

展清越却并没有训他，而是问道：“你还记不记得钟宝来？”

钟宝来家和他们家的关系，跟宁秋秋家跟他们家差不多，是世交的那种，大家从小就认识，都是儿时一起玩到大的伙伴，关系不好不坏，不过钟宝来家世不如他们，经常会讨好他们。

后来，展父去世，展清越当家，无事可干的展清远负责败家。

在一次饭局上，钟宝来为了拍展清越的马屁，就顺势贬了一下展清远，说他天生烂泥扶不上墙，被展清越压得死死的。结果展清越因为这件事情十分火大。

那时候展清越还很年轻，脾气不似现在这样沉稳，他不留情面地当众把钟宝来训了一顿，甚至因此断绝了两家的来往。

具体细节展清远不太记得了，但他记得展清越说的一句话：“清远的个人能力并不比任何人弱，他败家只是因为我护着，有资格败，你不了解就闭嘴。”

事实证明展清越说对了，等他出车祸的时候，展清远站出来了，确实并不比他差。起码那种糟糕的局面，都被展清远扭转过来了。

可他，为了个季微凉，又亲手把这一切全部丢给展清越。

“如果因为一个女人颓废半年还没振作起来，我会很后悔说出当初护你的那句话。”展清越拍了拍他的肩膀，“不要让我失望，清远，卓森的未来还需要你。”

“哦……”展清远垂下眼，却很坚定地说，“我知道了。我会努力的，哥。”

展清越点了点头，对宁秋秋说：“秋秋，我们去书房打。”

说完，他率先起身抬脚往书房走去。

“哦，好。”宁秋秋忙跟上。

关上门，宁秋秋冲展清越竖起大拇指：“展老师的说教能力一流。”

展清越一挑眉，说：“惭愧，我就是找个借口把卓森丢给他而已。”

宁秋秋：“……”

展清远被教育了一通，心情有点儿沉重，拿着车钥匙出去了，想去兜兜风。

顶着枕头罚坐的妙妙：你们是不是忘了什么呀？

宁秋秋渐渐地找到了这个游戏的乐趣，空闲之时都要拿出手机来打一盘游戏。

她虽然天赋不如展清越，但她的时间多呀，而且她年轻，反应能力超快，所以成长起来也很快。

晶晶听说宁秋秋玩《王者召唤师》，开心地找她一起玩——晶晶是会玩这个游戏的，而且倔强地冲到了“铂金四”段位，对于游戏的理解比较深刻，算一条小粗腿。

宁秋秋紧紧地抱紧这条小粗腿。

她发现最好玩的就是匹配，这才是真正地在玩游戏，不用在意输赢，有种生死看淡不服就干的舒爽感，可以为所欲为。

所以展清越上班的时候，她就天天跟晶晶一起打匹配，有时候唐宇也会邀宁秋秋一起组排，唐宇这种天天跟职业队厮混的，就更是大腿了，跟他组排几乎没输过。

但她没爽几天，就被展清越发现不对劲了：这货被他训练半个月，技术没提升，反而下降了。

“秋秋，上去控一下他们上单，别让他输出——你怎么在打……打野死了？撤，这波团打不赢了，帮我挡个技……”

展清越的“能”字还没说出来，他已经被对方发育得巨肥的上单一炮轰死了。

“……”展清越看着黑白屏，有点儿怀疑人生。

“对不起，这波是我失误了。”宁秋秋认错态度良好。

“没事，这局还能打，稳住。”展清越安慰她说，复活回城，买装备重来。

可是这并不是最后一次，为了充分照顾宁秋秋，他用的是 ADC（游戏中伤害输出的核心之一），让宁秋秋选辅助。

这样子两个人走下路相互配合比较好教，她有什么失误点，展清越也能及时看到并且指出来。

但他发现她一个辅助不上前去帮他挡技能，反而习惯性地躲在他的背后放技能，还由于定位没找准经常放空技能。

更可怕的是，她有一颗杀人的心，团战冲上去的第一反应不是控制对方，而是打对方，可由于英雄的限制，杀又杀不过，还导致队友被对方击杀。

这局结束后，展清越很有耐心地指出她的问题和不足，再邀她组排。

可再打了一把，这些问题并没有被很好地解决。

又一次艰难地赢下比赛，展清越放下手机，拉过旁边的小凳子放在自己的面前，对舒适地窝在单人沙发里打游戏的宁秋秋说：“过来，秋秋。”

“……”宁秋秋知道自己发挥得很不好，心虚又胆战。

她感觉自己像是个被教导主任找去办公室谈话的坏学生，恨不得把短短几步的距离磨蹭出上万步的时间。

她并不是怕展清越骂她，展清越从来不凶她，连重话都不会说，可宁秋秋更怕这种，宁愿他骂她一顿。

“白天玩了多久？”展清越问道。

“几小时吧。”宁秋秋老实交代，“跟晶晶打的匹配。”

“玩的是辅助吗？”

“不……不是。”在展清越的目光下，宁秋秋无所遁形，“玩的跟你一样的。”

匹配的时候辅助并没那么快乐，她看每次和展清越组排，对方都大杀四方的样子，就试了一下 ADC，发现居然很爽。

虽然 ADC 的英雄多为“脆皮”，但队友会照顾她，发育起来了完全可以 carry，跟以前玩《魔阙》的神装射手一样，一刀一个小朋友。

所以她爱上了 ADC 位置，白天打匹配几乎都不选辅助。

展清越找出问题所在了，她白天习惯了玩 ADC，突然要做回辅助，平时可以提醒自己还好，一到了打团战的时候，由于紧张，就会找不准定位而犯错。

他低头想了一下，问她：“你喜欢玩 ADC？”

“也还好啦，就是觉得很有手感。”主要是杀人特别爽。

展清越点了点头说：“那这局你拿 ADC，我拿辅助。”

“咦。”宁秋秋紧张又兴奋，“可以吗？”

“试试。”

于是找到对局后，展清越果然拿了辅助英雄，宁秋秋拿到了她玩得最好的 ADC 英雄。二人排进去，宁秋秋怀着雀跃的心，往下路走去，心想着她玩了这么几个白天的 ADC，可以在展爸爸的面前秀一把了。

一定要让展爸爸对她刮目相看！宁秋秋握拳。

然而，排位赛到底和匹配不同，起码大家的水平都是摆在那里的。宁秋秋一开始就被对方压刀了，金币数跟不上，对方的打野还疯狂地针对他们的下路，饶是展清越一手辅助玩得很溜，还是挽回不了。

十五分钟后，下路被打穿，宁秋秋被对方的 ADC 压了三千个金币。

宁秋秋：“……”

二人换了手机。

虽然下路被打穿，但他们的上、中两路在对线上取得了优势，而且由于内心不安，宁秋秋接下来打得超认真，加上展清越确实跟一般人不太一样，这种劣势局居然被生生地扳回来了，他们又取得了一次险胜。

“怎么样？”打完后，展清越微笑地问宁秋秋。

展清越不打她不骂她，但总能扎她的心，而且扎到最痛处。

宁秋秋内心挫败，还要保持微笑地说：“我突然发现辅助好可爱，我好喜欢。”

“以后每天最多只能玩三把 ADC。”

咦？她还能玩三把！

原本丧气的宁秋秋眼睛一亮，一下蹦到展清越的面前，把他扑在沙发上：“展老师我爱你。”

面对宁小姐如此狂野的一扑，展清越的老腰差点儿被折断。他抱住宁秋秋的腰，捏了捏，说：“王阿姨要涨工资了。”

王阿姨是他们家的厨娘。

宁秋秋：“……”

她最近没有节制，加上去国外度假是在海边，各种她吃过的、没吃过的海鲜都有，于是……

总之她也不知道怎么回事儿就涨到了九十一斤。

宁秋秋伸手摸了摸展清越的腰：“你吃得比我多，为什么就不胖？”

展清越自身体恢复以来，都吃得比较营养均衡，到后面大致恢复后，伙食一直都很好，甚至有点儿无肉不欢。

可他就是不胖，身材好到令宁秋秋这个喝水都胖的人羡慕嫉妒恨。

展清越轻笑：“因为我有一项很愉悦但减肥的运动，可以保持身材。”

“什么？工作吗？还是陪练？”敢说是陪练就打断你的腿。

展清越见她还没反应过来，说：“等晚上的时候你试试就知道了。”

“……”这下宁秋秋终于反应过来了，脸顿时红了三个色号。

你想得美！

找准自己定位的宁秋秋开始疯狂练辅助英雄，加深自己的英雄池。

《飘摇》热播后，宁秋秋和季微凉两位主演的热度都一提再提。宁秋秋再怎么厉害，在外人看来，她都是占着家境和夫家的优势，有点儿理所当然的意思。

但季微凉就不同了。出身平凡的她，经历了出道失败、工作室才开两个多月就被投资商撤资而倒闭的双重打击，最后依靠作品稳稳地站了起来，成了草根逆袭的典范，人人乐道。

艺星终于看到了她的卖点，开始拼命往她的身上加注。

《飘摇》播出后两周，季微凉工作室官微官宣她拿下了一部一直备受关注的剧的女主角，和一流名导邓导合作。

七月初，经历了一个多月“魔鬼训练”的宁秋秋技术突飞猛进，再也不是曾经那个人人都可以砍她一刀的小菜鸟了。

这天宁秋秋有个广告要拍，休息之时又忍不住掏出手机来打一把。她选了ADC进去，大概是辅助玩好了带得她的技术有了很大的进步，她玩ADC都能轻松carry了。

正当她玩得飞起时，正在看手机的小池突然叫出声：“季微凉是小三？这个热搜是什么鬼？！”

宁秋秋本来猥琐地躲在后面拼命输出，闻言一不小心按了个闪现冲进敌群——卒。

离复活还有二十多秒，宁秋秋凑过去看小池的手机，果然看到“季微凉小三”的话题被顶上了热搜。

小池点进去，宁秋秋扫了一眼，这边游戏又快要复活了，她说：“你给我念一下。”

“哎，好。”于是小池念了出来，“季微凉多次被拍到与艺星高管胡念宗共同进出，举止亲密，疑似情侣关系，但近日有知情人曝出，胡念宗三年前已经在纽约和混血妻子登记结婚，并于去年诞下一子。如果真是这样，那季微凉岂不是……感情的第三者？”

小池念完，还把博主爆料带的图片给宁秋秋看。前几张是和“知情人”的聊天截图，后面三张照片就精彩了，一张是胡念宗、他的混血妻子和刚出生的宝宝的合照，另外两张是季微凉和胡念宗被记者拍到一同进出的照片。

宁秋秋看完瞠目结舌地说：“这是不是有点儿……扯？”

小池也很震惊：“季微凉虽然很讨厌，但不至于去做小三吧。”

原女主角的三观再怎么因为这是一篇几年前的古早文而显得有点儿奇葩，但也不会不正到去做小三的地步。

很大可能是这个什么胡念宗隐瞒实情，导致她被骗。

如果是这样，宁秋秋这个本来不喜欢季微凉的人，都有点儿同情季微凉了。

季微凉现在热度正高，越是红越是遭人嫉恨，被曝出这种问题，无论她是不是有错，一定会被踩的。墙倒众人推，季微凉这一次就算公关再好，也不可能全身而退了。

而且，在这个紧要关头，季微凉工作室做了个非常愚蠢的紧急公关——他们立刻撇清了季微凉和胡念宗的关系。

工作室发声明称：二人只是朋友和上下级关系，胡念宗出现在季微凉拍戏的地方，是代表公司去探班。

然后他们立刻就被一段视频打脸了。

那是一段电梯里的视频，季微凉和胡念宗刚走进电梯，季微凉就情不自禁地搂住胡念宗的手臂，亲昵地依偎在他的身上，胡念宗圈住她的腰，低头亲她的脸。

谁敢说这是正常朋友或者上下级之间该有的动作？

这段视频加上这段声明，彻底断了季微凉的后路。工作室再澄清她是被骗的，并不知道胡念宗结婚这回事儿，都已经挽回不了了。

展清远从下午就开始坐立不安，看到季微凉工作室被视频打脸，终于坐不住了，把电脑一关，走出办公室。

网上都在说季微凉这次不行了，神仙才能救。

而展清远或许刚好就是那个神仙。

他刚走到楼梯口，却看到了守在那边的周扬。

周扬礼貌地说：“展二少，展总请您过去。”

“我哥今天不是去丰宜了吗？”为什么突然出现在卓森？

周扬说：“好像有点儿事情要亲自过来处理，所以中午的时候过来了。”

其实展清越是看到季微凉是小三的新闻爆出后过来的。

“哦……”展清越叫他，展清远不敢不去，于是只好先按捺住内心的冲动，跟着周扬去了展清越的办公室。

到门口的时候，展清远深吸一口气，迫使自己冷静下来，让展清越看不出端倪，走进去后，露出他的招牌笑容，说：“哥，你找我呀。”

“嗯。”展清越晃了晃手机，“打组排，四缺一。”

展清远：“……”

你作为一个老板，上班玩游戏就算了，还找我一起？

因为展清越和宁秋秋双双玩游戏，展清远看他们玩得挺起劲的，忍不住也把游戏下载下来玩，不过他三天打鱼，两天晒网，玩得并不好。

周扬本来对游戏并不感兴趣，但从宁秋秋那边得知晶晶也在玩，毅然加入了陪老板玩游戏的行列。

于是，在这下午临近下班的时候，展清越这个大老板带头，带着二老板和他的助理，一起坐在办公室和宁秋秋、晶晶她们打起了组排。

打了两把就下班了，展清越似乎还不过瘾，约了他们吃完晚饭继续。

他还以宁秋秋今天在别的地方拍广告赶不回来、一个人挺无聊的为由，“顺便”把展清远捎回家给他做伴，吃完晚饭又坐在客厅的沙发上，掏出手机让展清远继续。

展清远对这位仿佛有读心术的哥哥佩服得五体投地。

再玩了两把组排，展清远看时间已经八点半了，终于按捺不住，说：“我不玩了，有事出去一趟。”

“为了季微凉？”展清越抬眼看他。

“只有我能帮她了。”展清远微垂下眼帘说完，又目光灼灼地看向展清越，“最后一次，哥。”

展清越没回答他，但在游戏里重新邀请他：“来，继续。”

展清远：“……”

最后展清远也没去成。

展清越邀请他再打了一把之后，找宁秋秋视频去了，没再限制他。可这一局展清远被展清越限制得去不了，以为展清越不会让他去了。

心灰意懒之下，他边打边想了很多。

其实他对于季微凉的感情已经是执着多于喜欢了。她和艺星高管在一起这件事情在被曝出来之前他就听说了，虽然内心还是很失落，但已经能做到就此陌路的心态了。

只是《飘摇》这部剧的前期筹备和拍摄过程，是他和季微凉的热恋期，他陪她一起研究剧本，一起对戏，经常他工作她看剧本，就能在一个空间里美好地度过一天。

所以，《飘摇》播出对他的冲击力比较大——回忆太多了。

可回忆归回忆，展清远至上次他哥跟他说的那番话为止，也彻底想通了。爱情这东西嘛就是这么回事儿，谁离了谁还不能活了不是，丢了爱情再丢掉事业，那才是 loser（失败者）中的 loser。

但他没料到今天这件事情。

他亲自看着季微凉从底层一点点地爬起来，像宁秋秋这种有背景的人都要付出那么多，何况季微凉。她毕竟是他曾经那么喜欢的女孩儿，虽然二人之间没可能了，但他也不愿意看她就此陷入深渊，所以才会想出手帮她一把。

可展清越早把他的想法看透了，愣是不给他这个机会。

打上把的时候，展清远就在找各种理由说服自己，然后成功地把自己说服了，以致展清越真让他走，他反而却步了。

本来在自己的窝里咬着它最爱的兔子玩具的妙妙，看到展清越那个大魔王走了，嗷了一声冲过来，跳上展清远坐的沙发，拱他、扒他，以表达自己的兴奋之情。

妙妙这条狗实在太能彰显自己的存在感，展清远伸手把它圈进自己的臂弯里，妙妙被他限制了自由不开心，往后退，结果没退出去，反而把自己的头挤大了，用两只眼神凶残的眼睛瞪展清远。

展清远被它的样子逗得笑出声来，伸出另一只手摸它的头："要能像你一样无忧无虑就好了。"

除了吃和玩，它没有任何烦恼。

妙妙被限制了自由，展清远的另一只手摸了它没两下，它忽然做出要咬他的姿势。展清远没防备，被它吓了一下，立刻松开了手。

妙妙趁机从他的臂弯里逃脱，跑到离他几步远的地方耀武扬威，仿佛在说：愚蠢的人类。

展清远觉得自己白疼它了。

养狗还是要像展清越那样，一味地对它好反而容易让它恃宠而骄。妙妙敢这样对展清越试试，保证展清越把它惩罚得不敢造次。

这理论，像极了他现在的处境。

宁秋秋本来过着在游戏里穿插工作的日子，安逸得不像话。

但这种状态很快被一件很可怕的事情打破了。

由于《飘摇》是在柠檬台播出，收视率一度狂压其他同期电视剧，恰逢柠檬台一年一度的盛典，柠檬台邀请宁秋秋去唱首歌。

方谨然没档期，本来柠檬台邀请她和季微凉一起去唱《飘摇》的主题曲，可季微凉突然倒台，她们的节目就泡汤了，成了宁秋秋独唱。

节目组的导演是个鬼才。他不知道从哪里得知宁秋秋以前在微博上晒过钢琴十级证书，知道她弹钢琴很牛，觉得独唱太单调，让宁秋秋边唱边弹。

三条也不知道现在的宁秋秋根本不会弹钢琴这回事儿，但她知道宁秋秋的唱功不怎么样，让宁秋秋个人独唱的话更不好发挥，就答应了下来。

宁秋秋听到三条跟她说要边弹边唱时都吓坏了，会弹钢琴的是原主，她……

"弹钢琴我只会哆来咪发唆。"宁秋秋老实交代。她前世家境一般，哪里有条件去学什么钢琴哪？

三条："你以前不是还晒过十级证书？"

“我说是买的你信吗？”

三条：“……”

她不相信。

“不过，”宁秋秋又说，“练练的话，应该是可以的。”

原主的记忆里有全部的经验，身体也熟悉那些音键的位置，宁秋秋稍加练习，融会贯通，可能没办法再考个十级，但对付一个表演还是可以的。

宁秋秋不敢保证独唱时她的气场可以带动整个盛典舞台，可边弹边唱，起码特色在那里，就算有点儿瑕疵也可以用她一心两用难以发挥作为借口。

独唱没发挥好，网友不仅会说她这个专业的不如业余的，还会把她之前靠关系进“谜女团”的事情拿出来说事。

三条说：“那你先练习一下，不行我再和导演说。”

于是宁秋秋练游戏的同时还要练钢琴，好惨的一个演员。

她白天练钢琴，晚上和展清越一起练习技术，日子过得十分凄惨。

展清越开车进了院子，就听到三楼传来隐隐约约的钢琴声。他停好车走进屋子里，把公文包给管家，径直上了三楼。

为了给宁秋秋“复习”，三条特地请了位钢琴老师，可宁秋秋白瞎了这么好的老师，弹得断断续续，让人听了有吐血的冲动。

展清越倚在门口听她魔音灌耳，一直等她结束了一曲才拍着手走进去。宁秋秋见他给自己鼓掌，嘿嘿一笑，说：“是不是觉得我弹得不错？”

展清越冲钢琴老师礼貌地点了一下头，回答她的问题：“我觉得你以这样的技术接受这个挑战，挺有勇气的，值得鼓掌。”

宁秋秋：“……”

她好气。

“不过，”展清越见宁秋秋被他挤对得奓毛，又说，“比我学的时候强很多。”

宁秋秋果然被转移了注意力，问：“你也学过？”

“这不是每个富家孩子必备的技能吗？”展清越轻笑，“我天生没有音乐细胞，学了一个月，连《小星星》都弹不顺畅。”

其实也不是那么没天赋，主要是展清越实在不爱这种文雅的玩意儿，故意不好好学习，以致展家放弃了对他这方面技能的训练。

那确实……很没天赋了。全能如展清越，终于也有攻克不下的领域了，宁秋秋心理平衡了点儿，说：“那你还嘲笑我，我弹得可顺畅了。”

“带个这么不谦虚的学生，挺累的。”这句话展清越是对钢琴老师说的。

宁秋秋：“……”

幸好钢琴老师还挺给宁秋秋面子的，笑道：“秋秋作为初学者，已经非常棒了。”

宁秋秋瞬间翘起了尾巴，冲他比了个小拇指，随后一甩头，得意地哼了一声。

“……”展清越失笑。

这个人……

展清越回来，钢琴老师也下班了。宁秋秋结束了一天的训练，吃完晚饭，开始第二波训练。

比起弹钢琴，打游戏已经算是放松了。一个多月下来，宁秋秋自己的一个小号单排上了“星耀一”，很快就要上“王者”了，她和展清越打排位，下路组几乎能全程 carry。

这回宁秋秋没膨胀，越是往上打，就越能感受到和一些大神过招时自身的不足，特别是他们双排到“王者”，经常能碰到职业选手，就会发现，打职业的，无论是意识、操作、大局观，都不是他们这些业余玩家可以比的。

特别是预判这点，宁秋秋这个打辅助的就很有感觉，因为她选有带控的英雄要上去控制人家，职业选手经常能预判她的下一个技能，走位避开，让人很挫败。

展清越说预判这种东西，是靠经验积累出来的，宁秋秋才打一个多月，这点怪不得她。

道理宁秋秋懂，可在赛场上，他们面对的就是职业选手，如果她放空大招或者别的技能，很有可能影响整局的输赢。

“对面全上职业选手？”展清越问道。

“应该不是吧。”宁秋秋说，“肯定是一些观众啊或者是明星什么的。”

展清越笑道：“这不就对了，你会放空技能或者被预判走位，对面非职业玩家也有这个问题。”

“……”这个逻辑好像没毛病。

宁秋秋顿时原地复活：“再来。”

他们又排了进去。

他们打到十分钟的时候，中路那边开语音让他们帮一下，宁秋秋看展清越这边没对线压力，主动说她去，然后往中路走。

走到一半的时候，她的手机响了起来，是三条。

这个时候她怎么可以接电话？宁秋秋摁掉了。

可三条又打过来。

如果不是急事，她按掉一次三条就知道她不方便接了，不会打过来第二次。宁秋秋便让展清越往中路走，起身去外面接电话，不影响展清越打游戏。

“你昨天说有人来接你，不用公司的车送，后来上的是谁的车？”电话一接通，三条就问道。

“我爸呀，他的公司就在附近。”宁秋秋纳闷儿地问，“怎么了，条姐？”

“没事，有没脑子的人想搞事情，我确定一下是谁就行，打扰你玩游戏了吧？你继续吧。”

宁秋秋不傻，一下就反应过来了：“他们是不是……是不是觉得我爸是……”

“脑子有问题而已，不用理会，别被影响了心情。”三条安慰她说。

宁父这个人比较爱显摆，为了给女儿争脸，昨天特地开他们家的小跑来接她。可能是由于老男人开这种车太风骚，给足了这些人“脑补”的空间。

宁秋秋真是服了，这些人的思想是有多肮脏啊，她以后是不是交个异性朋友，都要生出什么八卦来？

心情郁闷的宁秋秋回到游戏中，发现游戏里吵起来了。

起因是宁秋秋刚刚没及时往中路走，反而因为接电话不动了，展清越没 TP（传送），等他走过去救，已经来不及了，中单被对方活活摁在地上摩擦至死。

中单是个暴脾气，死了后就开始拼命喷辅助。

这句话把展清越惹毛了，可他不会喷人，在游戏里隔着网络，谁也不认识谁，只能忍着火气让对方别骂，好好打。

可对方不但不愿意听，还在泉水里挂机，拼命骂人，说他们这些手残不配跟他一起玩，让他们有本事四个人打。

这个人的火气来得莫名其妙，展清越开麦说："这把要是我们赢了，你就别当人。"

你当条狗都还侮辱狗呢。

"呸，就你们这些坑人玩意儿，要是能赢，我给你们当孙子。带个妹就算了，还挂机，要带妹就别来排位坑人，浑蛋！"

这溢出屏幕的嫉妒心啊。

"看不上，谢谢，我家孙子比你有素质。"展清越说。

那个中单："……"

毕竟是"王者局"，四打五几乎没有胜算，但展清越带着宁秋秋绕了一圈后，在他们的视野盲区埋伏，等他们五人抱团走过来，让宁秋秋一个大招放过去，一下控了五个人，配合打野上单，展清越发育良好的 ADC 躲在后面几乎完成了收割。

这波五打四，除了最先进去的宁秋秋被秒了，其他人都活着，他们完成了一换五的团战，一次就把对方打崩了。

刚好大龙刷新，三个人直接去把大龙打了。

拿到大龙 buff，加上展清越的巨肥，以及各种犀利的走位、单杀、一秀二，他们直推高地，愣是把这场几乎没胜算的局赢下来了。

对方水晶倒地的瞬间，中单退了。

宁秋秋说："我去！我以为他真敢做孙子，有本事别叹啊，有本事不要怕掉段，蹭我们的胜利，狗东西！"

"这种人多半生活不如意，举报他就行了，不要气。"展清越倒挺平静的，还过去把她揉进怀里安慰了一番。

"嘿嘿，虽然没让他变成狗，可这一波展爸爸好帅啊，这波操作，给你满分！"

展清越一笑，深藏功与名，淡定地说："不帅怎么当你的爸爸？"

"可我的爸爸并不帅。"

展清越："……"

隔日是周五，宁秋秋有个代言品牌的新品发布会要过去露面，顺便接受一段采访。

现在正值夏天，场内的冷气开得很足，宁秋秋穿着露肩的小裙子，被吹得瑟瑟发抖。好不容易发布会结束，看到蜂拥过来的记者要采访她，宁秋秋都感动得哭了。

她第一次感觉记者们如此亲切温暖。

可这些人问的问题并不温暖。

宁秋秋因为《飘摇》一剧，人气暴增，所以来采访的记者非常多，隐约有知名女星的待遇了。

面对那么多的长枪短炮，宁秋秋一脸微笑地接受记者们的采访。

忽然，一个记者问道："秋秋，请问你对于《飘摇》女主角季微凉是小三这件事情有什么看法？据说因为她的事情，你原本凭借这部剧可以提名最佳女配角的事情也泡汤了，请问你是怎样的心情？"

宁秋秋本来有望凭借《飘摇》被提名为今年的最佳女配角，只是后来季微凉的事情一出，导致这部剧不但收视率受到了影响，而且什么奖项提名也没了，人家肯定不会提名一部小三的剧。

三条听他们问这样的问题，眼睛都要喷火了，季微凉怎么样关她家艺人什么事？这种事情拿到这种场合问，你到底有没有基本的修养？

她捏紧拳头，却听到宁秋秋笑意未变，反问他说："那请问您觉得《飘摇》这部剧怎么样？"

那记者愣了一下说："我没看，不过看网上的反响挺不错的，是你花了不少心血的力作吧，你不觉得很可惜吗？"

"这是我的第一部剧。"宁秋秋说这句话时，口气却不是骄傲的，而是认真的，"我接下来还有第二部剧、第三部剧……我的路还很长，没必要因为一部剧而遗憾。"

宁秋秋的意思很明确，她接下来会有更多的好剧、更多提名的机会，这些奖项迟早是她的囊中之物，没必要觉得可惜。

只是她没说得这么狂妄。

"那我的第一个问题，你对季微凉是小三这件事情的看法呢？"那个记者穷追不舍。

宁秋秋微笑："我从小的家教就是不在背后妄议他人，很抱歉你这问题于我而言超纲了。"

记者哗然。

三条这时候快步走到宁秋秋的身边说："谢谢各位媒体朋友的捧场，今天我们秋秋忙碌了一天，累了，采访就到这里，谢谢各位。"

说完，她不顾其他记者还挤过来想问问题，带着宁秋秋走了。

"没事吧？"走到后台，三条问她，主办方请的这些记者太没底线了。

宁秋秋："有事，我冷。"

三条："……"

宁秋秋去后台换上自己的衣服，顿时感觉温暖了许多。这边的事情算完了，他们一行人打道回府。

这时候才下午四点多，三条还要回公司一趟，宁秋秋跟着去了。

坐上车后，三条跟宁秋秋说："对了，柠檬台节目组那边跟我说，方谨然突然空了档期出来，但流程已经安排好了，《飘摇》只能上一个节目。你看是选择自己弹唱还是合唱主题曲？如果是弹唱，节目组就不把方谨然临时安排进来了。"

二人的人气摆在那里，节目组自然希望把方谨然安排进来制造更大的噱头，又不敢勉强已经换过一次节目的宁秋秋再换一次。

现在的宁秋秋也不是他们随便能得罪的。

"这也行？"虽然方谨然是大咖，但这样突然变卦有损身份吧。

"没办法，谁让他现在势头正好。你考虑一下，不用顾忌，不想跟他同台我们就直接拒绝。"

这件事情令人有点儿头疼，宁秋秋不答应吧，又会被人说，甚至如果不小心传出去，方谨然那些战斗力极强的粉丝还要说她仗着背景排挤他，反正怎么说他们都在理。

她答应吧，又觉得有种女主角倒台、女二上位的感觉。

正在宁秋秋考虑之际，好巧不巧，许久不联系的方谨然忽然给她打电话。

由于方谨然的粉丝战斗力实在过于强大，他约束不了，也不好意思让宁秋秋这样无辜地被骂，因而选择避嫌，自从竹鼠节目结束后，基本不跟她联系了。

如今时隔半年多，一通电话打过来，气氛有点儿尴尬。

"没打扰你吧？"方谨然问道。

"没有，我正闲呢，怎么啦？"

"就是……"方谨然似乎挺不好意思开口的，犹豫了一会儿才说，"我们同台表演的排练，可能我挤不出太多时间，多半时候要在晚上，我尽量空出白天的时间，不好意思呀。"

排练？她这边还没答应呢，排练的事情都先说上了。宁秋秋纳闷儿地问："你那边已经确定了要登台？"

"你还没收到消息吗？我的经纪人跟我说让我准备，我档期太紧张，只能尽量挤时间。"

宁秋秋："……"

"你都没有档期，为什么还要答应下来？"

"我……"方谨然苦笑一声，"我的经纪人安排的。"

宁秋秋忽然想起来方谨然那个经纪人，以前他家出事的时候趁机跟他签了个几十年的霸王条约，让他几乎终身服务于现在的公司。

方谨然在公司一直被最大限度地榨取剩余价值，就算他靠一部片子红了起来，但依旧没有得到解放，他的经纪人甚至变本加厉。

现在居然……他还在被这样压榨。

"你的经纪人这是要竭泽而渔？"

"我这半年存了点儿钱，准备吃官司赔钱走人了。我的经纪人大概也猜得到，才这样不择手段地想要把我的价值最大化。"

"……"这些人太丧心病狂了。

宁秋秋简直不敢想象方谨然的处境。

“那你以后有什么打算，自己开工作室？”

“打完官司都倾家荡产了。”方谨然苦笑，“估计去艺星，他们的人找过我，会帮我打官司。”

他也去艺星？！

宁秋秋真不觉得艺星是个好去处，就拿季微凉这件事情来说，如果不是他们的公关问题，她还不至于凉得这么快，起码还可以用不知情被骗抢救一下。

宁秋秋忽然说：“你要不要来我的公司？”

“嗯？”

“虽然我的公司现在资源不如艺星，但我们给的待遇绝对不会比他们差，也肯定不会坑你。打官司方面，我们这边和卓森集团的法务部共用一个律师团队，都是顶尖的，绝对会让你打得非常漂亮。”

方谨然其实不缺资源，说：“我……”

“你先别急着拒绝或者答应我。”宁秋秋打断他说，“你考虑一下，也可以去了解一下丰宜娱乐的背景，好好地抉择。”

“好。”方谨然笑了，“谢谢你，秋秋。”

“不谢不谢，朋友嘛。”

“那排练的事情……”

“节目组那边问我是弹唱还是跟你同台演唱，你没档期，我直接告诉节目组我选择弹唱，节目组就不会把你安排进来了。”

刚好她也不用做选择了。

三条一字不漏地听她讲完了电话，等她挂了电话，说：“这个官司不好打。”

宁秋秋也知道这个官司不好打，因为合约是方谨然自愿签的，而且合约的内容正常，不涉及任何违法违规操作，想要赢几乎没可能。

“那我们也总要抓住机会试试，不然他这辈子就毁在他的经纪人手上了。”

不争取我们就连机会都没有。

三条轻笑：“你把他弄进来，不怕你家展总吃醋吗？”

之前方谨然和宁秋秋的“花边新闻”三条可听说过不少，虽然是假的，但他们家展总嘛……

宁秋秋一甩头，说：“没事，我们家现在我做主。”

三条：“……”

这种话，他们家的狗都不会信。

宁秋秋的这段采访很快被传到网上，虽然宁秋秋的回答很漂亮，但总有人的角度刁钻。

“宁秋秋跟季微凉本来要一起上柠檬台盛典的，关系挺不错的吧，如今季微凉出事，宁秋秋一句话都不为好友说，也太现实了。”

宁秋秋今非昔比，“啾毛”已经很“浓密”了，立刻有人反驳这段话。

“神言论，我们啾啾敢为季微凉说一句话，恐怕你们都得激动地说她袒护小三吧？”

“我们啾啾和季微凉一条互动都没有，剧杀青后除了这次节目组安排的合唱也没有一起出镜的新闻，关系好？你逗我呢。”

“季微凉洗白可不可以不扯我们秋爷？抱走，扔展总怀里。”

“展总快给我们小啾啾顺毛。”

“啊啊啊，我好想吃展总和啾啾的‘狗粮’啊！求你们了，救救孩子。”

最后话题成功地被带偏，变成“啾毛”们的求“狗粮”现场。

二人一起到了公司，三条去忙了，宁秋秋跑去找展清越。

大热天的，她有点儿渴了，先去公司的茶水间找点儿水喝。

刚好展清越吩咐秘书小姐给他泡一杯咖啡，粉已经磨好了。秘书小姐看到她进来，冲她眨眼睛：“宁小姐，展总想喝咖啡。”

宁秋秋顺手接过她手上的活儿：“你不怕我冲的咖啡毒死他吗？”

秘书小姐：“只要是宁小姐冲的，就算再难喝展总都会面不改色地喝下去的。”

宁秋秋：“……”

所以拍马屁是展清越身边的人一贯的传统吗？

而且，你让你老板喝难喝的咖啡，不怕他给你扣工资？

显然秘书小姐不怕，因为展清越只会把仇记到宁秋秋的头上。

宁秋秋真情实感地哭了，亲男朋友啊。

她不太懂展清越的口味，就按照自己的口味冲了一杯。她准备端去展清越的办公室时，又想到网上她的“啾毛”们嗷嗷地求“狗粮”，于是拍了个照，上传微博。

宁秋秋：“第一次冲，希望不会把某人毒死。”

发完，她端着咖啡去了展清越的办公室，敲开门，声音甜甜地说：“展总，您甜美可爱又贤惠的小秘书已经帮您把咖啡泡好了。”

“你怎么来了？”宁秋秋并没有跟展清越讲她今天会过来。

“来给你泡咖啡啊。”宁秋秋故意不怀好意地笑，让展清越觉得咖啡有毒。

展清越：“……”

宁秋秋把咖啡端过去，放到展清越的手边。展清越没喝，而是冲她招手：“过来，给你看个东西。”

“什么东西？”

“这个。”展清越指了指电脑，又端起咖啡喝了一口。宁秋秋弯腰看他的电脑，甚至还没看清楚他的电脑上是什么，就被他一把拉进怀里，堵住嘴。

接着，浓浓的咖啡顺着他的嘴渡过来。

“……”宁秋秋冲的咖啡偏甜，她被这么猝不及防地渡了一口，顿时呛到了，咳了出来。

瞬间，展清越雪白的衬衫、她浅色的上衣上，都是明显的咖啡污渍。

宁秋秋：“……”

展清越：“……”

没有那个技术，你为什么要学别人玩情趣?

宁秋秋幸灾乐祸地看他白色的衬衫上都是咖啡，根本没法儿见人，不留情面地嘲笑他：“这叫恶有恶报啊展总，常在河边走，哪有不湿鞋。”

展清越看她笑得一脸开心，也微微一笑，从书柜旁边的柜子里拿出一件未拆封的黑色衬衫，在她的眼前晃了晃说：“鞋湿了，那就换一双。”

宁秋秋：“……”

展清越又给她一件他自己的黑T恤，说：“没有准备你的衣服，将就一下。”

今天宁秋秋穿的是牛仔裤搭配T恤，换上展清越的衣服，并不显得奇怪，但展清越的衣服太宽大了，跟小孩偷穿了大人的衣服一样，一眼就看得出来不是她的衣服。

展总看到她穿自己的衣服，内心某种不可言喻的恶趣味得到了巨大的满足，连带看宁秋秋的目光都带着几分侵略性。

对上他的目光的宁秋秋表示十分疑惑。

“你记不记得，某本小说里也有这个情节？”展清越问她。

宁秋秋听他又提这件事，严重怀疑展清越是故意弄脏她的衣服的。

不过，她灵机一动说：“记得记得，后来你被我这样那样了是不是？”

展清越：“……”

如果换成别的霸道总裁，宁秋秋敢这样说，对方肯定二话不说，把她就地正法了。

但展总不会，工作重地，他怎么可能做出格的事情?

深谙此道的宁秋秋皮这一下很开心。

所以展清越暗暗咬了一下牙，心里说了句“很好”，表面宠溺地一笑，揉了揉她穿衣服时弄得满头秀发乱糟糟的脑袋，附和她说：“不愧是秋爷，很霸气。”

“那是必须的。”不知道已经种下危险种子的宁秋秋说。

二人调笑了一会儿，展清越要继续工作。

宁秋秋来公司并没有什么事情，所以就窝在展清越的办公室等他下班。她穿着展清越的衣服，不敢出办公室，被人看到她穿着展清越的衣服可太羞耻了。

可是展总的办公室经常有人进出，人家看到她，不但要打招呼，有时候来的是女性还会过来跟她讲话，更可恶的是还要特地问她这件衣服怎么这么宽，看着像展总的。

宁秋秋：“……”

看破不说破呀，姐们儿!

宁秋秋感觉自己没脸见人了。

她只好装出很忙的样子，低头刷微博。

她发的那条秀恩爱微博底下的评论已经有一万多条了。

评论区是喜闻乐见的“吃狗粮”现场。

“同情展总，一朵娇花就被啾啾这样无情地摧残荼毒了。”

“惊，某当红女星竟谋杀亲夫！”

“呜呜呜，我的展总小可爱还见得到明天的太阳吗？”

“盲猜展总要嘴对嘴喂秋爷。”

“……”看到这里，宁秋秋沉默一秒。

你们总是能发现盲点。

还有，说展总是小可爱的那位，你是不是同人文看多了以至于代入感太强，都出现幻觉了？

不但她的微博底下的评论区热闹非常，甚至“宁秋秋给展总冲黑暗咖啡”还上了微博热搜。

三条说是自然顶起来的，不是买的。

“……”宁秋秋就调侃一下，其实那杯咖啡除了比较偏甜一点儿真的不黑暗！

展总还把它喝了，没被毒死！

不过，这也从侧面说明，外界对于他们二人的事情很感兴趣，特别是他们双双经历了“掉马甲”，展清越是池鱼大神这些事情，让更多人对于这位有钱、商业天分高、打游戏又厉害的总裁特别感兴趣。

上次宁秋秋直播他只露了十分钟的脸，就让大家疯狂了一晚上，一直到宁秋秋下线，都还有弹幕在疯狂地刷展总。

宁秋秋经常跟他开玩笑说让他出道，粉丝数就领先刚出道的小明星一千万了。

当然，出道是不可能了，展总这种人天生不适合演艺圈。

但还是有综艺节目找上门来。

“婚后综艺？可我们没结婚啊！”周六，宁秋秋还在床上睡着，就接到了三条的电话。

她累得一根手指都抬不起来，可三条这个人一般没事不会纯找她聊天。宁秋秋在被电话铃声魔音灌耳了二十秒后，不情不愿地接起来，听到三条开门见山地问她参不参加一档叫《幸福进行时》的婚后日常综艺。

“你嗓音怎么这么哑，感冒了？”三条听到她的声音有点儿不对劲，问道。

“上火了。”宁秋秋含泪撒谎。

她在公司皮了那么一下，开心了。没想到记仇如展总，晚上就让她付出了血与泪的代价。

展清越看着不是那种猛男型的男人，甚至看起来有点儿美人型的娇弱，在床笫间对待宁秋秋都温柔到极致，也会在她的承受能力范围之内适可而止，导致宁秋秋对他有了点儿误解。

然后宁秋秋就悲剧了，其实此人吃人不吐骨头。

展总折腾了她一晚上。到最后，宁秋秋受不住了求饶，展清越才放过她。

惨，巨惨。

“节目组说不是夫妻也没事，男女朋友一样可以，他们上期有对情侣就是刚订婚的。”三条继续刚才的话题，“而且，你们现在和结婚了有什么区别？”

确实没区别。

“节目的录制就安排在柠檬台的盛典之后，录制时间基本都是周六、周日，不会耽误展总的工作，而且内容很轻松，你可以去看看他们的第一、第二期，考虑一下。”三条继续循循善诱。

“哦，那我等下看看，跟他商量一下，再给你回答。”

“成，嗓子不舒服吃金嗓子喉宝，很顶用。”三条真诚地建议。

宁秋秋：“……”

挂了三条的电话，宁秋秋去看了一下那个叫《幸福进行时》的综艺，发现节目就是租一处风景优美的房子，让嘉宾过去度假，记录他们的生活日常，没有任何剧本、任务，轻松得过分。

这也太爽了！

宁秋秋惊了，第一次见这么爽的综艺，甚至有点儿不敢相信。

这样没剧本地秀恩爱，实在爽，爽极了。

只是，节目组也不给嘉宾准备食物，所以，他们要自己做饭。

呃……宁秋秋的厨艺能毒死人，展总这种天生富贵命的，更是连厨房都没进过，他们参加这个综艺会不会……把自己饿死？

而且，宁秋秋觉得展清越估计比较不愿意露脸，特别是两天时间几乎都有摄像头，会让他非常不习惯。

算了，宁秋秋决定等下征求一下展清越的意见，而且她八月就进剧组了，虽然综艺不算轧戏，但影响不怎么好，她现在正红，干什么都是原罪。

宁秋秋正想着的时候，门咔嚓一声开了，宁秋秋忙把手机收起来，装睡。

展清越走了进来。

宁秋秋又习惯性地把头埋进被窝里，这个坏习惯怎么都改不掉。他有点儿无奈地走过去，帮她拉开盖住头的被子。

“起来吃点儿东西再睡，乖。”得了便宜的展总开始卖乖哄她。

宁秋秋艰难地转身，背对他，不理他。

狗男人，昨天你在床上的时候可没这么温柔。

“生气了呀。”展清越看她气呼呼地再次埋进被窝里，知道她醒了，轻笑，“我要是不证明一下，你又要嘲笑我。现在证明了，你又生我的气。宁小姐，你的老公好难做呀。”

宁秋秋：“……”

她什么时候嘲笑他了？他不要恶人先告状！

宁秋秋平躺在床上，斜眼瞪他，表达自己的愤怒。

你敢看着我的眼睛再说一遍吗？！

“我错了。”展清越跟会读心术似的，把她的手从被窝里拿出来，放在嘴边虔诚地亲了亲，又伸手摸她的额头，温柔地哄她，“宝贝，不生气。”

宁秋秋：“……”

展总的套路再次升级，他学会了糖衣炮弹式的诱哄。宁秋秋只被他挤对过和坑过，鲜少被他这样哄过，一时间着了道，等反应过来时，已经在一口口地喝展清越喂过来的粥了。

她好恨！

喝完粥，宁秋秋感觉自己的嗓子舒服了点儿，于是跟展清越讲了一下综艺的事情。

展清越的思考角度跟宁秋秋的完全不一样。

他想的是，如果这样，宁秋秋进剧组后，他们也可以因为工作需要，保证一个月见上两到三次，这个频率不要太完美。

所以出乎宁秋秋的意料，展清越想都没想就答应下来了。

她觉得自己对展清越不够了解。

既然展清越都愿意去露脸，宁秋秋当然是没意见了，综艺节目最涨人气，这是毋庸置疑的，而且在众人面前秀恩爱什么的，想想就很刺激。

至于做饭……宁秋秋想着多准备两桶泡面吧，起码饿不死。

柠檬台的盛典很快到了，柠檬台给了展清越邀请函，邀请他到现场观看，宁秋秋还多弄到了两张，给了晶晶和周扬。

晶晶和周扬两个人的发展比老驴推磨还要慢。主要是周扬这个人比较没情商，不懂得表达爱，晶晶这种性格的小女生不太喜欢一成不变的，所以周扬总是戳不到她的点，让宁秋秋备感着急。

宁秋秋亲自把票给周扬，说："兄弟，要努力呀，这时候要是出现一个会花言巧语的小帅哥，晶晶没两下就被追走了。"

周扬觉得追女人是件比高考还为难人的事情，他天生寡言，并不是晶晶的菜，导致过程很艰难，他说："我会努力的。"

"你每次都是这句话，"宁秋秋都想对他翻白眼了，"我建议你去看一下韩剧，看看人家韩剧的男主角多会哄人。"

韩剧……这玩意儿周扬他妈爱看，他在一旁看过几次，于他而言有点儿一言难尽。

不过，女生总是比较了解女生的，他们老板娘和晶晶的关系那么好，那他就……看看吧。

柠檬台盛典。

宁秋秋穿着礼服在后台瞎紧张了半天，等到走上台的时候反而不紧张了。她走到钢琴前坐下来，指尖开始在钢琴上跳动。

紧急训练后的宁秋秋已经不是之前那个辣耳朵的她了。

随着音乐的旋律慢慢响起，宁秋秋顺畅地把烂熟于心的歌词唱了出来。

盛典上的设备非常好，衬得她的声音空灵优美，一段结束后，鬼才导播还把镜头对准了坐在台下的展清越，顿时引起一片尖叫。

宁秋秋听到尖叫声，也看了一眼眼前的大屏幕，便看到展清越那张俊逸的脸被投影在屏幕上，好看得宛如一幅画，忍不住轻声笑了一下。这一幕刚好被镜头捕捉到，放在大屏幕里。

下面的尖叫声更响了。

太甜了，这对要甜死他们了！

幸好宁秋秋没受影响，顺利地完成了一首歌的演唱。

等到盛典结束，四人一起回去。周扬开车，展清越坐副驾，后座留给了两位女士。

“啊啊啊，宁小姐你刚刚唱得好棒，我情不自禁地爱上你了怎么办？”才关上车门，晶晶就开始狂拍马屁。刚刚宁秋秋确实唱得非常棒，在一群职业歌手中毫不逊色，都已经上热搜了。

宁秋秋还没说话，展清越说：“晶晶，你现在默认我已经聋了吗？”

晶晶：“……”

宁秋秋：“……”

你连妹子的醋也吃，过分了！

“我我我……”晶晶都结巴了，“我的爱是喜爱的爱，展总，您要相信，我是您和宁小姐之间感情的最忠实拥趸！”

宁秋秋也替晶晶说话：“你不要吓晶晶！”

“不。”晶晶一本正经地说，“宁小姐，展总吓我是心里有你，表达了他对你浓浓的爱意和真情，不容任何人侵犯与插足，我懂，我都懂的。”

宁秋秋：“……”

晶晶啊，你敢更没底线一点儿吗？

关键是，宁秋秋从后视镜里看到，周扬听了晶晶这一通马屁，非但没有嫌弃，嘴角还微微扬起，露出宠溺的笑。

宁秋秋深深地觉得跟晶晶在一起容易被传染爱拍马屁的毛病，所以决定珍爱生命，远离晶晶。

她拿出手机看微博。

微博热搜已经被柠檬台的盛典占据了，还有人评论唱功，宁秋秋作为唯一一位弹唱嘉宾，所幸由于天生嗓音好，加上准备充分，没怎么被人吐槽。

晶晶也拿出手机看微博，看了几眼之后兴奋地拉宁秋秋的手臂：“哇，超话一晚上又涨了三万粉丝。”

宁秋秋：“什么？”

她当然知道所谓的超话是指“待月登球”那个超话，晶晶建的。

“待月登球”的超话经历了小号“掉马甲”、展清越公布恋情、展清越“掉马甲”事件，粉丝数涨了一波又一波，早已不是当初那个只有几千个粉丝的“冷 CP”超话了。

“你这个超话还没解散吗？”宁秋秋看到这个超话都觉得羞耻。

晶晶顿时忧伤地说：“干吗要解散哪，宁小姐？呜呜呜，这是我们‘小星星’的家呀，你都不爱我们这些‘小星星’了吗？”

“小星星”是月球粉的称呼，因为粉丝觉得自己就像星星一样，环绕着月球……

展清越问：“什么超话？”

“就是您和宁小姐共同的一个话题广场，里面的人全部是你们的 CP 粉，天天嗷嗷待哺等你们‘狗粮’吃的那种。”

晶晶贴身伺候了展清越那么久，即使现在已经不当他的护工了，也知道他爱听什么话。

“马屁晶”名不虚传。

展清越：“待月登球？”

“……”晶晶没料到基本不接触微博的展总连这个都知道，接着她想到那篇文，里面把展总写得这么娇俏，虽然不是她写的，但产自她的超话，也不知道展先生看了没。

晶晶心里没底，顿时萎靡了，勉强维持笑，说：“对……对呀。”

展清越点了点头说：“月已登球。”

宁秋秋：“……”

你的正经人设呢？！

晶晶：“……”

正主认证已登球，啊啊啊，作为CP粉的她哭了！

周扬：“……”

老板你变了。

“好的大佬，我这就去看看能不能改！”晶晶最先反应过来，作为CP粉的她开心死了，“展先生万岁！”

宁秋秋瞪她：“你敢改一个给我看看。”

晶晶：完蛋，翻船了！

幸好超话并不能改名，拯救了晶晶。

周扬沉默地开着车，听他们说说笑笑。他跟不上他们的“梗”，加上不善言辞，根本插不进他们的话题。

如果说展清越还会因为宁秋秋是明星而去了解一下娱乐圈的那些事情，甚至把微博下载下来，有事没事去监视一下自家女友的动态，再看看哪个小崽子在黑他的秋秋，对于娱乐圈有一定的了解，那周扬就属于完全不了解的那个。

他负责的是卓森这边的事务，丰宜那边的事务展清越也会分一部分给他，但也不需要去了解娱乐圈或者现在网友的那些“梗”，展清越也怕把这个万能的助理先生累坏了。

所以他们讲娱乐圈的事情，周扬沉默，他们讲超话，周扬更沉默，他们讲“待月登球”，这个他知道，但这个他不敢讲，怕被打。

呃……

于是周扬只能扮演好司机，尽职尽责地先把老板和老板娘送回家，然后送晶晶回家。

展清越、宁秋秋二人下车之后，原本挺开心的车内气氛，顿时遭遇滑铁卢，在这热浪翻涌的夏天里，结上了一层冰霜。

晶晶也很崩溃。

作为曾经偶像剧的爱好者，晶晶的脑子里有无数八点档偶像剧的剧本，其中她最爱的就是冷漠型的男主角，觉得特帅、特有范儿。

周扬算是完全符合那种人设的，加上有钱、能力卓绝、长相好，完全是标准的偶像剧男主角人选了。

然而，看和接触是两回事儿。

想象一下两个人聊天都是：

晶晶："啦啦啦，早上好，今天又是美好的一天，你的小可爱需要一个甜甜的早安。"

周扬："早安。"

后面跟着系统自带的愉快表情，在周扬看来估计很甜。

晶晶："呜呜呜，不想上班，不想面对智障雇主，想做只米虫。"

周扬："前几天饭里吃出一只米虫。"

她有一万句脏话想讲！

晶晶："天哪，我现在的雇主简直是个超级大奇葩，我忍不了了，啊啊啊！"

周扬："辞职，我养你。"

这个人终于讲了句人话了，晶晶感动啊。

晶晶："可是我很会吃的，把你吃到倾家荡产了怎么办？"

周扬："理论上讲不可能，要是有这个假设，你已经肥成一栋楼了。"

肥成一栋楼，你肥给我试试！

晶晶掩面哭泣，为什么会有这么不会聊天的男人？要不是自己真的对他有好感，恐怕早把他拉黑了。

车子很快到了晶晶家楼下，他们小区外人的车子比较难进来，每次都要登记，但周扬每次都会坚持不怕麻烦地把她送到楼下。

虽然这个人不会说什么好听的话吧，但人是真的很贴心，外表冷漠，其实有一颗暖男的心，这是他最吸引晶晶的地方。

"那我走啦。"晶晶说。

"嗯，早点儿休息。"周扬说。

晶晶下车，关上车门的时候又说："你路上小心。"

"好。"

简单的对话结束后，晶晶下车，打开楼下的识别门，进去。

周扬知道她住在八楼，楼下这边正对着的正好是她客厅的窗户，进客厅必须打开的灯的灯光会透过这扇窗户，所以他要在楼下等到她的窗户有光透出，确定她到家了再开车走。

可今天，过去了几分钟，他都没见到灯亮。

周扬顿时坐不住了。他知道晶晶识别门的密码，无论有事没事，都要上去看一眼才安心。

于是他打开识别门，坐电梯到八楼，电梯门刚开，就有个身影冲进来，把他吓了一跳。他定睛一看，发现这个身影就是晶晶。

她本来扎起来的头发被弄散了，形容狼狈，像是刚跟人近身拉扯过。

"周扬！"晶晶看到他，脸上的惊慌之色顿时散了点儿，随后扑进他的怀里，"呜呜呜，你还没走。"

周扬没问她怎么回事儿，因为欺负她的人已经出现在电梯门口了，就是之前展老爷子给她介绍的那个对象——郑伟。

这个人看样子是喝醉了，东倒西歪。他按住电梯门不让门关，醉眼迷蒙地看着电梯里："你跑啥？我又不会伤害你，嗝……我就来，就来看看……啊！"

他话还没说完，就被周扬不客气地迎面打了一拳。

周扬这一下用尽力气，郑伟被打得嗷嗷叫。

可周扬并没有因此放过他，第二下、第三下，在惊动邻居前快速地给了他几拳，看他满地打滚了才解气，随后带着晶晶下楼。

晶晶还在害怕："这个变态。"

她刚刚出电梯准备开门时，突然从消防楼梯里跑出个人来从背后抱住她，把她吓得半死。幸好他喝醉了力气不大，晶晶又是做护工的，很多时候要用到力气，所以比一般女孩子更加大力点儿，挣脱了他的桎梏，看清楚来人是喝醉的郑伟。

郑伟这个人脑子有坑，上次他们在小区门口遇到之后，他就有事没事地骚扰她，甚至还用微信小号装作是别的人加她。他比周扬会聊天多了，晶晶觉得这个人挺有趣的，还跟他聊过一阵子，直到发现他就是郑伟。

晶晶马上拉黑了他，事后陌生人都不添加了，无论郑伟怎么找她都没用。

但没想到他会变态至此，找到她家来。

也不知道他是怎么进来的。

"别怕。"周扬抱着她，"他不会来了，我保证。"

以前周扬不对付他是觉得他是跳梁小丑一个，没必要。但到了这种地步，那只能说他自寻死路了。

周扬把晶晶带上车，让她坐在副驾，体贴地帮她系好安全带，然后自己上车，开了瓶矿泉水给她："喝点儿水。"

晶晶乖乖地接过来喝了。

周扬又递了张纸巾过去。

他这人虽然不善言辞，但可能是助理做久了，体贴入微，对待人非常细心乃至耐心。他等到晶晶的心情平复点儿才问："他有没有对你怎么样？"

晶晶摇了摇头，她及时逃脱了，还踹了他一脚。

她也不是好欺负的。

周扬见她确实没事，也没受太大刺激，放下心来，发动车子。

"我们去哪儿啊？"晶晶看他把车开出了小区，问道。

"我家。"

晶晶："什么？"

"放心。"周扬见她一脸警觉，说，"我家有空房间。"

晶晶闻言，稍微放松了点儿，随后又觉得自己的警觉有点儿可笑，周扬这种人怎么可能会……她真的被那个禽兽吓傻了。

"你打了他，他报警怎么办？"

虽然很解气，但晶晶怕周扬承担责任，刚刚她看得出来周扬打郑伟手下没留情，估计郑伟要住院了。

周扬声音一冷："你觉得他敢？"

"……"也是，这件事情怎么说也是郑伟的罪行更大，他只要有点儿脑子，都会选择吃这个闷亏。

"谢谢啊。"晶晶低下头，觉得心里暖暖的。

"不要跟我客气。"周扬按捺住疯狂想要上扬的嘴角，故作冷淡地说。

这对他们来说是一段非常小的插曲，周扬自己就能把那个郑伟解决了，因此没惊动展清越。

不过展清越见他上班都透露着一股愉悦感，说道："不错呀，终于看到送红包的希望了。"

为什么红包这个"梗"还没过去？周扬尽量不在老板的面前抽嘴角，淡淡地说："谢谢展总。"

然后周扬在心里默默地补了一句："请送大红包，我要养一只将来肥成一栋摩天大楼的米虫。"

柠檬台的盛典结束后，《幸福进行时》综艺也很快开录了。

由于是第一次和展清越一起录节目，宁秋秋很激动。综艺时长是两天一期，所以她必须在这两天的时间里，想办法让两个人不至于饿死。

吃泡面？太不像豪门了！

他们必须吃高级泡面。

于是宁秋秋让厨娘准备了五香酱牛肉、各种烫熟的蔬菜、酱香调味料，用真空包装了，再带一些面条和米粉之类的，这样直接把面条和肉、菜、调料下锅煮，就可以煮出一锅美食了，很完美。

这些加上一些别的食物，塞了满满的一个行李箱。

吃饭问题就这样解决了，吃两天完全可以应付过去。

衣服就比较随便了，展清越夏天的穿着都是衬衫、西裤，休闲时会穿 T 恤、休闲裤或者牛仔裤，但比较少，他这个人穿衣服很单调。

但没办法，人家好看啊，随便穿一身衬衫、西裤，都帅得足以令人尖叫。

宁秋秋给他都带了几套，加上她自己的，又塞了满满一行李箱。

加上她的护肤品、化妆品之类的，还有其他生活用品，宁秋秋收拾出了第三箱……

于是周六清晨，带着满满三大行李箱的东西，二人坐上了节目组来接他们的车，往目的地赶去。

节目组租的是一个乡镇上的高级度假区的房子，每栋房子都是用各种竹子搭建而成的，建造得和乡间小别墅一样，特别温馨而舒适，让人一眼爱上。

小竹屋每隔二三十米一栋，节目组直接把他们送到了一栋小竹屋前。下车后，他们并没有见到其他嘉宾。

摄像机从车上就开始拍了，负责接待他们的节目负责人礼貌地说：“宁老师、展总，这边就是你们的房子了，接下来二位要在里面完成两天的录制。”

“我们都不用和其他嘉宾见上一面吗？”宁秋秋并没有看到其他的嘉宾，好奇地问道。

虽然无论哪对夫妻，肯定有一位是圈内的人或者业界名人，可宁秋秋也得保证全认识呀，不事先见一面，等下在路上看到了都认不出来，在镜头前多尴尬。

“我们每一栋小竹屋里都住着一对嘉宾，大家要以串门的形式相互熟悉。”负责人说着，又递了几张纸卡过来，“这是每位嘉宾的资料。”

还好有资料，宁秋秋接过来，大致翻了翻。

这次参加节目的一共是三对夫妻，六个人。

第一对是模范夫妻林瑶和她的老公沈松文。林瑶算是个老戏骨了，演了非常多的电视剧，而且有个很有意思的特点就是普通话非常不好，因此经常闹各种笑话。沈松文也是演员，人气没有林瑶那么高，人很帅，但有点儿大男子主义。

第二对有意思了，女方夏安忆也是一位出道挺久的演员，男方徐泽则是位退伍军人，近年才退下来的，据说为人非常刻板周正。

还有一对就是他们了，当红女明星和豪门总裁，言情小说里面的标准配置。

三对各有特色。

“我们这季录制的规则有一点儿改动。”宁秋秋看嘉宾资料的时候，负责人说。

宁秋秋有种不好的预感：“什么？”

“就是在每天录制的过程中，每对夫妻会随机选取一个时段直播一小时。”

“直播？！现场直播，那我们要互动吗？”

负责人点头：“不用的，就当正常录制节目就行。”

既然节目组这样安排，他们还能说什么，选择服从呗。

一直没说话的展清越问：“节目有什么规则？”

“没有的，展总，除了随机一小时的直播、串门，其他的我们节目组都是不干涉的，不过……”负责人看司机帮他们把三个行李箱搬下来，说，“我们有准备新鲜的食材和温馨的厨房，除了小零食，不允许嘉宾带食物。”

宁秋秋就不服气了：“你们之前两季不都允许的吗？”

负责人微笑：“一季比一季有新意嘛，不然一成不变多没意思。”

“……”算你狠。

宁秋秋恋恋不舍、难舍难分地把那一行李箱的东西交出去，负责人伸手过来接的时候，她还拉扯着行李箱的另一边，可怜兮兮地说：“我们饿坏了算工伤吗？”

负责人抽了抽嘴角说：“不会饿坏的。”

“会，我们都不会做饭。”

“可以煮粥。”

宁秋秋：“……”

最后宁秋秋一行李箱的食物都被没收了，负责人还当着她的面打开，让镜头记录下宁秋秋都带了些什么。

被当场鞭尸的宁秋秋故意趴在展清越的怀里说："呜呜呜，我的心好痛。"

展清越轻笑着揉了揉她的脑袋说："遵守规则。"

"直播的时候我要给他们表演个恶鬼的呐喊：我好饿，咕噜噜。"

负责人："……"

没收掉食物，节目组就示意他们可以进屋了。

宁秋秋和展清越一人拉着一个行李箱，沿着小路往小竹屋走去，要上一个小楼梯才能进小竹屋。

展清越本来要伸手拎宁秋秋手上的行李箱的，宁秋秋拦下他说："别，行李箱很重，你提太累了，我来。"

说完，她左手提自己的那个，右手提展清越的那个，噔噔噔地上了阶梯。

展清越："……"

跟在后面的摄像大哥："……"

这绝对是他跟拍三季以来最牛的女嘉宾了！

展清越愣了一下，随后笑着跟上去。

如果这时候有直播，粉丝们一定会尖叫霸道秋爷俏展总"实锤"了，他们家真的是反过来的！

屋子里都是摄像头，所以摄像大哥是不用进去的，给他们二人足够的空间。不然小夫妻的恩爱空间还来个超级电灯泡扛着摄像机对着他们，多破坏气氛，人家想秀也秀不出来。

宁秋秋一进屋就开始看冰箱，看看节目组给他们准备了什么食材。

她一看就差点儿昏过去。一冰箱的新鲜食材，连鸡都是整只没剁好的那种，肉上还有血水，蔬菜也是新鲜没洗的，有的还带有泥土。

主食：大米、面粉。

"……"你怎么不干脆给我们一袋谷子让我们舂呢？

"还在纠结吃的呀？"展清越把行李放进房间，出来看到宁秋秋对着冰箱发呆，好笑道。

他记得在竹鼠节目里，方谨然在表示自己会做饭前，宁秋秋最忧愁的也是吃饭的问题。

宁秋秋生无可恋地说："我觉得我们会饿死！"

"可以去蹭饭。"展清越面不改色地说。

宁秋秋："……"

虽然此法有点儿厚颜无耻，但好像此路可行！

宁秋秋一拍大腿："走走走，我们串门去。我刚好给他们都带了礼物。"

二人便带着宁秋秋准备的礼物，宁秋秋负责提礼物，展清越负责撑伞，往他们隔壁的一间小竹屋走去。

隔壁住的是林瑶和她的老公沈松文，他们应该也才到不久。宁秋秋按墙壁上的门铃，不一会儿，林瑶出来开门，看到她一喜："你是秋秋，你是展总。"

林瑶的普通话不太标准。

“快进来，外面好热！”

宁秋秋进屋把礼物给林瑶，林瑶收到他们的礼物后，特别开心，也把自己带的礼物送给宁秋秋，又招呼他们坐，四人聊了几句，林瑶问：“你们中午吃什么？”

宁秋秋不太好意思地说：“我们都不会做饭，也在纠结呢。”

你们这边要是方便的话，嘿嘿嘿。

“好巧啊，我和我老公也不会。”

宁秋秋、展清越：“……”

第一个蹭饭计划失败。

等从他们家出来，二人往夏安忆、徐泽家走去。这回开门的是徐泽，徐泽见到他们，中气十足地说：“你们好！”

“我们是来串门的，这个送给你们。”宁秋秋举了举手中的袋子。

“谢谢！”徐泽礼貌地接过来，声音刻板周正，“请进来坐。”

宁秋秋、展清越对视一眼，进去坐。

“安忆不在吗？”宁秋秋进去，没看到女主人的身影，问道。

“她晕机，休息去了，两位请坐。”

展清越说：“贵夫人休息，我们就不打扰了，这间竹屋的隔音效果不太好。”

徐泽也没多挽留：“怠慢了，两位慢走，等安忆身体舒服点儿了我们再过去。”

宁秋秋和展清越走出门外，一直到离他们家够远了，宁秋秋才松了口气，说：“兵哥哥真的好有气场啊。”

宁秋秋听他说话都情不自禁地挺直了腰，感觉他下一句会喊立正、稍息。

“我呢？”展清越醋意上涌。

“你呀，”宁秋秋挽住他的手臂，调皮地说，“王霸之气侧漏。”

“……”录节目这人还敢皮。

他不动声色地说：“你这话使我想起了一句话。”

“什么？”

“鸡配鸡，鸭配鸭，乌龟配王八。”

宁秋秋：“……”

你才是乌龟，你全家都是乌龟！

宁秋秋和展清越回到自己的屋子里，已经十一点半了，也就是说，他们要开始做午饭了。

屋漏偏逢连夜雨，节目组吃定他们这一组不会做饭，所以他们的直播时间就是做饭时间。

宁秋秋负责准备食材，展清越负责先把饭煮了。宁秋秋刚打开冰箱门，就听到屋里的喇叭里传出一声：“直播开始。”

“什么？”这节目组一定是故意搞他们的，这个直播时间也太针对他们了！

同时，直播间的弹幕：

“啊啊啊，终于开始了，第一个直播就是展总、秋爷，好感动，呜呜呜。”

“月球党头顶地球！”

“前方高能，将有一大堆‘狗粮’来袭！”

“一来就做饭，这么刺激的吗？”

“好像啾啾、展总都不进厨房的，怎么办？我怀疑他们要炸厨房。”

“炸厨房？我更怀疑他们会不会连火都点不着。”

“宁秋秋真是一点儿都不贤惠，连做饭都不会，展总怎么会看上她的？”

“谁规定女人要会做饭了？”

“展总就是爱啾啾，眼里心里都是她，气死你，气死你！”

宁秋秋他们看不到弹幕的吐槽。为了不至于太丢人，她拿了西红柿和鸡蛋，再拿了点儿肉丸和干香菇，准备弄西红柿炒蛋和肉丸香菇汤。

展清越负责煮饭。他严谨地思考了一下，按照宁秋秋一碗饭而他两碗饭的饭量，放了三碗半米，防止不够吃。

观众看到他一次性舀了那么多米，弹幕顿时热闹起来了。

“三碗半，展总你们要煮一个节目组的饭吗？”

“‘实锤’了，秋爷大胃王。”

“哈哈哈，展总是按照饭的量来计算米的量的吧？”

“不许笑我的展总！说不定人家留着晚上做炒饭呢，展总机智，展总威武！”

“全能展总终于出现短板了，呜呜呜，会做饭的我找回了自信。”

“妈呀，这淘米是要淘到水清吗？新手无误了。”

“这样什么营养都流失啦，还浪费水！”

“什么营养流失？都是谬论，我淘米也淘到水清，爱干净不行吗？”

展总是真的十指不沾阳春水的那种人，对于煮饭这种事情，也只能用他自身的认知去煮。终于等到水彻底清了之后，他开始纠结要放多少水。

和米的高度一样？稍高？还是稍低？

这个问题比谈一单上亿的项目还难。

于是他去问宁秋秋，希望她有高见。

“我也不懂啊。”这个问题对宁秋秋来说同样是世纪难题，“要不，一半一半？”

展总点头：“听老婆的。”

哎呀，讨厌，大庭广众秀恩爱。宁秋秋娇羞：“才不是老婆。”

“那……老婆大人？”

观众：“……”

不用担心他们会饿死了，他们会自产“狗粮”，很香很甜，完全吃得饱。

但你们的米里放的水真的太多了呀！

直播还在继续。

展清越用筷子测了一下米的高度，然后把水加到和米一样的高度，盖上电饭煲，按下煮饭键。

饭煮下去之后，他们开始做菜。

宁秋秋负责洗菜，展清越拿出手机查做法。宁秋秋这个人已经不可塑了，对着教程做菜，稍微需要一点儿技术的菜都能做出毒药的效果，只能寄希望于展总有做菜天赋。

西红柿炒蛋的程序看着并不是太复杂，展清越看了一遍就默默地记下了，香菇肉丸汤就更简单了，根本不需要技术。

只是，宁秋秋准备的食材实在太……肉食动物展总沉默了一秒，然后说："你太瘦了，吃这些不够，我再去拿一点儿。"

这阵子过得太安逸，已经趋近九十三斤的宁秋秋："什么？"

我真的不需要啊，请让我减肥！

你其实就是嫌这些菜太素吧，还说得这么冠冕堂皇！

弹幕不知道展清越的内心想法，听到展清越的话顿时激动了。

"啊啊啊，这口'狗粮'我吃了，展总好宠啾啾。"

"啾啾这阵子胖了吧，展总居然还觉得瘦，她瘦的时候展总该有多心疼啊！"

"想要一个展总这样的男朋友！"

"只看到了展总一味地宠宁秋秋，她没表现出对展总的半点儿喜欢。"

"宁秋秋从他以池鱼的身份出现就没表现出什么喜欢哪，要不是展总自己公布，她还一直不承认恋情，心疼展总。"

"才开播十分钟不到，'节奏大师'就开始了，而且人家愿意宠关你什么事儿啊？咸吃萝卜淡操心。"

原本挺和谐的弹幕开始出现不和谐的声音，顿时吵闹起来。

别看展清越不是明星，他的粉丝从他以池鱼的身份出现在大众眼前时就是有的，而且基本都是"女友粉"，一直到现在没脱粉算真爱了。

后来他进入大众眼中虽然是以公布恋情的方式，可依旧凭借其外表、家世和卓越的能力吸引了不少"女友粉"。

这些人不承认宁秋秋是他的女朋友就算了，还从各种角度抨击宁秋秋，喜欢用放大镜找出他们之间的"矛盾点"，放大后加以攻击宁秋秋。

甚至还有人私信宁秋秋骂她配不上展清越，可惜宁秋秋的私信不接收陌生人的消息……

展清越走到冰箱前，打开看到里面的食材，最后从里面拿出了一袋鲜虾、一块牛肉和一盒咖喱，准备加个白灼虾和咖喱牛肉，加上宁秋秋拿的，刚好是三菜一汤，很完美。

宁秋秋看他把东西放在水池旁边，低声说："现场直播哎，你确定你能驾驭这么复杂的食材？"

"人要有梦想。"展清越配合她低声说，"做坏了不亏，好了稳赚。"

展清越这话的另一个意思：反正不是我们出钱买的食材。

"……"这么一说还挺有道理。

众人："……"

你们以为你们小声说我们就听不到了吗？

宁秋秋负责洗菜、切菜，展清越负责研究厨具的用法。他天生领悟力好，宁秋秋把菜洗好切好，他已经全部搞清楚，菜谱也背下来了，准备开工。

“你真的行吗？”宁秋秋看他撸起袖子，一脸怀疑。她在思考要不要把灭火器搬来，随时准备救火。

被女朋友问行不行这么有深意的问题，展清越沉默一秒，说：“考验一下你的记忆力，昨天打游戏时对面两个人想围堵我，被我反杀后，你说了什么？”

说了什么？宁秋秋低头思考，想起来了：“你好棒呀，是吗？”

展清越微笑：“那我行吗？”

宁秋秋：“……”

弹幕：“哈哈哈。”

展总居然坑秋秋。

宁秋秋帮他把围裙围上。节目组搞事情，准备的两条围裙都是卡通情侣款的，一条比一条可爱，展清越作为一个大直男，还有很重的偶像包袱，表示不用围，等下他换衣服就行。

“不行！”宁秋秋义正词严地说，“这样子会让观众觉得我们不专业，在作秀。”

展清越：“……”

无奈，他只能任宁秋秋给他围上围裙。

下期一定要自带围裙来，展清越默默地想。

观众看到展清越一脸拒绝地被围上卡通围裙，一片欢腾，这画面可太搞笑了，我们展总不要面子吗？

接着他们开始做菜。

众人以为展清越的做菜现场肯定会很恐怖，烧焦什么的都是小事，最重要的是可能他会炸厨房。

然而，令众人大吃一惊的是，展总天分过人，居然没着火也没烧煳，就把三菜一汤做好了，而且速度还挺快，看卖相也挺有食欲。

“啊啊啊，我酸了，秋爷是修了什么福可以有这么优秀的男朋友！”

“惊了，这真的是第一次做饭吗？！严重怀疑在给展总立全能人设。”

“展总不需要立人设吧？”

“这样一对比宁秋秋真的一无是处。”

“宁秋秋配不上展总！宁秋秋配不上展总！宁秋秋配不上展总！”

“你这也太厉害了。”宁秋秋看着桌上的三菜一汤，而且每道菜出锅时她都尝过了，味道真的不错。她惊叹片刻，随后嗷了一嗓子，“终于不用担心饿死了，呜呜呜，我好感动。”

展清越：“……”

看来宁小姐是真的很怕饿死。

他也没想到做菜这么简单，嘴角噙着笑，谦虚地说：“没把厨房烧掉就好。”

“你有钱，游戏又打得好，饭还做得好吃，呜呜呜，我感觉配不上你了怎么办？”

展清越凑过去亲了亲她的脸颊：“你会吃就行。”

弹幕：“……”

请问国家可以给我们每人分配一个展总吗?

宁秋秋得寸进尺:“那我被喂得太胖了怎么办?你会嫌弃我吗?”

“周扬说晶晶将来要胖成一栋摩天大楼,你刚好可以跟她组个双子楼,我觉得挺不错的。”

宁秋秋:“……”

弹幕:“哈哈哈哈。”

展总你不按常理出牌啊!

而且,胖成一栋楼是什么啊?还双子楼,画面太美不敢想象。

可惜,展总菜做得好,饭就……二人瞪着那大半锅恨不得溢出,还熟烂得接近粥的饭,面面相觑。

“没事没事。”宁秋秋乐观地说,“不是生的就行,起码能吃不是?”

说完,她盛了两碗熟烂得不能称为饭的饭,一碗放在展清越的面前,一碗给自己:“来来来,吃饭,饿死了!”

今天宁秋秋说得最多的一个词一定是“饿死”。

此刻离直播结束还有七分钟,弹幕一片尖叫舍不得他们。

展清越伸出筷子正要去夹白灼虾的时候,宁秋秋说:“放着别动,让我来!”

说完,宁秋秋夹了只最肥美的虾快速剥好,放到展清越的碗里,嘿嘿一笑说:“辛苦了亲爱的。”

“不辛苦。”展清越说完,把虾蘸了料夹到她的嘴边,“张嘴。”

宁秋秋一点儿不犹豫地张嘴吃了,又剥了一只,用手蘸了料送到展清越的嘴边。

吃完,宁秋秋还一口气剥了好几只虾放到展清越的碗里。展清越似乎并没有觉得有什么不妥,居然心安理得地让宁秋秋给他剥虾!

当然,众人不知道,展总不但心安理得地吃宁秋秋剥的虾,还会让她在众人面前给他夹菜,使唤宁秋秋使唤得可溜了。

“说看不到啾啾对展总半点儿喜欢的打脸吗?”

“一般不是女生做饭,男生剥虾吗?这对的相处模式,哈哈哈。”

“再一次说明是霸道秋爷俏展总,产粮‘太太’诚不我欺。”

“啊啊啊,超想吃展总做的菜,好奇味道怎么样!”

展清越做的菜虽然咸淡度不像常做饭的人那样把握得那么好,不过味道真的可以,展清越算是比较挑食的了,也能吃得下去。

剥完虾,宁秋秋去洗手准备吃饭。离直播结束还有两分钟的时候,忽然,展清越放下筷子,捂着嘴快步走进洗手间——吐了。

众人不知道发生了什么。

“怎么回事儿,不好吃吗?秋秋不是都尝过了说味道不错吗?”

“不会真的食物中毒吧?”

“啊啊啊,直播要关了,我好担心展总怎么办?”

在这个关键时刻，直播时间到了，直播画面一暗，宣告直播结束。

众人：节目组你出来！看我不打死你！

大家看不到直播了，又关心展清越的身体状况，都涌去微博，在宁秋秋的微博、工作室的官微和节目组的官微底下询问到底发生了什么事情。

节目组很快联系了宁秋秋，询问情况。宁秋秋告诉他们没事，就是天气太热，展清越胃口不好，又在厨房里被油烟熏，所以有点儿倒胃口。

事实上，只是因为展清越从小养尊处优，没吃过什么苦，这粥不像粥饭不像饭的饭黏喉咙，才导致吃不习惯吐了。

宁秋秋给各界关心他们的人都回了消息，回头饭菜都凉了，两个人草草吃完了午饭，又洗了碗，终于可以闲下来午休了。

展清越身上都是油烟味，要洗个澡才睡。宁秋秋躺在床上，拿出手机刷微博，看看今天他们直播的反响。

她点了“发现”的放大镜图标，第一眼就看到“微博热搜”底下几栏非常晃眼的四个字：展总吐了。

宁秋秋赶紧联系三条撤热搜，这个真的太丢脸了，不过三条说早知道了，正在联系微博平台撤，估计等下就被刷下去了。

下午，其他两对夫妻过来串门。

宁秋秋也见到了上午没见到的夏安忆。

夏安忆的老公这么周正刻板，谈话间都带着军人特有的正气，夏安忆本人居然是软甜的性格，说话都是细细软软的，令宁秋秋顿时觉得自己确实像个爷们儿。

而且夏安忆超级崇拜她的老公，每次徐泽讲话的时候，她要么温柔，要么崇拜地看着对方，无论他说什么。哪怕他说公鸡会下蛋，她也是表现出“我老公说的都对”的样子。

徐泽大概是这么多年被她看惯了，说着话也时不时地看夏安忆，原本刚硬凛然的他，看向夏安忆的眼神也情不自禁地带着几分温柔之色。

宁秋秋看着他们二人“眉来眼去”。他们过来聊了十多分钟，她感觉自己被喂了一嘴又一嘴的“狗粮”。

她也看展清越。

“看我干吗？”展清越用目光询问她。

“……”果然他们俩不是亲夫妻。

等到夏安忆他们起身告辞的时候，宁秋秋已经吃“狗粮”吃到打嗝了，她和展清越送他们二人出去。

“不用送了，外面热。”夏安忆笑道，“你们有空过来玩，我老公做饭很好吃的，欢迎来蹭饭。”

展总、宁秋秋内心独白：你早说呀！

“好。”宁秋秋点头笑道，“有个会做饭的老公可太幸福了，清越今天才点亮了这个技能。”

以后她的老公也会做饭了，哼，不羡慕。

“这么强啊，现学现做吗？”夏安忆惊讶地说。

展清越揽住宁秋秋的肩膀说：“有个人一直念叨她会饿死，不点亮这个技能她就要给我唱饿鬼的忐忑。”

“……”外人面前你可不可以不揭我的短？宁秋秋嘟嘴做出个凶残的表情，瞪他。

展清越看她的小表情，揽住她肩膀的手捏了捏她的脸蛋。

“鱼尾纹要瞪出来了。”

宁秋秋：“……”

她马上不敢瞪了。

夏安忆也被他们喂了一嘴的“狗粮”：“那我们先走啦，拜拜。”

送走夏安忆，二人回到屋里。由于外面太热，不适合出去游荡，但是光坐在那里聊天录节目实在太无聊了，宁秋秋看到这间屋子的另一个房间里，居然还放着钢琴。

她决定教展清越弹钢琴。

展清越确实没骗她，他的音乐细胞差得令人哭泣。宁秋秋教了展清越小半天，他还是连《小星星》都弹不顺畅，而且他小时候学过，算是“有基础”的。

宁秋秋顿时找回了点儿自信。

一下午的时间就这样消磨掉了。临近五点，又到了做晚饭的时间，宁秋秋坐在钢琴边说：“给你弹一首吧，你想听什么？”

说完，她拼命给展清越使眼色。她的水平摆在那里，会弹的曲目有限，让展清越点歌完全是为了节目效果，所以她想让他点上次在柠檬台表演的那首。

可惜展清越听不到她内心的呼唤，想了想说：“《死了都要爱》。”

宁秋秋：“……”

我觉得你是想听《安魂曲》了！

“开玩笑的。”展清越其实读懂了她的意思，故意逗她的，见她瞬间瞪圆了眼睛，忍住笑道，“只要是秋秋弹的，我都爱听。”

这才是人话。

最后宁秋秋给他弹了首钢琴老师让她练了很久的入门曲，不是她不想展现才艺弹《死了都要爱》，而是她真没那个本事。

她好恨。

晚饭依旧是展清越掌勺，宁秋秋做助手。展总的厨艺又精进了一点儿，甜咸度适中，宁秋秋吃得差点儿打嗝。

幸好这个节目就录两天，不然宁秋秋因为心理作用觉得展清越做的饭超级好吃，以至吃很多，估计体重要飙到三位数了。

那她就真的变成大肥啾了。

吃完之后他们出去散了一会儿步，今天的录制就结束了。

一结束，宁秋秋就开心地拿出手机邀请展清越打游戏。

晶晶和周扬刚好在线，宁秋秋邀请他们一起，晶晶还拉了一个朋友，刚好五个人。

晶晶拉来的也是妹子，游戏名字叫“穿草裙跳华尔兹”，由于都是熟人，大家进去都是开着语音的，边聊天边打，也算是放松心情。

穿草裙跳华尔兹好像挺矜持的，从头到尾都没说话。直到他们最后推高地的时候，由于对方发育得也挺好的，打得很艰难，还没推倒门牙塔，大家就快没血了。

晶晶：“要不先撤吧，打不赢。”

宁秋秋：“撤撤撤，我就剩二百点血了。”

“我放大招给你们回血，不用撤！”众人在准备走时，耳麦里突然传来一个陌生的声音。

毫无疑问，说话的是晶晶拉来的那个妹子——穿草裙跳华尔兹。

宁秋秋听这个声音觉得特别特别耳熟，但一时间又想不起来，故意问：“你的大招刚刚不是交了吗？”

“啊，没有啊，你看错了。”穿草裙跳华尔兹说完，她的大招已经放出来了，他们的血瞬间回升，众人的血回来，又可以开心地玩了。

听到这个声音，宁秋秋终于想出来是谁了：“你是梦梦？！”

晶晶：“……”

穿草裙跳华尔兹：“……”

晶晶反应超快：“呀，梦梦是谁呀？我们当中谁叫梦梦？周扬，不会是你吧？”

周扬突然被 cue，想也没想地说：“不是。”

“……”浑蛋，一点儿默契都没有！晶晶内心唾弃。

“别演了。”宁秋秋更确定了，“梦梦的声音太有特色了，我记得很清楚。”

梦梦是宁家的用人，虽然人还很年轻，跟晶晶年纪相仿，但她的声音有点儿像“大妈音”，音色特别明显，虽然通过一条网线的传递变得有点儿失真，可没法儿抹去这种特色。

宁秋秋听梦梦讲过一段时间的话，对于她的音色记得很清楚，所以一听到穿草裙跳华尔兹开口，就扑面而来一股熟悉感。

这时，游戏里对面的水晶被他们拆掉，五个人退出了游戏，语音断开。

“还打吗？”展清越抬头看宁秋秋。宁家的用人梦梦他是知道的，她和晶晶居然认识，而且看晶晶那副遮遮掩掩的样子，十有八九有猫儿腻。

“打！我今天三把 ADC 才打过一把。”宁秋秋说，“边打边清理家务事。”

展清越说：“你看队伍频道。”

大家组一个队的时候，界面上的队伍频道可以聊天。

穿草裙跳华尔兹：“我有事儿，可不可以……”

不思故渊：“这个月的奖金没了。”

宁秋秋拿屡试不爽的一招对付梦梦。

穿草裙跳华尔兹：“……”

穿草裙跳华尔兹：“我突然没事儿啦，哈哈哈。”

众人：“……”

你能不能有点儿底线？而且姐们儿，你不打自招啦！

非池中鱼：“排了？”

五百斤的大招：“好。”

你该减肥了：“好。”

于是展清越继续排，游戏很快就排进去了。

重新开了语音，宁秋秋说：“坦白从宽，抗拒从严。”

“我们就是在游戏里认识的，没想到这么巧。”梦梦弱弱地说。

“对对对。”晶晶附和，“宁小姐，你不说，我都不知道你们在现实里认识。”

“那你们刚刚演什么？”宁秋秋问。

晶晶迅速回想了一下刚刚自己演了什么，对，她问了梦梦是谁。

啊啊啊，撒谎好难哪！晶晶无辜地说：“我真的不知道梦梦是谁啊，我刚刚就特纳闷儿你叫谁呢！”

“演技太差，回炉重造。”宁秋秋面无表情地说，“你别忘了我的职业，晶晶，演戏，我才是专业的。”

晶晶：“……”

气氛一时陷入尴尬中。

一直没说话的展清越提醒道：“晶晶上一局说梦梦的文采好。”

晶晶、梦梦：“……”

连晶晶自己都不记得什么时候说过梦梦文采好了，大概就是顺嘴说的，心全在游戏上，没注意。

展总，你记性这么好会没朋友的。

宁秋秋瞬间懂了：“你别告诉我你就是那位写同人文的作者？”

梦梦：“……”

气氛顿时凝固了，晶晶连撞死的心都有了。她就不应该拉梦梦来打的，这“马甲”掉得跟不要钱似的。

她现在只有后悔，非常后悔。

“宁小姐，”她弱弱地开口为梦梦辩解，拿出她拍马屁的神通，“梦梦没有恶意的，她就是太羡慕你和展总的神仙爱情了，一腔热情无处发散，刚好文采不错，所以才写了同人文，以表达内心对于你们的爱情的仰望和虔诚。”

她们真是好惨哪。

梦梦没有晶晶这么没底线，对展清越也不熟悉。她声音轻颤地说：“展总我错了，对不起，我再也不敢了。”

宁秋秋其实没有找人家算账的意思，这篇文写也写了，大家都看了，总不能让梦梦把小说吞回去，抹掉众人的记忆吧？

她就是抓住了罪魁祸首内心畅快，想逗逗梦梦，见梦梦被展清越吓着了，安抚说：“没事没事，有这个文采挺好的，展总逗你玩呢。”

"……"

展总心想：我没逗你玩。他一直耿耿于怀，心想哪天把这个天才作者找出来，一定要好好跟对方聊聊。

可这位小姑娘的胆子这么小，展总反而没有施展的空间了。

"真的吗？"梦梦弱弱地问。

"真的真的，别想了，看游戏。啊，对面要越塔杀我们。"

于是梦梦"掉马甲"这件事情就这么过去了，大家继续玩游戏。

他们组排的时候，宁秋秋和晶晶一般都在瞎指挥，展清越是总指挥，但话不多，不过大家都听他的。

然后梦梦经历了一局名为"噩梦游戏"的组排。

宁秋秋玩 ADC，刚好梦梦是辅助，于是展清越就去上路了。

辅助嘛，当然是负责冲、负责扛、负责给队友挡技能的。

打团时梦梦上了之后，展清越忽然说这波打不赢，让其余人撤。

于是梦梦被卖了，惨遭敌方众人轮殴至死。

他们越塔杀人，梦梦在抗塔，展清越故意不放技能只平 A，靠犀利的走位躲对方的技能，导致对面没那么快死。

然后梦梦卒于抗塔。

挡技能更不用说了，对方哪个人打得疼，展清越就让梦梦扛哪个人的技能，梦梦死得不要不要的。

梦梦想哭，但哭不出来。

一局下来，梦梦打出了 0/11/6 的成绩，其中，11 是被杀的次数，游戏体验感极差。

好不容易推掉对方的水晶，梦梦喜极而泣，刚要找个借口溜，发现游戏又进入排队中了。

梦梦："……"

论被展总记仇的下场。

第二天，节目组安排了一个采访，这个采访是每季的第一期都会有的。

采访分为三个环节，第一个环节是快问快答，第二个环节是爱的考验，第三个环节是互相画出对方在自己心目中的形象。

采访就是在他们的小竹屋开始的，他们和采访主持人刚坐好，室内的小喇叭又闹鬼似的叮了一声："直播开始。"

"……"这个节目组真是太会搞事情了。

第一个环节，快问快答。

主持人："你们是谁追谁？"

"我追她。"

"我追他吧。"

第一道题就出现了意见分歧，主持人忍笑："到底谁追谁？"

由于是快问快答，宁秋秋的反应过于直接了，把谁追谁自动理解成谁先主动。那肯定是她呀，她死皮赖脸地要嫁给当时还是植物人的展清越，以至第一反应就觉得是她追他的。

“我温水煮青蛙煮了几个月，她一点儿意识都没有，直到被我煮熟反过来追我，还自以为是她追我。”展清越回答说。

观众：“咦——”

秋秋你好“傻白甜”哪。

面对这种诬蔑，宁秋秋只能含泪认了。

第二题，主持人问：“觉得对方最吸引你的地方是什么？”

展清越：“性格。”

宁秋秋：“全部。”

弹幕一片欢腾。

“肯定是全部啊，展总你太实诚了，哈哈哈。”

“展总最喜欢的居然是啾啾的性格，啾啾外号秋爷，所以展总喜欢女汉子？”

“我没有展总这种男朋友，一定是因为我的性格不够爷们儿。”

“不要黑我啾啾，人家平时是个小仙女的好吗？”

展清越看宁秋秋，眼神交流：你敢更扯淡一点儿吗？

宁秋秋：我这是问答技巧，懂不懂？

“……”这原来是个脑筋急转弯节目，他懂了。

第三题，主持人问：“以后你们会想要几个孩子？”

宁秋秋：“两个。”

展清越：“秋秋生的多少个都行。”

主持人、观众：“……”

这是他们看到的迄今为止最没默契的一对了。

第四题，主持人问：“用一种动物形容对方。”

宁秋秋：“乌鸡。”

展清越：“哈士奇。”

宁秋秋瞪他。

“看这个眼神就跟妙妙很像。”

宁秋秋：“……”

观众：“哈哈哈哈，你们的真的好奇特呀！”

主持人忍笑，问宁秋秋：“那秋秋的理由是什么呢？”

宁秋秋暗暗咬牙：“因为他外白里黑，特黑！”

观众快被这不按常理出牌的一对逗到了，而且看他们有来有往地互坑，为什么比吃“狗粮”还欢乐？

“那展总您认同这个评价吗？”

展清越不赞同也不反对，只是说：“秋秋一向比较有想法。”

所以你到底认不认同？

不过主持人不敢追问，继续："最后一题，用一种动物形容自己。"

展清越："乌鸡。"

宁秋秋："……"

观众："哈哈哈哈。"

这个节目组好有才啊，哈哈哈。

这个问题问得太恰当了。

宁秋秋才不说自己像二哈呢，她说："猫吧，我觉得，是不是？"

她看向展清越。

展清越含笑："你说的都对。"

哼，算你识相。

观众看宁秋秋那得意的小眼神，提醒她："刚刚展总说你是哈士奇呀，记得晚上让他睡地板！"

第二个环节，爱的考验。

这算是一个小游戏，节目组准备了好几组小卡片，每组都有两套，宁秋秋和展清越要从里面选出一张，看看最后是不是一样的。

而且卡片都是一个心形裁成两半，如果选的不一样，他们的心就合不起来。

你们确定这是恋爱节目而不是拆情侣节目？

宁秋秋觉得这个节目结束后，他们一定会被评为最没默契的情侣。

第一组，宁秋秋拿到小卡片，四张卡片每张上都有一种蔬菜：洋葱、西蓝花、白菜、菠菜。

如果是形容展清越，她肯定选洋葱，黑心的那种，但默契嘛……宁秋秋想到展清越对她的微信备注，果断选了白菜。

两个人互相亮了卡片，宁秋秋是白菜，展清越是洋葱。

二人："……"

宁秋秋暴风式哭泣："你忘了你对我的备注是小白菜了吗？"

被这种没什么智商的节目考倒的展总也很无奈，说："你对我的备注是黑心洋葱。"

主持人："……"

你们的备注可真有意思。

弹幕一片欢乐。

"哈哈哈哈，本来我快要为这二人急死了，可他们这样一说感觉好甜哪。"

"黑心洋葱是代表'腹黑'的意思，小白菜是代表……白？"

"在展总心中，啾啾就是'傻白甜'，哈哈哈。"

"他们的爱情跟我想象的差距好大呀，越看越白痴是怎么回事儿？"

"我以为是偶像剧，没想到是欢乐大放送。"

第二组，主持人给的小卡片的颜色是：红、蓝、黄、绿。

这对毫无默契的二人而言实在是太难了，宁秋秋想了想，选了绿，展清越的答案亮出来，居然也是绿。

不容易呀，他们终于对了这么一回！

主持人问他们理由，宁秋秋说："凭感觉吧。"

"因为这题我能猜到她的脑回路。"展清越说。

这也行，宁秋秋问他："你怎么猜的？"

因为我们曾经聊过最深刻的话题就是绿帽子，当然，展清越是不会说出来的，他说："靠脑子猜的。"

"……"

第三组是数字：2、5、8、0。

"……"宁秋秋觉得这个节目组的问题很大，这种题目哪对夫妻能选对，全靠蒙吧。

她选了0，展清越亮出来，居然也是0。

宁秋秋都要感动哭了，看来他们还是有点儿默契的。

第四组是场景：客厅、厨房、卧室、洗手间。

宁秋秋选的是厨房，展清越选的是洗手间。

他们俩真是太没默契了。宁秋秋："你干吗不选厨房啊？我们这两天印象最深刻的不就是厨房吗？"

"我按照常人的思维习惯，选一个字数不一样的。"

宁秋秋："……"

两人的脑回路完全不在一条线上。

弹幕的走向有点儿跑偏了。

"展总的答案，我居然想歪了。"

"我也……"

"突然想去温习一下我珍藏多时的《霸道秋爷俏展总》了。"

"呜呜呜，我都快背下来了，产粮'太太'你在看吗？求你更新！"

确实在看直播的梦梦："……"

你们也太能触景生情了吧，看到个洗手间都能想到浴室情景！

而且，继续什么呀？再继续下去她就要被展清越活活虐死了。

要是她嗷嗷待哺的读者们知道她内心的真实想法，估计要哭死了。

直播还在继续，爱的考验结束后，是互相画出对方在自己心目中的样子。

宁秋秋的画画水平还是可以的，现在到了她大显身手的时候了。

那她画个什么好呢？洋葱、乌鸡刚刚都泄题了，画了没意思，要画个有新意的。

展清越似乎对于这个环节挺有想法的，拿到题板后就开始画了，宁秋秋想要偷看一下他画了什么，他还不让她看。

这个人真小气，哼。

宁秋秋冥想片刻，也有了主意，提笔画了起来。

弹幕都在猜测他们会画什么。

“哈哈哈，按照他们这样互黑的模式，啾啾一定会丑化展总的。”

“我觉得秋秋会画一朵黑心莲，特别适合展总。”

“突然觉得秋秋好惨哪，生活在一个‘腹黑’男人的阴影下。”

“你们都不猜展总要画什么吗？”

“展总的心思你别猜，猜了也猜不到。”

十五分钟后，二人都画好了，亮题板。

众人都笑了，展清越画的是一只很肥的鸟，宁秋秋画的是一头猪，黑皮猪。

宁秋秋看到他的题板，惊叫一声，主持人忙问怎么了，宁秋秋说：“你看我们的组合像不像愤怒的小鸟？”

主持人：“……”

你们画的好像还真的是。

“看来两位这次突然有默契了。先问秋秋吧，你能说说为什么展总在你心目中的形象是……一头猪吗？”主持人忍笑问。这个节目她要做不下去了，这两口子太逗了，哈哈哈。

他们真的是画风最奇葩的一组了，人家画对方在自己心目中的形象，画功不好的就算写字都要表达出对方在自己心中是小仙女、小可爱的样子，很少有这样互黑的。

他们互黑就算了，还黑得这么彻底。

“因为黑皮猪嘛，代表他这人很黑，然后猪蹄子就是形容他是‘大猪蹄子’。”

观众：“哈哈哈，秋秋你怨念好深哪，你和展总在一起真的幸福吗？”

主持人点了点头：“那展总呢？”

“因为很多人叫她啾啾，我嫌她太瘦，所以希望把她养成像图里这样的小肥啾。”

观众：“哇！被突然的糖甜到了。”

宁秋秋：“……”

说好一起互黑到明天，你却偷偷脱离了组织，而且，我才不要胖成肥啾呢，滚开好吗？

她只想瘦成一道闪电。

“哇，展总好宠啊！”主持人惊叹，“秋秋真幸福。”

“……”你忘记刚才他是怎么挤对我的吗？

结束了采访后，毫无默契可言的二人目送走了主持人和其他工作人员，宁秋秋嗷的一嗓子过去扑倒展清越，嘴里喊着：“愤怒的小鸟，发射，嘭！”

展清越被她成功扑倒在沙发上，揽住她的腰，笑道：“你把我打死了，午饭就没人做了。”

“啊！”宁秋秋一声惨叫，倒在展清越的身上说，“通关失败。”

此时直播还在继续，观众：“……”

他们好像粉了一个傻乎乎的女明星。

第十六章　幸福进行时

展清越被宁秋秋逗到了，这个人，真的是……

他说喜欢宁秋秋的性格是一点儿水分都没有的。宁秋秋最先吸引他的确实是她的性格，展清越从小到大碰到了形形色色的女孩子，还从来没出现过一个这么有趣的。

可是，他以前怎么没发现呢?

要是他早点儿发现，他们可能就不会错过这几年了。

不过以前宁秋秋好像也不像现在这样，那时候他对她的印象更多是任性、刁蛮，而且人比较自私，不知道怎么突然变了。

展清越没深入想，想不通或者不用想通的事情就不去多想了，珍惜眼前便是最好。

宁秋秋在他的身上装死片刻，伸手挠他。展清越抓住她的手，提醒她：“还在直播。”

“……”宁秋秋沉默一秒，随后触电似的从他的身上手忙脚乱地爬起来，坐好，做出一副乖巧的样子。

她的耳根已经红透了。

丢脸丢大发了。

果然弹幕一阵欢腾。

“来不及了秋秋，我们都知道你是白痴了。”

“这个家的家庭地位一目了然，哈哈哈。”

“展总这时候应该把她反压在沙发上这样那样啊，差评！”

“呜呜呜，我以为起码会有个吻戏的，事实证明白痴夫妇不配有浪漫。”

就在这时，门外传来菜市场里用喇叭叫卖一样的声音：“冷饮、冷冻甜品，卖冷饮、冷冻甜品咯！”

宁秋秋看向展清越，脸上写着“我想吃”三个大字。

展清越从沙发上起来，向她伸出手，说：“走吧。”

二人手牵着手走出去，果然看到外面有个伯伯推了辆粉色的移动甜品车过来。现在正值炎热的夏季，来杯冷饮或者冷冻的甜品，简直不要太爽。

“咦。”宁秋秋看到甜品车上有节目组的标志，“所以你们也是节目组的？”

宁秋秋感觉事情没那么简单，如果是外人卖的，肯定用钱可以买得到，但节目组卖的，可就没那么简单了。

按照她录节目的经验，对方的甜品十有八九要考验他们才能吃得上。

幸好甜品车的顶棚为顾客遮住了太阳，里面的冷风嗖嗖嗖地吹出来，很凉爽，不然在这大太阳底下被为难，宁秋秋觉得自己会放弃吃的。

不然她被晒黑了怎么办？

果然，老伯说：“对呀。小姑娘，你喜欢吃哪个，可以让你的先生用一个才艺表演换给你哟。”

才艺表演，果然听到这四个字，展清越的嘴角微微抽了抽。展总天生没有艺术细胞，唱歌、跳舞、乐器都不怎么在行。

宁秋秋也知道展清越不擅长这些，于是问：“可以我自己表演换吗？”

“不行哟，只能赠送。”老伯说。

行吧，看来她是救不了他了。

宁秋秋想到展清越唱歌要人命的样子，又莫名有点儿期待他荼毒一下正在看直播的观众，出一下丑。

让他刚才采访的时候坑她！

于是宁秋秋坏笑地说：“展总……”

谁知展清越轻笑，说：“你想吃什么？”

“……”咦，这不科学啊，宁秋秋看着他：没坑吧？

她害怕。

“你选就是，不用看我。”展清越伸手拍了拍她的头。

算了，反正录节目，观众看着呢，展清越肯定不敢把她怎么样，于是宁秋秋开始看甜品车上的各种饮品甜品，最后指着冰激凌球说：“我要吃这个。”

“卖相挺好。”展清越看着她指的冰激凌球，五颜六色的很可爱，说，“那我也要这个。”

“可以可以。”宁秋秋开心地说，“假装默契到达了巅峰，谁先？”

“我要准备一下。”展清越说。

“那我先吧。”宁秋秋觉得展清越没那么容易放开，便打算开个好头，问老伯，“唱歌可以吗？”

老伯伯微笑点头：“可以的。”

于是宁秋秋唱了首还挺流行的歌《因为刚好遇见你》，她天生嗓子好，又有底子，清唱一点儿都不虚。

弹幕里吵吵闹闹。

“有点儿好听啊。”

“妈呀，这是女团的那个宁秋秋吗？我记得她之前清唱巨难听。”

“谁说我秋爷唱歌不好听的，站出来！现场直播清唱打烂你的脸。”

“虽然确实好听，但以前宁秋秋唱歌难听是事实吧，网上有视频，自己去看。”

“唉，我一直觉得以前艺星为了炒话题各种黑秋秋。你们看秋秋离开了‘谜女团’后，那个团现在还能扑腾出什么水花来？”

“‘谜女团’现在热度还可以吧，人家只是比较低调，专心训练、专注出新歌而已。”

“娱乐圈一向喜欢把没名气说成低调，哈哈哈。”

“‘谜女团’滚，别来蹭我秋秋的热度。”

宁秋秋这边一曲唱完了，获得了老伯赠的冰激凌球一盒。宁秋秋接过来，骄傲地递给展清越：“来，给你。”

展清越接过来，随后又递给宁秋秋：“你不是想吃冰激凌球吗？给你。”

宁秋秋：“……”

你个“腹黑”男，不带这样玩的！

“这算违反游戏规则吧？”宁秋秋问老伯。

老伯还没说话，展清越先说：“你用劳动换来的，就是你的，你送给我，就是我的，我再送给你，这哪里违反游戏规则了？”

老伯被展清越这一通理论绕晕了，导演没提前跟他说会有这种情况啊，于是只能说：“理论上说确实不算违反游戏规则。”

宁秋秋：“……”

这绝对是 bug！

弹幕本来因为宁秋秋唱歌的事情吵得飞起，现在看到展清越这样，都哈哈笑了起来。

果然宁秋秋说得没错，展总是真的“腹黑”。

“不行。”宁秋秋说，“我还要一个，你必须送我。”

展清越：“热量爆炸怕不怕？”

宁秋秋：“……”

她怕……

“我不管，我就要，你必须送给我，不然你就是不爱我！”说理说不赢，宁秋秋就开始耍赖。

她本来没那么想让展清越表演才艺的，但被坑了之后，又觉得不让他表演都对不起这么好的坑他的机会。

果然这招很有用，展清越被她威胁到了，无奈地揉了揉她的头，又问老伯：“才艺表演就可以？”

老伯说：“是的。”

“那稍等片刻。”说完，展清越把手上的冰激凌球交给宁秋秋拿着，随后走进屋里。

宁秋秋边吃边等他出来，好奇他会来个什么才艺表演。

节目组准备的冰激凌球挺好吃的，奶香味浓厚，里面加了很多麻薯，味道甜美，入口即化。在这种炎热的天气能吃上一口冰凉爽口的冰激凌球，宁秋秋有种“这辈子值了”的感觉。

她正吃着冰激凌球，看到展清越拿了一根萝卜出来。

宁秋秋、老伯：“……”

直播间观众：“……”

“你这是要以物换物吗？”宁秋秋代表群众问出了大家想问的问题。

“当然不是。”展清越亮出另一只手上拿的水果刀，“看我的才艺表演。”

这难道是……

“雕花！”

“厉害了，我的展总！”

“啊啊啊，展总怎么什么都会啊？我又自闭了。”

“展总让我见识到了我和大人物之间的差距。”

“求问秋爷打着哪个牌子的灯笼找的男朋友？”

“别问，问就是展总是我们得不到的男人。”

水果刀的发挥空间有限，不过展清越还是完美地雕出了一朵白玫瑰。镜头对焦过去，玫瑰的花瓣层层叠叠，在展清越修长的手指上怒放。

展清越把白玫瑰递过去，问老伯：“可以吗？”

“可以可以。”老伯接过来端详片刻，竖起大拇指，“这手艺，比五星级酒店的大厨还要好。”

比大厨厉害的赞美可能有点儿夸张，但展总顺利地通过才艺表演，获得了一个可以选一份东西的权利。宁秋秋在他雕刻的时候已经把冰激凌球吃完了，说：“就冰激凌球吧，我还想吃。”

这个冰激凌球可太好吃了。

这个时候管他胖不胖，她先吃了再说。

“吃多了会闹肚子。”展清越指了指一份冰镇的车厘子，说，“这个吧。”

“不会闹肚子。”宁秋秋见他不肯换冰激凌球，说，“那我可以表演个节目再要一份吗？”

导演并没有限定嘉宾可以得到的份数，可老伯正要开口说话时，看到展清越不咸不淡地看了他一眼。

老伯成功地被富贵所淫，站在了展总这边，坚决地说：“不行！”

宁秋秋：“……”

观众：“哈哈哈哈。”

展总好霸气呀！

宁秋秋委屈地捧着车厘子跟展清越进屋，今天的直播也就结束了，众人结束了快乐的一小时，恋恋不舍地离开了直播间。

为什么这个节目不是全天直播呀？

下周什么时候到啊？距离下周还有好远哪！这是众人的心声。

今天的录制结束，这一期也就结束了，一行人打道回府，这是宁秋秋做得最轻松的一次节目了，跟度假基本没什么区别。

她还能再录一百期！

他们乘坐的飞机落地A市时也才八点，展清越现在也是名人了，这样大摇大摆地出现在机场很容易被粉丝认出来，所以被宁秋秋强制戴了个很可爱的口罩，加上鸭舌帽，完美。

小池则和另一位男助理负责搬运他们的行李，还有公司派的六名保镖远远地跟着随时应对突发情况。宁秋秋挽着展清越的手走出机场，刚走到停车的地方，隔壁忽然有一阵骚动。

宁秋秋以为自己被认出来了，正要拉着展清越快步走的时候听到他们喊："季小姐，请问你和胡念宗分手了吗？"

"听说胡念宗的老婆从纽约飞过来打你，是真的吗？"

"你真的为了资源勾搭胡念宗吗？"

一群记者围着两三个人七嘴八舌地问着，问的问题一个比一个过分。毫无疑问，被他们堵着的就是前阵子被传是小三的季微凉。

宁秋秋除了在上次《飘摇》的开播典礼上见过季微凉，已经很久没看到她了，特别是她出事情后，宁秋秋都有点儿不知道该怎么面对这位原书的女主角。

她会走到今天这个地步，令人匪夷所思。

虽然说这件事情跟宁秋秋没有任何关系，可她来到这个世界，救醒了本该躺一本书的展清越。展清越的苏醒让展清远为了追求真爱，没有采取书里的方式对付那个贾晴，反而选择离家出走，这里的剧情就偏掉了，加上展清越从季微凉工作室撤资，收回营销团队，导致季微凉无路可走转投艺星，再和艺星的高管胡念宗在一起……

这就和蝴蝶效应一样，一环套着一环，导致了最终的结果，说到底，改变的源头还是宁秋秋。

不过宁秋秋自认没什么错处，本来一个人的人生轨迹就会因为一个念头、一句话而发生改变，在不害别人的情况下怎么活各凭本事。季微凉会变成现在这副过街老鼠的样子，真怪不得宁秋秋。

不远处，季微凉被一大群记者堵着，根本上不去自己的车。她就带了一个助理，那些记者跟穷凶极恶的土匪一样，好不容易逮到她，肯定不会轻易放她走的。

情况一时间很混乱，季微凉愤怒地开口骂了他们，那些人不但不退，反而更兴奋地把这一幕拍下来——明星骂记者是非常有爆点的新闻。

"走，别看。"

展清越看了眼那边的情况，微微皱了下眉，赶紧让宁秋秋坐上车，那些记者等下万一发现了他们，说不定也会上来堵他们。

宁秋秋顺从地坐进去，不过叫小池打电话给公司的那六名保镖，让他们去帮一下季微凉。

"这么善良啊。"展清越知道一些她和季微凉的过去，不但知道他家秋秋曾经喜欢展清远喜欢得发狂，还知道季微凉曾经抢了展清远。

对于情敌，除了一个不能打、不能骂的弟弟，展总可没那么大方。

宁秋秋也不是善良，就是恶心那些记者的行为。她以前也被记者这样堵过，这些人跟食人鱼一样，一个比一个凶残。

加上她可能有点儿同情季微凉吧，于她而言，这只是举手之劳而已。

七月底，宁秋秋代言的那个游戏的周年庆即将开始。

周年庆的活动六点开始，他们提前两小时出发就行。可是刚吃过午饭，宁秋秋就上楼开始纠结穿哪套衣服参加周年庆。

她不但纠结自己穿什么，还纠结展清越穿什么。

“这件？不行，太素了。这件？也不好。这个？好像也不对。”

宁秋秋差点儿把展清越的衣柜翻了个底朝天，感觉给他穿哪件都不对劲。

展清越被迫站在试衣镜前，被宁秋秋拿着衣服一件件地对比、筛选半天，都没个结果。展清越见她蹙着眉，比思考她自己穿什么还要愁，说：“我就去做观众而已，你把我打扮得这么光鲜，别人也看不到。”

“那不一样，别人看不看得到是他们的事情，你打不打扮是你的事情，我们不能以别人的想法来衡量自己的行事标准。”宁秋秋振振有词。

这歪理，展清越失笑，说：“你不怕把我弄得太好看，招来桃花？”

“滚吧。”宁秋秋推他，“你放开……”

她被展清越堵住了嘴。

自从有了真正的“练习对象”，展总在吻技方面的技巧以极快的速度增长，再也不是曾经那个接个吻都会磕到牙的人了。

一吻终了，展清越意犹未尽地退离战场，在她的唇角亲了亲，又顺着脸颊转至她的耳朵上，把头埋在她的脖子间，含住她的耳尖。

宁秋秋微喘着气被他抱在怀里，非但没有抗拒，反而揽住他的腰，抬头，眼波潋滟地看着他。

展清越：“……”

展清越看她，宁秋秋也似笑非笑地回看他，二人僵持片刻，最后展清越选择把她摁在试衣镜上：“那尝试一下新地点。”

宁秋秋：“什么？”

你变了！

宁秋秋不肯从，又要找借口，结果被展清越堵住嘴，把她那些煞风景的话全部堵在肚子里。

他的吻绵密轻缠，辗转起伏，总能轻易地把人带入佳境，总有种让人沉溺其中的感觉。

“浑蛋。”最后被展清越抱去洗澡的时候，她只能喃喃地骂道。

展清越这个人太能装了，道貌岸然的“大猪蹄子”！

而展总内心得到了极大的满足，身心愉悦，听到她骂他，低头轻啄她，说："对，我浑蛋。"

宁秋秋："……"

她一点儿都不快乐。

等到二人收拾好已经三点多了，宁秋秋没脸进那个被弄得乱七八糟的衣帽间，自己在房间的衣柜里找了条做工精致又不夸张的小裙子穿了。

至于展清越穿的……关她什么事呀，浑蛋！

四点，他们出发去会场。

由于是重要嘉宾，宁秋秋可以问官方多要几张票，宁父、宁母刚好有空，表示要去给女儿捧一次场。

晶晶作为老玩家也想要去围观，晶晶去了，周扬自然要去，宁秋秋还给了梦梦一张票。

加上展清越、三条和小池，一群人浩浩荡荡。

宁秋秋第一次出席亲友团这么强大的活动，内心有点儿激动。

经过一小时的休息，宁秋秋又活蹦乱跳了。她和展清越开车过去，到会场和他们会合。

三条和小池是最先到的，今天来的人小池都认识，所以她负责接待，把到的人都接到官方准备的休息室，在活动开始前，他们可以在休息室休息等待。

晶晶与周扬和宁秋秋与展清越在下车的地方碰到了，四个人正好一起进去。

宁秋秋看到他们两个穿着一样的黑色T恤，黑色T恤的前面印着一只小鸟，下身都配着牛仔裤，一眼看上去就是情侣装。

上次参加柠檬台盛典的时候，宁秋秋还替周扬着急，现在他们居然都穿上情侣装了。

这个速度，莫非周扬看了韩剧之后突然开窍，然后造了个情话火箭，一步登天？

"你们怎么背着我们穿情侣装？"宁秋秋要被这对闪瞎眼了，又看向展清越，"早知道我们也穿！"

展总明明记得宁小姐说要穿得简单又不朴素，去惊艳全场，现在又羡慕起人家这么朴素的情侣装来。对于多变的女人展总有点儿琢磨不透，于是说："要不让人送一套过来？"

"不是不是，我们穿的不是情侣装。"宁秋秋还没说话，晶晶抢先说，"这是应援服，看！"

说完，晶晶转过身，只见黑色T恤上印着宁秋秋的卡通形象，还有她的名字。

"还有这个小肥啾，你不记得了吗？这是展先生画的你呀，只是上了个色而已！"晶晶又转回来，指着印在前面的小鸟说。

宁秋秋："……"

"还有还有，我还准备了应援手幅。"晶晶献宝似的展开手中的手幅，"看。"

手幅是粉红色的，上面画着她和展清越的卡通形象，写着：啾啾必胜，月球党撬动地球！

宁秋秋："……"

"怎么样，怎么样？是不是很棒？"晶晶献完宝，一脸求夸奖的样子。

"创意很好。"宁秋秋笑了笑说，"用心了，谢谢啊。"

晶晶以前都不追星的，也很少接触网络上的东西，很多网络“梗”她都不知道。现在她不但会建超话，都知道应援了，这些都是因为宁秋秋，这份心意是值得感动的。

不过晶晶似乎还是不太了解，宁秋秋的应援色是金黄色。

“宁小姐你怎么可以这么见外，我再也不是你的小天使了吗？呜呜呜，你是不是有别的小可爱了？”

宁秋秋：“……”

这时，刚好宁父、宁母和梦梦也到了，他们身上居然也穿着黑色的应援服！

你们这是要搞事情啊。

“这衣服我和老宁两个人穿起来怪怪的，但大家一起穿起来挺有气势的。”温玲冲宁秋秋握拳，给她加油打气，“我还是第一次穿这种衣服呢，宝贝加油，打败他们！”

“……”宁秋秋捂脸，突然感觉压力好大。

展清越似乎感受到了她的情绪，适时地说：“这是个娱乐赛，输赢没有太大意义。”

“这样啊。”温玲一听准女婿这样说，立刻变了口气，说，“那不要有压力，咱不屑于跟他们争，让他们的。”

宁父看进进出出的都是工作人员，忙拉着自家老婆的手说：“我们别打扰秋秋了，让她好好准备，走走走，我们坐一会儿。”

说完，宁父硬是把还想跟宁秋秋讲话的温玲拉走了。

宁秋秋无奈地摇了摇头，很奇怪温玲明明也天天待在上流圈子，接触各种高情商、高文化的人，为什么一点儿都耳濡目染不到，说话不过三分钟就露馅呢？

可见这原书的人设有多强大。

这时三条走进休息室，招呼宁秋秋出去。宁秋秋知道自己要忙去了，对展清越说：“你的位置跟他们的不在一起，等下让小池带你过去，别弄错了。”

“放心，我知道。”展清越伸手点了点她的鼻尖说，“去吧，不用管我。”

三条快被这两个人肉麻死了，等宁秋秋走出来，说：“去化妆吧。”

“好。”

“你跟展总准备得怎么样？”三条问她。

三条知道展清越等下会被临时选上去和宁秋秋这一队打表演赛，但是对方有四个职业选手，他们这边只有三个，即便三条对展总很有信心，可职业和业余毕竟有差距，她还是有点儿虚。

如果宁秋秋一个人上去打表演赛就算了，有娱乐效果就行，大家不会要求她打得怎么样。但她和展清越上，性质就不同了，“池鱼大神”四字如雷贯耳，要是输得很惨，三条就要好好琢磨一下该怎么公关。

宁秋秋信心十足：“放心，包赢。”

“这么厉害啊。”三条见她得意地吹牛，想着他们这阵子那么勤奋地练习，打出来的段位也不是假的，“那我就放心了。”

“宁秋秋！”

正要走进化妆间的时候，二人听到有人叫宁秋秋，一起朝着声音的来源看过去，便看到唐宇几步走过来，说：“走走走，去认识一下我们战队的队员，等下你记得选他们，不准选别的战队，听到没？不然我把你在游戏里被虐得挂机的视频发到网上。”

宁秋秋斜睨他一眼，狐假虎威地说：“展总也来了，就在隔壁休息室，你要不要过去打个招呼？”

“……”唐宇愣怔了一下，随后号叫，“秋秋姐，秋秋妈也行，我错了！”

宁秋秋、三条：“……”

大兄弟，你的骨气呢？

宁秋秋没料到展清越的威力这么大，能把这个天不怕地不怕的二世祖吓得叫……妈。

呸，她才没这种儿子。

宁秋秋感觉这个唐宇不只是被禁足一个月那么简单，怕也不至于怕得这么彻底呀，这其中肯定还有什么她不知道的剧情，导致唐宇见到展清越，如同老鼠见了猫。

不过宁秋秋还是和唐宇去见了他们的队员。

选手们都很腼腆，找宁秋秋签名、合影都会脸红。宁秋秋跟他们聊了几句，走的时候，一个戴着眼镜的选手说：“秋秋姐，记得选我们哪，我们很强的！”

宁秋秋看到他期待的小眼神，被逗笑了：“你们为什么这么执着于要我选你们的战队？万一我很坑怎么办？”

选手们都笑了出来，其中一个人说：“老板说的。”

“老板？唐宇吗？”

刚好这会儿唐宇被人叫出去了，不在室内，另一个选手说：“对，老板说把你拉来了发奖金。”

这也太诚实了，宁秋秋笑道：“好，为了你们的奖金，我会选你们战队的。”

“谢谢秋秋姐！”选手们得到了她的保证，都笑得很开心。

告别他们，三条感叹：“年轻真好哇。”

宁秋秋挽住她的手臂：“条姐也很年轻啊。”

“三十三了，鱼尾纹都有了。”

“鱼尾纹？”宁秋秋向前跨一步看三条的脸，“没有啊，一定是你家的镜子坏了，砸了重新买一个。”

三条被宁秋秋逗得笑了：“这真是最奇葩的安慰方式了。”

到了晚上七点钟，表演赛正式开始。

和宁秋秋一起打表演赛的是另一个男明星明熙，不过明熙说他自己也是《王者召唤师》的爱好者，平时工作之余也会拿手机和朋友“开黑”，打游戏放松。

这次周年庆是全网同步直播的，听到明熙这样介绍自己，弹幕上顿时热闹起来了，除了明熙的粉丝各种欢呼尖叫，就是宁秋秋的粉丝愤愤不平了。

“哇，官方这次过分了呀，这样一搞宁秋秋毫无赢面吧。”

“啾啾要哭了，池鱼快来支援哪！”

“啊啊啊，我想看秋爷和池鱼一起打，官方满足我吧。”

“官方不是说会有位重磅神秘嘉宾吗？好希望是展总啊！”

“宁秋秋这下要输得很惨了，好好当明星不行吗？为什么要来蹭电竞热度？”

“人家是官方请的，你们不服找官方说去呀，在这儿说有什么用。”

“不知道官方干吗请个连游戏都不会玩的来打表演赛，一点儿观赏性都没有，给我们表演女明星被殴打的一百种方式？”

“电子竞技里菜就是原罪，宁秋秋滚出《王者召唤师》的舞台。”

游戏里的暴躁老哥们喷起人来一个比一个凶，宁秋秋的粉丝试图喷回去，却被各种脏话问候，弹幕里一时间群魔乱舞，非常混乱，管理员出来封了一波，才勉强维持住了秩序。

这时明熙自我介绍完毕，将话筒递给了宁秋秋。宁秋秋笑道：“大家好，我是宁秋秋。其实有点儿不巧，我因为代言了这款游戏，也接触了一下，不算‘小白’，跟明熙不敢说有来有回，但气势上不能输，我会努力把表演赛打出精彩表演的效果的。”

“哇！”

现场的观众发出一阵惊呼，以往来的明星一个比一个菜，现在居然来了两个都会打的，这下有的看了。

主持人其实早知道剧本了，但听到宁秋秋的话，还是配合地做出惊讶的表情说：“看来今天这场表演赛会打得非常精彩，那接下来请两位嘉宾选择自己想要一起打表演赛的战队。”

二人通过石头剪刀布决定谁有优先选择权，宁秋秋出的剪刀赢了明熙出的布，她便按照原先的计划选了唐宇的 SK 战队，明熙则选了实力很强的 MJ 战队。

唐宇的 SK 战队和 MJ 战队对战一直是三七开的胜率，先选的宁秋秋居然选了这么个劣势战队，大家顿时都笑喷了。

果然是女明星，不懂形势，瞎搞。

这么说来，她所谓的会玩也就是“黄金”段位吧。

宁秋秋当然知道自己选的战队实力不如明熙选的，但知道 SK 战队的风格和她跟展清越的很像，所以很有自信，毕竟她是有备而来的。

选好战队后，主持人微笑道：“今天我们的官博宣布了晚上将会有一位神秘嘉宾出场，现在我们就要邀请那位神秘嘉宾一起，完成这场表演赛。”

场下的观众顿时骚动起来，官博把这个神秘嘉宾吹得跟大神似的，大家都非常好奇会是什么大人物。

就在大家屏息以待时，主持人宣布道：“接下来有请我们的神秘嘉宾——池鱼大神，登场。”

同一时间，聚光灯聚焦到坐在贵宾席的展清越身上，展清越清俊的脸出现在舞台中央的大屏幕上。

没错，神秘嘉宾就是他们认识的那个池鱼。

众人：“啊！”

弹幕："这是真的吗？"

展清越："……"

幸好展总见惯了大场面，所以震惊只是一闪而过。他很快就淡定下来，镜头聚焦下的他微微一笑，站起身来，缓步走上舞台。

弹幕此刻差点儿刷爆。

"啊啊啊，池鱼呀！"

"天哪，官方这次也捂得太紧了吧，啊啊啊，这个惊喜比我这辈子收到的惊喜都大。"

"我要哭了，这是什么神仙官方啊？我决定多买几个皮肤！"

"呜呜呜，展总啊，我真的是太意外了！"

"看到展总，我瞬间感觉踏实了是怎么回事儿？"

"输赢无所谓，有生之年能看到池鱼大神直播打一次游戏，无憾了！"

现场的观众不比弹幕上的淡定，晶晶他们也惊呆了。

"啊！"晶晶已经激动得不知道说什么了，转头看周扬，"你是不是提前知道？"

"不知道。"不但他不知道，估计展总自己也不知道。

梦梦捂胸口："作为 CP 粉，这是我迄今为止粉过的最会'产粮'的一对了，神仙爱情也就是这样了吧。"

接下来发生的却更让人尖叫。

展清越走上舞台，一路都是粉丝的尖叫声，他站在宁秋秋的身边，宁秋秋调皮地冲他笑了笑。

展清越也冲她一笑。

这一幕被镜头捕捉到，又引发了一阵尖叫。

主持人被闪瞎了眼，还要保持微笑，说："大家看来都很激动啊，池鱼大神先来介绍一下自己吧。"

展清越接过话筒，说："大神不敢当，大家好，我是这次的神秘嘉宾展清越，游戏 ID 池鱼，神秘到连我自己都不知道自己是神秘嘉宾。"

众人哄笑了起来，原来展总也事先不知道吗？

主持人笑道："为什么会这么神秘呢？不如来问问站在你旁边的那位女士。"

展清越把话筒放到宁秋秋的嘴边，亲自帮她拿着话筒，让她说。

"因为有个人跟我说过他年轻时的梦想就是做一名职业电竞选手，刚好有这么个机会，官方的工作人员问我要不要把展总一起请来打表演赛，他的生日又快到了，所以……"

宁秋秋的话还没说完，已经被下面此起彼伏的尖叫声打断了。

"这口糖，救命，我要得糖尿病了。"

"秋爷真的好宠好宠展总啊，除了尖叫我不知道说什么了。"

"啾啾太会玩了，这波操作我给一万分。"

"他们要是分手了，我就再也不相信爱情了。"

CP 粉吃糖吃到昏过去了，但这毕竟是游戏的直播，很多不追星的玩家也在看，所以宁秋秋这么一说，又有暴躁的玩家开始发弹幕了。

“我去！好好打游戏不行吗？搞这些有的没的，《王者召唤师》要倒闭了吗？”

“老子是来看比赛的，不是来看你们秀恩爱的，要秀滚出去秀。”

“上两个业余的，这是看不起我们 MJ？”

“MJ 加油，打崩他们。”

弹幕骂得很凶，宁秋秋的粉丝和 CP 粉都要被这些没素质的人气死了，而且这是官方邀请的，关宁秋秋和展清越什么事情啊？

宁秋秋只是应主持人的提问说了一下理由而已，总共二十秒时间。之后主持人就让各位选手准备了，根本没耽误什么，这些人有必要这么深仇大恨吗？

可论素质，他们根本骂不过这些玩游戏的，只能选择关掉弹幕，专心关注 CP。

表演赛很快开始了。

第一局，由于 MJ 这边的选手过分轻敌，加上明熙虽然经常和朋友“开黑”，但水平其实一般，和其他职业选手配合不来，输了。

而且 MJ 输得特别干净利落，二十五分钟就被推上高地输了，全场他们就拿了两个人头。

MJ 众队员：“……”

观众：“……”

弹幕：“……”

这个爆冷让大家一时间没反应过来。

因为大家，甚至连宁秋秋自己的粉丝都觉得宁秋秋他们会输得很惨。

没想到会赢得这么轻松，大家瞬间底气足了。

“那些说秋秋、展总会被打爆的，脸伸出来挨打！”

这个弹幕一时间全部被宁秋秋和展清越的粉丝以及 CP 粉刷屏了，那些人也没想到 MJ 战队会这么惨。

但是——

“这局 MJ 轻敌了，而且 banpick 没做好，别得意，下局继续，让一追二一向是 MJ 的传统。”

不懂游戏的“啾毛”“鱼粉”和“小星星”：“啊！”

为什么还有第二局？

完了，他们得意早了。

第二局很快拉开帷幕，这次 MJ 没那么轻敌了，拿到了对线很强的英雄，压力来到了 SK 这边。但 SK 发现明熙这个点巨好抓，于是把他作为突破口，愣是把他这条线打崩了。

这局持续了四十分钟，最后，宁秋秋他们还是以微弱的优势赢下比赛。

这下是真的比完了，宁秋秋他们以 2∶0 赢了 MJ 战队。

比赛前被骂得怀疑人生的宁秋秋的粉丝彻底扬眉吐气了，在弹幕里欢乐起来。游戏里的那些人除了一些还在不分清红皂白骂人的，通通闭嘴了。

好爽，这是“啾毛”“鱼粉”和“小星星”的心声。

台下，晶晶和梦梦两个CP粉兼游戏玩家都要感动哭了。

“他们两个下路组的几波神仙配合，都快把我看呆了。呜呜呜，这就是传说中的夫妻同心吗？”晶晶捂着胸口，现在感觉心还跳得飞快，刚刚真的太惊险刺激了，“我以为他们要输了。”

“我也惊呆了。”梦梦也激动地说，“虽然表现不如职业选手，但我们操作不够，爱情来凑，谁也没办法在我们的爱情面前赢过我们！”

晶晶说：“我突然想谈恋爱了，呜呜呜。”

坐在她旁边的周扬咳了咳，梦梦冲她眨眼睛，说：“上啊，人都在身边呢。”

晶晶脸红了红，骄傲地说：“哼，他打游戏都是抱着我的大腿上分的，才不要。”

周扬：“……”

天生没有游戏细胞，怪他吗？

舞台上，主持人走上去采访两方成员。

她故意先问明熙，明熙接过话筒，笑道：“输得心服口服，我被那几波绕后打得心态都崩了，池鱼大神名不虚传。还有秋秋，如果有个年度打游戏最厉害明星的评选，我一定要把我这票投给你。”

宁秋秋被逗笑了，双手合十，朝他用口形说：“谢谢。”

主持人又问MJ战队的队长，队长有点儿腼腆，说：“第一局是我们太轻敌了，banpick也由于不了解池鱼他们的英雄池，做得不好。第二局确实是对方打得好，我们一直想从下路这边找突破口，结果池鱼他们实在太谨慎了，我们没蹲守成功，反倒被反杀了一波，导致我们有优势的下路反而被打崩了。”

主持人说：“那以你们的角度，评价一下池鱼和秋秋这次比赛打得怎么样。”

“很优秀，特别是我们的下路被反杀的那一波，他们把细节处理得太好了。”

这个评价对业余的玩家来说，已经算是非常高了。

然后是宁秋秋他们这边的采访。

镜头刚切到宁秋秋和展清越的身上，下面的观众就开始尖叫。今天来了很多宁秋秋的粉丝，由于他们的比赛实在打得太精彩了，还有很多现场爬墙的游戏粉丝，整个会场热情高涨。

主持人等他们叫完了才说：“先问秋秋啊，秋秋对你自己的表现满意吗？”

“这个呀，”宁秋秋调皮一笑，说，“我自己其实没感觉的，要不让展老师评价一下？”

主持人默默地“吃狗粮”，转向展清越。

对于某人的坏心思，展清越轻笑，说：“这是她发挥得最好的两场了，打得比平时都要好。”

得到这个表扬的宁秋秋嘚瑟了，嘿嘿一笑：“小宇宙爆发。”

主持人心想：“我不应该在这里，应该在舞台底。”

不过展清越的这个回答很妙，因为职业战队毕竟是靠技术吃饭的，被2∶0“零封”，怎么也说不过去。他这样一说，给足了 MJ 战队面子。

“那池鱼大神呢？我刚刚在下面看到几波操作都非常优秀，特别是反蹲那一波，意识太到位了，这不是一般玩家能打出来的水平，请问您是练习过吗？”

展清越点头：“陪练。”

观众：“哇！”

主持人说：“哎？我有点儿没明白，您是业余从事陪练？”

“专属陪练。”宁秋秋一脸小骄傲，“我的。”

主持人：“……”

她不想再采访了，想摔话筒！

观众也在被喂“狗粮”。

“我感觉主持人快要崩溃了，哈哈哈哈。”

“啊啊啊，我也想要一个这样的陪练，请问《王者召唤师》给分配吗？”

“所谓陪练，只是秀恩爱的一个借口罢了。”

“啾啾之前就说池鱼是她在淘宝六十元请的陪练哪！”

“我和职业选手，只差一个池鱼大神这样的陪练。”

主持人又问了几个问题。等采访结束之后，他们退场，这次表演赛就告一段落了。

展清越和宁秋秋一起退至后台，SK 战队的成员都很高兴。他们一直比较害怕碰到 MJ 战队，MJ 战队太会运营了，没想到这次 SK 战队这么轻易就赢了。

唐宇他们就在后台等自己的队员下来，结果看到展清越、宁秋秋和他的战队成员在一起，心里骂了一声。

可躲开已经不可能了，唐宇硬着头皮打招呼，像招财猫一样挥了挥爪子：“嘿，展总。”

队员们难得看到平时狂霸酷炫的老板这么㞞，一时间都惊呆了，个个愣在原地。

展清越倒没多大反应，微一点头，说：“你好。”

“我安排了一个小庆功宴，您和秋秋要不要赏个脸，嘿嘿，过去坐一坐？”唐宇尽量使自己的笑容不谄媚。

“不了。”展清越说，“怕不够爷们儿。”

唐宇：“……”

宁秋秋偷笑，展清越这个记仇的性子，有时候真的太好玩了。

她看唐宇听到“爷们儿”后脸色变了又变，于是说：“你今天怎么不邀请池鱼加入你们的职业战队了？他今天表现得不够优秀吗？”

老子一定要把你菜得抠脚的视频发出来！唐宇内心愤愤，表面却跟孙子一样：“就是表现得太优秀了，身价太高，我们俱乐部倾家荡产也请不起呀。”

宁秋秋看他的队员们都在忍笑，勉强给唐宇留了点儿面子，说：“那我们走啦。你们今天都很棒，加油，以后越走越好，拿了冠军，让我们两个‘前队友’也跟着沾点儿光。”

告别了 SK 战队的成员，宁秋秋、展清越、三条和小池一起往休息室走。

三条心情激动，这次表演赛远远超出了她的预期。本来她听说 SK 打 MJ 赢率三七开的时候，以为SK赢不了比赛了，都已经想好怎么公关了，没想到他们以2∶0赢下来了。

“我刚刚在下面捏了一大把的冷汗。”三条想着刚刚的场景说，“看你们那么轻松地赢下第一把，我都觉得有点儿不真实。”

“那是，也不看看是谁上场。”离开舞台，宁秋秋开始疯狂翘尾巴。

三条故意说：“对，展总威武，我看不懂这游戏都觉得展总的操作优秀。”

宁秋秋就不服气了：“我也很厉害的好不好？没有我他哪里能打出这么高的伤害？”

三条还没说话，展清越就说：“你今天状态特别好，几次开团都发挥得很出色。”

宁秋秋看了三条一眼，高傲地一抬头：“哼！”

“……”你有男人撑腰了不起啊。

到了休息室，宁秋秋仍很兴奋，超想单独跟展清越说几句话，问他惊不惊喜。

可惜她才走进休息室，那边的工作人员又来请她过去。她接下来还要上场，所以不能离开。

她好气。

展清越笑着拍了拍她，说：“去吧，有话等下说。”

“那我走啦。”宁秋秋一步三回头。

“嗯，我就在这里等你回来。”展清越看她一副害怕自己下一秒就要飞走的样子，好笑地说。

宁秋秋被请到嘉宾席，和其他明星坐在一起，台上还有一些小互动会cue到他们，不过基本没有他们什么事情了。宁秋秋坐在那里，偷偷地拿手机出来刷微博。

微博上非常热闹。

“宁秋秋 王者召唤师”“宁秋秋 池鱼”“池鱼天秀”“池鱼C位出道”等各种话题被顶上了热搜，有《王者召唤师》官方买的，也有宁秋秋团队买的，还有自然上的，他们二人成了今晚的焦点。

“啾毛”“鱼粉”和“小星星”们今天都在狂欢。

之前展清越玩《魔阙》的时候，粉丝给他建的超话现在已经被大批的“技术粉”占领了，超话粉丝数一晚上涨了几万，新老粉丝吵吵闹闹。

猪妹妹没大：“‘池鱼天秀’‘池鱼C位出道’的话题里有池鱼今天的‘天秀’部分，给大家看。我来来回回看了好几遍还是觉得很厉害，顺便求问秋秋，这么全能的男朋友，是打着什么牌子的灯笼找到的？（视频）”

“猪妹妹没大”发的视频里，不但有展清越几波神操作的部分，还为了照顾不懂游戏的玩家，博主在后面做了讲解，告诉大家展清越的操作出色在哪里。

比如反蹲那波，对方演戏演得特别到位，但展清越没被对方骗到，反而将计就计，卖了个破绽，把对方骗过来杀他，结果蹲伏在草丛里的打野一起出来把对方打死了。

比如展清越单杀那一波，他的手速快到博主放慢到了0.5倍，才看清他的操作，两个键几乎是无缝衔接。博主还给大家展示了这样操作的难度，一般人根本做不到。

再比如展清越不小心被对方抓了一波的那次，他以三个走位躲掉了对方的三个关键技能，愣是拖到了队友来支援，反打回去。

“谢谢博主的详细讲解，终于懂了，池鱼厉害啊！”

“这手速和反应……展总真的是临近三十的人吗？”

“展总年轻时的梦想居然是做职业选手，亿万家产耽误了我展总的梦想，电竞圈因此少了位传奇。”

“宁秋秋是我见过秀恩爱最厉害的明星了，从微博秀到综艺再秀到电竞圈。”

“不要光看池鱼呀，秋爷也有几波操作很厉害的，特别是池鱼三杀那一波，要不是她举盾挡伤害，池鱼必死的。”

“神仙操作，神仙爱情，我觉得他们之中换掉任何一个，都打不出这么完美的配合。”

“虽然打得很好，但没必要这样吹吧？放在职业赛场这些都是基本操作，要不是 MJ 轻敌了，他们不可能赢的。”

“池鱼也就比普通玩家强一点儿而已，这次赢得太靠运气了，MJ 哪怕少失误一点点，都不可能会输掉。”

“这波‘尬吹’连我这个‘鱼粉’都看不下去了。”

宁秋秋用小号给夸展清越的那些评论都点了个赞。要不是现在还在会场，她一定要和那些说他们全靠运气赢的人吵一架。

SK 能打赢 MJ，中上野很强是一个原因，另外一个原因是明熙这个点太好抓了，他心态都被抓崩了，根本发育不起来。

加上第二把对方一味地把她和展清越这个点作为突破口，导致他们这边的中上野发育良好，最后对方输了团战。

赢，没有运气，他们的配合和心态都比对方好。

当然，还有技术也很重要啦，宁秋秋不要脸地想。

好不容易熬到周年庆结束，宁秋秋回到休息室，展清越果然还等在那里。

三条去应付公关上的事情了，宁秋秋让小池去照顾她的父母和晶晶他们。

休息室一下子剩下他们二人。

宁秋秋关上门，蹦蹦跳跳地走过去，直接坐在展清越的腿上，邀功似的说：“这个生日礼物你喜不喜欢？”

展清越微微皱眉，似乎在想喜欢还是不喜欢。

宁秋秋就不高兴了，伸手捏他的脸：“你居然还要思考，答案不是脱口而出的吗？”

展清越任她玩面团一样揉捏自己的脸，说：“礼物我很喜欢，可是一想到生日礼物提前收了，生日的时候就没有了，又有点儿不喜欢。”

“你这个人真贪心。”

展清越抬眼，目光清幽：“我还想更贪心一点儿。”

宁秋秋被他看得老脸一红：“什么？”

“秋秋，”展清越把自己的额头抵着她的额头，拨开她散下来的头发，说，“我们家的户口本阳盛阴衰，你要不要考虑提前住进来，平衡一下人口比例？”

本来展清越是顺从宁秋秋的意思，等到二人恋爱得久点儿再考虑结婚，让她充分感受一下恋爱的滋味的。

可是今天，他忽然不愿意等了。

他只是随口提了一下年轻时的梦想，宁秋秋就放在了心上，甚至给他争取了一次打职业赛的机会。

其实他接手卓森后，也曾想投建一个电子竞技俱乐部，为自己圆梦。可想法终究只是想法，那个梦想于他而言已经遥不可及了，鱼和熊掌不可兼得，他担心拿了熊掌，就再也不能要鱼了。

宁秋秋给他争取了圆梦的机会，虽然只是表演赛，可展清越已经满足了。

刚刚的两场比赛，他打得酣畅淋漓。

这是他离年轻时的梦想最近的一次。

这么好的女人，他迫不及待地想要娶回家。

“啊！”这是求婚吗？

这婚也求得太别具一格了，宁秋秋故意说：“我又不是做慈善的，干吗要帮你们平衡人口比例？”

“确实。”展清越轻笑，“那改变一下思路，你们的户口本阴盛阳衰，我住进去帮你们平衡人口比例，我不介意做慈善。”

“……”还是你厉害。

“好不好？”展清越亲了一下她的鼻尖，问道。

宁秋秋沉默了一会儿，展清越耐心地等着，最后听到她轻轻地说：“好。”

展总求婚成功，婚却不可能说结就结。

主要是双方的时间问题，宁秋秋接下来要进组拍戏，一直拍到十一月初才收工，展清越也处于在卓森和丰宜两边奔走的状态，精力有限，没时间准备婚礼。

而且结婚也不是一蹴而就的事情，虽然大部分事都可以交给别人操心，可有些东西还是要自己准备才有意义。

所以最后他们还是把婚礼安排在了年后。

宁秋秋结婚，晶晶比她还激动。晶晶已经辞掉了护工的工作，自己开了家店当老板，由于有周扬这位“做生意大佬”出谋划策，店里生意火爆，晶晶已经计划开分店了。

作为“月球党”的头号粉丝，晶晶收到请柬的第一反应就是把请柬发到超话。

“这请柬的设计，美呆了！”

“会长这波仇恨拉大了。”

“会长记得多拍照啊，我们全部的希望都寄托在你身上了。”

“我的神仙情侣终于要步入婚姻殿堂了，露出老母亲的微笑。”

“啊啊啊，比我自己要结婚了还要激动，鬼知道我到底在激动什么？！”

晶晶满意地在微博上炫耀了一波，心满意足。其实说到老母亲，最像老母亲的是她呀，她真的是一路看着他们走来的，终于等到他们修成正果了，突然生出一种嫁女儿的感觉。

月球产粮专用："我也有！（图片）"

自从去年宁秋秋"掉马甲"后，就清空了全部的微博，从此再也没有出现的《霸道秋爷俏展总》作者，也就是梦梦，也跟着转发了晶晶的微博。

众人震惊了。

"啊啊啊不是高仿，是真的'太太'！"

"啊啊啊，你粉的'太太'复活了！"

"我的妈，大大你是怎么拿到请柬的？莫非是内部人员？"

"我也觉得大大是内部人员，这么说来，《霸道秋爷俏展总》里面的很多'梗'，莫非也是……"

"'太太'你不怕去了'掉马甲'被展总打死吗？要不咱商量一下被展总打死前你先把更新写了？"

晶晶看到因为梦梦转了她的微博，瞬间引来了全部CP粉的围观。除了一些很新的CP粉，基本所有人都知道《霸道秋爷俏展总》这篇被作者抛弃的文，也认识这位"太太"。

她的微博粉丝在她半年多没发只言片语的情况下，已经涨到八十多万了……

其实粉丝们不知道的是，梦梦换了个号，天天混迹在他们中间跟着他们嗑糖。

晶晶给梦梦发微博私信。

晶晶："姐们儿！你要不要换个'马甲'，把那本小说续了？救救孩子！"

梦梦："不！饶了我吧姐们儿，我还想活着参加婚礼。"

展总报复起人来，不是一般人能顶得住的，她真怕被打死。

晶晶："我们号召超话的粉丝保密呀，反正展总平时基本不上微博，只要没人在他的面前告状，他日理万机，哪里有空去关心这种鸡毛蒜皮的事情？"

梦梦说什么也不敢续写那篇文了，不过决定开始写另外一篇文，专门吹展总的那种，名字就叫《腹黑总裁轻轻爱》，这样她就不用担心被展总毒打了。

嘿嘿嘿。

由于展老爷子特别守旧，坚决不同意他们去国外结婚，所以婚礼就在国内举办。宁父、宁母终于等到了这天，可真正把自家女儿交到展清越手上的时候，温玲的眼泪哗啦哗啦地流。

温玲一哭宁秋秋都想跟着哭了，可她化着妆，不适合哭，一哭等下要成熊猫眼了，所以抱了抱温玲，说："妈，别难过，我会经常回来的。"

"谁说我是难过？我这是太激动了，你终于把清越给套到了，这近两年的时间里我都愁死了，看我这白发都要愁出来了。"

宁秋秋："……"

再见！

婚礼是在本市的一家花园式酒店举办的，由于场地不大，他们并没有宴请太多宾客，都是双方的亲属和要好的朋友。

展清远本来要给展清越做伴郎的，可展老爷子说他们差了六岁，生肖相克，不吉利，不准他做展清越的伴郎，气得他跳脚。

谬论，通通是谬论！

但他又不敢跟展老爷子理论，只能疯狂生闷气。

正当他看着展清越和宁秋秋沿着撒满玫瑰花的地毯，缓缓地走向幸福的彼岸时，身边不动声色地来了个人。

女的，很高挑，而且很有气质。

她应该是宁秋秋的朋友。

展清远那颗花花公子的心顿时又被勾起了涟漪，他两步走到她的身边，搭讪道："你觉得这场婚礼怎么样？"

"好。"美女惜字如金。

她应该属于冷艳型，说话也是带着点儿比较刚硬的语气，展清远见多了各种萌妹、御姐，忽然觉得这类美女很新鲜。

"能一起见证一段如此美好的婚礼，也是一段缘分哪，认识一下？"

"不用认识。"美女冷冷地说，"我只是过来看住你，没必要混得那么熟。"

"看住我？"展清远轻笑，"莫非是你的哪个小闺密暗恋我，要你看住我不让我被勾搭走？可惜呀，我现在只对你感兴趣怎么办？"

美女冷笑："别多想，我只是从你的表情判断，你和新娘存在感情纠葛，很有破坏婚礼的嫌疑。"

展清远："什么？"

他只是因为没当上伴郎而感到心塞而已呀，怎么在她看来就成了对新娘有意思了？

如果她都这样认为，那其他人岂不是……

展清远下意识地看了眼周围的人，果然见有人目光古怪地看他，特别是温玲，不好好看她的女儿步入婚姻的殿堂，看他的眼睛都要喷火了。

展清远："……"

老子比窦娥还冤。

"灵珊，你在这里呀，走走走，我们走近点儿沾沾喜气呀，据说能加快脱单呢。"正当展清远想要一头撞死的时候，一个小姑娘跑过来找站在他身边的美女。

"谬论！"这是郑灵珊和展清远共同的心声。

不过这人一脸花花公子的样子，实在让人讨厌。郑灵珊不想跟他多待，警告地瞪了展清远一眼，意思是他敢做什么出格的事情，她饶不了他。

大概是这位美女的目光过于凶残，展清远居然还真生出了几分怯意。

母老虎！

"灵珊，你刚刚干吗瞪展二少？他得罪你啦？"

郑灵珊一愣："他是展二少？"

“对啊，你不知道吗？”

不知道，她是新娘方请的客人，新郎方这边只认识个新郎。

郑灵珊皱眉，这下洋相出大了。

那边，新郎新娘刚交换完戒指，新郎正在拥吻新娘，全场爆发出一阵掌声。

晶晶忍不住哭道：“呜呜呜，太幸福了，我爱的 CP 修成正果了。”

周扬默默地给她递上纸巾，一向寡言的他这回“说话情商”终于在线了，他说：“那你准备何时让我也修成正果？”

晶晶说：“你可不可以不挑我哭得那么难看的时候说这种话题？让我怎么答应你嘛。”

周扬：“……”

女人……真的好难懂。

婚礼结束后是宴席。新郎新娘在这最幸福也是最累的一天，终于等到夜色落下帷幕，全部流程结束，可以回房间休息时，已经晚上十点了。

他们的婚房是这家酒店顶楼的总统套房，夜色唯美，透过落地窗可俯瞰市区的夜色，也能仰望星空。

可惜，美景已经无人欣赏了。

宁秋秋终于洗完澡躺在床上——她累瘫了。

结婚真的太累了！穿着巨高的高跟鞋一整天，脚都快不是自己的了。

所以等展清越洗完澡，她招呼道：“小越子，给哀家捏捏脚。”

“……”小越子挑眉，这才刚结上婚，她就开始了。

不过他没说什么，甚至配合她演道：“嗻。”

说完，他走过去，捧起宁秋秋雪白的脚，放在自己的膝盖上，开始轻轻地按揉。

宁秋秋又拿起了手机。她一直准备发一条关于新婚的微博来着，奈何文采太差，删删写写，都没有满意的。

被展总按舒服后，智商直线下降，宁秋秋干脆发了个简单粗暴的微博。

宁秋秋：“往后余生，风雪是你，平淡是你……终于把这个男人娶回家啦，哈哈哈哈。”

众粉丝一脸问号。

这是他们粉过最奇葩的一个女明星了，没被毒死一定是他们的韧性太强。

展清越给她按了一会儿，看她舒服得都要睡过去了，手开始变得不规矩，顺着她雪白的腿慢慢往上挪动。

宁秋秋踢他，嘟囔：“别偷懒。”

展总：“我就偷呢。”

宁秋秋：“……”

展清越霸气一笑，目光灼灼地看着她，说：“我不仅偷懒，还偷心、偷你。”

“这句话的完整对话是不是，我骂你是小偷，然后你说对，请我把你关起来，关在我心里一辈子？”

展清越：“……”

你想太多了。

可宁秋秋这个破坏气氛小能手，成功地把原本暧昧的气氛破坏掉了。

浪漫是不可能浪漫了，展清越干脆把她压在床上：“偷东西不够判一辈子，直接把你偷回家说不定有希望。”

宁秋秋：“……”

她还想还嘴，可话已经被展清越深深地堵在嘴里了。

白痴夫妇的新婚之夜依旧从白痴开始。展总为了能被判一辈子，来来回回地把她折腾了好几回，一直到宁秋秋吃不消求饶才放过她。

洗完澡重新躺回床上，宁秋秋彻底废了。

展清越却精神不错，凑过去咬昏昏欲睡的宁秋秋的耳朵，轻笑道：“这下够在你心里关一辈子了，秋秋。”

（正文完）

番外合集

（一）啾啾生娃记

生娃这种事情，几乎是每个步入婚姻殿堂的人必经的。

宁秋秋担心展总而立之年一过，容易影响生二胎，所以抓紧先把一胎生了。

怀胎到八个月的时候，宁秋秋凭借在电视剧《沧澜公主》中的精湛表演被提名金鹰奖最佳女主角。很巧的是，已经签入他们公司的方谨然也依靠一部电视作品被提名最佳男主角。

大概是第一胎的原因，宁秋秋这一胎怀得很累，一开始是孕吐困倦，后来是浑身浮肿，到了现在小家伙开始非常活跃了，天天闹来闹去，导致宁秋秋现在整个人有点儿气色不佳。

宁秋秋获奖的概率很大，加上这种活动也不会累人，就是坐在下面看而已，所以宁秋秋还是决定大着肚子出席。

由于怀着孕，她也没有浓妆艳抹，只化了个淡妆，虽然难掩疲色，可做妈妈嘛，谁不是这个样子，多亏她天生底子好，并不显得难看，依旧惊艳。

现场很热闹，今天肚子里的小崽子仿佛知道妈妈在出席活动，居然一晚上都没什么动静。

展清越："大概几点结束？我过去接你。"

微信上，展清越给她发信息。

宁秋秋："不知道啊，快结束了我告诉你，你开完会啦？"

今天是卓森股东会，展清远重新接手了卓森，不过展清越依旧是股东之一。之前展父过世前，为了防止兄弟因为财产反目，把卓森的股份划分得很清晰。

所以展清越即便在床上躺了两年，依旧可以随手豪掷百万给宁秋秋牵条网线，因为卓森的股份分红决定了他就是个躺着也有钱分的有钱人。

这也是展家两兄弟可以肆无忌惮地把董事长这个位置抛来抛去的原因。

不过最后展清远还是干不过展清越，被迫继承家业。

而展清越则把重心放在了丰宜。

丰宜经过两年时间的发展，已经不是当初的那个小公司了，经过展清越的精心经营，一跃成为娱乐界新贵，重点发展艺人经纪和影视投资这两大项目。

艺人里除了已经成为一线明星的宁秋秋和方谨然两座大山，丰宜也培养了很多新人，事业蒸蒸日上。

影视投资这块托了宁秋秋这个“仙妻”的福，投资的几部影视剧都收视率登顶，令丰宜一下财大气粗起来。

现在它不叫丰宜娱乐，已经叫丰宜集团了，其成长速度一度成为业内楷模。

因为丰宜集团的传奇式发展，展总一跃成为明星级别的总裁。即便他本人已经低调得不能再低调了，自从《幸福进行时》结束后，就鲜少在娱乐媒体上露面，但依旧有不少粉丝。

甚至他和合作伙伴谈完生意，还有人拿出纸笔来找他签名，原因是……女儿是他的粉丝。

展清越：“刚开完，累不累？”

宁秋秋：“不累，工作人员特地给我准备了一把舒适的椅子，嘿嘿嘿。”

展清越：“看来我的保护费没白交。”

宁秋秋：“……”

她就说怎么工作人员这么贴心地给她准备了这么舒服的一把椅子，原来是展清越交保护费了。

宁秋秋对展清越的体贴周到感到有点儿开心。

不过嘛……孕妇的脾气总是阴晴不定。

宁秋秋：“我以为是我的魅力大呢，你干吗说出来？不开心！”

展清越：“是你的魅力大，成功迷倒了我，我再向官方提交保护费，让你舒服。”

宁秋秋：“……”

这个逻辑好像没毛病。

宁秋秋：“可是我怀孕都变丑了，魅力大减。”

展清越：“挺好的，少吸引一些目光。”

你听听，这是人话？！

二人聊着的时候，已经到了最佳女主角的公布时刻，被请上去的嘉宾展开手中的手卡，笑了一下，说：“最佳女主角获得者——”

台下几位提名者屏住呼吸。

“沈菲。”

“宁秋秋。”

台下顿时掌声雷动。宁秋秋其实对拿下这个奖已经有一定把握了，所以念到她的名字时并不觉得奇怪，不过还是有点儿激动。她从椅子上站起来，却因为坐得过久，一下没站稳。

幸好坐在她旁边的方谨然手疾眼快，扶了她一把。

镜头刚好转到她的身上，这一幕让许多人都吓了一跳。刚开完会，正坐在办公室看直播的展清越更是被这个突如其来的事故吓出了一身冷汗。

幸好秋秋没事。

宁秋秋步履略显笨拙地走到了领奖台上。由于孕妇来领奖比较罕见，所以台下掌声雷动。他看宁秋秋从容地接过话筒，说自己的获奖感言，还 cue 了他，刚刚提起来的心才渐渐放下来，等到宁秋秋接过小金人下台后，他拿起车钥匙，直接去会场。

宁秋秋在各种掌声和喝彩中拿了奖下台，等到大家终于不再聚焦于她的时候才有空把手机掏出来。

微信上都是庆贺和关心。

其中，展清越的最扎眼："结束后坐在那里等我，不准动。"

宁秋秋吐了吐舌头，刚刚肯定把他吓到了，给他回了"好"。

网上，关于这次金鹰奖的词条已经霸占热搜了，"宁秋秋最佳女主角"被顶上了热搜第一。

没办法，有钱就是可以为所欲为。

还有个关于她的热搜词条就是"宁秋秋差点儿摔倒"。

这个热搜的热度也涨得非常快，宁秋秋看到这个，有点儿不好意思。因为怀孕，她已经好久没露面了，一露面就无端让那么多人担心她，等下要发条微博安慰粉丝。

她点进这个词条，却被里面的评论闪瞎了眼。

"宁秋秋这个脸色是不是太憔悴了？滤镜都遮不住。"

"不是我恶意揣测，但宁秋秋无论脸色还是状态，都不像个幸福待产的孕妇啊。"

"很多孕妇都是这样的，那些大惊小怪的，没见过更憔悴的孕妇吧？"

"说很多孕妇这样的，豪门孕妇还真不会这样。我刚问了一个姐姐嫁入豪门的朋友，说孕期照顾得精细周到的话，你想憔悴都憔悴不来。"

"看《幸福进行时》的时候，我就感觉不到展总对宁秋秋的喜欢，宁秋秋在他面前又㞞又卑微。"

"刚刚要不是方谨然扶了她一把，这一摔得出事故吧？说是宠，却连基本防护都没做好。"

大概是怀孕了脾气不好，宁秋秋看到这些恶意的评论都要气炸了，赶紧关掉微博平息火气。

其实刚刚即使方谨然不扶她，她也不会摔倒的，只是忽然头有点儿晕，估计是坐久了的原因，但不至于出事故。

展家对她的照顾细心到别致，可怀孕这种事情，本来就因人的体质而异，天生的东西，哪里可以用外界的因素改造得十全十美？

而且，什么基本防护？直接找个人二十四小时贴着她防止她摔倒？

她快被这些人气死了。

有些人就是这么见不得别人好。

不过这也暴露出了当今网络的弊端，有些人无论什么事情都要抬杠、都要抨击，用最大的恶意攻击别人。

颁奖典礼结束后，果然展清越直接来了会场，刷脸就进来了。

展清越到的时候，其他人都走得差不多了。宁秋秋看到他，晃了晃手中的奖杯，冲他一笑："我又值钱了，展老板。"

展清越被她逗笑了，说："对，秋秋真厉害，变成大肥啾了。"

"……"你才是大肥啾！

三条善后去了，小池和另一个助理小孟一个望天，一个望地，假装看不到这对恩爱夫妻。

两个人说完话，展清越弯腰要抱她，宁秋秋觉得没那么夸张，但展清越执意要抱，宁秋秋寻思着这里离停车的地方不是很远，便由他了。

"等等！"展清越刚要把她抱起来，宁秋秋忽然对小池说，"你等下拍两张他抱我的背影照，发到我的微信上。"

小池："哦，好的，秋秋姐！"

由于宁秋秋差点儿摔倒这件事情，让一群"啾毛"和"小星星"担心到了极致。

晚上十点，宁秋秋终于在微博发声了。

宁秋秋："颁奖结束，某人非要抱我出去，我说我没事，就是坐久了有点儿血液不流通，他不听，还说我是大肥啾！（图片）（图片）"

发的图片一张是展清越抱着她，一张是小金人。

本来"啾毛"和"小星星"都差点儿被"宁秋秋差点儿摔倒"那条热搜底下的评论气死了，现在正主发声，他们立刻扬眉吐气了，直接在那条热搜底下发图片打回去。

就问你们气不气？

"喷子"们："……"

回到家，妙妙开心地冲出来迎接他们。展清越怕它不小心撞到宁秋秋，淡淡地瞥了它一眼，妙妙立刻㞞了，趴在地上，委屈巴巴。

由于展老爷子年纪大了，他们婚后也依旧住在大宅，没有搬出去住。刚进屋，他们看到展清远也在。

展清越挑眉："又被赶出家门了？"

面对兄长的埋汰，展清远没有反驳，只是踢了踢地上的箱子说："她让我送一箱土鸡蛋过来给嫂子补身体。走了，晚归要睡沙发。"

宁秋秋："……"

打死她她都想不到展清远会和之前跟她一起录节目的郑灵珊在一起，据说二人还是在她的婚礼上认识的。郑灵珊这人是实打实的军人出身，冷心冷面，治起人来很有一手。

因为展清远跟她一见面就瞎撩人家，让郑灵珊对他耿耿于怀，觉得他就是个花花公子。

所以展清远一个霸道总裁被她治得死死的，每天准时出门、回家，应酬必须打报告。

展清远好惨。

晚间，宁秋秋洗完澡躺在床上，获奖的喜悦后知后觉地翻涌上来。大概是因为母体的心情影响到了小家伙，安静了一晚上的肚子又闹了起来。

宁秋秋感受着小崽子拳脚并用地在作怪，皱眉忍受，刚好被进来的展清越看到。

“又在闹？”

“对，嗞，踢我。”

展清越走过去，扶她坐起来让她舒服点儿，又见她肚皮上明显的突起，笑道：“妈说你小时候也这么爱闹，看来是个跟你一样调皮的小女孩儿。”

二人并没有刻意去知晓性别，算是留个惊喜，但展总执意觉得这胎是个女孩子。

“万一是个男……”

宁秋秋的话还没说完，就被展清越的亲吻打断。亲完，他捏了捏她的脸：“不准乌鸦嘴，你们鸟类的嘴比较灵。”

你才是鸟类！宁秋秋打他：“滚蛋！你干脆也去睡沙发吧。”

展总坚信这是个姑娘。然而，很遗憾，这个小娃娃没听到展总内心的呐喊，呱呱坠地，是个带把儿的。

展家户口本的阳气又旺了一些。

展总很气。

虽然这娃的性别不对展总的胃口，可都生下来了，展总还能怎么办，当然是选择宠着他。

由于他出生的时候，宁秋秋就在吃米豆，所以小东西的小名就简单粗暴地叫米豆。

米豆小的时候跟其他小孩没什么区别，既没有惊人的天赋表现，也没有发生一出生就祥云笼罩、出现帝王之相一类荒诞的事情，除了长得比较好看，没有任何过人之处。

他还很皮。

这天，晶晶带着她的女儿来宁秋秋家里玩——周扬一胎得女这件事情让展总着实羡慕，特别是看着自家儿子越长越浑，展总就更羡慕人家乖巧可爱的小女儿了。

晶晶的女儿叫团团，因为出生的时候肥嘟嘟的，太像个糯米团子了。团团穿着漂亮的公主裙，头上绑着小辫子，可爱又好看。

她看到宁秋秋，小嘴甜甜地说：“秋秋阿姨上午好。”

“你好小团团。”宁秋秋把她抱起来，揉了揉她可爱的小脸，感觉自己的少女心都要被团团这个小可爱激发出来了，“真可爱，团团又长高了呀。”

团团害羞地点点头：“我要和秋秋阿姨一样高。”

“还要和秋秋阿姨一样漂亮，青春永驻。”晶晶接话说。

对于晶晶这个多年未改的习惯，宁秋秋无奈地笑道：“团团现在学习能力强，你别把团团也培养成了马屁精。”

“马屁精怎么了？”晶晶争辩说，“拍马屁也是一种行为艺术，在不贬低自己的情况下拍拍马屁，你好、我好、他也好。”

宁秋秋：“……”

她竟无言以对。

“哎，米豆呢？”晶晶进屋并没有发现米豆的影子，“出门了吗？”

“他刚才还在客厅呢。”宁秋秋看了一圈没看到米豆，正要让管家去看看的时候，米豆从厨房里跑出来。

他把手背在身后，走过来，冲晶晶打招呼：“晶晶姐姐。”

“米豆真乖。”晶晶拍了拍他的头，米豆这么大了不轻易让人抱，晶晶蹲下来与他的视线齐平，说，“以前不都叫我阿姨吗，今天怎么叫姐姐了？”

“因为，”米豆用萌萌的声音有理有据地说，“晶晶姐姐年轻，又好看，怎么可以叫阿姨？”

秋秋阿姨：“……”

米豆什么时候这么会拍马屁了？

“哇，米豆你的嘴吃了蜜吗？好甜啊，阿姨听了都感觉自己年轻了十岁，回到十八岁了。”

米豆嘿嘿一笑，把背在身后的手拿出来，手上拿着一朵新鲜的花——黄菜花，笑眯眯地说：“鲜花与美人，更配哟。”

宁秋秋、晶晶：“……”

“是我的鲜花……不够美，还是我……不够帅，才……才使你这么犹豫。”米豆见晶晶不接，磕磕绊绊地说。

晶晶：“……”

团团看到他手中的花，伸出小手：“花花，团团也要花花。”

晶晶接过米豆手中的花，递给团团。宁秋秋把她放下来，转而看自己的儿子，板起脸说：“米豆，你从哪里学的这些乱七八糟的话？”

米豆压根不怕宁秋秋，理直气壮地说：“电视里，那个王帆叔叔就是这样对你说的。”

电视剧？

米豆这么一说宁秋秋倒想起来了，这是她去年年末拍的一部刑侦剧，里面有一个配角是一个花心又嘴甜的富二代，各种撩宁秋秋。

这部电视剧前阵子播出，米豆看到了，跟着学的。

宁秋秋哭笑不得：“以后不准看了。好的不学，净学坏的，被你爸知道，非要教训你。”

“哦。”米豆一听到他爸两个字，气焰立刻消了。

这孩子天不怕地不怕，就怕他爹。

不过米豆也就跟电视剧上学学坏，本质还是个小屁孩儿，过两天就忘记了，宁秋秋也没有真告状的意思，见他老实了，让他带着妹妹玩。

团团比他小一岁，今年才三岁。比起调皮的米豆，她乖巧得过分，而且特别爱跟在米豆的身后。米豆继承了他爹坑人的本性，暗地里经常坑团团，团团被他坑了不自知，还更喜欢这个哥哥了。

宁秋秋和晶晶在客厅聊天，米豆非要带团团上楼玩，宁秋秋就让用人看着。

过了一会儿，宁秋秋接到用人打来的电话，说米豆和团团在宁秋秋的卧室里把门反锁起来好一会儿了，不让她进去，她不知道他们在里面干吗。

宁秋秋预感米豆不会做好事，拉着晶晶说："我们上去看看。"

二人上了楼，果然发现卧室的门被反锁了。宁秋秋用钥匙开了门，进去看到令她崩溃的一幕——米豆正用她的化妆品给团团化了个比鬼还难看的妆，听到开门声还妄想让团团藏起来，可惜动作不够快，被逮了个正着。

"米——小——豆！"宁秋秋看到被弄得乱七八糟的化妆品，被这个皮孩子气到了，咬牙切齿地叫他的名字，"你看你做的好事！"

米豆见事情败露，立刻露出委屈脸："妈妈说女孩子化妆更漂亮，我想让团团妹妹更漂亮。"

宁秋秋："……"

你还挺有道理!

团团还跟着点头："团团漂亮。"

晶晶看到自己的女儿跟只熊猫一样，又好笑又无奈，问米豆："那你觉得团团妹妹更漂亮了吗？"

米豆一脸严肃地点头："坏孩子都觉得丑，好孩子觉得好看。"

团团仰起小脸附和："团团是好孩子，团团好看。"

晶晶："……"

请问米豆，你的智商可以分一点儿给我家的"傻白甜"吗？

宁秋秋真想揍这个歪理一堆的小屁孩儿一顿，觉得他是几天没被收拾开始上房揭瓦了，说："还好孩子，我看你是皮痒了找揍！"

米豆一仰头："打小孩儿犯法的，你不能揍我！"

"你真是……"宁秋秋一时间不知道该怎么教育米豆。其实他虽然皮一点儿，但就是好奇心重，平时没这么闹腾的，甚至出去玩看到陌生人还会有点儿害羞。

"没事啦，没事啦。"晶晶用卸妆棉蘸了卸妆水，轻轻地给团团擦掉脸上的化妆品，说，"小孩子嘛，好奇心重，而且米豆这么小就会化妆，很厉害呢。"

米豆的小腰板瞬间挺直了点儿。

宁秋秋看他一脸不知错的嘚瑟样儿，无奈地教育他说："团团还小，不能化妆，而且妈妈的化妆品都被你弄坏了，要花掉很多钱重新买的。妈妈有没有教过你不能乱动大人的东西？"

"我错了。"米豆低头，奶声奶气地道歉，"妈妈，对不起。"

这个小孩儿太懂宁秋秋的弱点了，他这样子让宁秋秋一瞬间心就软了，不过她没表现出来，而是质问："错哪儿了？"

米豆乖巧地回答："我不该乱动妈妈的东西，不该给妹妹化妆。"

他还是知道错处的。宁秋秋又教育了米豆几句，让用人来把她的房间收拾一下，然后带着他们下去了。

不过，这件事情还是传到了展清越的耳中。

展清越可没有宁秋秋好忽悠，被他知道了米豆做坏事，这孩子一定要受一顿教训的。

连妙妙都能教育老实的人，就更别说一个照着他的智商长的小屁孩了，米豆心里想什么，展清越一下子就能猜透。

不过，他不兴棍棒底下出孝子，也不骂人，崇尚素质教育。

知道事情的经过后，他直接打印了一份被米豆弄坏的化妆品类目、价格，放在米豆的面前。

“这是什么呀？”米豆挠头，显然还不识字。

“不认识没关系，你只要知道你弄坏了妈妈近五万元的化妆品就行了。”

米豆继续挠头，表示对钱没概念。

不过他会认错呀，委屈巴巴地说：“爸爸，我错了，我再也不敢了。”

然后他又用求助的眼神看宁秋秋，发出求救的信号。

宁秋秋默默地低头看手机，装作没看到。米豆这次确实过分了，孩子不教育容易长歪，所以一定要让他长点儿教训，深刻地知道自己错了。

可惜宁秋秋心软，米豆随便撒撒娇，她就不舍得了，这种事情只能让展清越来。

展清越说：“从今天开始，你要赔你妈妈化妆品的钱，用你自己的劳动赚。”

米豆小声说：“可我是小孩子，不会赚钱！”

“没关系。”展清越微笑，“以后你帮爸妈和管家爷爷干活儿，比如帮忙拿东西、扔垃圾、整理你那些乱七八糟的玩具，都算干活儿，爸爸都会支付报酬给你，你把钱攒起来还给妈妈就行。”

米豆：“……”

他最讨厌干活儿了！

“可是……”

“没有可是。”展清越不让他辩解，拿出撒手锏，“你不干活儿，晚上就一个人睡。”

米豆：“……”

“好吧。”最怕一个人睡的米豆屈服了，不情不愿地答应下来，又转身趴在宁秋秋的怀里，声音颤抖地喊，“妈妈。”

他好委屈。

宁秋秋在一边听着忍笑都要忍得肚子疼了。这法子真是太绝了，米豆不算是勤快的孩子，这法子对他而言太致命了，估计能给他长个大教训。

果然只有展清越才能收拾他。

她笑着抱住米豆，又对展清越说：“你这是雇用童工啊，米豆今天还说我打他犯法，长大点儿估计就知道要投诉你了。”

听到宁秋秋的话，在她怀里委屈的米豆立刻竖起耳朵，小小的脑袋里思索着投诉是什么意思，是不是可以制裁他的爸爸，自己不用干活儿？

“投诉？”展清越轻笑，“米豆，你要投诉爸爸吗，嗯？”

米豆被他爸爸威胁得一个屁都不敢放，甚至还违心地说：“没有，米豆最爱爸爸了，展爸爸威武。”

宁秋秋：“……”

这口气有点儿熟悉呀。

为了不使米小豆因为“赚钱还债”这件事情而变得功利，展清越为他制定了一份表格，只规定他做哪几件事以及相应的报酬。

不然小屁孩儿太聪明了，容易出现比如帮用人捡个东西，就讨价还价要人家付工资的现象，这样反而是反面教育了。

所以他干的有报酬的活儿都是被清楚地列出来的，包括报酬。

比如，每天把他的脏衣服扔进洗衣篮，报酬 94 元。

每天把他自己的玩具放回原处收拾好，报酬 123 元。

每天吃完饭把自己掉落的饭粒收拾干净，报酬 107 元。

每天帮忙照顾妙妙，包括添加食物、水，报酬 185 元。

还有一个就是，每天帮他的爸爸捶背，报酬 62 元。

这些都是很简单的活儿，既不会对他造成什么身体上的负担，又能充分地锻炼米豆这个小懒鬼的动手能力。

而且为了让他更快地认识各种数字的组合，展清越还故意把全部的阿拉伯数字打印在了工资表上，让他自己慢慢算。

展清越要求他每天至少完成三件事情。

米豆被他爹整得委屈巴巴，找展老爷子告了一通状。展老爷子虽然心疼，但觉得这样教育挺好的，就没干预。

米豆又找外公外婆告状，然而外公外婆除了能给他钱，并不敢和他爹正面对着干，他爹又不认他外公外婆给的钱。

远叔叔……远叔叔忙着奶孩子，没空理他。

无奈之下，米豆干了几天的活儿就不乐意了，开始装病。

不过米豆听展清越说要叫医生过来扎针，病又瞬间好了。

接着米豆又开始离家出走，因为够不到院子大门的门锁而失败。

最后他找了个简单的法子——绝食抗议，他爹直接让厨娘做了一盘他最爱吃的小点心，把他馋得十秒都不到就宣告绝食失败了。

然后他妈传了他一套曾经看小说得来的真理：与天斗，其乐无穷；与地斗，其乐无穷；与爸爸斗，其傻无比。

米小豆含泪认了，陷入“凄惨童工”的悲摧生活中。

宁秋秋看展清越每天跟儿子斗智斗勇都能胜出，心里为米豆默哀了一把，同时感觉米豆在这种环境下成长，以后怕是更要照着他爹的样子长，变成一个心眼儿贼坏、贼记仇的“腹黑”男。

为此，宁秋秋甚至为自己未来的儿媳妇默哀了一把，不知道哪个倒霉蛋会栽在自己儿子的手上。

丰宜董事长办公室。

“您要接综艺节目？”三条左脸写着“震”，右脸写着“惊”。几年来基本没在公共媒体前露面的展清越，居然跟她说接了档叫《妈妈不在家》的综艺节目。

这档综艺她是知道的，在国内还挺火的，其实就是看各种明星爸，或者是明星的老公在家里带孩子。

由于现在萌娃很招人喜爱，所以这档综艺开播几季了，热度一直很高。

展清越点头：“欠他们一个人情，趁机还了。”

当初丰宜在发展初期的时候也碰到了各种困难，这个综艺节目所属的公司老板当初帮过展清越一个大忙，现在他们邀请展清越参加这个综艺，展清越不答应说不过去。

加上展清越和米豆之间，确实有点儿……怎么说，相处较少，展清越也比较少花时间去了解儿子。

所以展清越刚好借着这个机会，和米豆好好地相处一下，感受一下米豆的生活和内心世界。

三条有点儿忧心忡忡：“我听秋秋说，您跟米豆气场不合，你们在综艺里不会打起来吧？”

打？展清越轻笑：“没事，他不敢。”

好吧，米豆确实斗不过他爹。三条说：“成吧，那我去安排。”

宁秋秋听说他接了这个综艺也很讶异。随着米豆长大，多方面的真假新闻都在报道，比如展清越会带米豆去什么亲子综艺，甚至几度网传国内某档很火的亲子综艺下期会有他们。

那档综艺也确实邀请了他们，而且不止一次，可都被展清越拒绝了。

没想到展清越接了一档观察类真人秀。

不只是宁秋秋，《妈妈不在家》官方公布了这一季的嘉宾之后，网友顿时沸腾了。沉寂了许久的展清越啊，和他们一直想见但都没机会见到的米豆啊，啊啊啊啊。

“奶奶，您喜欢的展总终于再度出山了！”

“展总和小米豆的日常相处，终于等到你，暴风式哭泣。”

“啾啾说小米豆的性格和展总很像，这一对父子的相处肯定巨好玩。”

“想看展总的育儿经，一定很有趣。”

“还要多久播出呀？我现在就想看了！”

在万众期待下，《妈妈不在家》终于开录了。

由于活动内容基本在家，所以节目组经过他们的同意，提前在他们家安装了几个摄像头，可随时开关，既能录节目又不侵犯隐私。

清早，节目组赶到了展家，恰巧赶上他们吃早餐。

宁秋秋由于要赶飞机去参加活动，已经吃完了早餐。跟节目组的工作人员打了招呼之后，她拉着自己的行李箱，对展清越说："那我走啦，祝你们录制顺利。"

说完，她又小声对展清越说："别打起来了。"

展清越寻思着自己和米豆没有到这么不和的境地吧，笑着亲了亲宁秋秋，说："放心，我专治妙妙和它的兄弟。"

宁秋秋："……"

由于以前宁秋秋一直把妙妙说成狗儿子，现在米豆顺理成章地成了它的弟弟。

不知道米豆长大后知道自己有个二哈哥哥，会是什么感受。

"米豆，妈妈走啦。"宁秋秋看米豆气鼓鼓的，过去亲了亲他的小脸蛋，说，"舍不得妈妈呀？妈妈后天就回来了。"

米豆生气脸："你先跟爸爸说的再见，不是米豆。"

这句话把节目组的人都逗笑了。

宁秋秋早就习惯了他们父子如出一辙的脑回路，在他的脑门儿上弹了弹，说："米豆是大孩子了，要尊老爱幼知不知道？"

展清越："……"

节目组的人想笑却不敢笑。

"好吧。"米豆接受了这个说法，又露出笑脸，在他妈妈的脸上亲了一口，说，"妈妈再见。"

宁秋秋走后，米豆和展清越继续吃早餐。工作人员跟展清越说了任务的内容和一些注意事项后，为了不过度干扰使节目录制不自然，也离开了，只留下一个摄像小哥和满屋子的摄像头。

虽说这是一档观察类的真人秀节目，可节目组还是会设计一些任务环节，才会使内容更加饱满丰富。

不过他们听说展清越家的小孩每天都要"赚钱还债"，一开始就决定按照这个剧本走，给大家展示一下米豆是怎么赚钱还债的。

米豆吃饭比较慢，展清越都吃完拿了本书在看了，米豆还拿着小勺子自己挖饭吃。

由于他不爱吃饭，故意吃得很慢。

展清越耐心地等了他十分钟，见他还在吃，放下书走过来。米小豆感觉到他爸爸的气息，立刻扒得快了一点儿。

"十分钟前就是这个量，十分钟后还是这么多，米豆。"展清越微笑，"要不要爸爸喂你？"

"不要！"米豆想也不想地拒绝，被他爸爸喂饭是个噩梦，"米豆是大孩子，自己吃！"

"那你吃快点儿。"展清越也没有要喂他的意思，就坐在他的旁边看他吃。

米豆爱吃小饼干、小糖果、小甜点和各种甜的零食，唯独不爱吃饭。

“爸爸……”米豆刨了两口，实在不想吃了，于是开始找借口，露出小悲伤的表情说，“我想妈妈了，有点儿吃不下。”

展清越表面很配合他演戏：“那怎么办？妈妈去出差了。”

“爸爸去房间把妈妈买的那个……小熊玩具拿下来。”米豆说，“我看到小熊玩具，就跟看到妈妈一样了。”

其实展清越很少照顾米豆，对于这孩子的鬼灵精怪也只是片面了解，很多事情家里的用人在老爷子的授意下不敢跟他说，如今他自己亲手带，倒想看看这娃子到底能搞出多大的幺蛾子。他起身，摸了摸米豆的头，说：“行，你乖乖吃，爸爸上楼给你拿。”

米豆顿时开心了：“爸爸万岁！”

展清越真的上楼给米豆拿小熊玩具了，这时客厅里没有别人。由于录制节目，用人都没出现在屋里，摄像小哥为了不干扰他们，非必要时刻尽量不出现，米豆不知道家里到处是摄像头，看他爸爸上了楼，露出得逞的笑容。

他把自己的碗放到地上，招呼妙妙过来把他的早饭全吃了。妙妙大概不是第一次跟小主人一起做这种事情了，速度特别快，三两下就舔干净了。

等到展清越帮米豆把小熊玩具拿下来，米豆朝他挥了挥手中的空碗：“爸爸，我吃完啦！”

“……”展清越看着那个干净得像洗过一样的空碗，觉得自己的智商受到了侮辱。

米小豆，你连你爹都敢骗。

《妈妈不在家》的导演正在分屏上看着录节目的各家爸爸和孩子们，被在展家发生的这一幕逗笑了。

他们家的画风跟别人家的不一样。

不过越是清奇的画风就越有看点。他其实更担心的是展清越接下来的处理方式，假如展清越选择用打骂教育孩子，这段显然是不能播出来的，那么这么好的素材就浪费了。

虽然节目组在录节目之前委婉地提醒过家长，节目中不能出现打骂孩子的行为，但这赶不上孩子找揍的速度呀。

不过，展总是搞素质教育的，打骂这种事情必然不会发生。

他没有当场揭穿米豆，甚至夸了米豆两句，自以为瞒天过海的米豆顿时开心得都把尾巴翘到天上了。

米豆一得意，连带着收拾他自己吃的那片区域的桌子都觉得轻松愉悦起来，把掉在桌子上的饭菜扔进垃圾桶，再用小毛巾把桌面擦干净，又把自己的碗放进厨房。

接下来的任务是给妙妙喂食。

厨房每天都会准备好给妙妙吃的肉食、蔬菜，米豆要负责把这些肉食、蔬菜放到妙妙的食盆里，再用专门给妙妙准备的勺子往食盆里添加五勺狗粮，这就是妙妙的一餐。

妙妙见小主人进厨房了，开心地跟进去，知道自己要有早餐吃了，尾巴摇得和小马达一样，它眼巴巴地看着自己的小主人，满鼻子都是牛肉和鸡肉的味道。

可是，米豆正要把放着肉和蔬菜的盆端出去的时候，被妙妙的大主人拦住了。

“米豆，你上学的时候老师有没有教过你要多吃蔬菜？”展清越问他。

米豆并不爱吃蔬菜，老师最常跟他强调的就是要多吃蔬菜。米豆不知道他爸爸为什么要问这个问题，犹豫了一下，还是点了点头，说：“教过。”

“妙妙最近挑食，不爱吃蔬菜，我们榨点儿苦瓜汁拌在它的饭里，怎么样？”

听得懂“苦瓜”二字的妙妙顿时连尾巴都僵住了。

不，它拒绝！

由于妙妙许久未受惩罚，米豆并不知道妙妙对于苦瓜汁有那么大的仇恨，点头说：“好吧。”

于是父子二人用榨汁机榨了一根苦瓜，然后把绿绿的苦瓜汁连着渣和牛肉、鸡胸肉拌在了一起。米豆被生苦瓜的味道刺激到了，皱着眉头说：“好难闻哪。”

难闻就对了，要不是怕这小子吃坏肚子，展清越非要骗他喝点儿苦瓜汁长点儿教训不可。

小东西，一肚子坏水，喝点儿苦瓜汁正好以毒攻毒。

米豆端着加了料的肉走到妙妙的食盆前，正要往它的食盆里添加肉时，展清越又把他的碗放在地上：“用这个喂。”

“可这是我的碗。”米豆委屈，“而且太小了，装不下！”

“一次装不下就装两次，你和妙妙是好朋友，分享一个碗都舍不得？”

米豆被这个逻辑说服了，说：“舍得。”

于是，妙妙就在它小主人的碗里吃上了痛苦的早餐，在展清越的注视下，它又不敢不吃。

好不容易都吃完了，它赶紧跑去喝水，顿时觉得连清水都是甜的。

它智商基本为零的脑袋领悟到了大主人给它的教训：以后它要是还敢吃小主人碗里的东西，就等着吃苦瓜拌饭吧。

妙妙委屈，但不会说。

教育完狗子，展清越让人去给米豆买了个一样的新碗，回头带着米豆去了游戏房。

儿子当然也要收拾，但时机未到。

作为有钱人家的孩子，米豆的游戏房大到令人羡慕，里面有个迷你城堡，可以玩滑梯、钻洞，还有小帐篷可以让他睡觉、放玩具。

除此之外还有各种各样的玩具、DIY（自己动手制作）用具和各种儿童乐器，琳琅满目，充分展示了有钱人家孩子的幸福童年。

游戏房一角甚至还有个智能游戏区。米豆从小就展示出过人的游戏天赋，一些益智类的小游戏，比如模仿《超级马里奥》的简单化闯关游戏，他没几次就玩通关了，还嫌弃人家的游戏做得太简单，没有挑战性，侮辱了他的智商。

“侮辱智商”这个用词，米豆还是从他妈妈拍的电视剧里学来的。

然后展清越就给米豆下载了个变态版的《超级马里奥》，狠狠地把米豆的智商侮辱了一遍。

“爸爸，我要挑战你。”米豆站在游戏屏幕前，自信地跟展清越说。

展清越挑眉：“挑战我什么？”

“这个！”米豆指着一款游戏，“我们来比比谁先通关。”

展清越笑了，说：“可以。”

“要是爸爸你输了，”米豆开始讨价还价，“我就一个星期，不——干——活！”

你这小子还挺会狮子大开口！

展清越说：“那如果你输了怎么办？”

“我不会输的！”米豆挺起小胸膛，自信地说。

“……”不得不说米豆性格真的随他，对自己总是很自信。不过他把自信藏在心里，米豆还小，藏不住。

“我是说万一你输了，”展清越伸手捏了捏米豆的小脸，“一个星期干活儿没工资，怎么样？”

“……”这也太歹毒了。

不过米豆自信哪，毫不犹豫地就答应下来了。

米豆选的这款游戏的大致内容是一个叫莉莉的小姑娘被坏人抓走了，然后明明跑去救她，二人从莉莉被关的地方逃出来，会经历各种阻碍和难关，小朋友要利用自己的智慧和动手能力，闯过这些难关，从里面逃出来，才能回到家里。

但既然是益智游戏，专门为米豆这种小屁孩儿设计的，展清越自然一眼就看得出来怎么通过这些难关。二人进入双人比拼模式，米小豆立刻陷入紧张的闯关中，展清越优哉游哉地看米豆认真的小样子，感觉挺好玩的。

米豆虽然是个小屁孩儿，但在玩游戏方面天资过人，闯起关来非常快，速度令展清越都有点儿震惊。比如过小河要自己搭桥，为了锻炼小朋友的动手能力，游戏里把搭桥设置得比较精准，可米豆可以把木板一块块又快又准地填在凹槽里，手速快得不像个笨拙的孩子。

“……”本来展清越下定了决心让米豆一周没工资，长长教训，让他知道一下“你爸爸终究是你爸爸”这个亘古不变的真理，可看到这个小屁孩儿这么厉害的样子，又改变了主意。

算了，展清越觉得自己不能老针对他。

于是展清越就输给了米豆。

米豆又一次取得了革命性的胜利，想想接下来的一周都可以不用干活儿了，高兴得跟什么似的，欢呼之余开始作死：“爸爸，你好菜啊。”

展清越心想：“你说什么？”

我好心让着你，你居然说我菜！

要是换作宁秋秋，他肯定要把她摁在游戏机上，让她知道什么是菜了。

可对方是儿子，被儿子鄙视的展清越在椅子上坐下来，把米豆抱在膝盖上坐着，问他：“你知道菜是什么意思吗？”

米豆见爸爸突然严肃起来，弱弱地说："就是玩游戏玩得不好。"

"你平时在幼儿园也会这样说玩游戏玩得不好的小朋友吗？"

米豆沉默。

展清越了然，耐心地教育米豆说："说人家很菜，就跟我说你'米豆，你昨天又尿床了'是一样的。"

米豆顿时急了："我没尿床！！！"

"对，你没尿床，但我说你尿床你高兴吗？"

米豆摇头，同时懂展清越的意思了，认错说："我错了，爸爸，以后再也不会说别人菜了。"

孺子可教也，展清越欣慰地揉了揉米豆的头，把他放下去："继续去玩吧。"

米豆玩了一会儿游戏，早上没吃饭的后果就显现出来了——肚子饿了。

他揉着自己的小肚子，跟展清越说："爸爸，我饿了。"

"爸爸都还没饿，你怎么饿了？早上你不是吃得比平时都多吗？是不是想骗爸爸要吃零食？"展清越故意说。

"没有！米豆在长身体，饿得快。"米豆振振有词。

展清越说："长身体呀，那要多吃饭才长得快，刚好厨房里有煮好的面，爸爸去给你盛。"

超想吃零食的米豆："……"

面是展清越吩咐人煮好的，他预计米豆差不多这个时候会饿。他给米豆盛了一碗，放在桌子上，给米豆系上小围嘴，看着米豆吃。

米豆一开始饿，还吃得下，可过了一会儿等肚子不空了，又开始不想吃了。他开始玩面条，想着怎么骗爸爸离开，把面条给妙妙吃掉。

"你慢慢吃，我出去打个电话。"他还没想到借口，他爸爸自己走了。

米豆那个开心哪，把碗放到地上，招呼妙妙过来吃。

可妙妙看了那个熟悉的碗一眼，跑了。

米豆："……"

这时，门口传来响动，展清越回来了。米豆赶紧把碗端回去，在桌子上坐好，装作无事发生。

"怎么还有这么多？"展清越走过来，看到他碗里的面条，故意问道。

"我吃饱了。"米豆想到平时妈妈或者保姆不准他吃零食的措辞，说，"米豆要留着肚肚吃午饭！"

"行。"出乎米豆的意料，他爸爸并没有一定要他吃完，反而轻易地放过了他，说，"刚好中午有你最爱吃的甜饭，留着肚子多吃点儿。"

米豆一听有甜饭吃，顿时开心了，这是他最爱吃的饭。

所谓甜饭，有点儿像八宝饭，不过添加的东西更加丰富一些，展清越一点儿都不爱吃，觉得这玩意儿腻人，但米豆非常喜欢。

他喜欢一切的甜食，甚至上次保姆忘记把白糖罐子收起来，都被他抓着吃掉了一把白糖。

刚到午饭时间，米豆就坐在餐桌前，拿着小勺子，乖巧地等待开饭。

展清越却给他只盛了几小勺的量。米豆几口就吃完了，把空碗往展清越的面前一推，说："爸爸，我还要。"

"没了，根据你早上吃的量，你的午饭就煮了这么多。"

"可是我早上吃了满满一碗，这么多。"米豆在碗口上比了一下，争辩说，不过语气有点儿心虚，他总感觉自己的爸爸知道了什么。

果然，他爸爸把从导演那边要来的视频播放给他看："那这个你给我解释一下。"

米豆："……"

展清越看他终于无语了，微笑说："既然你不喜欢吃饭，爸爸也不是那么不讲情理的人，给你立个小规矩，以后你早上吃多少，中午的饭就做多少，晚饭也根据中午的量做，上午或者下午饿了也不能吃零食，一直到你能吃得下你每餐必须吃的量，才有零食吃，懂了吗？"

米豆懂了，但不想懂，眼泪汪汪地控诉："爸爸，你虐待我，呜呜呜。"

"吃饭如果算虐待，那晚上要你一个人睡就叫酷刑了，你要不要试试？"

米豆："……"

对于让米豆自己去睡这件事情，展清越计划了许久都没成功。因为米豆的胆子有点儿小，别说自己睡一个房间，他就连自己睡在他爹妈旁边的小床上都不敢。

和这么大的一个孩子睡在一张床上，即便晚上展清越和宁秋秋想做点儿什么造妹妹的运动，也要顾及这位小祖宗。展总忍了这么久了，一直对此耿耿于怀，怨念很深。

米豆丝毫不知道自己影响到了父母的和谐生活，因此被各种针对还委屈巴巴。

他就想和爸爸妈妈睡一起怎么了？

他就怕黑怎么了？

识时务者为俊杰，米豆最后乖乖答应了他爸爸好好吃饭，终于又吃上了他爱吃的甜饭。

吃完饭后是午睡时间，父子二人躺在床上。

米豆不爱午睡，翻来覆去了好一会儿都睡不着，最后看着他爹："爸爸。"

"嗯？"展清越也没睡着。他睡眠浅，米豆在一边翻来覆去，他睡不着。

"你有爸爸吗？"米豆好奇地问。

"当然有，爸爸没有爸爸怎么能有爸爸？"

米豆被这一串话绕晕了，咬着手指想了一下没想通，自动忽略后半句，说："那爸爸的爸爸是不是也像爸爸教我一样教爸爸呀？"

"爸爸的爸爸是爷爷。"展清越帮米豆把被他滚得乱七八糟的被子拉了拉，盖住他的小肚子，说，"以前爷爷很忙，没空管爸爸。"

展清越像米豆这么大的时候，展父忙得几乎脚不沾地，非常拼，把大部分时间献给了事业。

也正是因为这样，他们展家才能比别人家发展得更好。本来在展老爷子管理的时候，他们家和宁家其实差不多是并肩的情况，到了展父手上，才真正开始远超宁家。

后来在展清越成年的时候，展父一手建立了卓森，一跃成为业内顶尖的企业，相比于宁和，两家的差距就彻底被拉开了。

不过由于过于劳累，展父身体每况愈下，加上展母出轨对他造成了很大的刺激，才会连五十岁都没活到就去世了。

“哇。”米豆不知道这些，眼里流露出羡慕之意：爸爸的童年真是超幸福，没有人管他。

对米豆来说，宁秋秋的管不算管，因为他随便撒撒娇、卖个萌，他妈就心软了。

只有他的爸爸，软硬不吃，是米豆的致命点。

展清越看他的眼神就知道这小子在想什么，笑着拍了拍他的脑袋说：“爸爸管你不高兴了？”

“我可以说实话吗？”小米豆坐起来，歪着脑袋看他爹，准备如果等下他说实话他爹要对他做些什么，就赶紧跑路。

展清越点了点头。

得到他爸的应允，米豆伸出小手指，比了一小节：“有一点点，这么多。”

米豆说完，看向他爹，对上他爹的眼神，又㞞了，把手上比着的一小节缩了一半，弱弱地说：“是这么多。”

展清越被他逗笑了，把他捞过来塞进被窝里，说：“妈妈最近热播的那部电视剧你看了对吧，里面的坏人秦建松你喜欢吗？”

“不喜欢，他是大坏蛋！”米豆爱憎分明，对于坏人坚决抵制。

“那米豆以后要成为那样的人吗？”

米豆急急地说：“不要！我才不要变成坏蛋！我是好孩子！”

展清越开始忽悠他：“那个秦建松之所以成为大坏蛋，就是因为他的爸爸没教好他，才会心理扭曲、坏事做尽，就跟你玩游戏说别人菜一样。你今天说别人菜，明天就会因为那个人菜而嫌弃他，后天就会因为嫌弃而对他产生不好的心理，慢慢地就变成坏蛋了。”

“……”小小的米豆还是很好骗的，闻言瑟缩了一下。

展清越不动声色，继续说：“把饭给妙妙吃，然后骗爸爸吃完了也是一样。你今天因为骗爸爸尝到了甜头，以后就会在各种事情上骗人以达到你的目的，慢慢地就变成大骗子了，所以爸爸才会教训你，引导你走正确的道路，知道吗？”

“那爸爸没有爸爸教训，为什么不会变成坏人？”米豆抓住了重点，问道。

“因为爸爸小时候既不会不吃饭，也不会骗人，更不会说别人菜。”

米豆：“……”

“好了，睡觉。”展清越揉了揉他的小脑袋，“下午带你出去玩。”

米豆听到可以出去玩，顿时忘掉了上午的不愉快，乖乖闭上眼睛睡觉，还在他爸爸的脸上亲了一口：“午安，爸爸。”

他还是很爱爸爸的。

展清越笑着回亲他："午安，宝贝。"

宁秋秋作为妈妈有个小福利，就是在手机上安装了客户端，可以连接到节目组安装在家里的摄像头，实时看这对父子在干什么。

她完成上午的工作后，拿着手机看他们，刚好看到他们在床上的这段对话，笑得不行。跟她在一起的三条也凑过来看了几眼，笑道："看来你家的小魔王斗不过你家的大魔王。"

"他就欺负米豆还没长大，等以后长大了谁比谁厉害还说不定呢。"

宁秋秋暗暗地期待有朝一日米豆可以崛起，干掉展清越这个boss级别的人物，也让他尝尝被坑一时爽、一直被坑一直爽的酸爽感。

三条说："那我赌展总，不都说姜是老的辣吗？"

"我押米豆，毕竟他传承了我跟清越的优良基因。"宁秋秋得意地说。

"……"你确定不是……拉低了平均值？

不过，宁秋秋看展清越可劲地忽悠米豆，又产生了一个小疑惑，于是在微信上给展清越留言。

宁秋秋："以后要是我们生了个和米豆差不多调皮的女儿，你会怎么教育呀？"

展清越午睡起来，看到她发的这条消息，略微想了一下，回她："杀鸡儆猴？"

宁秋秋："……"

展清越的意思是，通过教育米豆，来达到教育女儿的目的，这……

不过展清越也只是开玩笑，过了一会儿又回道："还没想好怎么教女儿，毕竟实践和理论存在诸多差距，不如等你回来，我们造个出来，边带边想？"

他又想骗她生女儿。

宁秋秋："万一……"

展清越："没有万一！下一胎必定是闺女。"

宁秋秋："……"

她想笑。

展清越这是多想要个女儿啊。

下午，展清越带着米豆出去玩。他们去的是儿童美术馆，这个计划之前就和节目组说过，节目组和美术馆也打好了招呼，可以去录制。

刚好今天是工作日，美术馆里的人不是很多，节目录制起来也方便。

米豆并不是很爱画画，展清越带米豆去美术馆也只是让米豆多去看看、长长见识。在孩子教育这一块，展清越一直做得比较到位。他不会强制米豆去报什么班，但经常会带米豆去儿童美术馆、音乐馆、职业体验教育中心等各种地方，培养米豆的兴趣，陶冶情操。

米豆喜欢什么、学什么，都由他自己决定，然后他们请家庭教师来教他。

不过米豆好像最擅长的就是……游戏。

米豆虽然不怎么爱画画，可美术馆里各种大人、小孩儿的画他却看得津津有味。展清越带着他，边看边为他讲解，展清越见识广，什么都能讲一点儿，不懂的还能扯一点儿，而且讲起来通俗易懂，即使是米豆这种小屁孩儿也能听得懂。

“爸爸，我要玩那个。”走到 DIY 区，看到好些小朋友在玩胶画，米豆开心地说。

这个胶画就是一幅已经给好轮廓的画，参考提供的模板上的颜色，给画上色，很适合米豆这个年纪的小朋友玩。

展清越带他过去，看到有各种画，跟米豆说：“你要哪个？自己选。”

“这个，城堡。”米豆选了一幅最复杂的。

于是米豆拿到了城堡的那一幅，在小凳子上坐下来，开始用颜料给城堡上色。他做起事情来很认真，展清越在一旁看着，只有他选错颜色的时候才会提醒他，跟他说再看看是不是这个颜色。

旁边有好几个家庭看到他们身后跟着摄像小哥，好奇地看着他们。

有个小姑娘却对扛着摄影机的叔叔一点儿都不感兴趣，边给自己的画涂颜料，边偷偷地看米豆，还小声地跟她妈妈说：“那个小哥哥好好看哪。”

她的声音虽小，但也不是小到耳语的地步，起码展清越听到了。

他抬头看了眼那个小姑娘。小姑娘应该比米豆大一点儿，头上戴着粉色的小蝴蝶结，穿着漂亮的小裙子，笑起来脸上还有小酒窝，可爱得令人想戳一戳。

嗯，他一点儿都不羡慕。

那个小女孩儿的妈妈见展清越听到了自家女儿的话，看到这么一位大帅哥看过来，有点儿不好意思地冲他笑了笑。

展清越微微一点头，继续看米豆上颜色。

米豆上得很认真，根本没听到旁边的动静。

一直到……那个小姑娘上完颜色，拿着她的画走到米豆面前，说：“小朋友，你好。”

米豆被她打扰，微微皱了一下眉，不过他很有礼貌，说：“你好。”

“这是我亲手画的，可以送给你吗？”小姑娘带着几分羞涩地说，“我们做个朋友好不好？”

“我自己有。”米豆指了指自己的画，又看了眼小姑娘递过来的，指着她画的太阳说，“你这个画错了，太阳不是绿色的。”

米豆说完，又多看了几眼：“树叶也画错了，不是红色的，还有这个颜色也上错了，都错了！”

小姑娘：“……”

三秒后，小姑娘抱着她的画，红着眼跑了。

展清越：“……”

工作之余监视这对父子的宁秋秋：“……”

米小豆，你这直男的样子，好像当初你的爹。

展清越知道米豆并没有任何恶意，纠正小姑娘的颜色涂错了也是因为他比较严谨。

有的小孩儿想象力比较丰富，画出来的东西会脱离常识，而米豆就属于那种很认真、很现实的，谁要跟他说太阳是绿色的，他一定会觉得你这个人没常识。

所以从米豆的角度看来，他也没有错，充其量就是说得太直了，一点儿面子都不给人家。

特别是人家还是个女孩子。

展总觉得自己在这方面吃过不少亏，暗自决定在这方面要从小培养米豆，又不能培养得太过，万一成了展清远那种花花公子，也不是很好。

第二天，节目录制继续进行。

今天展清越要给米豆做一次午餐，但条件是米豆自己去买菜。

这并不是节目组特地安排的环节，而是展家锻炼孩子的办法。

以前展清越他们还小的时候，也会被差遣出去买菜或者买别的东西。这种接地气的锻炼方式，让他们从小对社会、人情、交流，甚至金钱都会有很充分的认知，也容易让孩子学会独立。

当然展清越不会让孩子一个人去，会派保姆带着，防止米豆迷路或者被拐，还能帮忙提菜、开车接送什么的。

但保姆全程不干预，米豆买了什么，中午就吃什么。

展清越对于自己小时候买东西的情形是怎么样的已经忘得差不多了，不过他记得展清远第一次去的时候，什么都没买，就买了一堆土豆。

然后，他们吃了两天的土豆，什么红烧土豆、清炒土豆、酸辣土豆丝、土豆火山泥，把土豆的各种做法都尝试了一遍。

从此，展清远出去买菜，再也不敢买土豆了。

米小豆听说要自己一个人出去买菜，跃跃欲试。展清越在他的小背包里放了钱，说："钱我给你放这里，付钱的时候别找不到了。"

"知道了爸爸。"米豆把背包背着，又戴上展清越给他的帽子，开心地冲展清越挥手，"爸爸再见。"

"再见。"展清越嘴角噙着笑，没有一点儿担心。

他对米豆很有信心，毕竟是他的儿子。

这次跟米豆一起去的是摄像小哥，还有节目组的工作人员。

节目组的车把他们送去附近的一家超市。在车上，工作人员逗米豆，问他："你不跟爸爸在一块儿，都不怕吗？"

以往的小朋友，特别是录制第一期的时候，一离开自己的爸爸，都会或多或少地有点儿害怕，有的甚至黏着自己的爸爸，根本不会跟陌生人离开。

有时候他们会安排爸爸互换的环节，小朋友都哭得撕心裂肺，需要哄很长时间。

米豆摇头，沾沾自喜地说："爸爸不在就没人管我了。"

这个逻辑好像没毛病。工作人员又问他："你比较喜欢跟爸爸在一起，还是跟妈妈在一起？"

米豆歪着头想了一下，说：“都喜欢！”

其实米豆更喜欢和妈妈在一起，妈妈比较不会管他，他要小把戏也能骗得到妈妈，爸爸就不行，还会欺负他。

但是他和爸爸单独待的时间比较少，他也很期待能多和爸爸在一起，他还是很爱爸爸的。

工作人员被他逗得直笑，这个小孩子也太会说话了。

“如果单独跟爸爸一起出门，不跟妈妈去，你会想妈妈吗？”

“会。”米豆点头，微嘟着嘴说，“我现在就有点儿想妈妈。”

工作人员：“……”

本来她还想继续问的，米豆这样一说，她立刻不敢再问了，唯恐等下他真的想妈妈想到哭起来，她更麻烦。

米豆还推不动购物车，就拿了个篮子，拖着篮子开始逛。

超市里的人并不算非常多，不过他们实在是太显眼了，一看就是在录制节目，追过节目的人认出了他们的标志，赶紧过来拍照围观。不过米豆在此之前并没有在媒体上露过面，大家都不知道这个好看的小孩儿是谁家的，只能拍照。

米豆在这么多人的围观下镇定自若，开始买菜。幼儿园的识物课上老师教过他们认识洋葱、花菜、白菜，可实物毕竟和图片存在差距，而且柜台很高，有的米豆根本看不到。

在琳琅满目的超市里，米豆蒙了。

他抓着脑袋，问工作人员：“你可以帮我买吗？”

工作人员：“不可以哟，不过你要买哪个，我可以帮你拿进篮子里。”

“好吧。”

米豆拖着小篮子，开始看蔬菜。他既然看不懂，索性懒得想要买什么了，直接挑颜值高的菜，不符合他审美的统统不要，这样效率很高，他一下子选好了蔬菜。

到了卖肉的地方，他看着超市的工作人员举着菜刀，手起刀落地砍着肉骨头，有点儿害怕，不太敢过去。

“小朋友，你要买什么肉？”一个砍肉的叔叔问他。

米豆眨了眨眼，说：“叔叔，你可以先把刀收起来吗？我害怕。”

米豆是真的害怕，说起话来声音都不像平时有活力，软软的特别招人怜爱。

这话逗得旁边的人都笑了，那人也笑着收起了刀，说：“好了，现在可以告诉叔叔，你要什么肉了。”

“牛肉。”米豆毫不犹豫地说，他最喜欢吃牛肉。

“要炒的还是煮的，还是炖的？”

什么炒、煮、炖，米豆想了想，干脆说：“都要。”

然后他就买到了三份肉。

买完肉又去买了海鲜，最后米豆成功地买了满满一大篮子的菜，工作人员帮他拉着去结账，到了柜台面前的冰柜。

现在还在春末，已经有冰激凌上市了。

工作人员看他在咽口水，就知道这小家伙在想什么了。她以为米豆这种家庭的孩子只认识甜品店呢，没想到连冰柜里有冰激凌也知道，看来有人带他来吃过。

她问：“要不要买个冰激凌？”

米豆欲言又止地看了眼摄像小哥，沉默了一下，指着摄像机问：“被这个拍下来了，我爸爸就知道我吃冰激凌了，对吗？”

原来米豆是怕他的爸爸呀，工作人员忍笑，说：“对的。”

“那你转过去。”米豆说，“不要拍。”

“……”大家再一次被米豆逗笑了，摄像小哥听到导演在耳机里说按照米豆的意思做，便依言转过去，不拍他。

米豆顿时开心了，对工作人员小声说：“我们偷偷买，不要被发现了。”

米豆身上戴着麦克风，画面拍不到他，但他的声音却是能被收集到的。

于是，在家里可以观看他儿子实时动态的展清越听到手机里面传来：“我想要吃两个！”

“……”你敢吃给我看看，看我不收拾你！

“不行，吃两个会肚子疼，就一个。”幸好工作人员还是不敢给他买两个的。

“那我可以再买一根棒棒糖吗？”米豆讨价还价。

“可以……吧。”工作人员的声音里充满犹豫，展清越事先并没有跟她说过这些事情，她又不好干预米豆买东西。

“哇！”米豆得到答案后欢呼一声，又在旁边的架子上拿到了棒棒糖，然后去结账。

米豆已经迫不及待地想吃了，眼睛自始至终跟着他的冰激凌和棒棒糖，以至结账的时候，收银员提醒了他两遍付钱，他才抓着脑袋深思——钱？是什么钱？

工作人员看他一看到吃的，智商开始猛降，感觉自己要被米豆逗乐了，忍笑提醒他：“你爸爸早上把钱放在哪里了，还记得吗？”

哦……米豆想起来了，把背包拿下来，蹲在地上，把背包放在地上，拉开拉链，从里面掏出了好几张百元大钞。他也不知道要多少，索性全部拿出来，站起来举着：“给！”

收银员没有伸手接，而是笑道：“一共是 116.8 元，你要给我两张 100 元，你想想该怎么给我。”

这种小题目还是考不倒米豆的，他得到提醒后，又把钱放在背包上，然后拿了两张 100 元给收银员。

“真聪明。”收银员接过来，夸奖他说。

米豆被夸了，有点儿不好意思，还把头抵在柜台上笑。

围观的众人要被他的这个小动作萌死了，纷纷举着手机拍他。

他们好想知道这是谁家的小孩儿啊，真是太可爱了。

米豆买菜的任务完成，并且吃上了冰激凌，心满意足。

他吃的时候依旧不准摄像小哥拍他，这个小朋友平时估计没少背着他的爸爸妈妈偷吃零食，防备的小心思特别强，殊不知全部被他爹听到了。

难怪他每天不吃饭，原来肚子都用来装零食了。

米豆丝毫不知道自己又一次被节目组出卖了。他只吃掉了冰激凌，把棒棒糖藏兜里了，决定等明天爸爸去上班了再吃。

“爸爸！”回到家，米豆张开小手飞奔过去求抱抱。

展清越把他抱起来，问他：“买了什么？”

“好多菜、好多肉、好多鱼，还有虾。”米豆的口气里带着骄傲，脸上写着“求夸奖”。

米豆不负他所望，他夸奖米豆说：“米豆真厉害。”

“嘿嘿嘿。”米豆傻笑，抱着爸爸的脖子，在他的脸上亲了一口表达开心之情。

他的嘴虽然擦干净了，但还有浓浓的冰激凌香味。展清越也并没有让米豆什么零食都不能吃这么无情，只是会管着他不让他多吃，不然他一吃零食就不吃饭，这明显是不好的。

展清越的手抱着米豆，不小心摸到了他藏在裤兜里的棒棒糖，故意摁了摁，问米豆：“这是什么？”

米豆的身体一僵。

完了，棒棒糖被发现了！

不过米豆的反应能力超快，他从自己的兜里掏出棒棒糖，递到展清越的面前，说：“这是我给爸爸买的棒棒糖，给你，爸爸。”

展清越：“……”

这孩子看来还是有前途的。

“真的是给爸爸吃的吗？”展清越问道，又捏了一下米豆的小脸，“你说实话，爸爸不追究。”

米豆在说谎和说实话之间挣扎了片刻，最后老实地垂下脑袋说：“不是，米豆买给自己吃的。”

还好米豆没说谎，不然又要吃一顿教训。展清越欣慰了一点儿，又问：“还有呢？”

“我还偷吃了一个冰激凌……”米豆交代了一个，就豁出去了，不过迅速接了下一句，“爸爸说过不追究的！”

“好，米豆没撒谎，爸爸不追究。”展清越摸了摸他的脑袋，“走吧，爸爸给你做午饭。”

在米豆的记忆中，他还是第一次见爸爸做饭，开心地跟着展清越在厨房里转悠。展清越几次转身差点儿撞到这个小东西，行动非常不便，可米豆就是不肯出去老实等着。

不过展清越有妙招，给了米豆几头大蒜，让他剥皮……

于是米小豆跟大蒜战斗了一整个做饭的时间……

等到展清越做好端上桌，米豆看着一桌丰盛的菜，惊叹：“哇，爸爸好厉害。”

展清越看米豆的小表情，和当初宁秋秋看自己做了一桌的菜一个样儿，忍不住笑着揉他的脑袋：“快去洗手吃饭。”

米豆跑去洗手，出来还举着自己白白胖胖的小手给展清越看：“洗干净了，爸爸。”

“嗯，真干净。”展清越夸奖说，给他的碗里盛了饭，又给他夹了他喜欢的菜，放在他的面前，说，“吃吧。”

米豆拿起勺子舀了一点儿菜，放进嘴里，随后演技浮夸地瞪大眼睛，还跟着抖动身体，竖起大拇指，说："嗯嗯嗯，好好吃！"

展清越被儿子的捧场逗笑了，心情十分愉悦，决定下午让他吃那根棒棒糖。

吃完饭后二人照例午睡，下午展清越又带米豆出去玩了一会儿，《妈妈不在家》第一期的录制就算结束了。

妈妈也回来了。

宁秋秋本来要明天才回的，可今天工作提前结束，看到还有回来的机票，就改签回来了。

米豆两天没见到自己的妈妈，听到自己妈妈回来巨开心地冲出去。然而，他的两只脚冲得没有妙妙的四只脚快，他才跑到一半，妙妙已经蹲在他妈妈的脚底下疯狂摇尾巴求抚摸了。

"……"米豆好气。

"怎么了米豆？"宁秋秋伸手拍了拍妙妙的狗头，抬头见到自家儿子停下脚步，走过去把他抱起来，在他的小脸上亲了又亲，"见到妈妈不高兴吗？"

"高兴。"米豆抱住宁秋秋的脖子，在妈妈面前和在爸爸面前完全是两个样子，连声音都变得软软糯糯，带点儿鼻音，撒娇说，"可是妙妙跑得比我快。"

"连这个你也比，好胜心这么强，嗯？"宁秋秋好笑地捏他的小鼻子，他要是能跑得比狗快，那才叫怪呢。

"我想妈妈第一个见到的是米豆。"

"那米豆以后要多吃饭，才能快点儿长大，跑得过妙妙。"宁秋秋忽悠他说。

米豆信了，又自豪地说："我这两天都有好好吃饭，爸爸是不是？"

爸爸……爸爸的头顶在长蘑菇，自从有了儿子，宁秋秋回家后的第一个目标再也不是他了，永远是米豆小朋友。展总在老婆心中的地位老早就沦为了第二。

展清越点了点头，又对米豆说："妈妈渴了，去厨房给妈妈端一杯水来。"

"好！"为妈妈服务，米豆还是很开心的。他从妈妈的怀里下来，蹦蹦跳跳地跑厨房去了。

展清越随便用一句话就成功地支走了功力尚浅的儿子，得逞地揽住宁秋秋的腰，在她的脸颊上亲了一下，说："累不累？"

"还好，腰有点儿酸。"

展清越的手在她的腰上游走："我帮你揉揉。"

老夫老妻了，宁秋秋任由他边揉边吃豆腐，又问他："带米豆好玩吗？"

展清越轻笑："可玩性比愤怒的小鸟逊色一点儿。"

宁秋秋甩开他正在吃豆腐的手，笑着骂道："滚吧！越老越浑！"

"老"这个字深深地戳痛了展总自认为不老的心，不过他笑了笑，没说什么。

晚上，米豆睡觉前要宁秋秋给他讲故事才睡，可今天中午睡的时间比较长，宁秋秋都讲得打哈欠了，这小子还兴致勃勃地说："妈妈，我还要再听一个！"

“你都听三个了。”宁秋秋弹他的脑门儿，“快点儿睡。”

“不要！”在妈妈面前，米豆可放肆了。

“不要什么？”刚好展清越回房间，听到米豆的话，问道。

米豆：“……”

在妈妈面前长得高高的气焰，在爸爸进来的那一刻，立刻消了。

“怎么这么晚了还没睡？快睡觉。”展清越看都十点多了，小米豆还没睡觉，小孩子熬不得夜，而且他明天还要去幼儿园。

“哦。”米豆不敢违抗他的爸爸，又仰起小脸，“妈妈亲我一下。”

宁秋秋见米豆在自己面前和在展清越面前完全是两个样子，又好笑又无奈，亲了亲他的脸：“赶紧睡吧。”

“妈妈晚安，爸爸晚安。”小米豆乖乖躺下来，闭上眼睛。

展清越摇头：“小鬼头。”

宁秋秋帮米豆拉好了被子，闻言说：“那你不是鬼见愁？”

展清越：“……”

这好像没毛病。

宁秋秋去洗了澡，出来时米豆已经睡熟了。平常他们都是一人睡一边，米豆睡中间，只有要做少儿不宜的事情的时候，他们才会越过这道“楚河汉界”，进行会师。

不过随着“楚河汉界”越长越大，现在他们会把他放到小床上，等做完事情再抱回来。

宁秋秋今天有点儿累，躺床上喟叹一声，正要睡时，去另一个房间洗了澡回来的展清越把米豆抱到一边的小床上，放下小蚊帐，然后在她这边躺下来。宁秋秋警惕，小声说：“我今天累了。”

展清越严肃脸：“可是有一件事情，我迫不及待地想在今天证明。”

宁秋秋被他带得认真起来：“什么事情？”

展清越关掉灯，温热的身体覆上去，亲吻着她的脸颊：“待会儿你就懂了。”

骗子！

被忽悠的宁秋秋本来内心还有点儿拒绝，可是多年的老夫老妻了，展清越一下就把她攻陷了。

宁秋秋瞬间溃败。

今天的展清越威猛无比，宁秋秋被他折腾得快要哭出来了。可是还有个小魔王在身边，她不敢发出太大的动静，会把小魔王吵醒，只能小声求饶。

“我老吗，秋秋？”展清越并没有停止自己欺负她的步伐，还附在人家的耳畔哑着声问。

宁秋秋听到这个问题，塞满糨糊的脑子顿时反应过来展清越所谓要证明的是什么，顿时憋不住，笑了出来。

你敢更幼稚一点儿吗？

展清越：“……”

她居然嘲笑他！

于是宁秋秋惨了……

第二天，宁秋秋被先醒的米豆吵醒，正要起来给他穿衣服时，展清越按住她说："你继续睡，我来。米豆，不要吵你妈妈。"

"哦。"

米豆听话地跟着展清越去洗手间洗漱了。宁秋秋虽然很累，但已经没有睡意了，躺了一会儿，干脆也起来。她今天要去一趟公司，干脆蹭展清越的车去，办完事情回来睡回笼觉。

可在起床的一瞬间，宁秋秋腰一软，躺了回去。

"呲。"宁秋秋撑着快要断了的腰，浑蛋！

想到昨天展清越问她的那个问题，宁秋秋感到好笑又无奈。以前他才三十岁的时候，宁秋秋说他是老男人，对方一点儿都不介意，甚至会调侃一下老男人刚好配她这个美少妇……

现在嘛，估计人近中年，展总开始有危机感了，反而听不得"老"字了。

就跟她也快要三十岁时，很介意人家提她的年龄一样……

想到这个，宁秋秋笑了笑，以后在说话方面还是要注意一下，不要老戳展总的痛处。

宁秋秋刚挣扎着扶着快要断了的老腰从床上下来时，展清越从洗手间出来了，看到她起床有点儿意外："怎么不再睡一会儿？"

"今天还要去公司，办完了事情再回来睡岂不是更爽？"宁秋秋感觉嗓子有点儿哑，想到昨晚的事情，瞪他，"接下来的一个月，你没了！"

这个招数对展清越毫无威胁，他走过去，笑着揉了揉她乱糟糟的头发说："那对我昨晚的表现怎么评价？"

"……"你还问！

宁秋秋真想挤对他，但想到刚刚自己的决定，话到嘴边又被咽了回去，她笑眯眯地说："展爸爸威风不减当年。"

这话听着也好像很奇怪。

不过展总昨晚吃饱喝足，就不计较这个了。他上前一步，伸出双手抱住宁秋秋，迫使她跟自己面对面地贴着，抬头看他。

"干吗呀，米豆呢？"

"在上洗手间。"展清越不在意地说，目光灼灼地看着她，"我们再给米豆生个妹妹吧。"

想到展清越对于女儿的执念这么深，米豆快五周岁了，生妹妹也可以了，宁秋秋点头说："可以呀。"

展清越在她点头后猛然将手收紧，然后低头亲吻她。

这时，米豆从洗手间出来，看到爸爸在亲妈妈，立刻用手捂着眼睛说："爸爸亲妈妈好羞羞，米豆不看。"

说不看，米豆却偷偷地透过指缝看自己的爸爸妈妈。

"……"

二人亲热被儿子撞破，哪里还有继续下去的心思。宁秋秋挣脱掉展清越的手，尴尬地咳了两下，对米豆说：“快跟你爸爸去换衣服，等下上幼儿园要迟到了。”

米豆见自己的爸爸妈妈没再亲了，走上来说：“米豆也要亲亲。”

宁秋秋正要弯腰抱他，却因为腰昨晚遭受了“重创”没成功，展清越代替她一把捞起小米豆。

夫妻二人对视着笑了一下，随后一人一边，亲在米豆白嫩嫩的小脸上。

（二）晶晶 VS 周扬（上）

01

周扬和晶晶认识的时间说短不短，可真正算得上认识，却是周扬误以为晶晶偷展家的东西，导致二人产生大乌龙那次。

他也彻底见识到了一个司空见惯的网络用语——戏真多。

晶晶不但是“戏精”，拍马屁的技术还一流。关键是自家老板明明是一个那么不爱奉承迎合的人，听晶晶夸大其词、毫不掩饰地拍马屁，居然好像还乐在其中。

他以为晶晶这种智商没有到达展清越心中标准线的人，不会受到展清越的关注呢，事实证明人家都要到达古时候皇帝面前红人的那种地位了。

不过还有个原因应该跟宁秋秋有关，晶晶拍的马屁，大多跟宁秋秋有关。

宁秋秋也属于智商没达到展清越所谓的标准线的那种人，却为展清越的复健生活带来无限快乐。

所以，以前展清越身边也围绕着各种莺莺燕燕，之所以没入他老人家的法眼，皆是因为太聪明了？

周扬一时间觉得他老板的脑回路清奇。

同时他又忍不住关注起晶晶来，想知道这种人的魅力到底在哪儿。

毕竟他不敢去关注宁秋秋，展总的心眼儿比针尖还小，万一以为他有什么意图，饭碗就要不保了。

然而，关注着关注着，周扬悲剧地发现自己也“中毒”了。

02

晶晶最近总感觉周扬这个人很奇怪，无缘无故地送她东西，但又会找借口，比如朋友不小心多买了塞给他，上街看到挺好看的他就买了下来，客户送的他用不到。

但这个人又很奇怪，动不动就翻脸，嘴硬得跟个什么似的，鬼都不知道他的脑子里在想什么。

这种闷葫芦，以后找得到媳妇才怪！

这天，晶晶休假，和她的小姐妹柳艾一起去逛街。

此时还是四月下旬，但是这两天气温比较高，柳艾比较爱漂亮，穿得比较性感，露出她雪白的双肩和无敌大长腿，外面又罩了件薄薄的外衫防晒，走在街上能感受到路人的频频注目。

“我怎么感觉我跟灰姑娘一样。”晶晶比较怕冷，这么热的天气还穿了条长裙，虽然不能说丑，可是走在柳艾旁边就被比下去了，嗔怪道，“你穿得那么好看干吗？”

“你自己不穿得好看点儿还怪我穿得好看，你这条裙子都过时了，土不土？”柳艾捏她的脸，笑道，“看看你这个脸蛋儿，都给白瞎了。”

惨遭好姐妹吐槽的晶晶沉默一秒，确实感觉自己挺土的，惨兮兮地说：“工作不允许我跟上时代啊，我都多久没放假了。”

护工说自由挺自由的，每天要做的事情不多，但其实真正可以放假的机会不多，要每天守在雇主的身边，随时应对各种情况。

“现在不正是机会吗？”柳艾拉她，指着马路对面的商场说，“我们去那个商场，给你选一身好看的，让你现场变公主。”

“走走走。”想到能购物了，晶晶就很开心。

二人往商场走，经过一个会所门口时，看到会所门口停了好几辆小跑，柳艾忍不住多看了几眼，感叹说：“有钱真好啊。”

晶晶笑道：“嫁个有钱的老公，你就什么都有了。”

“那我也要能找得到啊。哎，你在各种有钱人家里做护工，都没有钱人追你吗？你长得也不错，什么少爷、公子哥儿的，没向你抛出爱的橄榄枝吗？”

晶晶翻白眼：“你以为这是电视剧呀，人家是有钱人家，最讲究的就是门当户对，看不上我们这种的。”

“好吧。”

“谁说有钱人家讲究门当户对了？”

二人正聊着的时候，突然听到有人从身后插话进来，被吓了一跳。

她们回过头看到两个穿着时髦的年轻男子。

一个人手上举着手机对着她们，另一个人指尖转动着一把钥匙，豪车的标志十分明显。

那两个人看到她们的正脸，眼睛一亮，拿着手机的那位说：“我们在做直播，观众都很喜欢两位大美女，来跟我们的观众打个招呼呗。”

“没兴趣。”晶晶拉着柳艾的手要走，却被男子拦住了去路。

“别那么小气呀，我们又不是坏人，你看这些车都是我们跟我们朋友的，他们在那边。”

说完，男子指了指不远处的一个凉亭，果然有好几个人坐在那边，穿着跟他们差不多，还冲他们摆手。

另一个人说：“交个朋友嘛，天气这么好，我们开车带你们去兜风啊，跑车没坐过吧？”

“……”晶晶知道这是碰上二世祖了。

不过现在在街上，她们非要走对方也不敢把她们怎么样，可柳艾这人比较直，听他们说话，皱眉说：“你们有病吧，随便拍人。”

“她说我们有病。”那两个人哈哈大笑了起来，举着手机的人又看着手机屏幕说，“就是你们非要看美女，害得我们都变成登徒子了，你们说怎么办？”

晶晶被他们拿着手机拍感到非常不舒服，拉着柳艾要走。可柳艾跟他们杠上了，正要反驳时，她们忽然听到身后有人叫道：“晶晶？”

晶晶回过头，心里骂了一声，一个麻烦还没解决，又来一个。

周扬看到真是她，不过看她脸上的表情明显有点儿不想见到自己，心里感到无奈之余又有点儿挫败，不过还是走了过来。

“李少，”出人意料的是，周扬居然认识他们其中一人，“又见面了。”

“你是……哟，挺眼熟的。”李少想了一下，没想起来是谁，“哎，我也想不起来你是谁，所以你有何贵干？”

“上次卓森与令尊谈合作，庆功宴上见过的。”周扬提醒他，又说，“这两位是我的朋友。”

“哦，对对对，周助理是吧？”经周扬这么一提醒，李少想起来了，态度瞬间来了个一百八十度大转弯，“不好意思，不好意思，看我这健忘的。这两位是您的朋友？哎，我们就打个招呼而已，没有恶意，没有恶意，嘿嘿嘿。”

晶晶：“……”

周扬表情冷淡地看了眼另一个人一直对着他们拍的手机。

“关了关了，我们就无聊开个直播，跟观众们吹个牛，看看来来往往的美女，绝对没有任何恶意，我发誓。”

周扬：“那看完了吗？”

“看完了，看完了。”李少说完，又觉得不对劲，随后说，“不不不，不是那个意思，我们……”

“我知道了。”周扬不想听他毫无逻辑的解释，说，“有事，先走一步。”

说完，他向晶晶递了个眼神。

晶晶赶紧拉着柳艾跟着走，听到身后李少谄媚的声音：“哎，您慢走，您慢走。”

柳艾稀里糊涂地被晶晶拉着跟在周扬的身后，小声地问：“这是你的朋友吗？”

“呃……算是吧。”

晶晶其实不觉得他们像朋友，起码朋友不是这个样子的吧。

“好帅啊，单身吗？”

晶晶还没回答，周扬停住脚步，跟在他身后的二人差点儿撞在他的背上。周扬转过身，看晶晶懊恼地后退了一点儿，感到有点儿好笑，脸上却没什么表情。

“他们没对你们怎么样吧？”周扬问。

“没有，谢谢你呀，又帮了我一次。”晶晶有点儿不好意思。好像她碰到麻烦，总让周扬出手相助。

周扬说：“举手之劳。”

柳艾心里已经在惊呼周扬好帅了，表面却强装淡定，说：“那两个二世祖也太过分了，一个个有钱少爷，跟没见过女人似的。”

“他们就是起哄。”周扬看得很透，又看了眼手表，跟晶晶说，“我还有点儿事情要办，不能耽搁太久，你……”

“我们自己去逛街，不耽误你啦，你去吧！”晶晶的声音里带着几分不可掩饰的雀跃。

她实在不想跟周扬多说话，总感觉很奇怪。

周扬：“……”

“那你小心。”周扬说。

“放心，再次谢谢啊，拜拜啦。”

晶晶目送周扬郁闷地转身进了会所，嘿嘿一笑，跟柳艾说：“走走走，我们继续逛。”

柳艾说：“这个帅哥是不是在追你呀？”

“啊？没有啊。”晶晶纳闷儿了一下，又笑了，说，“你别看他只是个助理，人家可是全球五百强企业董事长的特助，比我们平时碰到的什么总什么经理都要厉害。你看刚才那两个二世祖见了他都怕。这种人物，哪里是我们能高攀得起的？”

“可是，”柳艾说，“我刚才看他看你的眼神好特别啊，他看别人时都很冷淡，只有看你时会带笑，真的！”

晶晶：“……”

“你看错了吧。”晶晶可不敢想象周扬喜欢自己。

“没看错！”柳艾语气肯定地说，“就算他没追你，也肯定暗恋你。真的，信我，姐们儿！”

“……”信个大头鬼啊，她一点儿都不想周扬喜欢自己好吗？

可是嘛，经柳艾这么一提醒，晶晶这个榆木脑袋转过来了，周扬好像确实……比较反常啊。

他为什么找各种借口送东西给她？因为爱情。

他为什么老是动不动就傲娇地翻脸？因为她没领会到他的爱情。

这样好像……都说得通。

顿时一个晴天霹雳，晶晶整个人身上都写着两个字：天哪！

她难以想象，周扬看上了她什么？

呸，这个逻辑不对，她这么正经的护工，周扬看上她不是很正常吗？

换个说法，周扬到底是怎么喜欢上她的？完全没道理呀。

03

周扬喜欢她，这个认知让晶晶浑身上下都觉得不可思议，以至于周扬再次找借口要送她一个挺贵的包后，晶晶再也憋不住了。

她直接用开玩笑的语气问道：“你老送一些东西给我，不会是喜欢我吧？”

“是。”出乎晶晶的意料，周扬居然大方地承认了。

晶晶对对方这个简单粗暴的回答表示叹服。

“什……什么时候的事情啊？”

周扬：“不知道。”

晶晶：“……”

你敢更敷衍一点儿吗？

还是说，这就是传说中的情不知所起，一往而深？

04

虽然晶晶觉得周扬喜欢自己这件事情很荒唐、很不可思议，可在柳艾的劝说下，决定试试，毕竟碰到个这么优秀还帅气的男人不容易，过了这个村就没这个店了。

二人也真不是有什么深仇大恨，而且周扬这个人人品没的说，不会嫌贫爱富，更不会看不起她的职业，就是很实在地喜欢她。

所以虽然对周扬不是很有感觉，但她也改变了自己的态度，尝试着接受他。

05

戳破了两个人之间的窗户纸之后，周扬开始追求晶晶。

周扬这个人在商场上能呼风唤雨、应对自如，甚至很多上流人士都要尊敬地喊他一声“周助理”或者“周先生”，可在情场上，此人的智商前面瞬间加了个负号。

这天，周扬刚到公司，收到晶晶的消息：“跟你说，我看到了一个超好笑的笑话。”

笑话？周扬退出微信，找出晶晶的手机号，拨过去。

晶晶正在打字，被电话打断，看到是周扬，以为他有什么事情，接起电话：“喂，怎么啦？”

“你看到什么笑话了？”周扬问。

我这不是在打字吗？想到周扬迫不及待的样子，晶晶有点儿开心，说：“打字说啦，我发微信给你。”

“打字多浪费时间，直接说不是更方便？”

“你在忙啊？”晶晶纳闷儿了。

“没，刚到公司。”

晶晶不高兴了：“那打两个字你都不愿意呀？”

你敢说是，我就敢挂你的电话！

周扬没说是，不过说：“一秒钟打一个字算快的，说话一秒钟可以说三到四个字，节约三到四倍的时间，可以用来干其他事情。”

晶晶：“……”

你这么优秀，清华大学怎么没录取你呢？

她愤愤地挂了电话。

06

晶晶发现，周扬这个人就是个超级直男，外加比较沉默，吃了口头上的亏。

她也好像隐约知道了为什么这么优秀的男人，都快三十了却没有女朋友，他这样子，哪里有女人受得了他呀？

可是，二人接触之后，她就发现周扬除了情商低点儿、比较寡言一点儿，外加人比较冷漠一点儿，其他都还好。

比如他算是个暖男，各方面都很温柔体贴。他会默默地记住晶晶的经期，提前告诉她要做好准备。因为晶晶很粗心大意，而且来“大姨妈”没有任何感觉和预兆，甚至有时候半夜来，弄得床单被“血漫金山”，周扬会在前一天适当提醒她。

比如送她回家，他一定要等她家的灯开了再走，确定她安全到家。

比如他天天看天气预报，下雨、降温都会提醒她带伞、带衣服。

所以晶晶对他又爱又恨，两个人之间的“爱情战线”拉得无比长。

07

这天，托晶晶前男友喝醉酒堵她的福，周扬成功地把晶晶“拐”回了自己家。

“你家真有两个房间哪？”临进门时，晶晶再次确定，“有两张床、两床被子吧？”

周扬沉默一秒，随后说：“我在你心中的人品已经这么岌岌可危了？”

“不是，不是。”晶晶摆手，表示不是这个意思，说，“我跟你说，我有个朋友就说他家里有两个房间，把他的女朋友骗回家，结果那个女生发现没有两张床，然后二人被迫睡一张床，干柴对上烈火。哼，我那朋友在我们看来是个非常老实的男人，结果就是个‘大猪蹄子’！”

“所以，”晶晶一秒“戏精”附体，双手捂胸，“我好怕你这种看着一本正经的男人酝酿着什么大计划对我心怀不轨啊。”

周扬：“……”

他扬了扬嘴角，说：“放心，我用我老板的人品保证，绝对有两个房间、两床被子。”

“……”你的老板有人品？

当然，这句话晶晶是不敢说的，不过她都到门口了，转身走显然不现实。晶晶跟他一起进去，周扬的房子很大，装修低奢舒适，东西摆放得整整齐齐，一丝不乱，跟用来参观的样板间一样。

晶晶看得头都大了：“你应该……没洁癖，没强迫症吧？”

万一以后两个人真的在一起了，房子要保持这个样子，她得崩溃。

“没有。”周扬不知道她怎么会问这个，“怎么了？”

“你的房子整齐得令我难受。”

“哦。”周扬点了点头，随后说，“大概是等一位女主人来打破它吧。”

晶晶：“……”

这突然的情话。

“万一女主人很邋遢怎么办？”晶晶微红着脸，被他突然情商上线的话撩到了。

周扬：“还能怎么办？请个保姆收拾。”

晶晶：“……”

再说句情话会要了你的命？

（三）晶晶 VS 周扬（下）

01

丰宜娱乐举办中秋宴，晶晶也收到了邀请——老板娘邀请的，理由是员工家属。

“什么员工家属？我可是只正经的‘单身狗’，宁小姐你不能诬蔑我的清白！”

“你少跟我来这套，我可是听说你前阵子都住在人家家里了。”

“我就住了几天！”晶晶争辩，“而且他家有两个房间、两张床，我们纯洁得跟两块白布似的，贼清白，你跟展总不也……”

宁秋秋：“……”

晶晶说的好像是这样，没错。

“所以你们现在是什么关系？”宁秋秋的口气里带着几分八卦，“在一起了吗？”

“还没……我总感觉有点儿不得劲。”

晶晶确定自己是喜欢周扬的，虽然对方嘴比较笨，比较直男，但整体来讲没得说，是一个让人挑不出缺点的人。

但是嘛，晶晶又总感觉他们之间缺少了点儿什么。

“那就多拖他一阵子。”宁秋秋很有经验地说，“我跟你讲，男人啊，越是让他容易得到他越嘚瑟，而且追你的时候勉强还是个人，追上之后就完全不当人了。”

晶晶：“……”

“展先生这么凶残吗？”晶晶弱弱地问。

宁秋秋被噎了一下，随后说：“我说的不是他啦，我讲的是大部分男人的共性，共性懂不懂？”

晶晶懂了，握拳：“男人都是‘大猪蹄子’！”

02

中秋宴会是丰宜成立以来的第一次大规模宴会，不但邀请了员工，还邀请了不少业内的嘉宾，十分热闹。

由于宴会要求必须穿礼服，晶晶还去买了一条漂亮的晚礼服。她虽不如宁秋秋天生丽质，可长相也超出了一般水平，平日里做护工的时候为了不引起主人的不快或者太惹眼，她一般都不化妆不打扮，在穿着方面也是穿很普通的衣服。

妆是宁秋秋这边的化妆师给她化的，造型师还给她整了个洋气的造型。弄完之后晶晶看着镜子里陌生的自己，感到十分别扭，说：“会不会太隆重了点儿啊？”

“怎么会？”宁秋秋上下打量了她一下，“我跟你说，丰宜是娱乐公司，新签了很多漂亮的艺人，肯定一个比一个打扮得花枝招展，你这打扮跟她们一比，只能算中规中矩的水平吧。”

晶晶：“……”

这也太夸张了。

二人一起到了酒店，宁秋秋是老板娘，也是公司里台柱子级别的明星，所以一开始就被人拉走了。

不过宁秋秋让人带着晶晶去宴会厅等。

宴会厅里已经来了好些人了，晶晶出现，还惹来不少人频频看她。

“晶晶小姐，您就坐在这边等吧。”给她带路的人礼貌地说。

“好的谢谢。”

晶晶坐下来，礼貌又不免尴尬地和桌上其他人点头打了个招呼，随后拿出手机，给周扬发微信。

晶晶：“你们什么时候到啊？我一个人在这里好孤独无助啊。”

周扬经过她一手调教，不会再动不动就打电话说了，不过估计在忙，过了一会儿才回过来。

周扬：“我还要一会儿，你这么快就到了？”

晶晶：“我跟宁小姐过来的，她被人请走了，独留我一人，孑然一身，呜呜呜。”

周扬：“……”

周扬：“我找个人过去陪你？”

晶晶：“……”

晶晶不跟他聊了，低头看微博，自然而然地点进“待月登球”的超话。由于展清越和宁秋秋二人的关系已经公开，这个当初她建来玩的小超话，现在粉丝已经多到打架了，每天都热闹得不行。

而晶晶作为“月球”后援会会长，有种从菜鸟“青铜”晋升到了“王者”的感觉。

一个字，就是爽。

晶晶随手拍了张宴会前方舞台的照片，上传到微博。

月球终极大 boss：“今晚有‘狗粮’出没。（图片）”

大家看到他们的会长居然出现在丰宜娱乐的会场，顿时惊呆了。

“会长，你终于打入内部了吗？”

“妈呀，会长你也太厉害了。”

“展总和啾啾都在吧，求照片求视频。”

“说不定还有 kiss（接吻）。会长，你不发第一手资料的话，我要一人‘血书’弹劾你。”

“二人‘血书’！”

“三人‘血书’！”

晶晶：“……”

这群人太坏了。

宴会厅里的人越来越多，就在晶晶在超话快乐地玩耍的时候，重要人物终于登场。宁秋秋挽着展清越的手，在一群高管的簇拥下闪亮登场，周扬也在其中。

晶晶赶紧拿出手机拍照，又听到她身边的人小声谈论。

“哇，展总好年轻啊。”

“这么帅又多金的男人果然已经名花有主了，呜呜。”

“醒醒吧，人家名花没有主也轮不到我们。”

“咦，后面那个高高的小哥哥也好帅啊。”

“那好像是展总的助理，据说还是单身哟。”

“助理单身有什么用，再帅我也不 care 啊。”

“你少瞧不起助理好不好？人家虽说是个助理，地位可和公司副总一样，手握重权，是展总的代言人。”

“这么厉害，啊，我突然心动了。”

晶晶：“……”

有点儿底线好吗，姐们儿？

不过晶晶听到周围的人讨论，不禁多看了几眼周扬。他属于样貌周正的那种帅，西装革履，整个人都散发着成熟男人的魅力，从容优雅，在一群面临中年危机的高管中十分抓人眼球，别说是助理，很多老总都没有他的这种气质。

周扬进来后淡淡地扫了一眼会场，随后目光停在了晶晶这里。

不知为何，晶晶心虚地低下了头，却听到站在她身边的女孩子一阵小声惊呼，似乎以为自己引起了周扬的注意。

那几个女孩子晶晶都不认识，不过看起来年纪都差不多二十出头吧，打扮得一个比一个好看，不知道的还以为她们在出席什么选美大赛呢。

晶晶想到宁秋秋说的他们公司新签了很多刚从艺校毕业的新人，难道这些就是？

晶晶正在胡思乱想的时候，听到有人叫她：“晶晶，你也在啊！”

“梦梦。”晶晶抬头看到来人，有点儿意外，“你怎么也来了？”

“我们夫人非要来，宁小姐让我看着。”梦梦给了她一个“你懂的”的表情。

晶晶：“……”

她懂了，温玲这人情商不高，老爱炫耀，出席这种活动，肯定容易口无遮拦，宁秋秋自己没空看着，估计要梦梦来帮她看。

“那你现在不跟着呀？”晶晶看了眼周围，没看到温玲。

梦梦说：“她和宁小姐在说话，我就过来找你了。哎，你家那位呢？我还没见过呢，不介绍介绍吗？”

“不是我家的，他……”晶晶抬头找周扬的影子，却发现他被刚刚那群小姑娘围住了。

晶晶：“……”

你们动作也太快了吧，说上就上！

梦梦也顺着她的目光看去，看到被几个女孩子围着的帅哥，结合晶晶的表情，顿时懂了。

一上来就来这么劲爆的。

关键是那个帅哥好像并没有避讳的样子，甚至跟那几个妹子在说话。

“这能忍？”梦梦顿时愤怒了，“快，姐们儿，上去‘盘’她们！”

“不要。”晶晶口气酸溜溜地说，“他爱跟谁跟谁。”

“姐们儿，这话就不对了。你想想，他是这种人吗？不是对不对？那肯定有猫儿腻呀，说不定是那几个女孩子用什么借口缠住他呢，快去快去。”

说完，梦梦推她。

晶晶只好过去。

她走到那些人面前，反倒不知道说什么了，干脆拿出她的“戏精”本质，蹿过去说：“周助理，我可找到你了！”

周扬正要过去找她的，结果被这几个新签进来的小姑娘拦住了路，问他一些关于新人的问题，让他不得不给她们说一下。

现在这个场景好像……

“呜呜呜。”晶晶一秒“戏精”附体，“你说带我去找宁小姐要签名的，可我等了半天了都不见你来找我，你却在这里跟妹子聊天，放我鸽子，我好难过啊。”

周扬：“……”

“不是，我……”

“你还狡辩！都被我抓到了还说不是！”晶晶打断他，“算了，不求你了，呜呜呜。”

说完，她跑了。

周扬：“……”

“抱歉，失陪。”周扬对那几个状况外的妹子说，然后追了出去。

几个妹子：“……”

等等，几个人看他们跟演八点档电视剧一样，你追我赶地跑了，目瞪口呆片刻才恍然想起来，她们到嘴的羊好像被人截了？！

晶晶一口气跑到了外面。室外太阳的余热还在，由于穿不惯高跟鞋，晶晶把脚给扭了，心里骂了一下，心想自己到底在跑什么呀！

片刻，周扬追出来。

“脚没事吧？”周扬看她一瘸一拐的样子，紧张地问道。

“没事，嘫，都怪你！”晶晶瞪他。

周扬扶着她在一边的台阶上坐下来，无条件认错：“嗯，怪我。”

晶晶：“……”

她怎么感觉更气了？

“对不起。”周扬开始道歉。

“你又没错，干吗跟我道歉？”晶晶声音闷闷的，她的脚疼，肚子饿。

她都还没开吃呢，就先把脚崴了。

周扬说：“让你生气了。”

“我哪里生气了？”晶晶据理力争。

这还没生气？周扬一向漠然的脸上露出淡淡的笑意，忽然口气认真地说：“晶晶。”

“干……干吗？”晶晶被对方忽然一本正经的口气威慑到了，隐约感觉对方有什么话要说。

周扬捧起她受伤的脚：“我想帮你看看脚有没有崴到。”

晶晶：“……”

你怎么不去死呢？

晶晶从台阶上站起来，转身要走，不跟他玩了，狗直男！

“别走。”周扬抓住她的手臂，说，“我记得哪里有说，女孩子的脚不能随便看，除非……”

话还没说完，男人从后方抱住了她，声音低沉地在她的耳边说：“除非是正当的男女关系。”

“……”晶晶被他这一系列酷炫的操作惊呆了。

“好吗？”周扬还在等她的答案。

晶晶犹豫许久，对方也耐心地等着她。直到最后，晶晶点了点头。

（四）米豆红了

展清越和宁秋秋准备要二胎之后，宁秋秋就开始服用叶酸备孕了。

这对展总而言是一件非常快乐的事情，他不但可以肆无忌惮地和媳妇滚床单，不用为安全负责，还可以期待一下小女儿的到来。

宁秋秋这回不敢说万一了，不然展总又要对她的“乌鸦嘴”耿耿于怀了。

不过二胎是个慢性子，不像米豆一样，他们决定要孩子后，宁秋秋很快就怀上了，这次他们努力了一阵子，她都没怀上。

展总急的呀，恨不得夜夜笙歌造娃。

可见展总是真的很想要个女儿，连宁秋秋都在暗自祈祷这一胎一定要是个女儿，不然展清越肯定会很难过的。

说不定他一难过，宁秋秋会妥协生三胎。

可万一三胎也是……

不行不行，二胎一定要是个漂亮可爱的小女儿！

二人决定要二胎后，第一件要事就是给米豆做思想工作，这种事情展清越不擅长，所以交给了宁秋秋。

“妹妹？”米豆挠了挠头，对妹妹并没有概念。

宁秋秋说：“对啊，像团团妹妹那样的妹妹，喜欢吗？”

米豆眼睛一亮：“喜欢，团团妹妹好玩。”

宁秋秋沉默一秒，教育米豆说：“以后说女孩子，不能说好玩，要说有趣。”

米豆挠头，满脸天真地问：“为什么呀？”

“因为有趣是比较有礼貌的说法，米豆要懂礼貌。”宁秋秋揉了揉他的头，总觉得这个儿子可爱得过分。

“哦……”米豆懂了，随后嘻嘻一笑，“妈妈你快生吧，有了妹妹，米豆就有人可以欺负了。”

宁秋秋：“什么？”

你敢欺负你妹妹试试，你爹得揍得你满地找牙。

不对不对，为什么米豆的脑回路会这么奇怪，觉得妹妹是用来欺负的？这不是展清越惯有的思路吗？展清越对付自己身边熟悉的女孩子，比如林汐恬这个表妹，还有她，都抱着逗弄的心态。

宁秋秋伸手捏米豆的小脸：“谁跟你说妹妹是用来欺负的，嗯？”

米豆被他妈妈捏得小嘴都嘟出来了，嘴上却十分有道理：“可是，团团妹妹就是！”

“……”你欺负人家姑娘还有理了！

宁秋秋觉得有必要给米小豆上一课，告诉他对女孩子表达喜爱的方式不是欺负，而是宠爱，不然以后连媳妇都娶不上。

这点倒是和展清越不谋而合了，二人都觉得情商教育要从娃娃抓起，才不会让孩子变成钢铁直男。

于是，米小豆小小年纪，就被迫陷入情商课的教育中……

二胎妹妹一直不来，不过《妈妈不在家》却开始播出了。播出前夕，节目组官微放了一些花絮和预告出来，米豆为了不吃饭把爸爸支开偷偷喂狗的那一段也被放了出来，米豆瞬间圈粉无数。

大家都感叹米豆好聪明，小小年纪就懂得支开爸爸了，智商一定非常高。

加上米豆长得好看，其网络讨论量立刻超越了当年的人气王展总。

长江后浪推前浪，前浪被无情地拍死在沙滩上。

该节目于周五晚上九点在黄豆台播出。一吃完饭，米豆就乖乖地坐在电视机前等了，连叫他去散步都不愿意。

等啊等，米豆觉得自己等了一个世纪那么长，终于，《妈妈不在家》开播了。

米豆兴奋地从椅子上跳起来：“爸爸，妈妈，快来，开始了！”

由于该节目同时在黄豆台的网络平台黄豆 TV 播出，所以还有弹幕，这种节目一般喷人的比较少，宁秋秋想看大家是怎么夸米豆的，就开了黄豆 TV，看弹幕版的。

米豆第一次上电视，很新鲜，等镜头切到他们家时，米豆开心地指着电视说：“这是我们家！妙妙！”

作为“过气网红”，妙妙有个长达五秒的镜头。原本在不远处正在咬它最爱的布娃娃的妙妙听到小主人呼唤它，嗖嗖嗖地就跑过来了，蹲在小主人的脚边，吐着舌头，露出它王的蔑视，又傻又威风。

“妙妙，刚刚你上电视了。”

妙妙听不懂人话，不过转头看到电视上的小主人，摇着尾巴跑过去在电视机前坐下来，下一秒镜头一切，却变成了展清越。

“……”妙妙瞬间后退了两步。

宁秋秋看到妙妙的动作，笑得不行，调侃展清越：“看来你不只是鬼见愁，还是狗见愁。”

展清越被自己的媳妇埋汰了一番，丝毫不介意，微笑地看了宁秋秋一眼，说：“也是鸟见愁。”

宁秋秋：“……”

这好像没毛病。

电视上，展清越亲吻宁秋秋跟她告别，电视机前的米豆再次捂眼睛：“爸爸妈妈羞羞，又在亲亲。”

也不知道是谁教米豆爸爸妈妈亲亲就是羞羞的，每次米豆不小心看到他们接吻，就要捂眼睛警告，弄得二人又好笑又尴尬。

弹幕上开始了怀旧。

“啊啊啊，那个男人终于出现了！”

“这么多年过去了，我的展总更有魅力了。”

“呜呜呜，这‘狗粮’的味道是一如既往该死的酸臭味。”

“展总和啾啾公布恋情的时候我还是个青葱少女，现在已经是两个孩子的妈了。”

“同做妈妈了，来看展总秋爷，回忆一下当年追星的快乐。”

事实证明这么多年过去了，展总还是有粉丝的。当年展清越从《幸福进行时》拍摄结束后就淡出镜头，一直让大家十分遗憾。

如今他再次上节目，不少人都被“炸”出来了，只是那么多年过去了，大家都不再是当年的为你痴、为你狂、为你哐哐撞大墙的追星少女了。

二人看到弹幕都有点儿感慨，还没来得及发表什么，镜头一切，再次切到小米豆的身上，弹幕的风向又变了。

“啊啊啊，小米豆，姐姐爱你呀！”

“太可爱了，呜呜呜！”

“小小年纪就有逆天的颜值和大长腿，长大后肯定是个长腿‘欧巴’。”

“我宣布，从今天开始，啾啾是我的婆婆。”

“聪明、颜值又高、出身还那么好，小米豆以后是要逆天哪。”

“霸道总裁小说男主角预定了，哈哈哈。”

那些怀旧的弹幕瞬间被米豆的粉丝淹没了，特别是看到米豆因为妈妈先和爸爸告别，没先和自己告别而吃醋，大家简直要被他萌死了，弹幕都刷得重叠起来了。

展清越、宁秋秋：“……”

他们俩仿佛是过气网红。

偏偏小米豆还天真地抬头问他妈妈：“妈妈、妈妈，为什么突然出现这么多会动的字呀？”

宝贝，你的这个问题伤了你爹妈的心，宁秋秋含泪解释：“这表示很多人喜欢米豆，这些滚动的字写了米豆好可爱、米豆好聪明、米豆好乖，开心吗？”

“开心！”米豆笑得眼睛都要看不见了。

然而，很快米豆就开心不起来了，进度条拉到了米豆支开爸爸把早饭喂给妙妙那里。米豆没有他爹妈那么不要脸，看到自己的行为被播出来，顿时害羞得不好意思看了。

“他们有没有说米豆是坏孩子？”米豆小声问。

宁秋秋知道他所说的“他们”是指弹幕，弹幕当然不可能说米豆是坏孩子了，都在夸他聪明呢。

“说了。”展清越口气严肃，“都在说米豆这样做不对，以后还会不会了？”

米豆赶紧摇头，表示自己要做好孩子。

米豆年纪小，对于坏孩子、好孩子有严格的认知，坚信自己不能做坏孩子。

一直到镜头切到别人家里，米豆才好意思重新看。别人家的孩子各有特色，但从弹幕量来看，显然米豆是最受欢迎的那个。

米豆看自己要么是害羞，要么是傻笑，看别人家却看得津津有味。有一家的爸爸年纪比较大，根本不会带孩子，他的女儿从他老婆走就开始哭，哄好了一会儿又哭。

“她好爱哭啊。”米豆撇了撇嘴，显然不大喜欢爱哭的孩子。

展清越：“小女孩爱哭是天性。”

宁秋秋：“……”

米豆哭的时候，展清越就会教育他男儿有泪不轻弹，到了女孩子这里，居然成了哭是天性了。

展总啊，你这“双标”不要太明显。

米豆听到展清越的话，顿时想到一件事情：“以后米豆有了妹妹，她也会这么爱哭吗？”

展清越逗他：“对啊，你喜欢吗？”

米豆沉默一秒，老实地说：“不太喜欢。”

说完，米豆巴巴地抬头看宁秋秋：“妈妈，别生妹妹了，生弟弟吧，像糖豆弟弟那样的！”

糖豆弟弟是展清远的孩子，才两岁，米豆可喜欢他了。

展清越：“……”

宁秋秋忍笑，摸着米豆的头，说：“嘘，不能这样说，不然等下真生了弟弟，你爸爸会怪你乌鸦嘴的，说不定还要说你们豆类的嘴比较灵。”

展清越：“……”

米豆没听懂宁秋秋后面的话，就自动忽略了，不过抓住了重点，转头问展清越：“爸爸不喜欢弟弟吗？”

展清越心想这不是废话吗，不过表面维持着爸爸的慈爱，温声说：“爸爸更想要个妹妹，和团团一样的，你不喜欢吗？”

“可是，”米豆急了，抓住他妈妈的袖子，“米豆想要个弟弟！”

展清越：“不行！”

米豆快被他急哭了，宁秋秋赶紧把米豆抱在怀里哄，又伸手打他："米豆还小，你一个这么大的人了，跟他争这种问题不嫌幼稚吗？"

展清越一本正经地说："别的事情上我可以让步，唯独这件事情不能让。"

宁秋秋："……"

生弟弟还是生妹妹，是她能决定的吗？

再说了，现在她都还没怀上呢，你们就在争是弟弟还是妹妹的问题了，万一她怀不上呢？

在一家人生弟弟还是生妹妹的讨论中，节目的进度条再度拉到了展清越"报复"米豆，让他中午只准吃早上的量，晚上只准吃中午的量。

弹幕都被展清越这一招逗到了。

"哈哈哈，我就说展总怎么可能只对付妙妙不对付米豆，原来坑在这里呢。"

"展总这招好新鲜哪，第一次看到这样教育孩子的。"

"哈哈哈，学到了，以后我也这样对付我的宝宝。"

"做妈妈的人告诉你们，这是看人的，我的宝宝要吃零食的时候你跟他讲道理，他就哭给你看！"

"不过展总的这种教育方式值得学习呀，要是我的孩子我早骂了。"

"怎么感觉弹幕里都是一群妈妈？"

宁秋秋被弹幕逗到了，感叹说："岁月流逝呀展总，'女儿粉'都长成'妈妈粉'了。"

展清越挑眉："所以你这是要爬到我头上当妈？"

宁秋秋："……"

您可真是阅读理解的鬼才。

（五）惩罚米豆

米小豆不但在弹幕上的人气很高，微博上大家也都在讨论他。

他是节目组所邀请的五个家庭中年纪最小的宝宝，还不到五周岁，不过各方面的表现并不比其他小朋友差。

而且按理说出生在这种家庭，米豆肯定是一个娇生惯养的小少爷，没想到根本没有小少爷的脾气，还要靠"打工"还债，令大家又好笑又心疼。

最重要的是，被他爸爸欺负得那么惨，除了委屈，他居然不会哭，这是令大家最惊讶的。

看来展家的教育方式真的与众不同。

看完节目，宁秋秋哄米豆睡的时候刷了一会儿微博，看大家都在夸米豆怎么可爱、怎么聪明，内心得到了巨大的满足。

炫老公很快乐，炫娃比炫老公更快乐，现在两个一起炫，加起来就是无比的快乐。

米豆今天心情也很亢奋，加上展清越洗澡去了，有恃无恐地把被子踢来踢去不肯好好睡。

一踢，米豆还把他的小被子踢到了床底下。

“妈妈，被子掉了。”他指着地上的被子叫妈妈看，口气理直气壮。

宁秋秋无奈地把被子捡起来，把他整个人裹进被子里，卷成一个蚕蛹，米豆还咯咯笑。

“快睡。”宁秋秋看他笑得见牙不见眼，恐吓他，“等下你爸爸出来看到你还没睡，打你的屁股怕不怕？”

展总其实也不是完全搞素质教育，米豆太不听话的时候，他偶尔会打几下屁屁，不过下手非常轻，吓唬居多。

展清越对孩子表现得这么不客气，事实上特别爱护孩子，孩子磕着碰着他都会心疼，更别说打了。

“可是我睡不着。”米豆抱着被子，看着宁秋秋，“妈妈。”

“嗯？”

“以后我是不是也会像你一样，经常在电视里出现，还要打坏人？”

宁秋秋被他的这个想法逗笑了，难怪他这么兴奋，原来都想得这么远了。宁秋秋问他：“那米豆喜欢吗？”

米豆很认真地说：“米豆喜欢打坏人，可是……可是它会把米豆做的坏事记下来，让大家知道。”

你做坏事还有道理!

宁秋秋知道米豆不怕她，才敢在她跟前说这些事情。她伸手在裹着他的被子上拍了拍，说：“那你不做坏事，不就不怕了？”

米豆咬着被子不说话，显然不敢保证自己不做坏事。

“……”宁秋秋想打他。

这时，洗手间的门开了——展清越洗好澡出来了。

上一秒还在妈妈面前嚣张的米小豆，赶紧把自己裹进小被子里，乖乖睡觉。

宁秋秋失笑，看来恶人还需恶人磨这句话是没有错的。

她又拿出手机来继续看微博，刚刚米豆打断她的时候，她似乎在热搜上看到一个很眼熟的名字，所以这会儿翻出来看看。

果然，她没看错，是那个老熟人——“季微凉疑似低调完婚”。

“季微凉”三个字在记忆里已经很久远了，当年她是小三那件事情闹得非常大，季微凉狼狈收场，之后再出现在公众的视野里，都是一片骂声，没有买账的。

加上她签在了艺星，艺星就是个优胜劣汰的公司，季微凉一旦倒台，艺星原本投在她身上的资源全部被撤掉，导致她再也没爬起来，一度销声匿迹，从此消失在大众的视野里。

不过网上总还有关于季微凉的传言，有的人说她傍上了大款，嫁入豪门了，有的人说她又去给别人当小三了，还有人说她去当小模特了，或者说她开店去了，反正众说纷纭。

宁秋秋后来也去打听了一下季微凉的去向，却发现这位女主角退圈后过得并不算太好。她把身上的积蓄拿出来，和朋友一起开了家料理店，却因为经营不善血本无归。之后她还做了别的一些事业，都不怎么顺心，反正几年来都过得不怎么样，有种诸事不顺的感觉。

至少跟她在书里成为展家的少奶奶，走上人生巅峰，成为人人艳羡的人生赢家差了很多。

宁秋秋也不知道这是怎么回事儿，按照道理说季微凉应该有女主角光环才对，不至于做什么都做不好，明显不科学啊。

估计是剧情偏离了原来的轨道，女主角光环也救不回她了吧。

宁秋秋想到这里，点进那个热搜。

这么多年过去，网友都不知道换了几届了，不少人都不知道季微凉是谁了，所以这条热搜底下的评论并没有多少，貌似是个买的热搜。

博主就写了季微凉疑似和某富二代低调完婚，既没有直接的证据，也没有什么权威知情人士的名字，图片还是季微凉以前的图片。

“季微凉不是小三吗？小三还有人要？”

“这热搜买得好尴尬，季微凉要复出了吗？”

“季微凉滚出娱乐圈，小三一生黑。”

“蹭热度也有个度吧，季微凉都隐退那么久了，还把人家拉出来鞭尸。”

“在看什么？”正在宁秋秋看评论的时候，展清越忽然从背后贴上来，把头埋在她的脖子上，低声问。

造娃的时间到了。

“这个人，你还记得吗？”宁秋秋给他看手机。

“季微凉？”展清越看到这个名字，微皱眉，“她又怎么了？”

“就是上热搜了而已，说她结婚了，不知道真假。”宁秋秋回头看他，“看起来你对她意见很大？”

“意见倒没有，只是不太想看到这个人。”

当初展清远为她生为她死的，虽然问题基本都出在展清远自己的身上，可展清越不可能说对于这个问题的源头没有任何意见，加上她还自作聪明地找他谈判，更让展清越对她不屑。

不过这个人的名字如果不出现，展清越都快把她忘了。

这种人不值得耽误他们造人，展清越低头亲吻宁秋秋的脸颊，双手也放在她的腰上，宁秋秋拍开他不规矩的手，说：“米豆还没睡！”

“……”果然，展清越瞄了眼床上，看到米豆拼命闭着眼假装自己睡着了，可演技太拙劣，有眼睛的人都看得出来他在装睡。

有个这么大的孩子不愿意自己单独睡，可太不利于夫妻交流感情了。

展清越沉下声：“米豆！”

“米豆睡着了！”米豆实在闭不住眼睛了，双手捂着眼说。

展清越都被他气笑了：“你睡着了还能讲话？”

“米豆讲的是梦话。”

“……”你还挺能扯！

宁秋秋要被这父子二人笑死了。米豆虽然经常被展清越欺负，但也是来克展清越的，特别是他长大了点儿以后，歪理越来越多，已经不是任他爹捏圆搓扁的小东西了。

“是不是睡不着？”展清越缓下声问他。

米豆大概感觉到了自己爸爸的和颜悦色，把小手从脸上拿下来，说：“是的，爸爸。”

“刚好，”展清越微笑说，“今天你们老师在群里布置了周末的手工作业，我看了下挺复杂的，你睡不着，就起来先把作业做了，省得做不完。”

米豆：“……”

（六）糖　豆

米豆一听要做作业就赶紧睡了。

不过他没那么快睡着，只能闭着眼装睡。

所以最后展清越和宁秋秋也没造上娃，让展清越狠狠地在心里给儿子记了一笔。

等他满五岁了，就把他丢出去一个人睡！展总暗暗下决心。

隔日是周六，一家人之前约好了要去展清远家里做客，因为郑灵珊怀上二宝后，他们都还没去看过，这样有点儿不太好。

展家是真的阳盛阴衰到底了，展清越一胎得子，作为弟弟的展清远也不甘示弱，生了个儿子糖豆，而且现在郑灵珊怀上了二胎，可能也是……

知道结果的展清远头上已经长满蘑菇了，关于生孩子这点，他和展清越不谋而合，都想要个小公主。

不仅是他，在家里都是男宝宝的情况下，大家都会想要个小公主，连一向比较封建守旧、讲究男丁兴旺的展老爷子，都想要个曾孙女。

现在压力来到了宁秋秋还没怀上的小宝宝身上。

糖豆才两岁大，走路都还不是非常稳，随便被撞一下就要摔倒，说话也还不利索，偶尔会结结巴巴，十分有趣，一个字能单音节地说上半天。

他很喜欢米豆哥哥，两个小屁孩儿一见面就开心地抱在一起。

“电视……上……有米豆哥哥。”糖豆指着自己家的电视，兴奋地跟米豆说。

米豆骄傲地说：“那是我录的节目！”

说完，他又偷偷跟糖豆说：“下次录节目的时候，你也过来，我带你一起上电视。”

糖豆眼睛一亮，随后跑到正在客厅的爸爸面前，拉起爸爸的手说：“爸爸，走，走。”

展清远正在和展清越说话，一把把他抱起来：“宝贝要去哪里？”

“去去去去去……”糖豆一激动，又开始结巴了，说了半天，才说出接下来的话，“去米豆哥哥家里。”

“说话不准结巴，想好了慢慢说，别急。”展清远纠正他，又问，“米豆哥哥刚过来，你想去他家干吗？”

“上电视！”糖豆自豪地说，“糖豆也……也要上电视。”

兄弟二人都被糖豆逗笑了，米豆说：“要下次，现在还没开始录！”

展清远揉了揉糖豆的头：“那下次他们录的时候，你就去米豆哥哥家住着，肯定会有镜头扫到你，你就上电视了。”

“你别搞我。”展清越一脸拒绝地说，“一个米豆已经够呛了，再来个糖豆，要翻天。”

米豆一个混世小魔王不够，还加上一个更小的小糖豆，两个一起录节目怕是要上天。

展清越可不敢保证自己能控制住脾气，不把两个小屁孩儿吊起来揍一顿。

“我家糖豆可乖了，一个人都能自己玩自己的，又不需要照顾。”展清远捏了捏糖豆肥嘟嘟的小脸说。

展清越挑眉：“你这是在暗示我家米豆不乖？”

展清远：“……”

你怎么不上天呢？

不过展清远还是怀了，摆手说：“别别别，哥，你知道我没有那个意思。”

说到这里，展清远忽然灵机一动，想到了一个办法，对糖豆说：“糖豆，你大伯好像不大愿意你去，快去跟大伯撒个娇。”

糖豆一听果然急了，从展清远的怀里下来，噔噔噔地跑到展清越的面前，摇着展清越的膝盖，大眼睛看着展清越，说：“大大大大大……大伯，糖豆……糖豆想上……电视。”

展清越：“……”

米豆也来插一脚，摇着他的另外一个膝盖说：“爸爸，就让糖豆弟弟去吧，求你了！”

展清越被展清远摆了一道，不动声色地看了正在忍笑的展清远一眼，微笑着对糖豆说：“糖豆想要上电视大伯当然会让你上，不过你这属于走后门，要钱的，你让你爸爸打个几百万贿赂我。”

展清远：“……”

几百万，你咋不去抢劫呢？

宁秋秋到了展清远家，就把孩子丢给这两个大老爷们儿，去找不在客厅的郑灵珊了。

郑灵珊正在洗衣房里，她肚子里的宝宝已经四个月了，孕态初显，仔细看肚子已经凸出来了。

她看到用人领着宁秋秋过来，冷冰冰的脸上露出点儿笑意，说：“这么早，我以为你还要过一会儿才到，稍等一下。”

“你这是干吗呢？衣服怎么都染上色了？”宁秋秋看到一洗衣篮的衣服，浅色的和深色的混在一起洗，有的会掉色，结果衣服就都染上色了。

郑灵珊拿着手机边拍照边说：“展清远干的好事。”

宁秋秋懂了，说：“又犯错了？”

展清远对上郑灵珊，是真的碰上了克星，只要他敢犯错她就敢惩罚他，据说在新婚之夜他还被罚蹲了半小时马步，连宁秋秋都要为展清远掬上一把“鳄鱼泪”了。

“就是他那个前任，说什么结婚了，搞了个热搜，早上他在看这个热搜，恰巧被我逮着了，我就罚他手洗衣服，结果给我一股脑儿全部扔洗衣机里脱水。”

然后衣服全废了，宁秋秋预计展清远又会没有好果子吃。

不过，宁秋秋听到展清远居然还看季微凉的新闻，有点儿担心地说：“那你没关系吧？”

自己老婆怀着孕呢，他还关心前任的事情，这多伤人心哪。

“他应该就是刷微博看到了，点进去看一眼刚好被我抓到，还不至于有别的想法。”说到这里，郑灵珊又忍不住笑了一下，语气不自觉地带有几分自信，“他看着多情花心，其实心眼儿挺死的，认定了就不会三心二意。”

确实，展清远这人碰到爱情就是死心眼儿，以前一味地觉得季微凉好，现在一味地觉得郑灵珊好——虽然郑灵珊很有母老虎的潜质。

他还不至于吃着碗里的，看着锅里的。

宁秋秋放心下来，说：“他就是好奇吧，那个热搜我也看了，还让清越也跟着看了，毕竟也算是个认识的名字，点进去看太正常了。”

而且宁秋秋八卦，特地让人去查了一下季微凉是不是真的傍上什么富二代了。结果季微凉并没有傍上富二代，但是确实有个正在暧昧的富二代。

不过那个富二代的家人有很严重的门第观念，季微凉这种有负面新闻的，很有可能过不了他家人的那一关。

季微凉碰到一个展清远，估计已经耗光她所有的运气了，接下来一直都遇人不淑。

“季微凉也算是一手好牌打得稀烂的典型了。”郑灵珊拍好照，吩咐用人把衣服收拾了，接着说，“心比天高。”

季微凉以为自己长了一张好脸蛋，就可以利用这个条件走得比别人更好、更宽，可惜最终还是败给了自己的高傲。

当然这话郑灵珊是不会说出来的，她也不善于在背后妄议别人。

两个人没有过多谈论这个问题，又转到别的事情上去了。二人往外走去，郑灵珊问：“你们……还没要上啊？”

这是个悲伤的问题，宁秋秋郁闷地说：“没有啊，可能这个宝宝性子比较慢。”

所以这个宝宝才姗姗来迟。

郑灵珊安慰她说：“好事多磨，说不定能完成大哥的愿望，生个小公主呢。”

宁秋秋说到生女儿就头大，目前米豆坚持想要个弟弟，展清越坚持想要个女儿，父子二人谁也没法儿说服谁，差点儿就要打起来了。

午饭是在展清远家吃的，由于郑灵珊吃不得油腻，午饭做得非常清淡，偏偏展清越和米豆的口味比较重一点儿，父子二人吃出了同一个脸形——苦瓜脸。

“去，让厨房再做几个大哥和米豆爱吃的菜来。”郑灵珊察觉到了他们二人都没动几下筷子，伸脚踢展清远。

展清越说：“不用那么麻烦，没那么娇贵。”

宁秋秋也附和说：“对啊，不用麻烦，菜很丰盛了。快吃，米豆，不许把青菜喂给糖豆弟弟！”

米豆不爱吃青菜，可他爸爸妈妈老爱给他夹，于是米豆就把青菜喂给挨着他坐的糖豆。糖豆小，不知道这些，还很高兴地张开嘴接受哥哥的投喂，被喂了一嘴的青菜。

“哦。”米豆低头敷衍地扒拉了一口饭，又吃了一小根青菜。

“没事，很方便的。米豆还在长身体，要多吃点儿。”郑灵珊说完，又瞪了听到展清越和宁秋秋说不用就坐回去的展清远一眼。

展清远灰溜溜地去了。

宁秋秋那个羡慕啊，什么时候能这么英勇威武地使唤展清越一下？

展清越跟她做了多年夫妻，看她的眼神都知道她在想什么，附在她的耳边说：“再重新找个壳缩进去再孵出来，或许有机会。”

宁秋秋：“……”

展清越的意思就是：你回炉重造或者有机会。

宁秋秋气得在餐桌底下踢他，被展清越勾住了脚，宁秋秋又伸手拧他的大腿，可惜展清越腿上的肉很结实，拧不动。

展清越转头看她，微笑。

宁秋秋也微笑，随后把手移到了他的重点位置，得意地看他。

展总，卒。

二人在餐桌底下借着桌布的遮掩“脚来手去”。这时候，被喂了一嘴青菜的糖豆吃不下那么多青菜，把青菜全部吐出来了，用人赶紧上来收拾掉。由于糖豆就坐在他们旁边的旁边，容易被用人发现他们的行为，他们赶紧放开，坐好。

糖豆吐掉了全部的青菜，却还在巴巴地张开嘴：“哥哥，还要……喂。”

大家都被他逗笑了。

郑灵珊用纸巾给他擦嘴，无奈地笑道：“你的哥哥坑你呢，你还这么信他。”

糖豆确实很喜欢这个哥哥，傍晚他们告辞回家的时候，糖豆还一个劲儿地拉着他的手哭着闹着不让他回去，宁秋秋干脆说：“要不糖豆去我们家住一晚上？”

米豆闻言，问糖豆：“弟弟，你要不要去我家，晚上跟我睡？”

糖豆想都没想，就说：“好。”

于是兄弟二人愉快地上了展清越的车，糖豆连个多余的眼神都没给他爹妈。

展清远、郑灵珊：“……”

儿大不中留啊。

糖豆并不是第一次住在展清越家，由于展清越他们和展老爷子一起住着，展清远夫妇经常会回来住。展老爷子看到小曾孙过来非常开心，想到郑灵珊已经怀上二宝了，展清越和宁秋秋也在计划，更是欣慰得不行，大概最幸福的老年状态就是他这样了。

他左边抱着米豆，右边抱着糖豆，笑眯眯地说：“乖米豆、糖豆，祖爷爷亲亲。”

“不要！”米豆捂住自己的小脸，“祖爷爷脸上有刺，疼，米豆不要亲亲。”

糖豆也学着哥哥捂脸，跟着说：“不要不要，糖豆不要。”

展老爷子：“……”

他不就没刮胡须嘛，你们至于吗？

（七）二　胎

小糖豆最后实现了他的愿望，和米豆哥哥一起上电视。

节目组听说有个想要上电视的小朋友加入一期，表示很欢迎。展家的孩子天生自带吸粉系统，小米豆在节目才播出一期的时候，就立刻成了本季，甚至是本节目话题度最高的宝宝。

最令他们开心的是，他们的收视率因为米豆的加入，终于第一次超越了另一档一直压着他们的亲子真人秀节目。

糖豆还小，没有米豆那么多主见和鬼主意，不过糖豆比较软萌，是奶声奶气的另一种风格，而且很神奇的是，不管遇到什么难受的事情，糖豆都不会哭，跟米豆一样属于“豆坚强”的种类。

带两个孩子看起来累，实际上更轻松，因为两个宝宝一起玩，就比较不会来烦大人。

第一天的录制任务安然度过，然而第二天一早，糖豆就给展清越出了个大难题——他尿床了。

糖豆才两岁多，就已经知道尿床是一件很羞耻的事情了，早上发现自己尿床了，不好意思告诉展清越。

刚好这会儿展清越已经先起来去洗漱了，糖豆在被窝里辗转了一会儿，偷偷地把被窝里的米豆吵醒，小声说：“米豆哥哥，糖豆，尿……尿床了。”

米豆本来被吵醒还有点儿不开心，听到“尿床”两个字，瞬间精神振奋起来，一点儿不客气地嘲笑糖豆：“尿床羞羞脸。”

糖豆：“……”

他瞬间委屈地一撇嘴，眼里蓄了满满的眼泪，大有哭给你看的架势。

米豆这才后知后觉地涌上点儿罪恶感，安慰糖豆说：“别怕，我爸爸不会骂人的。”

“可是羞羞。”糖豆继续委屈巴巴地说，表示不想被大人发现。

米豆这种尿床经验丰富的小孩儿，瞬间理解了糖豆的意思，说：“那不要告诉我爸爸，等下我们偷偷地把床单换掉。”

“可以吗？”

“可以可以。”“作案”经验丰富的米豆拍着小胸脯，“包在我身上。”

兄弟二人鬼鬼祟祟地在被窝里“密谋”完毕，展清越也洗漱好了。出来看到被子里鼓起的两个小包，他说：“醒了就起来，小孩子不能赖床。”

早睡早起的好习惯要从小抓起。

“起来啦！”米豆掀开被子，“爸爸，我要帮弟弟穿衣服。”

哟，展清越感到诧异，这个小懒鬼居然主动要求做事情，事出反常必有妖。他不动声色地说：“成，先去洗漱。”

“先穿衣服。”米豆说。

以前米豆主动要求自己换衣服的时候，多半是尿床了，现在主动要求帮助糖豆，那么很有可能是糖豆尿床了。

展清越看了眼心虚的糖豆，验证了心里的猜想，不动声色地点头，微笑说：“行，我去给你们拿衣服。”

由于房间内的镜头是二十四小时开着的，所以这一切都被录制了下来，不过兄弟二人密谋那一段大家听不到，所以这段被播出来的时候，观众也不知道发生了什么事情。

“我觉得展总露出这个笑容的时候，就肯定有个倒霉蛋要遭殃。”

“米豆主动要求帮弟弟穿衣服，没穿好会挨罚吗？”

“我总感觉刚刚米豆和糖豆在被窝里密谋了什么，被展总看出来了。”

“展总只是笑了一下，你们都能‘脑补’出一部宫斗剧，服了。”

“根据我多年带孩子的经验，有人尿床了。”

弹幕里众说纷纭，唯一一个真相淹没在众多的弹幕中，节目进度条继续拉进。

展清越把糖豆的衣服拿来，放在床上，米豆开始动手给糖豆脱衣服。可他毕竟不是做这种事情的料，自己穿衣服都是被人伺候的，给糖豆脱睡衣的时候，就把糖豆的头卡住了。

他一个小孩子下手没轻重，不管三七二十一就使劲把衣服往外拔，糖豆被卡得嗷嗷叫，展清越赶紧过来帮了他们一把，才让糖豆的脑袋免于遭殃。

“糖豆你的头太大了，都顶我两个头了。”米豆还吐槽人家。

糖豆的头确实有一点点大，不过他并不以此为耻，甚至得意地揉了揉自己被弄疼的耳朵，说：“爸爸说……头大……聪明，比两个哥哥……聪明。”

糖豆的逻辑是米豆说他的头顶米豆的两个，所以聪明程度也是米豆的双倍，但他词语匮乏，说话还不利索，说成了比两个哥哥聪明。

展清越被糖豆这话逗笑了，伸手刮了刮他的鼻子说：“对，你比两个哥哥都聪明。”

米豆：“……”

他好委屈，头围比不过人家是他的错吗？

弹幕也快被糖豆的机智笑晕了，没想到糖豆年纪小，思维这么敏捷。

“糖豆比我还会挤对人，哈哈哈，看来展家的基因就是这样的。”

“以后谁还敢说我头大，我就用糖豆的话挤对回去。”

“这么小就这么聪明，长大要逆天哪。”

“可怜的米豆，爸爸挤对完弟弟挤对，到姐姐怀里来，姐姐不挤对人。”

米豆给糖豆脱掉了衣服，又给他脱尿湿的裤子，脱完之后把裤子嫌弃地扔在一边，生怕别人看不出来糖豆尿床了一样。

不过米豆帮糖豆脱完衣服之后，就是另一副面孔了。米豆演技拙劣地捂着肚子说：“爸爸，我肚子疼，你给弟弟穿衣服，我去方便。”

展清越：“……”

你还挺精。

米豆说完就嗖嗖嗖地跑去洗手间了，展清越怕糖豆着凉，赶紧给他穿衣服。

穿好衣服后米豆也演完了，展清越先帮糖豆洗漱，米豆就偷偷地把床单扯下来。由于现在已经是六月了，床上都是薄被子，所以他扯床单扯得特别快。

连带着被糖豆尿湿的裤子，米豆刚要抱出去丢给用人洗时，展清越从洗手间出来了。

“干吗米豆？”展清越故意问。

米豆万万没想到这样也能被抓包，说：“床单很久没洗了，爸爸，米豆是好孩子，帮忙换床单！”

展清越倚着门，无情地揭穿他：“可床单昨天我才差人换。”

米豆：“……”

展清越：“是不是尿床了？”

“没有！”米豆把床单往地上一丢，拍了拍自己的裤子，一脸自豪地说，“干的！”

“哦，那就是睡觉流口水弄脏了。”

米豆：“……”

“我没有！”米豆委屈巴巴地说，抬头看了眼自己的爸爸，发现对方一脸我看你怎么狡辩的样子，在出卖糖豆和自己承担之间犹豫片刻，最后选择沉默。

米豆不说话。

展清越也并不是有意要逼问他，只是很想知道米豆在面对这种事情时会怎么抉择，会不会直接出卖兄弟，毕竟作为长子，米豆以后是要继承家业的，所以这方面的教育很重要。

不过看他没有直接出卖糖豆，又一脸委屈的表情，展清越就舍不得逼迫他了，正要大方地揭过这一页时，糖豆扯着展清越的衣角，说：“大伯，不是哥哥，是糖豆……尿……尿床了。”

展清越感到十分意外，糖豆这么有担当是他想不到的，他把糖豆抱起来，亲了亲糖豆的小脸说：“糖豆乖，糖豆还小，尿床不丢人。”

说完，展清越用另一只手把米豆也抱起来：“米豆也很棒，这么会照顾弟弟。”

原本委屈的米豆瞬间原地满血复活，自豪地说：“米豆是最好的哥哥。”

“……”你不要脸这点跟你妈真的很像。

弹幕：

“我酸了，展家这两个小孩是什么神仙兄弟？”

“糖豆这么小就这么有担当，教育得也太好了。”

“糖豆的爸爸就是最近上热搜的那位季微凉的前男友。”

“季微凉是什么东西，不要来蹭我们糖豆的热度好吗？”

“感谢季微凉不嫁之恩，不然我就看不到这么可爱的糖豆了。”

“不知道季微凉看到自己前男友的孩子这么可爱是什么感受。”

弹幕里不知道谁刷了一下季微凉，瞬间引起了不少人的兴趣，这毕竟是个“瓜”呀。

而且也不知道是谁那么好事，买了个“糖豆　季微凉”的热搜，虽然很快就被撤了，但还是让很多群众吃到了“瓜”，包括“瓜主”本人。

季微凉退圈之后基本不怎么关注娱乐圈的事情了，被人告知自己又上热搜了就去看了一眼，结果看到糖豆这一段，以前心里的不甘心又被激发出来。

可惜她再如何不甘都已经没有用了。

是她自己糟蹋了别人的真心，再后悔也不会有后悔药。展清远现在跟她再无关系了，她也不可能再碰上个这么真心对她的男人了。

糖豆在节目中露了一次面，就引起了大家的关注。展家的男性几乎都带有红的体质，无论是展清越、米豆还是糖豆，几乎露面必火。

不过，最令人开心的还是，历尽千辛万苦，宁秋秋终于怀上了二胎。

米豆知道妈妈有弟弟后很开心，直接在节目里就跟观众说妈妈有弟弟了。

于是全国观众都知道宁秋秋又怀上了……

二胎比一胎来得慢，但宁秋秋怀得没那么辛苦。怀米豆的时候，宁秋秋把怀孕的酸甜苦辣全部品尝了一遍，什么孕吐、嗜睡、浑身水肿之类的，反正别人经历的、没经历的，她都经历过了。

相对来说，这一胎乖得过分，到胎动最厉害的时候，也动得很克制，跟米豆比起来，这简直是个小乖乖。

米豆看着自己妈妈的肚子时常会动一下，就好奇地伸手戳，被他爹抓住手：“不要把你妹妹的脑袋戳笨了。”

“是弟弟！”米豆不甘示弱。

展清越冷笑：“想都别想。”

米豆不怕死地说：“我就想！”

然后他就被他爸揍了。

足月后，二胎顺利出生，在展总紧张的期待下，护士抱着宝宝从产房出来说：“恭喜展先生，展夫人顺利诞下可爱的小公主，母女平安。”

米豆：“……”

（八）妹　妹

妈妈生了个妹妹，米豆不开心。

特别是团团妹妹圆嘟嘟的很可爱，继承了周扬的颜值和晶晶的性格，十分惹人喜爱。

但这个妹妹一出生就丑丑的，虽然后面变好看了，但由于小姑娘性别分化没那么明显，看起来跟个男孩子似的，加上小，智商方面也还没体现，在米豆看来这个妹妹就是笨笨的。

总之米豆对于妹妹怎么看怎么不满意。

妹妹的名字叫甜豆，但米豆私下里偷偷叫她土豆，差点儿把展清越气死。不过崇尚素质教育如展总，轻易不打骂，他也给米豆取了个小小名叫酸豆，然后米豆就再也不敢叫妹妹土豆了。

宁秋秋以前还会护一下米豆，后来看他们父子二人斗智斗勇、有来有往的，觉得这样有利于锻炼米豆的智商，于是懒得管了。

反正展清越也舍不得对米豆怎么样。

甜豆似乎还挺喜欢这个哥哥的，刚会说话的时候，就单音节地叫着“哥……哥”，喜欢伸手抓他，一定要米豆跟她握握手才开心。

但米豆总是不如她的愿，就把她逗得急哭。

“米豆，”米豆再一次把甜豆逗得眼泪汪汪后，抱着甜豆的宁秋秋无奈地说，“不要欺负妹妹。”

“我才没欺负她。”米豆据理力争，“我是在教她，不是每个东西都是她能得到的，比如我。”

宁秋秋：“……”

“你又看了什么乱七八糟的东西？”宁秋秋服了米豆了。米豆有很强的学习能力，什么乱七八糟的东西都乱学一通，这又不知道是从哪里学的话。

米豆嘿嘿一笑：“爸爸教的。”

展清越肯定不会教的，估计是在什么场合说了这种话，被他学到了。

甜豆还在朝米豆伸出小手，嘴里叫着：“哥……哥。”

在妈妈的凝视下，米豆只好伸出手让甜豆抓，脸上还带着几分嫌弃。

甜豆拿到了自己想要的，开心地就往嘴里塞，口水流了米豆一手。

米豆：“脏妹妹！”

米豆赶紧抽回自己的手跑到洗手间去洗，甜豆不知道自己被哥哥嫌弃了，还看着自家哥哥冲进洗手间的样子，一脸傻笑。

宁秋秋无奈地抽纸巾给甜豆擦口水，担忧地说：“你哥哥那么聪明是继承了你爸爸，但你这智商，别是继承了我的。”

虽然宁秋秋自认基因优秀，但对于智商方面，基本认知还是有的。

“不过你爸就喜欢蠢蠢的姑娘，你这样挺如他的意。”宁秋秋又嘀咕。

幸好展清越没听到这句话，不然肯定要挤对她：我不嫌弃你蠢，你还引以为傲地觉得此处吸引了我，谁给你的自信？

米豆洗完手出来，再也不愿意让甜豆碰他了。宁秋秋故意把甜豆放在学步车上，让米豆看着，自己则去打个电话。

米豆被委以重任，不情不愿地答应了。

甜豆坐在学步车上，跟着他满客厅地跑，米豆故意躲到她的学步车过不去的地方，过不来的甜豆就急急地叫着“哥哥”。

“笨妹妹。”米豆朝她做了个鬼脸，回头却一不小心撞在了墙角凸起的地方，把他的眼泪都撞出来了。

米豆捂着被撞痛的地方走出来，在凳子上坐下来，用手背抹眼泪。

甜豆滑着她的学步车过去，伸手放在米豆的腿上，眼神担忧地看着米豆，嘴里叫着：

“不……不。”

可惜她在说话方面的词汇还十分匮乏，根本不懂得怎么安慰自家哥哥，只能焦急地看着他，看他哭得那么难过，哇的一声也跟着哭了出来。

这一哭把宁秋秋和用人都吸引过来了。宁秋秋看到米豆被自己撞哭了，感到好笑又心疼，想要把哭得惊天动地的甜豆抱起来，可甜豆死死地攥着她哥哥的裤子不愿意起来，宁愿哇哇哭着，也要看着她哥哥。

宁秋秋只好不抱她了。管家给米豆看了下，撞得不是太严重，就拿了点儿药给他擦了一下。

“你看妹妹多关心你。”宁秋秋边帮米豆擦药边说。

米豆过了刚才那一阵痛，这会儿已经不疼了，抬头果然看到脚边也停止哭泣的甜豆看着自己，水汪汪的眼睛里尽是担忧的神色，米豆的心情一瞬间变得很微妙。

米豆只懂得欺负妹妹，如果妹妹撞疼了他肯定幸灾乐祸，妹妹却那么关心他，这让他产生了罪恶感。

然后宁秋秋就发现自从这件事情后，米豆对妹妹的感情变了很多，终于不是以前那种“冤家路窄”的状态了。

然后展总就悲剧地发现，自己在女儿心中不是第一，第一是米豆。

等甜豆长大了一点儿，说话比较顺畅，智商也达到了平均水平后，这点就更明显了。

由于突然降温，家里的保姆照顾不妥当，没及时给甜豆添衣服，弄得甜豆感冒了，整个人都蔫蔫的，差点儿把展清越心疼死。

“来，宝贝，吃药。”展清越把小儿感冒药剂冲泡好，把甜豆抱过来，亲自喂甜豆。

“不……不吃！”甜豆很有骨气地把头一偏。

展清越被她逗得亲了亲她的小脸，说：“那要打针怕不怕？”

“……”每一个小孩都有颗怕打针的心，明显甜豆也是，她瞬间犹豫了。

展清越趁机舀了一勺药到她的嘴边，哄她：“乖，张嘴，就喝三口好不好？”

反正甜豆还不会数数，喝五口骗她三口她也信，展总的算盘打得噼啪响。

“好吧。”甜豆被爸爸说服了，不过喝了一口，又觉得十分难喝，把眉头皱得紧紧的，第二口就不肯张嘴了。

“要……哥哥……喂。”甜豆开始想歪主意。

“乖，哥哥不会喂，爸爸喂。”

“不要。”甜豆拒绝说，“哥哥，我要……哥哥。”

展清越：“……”

展清越心里那个恨哪，可是又舍不得把甜豆怎么样，只好把米豆叫过来，把汤匙给米豆：“给妹妹喂药。”

“哦。”

米豆舀了一勺药喂给甜豆喝，甜豆乖乖地张嘴喝了。

米豆又喂了一勺，甜豆虽然很拒绝，但依旧喝了。

展清越：“……”

展总内心酸得连酸水都要呕出来了，米豆喂完两勺，却把汤匙一放，说：“好了，三口了！”

他刚刚听到了展清越说只喝三口的话。

“还没到三口。”展清越给米豆使眼色，“米豆数错了，爸爸来数，米豆喂。”

米豆领会了展清越的眼色，但他现在可会跟展清越抬杠了，说：“爸爸说三口，就要遵守信用，不能骗小孩！”

甜豆附和：“骗……骗小……孩。”

“……”你很好。

新仇旧恨一起上的展清越笑了一下说：“米豆，最近流感盛行，听说你学校里有很多小朋友感冒了。”

“对啊。”米豆说到这件事情，自豪地说，“我就没有感冒。”

“没有感冒不代表没有病毒潜伏在你的身体内，有个词叫防患于未然，就是在病毒还没发挥它的作用时消灭它，所以，”展清越看了眼碗里还剩的药，“你把妹妹喝剩的感冒药喝了，把潜伏的病毒杀死，才能防患于未然。”

“我刚刚数错了，爸爸，妹妹确实还没喝够三口。”米豆果断选择了出卖妹妹，重新拿起汤匙，“爸爸数，米豆喂。”

可怜还懵懂的甜豆，在爸爸的淫威和哥哥的出卖下又多喝了两口，把药喝光了。

小甜豆一天天地长大，爸妈强大的基因凸显出来，甜豆长得越来越好看，等长到两岁的时候，已经完全是一个美且萌的“小萝莉”了。

她继承了妈妈的美貌和爸爸的大眼睛，看人的时候总是给人一种要萌化人的错觉。

宁秋秋这几年大大小小的奖拿了不少，已经基本不参加什么综艺了，一年就参演一部电视剧或者电影，其他时间更多地用来陪孩子和爱人。

这天是周末，展清越受他的恩师所邀，去母校给学生作一场演讲，演讲时间在晚上，宁秋秋带着两个娃去围观。

可宁秋秋现在也是女神级别的人物了，出现在高校实在对于秩序有点儿不友好，出于对孩子安全的考虑，最后还是选择在后台围观。

“妈妈，带我打一场排位赛吧，我就差一场上‘王者’了。”

《王者召唤师》已经是款十年老游戏了，不过其人气一直很高，大家有事没事都要掏出手机来打一把，米豆偶尔也会玩。

不过米豆这孩子确实继承展清越的基因比较多一点儿，这么小的年纪自制力非常好，根本不需要大人操心，就可以自己合理安排游戏时间。

“我好久没玩了，你确定要我带你？”

“没事，妈妈你玩就行，我自己能 carry。”米豆自信地说。

宁秋秋：“……”

这句话当初展清越好像也对她说过。

不过反正闲着无聊，宁秋秋掏出手机，跟米豆双排。

虽然好久没玩了，可宁秋秋“宝刀未老”，成功地把儿子带上了“王者”。在米豆“妈妈万岁”的欢呼声中，宁秋秋惊恐地发现，几分钟前还在的甜豆，在他们打最后一波团战的紧张时刻，跑了。

甜豆趁着妈妈沉迷于游戏，自己偷偷开门跑了，还是特别有反侦查意识地放轻脚步走的。

不过这外面有很多老师，只要不是跑到前台去，宁秋秋也不担心她会跑丢掉。

可甜豆就跑到前台去了。

展清越正在演讲，台下的学生突然发出一阵骚动，展清越停下演讲回头看，就看到自己的女儿站在幕布前，好奇地看着一切，看到他回头，还开心地边跑过来边叫：“爸爸！”

台下学生发出一阵善意的哄笑声，同时发出“好可爱”“好萌”的惊呼。

对于这种突然的事故，展总也很无奈。

工作人员本想上去帮忙，可甜豆不喜欢陌生人抱，展清越示意工作人员不用帮忙。

他刚好讲到“成功”这个话题，伸手拍了拍奔过来的小女儿的头，让她乖乖站在自己的脚边，从容地说：“当然，我的成功不仅仅是拥有优秀的团队和合作伙伴，也源于家庭……”

说着，展清越由此引申了又一个“成功”的话题，甜豆就乖乖地站在爸爸的脚边，偷偷地打量着下面的人。

下面的人也在瞅她，快被她懵懂乖巧的样子萌到了。

宁秋秋找了一圈，找到前台来，正好听到展清越低调地炫耀了一下自己。

展总，您不怕被台下的校长打吗?

不过她看了眼台下的校长，发现人家听得一直点头，看样子十分赞同他的观点。

宁秋秋：“……”

“王者”的世界她不懂。

等到展清越讲完这个话题，宁秋秋硬着头皮，出去抱回甜豆，又引起了台下一阵骚动。

由于大家基本都知道宁秋秋这位大明星，反正已经这样了，宁秋秋干脆从容地冲台下的观众挥了挥手，才把甜豆抱走。

甜豆还学着自己的妈妈，兴奋地冲台下挥手。

大家纷纷掏出手机拍照，一场严肃正经的演讲好像被带得有点儿歪，好在展清越的个人魅力大，他随便几句，又把场面镇住了。

一小时的演讲一晃而过。

结束之后，展清越走到后台，宁秋秋有点儿不好意思地向他道歉：“不好意思呀，我没看住甜豆，让她偷偷跑出来了。”

“正好，”展清越轻笑，“让我找到了一个秀恩爱和女儿的借口。”

儿女双全，爱人在怀，人生赢家不过就是他这个样子了。

宁秋秋：“……”

可不，相关微博立马就上热搜了。

“都老夫老妻了，你还学小年轻秀恩爱，不害臊。”

展清越在她的脸颊上亲了亲，说：“娶到秋秋，我能秀一辈子。”

这句情话说得宁秋秋老脸一红。很巧，她也是，当初做出决断嫁给展清越，是她这辈子最正确的选择。

她抬头看展清越，对上他的视线，二人相视一笑，不需言语，都懂对方的内心。

耳畔突然传来米豆的惨叫：“啊啊啊，我掉下‘王者’了。”

（全文完）